沖縄歳時記

沖縄県現代俳句協会　編

文學の森

はじめに

沖縄は、南西諸島と呼ばれる九州南端から台湾北東端の間に弧状に続く島々の南半分を占め、東支那海と太平洋をくぎっている。

亜熱帯気候といわれ、温帯と熱帯の中間地帯およそ緯度二〇度から三〇度までの範囲の島々からなり、春・秋・冬も暖かく季節の変化がはっきりしない。わずかに一月末から二月上旬にかけて、体感温度が十度から八度となり、本島の最北端奥《おく》では三度となることもある。したがって、関東や関西中心の歳時記では、どうしても季節のずれや動植物の違いなど発生してしまう。そうした矛盾に真っ先に気が付いたのが篠原鳳作で、宮古島の宮古中学の教師として赴任中、彼の俳句の師である吉岡禅寺洞に、このずれをどうしたらよいかと問うたところ、「云って見れば夏だけの所なんだから、夏の季のものだけ句作したらよいだろう。従来の季題にない動植物でも何でも句にしてみたまえ、沖縄や台湾みたいな所は季と云うものにそうとらわれる必要はないと思う」と言われ、開眼したのが、

しんしんと肺碧きまで海のたび　鳳作

こうした先人のご苦労があったればこその『沖縄歳時記』ではないかと思う。

今度改めて沖縄の俳句の発生から今までを眺め、その資料の少なさ歴史の浅さに一驚した。一応沖縄には独自に発達した琉歌（八・八・八・六）など豊かな歌謡の歴史がある。

谷川健一氏の『南島文学発生論』（思潮社／一九九一年）によると、「南島の呪謡の本質を理解するには、その社会的背景をまず念頭においてかかる必要がある」といっている。驚いたことに沖縄に鉄器と製鉄技術が伝わって来たのは、十二、三世紀頃。やまとでは鉄器は弥生時代初頭の紀元前三、四世紀頃すでに導入されていたが、沖縄は鎌倉時代の初期まで石器時代であったというのである。「優に千年を越す彼我の時間の落差は、後々までも沖縄にながく呪謡の伝統を保持させた潜在力であった」と谷川氏はいう。

沖縄には古くから伝わる言葉に「女《いなぐ》や戦《いくさ》の魁《ぬさちばい》」というのがある。語源をたどると、十六世紀初頭、まだまだ鉄器が不足していた時代、八重山を征討しに行った首里王府軍には久米島の高級巫女《のろ》・君南風《きみはえ》が参加し、王府軍を先導した宮古の英雄・仲宗根豊見親は「神勝《まさ》りや」と呼ばれる宮古の巫女四人を同道、これを迎え撃つ八重山勢の先頭にも数十人の巫女が参加。手に手に枝葉をかざして、互いに呪詛の言葉を投げつつ応戦したのだと『中山世譜《ちゅうざんせいふ》』に書かれている。実際戦闘に言葉が使われていたというのは衝撃的な事実で、いかにも沖縄的ではなかろうか。多分それだけ人々は言葉の持つ霊力を強く信じていたのであろう。そして霊力はまた沖縄の深い闇から生まれたものであることもいなめない。改めて言葉の霊力に思いを弛せることは、自然と科学技術の攻防の激しい現代、人間として大切なことではなかろうか。

平成二十九年三月

岸本マチ子

凡例

一、定義

①本書の沖縄とは、いわゆる南西諸島の南半分を指し、沖縄県とほぼ同義である。最西端は与那国島、最南端は波照間島となる。

②本書で用いる「新暦」とは、現行太陽暦を指し、「旧暦」とは、それ以前に用いられていた太陰太陽暦を指す。

二、本書の構成

①本書の季語は、春・夏・秋・冬・新年・無季に分類した。季節の区分は次によった。

春　立春（二月四日頃）から立夏の前日（五月五日頃）まで
夏　立夏（五月六日頃）から立秋の前日（八月七日頃）まで
秋　立秋（八月八日頃）から立冬の前日（十一月六日頃）まで
冬　立冬（十一月七日頃）から立春の前日（二月三日頃）まで
新年　冬のなかより新年に関するもの

②春・夏・秋・冬・新年の季語は「時候」「天文」「地理」「生活」「行事」「動物」「植物」に分類した。無季の季語は、春〜新年に準じ「天文」「地理」「人間」「生活」「文化」「動植物」に分類した。

三、季語・解説

①季語は、一般の歳時記に載っている主な季語に、沖縄固有の季語を加えた。沖縄では通常見られない雪などの季語は省いた。

②季語は太字のゴシック体で表した。右側に現代仮名遣い、左側に歴史的仮名遣いのルビを付した。
③漢字は原則として新字体を用い、現代仮名遣いで記した。解説の方音（沖縄方言）のルビはひらがなとした。ルビには拗促音を用いた。

四、例句

①例句は、県内外で独自に募集した句を中心に推薦、既刊の歳時記・句集・俳誌からも挙げた。
②例句の仮名遣いは、原作品に従った。現代仮名遣いと歴史的仮名遣いが一句の中に混在する場合は、編集委員の判断によりどちらかに揃えた。
③漢字は原則として新字体を用いた。御岳／御嶽の岳／嶽・石敢当／石敢當の当／當については、原作品の表記に従った。
④例句のルビは原則として原作品に従ったが、方音のルビはひらがなとした。ルビには拗促音を用いた。読みにくいと思われる語にはルビを付した。
⑤原作品が多行書きのものは、行の違いを「／」で示した。

五、沖縄特有の事項の解説

「紙銭」「屏風」など沖縄独特の民俗・文化に関する事項について、随時項目を設け解説した。例句中に出てくる特有の語句には、季語の例句の最後に※を付し説明を加えた。

六、索引

季語は現代仮名遣いの五十音順に索引を作成し、巻頭においた。

沖縄歳時記＊目次

はじめに　岸本マチ子……一
凡例……六
五十音順総索引……三
春
時候……二　天文……一九　地理……二四　生活……四〇　行事……五三　動物……六〇　植物……七五
夏
時候……一一六　天文……一二四　地理……一五三　生活……一五九　行事……一八二　動物……一九四　植物……二二五
秋
時候……二八六　天文……二九九　地理……三二〇　生活……三二五　行事……三三三　動物……三四九　植物……三六八

冬

時候……四〇四　天文……四一七　地理……四二九　生活……四三三　行事……四五五　動物……四六一　植物……四七三

新年

時候……四九八　天文……五〇四　地理……五〇八　生活……五〇九　行事……五一九　動物……五二六　植物……五二七

無季

天文……五三〇　地理……五三四　人間……五三七　生活……五四五　文化……五五一　動植物……五五六

ミニ解説

斎場御嶽……一八　紙銭……一八　石敢当……三一　受水走水……五一　屏風……一一四
拝所……一一四　トゥング田……一九三　火の神……三三一　アンガマ・アンガマー……三四八
ウンケー……三四八　ウークイ……三四八　ニライカナイ……五〇八

主要参考文献……五六〇
付録・那覇の気象データ平年値／那覇と東京の平均気温他……五六二

五十音順総索引

（新＝新年　無＝無季）

あ

あい（愛）　無　五四一
あいかる（藍刈る）　夏　一七四
アイスクリーム　夏　一六六
あいのはな（藍の花）　冬　四九二
あお（青）　無　五五二
あおあし（青葦）　夏　二七五
あおあし（青蘆）　夏　二七五
あおあらし（青嵐）　夏　一三九
あおうめ（青梅）　夏　二三九
あおがえる（青蛙）　夏　一九四
あおがき（青柿）　夏　二三九
あおかび（青黴）　夏　二八三
あおきび（青甘蔗）　夏　二七三
あおきふむ（青き踏む）　春　四八
あおぎり（青桐）　夏　二五五
あおくにぶ（青九年母）　秋　三七三
あおさ（石蓴）　春　一一三
あおさぎ（青鷺）　夏　二〇二
あおさんが（青山河）　夏　一五三
あおしだ（青歯朶）　夏　二七四
あおしば（青芝）　夏　二七四
あおすすき（青芒）　夏　二七五
あおた（青田）　夏　一五七
あおだいしょう（青大将）　夏　一九七
あおたかぜ（青田風）　夏　一五七
あおたなみ（青田波）　夏　一五七
あおつゆ（青梅雨）　夏　一四一
あおとかげ（青蜥蜴）　夏　一九七
あおの（青野）　夏　一五三
あおば（青葉）　夏　二四五

あおばあめ（青葉雨） 夏 二四五
あおばかぜ（青葉風） 夏 二四五
あおばこう（青葉光） 夏 二四五
あおばじお（青葉潮） 夏 一五五
あおばしょう（青芭蕉） 夏 二六五
あおばずく（青葉木菟） 夏 一九九
あおバナナ（青バナナ） 夏 二四一
あおパパヤ（青パパヤ） 夏 二四一
あおぶどう（青葡萄） 夏 二三九
あおへちま（青糸瓜） 夏 二六九
あおほおずき（青鬼灯） 夏 二六五
あおみうめ（青実梅） 夏 二三九
あおみかん（青蜜柑） 秋 三七三
あおみさき（青岬） 夏 一五六
あおやぎ（青柳） 春 九二
あおりいか 冬 四七〇
あおりんご（青林檎） 夏 二三九
あか（赤） 無 五三二
あかかぶ（赤蕪） 冬 四八九
あかぎのみ（赤木の実） 冬 四八五

あかご（赤子） 無 五四〇
あかしょうびん（赤翡翠） 夏 二〇一
あかとんぼ（赤とんぼ） 秋 三六二
あかのまま（赤のまま） 秋 四〇一
あかバナー（赤バナー） 夏 二三九
あかはらだか（赤腹鷹） 秋 三五〇
あかひげ（赤鬚） 夏 二〇三
アカヒジャー 夏 二〇三
あかまんま（赤まんま） 秋 四〇一
あかゆら 夏 二三一
あがりうまーい（東御廻り） 秋 三四〇
あき（秋） 秋 二八六
あきあかね（秋茜） 秋 三六二
あきあざみ（秋薊） 秋 三九七
あきあつし（秋暑し） 秋 二八九
あきうらら（秋うらら） 秋 二九五
あきおしむ（秋惜しむ） 秋 二九七
あきかぜ（秋風） 秋 三一〇
あきくさ（秋草） 秋 三九二
あきざくら（秋桜） 秋 三八五

あきさば（秋鯖） 秋 三五八
あきさめ（秋雨） 秋 三一五
あきしお（秋潮） 秋 三一三
あきしぐれ（秋時雨） 秋 三一六
あきすずし（秋涼し） 秋 二九〇
あきすだれ（秋簾） 秋 三一八
あきすむ（秋澄む） 秋 二九五
あきたかし（秋高し） 秋 三〇一
あきたつ（秋立つ） 秋 二八七
あきつ 秋 三六一
あきついり（秋黴雨） 秋 三一五
あきつばめ（秋燕） 秋 三五四
あきでみず（秋出水） 秋 三一二
あきどなり（秋隣） 夏 一一三
あきともし（秋灯） 秋 三一七
あきどよう（秋土用） 秋 二九六
あきなす（秋茄子） 秋 三八九
あきなみ（秋波） 秋 三一二
あきにいる（秋に入る） 秋 二八七
あきにじ（秋虹） 秋 三一七

あきのあめ（秋の雨）秋 三一五
あきのいろ（秋の色）秋 三〇〇
あきのうみ（秋の海）秋 三二二
あきのうれい（秋の愁）秋 三二二
あきのおと（秋の音）秋 三〇〇
あきのか（秋の蚊）秋 三五九
あきのかわ（秋の川）秋 三二二
あきのくも（秋の雲）秋 三〇二
あきのくれ（秋の暮）秋 二九三
あきのこう（秋の耕）秋 三一九
あきのこえ（秋の声）秋 三〇〇
あきのしお（秋の潮）秋 三二三
あきのせみ（秋の蟬）秋 三六〇
あきのそら（秋の空）秋 三〇〇
あきのちゃじ（秋の茶事）秋 三一八
あきのちょう（秋の蝶）秋 三六〇
あきのはえ（秋の蠅）秋 三五九
あきのはて（秋の果）秋 二九三
あきのハブ（秋のハブ）秋 三四九
あきのはぶ（秋の波布）秋 三四九

あきのはま（秋の浜）秋 三二二
あきのひ（秋の日）秋 二九九
あきのひ（秋の灯）秋 三一七
あきのほし（秋の星）秋 三〇八
あきのみさき（秋の岬）秋 三二四
あきのみず（秋の水）秋 三一一
あきのやま（秋の山）秋 三二〇
あきのゆう（秋の夕）秋 二九三
あきのよ（秋の夜）秋 二九四
あきのよい（秋の宵）秋 二九三
あきのらい（秋の雷）秋 三一七
あきのわすれぐさ（秋の忘れ草）秋 三九八
あきばれ（秋晴）秋 二九九
あきひがさ（秋日傘）秋 三一八
あきひがん（秋彼岸）秋 三四三
あきひでり（秋旱）秋 三〇〇
あきびより（秋日和）秋 二九九
あきふかし（秋深し）秋 二九六
あきぼたる（秋蛍）秋 三五九
あきまつり（秋祭）秋 三四六

あきめく（秋めく）秋 二九〇
あきゆうやけ（秋夕焼）秋 三一七
あきゆく（秋行く）秋 二九七
あきゆく（秋逝く）秋 二九七
あきらっき（秋落暉）秋 三一七
あけのはる（明の春）新 四九八
あげはちょう（揚羽蝶）夏 二一一
あげはちょう（鳳蝶）夏 二一一
あげひばり（揚雲雀）春 六三
あけやすし（明易し）夏 二一八
あこうのみ（赤秀の実）秋 三七九
あさがお（朝顔）夏 二六四
あさぐもり（朝曇）夏 一四七
あさごろも（麻衣）夏 一六〇
あさすず（朝涼）夏 一三一
あさなぎ（朝凪）夏 一四〇
あさね（朝寝）春 五一
あさのはた（麻の畑）夏 二七三
あさひ（朝日）無 五三〇
あざみ（薊）春 一一〇

あさやけ（朝焼） 夏 一四七
あさり（浅蜊） 春 六九
あし（葦） 秋 三九五
あし（蘆） 秋 三九五
あし（足） 無 五三九
あじさい（紫陽花） 夏 二一六
あじさし（鯵刺） 夏 二〇二
あす（明日） 無 五三二
あせ（汗） 夏 一八〇
あぜやく（畦焼く） 春 四五
あそび（遊び） 無 五五二
あたたか（暖か） 春 七
あだんのみ（阿檀の実） 夏 二五三
あつかん（熱燗） 冬 四四〇
あつさ（暑さ） 夏 一三〇
あつし（暑し） 夏 一三〇
あなまどい（穴惑い） 秋 三五〇
アネモネ 春 九七
あぶしばれー（畦払い） 夏 一八四
あぶらぜみ（油蟬） 夏 二一七
あぶらでり（油照） 夏 一五〇
アボカド 無 五五八
あまがえる（雨蛙） 夏 一九四
あまがし 夏 一八三
あまごい（雨乞い） 夏 一七三
あまちゃ（甘茶） 春 五八
あまのがわ（天の川） 秋 三〇九
アマリリス 夏 二六三
あめ（雨） 無 五三一
あめんぼ（水馬） 夏 二一七
あめんぼう 夏 二一七
あゆ（鮎） 夏 二〇四
あらだか（荒鷹） 冬 四六三
あらたま（新玉） 新 四九八
あらつゆ（荒梅雨） 夏 一四一
あらにし（荒北風） 秋 三一四
あらぼし（荒星） 冬 四二〇
あり（蟻） 夏 二二三
ありじごく（蟻地獄） 夏 二二三
ありのとう（蟻の塔） 夏 二二三
あわび（鮑） 夏 二〇九
あわもり（泡盛） 夏 一六四
アンガマ 秋 三三四
アンガマー 秋 三三四
あんず（杏） 夏 二四〇
アンタレス 夏 二三七

い

イェライシャン 夏 二七八
いか（烏賊） 夏 二〇八
いかずち 夏 一四五
いかすみじる（烏賊墨汁） 冬 四四二
いかだかずら（筏蔓） 夏 二三一
いかのぼり 新 五一六
いかぶすま（烏賊襖） 秋 三三一
いかほす（烏賊干す） 秋 三三一
いきる（生きる） 無 五四二
いくさがに（いくさ蟹） 夏 二〇九
いぐさかる（藺草刈る） 夏 一七四

いぐさほす（藺草干す） 夏 一七四
いざい 冬 四五〇
いざいび（いざい火） 冬 四五〇
いざいほう 冬 四五七
いざよい（十六夜） 秋 三〇七
いさりび（漁火） 冬 四五〇
いしぎく（石菊） 冬 四八七
いしたたき（石たたき） 秋 三五六
いじゅのはな（伊集の花） 夏 三二九
いずみ（泉） 夏 一五四
いそあそび（磯遊） 春 五六
いそぎんちゃく（磯巾着） 春 七一
いそざんしょう（磯山椒） 春 八三
いそしぎ（礒鳴） 秋 三五六
いそしみず（磯清水） 夏 一五四
いそなつみ（磯菜摘） 春 四八
いそひよどり（磯鵯） 夏 二〇三
いたち（鼬） 冬 四六一
いたどり（虎杖） 春 一〇八
いちい（一位） 無 五五八

いちがつ（一月） 新 四九九
いちご（苺） 夏 二八二
いちごのはな（苺の花） 春 一〇一
いちじく（無花果） 秋 三七二
いちのとり（一の酉） 冬 四五五
いちようき（一葉忌） 冬 四五六
いちょうちる（銀杏散る） 冬 四八二
いつ（凍つ） 冬 四一四
いっきたうう（一期田植う） 春 四六
いっきたかる（一期田刈る） 夏 一七三
いてぞら（凍空） 冬 四一八
いてづる（凍鶴） 冬 四六八
いてぼし（凍星） 冬 四二〇
いととんぼ（糸蜻蛉） 夏 二一〇
いとばしょうかる（糸芭蕉刈る） 冬 四四七
いなか（稲架） 秋 三三〇
いなご（蝗） 秋 三六六
いなすずめ（稲雀） 秋 三五五
いなだ（稲田） 秋 三一一
いなづま（稲妻） 秋 三一六

いなびかり（稲光） 秋 三一六
いなほ（稲穂） 秋 三九〇
いなほさい（稲穂祭） 夏 一八七
いぬたで（犬蓼） 秋 四〇一
いぬふぐり 春 一〇九
いぬまきのみ（いぬまきの実） 秋 三七九
いねかり（稲刈） 秋 三一九
いねかる（稲刈る） 秋 三一九
いねのはな（稲の花） 秋 三九〇
いのこずち 秋 三九六
いのち（命） 無 五四二
いのり（祈り） 無 五五二
いばらのり（茨海苔） 春 一一三
イペー 春 八一
いも（藷） 秋 三九〇
いもさす（藷挿す） 夏 一七三
いものつゆ（芋の露） 秋 三一八
いものはな（甘藷の花） 冬 四九一
いもプーズ（芋プーズ） 冬 四五七
いもまつり（芋まつり） 冬 四五七

いもり（井守）	夏	一九六
イラブー	秋	三四九
いるか（海豚）	冬	四六三
いるかがり（海豚狩）	夏	一七六
いれいのひ（慰霊の日）	夏	一八八
いろ（色）	無	五五二
いろかえぬまつ（色変えぬ松）	秋	三七五
いろどり（色鳥）	秋	三五四
いろなきかぜ（色なき風）	秋	三一〇
イワサキクサゼミ	春	七四
いわしぐも（鰯雲）	秋	三〇二
いわしみず（岩清水）	夏	一五四
いんこう（咽喉）	無	五三九

う

うえた（植田）	夏	一五七
うえたかぜ（植田風）	夏	一五七
うお（魚）	無	五五七
ウオッカ（火酒）	冬	四四一
うきくさ（萍）	夏	二八三
うぐいす（鶯）	春	六三
うぐゎんとぅき（御願解き）	冬	四五九
うぐゎんぶとぅち（御願解き）	冬	四五九
ウケチグヮン	冬	四五九
うけちぐゎん（御結願）	冬	四五九
うげつ（雨月）	秋	三〇七
うこんのはな（鬱金の花）	秋	三八六
うさぎ（兎）	冬	四六二
うし（牛）	無	五五六
うしあらう（牛洗う）	夏	一七二
うしーみー（御清明）	春	五七
うしがえる（牛蛙）	夏	一九五
うしでーく（臼太鼓）	秋	三三九
うしひやす（牛冷やす）	夏	一七二
うすばかげろう（薄翅蜉蝣）	夏	二二一
うずみび（埋火）	冬	四四五
うすもの（羅）	夏	一六一
うずら（鶉）	秋	三五六
うそざむ（うそ寒）	秋	二九六
うちみず（打水）	夏	一七一
うつせみ（空蟬）	夏	二三〇
うなぎ（鰻）	夏	二〇八
うなみ（卯波）	夏	一五六
うに（雲丹）	春	七一
うまごやし	春	一〇六
うまごやし（苜蓿）	春	一〇六
うまこゆる（馬肥ゆる）	秋	三四九
うみ（海）	無	五五五
うみがめ（海亀）	夏	一九四
うみにな（海蜷）	春	七〇
うみびらき（海開き）	春	五四
うみぶどう（海葡萄）	夏	二八四
うみへび（海蛇）	秋	三四九
うみほおずき（海酸漿）	夏	二〇九
うみほたる（海蛍）	夏	二一一
うむうゆみ（藷折目）	冬	四五七
うめ（梅）	春	七五
うめびより（梅日和）	春	一九
うめほす（梅干す）	夏	一六四

うらぼんえ（盂蘭盆会） 秋 三三四
うらら 春 九
うららか 春 九
うり（瓜） 夏 二六七
うりずみ 春 八
うりずむ 春 八
うりずん 春 八
うりずんべー（うりずん南風） 春 二五
うろこ 無 五五八
うろこぐも（鱗雲） 秋 三〇二
ウンケージューシー 秋 三三七
うんじゃみ（海神祭） 秋 三三九
うんどうかい（運動会） 秋 三一六

え

えい（鱏） 秋 三五九
えい（鱝） 秋 三五九
エイサー 秋 三三七
えいれい（英霊） 無 五五四
えき（駅） 無 五四八
えごのはな（えごの花） 春 九五
えのきのはな（榎の花） 夏 二四九
えのころぐさ 秋 三九六
えほう（恵方） 新 五二〇
えほうみち（恵方道） 新 五二〇
えほん（絵本） 無 五五一
えま（絵馬） 無 五五二
えらぶうなぎ（えらぶ鰻） 秋 三四九
えらぶうみへび（えらぶ海蛇） 秋 三四九
えりまき（襟巻） 冬 四三九
えんしょ（炎暑） 夏 一三〇
えんそく（遠足） 春 四一
えんちゅう（炎昼） 夏 一二六
えんてい（炎帝） 夏 一一六
えんてん（炎天） 夏 一四九
えんでん（塩田） 無 五三五
えんぴつ（鉛筆） 無 五四七
えんらい（遠雷） 夏 一四五

お

おい（老い） 無 五四二
おうごちょうのはな（黄胡蝶の花） 夏 二三四
おうちのはな（楝の花） 春 九五
おうちのはな（樗の花） 春 九五
おうとうき（桜桃忌） 夏 一八七
おうとうのみ（桜桃の実） 夏 二三九
おおあした（大旦） 新 五〇〇
おおうちわ（大団扇） 秋 三四〇
おおかみ（狼） 冬 四六二
おおぐまざ（大熊座） 春 三三
オオゴマダラ 夏 二一一
おーとー（青橙） 冬 四七九
おおどし（大年） 冬 四二二
おおなみ（大波） 無 五三四
おおばこのはな（車前草の花） 夏 二八〇
おおひでり（大旱） 夏 一五一
おおまつよいぐさ（大待宵草） 夏 二七七

おおみそか（大晦日） 冬 四二二
おおみなみ（大南風） 夏 一三七
おかがに（陸蟹） 夏 二〇九
おかやどかり（陸寄居虫） 春 七一
おきなます（沖膾） 夏 一六七
おきなわ（沖縄） 無 五三六
おきなわき（沖縄忌） 夏 一八八
おきなわへんかんのひ（沖縄返還の日） 夏 一八四
オクラ 夏 二七一
おくりび（送り火） 秋 三三八
おくりぼん（送り盆） 秋 三三八
おさがり（お降り） 新 五〇七
おじぎそう（含羞草） 夏 二六二
おしどり（鴛鴦） 冬 四六七
おしろいばな（白粉花） 秋 三八七
おだまき（苧環） 春 九八
おたまじゃくし 春 六一
おちぜみ（落蝉） 秋 三六〇
おちだか（落鷹） 冬 四六三
おちつばき（落椿） 春 七五
おちば（落葉） 冬 四八二
おちばたき（落葉焚） 冬 四四六
おっと（夫） 無 五四一
おでん 冬 四四三
おとこ（男） 無 五三七
おとこえし（男郎花） 秋 三九九
おとしだま（お年玉） 新 五一〇
おとしぶみ（落し文） 夏 二一六
おとしみず（落し水） 秋 三三一
おどり（踊り） 無 五五一
おにあざみ（鬼あざみ） 秋 三九七
おにび（鬼火） 冬 四三二
おにやらい（鬼やらい） 冬 四六〇
おにやんま（鬼やんま） 秋 三六一
おにゆり（鬼百合） 夏 二六一
おばな（尾花） 秋 三九三
おぼろ（朧） 春 二二
おぼろづき（朧月） 春 二二
おぼろよ（朧夜） 春 二二
おみなえし（女郎花） 秋 三九九
おもいぐさ（思い草） 秋 四〇〇
おもいば（思羽） 冬 四六七
おや（親） 無 五四〇
おやこ（親子） 無 五四〇
およぎ（泳ぎ） 夏 一七六
オリオンざ（オリオン座） 冬 四二〇
おりがみ（折紙） 無 五四七
おれ（俺） 無 五三七
おれづみ 春 八
おんがく（音楽） 無 五五一
おんがくかい（音楽会） 無 五五一
おんな（女） 無 五三七
おんなしょうがつ（女正月） 新 五〇一

か

か（蚊） 夏 二三〇
が（蛾） 夏 二三三
かーちーべー（夏至南風） 夏 一三七

カーネーション　夏　二五八
カーブチー　冬　四七九
かいこうず（海紅豆）　夏　二三一
かいし（海市）　春　一三
かいじんさい（海神祭）　秋　三三九
かいせんび（開戦日）　冬　四三三
かいだん（階段）　無　五四六
かいつぶり（鳰）　冬　四六七
がいとう（外套）　冬　四二八
かいよせ（貝寄風）　春　二六
かえりばな（返り花）　冬　四七三
かえりばな（帰り花）　冬　四七三
かえる（蛙）　春　六一
かえんかずら（火炎葛）　春　八二
かえんぼく（火炎木）　夏　二三四
かお（顔）　無　五二八
かかし（案山子）　秋　三三九
かがみもち（鏡餅）　新　五〇九
カカラ　春　九四
ががんぼ　夏　二三一
ががんぼ（大蚊）　夏　二三一
かき（柿）　秋　三七一
かき（牡蠣）　冬　四七一
かきごおり（かき氷）　夏　一六五
かきぞめ（書初）　新　五二一
かきつばた（杜若）　夏　二五六
かきもみじ（柿紅葉）　秋　三七四
かきわかば（柿若葉）　夏　二三八
かくいどり（蚊食鳥）　夏　一九四
かくちょうらん（鶴頂蘭）　春　九九
がくのはな（額の花）　夏　二三八
かげろう（陽炎）　春　一三
かさ（傘）　無　五四六
がさみ　夏　二〇九
かざり（飾）　新　五〇九
かざりたく（飾焚く）　新　五三二
かじ（火事）　冬　四四七
かじか（河鹿）　夏　一九五
かじか（鰍）　夏　二〇八
かじかむ（悴む）　冬　四五二
かじき（旗魚）　夏　二〇八
かじはじめ（鍛冶始）　新　五一五
かじまつり（鍛冶祭）　冬　四五六
かじまやー（風車祝）　秋　三四四
ガジュマル　無　五五九
ガジュマルのみ（ガジュマルの実）　秋　三八一
がじょう（賀状）　新　五一〇
かしわもち（柏餅）　夏　一六三
かすみ（霞）　春　一三
かぜ（風邪）　冬　四五一
かぜ（風）　無　五三二
かぜかおる（風薫る）　夏　一三九
かぜすずし（風涼し）　夏　一三一
かぜひかる（風光る）　春　二六
かぞえび（数え日）　冬　四二一
かたかげ（片陰）　夏　一五〇
かたしぐれ（片時雨）　冬　四三三
かたつむり（蝸牛）　夏　二二四
かたばみのはな（酢漿の花）　夏　二八〇
かたぶいい（片降い）　夏　一四四

かたふり（片降り） 夏 一四四
がちゃがちゃ 秋 三六五
がちゅん 秋 三五八
かちょう（蚊帳） 夏 一六八
かつお（鰹） 夏 二〇六
がっき（楽器） 無 五三一
かっこう（郭公） 夏 一九九
がっこう（学校） 無 五四九
かと（蝌蚪） 春 六一
かどび（門火） 秋 三三五
かどまつ（門松） 新 五〇九
かとりせんこう（蚊取線香） 夏 一六八
カトレア 冬 四八七
かなかな 秋 三六一
かなぶん 夏 二一六
かに（蟹） 夏 二〇九
かねたたき（鉦叩） 秋 三六五
カバ 無 五五六
かび（蚊火） 夏 一六八
かび（黴） 夏 二八三
かぶだしきび（株出し甘蔗） 春 四七
かぶとむし（兜虫） 夏 二一五
かふんまう（花粉舞う） 春 三三
かぼちゃ（南瓜） 秋 三八八
かぼちゃのはな（南瓜の花） 夏 二六六
がま（洞窟） 無 五三五
かまきり（蟷螂） 秋 三六六
かまどねこ（竈猫） 冬 四六二
かみ（髪） 無 五三八
かみ（紙） 無 五四五
かみ（神） 無 五三三
かみあらう（髪洗う） 夏 一七九
かみおどり（神踊り） 秋 三四〇
かみさしばな（簪花） 夏 二五八
かみなり（雷） 夏 一四五
かみのるす（神の留守） 冬 四五五
かみふうせん（紙風船） 春 五〇
かめ（亀） 夏 一九四
かめなく（亀鳴く） 春 六〇
かめのこ（亀の子） 夏 一九四
かも（鴨） 冬 四六七
かものこ（鴨の子） 夏 二〇一
かもめ（鷗） 冬 四六七
かや（蚊帳） 夏 一六八
かや（茅） 秋 三九五
かや（萱） 秋 三九五
かやり（蚊遣） 夏 一六八
かやりぐさ（蚊遣り草） 夏 二七八
からす（鴉） 無 五五七
からすうり（烏瓜） 秋 四〇二
かり（雁） 秋 三五七
かりがね 秋 三五七
かりた（刈田） 秋 三二一
かりわたし（雁渡し） 秋 三一四
かりんのみ（榠樝の実） 秋 三七四
かる（枯る） 冬 四八三
かるた（歌留多） 新 五一五
かるのこ（軽鳧の子） 夏 二〇一
かれおばな（枯尾花） 冬 四九二
かれき（枯木） 冬 四八三

かれぎく（枯菊） 冬 四八七
かれきみち（枯木道） 冬 四八三
かれくさ（枯草） 冬 四九二
かれさんが（枯山河） 冬 四二九
かれしば（枯芝） 冬 四九三
かれすすき（枯芒） 冬 四九二
かれづる（枯蔓） 冬 四九三
かれとうろう（枯蟷螂） 冬 四七二
かれの（枯野） 冬 四二九
かれは（枯葉） 冬 四八二
かればしょう（枯芭蕉） 冬 四八七
かれはす（枯蓮） 冬 四八八
かれはすだ（枯蓮田） 冬 四八八
かれふよう（枯芙蓉） 冬 四七八
かれやなぎ（枯柳） 冬 四八三
かわ（河） 無 五三六
かわず（蛙） 春 六二
かわずのめかりどき（蛙の目借り時） 春 一六
かわせみ（翡翠） 夏 二〇一
かわとんぼ（川蜻蛉） 夏 二二〇
かわほり 夏 一九四
かわらなでしこ（河原撫子） 夏 二七九
かん（寒） 冬 四一三
がん（雁） 秋 三五七
かんあかね（寒茜） 冬 四二六
かんあけ（寒明） 春 四
かんえい（寒泳） 冬 四三六
かんかえる（寒返る） 春 五
かんがらす（寒鳥） 冬 四六六
かんがらす（寒鴉） 冬 四六六
がんぎ（雁木） 無 五四九
かんぎょう（寒行） 冬 四五九
がんぐ（玩具） 無 五四七
かんげいこ（寒稽古） 冬 四三六
かんげつ（寒月） 冬 四一九
かんげっこう（寒月光） 冬 四一九
かんごい（寒鯉） 冬 四七〇
かんざくら（寒桜） 冬 四七四
がんじつ（元日） 新 五〇〇
かんしょうう（甘藷植う） 夏 一七三
かんすずめ（寒雀） 冬 四六六
かんすばる（寒昴） 冬 四二〇
かんせん（寒泉） 冬 四三〇
かんぞうのはな（萱草の花） 秋 三九八
かんたまご（寒卵） 冬 四四一
がんたん（元旦） 新 五〇〇
かんちょう（寒潮） 冬 四三一
がんちょう（元朝） 新 五〇〇
かんつばき（寒椿） 冬 四七六
かんとう（寒濤） 冬 四三一
かんとう（寒灯） 冬 四四四
カンナ 秋 三八三
かんなぎ（寒凪） 冬 四二一
かんなづき（神無月） 冬 四〇五
かんのあめ（寒の雨） 冬 四二五
かんのいり（寒の入） 冬 四一三
かんのつき（寒の月） 冬 四一九
かんのほし（寒の星） 冬 四二〇
かんのみず（寒の水） 冬 四三〇

かんのもず（寒の鵙） 冬 四六五
かんぱ（寒波） 冬 四一五
かんばい（寒梅） 冬 四七三
かんばつ（旱魃） 夏 一五一
かんばれ（寒晴） 冬 四一八
かんひざくら（寒緋桜） 冬 四七四
かんびより（寒日和） 冬 四一八
かんぷう（寒風） 冬 四二一
かんぶり（寒鰤） 冬 四六九
かんべに（寒紅） 冬 四三六
かんぼ（寒暮） 冬 四一三
かんぼたん（寒牡丹） 冬 四七六
かんまんげつ（寒満月） 冬 四一九
かんむりわし（冠鷲） 冬 四六四
かんもどり（寒戻り） 春 五
かんゆうやけ（寒夕焼） 冬 四二六
がんらいこう（雁来紅） 秋 三八五
かんらっき（寒落暉） 冬 四二六
かんらん（甘藍） 夏 二七一
かんりん（寒林） 冬 四八三

かんろ（寒露） 秋 二九六
かんろあれ（寒露荒れ） 秋 三一四

き

き（木） 無 五五八
きいちご（木苺） 夏 二八二
きいちごのはな（木苺の花） 春 一〇一
ぎいまのはな（ぎいまの花） 春 八二
きう（喜雨） 夏 一四五
ききょう（桔梗） 秋 三九九
きく（菊） 秋 三八八
きくざけ（菊酒） 秋 三四四
きくびより（菊日和） 秋 二九九
きさらぎ（如月） 春 一〇
ぎしぎし 夏 二八〇
ぎしぎしのはな（羊蹄の花） 夏 二八〇
きす（鱚） 夏 二〇七
きずいせん（黄水仙） 春 九七
きせい（帰省） 夏 一五九

きたかぜ（北風） 冬 四二一
きたまどひらく（北窓開く） 春 四五
きたまどふさぐ（北窓塞ぐ） 冬 四四四
きち（基地） 無 五五〇
きちがいなす（狂茄子） 夏 二六四
きちきち 秋 三六六
きっしょ（吉書） 新 五二一
きつね（狐） 冬 四六一
きつねび（狐火） 冬 四三三
きぬかつぎ（衣被） 秋 三一七
きぬたうつ（砧打つ） 秋 三三〇
きのう（昨日） 無 五三三
きのこ（茸） 秋 四〇二
きのぼりとかげ（木登蜥蜴） 夏 一九七
きばなのひめゆり（黄花野姫百合） 秋 三八三
きび（甘蔗） 冬 四九〇
きびあらし（甘蔗嵐） 秋 三一四
きびうえ（甘蔗植え） 春 四七
きびかり（甘蔗刈） 冬 四四八
きびしぐれ（甘蔗時雨） 冬 四二三

きびしたは（甘蔗下葉）　夏　二七二
きびしたはかく（甘蔗下葉掻く）　夏　一七三
きびしたははぐ（甘蔗下葉剝ぐ）　夏　一七三
きびしぼる（甘蔗搾る）　冬　四四九
きびたおし（甘蔗倒し）　冬　四四八
きびだし（甘蔗出し）　冬　四四八
きびにつむ（甘蔗煮つむ）　冬　四四九
きびになう（甘蔗担う）　冬　四四八
きびのはな（甘蔗の花）　冬　四九〇
きびのほ（甘蔗の穂）　冬　四九〇
きびばたけ（甘蔗畑）　無　五三四
きびわかば（甘蔗若葉）　夏　二七二
きぶくれ（着ぶくれ）　冬　四三七
きみがよらん（きみがよ蘭）　秋　三八三
キャベツ　夏　二七一
きゅうかはつ（休暇果つ）　秋　三三五
きゅうしゅん（球春）　春　五五
きゅうしょう（旧正）　新　五〇二
きゅうしょうがつ（旧正月）　新　五〇二
きゅうぼん（旧盆）　秋　三三四

きゅうり（胡瓜）　夏　二六八
きょう（今日）　無　五三三
きょうだい（兄弟）　無　五四一
きょうちくとう（夾竹桃）　夏　二三八
きょうのつき（今日の月）　秋　三〇五
ぎょけい（御慶）　新　五一〇
きり（霧）　秋　三一八
きりかぶ（切株）　無　五五八
きりぎりす　秋　三六五
キリスト　無　五五三
きりのはな（桐の花）　夏　二四八
きりのみ（桐の実）　秋　三七八
きりひとは（桐一葉）　秋　三七六
きわたのはな（きわたの花）　春　八二
ぎんが（銀河）　秋　三〇九
ぎんかん（銀漢）　秋　三〇九
きんぎょ（金魚）　夏　二〇四
きんぎょだま（金魚玉）　夏　一七八
きんしゅう（金秋）　秋　二八六
ぎんねむ（銀合歓）　夏　二五〇

きんぽうげ（金鳳花）　春　一〇九
きんもくせい（金木犀）　秋　三六八
ぎんやんま（銀やんま）　秋　三六一

く

グァバ　夏　二四二
グァバのはな（グァバの花）　夏　二三八
くいな（水鶏）　夏　二〇二
くうしゅう（空襲）　無　五五四
くーす（古酒）　夏　一六四
くうばく（空爆）　無　五五四
クールビズ　夏　一六〇
くがつ（九月）　秋　二九一
くくたち（茎立）　春　一〇二
くさいきれ（草いきれ）　夏　二七四
くさかり（草刈）　夏　一七五
くさぎのはな（常山木の花）　秋　三七七
くさしげる（草茂る）　夏　二七四
くさじらみ（草虱）　秋　三九六

くさぜみ（草蟬） 春 七四
くさとり（草取） 夏 一七五
くさのはな（草の花） 秋 三九二
くさのほ（草の穂） 秋 三九二
くさのみ（草の実） 秋 三九二
くさのわた（草の絮） 秋 三九二
くさはら（草原） 無 五三四
くさひく（草引く） 夏 一七五
くさぶえ（草笛） 夏 一七九
くさめ 冬 四五二
くさもえ（草萌） 春 一〇四
くさもち（草餅） 春 四三
くさもみじ（草紅葉） 秋 三九二
くさや（草矢） 夏 一七八
くさやく（草焼く） 春 四五
くしゆくい（腰憩い） 夏 一八二
くじら（鯨） 冬 四六二
くずのはな（葛の花） 秋 三九五
くずほる（葛掘る） 秋 三三〇
くずゆ（葛湯） 冬 四四一

くちきり（口切） 冬 四四六
くちなし（山梔子） 春 八七
くちなしのはな（梔子の花） 春 八七
くちびる（唇） 無 五三八
くつ（靴） 無 五四六
くつわむし（轡虫） 秋 三六五
くに（国） 無 五四五
くにぶ（九年母） 冬 四七九
くにぶのはな（九年母の花） 春 八九
くねんぼ（九年母） 冬 四七九
くばうちわ（蒲葵団扇） 夏 一七〇
くばおうぎ（蒲葵扇） 夏 一七〇
くばがさ（蒲葵笠） 夏 一七〇
くばのはな（蒲葵の花） 春 九三
くばのみ（蒲葵の実） 夏 二五四
ぐびじんそう（虞美人草） 夏 二五七
くま（熊） 冬 四六一
くまぜみ（熊蟬） 夏 二一七
ぐみ（茱萸） 春 九四
ぐみ（茱萸） 秋 三七八

くむ（酌む） 無 五四六
くも（蜘蛛） 夏 二三三
くも（雲） 無 五三一
くものい（蜘蛛の囲） 夏 二三三
くものいと（蜘蛛の糸） 夏 二三三
くものす（蜘蛛の巣） 夏 二三三
くものみね（雲の峰） 夏 一三四
くらがり（暗がり） 無 五三一
くらげ 夏 二一一
グラジオラス 夏 二五六
くり（栗） 秋 三七二
クリスマス 冬 四五七
クリスマスツリー 冬 四五七
ぐるくん 夏 二〇六
くるとし（来る年） 新 四九八
くるま（車） 無 五四八
くるみ（胡桃） 秋 三七二
くれ（暮） 冬 四一〇
くれおそし（暮遅し） 春 一五
クレソン 春 一〇三

くれのあき（暮の秋） 秋 二九三
くれのいち（暮の市） 冬 四五八
くれのはる（暮の春） 春 一三
くれはやし（暮早し） 冬 四一二
くろ（黒） 無 五五二
くろあげは（黒揚羽） 夏 二二一
くろきのみ（黒木の実） 秋 三七九
くろきのめ（黒木の芽） 春 九一
くろつぐのはな（桄榔の花） 春 九三
クロトン 秋 三八二
くろとん（変葉木） 秋 三八二
くろはえ（黒南風） 夏 一三七
くろよなのはな（黒与那の花） 秋 三六八
くわ（鍬） 無 五四五
くわずいものはな（不食芋の花） 春 九九
くわずいものみ（不食芋の実） 夏 二六六
くゎでーしのみ（火出樹の実） 冬 四八五
くわのみ（桑の実） 夏 二五四
くわはじめ（鍬始） 新 五一三
ぐんかん（軍艦） 無 五五四
ぐんぐゎちうまちー（五月御祭） 夏 一八七
ぐんとう（軍刀） 無 五五五
ぐんばいひるがお（軍配昼顔） 夏 二七七
くんぷう（薫風） 夏 一三九

け

けいちつ（啓蟄） 春 一〇
けいとあむ（毛糸編む） 冬 四四〇
けいとう（鶏頭） 秋 三八四
けいれい（敬礼） 無 五五四
けいろうのひ（敬老の日） 秋 三四二
けいろうび（敬老日） 秋 三四二
けさのあき（今朝の秋） 秋 二八八
けさのはる（今朝の春） 新 四九八
けさのふゆ（今朝の冬） 冬 四〇五
げし（夏至） 夏 一三三
げじげじ 夏 二三三
げじげじ（蚰蜒） 夏 二三三
けしのはな（芥子の花） 夏 二五七
げっかびじん（月下美人） 夏 二六〇
けっかん（血管） 無 五三九
げっきつのはな（月橘の花） 夏 二三八
げっこう（月光） 秋 三〇三
げっとうのはな（月桃の花） 夏 二五九
げっとうのみ（月桃の実） 秋 三八六
けむし（毛虫） 夏 二一四
けんこくきねんのひ（建国記念の日） 春 五三
げんしばくだん（原子爆弾） 無 五五五
げんとう（玄冬） 冬 四〇四
げんばくき（原爆忌） 夏 一九二
けんぺい（憲兵） 無 五五四
けんぽうきねんび（憲法記念日） 春 五九

こ

こい（鯉） 無 五五七
こいねこ（恋猫） 春 六〇
こいのぼり（鯉幟） 夏 一八三

こういか（甲烏賊） 冬 四七〇
ごうかく（合格） 春 四〇
こうさ（黄砂） 春 二八
こうさてん（交差点） 無 五四九
こうすい（香水） 夏 一六九
ごうな（寄居虫） 春 七一
こうふう（光風） 春 二六
こうほね（河骨） 夏 二七九
こうもり（蝙蝠） 夏 一九四
こうよう（紅葉） 秋 三七四
こうらく（黄落） 秋 三七五
コーヒーのみ（コーヒーの実） 冬 四九二
ゴーヤー 夏 二七〇
こおり（氷） 冬 四三三
こおりがし（氷菓子） 夏 一六六
ゴールデンシャワー 夏 二二五
こおろぎ（蟋蟀） 秋 三六四
ごがつ（五月） 夏 一一八
ごがつウマチー（五月ウマチー） 夏 一八七
ごがつせっく（五月節句） 夏 一八三

こがねむし（黄金虫） 夏 二二六
こがらし（凩） 冬 四三三
こがらし（木枯） 冬 四三三
ごきぶり 夏 二二三
ごぎょう（御形） 新 五二七
こくう（穀雨） 春 一六
ごくげつ（極月） 冬 四一〇
こくしょ（酷暑） 夏 一三〇
ごくしょ（極暑） 夏 一三〇
こくたんのみ（黒檀の実） 秋 三七九
こくたんのめ（黒檀の芽） 春 九一
ごくらくちょうか（極楽鳥花） 夏 二六〇
こけのはな（苔の花） 夏 二八三
こしたやみ（木下闇） 夏 二四七
こしゅ（古酒） 秋 三三六
こしょうがつ（小正月） 新 五〇一
ごすい（午睡） 夏 一八〇
こすずめ（子雀） 春 六六
コスモス 秋 三八五
こぞことし（去年今年） 新 四九九

こち（東風） 春 二四
こちょうらん（胡蝶蘭） 夏 二七五
こっか（国家） 無 五四五
こっき（国旗） 無 五四五
こつばめ（子燕） 夏 二〇〇
こでまり（小手毬） 春 八六
ことしまい（今年米） 秋 三三六
ことば（言葉） 無 五四五
こども（子供） 無 五四〇
こどものひ（こどもの日） 夏 一八三
こどものひ（子供の日） 夏 一八三
ことりくる（小鳥来る） 秋 三五四
こなつ（小夏） 冬 四〇八
こなつばれ（小夏晴） 冬 四〇八
こなつび（小夏日） 冬 四〇八
こなつびより（小夏日和） 冬 四〇八
こなみ（小波） 無 五三四
このは（木の葉） 冬 四八一
このはがみ（木の葉髪） 冬 四五二
このはずく（木葉木菟） 夏 一九九

このはちょう（木の葉蝶） 夏 二二三
このみ（木の実） 秋 三七六
このみおつ（木の実落つ） 秋 三七六
このみふる（木の実降る） 秋 三七六
このめ（木の芽） 春 九〇
このめあめ（木の芽雨） 春 二九
このめかぜ（木の芽風） 春 二四
このめどき（木の芽時） 春 九〇
このめばれ（木の芽晴） 春 一六
こばていし 無 五五九
こはる（小春） 冬 四〇六
こはるなぎ（小春凪） 冬 四〇六
こはるび（小春日） 冬 四〇六
こぶしめ 冬 四七〇
こま（独楽） 新 五一六
ごま（胡麻） 秋 三九一
ごまのはな（胡麻の花） 夏 二六七
こやすがい（子安貝） 春 七〇
ごれんしのみ（五斂子の実） 冬 四八〇
ころくがつ（小六月） 冬 四〇六
ごろすけ（五郎助） 冬 四六六
ころもがえ（更衣） 夏 一五九
こんろんか（崑崙花） 夏 二五一

さ

サイダー 夏 一六五
さいたん（歳旦） 新 五〇〇
さいばん（歳晩） 冬 四一〇
さいぼばえ（歳暮南風） 冬 四三三
さえかえる（冴返る） 春 五
さえずり（囀） 春 六五
さがりばな（さがり花） 夏 二五〇
さぎ（鷺） 冬 四六五
さぎそう（鷺草） 夏 二八三
さぎちょう（左義長） 新 五二二
さくら（桜） 春 七七
さくらがい（桜貝） 春 六九
さくらがり（桜狩） 春 四九
さくらごち（桜東風） 春 二四
さくらだい（桜鯛） 春 六六
さくらちる（桜散る） 春 七九
さくらのみ（桜の実） 夏 二三五
さくらふぶき（桜吹雪） 春 七九
さくらもち（桜餅） 春 四三
さくらゆ（桜湯） 春 四二
さくららん（桜蘭） 夏 二五八
さくらんぼ 夏 二三九
ざくろ（石榴） 秋 三七二
さけ（酒） 無 五四六
さざえ 春 六八
さざえ（栄螺） 春 六八
ささげしお（豇豆潮） 秋 三三三
ささごなく（笹子鳴く） 冬 四六五
ささなき（笹鳴） 冬 四六五
さざんか（山茶花） 冬 四七六
サシバ 秋 三五〇
さしば（差羽） 秋 三五〇
さしば（刺羽） 秋 三五〇
さしばまう（差羽舞う） 秋 三五〇

さそりざ（蠍座） 夏 一三六
サッカー 冬 四五一
さつきぞら（五月空） 夏 一四六
さつきなみ（皐月波） 夏 一五六
さつきばれ（五月晴） 夏 一三四
さつきやみ（五月闇） 夏 一四七
さつまいも（甘藷） 秋 三九〇
さといも（里芋） 秋 三八九
さとうきび（砂糖黍） 冬 四九〇
さとうきびのはな（砂糖黍の花） 冬 四九〇
さとまつり（里祭） 秋 三四六
さなえうう（早苗植う） 夏 一七二
さば（鯖） 夏 二〇七
さばぐも（鯖雲） 秋 三〇二
サフラン 秋 三八三
さふらん（泊夫藍） 秋 三八三
サボテン 夏 二六三
さみだれ（五月雨） 夏 一四三
さむさ（寒さ） 冬 四一三
さむし（寒し） 冬 四一三

さめ（鮫） 冬 四六九
さやけし 秋 二九〇
さゆ（冴ゆ） 冬 四一四
さより 春 六七
さより（細魚） 春 六七
さより（針魚） 春 六七
さるすべり（百日紅） 夏 二二七
サルビア 夏 二五七
さわがに（沢蟹） 夏 二〇九
さわぎきょう（沢桔梗） 秋 三九九
さわふじ（沢藤） 夏 二五〇
さわやか（爽やか） 秋 二九〇
さわら（鰆） 春 六七
さわらごち（鰆東風） 春 二四
さんが（山河） 無 五三四
さんがつ（三月） 春 一〇
さんがつウマチー（三月ウマチー） 春 五八
さんがつがし（三月菓子） 春 五六
さんがつじん（三月尽） 春 一〇
さんがにち（三が日） 新 五〇〇

さんかんしおん（三寒四温） 冬 四一五
ざんぎく（残菊） 秋 三八八
さんきのき（三鬼の忌） 春 五五
さんきらい（山帰来） 春 九四
サングラス 夏 一六二
さんぐゎちあしび（三月遊び） 春 五六
さんご（珊瑚） 無 五三五
さんこうちょう（三光鳥） 夏 二〇二
さんごじゅのみ（珊瑚樹の実） 秋 三七八
さんごしょう（珊瑚礁） 無 五三五
さんしし（山梔子） 春 八七
ざんしょ（残暑） 秋 二八九
さんしょううお（山椒魚） 夏 一九六
さんしょのみ（山椒の実） 秋 三七八
さんすいしゃ（撒水車） 夏 一七一
さんだんか（仙丹花） 夏 二三三
さんだんか（三段花） 夏 二三三
サンドレス 夏 一六〇
さんにんのみ（さんにんの実） 秋 三八六
さんぷく（三伏） 夏 一二九

さんま（秋刀魚）　秋　三五八

し

し（死）　無　五四二
シークヮーサー　冬　四七九
しーくゎーさー（島橘）　冬　四七九
しーさー（獅子）　無　五四七
しいぶーべー（歳暮南風）　冬　四三三
しーみー（清明）　春　五七
しいら（鱰）　夏　二〇七
しうんぼく（紫雲木）　春　八三
しおひがり（潮干狩）　春　四八
しおまねき（望潮）　春　七〇
しおん（四温）　冬　四一五
しおんばれ（四温晴）　冬　四一五
しか（鹿）　秋　三四九
しがつ（四月）　春　一三
しがつばか（四月馬鹿）　春　五五
しぎ（鴫）　秋　三五六
しぎ（鷸）　秋　三五六
しきき（子規忌）　秋　三四三
じくう（時空）　無　五三三
シクラメン　冬　四八六
しぐれ（時雨）　冬　四三三
しげり（茂）　夏　二七四
しじみちょう（蜆蝶）　春　七三
ししゃ（死者）　無　五四二
しせんたく（紙銭焚く）　無　五五二
した（舌）　無　五三八
じだい（時代）　無　五三二
したたり（滴り）　夏　一五四
したもえ（下萌）　春　一〇四
したやみ（下闇）　夏　二四七
しだれざくら（枝垂桜）　春　七七
しちがつ（七月）　夏　一二五
しちぐゎち（七月）　秋　三三四
しちごさん（七五三）　冬　四五五
しちへんげ（七変化）　夏　二二六
じてんしゃ（自転車）　無　五四八
シヌグ　秋　三三九
シネラリア　春　九七
しばさし（柴差し）　秋　三四一
しばもえる（芝萌える）　春　一〇四
しま（島）　無　五三五
しまあざみ（島薊）　春　一一〇
しまくさらし　春　五三
シマグワのみ（シマグワの実）　夏　二五四
しまざくら（島桜）　冬　四七四
しますみれ（島菫）　春　一〇五
しまつつじ（島躑躅）　春　八五
しまにんじん（島人参）　冬　四八九
しまバナナ（島バナナ）　夏　二四一
しまばんだか（島番鷹）　秋　三五〇
しまひばり（島ひばり）　春　六三
しまらっきょう（島らっきょう）　夏　二七一
しみ（紙魚）　夏　二二二
しみず（清水）　夏　一五四
じむしいづ（地虫出づ）　春　一〇
しめかざり（注連飾）　新　五〇九

しめかざる（注連飾る）	冬	四三五
しめなわ（注連縄）	新	五〇九
しも（霜）	冬	四一六
しもくれん（紫木蓮）	春	八六
じゃがいものはな（じゃがいもの花）	夏	二六七
しゃかか（釈迦果）	秋	三七四
しゃかとう（釈迦頭）	秋	三七四
しゃがのはな（著莪の花）	夏	二七八
ジャカランダ	春	八三
しゃくとり（尺蠖）	夏	二一四
しゃくとり（尺取）	夏	二一四
しゃくやく（芍薬）	夏	二五六
シャコがい（シャコ貝）	夏	二〇九
ジャスミン	夏	二三七
しゃぼんだま（石鹼玉）	春	五〇
しゃらのはな（沙羅の花）	夏	二五一
しゃりんばい（車輪梅）	春	七六
じゅう・じゅうき（十・十忌）	秋	三四五
しゅうい（秋意）	秋	三三二
じゅういちがつ（十一月）	冬	四〇五
しゅういん（秋陰）	秋	三一五
しゅうう（驟雨）	夏	一四四
しゅうえん（秋燕）	秋	三五四
しゅうかくさい（収穫祭）	夏	一九一
じゅうがつ（十月）	秋	二九三
じゅうがつなつ（十月夏）	冬	四〇八
しゅうき（秋気）	秋	二九五
しゅうきすむ（秋気澄む）	秋	二九五
じゅうご（銃後）	無	五五四
しゅうこう（秋光）	秋	三〇〇
しゅうこう（秋耕）	秋	三一九
じゅうごや（十五夜）	秋	三〇五
じゅうごやさい（十五夜祭）	秋	三三一
じゅうさんいわい（十三祝い）	新	五二四
じゅうさんや（十三夜）	秋	三〇八
しゅうし（秋思）	秋	三三二
しゅうしゅう（秋愁）	秋	三三二
しゅうしょ（秋暑）	秋	二八九
しゅうしょく（秋色）	秋	三〇〇
しゅうせい（秋声）	秋	三〇〇
しゅうせん（鞦韆）	春	五〇
しゅうせんき（終戦忌）	秋	三二五
しゅうせんび（終戦日）	秋	三二五
じゅうそう（銃創）	無	五五三
しゅうちょう（秋潮）	秋	三三三
しゅうてん（秋天）	秋	三〇〇
しゅうとう（秋濤）	秋	三三二
しゅうとう（秋灯）	秋	三一七
じゅうにがつ（十二月）	冬	四〇八
じゅうにがつようか（十二月八日）	冬	四三三
じゅうやく（十薬）	夏	二八〇
しゅうりょう（秋涼）	秋	二九〇
しゅうりん（秋霖）	秋	三一五
じゅうるくにちー（十六日）	新	五二四
じゅうるくにちー（十六日祭）	新	五二四
じゅうろくや（十六夜）	秋	三〇七
しゅか（朱夏）	夏	一一六
しゅくき（淑気）	新	五〇七
しゅくきみつ（淑気満つ）	新	五〇七

ジュゴン 無 五五六
しゅっさん（出産） 無 五四二
しゅっせい（出征） 無 五五三
じゅりうま（じゅり馬） 新 五二五
じゅりうま（女郎馬） 新 五二五
じゅりうままつり（じゅり馬祭） 新 五二五
じゅりぐゎーばな（女郎小花） 夏 二七八
しゅりじょう（首里城） 無 五四九
しゅりじょうさい（首里城祭） 秋 三四七
しゅりまつり（首里祭） 秋 三四七
しゅろのはな（棕櫚の花） 夏 二四九
しゅんかん（春寒） 春 六
しゅんぎく（春菊） 春 一〇四
しゅんぎょう（春暁） 春 一三
しゅんきん（春禽） 春 六一
しゅんげつ（春月） 春 二〇
しゅんこう（春光） 春 一九
しゅんこう（春耕） 春 四五
しゅんし（春思） 春 五一
しゅんじつ（春日） 春 一九
しゅんしゅう（春愁） 春 五一
しゅんしょう（春宵） 春 一四
しゅんじん（春塵） 春 二七
しゅんせい（春星） 春 一二
しゅんちゅう（春昼） 春 一四
しゅんちょう（春潮） 春 三六
しゅんちょうき（春潮忌） 秋 三四七
しゅんでい（春泥） 春 三八
しゅんてん（春天） 春 二〇
しゅんとう（春濤） 春 三七
しゅんとう（春灯） 春 四四
しゅんぷく（春服） 春 四一
しゅんみん（春眠） 春 五一
しゅんや（春夜） 春 一五
しゅんよう（春陽） 春 一九
しゅんらい（春雷） 春 三〇
しょうがつ（正月） 新 四九九
しょうがつぶた（正月豚） 冬 四五〇
しょうかん（小寒） 冬 四一三
しょうきずいせん（鍾馗水仙） 秋 三九八
しょうきらん（鍾馗蘭） 秋 三九八
じょうじ（情事） 無 五四一
しょうじあらう（障子洗う） 秋 三一八
しょうじはる（障子貼る） 秋 三一八
しょうじょ（少女） 無 五四〇
しょうじょうそう（猩々草） 夏 二一七
しょうじょうぼく（猩々木） 冬 四七八
しょうねん（少年） 無 五四〇
じょうふ（上布） 夏 一六一
じょうみゃく（静脈） 無 五三九
しょうりょううま（精霊馬） 秋 三六七
しょうりょうはぎ（精霊萩） 秋 四〇一
しょうりょうばった（精霊飛蝗） 秋 三六六
しょうわ（昭和） 無 五三二
じょおうばな（女王花） 夏 二六〇
しょか（初夏） 夏 一一八
しょくじゅさい（植樹祭） 春 五九
じょくしょ（溽暑） 夏 一三一
しょしゅう（初秋） 秋 二八八
しょしょ（処暑） 秋 二九一

しょとう（初冬） 冬 四〇五
じょや（除夜） 冬 四二二
じょやのかね（除夜の鐘） 冬 四五九
じょやもうで（除夜詣） 冬 四五八
じょろうぐも（女郎蜘蛛） 夏 二二三
しょをさらす（書を曝す） 夏 一七一
しらうお（白魚） 春 六七
しらぎく（白菊） 秋 三八八
しらたま（白玉） 夏 一六六
しらにし（白北風） 秋 三一四
しらゆり（白百合） 夏 二六一
しらん（紫蘭） 春 一一一
じり（海霧） 夏 一四六
しろ（白） 無 五五二
しろいか（白烏賊） 冬 四七〇
しろた（代田） 夏 一五七
しろつばき（白椿） 春 七五
しろつめくさ（白詰草） 春 一〇六
しろはえ（白南風） 夏 一三七
しわす（師走） 冬 四一〇
しわすかぜ（師走風） 冬 四二二
しわすばえ（師走南風） 冬 四二三
しんきょうし（新教師） 春 五六
しんきろう（蜃気楼） 春 三三
しんごよみ（新暦） 新 五一三
じんじつ（人日） 新 五〇一
しんしゅ（新酒） 秋 三一六
しんじゅ（新樹） 夏 二四四
しんしゅう（深秋） 秋 二九六
しんしゅん（新春） 新 四九八
じんじん 夏 二一四
しんしんと 無 五三一
じんせい（人生） 無 五四二
しんせいじん（新成人） 新 五二一
しんちぢり（新松子） 秋 三七五
しんちゃ（新茶） 春 四三
じんちょうげ（沈丁花） 春 八四
しんとう（新糖） 冬 四四九
しんとうき（新糖期） 冬 四四九
しんどうふ（新豆腐） 秋 三一七
しんねん（新年） 新 四九八
しんねんかい（新年会） 新 五一二
じんべい（甚平） 夏 一六二
しんまい（新米） 秋 三一六
じんめい（人名） 無 五四四
しんらんき（親鸞忌） 冬 四五六
しんりょう（新涼） 秋 二九〇
しんりょく（新緑） 夏 二四六

す

すあし（素足） 夏 一七九
すいか（西瓜） 夏 二六八
すいかずら 夏 二四九
ずいきじる（芋茎汁） 冬 四四三
すいじがい（水字貝） 春 七〇
すいせん（水仙） 冬 四八六
すいちゅうか（水中花） 夏 一七七
スイトピー 春 九九
すいば（酸葉） 春 一〇八

すいふよう（酔芙蓉） 秋 三六九
すいみつとう（水蜜桃） 秋 三七〇
すいれん（睡蓮） 夏 二六一
すうまんぼうすー（小満芒種） 夏 一四一
すかんぽ 春 一〇八
すきまかぜ（隙間風） 冬 四三三
スク 夏 二〇六
すく（毛魚） 夏 二〇六
ずく（木菟） 冬 四六六
すくあれ（毛魚荒れ） 夏 一四五
すぐろの（末黒野） 春 三四
すさなつ（白夏） 夏 一三三
すさまじ（冷まじ） 秋 二九六
すずかぜ（涼風） 夏 一三一
すすき 秋 三九三
すすきの（芒野） 秋 三九三
すすきはら（芒原） 秋 三九三
すずし（涼し） 夏 一三一
すずしろ（蘿蔔） 新 五二七
すずな（菘） 新 五二七
すずむし（鈴虫） 秋 三六四
すずめ（雀） 無 五五七
すずめうり（雀瓜） 秋 四〇二
すずめだい（雀鯛） 夏 二〇五
すずらん（鈴蘭） 夏 二七五
スターフルーツ 冬 四八〇
すだちどり（巣立鳥） 春 六六
すだれ（簾） 夏 一六八
スト 無 五四五
ストーブ 冬 四四五
ストライキ 無 五四五
すなひがさ（砂日傘） 夏 一七一
スポーツ 無 五五二
すみ（炭） 冬 四四五
すみれ（菫） 春 一〇五

せ

せ（背） 無 五三九
せいか（盛夏） 夏 一二九
せいき（世紀） 無 五三三
せいぎ（正義） 無 五五五
せいごがつ（聖五月） 夏 一一九
せいし（生死） 無 五四二
せいしか（聖紫花） 春 八六
せいじゅ（聖樹） 冬 四五七
せいしん（精神） 無 五四三
せいじんのひ（成人の日） 新 五二一
せいとう（製糖） 冬 四四九
せいとうき（製糖期） 冬 四四九
せいねんいわい（生年祝い） 新 五二四
せいひょうき（製氷機） 夏 一六九
せいぼづき（聖母月） 夏 一一九
せいめい（清明） 春 一三
せいめいさい（清明祭） 春 五七
せいや（聖夜） 冬 四五七
せいろんべんけいのはな（せいろんべんけいの花） 春 九九
セーター 冬 四三八
せかい（世界） 無 五三六

せかいのちめい（世界の地名） 無 五三六
せき（咳） 冬 四五二
せきしゅん（惜春） 春 一八
せきそんき（石村忌） 春 五九
せきれい（鶺鴒） 秋 三五六
せっか（雪加） 春 八三
せなか（背中） 無 五三九
せみ（蟬） 夏 二一七
せみあな（蟬穴） 夏 二一七
せみしぐれ（蟬時雨） 夏 二一九
せり（芹） 春 一〇八
せり（芹） 新 五一七
セロリ 冬 四八九
せんか（戦禍） 無 五五三
せんご（戦後） 無 五五五
せんし（戦死） 無 五五四
せんしゃ（戦車） 無 五五五
せんしょう（戦傷） 無 五五三
せんじょう（戦場） 無 五五三
せんそう（戦争） 無 五五三
せんだんのはな（栴檀の花） 春 九五
せんとうき（戦闘機） 無 五五四
せんにちこう（千日紅） 夏 二六四
せんにちそう（千日草） 夏 二六四
せんねんぼくのはな（千年木の花） 春 九四
せんぷうき（扇風機） 夏 一七〇
ぜんまい（紫萁） 春 一〇八
ぜんまい（薇） 春 一〇八
せんめんき（洗面器） 無 五四七
せんりょう（千両） 冬 四八七

そ

そうげん（草原） 無 五三四
そうしじゅのはな（相思樹の花） 春 八三
そうしゅん（早春） 春 四
ぞうに（雑煮） 新 五〇九
そうばい（早梅） 冬 四七三
そうりょう（爽涼） 秋 二九〇
ソーダすい（ソーダ水） 夏 一六五
そこく（祖国） 無 五四五
そこびえ（底冷え） 冬 四一四
そしんか（素心花） 春 八三
そぞろざむ（そぞろ寒） 秋 二九六
そつえん（卒園） 春 四〇
そつぎょう（卒業） 春 四〇
そてつのはな（蘇鉄の花） 夏 二五三
そてつのみ（蘇鉄の実） 冬 四八四
そばのはな（蕎麦の花） 秋 三九一
そめはじめ（染始） 新 五一五
そら（空） 無 五三〇
そらまめ（蚕豆） 夏 二六七
そらまめ（空豆） 夏 二六七

た

た（田） 無 五三四
たい（鯛） 無 五五七
たいいくのひ（体育の日） 秋 三四五
だいかん（大寒） 冬 四一三

だいこん（大根） 冬 四八八
だいこんのたね（大根の種） 春 一〇三
だいこんのはな（大根の花） 春 一〇一
だいこんひき（大根引） 冬 四五〇
たいさんぼく（泰山木） 夏 二二八
たいしょ（大暑） 夏 一三〇
たいふう（台風） 秋 三一二
たいふう（颱風） 秋 三一二
たいふうり（台風裡） 秋 三一二
たいもうう（田芋植う） 春 四七
たいよう（太陽） 無 五三〇
たうえ（田植） 夏 一七二
たか（鷹） 秋 三五一
たかさごうお（高砂魚） 夏 二〇六
たかじゅーしい（鷹雑炊） 冬 四四二
たかぞうすい（鷹ぞうすい） 冬 四四二
たかのかぜ（鷹の風邪） 秋 三三二
たかのシーバイ（鷹のシーバイ） 秋 三一六
たかのしと（鷹の尿雨） 秋 三一六
たかのまい（鷹の舞） 秋 三五二
たかばしら（鷹柱） 秋 三五一
たがやし（耕し） 春 四五
たからがい（宝貝） 春 七〇
たからぶね（宝船） 新 五二一
たかわたる（鷹渡る） 秋 三五二
たき（滝） 夏 一五五
たきじき（多喜二忌） 春 五三
たきび（焚火） 冬 四四六
たけうま（竹馬） 冬 四五〇
たけかざり（竹飾） 新 五〇九
たけのあき（竹の秋） 春 九六
たけのはる（竹の春） 秋 三八二
たこ（蛸） 夏 二〇八
たこ（凧） 新 五一六
たこあげ（凧揚げ） 新 五一六
タコノキ 無 五五九
たちあおい（立葵） 夏 二五七
たちうお（太刀魚） 冬 四六九
たちぐも（立雲） 夏 一三四
ダチュラ 夏 二六四
だっさいき（獺祭忌） 秋 三四三
だっぴ（脱皮） 無 五五七
たでのはな（蓼の花） 秋 四〇一
たなどぅい（種取祭） 秋 三四三
たなばた（七夕） 秋 三三三
たにし（田螺） 春 七〇
たねきび（種甘蔗） 春 四七
たねとりさい（種子取祭） 秋 三四三
たねぶくろ（種袋） 春 四六
たのいろ（田の色） 秋 三一一
たび（足袋） 冬 四三九
たび（旅） 無 五四八
たびはじめ（旅始） 新 五一七
たまおくり（魂送り） 秋 三三八
たまご（卵） 無 五五七
たまござけ（玉子酒） 冬 四四一
たましい（魂） 無 五四三
たまとくばしょう（玉解く芭蕉） 夏 二六五
たままつり（魂祭） 秋 三三四
たまむかえ（魂迎え） 秋 三三五

タマン 夏 二〇五
たみずはる（田水張る） 夏 一五七
ためともゆり（為朝百合） 夏 二六一
たらばがに（鱈場蟹） 冬 四七一
ダリア 夏 二五六
タンカン 冬 四八〇
たんじつ（短日） 冬 四一二
だんじょ（男女） 無 五三七
たんじょうび（誕生日） 無 五四〇
だんとう（暖冬） 冬 四〇八
たんとぅい（種取祭） 秋 三四三
たんとぅいべー（種子取南風） 秋 三一五
たんとぅいべー（種取南風） 秋 三一五
だんどく（檀特） 秋 三八二
たんばい（探梅） 冬 四五〇
たんぽぽ（蒲公英） 春 一〇六

ち

ち（血） 無 五三九
ちからむーちー（力餅） 冬 四三三
ちからムーチー（力ムーチー） 冬 四三三
ちきゅう（地球） 無 五三〇
ちくしゅう（竹秋） 春 九六
ちじつ（遅日） 春 一五
ちず（地図） 無 五四八
ちち（父） 無 五四〇
ちちのひ（父の日） 夏 一八七
ちちろ 秋 三六四
ちとせらん（千歳蘭） 夏 二八一
ちどり（千鳥） 冬 四六七
ちのわ（茅の輪） 夏 一九一
ちのわくぐり（茅の輪潜り） 夏 一九一
ちぶさ（乳房） 無 五三九
ちゃつみ（茶摘） 春 四三
ちゃつみめ（茶摘女） 春 四三
ちゃのはな（茶の花） 冬 四七八
ちゃんちゃんこ 冬 四三七
ちゅうしゅう（仲秋） 秋 二九二
ちゅうしゅう（中秋） 秋 二九二
ちゅうしゅん（仲春） 春 七
チューリップ 春 九八
ちょう（蝶） 春 七一
ちょうき（弔旗） 無 五四五
ちょうせんあさがお（朝鮮朝顔） 夏 二六四
ちょうちょううお（蝶々魚） 夏 二〇五
ちょうちんばな（提灯花） 春 九九
ちょうほうき（長包忌） 夏 一九一
ちょうよう（重陽） 秋 三四四
ちんちろりん 秋 三六五

つ

つき（月） 秋 三〇三
つきいつる（月凍つる） 冬 四一九
つきおぼろ（月朧） 春 二一
つきこよい（月今宵） 秋 三〇五
つきすずし（月涼し） 夏 一三五
つきひ（月日） 無 五三三
つきみ（月見） 秋 三一一

つきみえん（月見宴） 秋 三三一
つきみそう（月見草） 夏 一七七
つきよ（月夜） 秋 三〇三
つくし（土筆） 春 一〇七
つくづくし 春 一〇七
つた（蔦） 秋 三八一
つたかずら（蔦葛） 秋 三八一
つたかずら（蔦蔓） 秋 三八一
つたもみじ（蔦紅葉） 秋 三八一
つちふる（霾） 春 二八
つつじ（躑躅） 春 八五
つづれさせ 秋 三六四
つなひき（綱引き） 夏 一九二
つばき（椿） 春 七五
つばきのみ（椿の実） 秋 三六九
つばくら 春 六三
つばくらめ 春 六三
つばくろ 春 六三
つばめ（燕） 春 六三
つばめかえる（燕帰る） 秋 三五四
つばめくる（燕来る） 春 六三
つばめさる（燕去る） 秋 三五四
つばめのす（燕の巣） 春 六三
つま（妻） 無 五四一
つめたし（冷たし） 冬 四一四
つゆ（梅雨） 夏 一四一
つゆ（露） 秋 三一八
つゆあがる（梅雨あがる） 夏 一三三
つゆあけ（梅雨明） 夏 一三三
つゆいり（梅雨入り） 夏 一四一
つゆきのこ（梅雨茸） 夏 二八三
つゆくさ（露草） 秋 四〇〇
つゆぐもり（梅雨曇） 夏 一四一
つゆけし（露けし） 秋 三一八
つゆさむ（梅雨寒） 夏 一四一
つゆしぐれ（露時雨） 秋 三一八
つゆじめり（梅雨湿り） 夏 一四一
つゆぞら（梅雨空） 夏 一四一
つゆのちょう（梅雨の蝶） 夏 二三
つゆのつき（梅雨の月） 夏 一四一
つゆのらい（梅雨の雷） 夏 一四一
つゆばれ（梅雨晴） 夏 一四三
つゆゆうやけ（梅雨夕焼） 夏 一四一
つりどこ（吊床） 夏 一六八
つる（鶴） 冬 四六八
つるかめ（鶴亀） 新 五一七
つるぐみ（蔓茱萸） 春 九四
つるべおとし（釣瓶落し） 秋 三一七
つわのはな（石蕗の花） 冬 四九三

て

て（手） 無 五三九
ティーダ 無 五三〇
でいご（梯梧） 夏 二三一
ティダ 無 五三〇
ティンヌバウ 夏 一四六
てがみ（手紙） 無 五四七
でく（木偶） 無 五五一
でぞめしき（出初式） 新 五二一

てっせんか（鉄線花） 夏 二六五
てっぽうゆり（鉄砲百合） 夏 二六一
ででむし（でで虫） 夏 二一四
てぶくろ（手袋） 冬 四三九
でみず（出水） 夏 一五五
てりは（照葉） 秋 三七四
てりはぼくのはな（照葉木の花） 夏 二五二
テロ 無 五五三
てんかふん（天花粉） 夏 一六九
てんかふん（天瓜粉） 夏 一六九
てんたかし（天高し） 秋 三〇一
てんとうむし（天道虫） 春 七四
てんにんか（天人花） 夏 二三五
てんのうめ（天の梅） 春 八三
てんろう（天狼） 冬 四二〇

と

とういす（籐椅子） 夏 一六八
とうかしたし（灯火親し） 秋 三一八
とうがらし（唐辛子） 秋 三九〇
とうがん（冬瓜） 夏 二六九
とうきび（唐黍） 秋 三九一
とうぎょ（闘魚） 夏 二〇五
とうぎゅう（闘牛） 無 五五六
とうけい（闘鶏） 無 五五七
とうこう（冬耕） 冬 四四七
とうじ（冬至） 冬 四〇九
とうじかぼちゃ（冬至南瓜） 冬 四〇九
とうじざむ（冬至寒） 冬 四〇九
とうじぞうすい（冬至雑炊） 冬 四四二
とぅしびーいわい（年日祝い） 新 五二四
とうじびえ（冬至冷え） 冬 四〇九
とうじゆ（冬至湯） 冬 四三五
とうせい（踏青） 春 四八
とうてい（冬帝） 冬 四〇四
どうみゃく（動脈） 無 五三九
とうみん（冬眠） 冬 四六一
とうもろこし（玉蜀黍） 秋 三九一
とうれい（冬麗） 冬 四一七
とうろう（蟷螂） 秋 三六六
とぅんじーじゅーしー（冬至雑炊） 冬 四四二
とおがすみ（遠霞） 春 三一
トーカチ 秋 三四一
とーかちいわい（斗搔祝い） 秋 三四一
とおしがも（通し鴨） 夏 二〇一
とーていくん（土帝君） 春 五四
とおのび（遠野火） 春 四五
とおはなび（遠花火） 夏 一七六
とかげ（蜥蜴） 夏 一九七
とかげ（石竜子） 夏 一九七
とき（時） 無 五三二
ときのきねんび（時の記念日） 夏 一八六
ときのひ（時の日） 夏 一八六
ときわぎおちば（常磐木落葉） 夏 二四八
どくだみ（蕺菜） 夏 二八〇
とけい（時計） 無 五四八
とけいそう（時計草） 夏 二三七
ところてん（心太） 夏 一六六
とざん（登山） 夏 一七五

とし（年）　無　五三三
とし（都市）　無　五四九
としあくる（年明くる）　新　四九八
としあらた（年新た）　新　四九八
としおくる（年送る）　冬　四二一
としおしむ（年惜しむ）　冬　四二三
としおわる（年終る）　冬　四一〇
としくるる（年暮るる）　冬　四一〇
としこしそば（年越蕎麦）　冬　四三六
としざけ（年酒）　新　五二三
としつまる（年つまる）　冬　四一〇
としのいち（年の市）　冬　四五八
としのきわ（年の際）　冬　四一〇
としのくれ（年の暮）　冬　四一〇
としのせ（年の瀬）　冬　四一〇
としのそら（年の空）　冬　四二八
としのよ（年の夜）　冬　四二二
としようい（年用意）　冬　四三五
としわすれ（年忘）　冬　四三五
とそ（屠蘇）　新　五二〇
とちのはな（栃の花）　夏　二四八
トックリキワタ　冬　四七五
とびいか（鳶烏賊）　夏　二〇八
とびうお（飛魚）　夏　二〇七
とびはぜ（飛鯊）　秋　三五七
とべらのはな（海桐の花）　夏　二五五
トボロチ　冬　四七五
トマト　夏　二七一
とも（友）　無　五四一
どよううなぎ（土用鰻）　夏　一六六
どようなみ（土用波）　夏　一五七
とよのあき（豊の秋）　秋　三三〇
トライアスロン　春　五八
ドラゴンフルーツ　夏　二四三
とり（鳥）　無　五五七
とりかえる（鳥帰る）　春　六四
とりくもに（鳥雲に）　春　六五
とりくもにいる（鳥雲に入る）　春　六五
とりぐもり（鳥雲）　春　三三
とりさかる（鳥交る）　春　六六
とりのいち（酉の市）　冬　四五五
とりのこい（鳥の恋）　春　六六
とりのす（鳥の巣）　春　六六
とりわたる（鳥渡る）　秋　三五三
どんぐり（団栗）　秋　三七六
どんど　新　五二三
どんどやき（どんど焼）　新　五二三
トントンミー　秋　三五七
トンビャン　夏　二五八
とんぼ（蜻蛉）　秋　三六一
とんぼう　秋　三六一

な

ナーベーラー　夏　二六九
ながきひ（永き日）　春　一五
ながきよ（長き夜）　秋　二九四
ながつき（長月）　秋　二九三
ながつゆ（長梅雨）　夏　一四一
ながれぼし（流れ星）　秋　三一〇

なぐさのめ（名草の芽） 春 一〇四
なごらん（名護蘭） 夏 二六〇
なし（梨） 秋 三七〇
なしのはな（梨の花） 春 八八
なす（茄子） 夏 二七〇
なずな（薺） 新 五二七
なずなのはな（薺の花） 春 一〇六
なすのうま（茄子の馬） 秋 三三五
なすのはな（茄子の花） 夏 二七〇
なたねづゆ（菜種梅雨） 春 二九
なたねばた（菜種畑） 春 三八
なつ（夏） 夏 一一六
なつあけ（夏暁） 夏 一二五
なつあざみ（夏薊） 夏 二七九
なつうぐいす（夏鶯） 夏 二〇〇
なつおしむ（夏惜しむ） 夏 一三三
なつおちば（夏落葉） 夏 二四八
なつおわる（夏終る） 夏 一三三
なつきたる（夏来る） 夏 一一七
なつきび（夏甘蔗） 夏 二七三
なつぎり（夏霧） 夏 一四六
なつくさ（夏草） 夏 二七三
なつぐみ（夏茱萸） 夏 二五五
なつぐりあめ（夏ぐり雨） 夏 一四〇
なつぐれ（夏雨） 夏 一四〇
なつこだち（夏木立） 夏 二四四
なつこだま（夏木霊） 夏 一五八
なつごろも（夏衣） 夏 一六〇
なつさかん（夏盛ん） 夏 二一九
なつざしき（夏座敷） 夏 一六七
なつしば（夏芝） 夏 二七四
なつだいこん（夏大根） 夏 二七一
なつたいふう（夏台風） 夏 一四四
なつたつ（夏立つ） 夏 一一七
なつちかし（夏近し） 春 一八
なつちどり（夏千鳥） 夏 二〇三
なつちょう（夏蝶） 夏 二一一
なつつばき（夏椿） 夏 二五一
なつつばめ（夏燕） 夏 二〇〇
なつどとう（夏怒濤） 夏 一五六
なつどなり（夏隣） 春 一八
なつなみ（夏波） 夏 一五六
なつにいる（夏に入る） 夏 一一七
なつの（夏野） 夏 一五三
なつのあめ（夏の雨） 夏 一四〇
なつのうみ（夏の海） 夏 一五五
なつのかも（夏の鴨） 夏 二〇一
なつのかわ（夏の川） 夏 一五三
なつのくも（夏の雲） 夏 一三四
なつのしお（夏の潮） 夏 一五五
なつのそら（夏の空） 夏 一三四
なつのつき（夏の月） 夏 一三五
なつのてん（夏の天） 夏 一三四
なつのはぎ（夏の萩） 夏 二七五
なつのはて（夏の果） 夏 一三三
なつのひ（夏の日） 夏 一三四
なつのほし（夏の星） 夏 一三六
なつのみず（夏の水） 夏 一五四
なつのやま（夏の山） 夏 一五三
なつのよい（夏の宵） 夏 一二七

なつのよる（夏の夜） 夏 二一七
なつはじめ（夏始） 夏 二一八
なつび（夏日） 夏 二三四
なつひでり（夏旱） 夏 一五一
なつふかし（夏深し） 夏 二二五
なつぶとん（夏蒲団） 夏 一六七
なつぼうし（夏帽子） 夏 一六〇
なつまつり（夏祭） 夏 一八五
なつまんげつ（夏満月） 夏 一三五
なつみかん（夏蜜柑） 夏 二四〇
なつみさき（夏岬） 夏 一五六
なつめく（夏めく） 夏 一一九
なつやすみ（夏休み） 夏 一五九
なつやせ（夏痩） 夏 一八一
なつらくじつ（夏落日） 夏 一四九
なつりょうり（夏料理） 夏 一六三
なつわかし（夏若し） 夏 一一九
なでしこ（撫子） 夏 二七九
ななくさがゆ（七草粥） 新 五二一
ななふし 秋 三六七

ななふし（竹節虫） 秋 三六七
なぬかがゆ（七日粥） 新 五二一
なのはな（菜の花） 春 一〇〇
なはおおつなひき（那覇大綱挽） 秋 三四五
なはまつり（那覇まつり） 秋 三四五
なまこ（海鼠） 冬 四七一
なまず（鯰） 夏 二〇四
なみ（波） 無 五三四
なみだ（涙） 無 五四三
なみのはな（浪の華） 冬 四三一
なめし（菜飯） 春 四
なんてつき（南哲忌） 冬 四五八
なんてんのみ（南天の実） 冬 四七八
なんみんさい（なんみん祭） 夏 一八六
なんみんさい（波上祭） 夏 一八六

に

にいぼん（新盆） 秋 三三四
におＩ（鳰） 冬 四六七

にがうり（苦瓜） 夏 二七〇
にがうりのはな（苦瓜の花） 夏 二七〇
にがつ（二月） 春 七
にがつウマチー（二月ウマチー） 春 五五
にがつじん（二月尽） 春 七
にがな（苦菜） 春 一一
にきかりた（二期刈田） 冬 四四七
にきたうえ（二期田植え） 秋 三三九
にきたがり（二期田刈） 冬 四四七
にくしん（肉親） 無 五四〇
にげみず（逃水） 春 三八
にこごり（煮凝） 冬 四四三
にごりざけ（濁り酒） 秋 三三六
にじ（虹） 夏 一四六
にしび（西日） 夏 一五一
にちにちそう（日々草） 夏 二六三
にっきかう（日記買う） 冬 四四六
にっぽん（日本） 無 五三六
になのみち（蜷の道） 春 六九
にひゃくとおか（二百十日） 秋 二九二

にひゃくはつか（二百二十日） 秋 二九二
にほん（日本） 無 五三六
にほんしゅ（日本酒） 無 五四六
にほんのちめい（日本の地名） 無 五三六
にゅうがく（入学） 春 四〇
にゅうどうぐも（入道雲） 夏 二三四
にんぐゎちかじまーい（二月風廻り） 春 二五
にんげん（人間） 無 五三七
にんどうのはな（忍冬の花） 夏 二四九
にんにくかずら 冬 四七五

ぬ

ぬいぞめ（縫初） 新 五一五
ぬいはじめ（縫始） 新 五一五
ぬかご 秋 三八九
ぬくし（温し） 春 七
ぬのさらす（布晒す） 夏 一六一

ね

ねぎ（葱） 冬 四八八
ねぎのはな（葱の花） 春 一〇二
ねぎぼうず（葱坊主） 春 一〇二
ねこ（猫） 無 五五六
ねこじゃらし（猫じゃらし） 秋 三九六
ねこのこい（猫の恋） 春 六〇
ねこやなぎ（猫柳） 春 九二
ねざけ（寝酒） 冬 四四一
ねじあやめ 春 一〇〇
ねじばな（捩花） 夏 二八一
ねしょうがつ（寝正月） 新 五一八
ねずみもちのはな（女貞の花） 春 九五
ねったいぎょ（熱帯魚） 夏 二〇四
ねったいび（熱帯日） 夏 一三九
ねったいや（熱帯夜） 夏 一三七
ねはんにし（涅槃西風） 春 二六
ねぶかじる（根深汁） 冬 四四三
ねまちづき（寝待月） 秋 三〇七
ねむのき（合歓の木） 夏 二四九
ねむのはな（合歓の花） 夏 二四九
ねむのみ（合歓の実） 秋 三七七
ねむりぐさ（眠草） 夏 二六三
ねんが（年賀） 新 五一〇
ねんがじょう（年賀状） 新 五一〇
ねんしゅ（年酒） 新 五一二

の

のあさがお（野朝顔） 夏 二七六
のあそび（野遊） 春 四八
のいちご（野苺） 夏 二八二
のいばら（野茨） 夏 二四八
のう（脳） 無 五三八
のうぜいき（納税期） 春 五二
のうぜんか（凌霄花） 夏 二二八
のうはんき（農繁期） 無 五四五
のぎく（野菊） 秋 三九五

のぐちげら　夏　二〇三
のこるせみ（残る蟬）　秋　三六〇
のこるむし（残る虫）　秋　三六三
のちのつき（後の月）　秋　三〇八
のちのよ（後の世）　無　五四二
のど（咽喉）　無　五三九
のどか（長閑）　春　一〇
のどけし（長閑けし）　春　一〇
のはら（野原）　無　五三四
のばら（野薔薇）　夏　二四八
のび（野火）　春　四五
のびる（野蒜）　春　一〇九
のぼたん（野牡丹）　夏　二三七
のやき（野焼）　春　四五
のやく（野焼く）　春　四五
のり（海苔）　春　一一三
のわき（野分）　秋　三一二
のわきなみ（野分波）　秋　三一二

は

ハーリー　夏　一八二
ハーリーがに（ハーリー鉦）　夏　一八二
パーントゥ　秋　三四三
ぱーんとぅ（泥神祭）　秋　三四三
はいせん（敗戦）　無　五五五
はいせんき（敗戦忌）　秋　三三五
はいせんび（敗戦日）　秋　三三五
パイナップル　夏　二四〇
ハイビスカス　夏　二三九
はえ（南風）　夏　一三七
はえとりぐも（蠅取蜘蛛）　夏　二二三
はか（墓）　無　五四三
はぎ（萩）　秋　三九三
はきょうき（波郷忌）　冬　四五六
はくう（白雨）　夏　一四四
ばくき（獏忌）　夏　一九二
はくさい（白菜）　冬　四八八
はくしゅう（白秋）　秋　二八六
ばくしゅう（麦秋）　夏　一二二
はくしょ（薄暑）　夏　一二〇
ばくしょ（曝書）　夏　一七一
ばくちのき（バクチの木）　無　五五九
はくちょう（白鳥）　冬　四六八
はくとう（白桃）　秋　三七〇
はくばい（白梅）　春　七五
ばくふ（瀑布）　夏　一五五
はぐれだか（はぐれ鷹）　冬　四六三
はくろ（白露）　秋　二九二
はげいとう（葉鶏頭）　秋　三八五
バケツ　無　五四七
はこべら（繁縷）　新　五二七
はこめがね（箱眼鏡）　夏　一七五
はさ（稲架）　秋　三三〇
ばさあじん（芭蕉衣）　夏　一六一
はざくら（葉桜）　春　八〇
はし（橋）　無　五四九
はしい（端居）　夏　一七九

ばしょう（芭蕉） 夏 二六五
ばしょうのはな（芭蕉の花） 春 九九
ばしょうふ（芭蕉布） 夏 一六一
ばしょうりん（芭蕉林） 夏 二六五
はしら（柱） 無 五四六
はしりづゆ（走り梅雨） 夏 一四一
はす（蓮） 夏 二七三
バス 無 五四八
はぜもみじ（櫨紅葉） 冬 四八一
パセリ 夏 二七三
はだか（裸） 無 五三九
はだかぎ（裸木） 冬 四八三
はだし（裸足） 夏 一七九
はたたがみ（はたた神） 夏 一四五
はたはじめ（機始） 新 五一五
はち（蜂） 春 七三
はちうぐゎん（初御願） 新 五三三
はちがつ（八月） 秋 二八八
はちがつおどり（八月踊り） 秋 三四〇
はちがつき（八月忌） 秋 三三三
はちがつじゅうごにち（八月十五日） 秋 三三五
はちがつむいか（八月六日） 夏 一九二
はちぐゎちうどぅい 秋 三四〇
はちじゅうはちや（八十八夜） 春 一七
はちばる（初原） 新 五三三
はちむーちー（初鬼餅） 冬 四三三
はつあかね（初茜） 新 五〇五
はつあかり（初明り） 新 五〇五
はつあき（初秋） 秋 二八八
はつあらし（初嵐） 秋 三一一
はついち（初市） 新 五二一
はつおがみ（初拝み） 新 五三三
はつおこし（初起し） 新 五三三
はつおこし（初興し） 新 五三三
はつかがみ（初鏡） 新 五一四
はつかしょうがつ（二十日正月） 新 五〇二
はつがすみ（初霞） 新 五〇七
はつかぜ（初風） 新 五〇六
はつがつお（初鰹） 春 六八
はつがま（初釜） 新 五一五
はつがみなり（初雷） 春 三〇
はつがらす（初鴉） 新 五二六
はつがらす（初烏） 新 五二六
はづき（葉月） 秋 二九二
はつきがん（初祈願） 新 五三二
はづきじお（葉月潮） 秋 三三三
はつげしき（初景色） 新 五〇八
はつげしょう（初化粧） 新 五一四
はつごち（初東風） 新 五〇六
はつこっき（初国旗） 新 五一三
はつごよみ（初暦） 新 五一三
はつざくら（初桜） 春 七七
はつしお（初潮） 秋 三三三
はつしぐれ（初時雨） 冬 四三三
はつしごと（初仕事） 新 五二一
はつしも（初霜） 冬 四二六
はつしゃしん（初写真） 新 五一三
パッションフラワー 夏 二三七
はつすずり（初硯） 新 五二一

はつぜみ（初蟬） 夏 二一七
はつせり（初芹） 新 五一一
はつぞら（初空） 新 五〇六
バッタ 秋 三六六
ばった（飛蝗） 秋 三六六
はつたび（初旅） 新 五一七
はつだより（初便） 新 五一四
はつちゃのゆ（初茶湯） 新 五一五
はつちょう（初蝶） 春 七一
はつつばめ（初燕） 春 六二
はつでんわ（初電話） 新 五一四
はつとうぎゅう（初闘牛） 新 五一七
はつどり（初鶏） 新 五一六
はつなぎ（初凪） 新 五〇六
はつなす（初茄子） 夏 二七〇
はつなつ（初夏） 夏 一一八
はつに（初荷） 新 五一二
はつにっき（初日記） 新 五一四
はつはり（初針） 新 五一五
はつはる（初春） 新 四九八

はつばれ（初晴） 新 五〇六
はつひ（初日） 新 五〇四
はつひおがむ（初日拝む） 新 五一九
はつひかげ（初日影） 新 五〇四
はつびき（初弾） 新 五一六
はつひので（初日の出） 新 五〇四
はつふゆ（初冬） 冬 四〇五
はつぶろ（初風呂） 新 五一三
はつぼたる（初蛍） 夏 二一四
はつまい（初舞） 新 五一七
はつみくじ（初みくじ） 新 五二〇
はつみず（初水） 新 五一九
はつみそら（初御空） 新 五〇六
はつもうで（初詣） 新 五二〇
はつもみじ（初紅葉） 秋 三七四
はつゆ（初湯） 新 五一三
はつゆめ（初夢） 新 五一八
はつらい（初雷） 春 三〇
はつりょう（初漁） 新 五一三
はつわらい（初笑） 新 五一四

はてのつき（果ての月） 冬 四一〇
はな（花） 春 七八
はなあかり（花明り） 春 七八
はなあしび（花馬酔木） 春 八五
はなあらし（花嵐） 春 七八
はないかだ（花筏） 春 七九
はなきび（花甘蔗） 冬 四九〇
はなきりん（花麒麟） 秋 三八四
はなぐもり（花曇） 春 三三
はなござ（花茣蓙） 夏 一六八
はなごろも（花衣） 春 四一
はなさぼてん（花仙人掌） 夏 二六三
はなしょうが（花生姜） 秋 四〇一
はなしょうぶ（花菖蒲） 夏 二五六
はなずおう（花蘇枋） 春 八一
はなすぎ（花過ぎ） 春 一六
はなすすき（花芒） 秋 三九三
はなそけい（花素馨） 夏 二三八
はなだいこん（花大根） 春 一〇一
はなたねまく（花種蒔く） 春 四六

はなちょうじ（花丁字） 夏 二六四
はなづかれ（花疲） 春 四九
はなティカチ（花ティカチ） 春 七六
はなどき（花時） 春 一六
はなな（花菜） 春 一〇〇
バナナ 夏 二四一
はななあかり（花菜明り） 春 一〇〇
はななあめ（花菜雨） 春 二九
はななかぜ（花菜風） 春 三〇
はなにがな（花苦菜） 秋 三九一
はなの（花野） 秋 三二〇
はなのくも（花の雲） 春 七八
はなのたね（花の種） 春 四六
はなのひる（花の昼） 春 七八
はなび（花火） 夏 一七六
はなびえ（花冷え） 春 一五
はなびら（花弁） 春 七八
はなひるぎ（花蛭木） 夏 二五五
はなふぶき（花吹雪） 春 七九
はなまつり（花まつり） 春 五八
はなみ（花見） 春 四九
はなみざけ（花見酒） 春 四九
はなみずき（花水木） 春 八一
はなむしろ（花筵） 春 四九
はぬけどり（羽抜鳥） 夏 一九八
はぬけどり（羽抜鶏） 夏 一九八
はは（母） 無 五四〇
パパイヤ 夏 二四一
ははのひ（母の日） 夏 一八四
パパヤ 夏 二四一
ハブ 夏 一九七
はぶ（波布） 夏 一九七
はぶ（飯匙倩） 夏 一九七
はぼたん（葉牡丹） 冬 四八六
はまうど（浜独活） 夏 二六七
はまうどのはな（浜独活の花） 夏 二六七
はまえんどう（浜えんどう） 春 一〇七
はまおり（浜下り） 春 五六
はまぐり（蛤） 春 六九
はまごう（蔓荊） 夏 二七七
はましぎ（浜鴫） 秋 三五六
はまじんちょう（浜沈丁） 春 八四
ハマセンナ 秋 三七八
はまだいこん（浜大根） 春 一一二
はまにがな（浜苦菜） 夏 二七七
はまひるがお（浜昼顔） 夏 二七六
はまや（破魔矢） 新 五一六
はまゆう（浜木綿） 夏 二七九
はやざきのうめ（早咲の梅） 冬 四七三
ばら（薔薇） 夏 二二五
はりくよう（針供養） 冬 四五六
はりせんぼん（針千本） 冬 四七〇
はりゅうせん（爬竜船） 夏 一八二
はる（春） 春 二
はるあけぼの（春曙） 春 一三
はるあさし（春浅し） 春 五
はるあつし（春暑し） 春 一七
はるあらし（春嵐） 春 二七
はるいちばん（春一番） 春 二四
はるうえきび（春植え甘蔗） 春 四七

はるうごく（春動く） 春 四
はるうれい（春愁い） 春 五一
はるおしむ（春惜しむ） 春 一八
はるおそし（春遅し） 春 六
はるおちば（春落葉） 春 九六
はるがすみ（春霞） 春 一二
はるかぜ（春風） 春 二二
はるぎ（春着） 新 五二二
はるきざす（春兆す） 春 四
はるきたる（春来る） 春 三
はるキャベツ（春キャベツ） 春 一〇三
はるコート（春コート） 春 四一
はるごたつ（春炬燵） 春 四四
はるさむし（春寒し） 春 六
はるさめ（春雨） 春 二九
はるしぐれ（春時雨） 春 二九
はるしばい（春芝居） 新 五二一
はるしゅうう（春驟雨） 春 三〇
はるしょうじ（春障子） 春 四四
はるショール（春ショール） 春 四一

はるぜみ（春蟬） 春 七三
はるせんばつ（春選抜） 春 五五
はるだいこん（春大根） 春 一〇三
はるたいも（春田芋） 春 四七
はるたうえ（春田植） 春 四六
はるたうち（春田打） 春 四六
はるたつ（春立つ） 春 三
はるちかし（春近し） 冬 四一六
はるどとう（春怒濤） 春 三七
はるどなり（春隣） 冬 四一六
はるともし（春灯） 春 四四
はるな（春菜） 春 一〇二
はるなぎさ（春渚） 春 三六
はるなばた（春菜畑） 春 三八
はるねむし（春眠し） 春 五一
はるのあせ（春の汗） 春 一七
はるのあめ（春の雨） 春 二九
はるのあれ（春の荒れ） 春 二五
はるのいろ（春の色） 春 一九
はるのうみ（春の海） 春 二五

はるのか（春の蚊） 春 七三
はるのかい（春の貝） 春 六八
はるのかぜ（春の風） 春 一二
はるのかも（春の鴨） 春 六四
はるのかわ（春の川） 春 三五
はるのくつ（春の靴） 春 四一
はるのくも（春の雲） 春 二〇
はるのくれ（春の暮） 春 一四
はるのしお（春の潮） 春 三六
はるのしば（春の芝） 春 一〇四
はるのそら（春の空） 春 二〇
はるのたか（春の鷹） 春 六四
はるのたび（春の旅） 春 五二
はるのちり（春の塵） 春 二七
はるのつき（春の月） 春 二〇
はるのつち（春の土） 春 三八
はるのどろ（春の泥） 春 三八
はるのなみ（春の波） 春 三六
はるのにじ（春の虹） 春 三〇
はるのの（春の野） 春 三四

はるのはえ（春の蠅）　春　七三
はるのひ（春の日）　春　一九
はるのひる（春の昼）　春　一四
はるのみず（春の水）　春　三五
はるのやま（春の山）　春　三四
はるのやみ（春の闇）　春　三三
はるのゆめ（春の夢）　春　五一
はるのよ（春の夜）　春　一五
はるのよい（春の宵）　春　一四
はるのらい（春の雷）　春　三〇
はるはやし（春早し）　春　四
はるはやて（春疾風）　春　二七
はるひがさ（春日傘）　春　四二
はるひがた（春干潟）　春　三七
はるびより（春日和）　春　一九
はるふかし（春深し）　春　一七
はるふかむ（春深む）　春　一七
はるぼうし（春帽子）　春　四一
はるほくと（春北斗）　春　三
はるまんげつ（春満月）　春　二〇

はるみさき（春岬）　春　三六
はるめく（春めく）　春　四
はるもみじ（春紅葉）　春　九六
はるゆうやけ（春夕焼）　春　三
はるらんまん（春爛漫）　春　一七
はるをまつ（春を待つ）　冬　四一六
ばれいしょのはな（馬鈴薯の花）　夏　二六七
バレンタインデー　春　五三
パン　無　五四六
ばんか（晩夏）　夏　一一四
ばんかこう（晩夏光）　夏　一一四
ばんぐせつ（万愚節）　春　五五
はんげしょう（半夏生）　夏　一一四
ばんしゅう（晩秋）　秋　二九三
ばんしゅん（晩春）　春　二
ばんしるう　夏　二四二
ばんじろう（蕃石榴）　夏　二四二
ばんじろうのはな（蕃石榴の花）　夏　二三八
ばんねん（晩年）　無　五四二
パンノキのみ（パンノキの実）　秋　三八一

はんみょう（斑猫）　夏　二二六
ハンモック　夏　一六八
パンヤのはな（パンヤの花）　春　八二
ばんりょく（万緑）　夏　二四六
ばんれいしのみ（蕃茘枝の実）　秋　三七四

ひ

ひ（陽）　無　五三〇
ひあしのぶ（日脚伸ぶ）　冬　四一六
ひいな（雛）　春　五四
ひいらぎのはな（柊の花）　冬　四七七
ビール　夏　一六四
ビール（麦酒）　夏　一六四
ひえ（冷え）　冬　四一四
ひが（火蛾）　夏　二一三
ひがさ（日傘）　夏　一七一
ひがた（干潟）　春　三七
ひがん（彼岸）　春　二
ひかんざくら（緋寒桜）　冬　四七四

ひがんじお（彼岸潮） 春 三七
ひがんばな（彼岸花） 秋 三九七
ひきがえる（蟇） 夏 一九五
ひきがえる（蟾蜍） 夏 一九五
ひきぞめ（弾初） 新 五一六
ひぎりのはな（緋桐の花） 夏 二二七
ひぐらし（蜩） 秋 三六一
ひげ（髭） 無 五三八
ひこばえ 春 九一
ひこばえきび（ひこばえ甘蔗） 春 四七
ひざかり（日盛） 夏 一四九
ひさじょき（久女忌） 冬 四五九
ひじき（鹿尾菜） 春 一一三
ひじきがり（鹿尾菜刈） 春 四二
ひじきほし（鹿尾菜干） 春 四二
びじんしょう（美人蕉） 夏 二六六
ひつじぐも（羊雲） 秋 三〇二
ひでり（旱） 夏 一五一
ひでりそう（日照草） 夏 二六二
ひでりづゆ（旱梅雨） 夏 一四一
ひでりぼし（旱星） 夏 一三七
ひと（人） 無 五三七
ひとえぐさ（一重草） 春 一一三
ひとりしずか（一人静） 春 一一〇
ひとりたび（一人旅） 無 五四八
ひな（雛） 春 五四
ひなおさめ（雛納） 春 五四
ひなが（日永） 春 一五
ひなげし（雛芥子） 夏 二五七
ひなたぼこ（日向ぼこ） 冬 四五三
ひなまつり（雛祭） 春 五四
ひのかみむかえ（火の神迎） 新 五二四
ひばく（被爆） 無 五五五
ヒハツのみ（ヒハツの実） 秋 三七八
ひばり（雲雀） 春 六二
ひばりごち（雲雀東風） 春 二四
ひび（胼） 冬 四五二
ひまわり（向日葵） 夏 二五七
ひみじか（日短） 冬 四一三
ひめさざんか（姫山茶花） 冬 四七六
ひめじょおん（姫女苑） 夏 二八一
ひめばしょう（姫芭蕉） 夏 二六六
ひめふよう（姫芙蓉） 冬 四七七
ひめゆり（姫百合） 夏 二六一
ひめゆりき（ひめゆり忌） 夏 一八八
ひもばな（紐花） 秋 三六八
ひゃくじつこう（百日紅） 夏 二二七
ひゃくにちそう（百日草） 夏 二六三
ひやけ（日焼） 夏 一八〇
ヒヤシンス 春 九八
ひやひや 秋 二九四
ビヤまつり（ビヤ祭り） 夏 一六四
ひややか（冷やか） 秋 二九四
ひややっこ（冷奴） 夏 一六三
ひよ（鵯） 秋 三五六
ひょうか（氷菓） 夏 一六六
ひよどり（鵯） 秋 三五六
ひょんのみ（瓢の実） 秋 三七七
ひる（昼） 無 五三一
ひるがお（昼顔） 夏 二七六

ひるね（昼寝） 夏 一八〇
ひるねざめ（昼寝覚） 夏 一八〇
ひるのつき（昼の月） 秋 三〇三
ひろば（広場） 無 五四九
びわのはな（枇杷の花） 冬 四八〇
びわのみ（枇杷の実） 夏 二四〇

ふ

ふいごまつり（鞴祭） 冬 四五六
ブーゲンビレア 夏 二三一
ふうせん（風船） 春 五〇
フーチヌユーエー 冬 四五六
フーチバー 春 一一二
ふうふ（夫婦） 無 五四一
ふうりん（風鈴） 夏 一七一
ぷうるぃ 夏 一九一
ふえふきだい（笛吹鯛） 夏 二〇五
ふきのとう（蕗の薹） 春 一一一
ふぐ（河豚） 冬 四七〇
ふくぎのはな（福木の花） 夏 二五二
ふくぎのみ（福木の実） 秋 三八〇
ふくじゅそう（福寿草） 新 五二七
ふくちゃ（福茶） 新 五一二
ふくまんぎのみ（ふくまんぎの実） 秋 三八〇
ふくろう（梟） 冬 四六六
ふくわかし（福沸） 新 五一二
ふくわらい（福笑） 新 五一六
ふじ（藤） 春 八七
ぶた（豚） 無 五五六
ふつか（二日） 新 五〇〇
ぶつがいき（物外忌） 秋 三三三
ふっかつさい（復活祭） 春 五五
ふっきのひ（復帰の日） 夏 一八四
ぶっしょうえ（仏生会） 春 五八
ぶっそうげ（仏桑花） 夏 二一九
ふっとう（沸騰） 無 五四六
ぶと（蚋） 夏 二三一
ぶどう（葡萄） 秋 三七一
ぶどうがり（葡萄狩） 秋 三七一
ふところで（懐手） 冬 四五三
ふとももの はな（蒲桃の花） 春 八九
ふとももの み（蒲桃の実） 夏 二四四
ふとん（蒲団） 冬 四三七
ふなおこし（船起し） 新 五二三
ふなむし（船虫） 夏 二一一
ふね（船） 無 五四八
ふみえ（踏絵） 春 四一
ふみきり（踏切） 無 五四八
ふみづき（文月） 秋 二八八
ふゆ（冬） 冬 四〇四
ふゆあかね（冬茜） 冬 四二六
ふゆあたたか（冬暖か） 冬 四〇八
ふゆいちご（冬苺） 冬 四八五
ふゆいりひ（冬入日） 冬 四二六
ふゆうき（普猷忌） 秋 三三三
ふゆうらら（冬うらら） 冬 四一七
ふゆがこい（冬囲） 冬 四四四
ふゆがこいとく（冬囲解く） 春 四五
ふゆがすみ（冬霞） 冬 四二六

ふゆかもめ（冬鷗） 冬 四六七
ふゆがれ（冬枯） 冬 四八三
ふゆかわず（冬蛙） 冬 四六三
ふゆき（冬木） 冬 四八三
ふゆきたる（冬来る） 冬 四〇五
ふゆきのめ（冬木の芽） 冬 四八四
ふゆぎんが（冬銀河） 冬 四二〇
ふゆくさ（冬草） 冬 四九二
ふゆこだち（冬木立） 冬 四八三
ふゆごもり（冬籠） 冬 四四四
ふゆざくら（冬桜） 冬 四七三
ふゆざしき（冬座敷） 冬 四四五
ふゆざれ（冬ざれ） 冬 四〇六
ふゆシャツ（冬シャツ） 冬 四三七
ふゆしょうぐん（冬将軍） 冬 四〇四
ふゆすみれ（冬菫） 冬 四九四
ふゆそうび（冬薔薇） 冬 四七五
ふゆた（冬田） 冬 四三〇
ふゆたつ（冬立つ） 冬 四〇五
ふゆちかし（冬近し） 秋 二九八
ふゆどとう（冬怒濤） 冬 四三一
ふゆどなり（冬隣） 秋 二九八
ふゆどり（冬鳥） 冬 四六四
ふゆな（冬菜） 冬 四八八
ふゆなぎ（冬凪） 冬 四二一
ふゆなみ（冬濤） 冬 四三一
ふゆにいる（冬に入る） 冬 四〇五
ふゆにじ（冬虹） 冬 四二七
ふゆぬくし（冬温し） 冬 四〇八
ふゆのあめ（冬の雨） 冬 四二五
ふゆのいずみ（冬の泉） 冬 四三〇
ふゆのうみ（冬の海） 冬 四三一
ふゆのうみ（冬の湖） 冬 四三三
ふゆのが（冬の蛾） 冬 四七二
ふゆのかぜ（冬の風） 冬 四二一
ふゆのかわ（冬の川） 冬 四三〇
ふゆのきり（冬の霧） 冬 四二六
ふゆのくも（冬の雲） 冬 四一八
ふゆのそら（冬の空） 冬 四一八
ふゆのたび（冬の旅） 冬 四五四
ふゆのちょう（冬の蝶） 冬 四七一
ふゆのつき（冬の月） 冬 四一九
ふゆのとり（冬の鳥） 冬 四六四
ふゆのなみ（冬の波） 冬 四三一
ふゆのはえ（冬の蠅） 冬 四七二
ふゆのひ（冬の日） 冬 四一七
ふゆのひ（冬の灯） 冬 四四四
ふゆのひや（冬の日矢） 冬 四一七
ふゆのほし（冬の星） 冬 四二〇
ふゆのみず（冬の水） 冬 四三〇
ふゆのもず（冬の鵙） 冬 四六五
ふゆのらい（冬の雷） 冬 四二六
ふゆばら（冬薔薇） 冬 四七五
ふゆばれ（冬晴） 冬 四一七
ふゆひ（冬日） 冬 四一七
ふゆひ（冬陽） 冬 四一七
ふゆひなた（冬日向） 冬 四一七
ふゆびより（冬日和） 冬 四一七
ふゆぼうし（冬帽子） 冬 四三八
ふゆぼたん（冬牡丹） 冬 四七六

ふゆみさき（冬岬） 冬 四三二
ふゆめ（冬芽） 冬 四八四
ふゆもえ（冬萌） 冬 四八四
ふゆもみじ（冬紅葉） 冬 四八一
ふゆやま（冬山） 冬 四二九
ふゆゆうひ（冬夕日） 冬 四三六
ふゆゆうやけ（冬夕焼） 冬 四三六
ふゆらっき（冬落暉） 冬 四三六
ふゆりんご（冬林檎） 冬 四八〇
ぶよ 夏 二一二
ふよう（芙蓉） 秋 三六九
ふようのみ（芙蓉の実） 秋 三六九
ふらここ 春 五〇
プランクトン 無 五五八
ブランコ 春 五〇
ぶり（鰤） 冬 四六九
フリージア 春 九八
ふるごよみ（古暦） 冬 四四六
ふるさと 無 五四九
ふるにっき（古日記） 冬 四四六
プルメリア 夏 二三八
ふろふき（風呂吹） 冬 四四四
ぶんかのひ（文化の日） 秋 三四七
ふんすい（噴水） 夏 一六七

へ

へいしゃ（兵舎） 無 五五四
べいじゅいわい（米寿祝い） 秋 三四一
へいたい（兵隊） 無 五五四
へいわ（平和） 無 五五五
ペガサスざ（ペガサス座） 秋 三〇八
へくそかずら（屁糞葛） 夏 二八〇
へごのめ（ヘゴの芽） 春 一〇五
べたなぎ（べた凪） 夏 一四〇
へちま（糸瓜） 夏 二六九
へちまき（糸瓜忌） 秋 三四三
へちまじる（糸瓜汁） 夏 二六九
へちまのはな（糸瓜の花） 夏 二六九
べつり（別離） 無 五四三
べにてまり（紅手毬） 夏 二三三
べにひものはな（紅紐の花） 秋 三六八
へび（蛇） 夏 一九七
へびあなにいる（蛇穴に入る） 秋 三五〇
へびあなをいづ（蛇穴を出づ） 春 六〇
へびいちご（蛇苺） 夏 二八二
へびきぬ（蛇衣） 夏 一九七
べら 夏 二〇七
ヘラサギ 冬 四六五
ぺんぺんぐさ 春 一〇六

ほ

ポインセチア 冬 四七八
ほうおうぼく（鳳凰木） 夏 二三四
ほうげき（砲撃） 無 五五三
ほうさくき（鳳作忌） 秋 三四二
ほうしぜみ（法師蟬） 秋 三六一
ぼうしゅ（芒種） 夏 一三三
ぼうしゅあめ（芒種雨） 夏 一四一

ぼうすーべー（芒種南風） 夏 一二七
ほうせんか（鳳仙花） 秋 三八七
ぼうたん 夏 二二六
ほうねん（豊年） 秋 三三〇
ぼうねんかい（忘年会） 冬 四三五
ほうねんさい（豊年祭） 夏 一九一
ぼうふら（孑孑） 夏 二二一
ほうり（鳳梨） 夏 二四〇
ほうれんそう（菠薐草） 春 一〇二
ほおかむり（頬被） 冬 四三九
ほおずき（鬼灯） 秋 三八七
ぼく（僕） 無 五三七
ぼけ（木瓜） 春 八八
ほし（星） 無 五三〇
ほしあい（星合） 秋 三三三
ほしがき（干柿） 秋 三一七
ほしがれい（干鰈） 春 四二
ほしすずし（星涼し） 夏 一三六
ほしづきよ（星月夜） 秋 三〇八
ほしながる（星流る） 秋 三一〇
ほしばれ（星晴れ） 秋 三〇八
ほしふる（星降る） 秋 三一〇
ほしまつり（星祭） 秋 三三三
ほしむかえ（星迎） 秋 三三三
ボジョレヌーボー 秋 三二六
ほすすき（穂芒） 秋 三九三
ほたび（榾火） 冬 四四五
ほたる（蛍） 夏 二一四
ほたるかご（蛍籠） 夏 一七八
ほたるがり（蛍狩） 夏 一七八
ほたるぐさ（蛍草） 秋 四〇〇
ほたるび（蛍火） 夏 二一四
ほたるぶくろ（蛍袋） 夏 二八二
ぼたん（牡丹） 夏 二二六
ぼたんづるのはな（牡丹蔓の花） 夏 二八一
ぼたんなべ（牡丹鍋） 冬 四四三
ほちゅうあみ（捕虫網） 夏 一七八
ほっきょくせい（北極星） 無 五三〇
ほとけのざ（仏の座） 新 五二七
ほととぎす（時鳥） 夏 一九九
ほととぎす（杜鵑） 夏 一九九
ほととぎす（杜鵑草） 秋 四〇〇
ほね（骨） 無 五三七
ぼら（鯔） 秋 三五七
ほん（本） 無 五五一
ぼん（盆） 秋 三三四
ぼんおどり（盆踊） 秋 三三七
ぼんくよう（盆供養） 秋 三三四
ほんだわら 新 五二七
ほんど（本土） 無 五五六
ぼんとうろう（盆灯籠） 秋 三三五
ぼんなみ（盆波） 秋 三三四
ぼんのつき（盆の月） 秋 三〇五
ぼんぼろう 春 九九
ぼんみち（盆路） 秋 三三五
ぼんようい（盆用意） 秋 三三五
ぼんりょうり（盆料理） 秋 三三五

ま

まいぞめ（舞初） 新 五一七
まいはじめ（舞始） 新 五一七
まきがい（巻貝） 無 五五八
まくなぎ（蠛蠓） 夏 三一一
まくぶ 夏 二〇七
まぐろ（鮪） 冬 四六九
まくわうり（甜瓜） 夏 二六七
まご（孫） 無 五四〇
マスク 冬 四四〇
マストリヤ 秋 三四三
マストリヤー 秋 三四三
まつかざり（松飾） 新 五〇九
まつすぎ（松過） 新 五〇一
まつぜみ（松蟬） 春 七三
まつのうち（松の内） 新 五〇一
まつのしん（松の芯） 春 九一
まつのはな（松の花） 春 九一
まつばぼたん（松葉牡丹） 夏 二六二
まつむし（松虫） 秋 三六五
まつよい（待宵） 秋 三〇五
まつり（祭） 夏 一八五
まつりか（茉莉花） 夏 二三七
まど（窓） 無 五四六
まなつ（真夏） 夏 一二九
まなつび（真夏日） 夏 一二九
マフラー 冬 四三九
まむし（蝮） 夏 一九七
まめ（豆） 無 五五九
まめうち（豆打ち） 夏 一七四
まめごはん（豆ご飯） 夏 一六三
まめのはな（豆の花） 春 一〇一
まめまき（豆撒） 冬 四六〇
まめめし（豆飯） 夏 一六三
まめをうつ（豆を打つ） 冬 四六〇
まゆはき（眉はき） 春 一一〇
マングローブ 無 五五九
まんげきょう（万華鏡） 無 五四七
まんげつ（満月） 秋 三〇五
マンゴー 夏 二四二
マンゴーのはな（マンゴーの花） 春 八九
まんさく（金縷梅） 春 九二
まんさく（満作） 春 九二
まんじゅしゃげ（曼珠沙華） 秋 三九七
マンタ 秋 三五九
まんだらげ（曼陀羅華） 夏 二六四

み

みーにし（新北風） 秋 三一三
みかん（蜜柑） 冬 四七九
みかんのはな（蜜柑の花） 春 八九
みこし（神輿） 夏 一八五
みごもる（身ごもる） 無 五四二
ミサイル 無 五五四
みじかよ（短夜） 夏 一二八
みしまき（三島忌） 冬 四五六
みじゅん（鰣） 秋 三五八
みじゅん（小鰣） 秋 三五八
みず（水） 無 五五〇
みずあび（水浴び） 夏 一七七

みずいもう（水芋植う） 春 四七
みずうつ（水打つ） 夏 一七一
みずぎ（水着） 夏 一七七
みずすむ（水澄む） 秋 三三三
みずでっぽう（水鉄砲） 夏 一七七
みずどり（水鳥） 冬 四六六
みずな（水菜） 春 一〇二
みずぬるむ（水温む） 春 三五
みずのあき（水の秋） 秋 三三一
みずめがね（水眼鏡） 夏 一七七
みちおしえ（道おしえ） 夏 二一六
みちジュネー（道ジュネー） 秋 三三八
みっか（三日） 新 五〇一
みつばせり（三葉芹） 春 一〇三
みどり（緑） 夏 二四六
みどりたつ（緑立つ） 春 九一
みどりつむ（緑摘む） 春 四五
みどりのはね（緑の羽根） 春 五八
みなづき（水無月） 夏 一二五
みなみ（南風） 夏 一三七
みなみじゅうじせい（南十字星） 夏 一三七
みにしむ（身に沁む） 秋 二九五
みにしむ（身に入む） 秋 二九五
ミニトマト 夏 二七一
みのむし（蓑虫） 秋 三六七
みばしょう（実芭蕉） 夏 二四一
みみ（耳） 無 五三八
みみずく（木菟） 冬 四六六
みみずなく（蚯蚓鳴く） 秋 三六七
みむらさき（実紫） 秋 三七七
ミモザ 春 八一
みゃーくづつ（宮古節） 秋 三四〇
みやこじょうふ（宮古上布） 夏 一六一
みょうがのこ（茗荷の子） 夏 二七二

む

むーちー（鬼餅） 冬 四三三
むーちーびーさ（鬼餅寒） 冬 四三三
むかえび（迎え火） 秋 三三五
むかご（零余子） 秋 三八九
むぎ（麦） 夏 二七二
むぎあき（麦秋） 夏 一二一
むぎかり（麦刈） 夏 二七二
むぎのあき（麦の秋） 夏 一二一
むぎのほ（麦の穂） 夏 二七二
むぎプーズ（麦プーズ） 春 五八
むぎぼし（麦星） 夏 一三六
むぎほまつり（麦穂祭） 春 五五
むぎわらぼう（麦藁帽） 夏 一六〇
むくげ（木槿） 秋 三六八
むげつ（無月） 秋 三〇七
むささび 冬 四六一
むさしあぶみのはな（武蔵鐙の花） 春 一〇七
むし（虫） 秋 三六三
むしおくり（虫送り） 夏 一八四
むししぐれ（虫時雨） 秋 三六三
むしすだく（虫すだく） 秋 三六三
むしなく（虫鳴く） 秋 三六三
むしのこえ（虫の声） 秋 三六三

ムジのしる（ムジの汁） 冬 四四三
むしばらい（虫払い） 夏 一八四
むつごろう（鯥五郎） 春 六七
むらさきしきぶ（紫式部） 秋 三七七
むらしばい（村芝居） 秋 三四六
むらまつり（村祭） 秋 三四六
むれだか（群鷹） 秋 三五一

め

め（目） 無 五三八
めあじ（目鯵） 秋 三五八
めいげつ（名月） 秋 三〇五
メーデー 春 五九
めかりどき（目借り時） 春 一六
めぎ（芽木） 春 九〇
めざし（目刺） 春 四二
めしょうがつ（女正月） 新 五〇一
めじろ（目白） 秋 三五六
めだち（芽立ち） 春 九〇
めどはぎ（蓍萩） 秋 四〇一
めぶき（芽吹き） 春 九〇
めまとい 夏 三二一
メロン 夏 二六八
めん（面） 無 五四七

も

もうしょ（猛暑） 夏 一三〇
もーい 春 一一三
もがりぶえ（虎落笛） 冬 四三三
もくびゃくこう（木百香） 冬 四八七
もくまおうのはな（木麻黄の花） 春 九二
もくまおうのみ（木麻黄の実） 秋 三八〇
もぐり（潜り） 夏 一七六
もくれん（木蓮） 春 八六
もじずりそう（文字摺草） 夏 二八一
もず（鵙） 秋 三五五
もず（百舌） 秋 三五五
もずく（海雲） 春 一一二
もずく（水雲） 春 一一二
もずたける（鵙猛る） 秋 三五五
もずびより（鵙日和） 秋 三五五
もち（餅） 冬 四四〇
もちのしお（望の潮） 秋 三一三
もちのつき（望の月） 秋 三〇五
もみがらやく（籾殻焼く） 秋 三三〇
もみじ（紅葉） 秋 三七四
もみじかつちる（紅葉かつ散る） 秋 三七四
もみじがり（紅葉狩） 秋 三三一
もみじばれ（紅葉晴） 秋 三七四
もみじやま（紅葉山） 秋 三七四
もみず（紅葉ず） 秋 三七四
もみほす（籾干す） 秋 三三〇
もも（桃） 秋 三七〇
ももたまなのみ（ももたまなの実） 冬 四八五
ももちどり（百千鳥） 春 六二
もものはな（桃の花） 春 八八
もや（靄） 無 五三一
もゆる（炎ゆる） 夏 一二六

もり（森） 無 五三四
もろこしそう（唐土草） 夏 二七八
もんしろちょう（紋白蝶） 春 七一
もんぱのはな（紋羽の花） 夏 二五三

や

やーんぷう 夏 二二四
やいとばな（灸花） 夏 二八〇
やきいも（焼芋） 冬 四四二
やくび（厄日） 秋 二九二
やける（灼ける） 夏 一二六
やこうか（夜香花） 夏 二七八
やこうがい（夜光貝） 春 六八
やこうちゅう（夜光虫） 夏 二二四
やこうぼく（夜香木） 夏 二七八
やしがに（椰子蟹） 夏 二一〇
やしのき（椰子の木） 無 五五八
やしのはな（椰子の花） 夏 二四九
やつでのはな（八手の花） 冬 四七七
やどかり 春 七一
やどかり（寄居虫） 春 七一
やなぎ（柳） 春 九二
やなぎちる（柳散る） 秋 三七六
やぶつばき（藪椿） 春 七五
やまあり（山蟻） 夏 二一三
やまい（病） 無 五四二
やまいも（山芋） 秋 三八九
やまくにぶ 夏 二七八
やまざくら（山桜） 春 八〇
やましたたる（山滴る） 夏 一五三
やましみず（山清水） 夏 一五四
やまつばき（山椿） 春 七五
やまねむる（山眠る） 冬 四二九
やまぶき（山吹） 春 八七
やまぼうしのはな（山法師の花） 夏 二一七
やままゆ（山繭） 夏 二一三
やままゆ（天蚕） 夏 二一三
やまもも（楊梅） 春 九四
やまもも（山桃） 春 九四
やまよそおう（山粧う） 秋 三一〇
やまわらう（山笑う） 春 二四
やみ（闇） 無 五三二
やもり（守宮） 夏 一九六
やよい（弥生） 春 一三
やよいじん（弥生尽） 春 一三
やらぶのはな（照葉木の花） 夏 二五二
やらぶのみ（照葉木の実） 秋 三八〇
やりょう（夜涼） 夏 一三一
やればしょう（破芭蕉） 秋 三八二
やれはす（破蓮） 秋 三八八
やれはす（敗荷） 秋 三八八
やれはちす（破れ蓮） 秋 三八八
やんばるくいな（山原水鶏） 夏 二〇二
やんま 秋 三六一

ゆ

ゆうがお（夕顔） 夏 二六八
ゆうがとう（誘蛾灯） 夏 一七五

ゆうげしょう（夕化粧） 秋 三八七
ゆうこくき（憂国忌） 冬 四五六
ゆうざくら（夕桜） 春 一七
ゆうすず（夕涼） 夏 一三一
ゆうだち（夕立） 夏 一四四
ゆうだちぐも（夕立雲） 夏 一四四
ゆうちどり（夕千鳥） 冬 四六七
ゆうづき（夕月） 秋 三〇三
ゆうな 夏 二三六
ゆうながし（夕長し） 春 一五
ゆうなぎ（夕凪） 夏 一四〇
ゆうはしい（夕端居） 夏 一七九
ゆうひ（夕日） 無 五三〇
ゆうびん（郵便） 無 五四七
ゆうやけ（夕焼） 夏 一四七
ゆうやけぐも（夕焼雲） 夏 一四七
ゆうれい（幽霊） 夏 一八一
ゆかた（浴衣） 夏 一六二
ゆきやなぎ（雪柳） 春 八六
ゆくあき（行く秋） 秋 二九七
ゆくとし（行く年） 冬 四二一
ゆくなつ（行く夏） 夏 一三三
ゆくはる（行く春） 春 一七
ゆざめ（湯ざめ） 冬 四五一
ゆず（柚子） 秋 三七三
ゆずぶろ（柚子風呂） 冬 四三五
ゆずゆ（柚子湯） 冬 四三五
ゆずりは（楪） 新 五二七
ゆだち 夏 一四四
ユッカ 秋 三八三
ゆっかぬひー（四日の日） 夏 一八六
ゆどうふ（湯豆腐） 冬 四四一
ゆめ（夢） 無 五四三
ゆらりたか（ゆらり鷹） 秋 三五二
ゆり（百合） 夏 二六一

よ

ようかいび（妖怪日） 秋 三四一
ようかび（八ヶ日） 秋 三四一
ようじゅ（榕樹） 無 五五九
ようじゅのみ（榕樹の実） 秋 三八一
ようちえん（幼稚園） 無 五四九
ようていぼくのはな（羊蹄木の花） 春 八三
ようねん（幼年） 無 五四〇
ようび（曜日） 無 五三三
ヨーカビー 秋 三四一
よか（余花） 夏 二三五
よかん（余寒） 春 六
よぎ（夜着） 冬 四三七
よすすぎ（夜濯） 夏 一七二
よたか（夜鷹） 夏 一九九
よづり（夜釣） 夏 一七六
よづりぶね（夜釣舟） 夏 一七六
よとうむし（夜盗虫） 夏 二一四
よなが（夜長） 秋 二九四
よなぐにが（与那国蛾） 夏 二三三
よなぐにさん（与那国蚕） 夏 二三三
よなぐもり（霾晦） 春 二八
よばいぼし（夜這星） 秋 三一〇

よひら（四葩） 夏 二二六
よぶり（夜振） 夏 一七六
よみせ（夜店） 夏 一七六
よみぞめ（読初） 新 五二一
よめ（嫁） 無 五四一
よめなのはな（嫁菜の花） 秋 三九六
よもぎ（蓬） 春 一一
よもぎもち（蓬餅） 春 四三
よる（夜） 無 五三一
よるのあき（夜の秋） 夏 一三三

ら

ラ・フランス 秋 三七〇
らいこう（雷光） 夏 一四五
ライチー 夏 二四三
らいめい（雷鳴） 夏 一四五
ライラック 春 八五
ラガー 冬 四五一
らくじつ（落日） 無 五三〇
ラグビー 冬 四五一
らっか（落花） 春 七九
らっかせい（落花生） 秋 三九〇
ラムネ 夏 一六五
らん（蘭） 秋 三八四
ランタナ 秋 三八五

り

りっか（立夏） 夏 一一七
りっしゅう（立秋） 秋 二八七
りっしゅん（立春） 春 三
りっとう（立冬） 冬 四〇五
りゅうきゅうあしび（琉球馬酔木） 春 八五
りゅうきゅうかじかがえる（琉球河鹿蛙） 夏 一九五
りゅうきゅうこすみれ（琉球小菫） 春 一〇五
りゅうきゅうびな（琉球雛） 春 五四
りゅうきゅうむくげ（琉球木槿） 夏 二三九
りゅうじょとぶ（柳絮飛ぶ） 春 九三
りゅうせい（流星） 秋 三一〇
りゅうぜつらん（竜舌蘭） 夏 二五八
りゅうてんにのぼる（竜天に登る） 春 一一
りゅうとう（流灯） 秋 三四〇
りゅうのたま（竜の玉） 冬 四九四
りゅうぼく（流木） 無 五五八
りょう（涼） 夏 一二三
りょうあらた（涼新た） 秋 二九〇
りょうしょう（料峭） 春 六
りょうや（良夜） 秋 三〇六
りょくいん（緑陰） 夏 二四七
りんご（林檎） 秋 三七一
りんごのはな（林檎の花） 春 八八
りんどう（竜胆） 秋 四〇〇

る

るりはこべ（瑠璃はこべ） 春 一〇九

れ

れいし（茘枝）　夏　二四三
れいじゃ（礼者）　新　五一〇
れいぞうこ（冷蔵庫）　夏　一六九
れいぼう（冷房）　夏　一六九
レインコート　無　五四六
レタス　春　一〇二
れっしゃ（列車）　無　五四八
れもん（檸檬）　秋　三七三
レモンすい（レモン水）　夏　一六五
れんぎょう（連翹）　春　八四
れんげそう（蓮華草）　春　一〇六
レンブ　夏　二四四

ろ

ろうおう（老鶯）　夏　二〇〇
ろうじんホーム（老人ホーム）　無　五四九
ろうそく（蠟燭）　無　五四七
ろうねん（老年）　無　五四二
ろうば（老婆）　無　五四二
ろうばい（蠟梅）　冬　四七三
ろうばい（臘梅）　冬　四七三
ろくがつ（六月）　夏　一二一
ろくがつウマチー（六月ウマチー）　夏　一九一
ろくがつき（六月忌）　夏　一八八
ろくがつじん（六月尽）　夏　一二三
ろくがつにじゅうさんにち（六月二十三日）　夏　一八八
ろくぐゎちうまちー（六月御祭）　夏　一九一

わ

ワイン　無　五四六
わかあゆ（若鮎）　春　六八
わかい（若井）　新　五一九
わかくさ（若草）　春　一〇四
わかしば（若芝）　春　一〇四
わかてぃーだ（若太陽）　冬　四五八
わかながゆ（若菜粥）　新　五二一
わかなつ（若夏）　夏　一一九
わかなつみ（若菜摘）　新　五二一
わかば（若葉）　夏　二四五
わかばあめ（若葉雨）　夏　二四五
わかばかぜ（若葉風）　夏　二四五
わかばじお（若葉潮）　夏　一五五
わかみず（若水）　新　五一九
わかみどり（若緑）　春　九一
わかりびいさ（別れ冷いさ）　春　六
わくらば（病葉）　夏　二四八
わすれなぐさ（勿忘草）　春　九七
わすれなそう（勿忘草）　春　九七
わたし（私）　無　五三七
わたむし（綿虫）　冬　四七二
わたりどり（渡り鳥）　秋　三五三
わらび（蕨）　春　一〇八
われ（我）　無　五三七
われもこう（吾亦紅）　秋　三九九

装画　堀越千秋
装丁　文學の森装幀室

春

時候

春《はる》

四季のなかでも、複雑多岐の表現を生む。暦の上では二月の立春から五月の立夏の前日まで。ちょうど二月下旬西高東低の気圧配置がくずれ、中国大陸からの気圧の谷が停滞すると春一番が吹く。沖縄では三月末頃から二月風廻り（にんぐゎちかじまーい）という急な風向きの変化がある。それからはひと雨ごとに新芽が萌えだし、日脚の伸びを感じるようになる。

折鶴の春の翼を均しおく　赤城　獏山
かたまってじんたが通る里の春　石川　宏子
好きな物つめた鞄はすでに春　上原カツ子

土踏まず春の轍にくすぐられ　大城あつこ
シーサーの春をくわえて礎建つ　金子　嵩
象という春爛漫をなぜている　岸本マチ子
ぼけぬといふ保証はどこにもない春だ　栗林　千津
喜寿の婆抜き手巧みに春を蹴る　桑江　光子
島の春人口二百牛二千　島村　小寒
バサッと生け隙間隙間に春を入れ　新里　光枝
春の河馬いつも以上にうわの空　瀬戸優理子
友達以上恋人未満君が春　瀬部　康子
けんけんぱけんけんぱっぱ春着地　そら　紅緒
研ぎ上げて菜切り包丁ふふと春　高嶋　和恵
せつなくて蠢《うごめ》くものを春という　田川ひろ子
校庭に呼び出しの声春弾む　立津　和代
寡婦の希望春の聴診器に聞かれている　藤後むつ子
風やんで人亡き春の遠谺　徳沢　愛子
春をゆくしんしんとこの不定型　徳永　義子
春ならむシャンソン夜の砂にとけ　友利　恵勇
葉の皿や神と人との春宴　友利　敏子

少年や六十年後の春の如し　永田耕衣
人妻に春の喇叭が遠く鳴る　中村苑子
木偶の坊春を探しに行ったきり　中村冬美
不器用な父の手春の卵むく　根志場寛
人体にながい腸ある春である　のとみな子
たんとたんと春の半鐘たんと打て　姫野年男
子も生さず乳房老ゆ憂さ春の憂さ　平迫千鶴
女身仏に春剃落のつづきをり　細見綾子
春帰省オシャレ眩しい隣の娘　堀川恭宏
大和嫁こなたの色に染めて春　真玉橋良子
春の屋上妻よ飛べると思うなよ　宮城正勝
この地球《ほし》の春混沌と寂しかり　宮城陽子
春を舞うシーサー喝と立ち上る　屋嘉部奈江
歌碑立つやとうがにあやぐ島の春　山里賀徳
妻が声がばと目覚めし春の夢　山田廣徳
春の家裏から押せば倒れけり　和田悟朗
「孔雀売ります」と春のこの首里に　横山白虹

※シーサー＝魔除けの獅子像。沖縄のシンボル。寺社や城の門、御嶽、王族の墓陵、村落の出入口などに置かれている。

立春《りっしゅん》・春《はる》立《た》つ・春来《はるきた》る

二十四節気のひとつで二月四日頃、節分の翌日。暦の上では春だが、寒さの一番厳しい頃である。

立春や首里ならではの焼菓子屋　稲嶺法子
立春や亀の背筋の伸びにけり　大瀧信也
立春の山城まんじゅう古都の店　大塚十休
立春や凪に転がる紙コップ　キャサリン
立春やそれではと逝く母らしく　須田和子
立春の句碑に流るる女文字　辻泰子
立春や白寿の近き母の笑顔《えみ》　福村成子
立春が鳩尾に来て軽くなる　宮城陽子
立春の卵のごとく子の立てり　与儀勇

薙刀の下段の構え春立てり　石川　宏子
背筋をぐぐっと伸ばせば春の立つ　金城　悦子
春立つやピアノの弦も狂いがち　金城　幸子
篁《たかむら》の風のなごみや春立ちぬ　小松　澄子
大鍋の湯気に綛糸春立ちぬ　中村　阪子
校庭の蹴る子走る子春立てり　宮城　長景
春が来たとんからりんと戸を叩く　穴井　陽子
立ち読みのうしろに春の来てをりぬ　岩崎　芳子
春が来たと大きな新聞広告　尾崎　放哉
躁と鬱ひとつになって春がくる　田代　俊泉

寒明《かんあけ》

いわゆる二十四節気の小寒、大寒約三十日が終わり、立春となること。

寒明けの光をなめる牛の舌　江島　藤代
寒明けの鴉やさしき声を出す　重国　淑乃
寒明けの荒磯の畑の苦菜摘む　仲里　信子
寒明けのつくばい叩くししおどし　眞栄城寸賀
右向きに思考を変えて寒明ける　宮城　香子

早春《そうしゅん》《さうしゅん》・春早《はるはや》し・春《はる》めく・春兆《はるきざ》す・春動《はるうご》く

春の初めで、まだ寒さが残っている。それでも春の足音は着実で、心も少し浮き立つ様子をいう。

早春や白磁の壺の翳まろし　秋山　和子
早春賦カーナビ弾む独り言　相良　千画
早春の電車ふくらむパンの匂い　徳永　義子
早春の鬼よあんたがた何処へ　姫野　年男
早春の木霊が響き山めぐる　諸見　武彦
小竹が根の生るる妙音春はやき　うえちゑ美
食パンをはみだす葉っぱ春早し　そら　紅緒
触診の医師のピアスの春めけり　海勢頭幸枝
春めきてさざ波寄する降臨碑　知念　弘子
シャンプーの香りほのかに春兆す　根志場　寛
魚の市二の腕からげ春動く　金城　悦子

砂浴びの鶏一羽春動く　渡久山ヤス子
赤子いて七福も来て春動く　中田みち子
大海のうねるがごとく春動く　長谷川　櫂

春浅《はるあさ》し

春となってまだ日も浅い頃、草木の芽もまだ十分伸びない頃のことをいう。

春浅しもつれしままの毛糸玉　秋山　和子
春浅し冴となりて願い絵馬　石嶺　豊子
ごきげんなジャズのスイング春浅し　笹岡　素子
行商の運ぶ潮の香春浅し　曾我　欣行
浅き春胸に妙薬ふりかける　中田みち子
紅型のエプロンきりり春浅し　三石　成美
屋上に社祀りて春浅し　矢崎たかし
春浅しもの言いたげな猫二ひき　吉富　芳香

冴返《さえかえ》《さえかへ》る・寒返《かんかえ》《かんかへ》る・寒戻《かんもど》り

暖かくなってきたと思っていたら、再び寒さがぶり返し、一度ゆるんだ気分までもが引き締まる感じがする。

殉教の句碑立つ丘や冴返る　秋野　明女
不発弾処理の迂回路冴返る　新垣　富子
戦絵の赤と黒とが冴え返る　石川　宏子
冴返る拍子木響く立ち稽古　我喜屋孝子
歌麿の紫色が冴返る　嘉陽　伸
刳り舟の櫂の先より冴返る　平良　貞直
採点の手作業の音冴返る　立津　和代
水鏡ありて地球の冴返る　西里　恵子
冴え返る石彫り獅子の弾の跡　屋良真利子
寒返る浚えたはずの悲しみが　宮里　晄
起きかけの自問自答や寒もどり　平良　聰
寒もどり内裏官女も肩すくめ　比嘉　正詔
火焔跡しるき外科壕もどり寒　大城八重子

訃の報せ友より来たる戻り寒　神元 翠峰

クリームを塗る指のささくれ戻り寒　川津 園子

春遅し《はるおそ》

待たれる春のおとずれが鈍いのである。春の陽気が感じられない気分を表す。

未帰還の骨拾ふ日や春遅し　山本 初枝

春寒し《はるさむ》・春寒《しゅんかん》・余寒《よかん》・別れ冷いさ《わかりびいさ》

季節は春になっているはずだがまだ寒い。余寒は、冬の寒さが残っていること。

春寒し阿修羅の口に朱の残り　清崎 君子

春寒し青空市の光り物　謝花 寛営

春さむく掌《て》もていたはる頬のこけ　鈴木しづ子

春寒や寝藁厚めに孕み牛　新垣 紫香

春寒の風に赤木の瘤太る　平良 龍泉

春寒や舳《へさき》にしぶく伊平屋灘　仲間 蔵六

春寒や福木の奥の祝女殿内　与座次稲子

余寒なお修正液を振っており　神谷 冬生

そらいろのキッチンタオルで拭く余寒　中田みち子

叔父の老い別れ冷《び》いさの茶をすする　瀬底 月城

雨水冷え破れ厨子甕洗はる　矢野 野暮

※祝女（ノロ）殿内（どぅんち／やかた）＝祝女の住居のこと。首里王府の祭祀組織では最高神女は聞得大君（きこえおおぎみ）。大阿母志良礼（うふあむしられ）はその聞得大君に次ぐ神女で、村落の祝女を従え祭祀を司祭した。

料峭《りょうしょう》《れうせう》

料は肌をなで触れる、峭はきびしさを肌ではかる意で、春風が肌に寒く感じられるさまをいう。

料峭や身を震はせて祝女《のろ》祈る　石井 五堂

料峭や木洩れ日透きし天女橋　當間タケ子

料峭や日曜のみの診療所　渡久山ヤス子
料峭や泊グスクの隠れ窟　屋嘉部奈江

二月《にがつ》《にぐわつ》

新暦では二月早々に立春を迎え、日暮も少しずつ遅くなってきているのを実感する。月の平均気温は十二月より低く真冬に近いが、早春である。

二月空ほどよい間合いの雀二羽　池宮照子
二ん月の水際に埋火育ており　大川園子
二ン月や白い珊瑚の骨拾う　長内道子
洗骨の島ぬるぬると風二月　粥川青猿
をちこちに友病みゐたる二月かな　和田あきを
乾きたる砌二月の射撃場　渡辺茫子

仲春《ちゅうしゅん》

まさに春の三か月の真ん中の意。暖かな春の日差しに包まれて、人々の動きも活発になってくる。

仲春の海埋めつくす米艦艇　玉井吉秋

二月尽《にがつじん》《にぐわつじん》

二月が終わること。平年は二月二十八日、閏年なら二月二十九日。

二月尽近きところに河光り　高村剛
忘れもの思い出せずに二月尽　高良和夫

暖《あたた》か・温《ぬく》し

春の陽気の温暖さと、肌に感じる心地よさをいう。湯茶や肌、手足、人の懐のことは別である。

あたたかし百寿の人と隣り合ひ　石田慶子
あたたかや汽車のかたちの園児バス　荏原やえ子
あいうえお順に呼ばれてあたたかい　神谷冬生
ひよこ売るあったかそうな紙の箱　小森清次

村中が見えて墓山あたたかし　ながさく清江
龍の口流れる水のあたたかし　与那嶺和子
遠国ぬくし毀れ地蔵と新顔地蔵　植田　郁一
白杖の母の手をひく掌のぬくみ　玉木　節花

うりずん・おれづみ・うりずむ・うりずみ

琉球語の古語辞典『混効験集』によると「おれづんは（旧）二、三月麦の穂出るころ」とある。農作物の植え付けにほどよい雨が降るので大地の豊穣をもイメージさせる言葉であり、したがってうりずみは「潤（ウルオイ）積（ヅミ）」が訛ったのではないかといわれている。

うりずんや老女と鳩の停留所　天久　チル
うりずんの風に語るや健児の碑　新城伊佐子
うりずんの果てまで続く白い道　池宮　照子
うりずんの水ほとばしる手押し井戸　稲田　和子
うりずんの夜は三線果つるまで　井上　綾子
うりずんの野に放ちやる孕み山羊　伊野波清子

うりずんや横一文字の白い波　うえちゑ美
うりずんの空へ挑める逆上がり　上地　安智
うりずんや牛舎に牛の乳ゆたか　上原　千代
うりずんの風を豊かに結歌《ゆんた》聞く　浦　廸子
うりずんの路地にやさしき島言葉　大浜　基子
うりずんの妻という字の跳ねるかな　岡　恵子
うりずんの一途な風にからまれる　おぎ　洋子
うりずんの風に晒さる象の檻　折原あきの
うりずんのたてがみ青くあおく梳く　岸本マチ子
うりずんや模型の町の滑走路　北川万由己
うりずんの雲の重たき離島船　北村　伸治
うりずんや別の生き方あるような　金城　光政
うりずんや身ごもる嫁の背もやさし　金城　悦子
うりずんもレシピーに入れピクニック　幸喜　和子
うりずんへ一気に駆ける野山かな　小橋川恵子
うりずんのここが入り口斎場御嶽　そら　紅緒
うりずんや草色染むる山羊の口　陳　宝来
着弾の穴うりずんの水溜めて　筒井　慶夏

うりずんや屹立したる辺戸の山　渡久山ヤス子
うりずんの雨音近き昼さがり　友利　敏子
うりずんや戦争知らぬ木の育つ　永田タヱ子
うりずんの仔牛の鼻の湿りをり　中村　阪子
うりずんの君の腕を首に巻き　服部　修一
うりずんに並べてさみしいこよりかな　藤　みどり
うりずんや道濡れてゐる島の朝　前田貴美子
うりずんの青き風立つ石畳　前原　啓子
うりずんや波ともならず海ゆれて　正木ゆう子
うりずんの名のない谷の羊歯あかり　真玉橋良子
うりずんや藍打つ人の力瘤　宮里　晄
うりずんの海まで続く福木かな　安田久太郎
うりずんの風を練り込み味噌ねかす　安田喜美子
うりずんの空に重たき船の笛　山田　静水
おれづみて風は野面を渡り来る　知花　初枝
うりずむや黒潮匂ふ畠を打つ　神元　翠峰

うららか・うらら

春の晴れた日、遠くの方は霞み、日の光などすべてが明るく美しく見えわたる風景をいう。

うららかや平凡という陽だまり　金城　幸子
うららかや田芋の巻葉ほぐれ初む　金城百合子
うららかや紐が伸びたり手が出たり　小森　清次
脇役のなりはひまざとうららけし　福岡　悟
春うららフラワーシャワー頬に浴び　新垣　勤子
春うらら愛と名付けし宮古馬　上原　千代
奥《おう》武島に磯の香渡り春うらら　久場　千恵
山羊の子のぬっと顔出す春うらら　古波蔵里子
春うらら上海雑踏掏摸に遭う　千曲　山人
旅うらら58号線を海沿ひに　西山　勝男
大漁に湧き立つ港春うらら　山本　初枝

長閑《のどか》・長閑《のど》けし

天気がよい春の日は、ゆったりした穏やかな時間が流れている。春ののんびりうららかなさま。

長閑さや乙の字なりに鷺渉る　島村　小寒
のどけしや土手に仔牛の横座り　宜野　敏子
水郷の輪タク五元のどけしや　千曲　山人
のどけしや沐浴中も寝る赤子　松村　和子

三月《さんがつ》《さんぐわつ》・三月尽《さんがつじん》《さんぐわつじん》

三月の沖縄は月別の平均気温では東京の五月並。

あゝ三月今日降り始めた艦砲雨　玉井　吉秋
三月の甘納豆のうふふふふ　坪内　稔典
三月が始まるぱりぱりのサラダ　四方万里子
三月尽まだ石橋を叩いてる　宮里　晄

如月《きさらぎ》

如月は旧暦二月の異称。着物をさらに着重ねる意から。

如月の海おだやかや夕茜　上原　千代
如月や海鳴りやまぬ自決壕　上間　香
如月のところどころは萌黄色　大城あつこ
如月のダリの時計が動き出す　大湾　朝明
如月の榕樹《がじゅまる》一本沖で哭く　粥川　青猿
きさらぎや四方の壁の栓を抜く　岸本マチ子
きさらぎや塩ふる程の光きて　浜　常子
きさらぎが眉のあたりに来る如し　細見　綾子
如月の雨に写楽の顎無き絵　又吉　涼女

啓蟄《けいちつ》・地虫出《じむしい》《ぢむしい》づ

啓蟄は二十四節気の一つ、新暦三月六日頃。蛇・蟻・地虫・蜥蜴などは、冬になると土中に冬眠するが、春暖の候になって土中から出てくる。

走り根や啓蟄の土わしづかみ　安里　星一
啓蟄の土に鍬打つ基地の跡　池原　ユキ
啓蟄の足組み代へて網タイツ　伊波とをる
啓蟄やそろそろ本音あかそうか　大川　園子
啓蟄のうつうつ気配足の裏　大底　雄三
啓蟄や今なほ地下に不発弾　大湾　朝明
啓蟄や那覇大橋をまっしぐら　川津　園子
啓蟄やニガウリ苗も出番待つ　岸本　幸秀
啓蟄や大あくびして四股を踏む　金城　悦子
啓蟄や太平洋を一っ飛び　金城　幸子
啓蟄の崖削ぎ落す道普請　古波蔵里子
啓蟄や日の出を誘ふ鎌の月　島村　小寒
啓蟄の土の匂ひの農夫来る　城間　睦人
啓蟄にぐずぐずしては間に合わぬ　須﨑美穂子
啓蟄の身をくねらせて衣脱ぐ　鈴木ふさえ
啓蟄や啄む鳩の首忙し　平良　聰
啓蟄の星砂ふめば軋み鳴る　高良　園子

啓蟄や久しく開けぬインク壺　筒井　慶夏
啓蟄やゆうべ見し夢銀の蛇　照屋よし子
啓蟄の陶土練り込む力瘤　渡真利春佳
啓蟄や崖にそり立つ王の墓　仲里　信子
啓蟄のズックの靴の緩みかな　西平　守伸
啓蟄の草に腹這い鼓動聴く　諸見里安勝
啓蟄の泥亀乾く日和かな　和田あきを
地虫出る進入禁止の基地ゲート　浦　廸子
しっかりと大地摑んで地虫出づ　古賀　三秋
地虫出づインターネットの便予約　辻　泰子

竜天《りゅうてん》に登《のぼ》る

竜は雲を起こし雨を呼ぶ想像上の動物。『説文解字』に「春分にして天に登り、秋分にして淵に潜む」とある。

龍天に首里城を手に空を飛ぶ　東江　万沙
竜天に登るや丘に朝薫碑　石田　慶子
龍天へのぼる兆しや飛砂流砂　いぶすき幸

花のある人を訪ねて竜天に　浦　廸子
龍天に天耕の爪忘れざり　久田　幽明

彼岸《ひがん》

春分の日を中日として前後一週間。俳句では彼岸といえば春の彼岸をいう。団子やおはぎを作って仏壇に供える。

がじまるの気根艶めく春彼岸　上原　千代
あめ色に煮える日暮れの春彼岸　岸本マチ子
通い路があれば逢いたし春彼岸　久場　千恵
春彼岸黄泉は香煙届く距離　平良　雅景
彼岸会の樹陰に寂びて拝領窯　安島　涼人
彼岸会の猫背ふかめて紙銭焚く　矢野　野暮
彼岸祀鋼の色に潮流る　山城　青尚
迷いつつどの橋渡る入り彼岸　山本　セツ
鶏しめて来し掌で彼岸の紙銭焚く　久高　日車

晩春《ばんしゅん》・暮《くれ》の春《はる》

晩春は春の終りの季節。暮の春も行く春も同じだが、言葉のもっている響きが違う。晩春には暮の春のような潤いや匂いはうすい。

晩春の舗道に流る傘の華　小渡　有明
晩春だ頬にカラオケメロンパン　慶佐次興和
大晩春泥ん泥泥どろ泥ん　永田　耕衣
引越しの仕度進まぬ暮の春　立津　和代

四月《しがつ》《しぐわつ》

日本では桜前線が北上し続ける。年度始めの入社式や転勤、子どもの入学式などもある。

あの四月アカイアカイアサヒアサヒ　金子　嵩
城下町の赤き瓦を来て四月　金城　杏
四ヵ月のくすくす笑う土踏まず　原しょう子

それぞれがそれぞれとなる四月です　宮城　陽子

弥生《やよい》《やよひ》・弥生尽《やよいじん》《やよひじん》

旧暦三月の弥生といえば、春の温暖な情緒となる。昔は弥生の晦日が春の尽きる日でもあった。

ああ弥生ばらまかれたる焼夷弾　大牧　広
花束を山と抱えて弥生かな　金城　冴
羽使うことにも慣れて弥生なり　原しょう子
土もまた生き埋めになる弥生尽　穴井　太
一途さは遠く遠くに弥生尽　岸本マチ子
弥生尽コーヒータイムを独り占め　忍　正志

清明《せいめい》

二十四節気の一つ。春分から十五日目、四月五日頃。穀雨前の十九日頃までを含めて指すこともある。沖縄本島ではこの期間に墓参りをする。

清明や聖地は井戸の跡のみと　稲嶺　法子
清明の雨はひかりの味がする　座安　栄
清明やそばだてて聞く樹の鼓動　嶋田　玲子
清明や朝日夕日の見える店　島村　小寒
清明の葉色抜けくる風を愛で　平良　聰
清明や赤秀《あこう》古木の瘤の数　筒井　慶夏
清明の籠へ野のもの磯のもの　前田貴美子
清明の真ん中に居て愁いあり　宮城　陽子

春暁《しゅんぎょう》《しゅんげう》・春曙《はるあけぼの》

春の明け方のこと。『枕草子』の「春は曙。やうやう白くなりゆく山ぎは少しあかりて、紫だちたる雲の細くたなびきたる」が有名。

パナリ焼島の春暁なほとどむ　伊是名白蜂
春暁や足で涙のぬぐえざる　折笠　美秋
春暁の海から陸へ千の風　玉木　節花
クレーンの春暁の空破りけり　辻　泰子

春暁は祖霊の祈りパナリ焼　西大舛志暁
春暁の四海展げて久高島　与座次稲子
ふつくらと泳ぐジュゴンや春曙　金子兜太
春あけぼのドレッシングはよく振って　瀬戸優理子
蛸壺の春あけぼのを摑みだす　田村葉

春昼《しゅんちゅう/しゅんちう》・春《はる》の昼《ひる》

のどかな春の日中のこと。

春昼の罠にかかりて箍緩む　大川園子
春昼の空に朽ちゆく匂いあり　末吉發
春昼や死者たちはみな沖にあり　高橋修宏
春昼の庭にごろ寝の一浪生　根志場寛
春昼や馳走揃へて島の墓地　真喜志康陽
春昼や天秤棒は担ぐもの　本村隆俊
春昼を泡盛が沸くわがために　横山白虹

春《はる》の暮《くれ》

春の夕暮。永い日がゆっくり暮れてゆく。

老いらくまでさほどもなくて春の暮　池宮照子
杳《よう》として左手は在り春の暮　折笠美秋

春《はる/はる》の宵《よい/よひ》・春宵《しゅんしょう/しゅんせう》

春の夜になったばかりの頃合い。蘇東坡の「春宵一刻値千金」の詩がよく知られている。

宵の春車座に酌む漁師たち　新垣鉄男
島唄に指笛鳴らす春の宵　辻泰子
ジュピターより歌姫の降り春の宵　西里恵子
春の宵色鉛筆を散らかして　三浦和歌子
春宵一刻値千金散髪中　田中不鳴

春《はる》の夜《よ》・春夜《しゅんや》

春の夜は朧でしっとりした雰囲気がある。

遠き銃声春夜の顔はのっぺらぼう　羽村美和子
いとし子の耳ささやきも春夜かな　松村　蒼石

日永《ひなが》・永《なが》き日《ひ》

冬至以後、少しずつ日が伸び始める。一日は冬の日よりも長く光はおだやかに感じる。

綜絖に通す染糸日永かな　上原　千代
先の世まで飲み込むあくび日永かな　岸本マチ子
ポップコーンはじける音して日永かな　渡嘉敷敬子
ままごとの反復を待つ日永かな　三浦和歌子
抱卵の地鶏目つむる日の永き　海勢頭幸枝
永き日やグラスボートに旅をつぎ　西山　勝男

遅日《ちじつ》・暮遅《くれおそ》し・夕長《ゆうなが》《ゆふなが》し

春が深くなっていくと夜になるのがだんだん遅くなる。夜明けは早く、一日は長くなり、気分ものびやかになる。

掌に星砂残る遅日かな　中本　清
暮れ遅き日や語り部は洞窟《がま》の中　上原　千代
目薬をさして牧師の夕長し　謝花　寛営

花《はな》冷《び》え

桜の咲く盛りの頃は陽気も変わりやすく、急に寒くなり冷え込む。

花冷えにゆっくり歩く帯ふたつ　須﨑美穂子
花冷えや鳥に近づく鳥の貌　田村　葉
花冷えや小鳥も声をひそめをり　広長　敏子
店じまい張り紙ぬれて花の冷　石嶺　豊子
オカリナに遊ぶ小指や花の冷　謝花　寛営

花の冷階上に水使う音　田川ひろ子
救急車走るあかとき花の冷え　たみなと光
花冷えや人間魚雷の黒き胴　中野　順子
花冷のちがふ乳房に逢ひにゆく　眞鍋　呉夫

花時《はなどき》・花過《はなす》ぎ

桜の咲く頃、また、陽春の花の盛りの頃をいう。桜前線の北上とともに各地にそれぞれの花時がある。花過ぎは花時の後のこと。

花時や遊女のねむる開祖墓　上運天洋子
咆哮す花過ぎの水淋しくて　今川　知巳

木《こ》の芽晴《めばれ》

さまざまな木の芽が出る頃、北国と南国では時期が違うが、その頃の晴れた日のこと。

木の芽晴れ七滝拝所の朱の瓦　仲宗根葉月

蛙《かわず・かはづ》の目借《めか・めか》り時《どき・どき》・目借《めか》り時《どき》

陽気のいい昼下がり、蛙の鳴き声を聞いていると眠くなる。これを蛙に目を借りられたためだという。

目借時アコーディオンのあくびして　そら　紅緒
日溜りに文読む父の目借時　たみなと光

穀雨《こくう》

二十四節気の一つ。新暦では四月二十日頃。この頃は雨も多く、百穀を雨で潤す。

田と畑と我を濡らして穀雨かな　池宮　照子
穀雨来し土の匂ひにある湿り　平良　聰
穀雨とやわれは青麦めきてくる　田川ひろ子
穀雨かな音たて大地流れをり　陳　宝来
がじまるの気根地につく穀雨かな　桃原美佐子
穀雨晴れ修羅場を隠す岩襖　渡真利春佳

九十の母の生れし日の穀雨　友利　敏子
九条の碑文を伝ふ穀雨かな　仲宗根葉月
穀雨来る畑の草に力こぶ　宮城　陽子
穀雨《くく》曇首里の拝所の深廂　山本　初枝

春深《はるふか》し・春深《はるふか》む・春爛漫《はるらんまん》

木々の花も葉がちで濃くなり、春も盛りが過ぎた頃をいう。まだ初夏ではなく、深まる春の日々。

春深し土帝君の白き眉　稲田　和子
春深しパスタにほろほろ鳥ソース　荏原やえ子
春深む親田に受ける水あかり　仲間　蔵六
村墓へつづく畝道春深む　屋良真利子
春爛漫ぎゅうぎゅう詰めのびっくり箱　そら　紅緒

八十八夜《はちじゅうはちや／はちじふはちや》

立春から八十八日目にあたる夜。五月二日頃で、農家は野良仕事に忙しい。この頃降る霜は八十八夜の別れ霜とも言われている。

ざんげの日失なう八十八夜かな　原　恵

春暑《はるあつ》し・春《はる》の汗《あせ》

上着を脱ぎたくなるほど汗ばむ日がある。だが、この暑さは夏のような湿気の多い暑さではない。

春暑し寄進銘古る祝女殿内　上原　千代
春暑し亀が並んで空を見る　川津　園子
削られぬものに埋もれて春暑し　宮城　香子
春の汗棟上げ近し匠の技　岸本　幸秀

行《ゆ》く春《はる》

同じ季節を表す晩春などの、客観的な季語と比べて、去りゆく春の後ろ姿をいとおしむ主観的な感じをもたらす。

行く春のもどらぬ足音聞いている　岸本マチ子

行く春や小島通ひの白き船　桑江　正子
ゆく春や猫の言い分聞いている　須田　和子
チョコレートの馬をとかして春がゆく　のとみな子

夏隣《なつどなり》・夏近《なつちか》し

春から夏へ季節が移ろうとし、草木の葉や陽の光にも夏が近いことを知らされる。陽射も強さを増してくる。

キジバトの羽をつくろふ夏隣　安次富邦子
風に来る三線の音や夏隣　新垣　勤子
調子づく機織る音や夏近し　山田　静水

春《はる》惜《お》しむ・惜春《せきしゅん》

尽きていく春を惜しむ心のあり様である。行く春というのも同義である。春への別れである。

まほろばの春惜しむ日のノクターン　市原千代美
春《はる》惜《を》しむわたしの中にも駅がある　岸本マチ子
春惜しむ句帳に読めぬ乱れ書き　谷　加代子
白和えのほろ苦き味春惜しむ　比嘉　陽子
庭先の木々とも語り春惜しむ　山田　静水
丹の欄にさへづる鳥も惜春譜　杉田　久女
惜春の軟骨さがすレントゲン　玉城　幸子
惜春のツナ缶詰を笑えるか　原しょう子

斎場御嶽（せいふぁうたき）
沖縄最高の聖地で神降臨の地といわれる。かつては首里王府の最高神女である聞得大君の即位儀礼が行われた。

紙銭（うちかび）
後生での通貨。彼岸・清明祭・お盆などの行事でこれを燃やして先祖供養を行う。

天文

春《はる》の日《ひ》・春日《しゅんじつ》・春陽《しゅんよう》《しゅんやう》・春日和《はるびより》

「春の日」といえば、春の一日、あるいは春の太陽を指す。春陽は陽気な春の陽射のこと。春日和は春ののどかな好天気。

杳杳《ようよう》たり寒山春の日のこぼれ　千曲　山人
春の日やあの世この世と馬車を駆り　中村　苑子
窯出しのシーサーどかと春日濃し　西山　勝男
伊是名《いぜな》島ほどのさびしさ春一日　宮城　正勝
火炎樹の春の日に透く真紅　与座次稲子
春日和いく齢《とし》つむぐ糸のあや　眞栄城寸賀
「安養」の額に濁世の春陽ざし　比嘉　幸女
石村碑春の木漏れ日ひとしおに　国吉　貞子

梅日和《うめびより》

近年に生まれた新しい季語。先がけて春の訪れを感じさせる梅の花に好天を楽しむ。

梅日和天妃宮跡門とざし　上間　芳子
梅日和公会堂のナフタリン　原しょう子

春光《しゅんこう》《しゅんくわう》・春《はる》の色《いろ》

春の日は明るくまばゆくやわらかく、自然界のすべてに生気をあふれさせる。

春光や鯨の叩く紺の海　新垣　富子
春光や掃き清めたる王子墓　新本　幸子
春光をここに集めし句碑披《びらき》　池田　俊男
春光を啄み弾む雀かな　小松　澄子
春光の沖縄ガラス海になる　そら　紅緒

春光を掌に掬いては手話続く　平良雅景
春光の秒をきざみて砂時計　平良貞直
春光やエメラルドビーチ走り抜け　丹生幸美
春光や祠の遺るグスク址　西山勝男
春光やカルテに完治書きとどむ　松井青堂
春光や句碑に潮上ぐ辺戸岬　山本初枝
塗装業ズボンの色は春の色　東江万沙
ドロップの缶にこぼれる春の色　秋山和子
新しき命を包む春の色　桑江光子

春《はる》の空《そら》・春天《しゅんてん》

春は、よく晴れわたった空でも、うすく白っぽい色を含む。どんなに澄みわたっても秋空には及ばない。白く、遠くかすみ、眠たい感じの空である。

城郭にクレーンの伸びる春の空　安次富邦子
仰向けのライオン春の空を掻く　仲宗根ユキ子
春空の真中にありて水になる　安谷屋之里恵
春天を突き刺して消ゆ戦闘機　金子嵩

春《はる》の雲《くも》

春の雲はどんよりと形もはっきりせず、あまり動かない。淡い愁いをふくんでいる様子なのである。

テロ警備解けてふんわり春の雲　上江洲萬三郎
目玉焼空にひろがり春の雲　大浜基子
春の雲おいしそうねと子が話す　平良喜美子
大空はこんなに自由春の雲　田中不鳴
キッチンの椅子を貸したよ春の雲　樋口博徳

春《はる》の月《つき》・春月《しゅんげつ》・春満月《はるまんげつ》

昔から春の月は朧なるを賞で、秋の月はさやけきを賞す、と言われている。かすんで見えるあたりは艶めかしさもある。

イントロの音ふっくらと春の月　秋野信

恩納岳の乳房のあたり春の月　新木　光
春の月思い出せない忘れもの　石塚　奇山
通夜の家に一会の人や春の月　上原　千代
螺旋階段どっかと座る春の月　喜友名みどり
昭和遠く戻れぬ日々の春の月　平良　雅景
どの窓も開け放たれて春の月　仲間　健
人気なき渚を春の月と歩す　根志場　寛
眼鏡橋くぐり欠けたる春の月　山本　セツ
夫眠る山の上にも春の月　吉木　良枝
水溜り春月おどるあちこちに　新垣　真孝
春月や道一筋の墳墓の地　鹿島　貞子
ふと目覚め春満月に出合いけり　金城　英子
春満月十字架の影濃くしたり　謝花　寛営
生かされてやっぱり兎春満月　友利　敏子
春満月小船に乗って流れ行く　西里　恵子
負け牛に春の満月上がりけり　山城久良光

朧月《おぼろづき》・月朧《つきおぼろ》

昼間は霞となる水蒸気がやわらかく月を包んでいる状態。「春月」より「朧月」は春の情感が濃い。

羊羹のてらてらといる朧月　秋野　信
おぼろ月よりシャガールの白き猫　小橋　啓生
また母に呼ばれたような朧月　松本　達子
置き去りのこころのような月朧　安谷屋之里恵
化けそうな大型クレーン月朧　川津　園子
魂だけ家出させます月おぼろ　児島　愛子
月おぼろ利休鼠の名護の浦　古波蔵里子
啄木碑にひびく梵鐘月おぼろ　たみなと光

朧《おぼろ》・朧夜《おぼろよ》

春の夜、または朝などでも、ものみな朦朧とかすむように見えること。春の夜の月はほのかでぼうっと潤んで見える。

ピリオドのはずがコンマのおぼろかな　池宮照子
天心に月は朧や母の逝く　石川宏子
おぼろ棲む前頭葉は曖昧模糊　大城あつこ
人知れぬ胸臆の淵春おぼろ　片山知之
渦となりおぼろも出てゆく仏間より　岸本マチ子
あまりにも昔が毀れてゆく朧　香坂恵依
折鶴をひらけばいちまいの朧　澁谷道
おぼろなる屍累々珊瑚礁　新里クーパー
草食の漢ふえゆく朧かな　中田みち子
「BARくものす」という朧ありにけり　のとみな子
帯解いておんなの先の朧かな　平迫千鶴
人外田《とんぐだ》は地図から消えて畦朧　宮城陽子
職辞する四十年の朧かな　矢野美恵子
朧夜の嘘八百の涙壺　秋山和子
朧夜は道をはずしてしまいそう　池宮照子
朧夜の口遊みたきひとりかな　うえちゑ美
猫抱いて三界けぶるおぼろの夜　小橋啓生

人を恋う灯《ともし》のゆれるおぼろの夜　鈴木ふさえ
おぼろ夜の黄ばんだノートがしゃべりだす　瀬戸優理子
朧夜や野良着のままの牛談議　渡久山ヤス子
天袋よりおぼろ夜をとり出しぬ　八田木枯
朧夜の私無口になります　吉田佑子

春星《しゅんせい》

冬に見るようなするどい光ではなく、どことなく湿った感じの空に、温かさにゆるんでまたたいている。

春星や吾が書く文字の千年後　新垣勤子
春星やドン＝キホーテは夢男　本村隆俊

春北斗《はるほくと》・大熊座《おおぐまざ》《おほぐまざ》

大熊座にある七つ星、北斗七星は春は高い空にあり観測しやすい。船星というところもある。

矢印の示す海なり春北斗　金城杏

リンリンと深夜のメール春北斗　西里　恵子
よふけという町に来ている大熊座　岸本マチ子
大熊座洋上にありこわれない　阪口　涯子

春《はる》の闇《やみ》

月明りがなくとも、春の夜は暗い闇の感じがない。草木の香りが漂い、なお闇が艶めく。

行き先は告げてはならじ春の闇　井崎外枝子
尾があれば尾を立ててゆく春の闇　池宮　照子
春の闇甘蔗に糖の満つる音　泉水　英計
誰からか笑いはじめた春の闇　今川　知巳
出口という入口ありて春の闇　たまきまき
面の眼覗けば春の深い闇　羽村美和子
わが閨《ねや》もドアのむこうも春の闇　平迫　千鶴

春《はる》の風《かぜ》・春風《はるかぜ》

春風駘蕩というようにのどかに吹く風。顔をなでてゆく風はやわらかく暖かい。

春の風スタートラインの紐しめる　東江　万沙
重心を移動している春の風　嘉陽　伸
定年やしがらみを解く春の風　桑江　光子
調律師の指より来たる春の風　鈴木ふさえ
生かされて生きる倖せ春の風　平良　雅景
今年はや鯨来たると春の風　高良　園子
春の風磯の香りの島包む　仲宗根葉月
閻魔から追い返されて春の風　宮平　義子
みやらびの糸紡ぐ手に春の風　山本　初枝
春風や門なき杣家珊瑚垣　上原　千代
春風が追い越したのでさようなら　親泊　仲眞
春風の見える場所まで行ってみる　座安　栄
春風と野菜満載テント市　辻　泰子
春風吹いて仏がわたしの中へ入る　藤後むつ子
春風へ色鉛筆の粉とばす　根志場　寛
たっぷりとつけ入る隙を春風に　宮里　晄

東風《こち》・桜東風《さくらごち》・鰆東風《さわらごち》《さはらごち》・雲雀東風《ひばりごち》

春先に東方から吹いてくるやわらかい風、春の風である。
鰆は晩春産卵のため瀬戸内海など沿岸に集まってくる。

東風吹くや久高祝女《くだかぬーる》の渡るかに　大浅田　均
東風吹くや太古の拝所の石囲い　安田　重子
読点の多き手紙や桜東風　阿　莉
一面の窓磨きけり桜東風　金城　杏
戸をたたむ六角堂やさくら東風　小松　澄子
城跡に近き母校や桜東風　砂川　紀子
覗き穴のこる城門桜東風　棚原　節子
桜東風魔除け獅子置く村の橋　山城久良光
鰆東風一本突きの銛素早し　久田　幽明
海底に続く砂紋や鰆東風　渡久山ヤス子
廃業のハガキが届く雲雀東風　真喜志康陽
強東風や屋根重なれる漁師町　曾我　欣行
強東風や漢ひらりと船に乗る　与那嶺和子
朝東風や窯出し始む素焼き獅子　与座次稲子
真東風吹くマムヤの機の重ね音　うえちゑ美

木の芽風《こめかぜ》

木の芽時に吹く風のこと。

木の芽風槙の廊下を滑り来る　太田　幸子
復元の城の書院や木の芽風　金城百合子
ランドセルゆらして木の芽風つれて　桑江　光子
今も汲む村の産井や木の芽風　古波蔵里子
花織の裏糸朱し木の芽風　中村　阪子
木の芽風昨日も今日も鬱が棲む　吉田　佑子

春一番《はるいちばん》

立春後はじめて吹く暖かい南寄りの強い風のことをいう。
春を連れてくる風である。

春一番に押され奈落へ落ちそうな　岩崎　芳子

人体をごぼう抜きして春一番　上原カツ子
路地のカフェ春一番も同じ顔　親泊　仲眞
春一番折り鶴一羽飛び立てり　河村さよ子
毒舌のわなにかかった春一番　須﨑美穂子

二月風廻り《にんぐわちかじまーい》・春《はる》の荒《あ》れ

三月末から四月初旬にかけて近海に前線が停滞し台湾低気圧（台湾坊主）が次々発生通過するため、短い周期で天気が変わるなど、沖縄地方で経験する風向きの急変や突風のことをいう。航海に危険な旧暦二月の風回りとして知られ、これを境に風向きが主として南に変わる。

二月風廻りねむれる島起す　小熊　一人
二月風廻り女は乗せぬ漁り舟　瀬底　月城
舫ひ舟軋む二月風巡り　高良　園子
投げ網を繕ふ翁二月風回い　玉城　美香
牛小屋の尾の列二月風廻り　辻　泰子
二月風廻り鯨の海に相聞歌　宮里　晄
燈台に海鳴る二月風廻り　山城　光恵
不用意に出て二月風廻り　山田　静水
神々の遊びや二月風廻り　与儀　勇
祝女こもる御嶽二月風廻り　松永　麗
糸垂れて潮待つ人や春の荒れ　天久　チル
春荒や幻といふ八重干瀬は　うえちゑ美

うりずん南風《べー》

うりずんの頃吹く南風で、おだやかな順風をいう。

うりずん南風ゆったり寝《ね》まる孕牛　安座間勝子
開け放す窓にうりずん南風荒れる　天久　チル
サンダルを提げて潮踏むうりずん南風　上原　千代
あずまやへ石橋わたるうりずん南風　上間　芳子
忘《わし》んなようりずんの雨砲丸《たま》の雨　海原　命風
厨子甕に淡き死者の名うりずん南風　大嶺美登利
うりずん南風海の匂いの男過ぐ　金城　悦子
うりずん南風無役の牛の横すわり　久田　幽明

琉球の闇を繋りてうりずん南風　小橋　啓生
うりずん南風酒蔵南蛮一斗甕　謝花　寛営
うりずん南風昨日のことはケ・セラ・セラ　砂川　孝子
うるずん南風婚決めし子に柔らかし　砂川　紀子
御穂田《みふうだ》の苗の匂へりうりずん南風　桃原美佐子
森潜るうりづむ南風の嬰泣けり　当眞　針魚
葬列にうりずん南風も従いてくる　長田　一男
大胆な魚が浮上すうりずん南風　堀江　君子
葬列もうりずん南風も島づたひ　三浦加代子
見はるかす島うれづむの南風碧む　矢野　野暮
うりずん南風魚紋の壺に日の匂ふ　山城　青尚
刳舟に干網垂るるうりずん南風　山本　初枝
うりずん南風波かけ上る辺戸岬　与儀　啓子
窯出しの壺の火照りやうりずん南風　与座次稲子

涅槃西風《ねはんにし》

旧暦二月十五日、釈尊入滅の日の前後に吹き続く西風のこと。西方は浄土、そこから現世への訪れとして吹く。

涅槃西風関節するりと婚指輪　大川　園子
ひとつずつ空席ふえて涅槃西風　大城あつこ
地の果てのさかる戦火や涅槃西風　菊谷五百子
この絆ほどきたくなる涅槃西風　岸本マチ子

貝寄風《かいよせ》《かひよせ》

旧暦二月二十二日頃に吹く西風。

貝寄風や土間吹き抜くる神あしやぎ　上原　千代
貝寄風やポケットにある砂の粒　原しょう子

風光《かぜひか》る・光風《こうふう》《くわうふう》

春になると今まで弱かった日の光が強くなり、あたりが明るいので風までが光るように感じられる。

いっせいに風光らせて野の風車　新井　節子
紅型の図柄の息吹風光る　石橋　芳子

二度染めの紺の絣や風光る　上原　千代
沼の面にピカソの波紋風光る　岡田　初音
爬龍船波切る櫂に風光る　岸本百合子
龍《りゅう》潭《たん》に渡る白鷺風光る　慶佐次興和
風光るウチナンチューという言葉　小森　清次
風光る礁湖の貌の七変化　島村　小寒
先頭の馬の尾まっすぐ風光る　そら　紅緒
落落たり寒山風光る小舟　千曲　山人
釣糸の抛物線や風光る　辻　泰子
風光る男神事の天《あま》親《うえー》田《だ》　仲間　蔵六
「メンソーレ」おばば手を振り風光る　丹生　幸美
勝牛の背の少年風光る　比嘉　半升
勇壮なハーリー漕ぐ手に風光る　福村　成子
何処の子か走りよる子に風光る　前川千賀子
風光る古層の石出づ城の跡　前原　啓子
街中に石敢當や風光る　又吉　涼女
突然です電話一本風光る　宮城　陽子
風光り草木鳥獣みな光る　矢崎たかし

風光る破風造りの神あしゃぎ　山本　初枝
美ら海のジュゴン遊べや光風裡　上江洲萬三郎

春嵐《はるあらし》・春疾風《はるはやて》

春さきに吹く強い風。空気が乾燥しているので春塵を巻き上げる。おだやかな春風から疾風になることも。

拝領窯崩壊したる春嵐　伊舎堂根自子
春疾風手櫛で梳くや乱れ髪　国吉　貞子
越境者へと駆り立ててゆく春疾風　宮里　晄

春塵《しゅんじん》《しゅんぢん》・春《はる》の塵《ちり》

春風の勢いで乾燥した土埃が立ち、塵が舞い上がり、家の中まで入ってくる。

引越しの春塵払う妻凜々し　平良　雅景
燃えぬまま三本御香は春の塵　新　桐子

黄砂《こうさ》《くわうさ》・霾《つちふる》・霾晦《よなぐもり》

中国北西部で巻き上げられた黄色い砂塵が季節風に乗って日本に舞い落ちる。空は霞み視界は悪くなり、洗濯ものを汚す。

黄砂降る冊封《さっぽう》の世も今の世も　石田　慶子
壺屋焼置く飾り窓黄砂降る　稲嶺　法子
黄沙の目奄美の海に洗ひけり　井上　三幸
病床の視界の果てや黄砂降る　大宜味とみ
大陸の奔馬の叫び黄砂降る　大湾　朝明
年金の先がみえない黄砂ふる　嘉陽　伸
水牛のどっかと座り黄砂降る　許田　耕一
黄砂降る那覇の港の舫ひ舟　新里　青太
基地と墓地隣る黄砂のあまねき日　末吉　發
黄砂降り黙の芯なす亀甲墓　嵩元　黄石
黄砂ふる海へ槌音墓普請　田端　杣人
黄砂巻きデモ行進の列乱る　友利　敏子

グリンベレー汝も人の子黄砂降る　中村　阪子
黄砂降る手綱も軋む牛二頭　山本　初枝
つぎはぎの記憶の古層黄砂降る　与儀　勇
黄砂降りどこか気落ちの霊《たま》御殿《うどん》　横山　白虹
霾や冷たく重き裁ち鋏　大湾　宗弘
霾や戦跡をゆく僧の鉦　小熊　一人
人類の歩むさみしさつちふるを　小川双々子
つちふるや貝の張りつく岩庇　島袋　直子
つちふるや延々予科練語る友　島村　小寒
つちふるや納戸に妻の福音書　謝花　寛営
霾やまばたき知らぬ火伏獅子　瀬底　月城
つちふるや駱駝に瘤のあるかぎり　筒井　慶夏
霾や庭より伸ばす舫ひ綱　前田貴美子
モノレールつちふる空を走りけり　真喜志康陽
霾や基地は一日の黙をなし　宮城　阿峰
霾や岬を走る牛の群　屋嘉部奈江
つちふるや砂漠に揚がる日章旗　矢崎たかし
旧く棲みつちふる島の重たさよ　矢野　野暮

霾晦レーダードーム蔽ひけり　具志かほる
草を食む伏目の馬や霾ぐもり　比嘉　蘭子

※亀甲墓（かめこうばか）＝沖縄で多く見られる墓で亀の甲の形をしているため、方言でカーミヌクーバカと呼ばれている。

春《はる》の雨《あめ》・春雨《はるさめ》

草木を芽吹かせ、蕾をほころばせる。静かにしっとりと降るさまが風情をもたらす。

春の雨蛙はみんな裸です　石塚　奇山
茶畑の青きうねりや春の雨　大田　妙子
裏庭はジュラ紀の匂い春の雨　羽村美和子
旅立つ日立ち去りかねて春の雨　諸見里安勝
内地人《やまとんちゅう》がけさ連れて来し春の雨　横山　白虹
春雨や鬼がかけこむ山の寺　永田タヱ子

木《こ》の芽《め》雨《あめ》

春のはじめの木の芽が出始める頃を木の芽時といい、その頃に降る雨。

木の芽雨弾痕しるき火伏せ獅子　上間　芳子
父の名を礎に探す木の芽雨　渡邉　宜

春時雨《はるしぐれ》

一般的には時雨は冬であるが、春の時雨は冬の時雨とは違い、明るい印象を与える。

黄金の繭つやつやと春時雨　立津　和代

菜種梅雨《なたねづゆ》・花菜雨《はななあめ》

菜の花畑はいかにも春らしい装いで、その菜の花の咲く季節の雨。

燐鉱の掘り穴深し菜種梅雨　西銘順二郎

不発弾処理の畦道花菜雨　海勢頭幸枝

花菜雨屋根苔青む安波の里　中村　阪子

花菜風《はななかぜ》

花菜雨と同様その頃に吹く、菜の花に託して言ういかにも春らしい風。

負け牛のうなじ撫でゆく花菜風　安里　星一

後ろ手に通勤鞄花菜風　池田　なお

花菜風夫の口笛遠くまで　金城百合子

春驟雨《はるしゅうう／はるしうう》

春のにわか雨のことである。

街角にしばし佇む春驟雨　小渡　有明

春の虹《はるのにじ》

単に虹といえば夏季。春の文字を冠して区別しているのである。夏の虹よりもやさしく淡い色である。

旅立ちの那覇の入江や春の虹　新本　幸子

車窓より春の虹見ゆ小さな旅　菊谷五百子

マラソンの駆け抜けて行く春の虹　桑江　春子

初雷《はつらい》・初雷《はつがみなり》

立春後初めて鳴る雷のこと。

初雷一瀉千里の遠つ祖　宮城　正勝

春雷《しゅんらい》・春の雷《はるのらい》

春の雷はいくつも続けて鳴ることもなく、啓蟄の頃に鳴るので虫出しの雷とも言われる。

春雷の一閃基地の塔を打つ　新垣　富子
春雷に聖所《いび》の榕樹夜叉めけり　浦　廸子
春雷一喝思わず正座してしまう　児島　愛子
春雷や基地の呪縛の解けぬ島　古波蔵里子
春雷や大鎌ふるふ杣の妻　中野　順子
春雷に銀色の少女帆を上げぬ　西里　恵子
酔竜が神の里ゆく春雷夜　譜久山當則
春雷や箸持ち熱き骨拾う　吉田　佑子
海蛇は縞みがきおり春の雷　尼崎　澪
不揃ひの白玉を煮て春の雷　石堂　和霞
鞭のごと女しなえり春の雷　岸本マチ子
うこん酒を仕込む今宵や春の雷　島村　小寒
春の雷ひらり女を越えられず　たまきまき
まどろみと夢の合ひ間や春の雷　辻　泰子
春の雷人買船は飾り立て　羽村美和子
春の雷さけて通れぬ事ばかり　宮城　香子
受話器からまっさかさまに春の雷　宮城　陽子
虫出しの雷コーヒーはブラックで　宮里　晄

霞《かすみ》・春霞《はるがすみ》・遠霞《とおがすみ・とほがすみ》

春になると水蒸気が立ちこめて横に筋をひいたようになり、景色が朦朧とけぶる。霞と霧は同じ現象だが、春を霞、秋を霧という。

あの丘に灯台のある霞かな　池田　俊男
彷徨える琉球人にて霞み燃ゆ　小橋　啓生
与論島霞むみやらび句碑の背に　佐々木経子
陸貝も海恋しけれ昼霞　土屋　休丘
天と地を霞のつなぐ乳母車　河原枇杷男
春がすみああ父母たゞよえる　尼崎　澪
闘牛やああ男くさい春霞　岸本マチ子
春霞墨絵の如き山連ね　岸本百合子
春霞見えぬゴールを見据えいる　喜友名みどり
春霞海と空とがひとつなり　平識　初美
遠霞む集団自決ありし島　古波蔵里子

陽炎《かげろう／かげろふ》

春のうららかな日に水蒸気が立ちのぼって、景色がゆらゆら揺らいでいるように見える。

かげろふの中へ私を押してゆく　天津伎依子
かげろうの底にさらさら星砂《ほしのすな》　香坂　恵依
陽炎を吸うて般若となりにけり　高橋　照葉
遮断機の先に父、母、陽炎えり　大川　園子
かげろえる廊下に尾行されており　川名つぎお
手紙読む身のだんだんに陽炎へる　友利　昭子
陽炎やどう転んでも異端です　宮里　晄
かげろへる二両電車の短かさよ　山田　静水

鳥曇《とりぐもり》

越冬した渡り鳥が春になり北へ帰る頃、空が曇りがちなことが多い。

カップめんふたをめくれば鳥曇　のとみな子

花曇《はなぐもり》

桜の花の季節は天気の良くない日も多く、終日曇ることがある。気分もすぐれない。これを花曇という。

白磁にも蒼き翳あり花曇り　秋山　和子
BC通りネオンの夢あと花曇り　親泊　仲眞
妻ですと名乗る違和感花曇　瀬戸優理子
花曇り微妙にずれるピアノ音　宮里　晄
煙突の三つ四つ見ゆる花曇　渡辺　茫子

春夕焼《はるゆうやけ／はるゆふやけ》

単に夕焼といえば夏の季語であるが、夏の赤く壮麗な感じはなく、春らしくやわらかい景色である。

春夕焼けさざ波光る宇座ビーチ　安仁屋安子
老犬の寝そべる駅や春夕焼け　天久　チル

春夕焼けブラインド越しにキザまれて　親泊　仲眞

眼の前にある幸せと春夕焼　座安　栄

春夕焼水牛の歩のゆるぶとき　中本　清

春夕焼火入れ整ふ登り窯　西原　洋子

春夕焼け壜に移して金平糖　羽村美和子

無聊というさいはてのあり春夕焼　宮城　正勝

海市《かいし》・蜃気楼《しんきろう》

海市はおだやかで天気がよく、海水が冷たいときに、海上に楼閣などの幻影が現れる。蜃気楼も同じ意、砂漠などでも見られる光景。

海市立つ叢雲遠く濡れゐたり　矢崎たかし

蜃気楼青き潮騒舐めている　田代　俊泉

花粉《かふん》舞《ま》う《くわふんまふ》

春は木や花の花粉が風に乗って舞う。花粉の大量飛散によって引き起こされる花粉症はありがたくない。

花粉舞う日本列島四面楚歌　小森　清次

石敢当（いしがんとう）

長方形の平たい石に「石敢当」の文字を刻み丁字路の突き当たりや三叉路に立てる魔除け。

地理

春《はる》の山《やま》

木の芽が吹き、草が萌えて、葉も茂り、冬の枯色が青くなり、生気に満ちた山となる。

耳長き風に逢いたり春の山　安谷屋之里恵
爆発は芸術そして春の山　片山　知之
春の山越えても越えても長女かな　長崎　静江
山彦を忘れてきたの春の山　中村　冬美

山笑《やまわら》う《やまわらふ》

『臥遊録』に記された郭煕の言葉「春山淡冶にして笑うが如く、夏山蒼翠にして滴るが如く、秋山明浄にして粧うが如く、冬山惨淡として眠るが如し」から。

安着といふ電話あり山笑ふ　石井　五堂
山笑ふ楽しき嘘のふたつほど　古賀　三秋
秘境にも旅立ちの詩山笑う　佐藤　勲
アンテナは山猫探知山笑ふ　島村　小寒
わが町に新しき医者山笑ふ　比嘉　陽子
山笑ひ老の心も身もほぐれ　広長　敏子
椎林むくりむくりと山笑う　安田喜美子

春《はる》の野《の》・末黒野《すぐろの》

春の初めの草木の芽吹きから、花が散って葉の濃くなるまでの春の野原をいう。末黒野は野焼をしたあとの黒くなっている野原のこと。

春の野や隷書草書の顔歩く　秋谷　菊野
春の野に機関銃など磨いている　岸本マチ子
末黒野の棒となりたる影法師　小橋　啓生

春《はる》の水《みづ》

温みはじめた水に、人々は解放感と安堵感を得る。

春の水女はホルンの形して　安谷屋之里恵
水飴の如く堰越す春の水　岡田　初音
神の田に流れて春の水となる　古波蔵里子
健児碑の香炉に溜る春の水　中村　阪子
春の水象に吸われてしまいけり　中村　冬美

水温《みづぬる》む

冬の厳しい寒さがゆるむと水辺では、水の濁り方、水の動き方などからも感じる春のあたたかさがある。

やんわりと焦りを落とし水温む　金城　幸子
水温む惑星に凪ふいており　座安　栄
おもろ唄聞こえ御穂田の水温む　中村　阪子
善なるは戦わざること水温む　丹生　幸美
水温む人間のみが傘を差す　西平　守伸
如是我聞三途の川の水温む　宮田　高佑
水温む石の手水の鉢あふる　与座次稲子

春《はる》の川《かは》

雨量も増え、水かさの増した川である。

春の川遠出している鯉一尾　重国　淑乃
水切りの光を飛ばし春の川　玉城　倭子
過去たちの未来をのぞく春の川　福岡　悟

春《はる》の海《うみ》

海は穏やかに凪いで、日の光を浴びてのどか。ゆるやかな波頭の海上には初虹がかかる頃でもある。

まなかいに雲影はやし春の海　謝名堂シゲ子
春の海ハヤシライスの似合う町　須﨑美穂子
落日をしばらく支う春の海　平良　雅景

春の海散骨によき汐加減　高橋　照葉
エンジンの音滑らかに春の海　立津　和代
春の海船舵赤く見えかくれ　根志場　寛
シーサーの大あくびする春の海　又吉　涼女
春の海不協和音も孕みつつ　宮里　晄
釣糸に眠気からまる春の海　宮城　香子
引かれゆく闘牛の眼に春の海　宮城　陽子
さざ波のはないちもんめ春の海　安田喜美子
何かよきことある予感春の海　山田　廣徳

春渚《はるなぎさ》

春の渚。水温むのは川も湖も海も同じである。春の暖かくなった汀。

遠き日のやうに靴ぬぎ春渚　荘原やえ子
阿麻美久《あまみく》の憩ひしことも春渚　当間　シズ
網干しの渚の春をたぐり寄せ　根志場　寛

春岬《はるみさき》

海風に吹かれる岬では、陽射も明るい。海がどこまでも広がる。さまざまな海の物語が生まれる。

返る波還らざる人春岬　渡真利春佳

春《はる》の波《なみ》

穏やかな波は島の春の訪れである。

春の波ニライカナイの伝言なり　そら　紅緒
春の波ぞんぶんに伸び島濡らす　前田貴美子

春《はる》《はる》の潮《しお》《しほ》・春潮《しゅんちょう》《しゅんてう》

春になると近海は北西の季節風が止み海が穏やかになる。特に干満の差が大きくなり、漁民は潮の変化に春を意識する。

春の潮満ちくる砂嘴の繋ぎ舟　島袋　直子
島立てのヤハラヅカサや春の潮　前里　邦子
製糖の煙立ちたり春の潮　真喜志康陽
春潮や生簀曳きゆくポッポ船　篠原　鳳作
春潮の満ちて船なき船溜　曾我　欣行
鑑真の闇春潮の遥かより　高橋　照葉
春潮の声飛び上がる万座毛　玉城　幸子
貝殻館出て春潮に沿ひ走る　横山　白虹
春潮に導かれゆく島巡り　与那嶺和子

春怒濤《はるどとう》・春濤《しゅんとう》

はるどたう　しゅんたう

岩場に打ち寄せて砕ける波も、また、渚に寄せる小さな波も、春の暖かさにゆっくりと打ち寄せている。

降臨の島裏けぶる春怒濤　島袋　直子
二十七度線今なほ刻む春怒濤　知花　初枝
耳に憑く残波岬の春怒濤　西山　勝男
春濤の重なり響く屛風岩　島袋　直子

彼岸潮《ひがんじお》

ひがんじほ

春の彼岸の頃の大潮。干満の差が最も大きい。秋の彼岸も同じだが、単に彼岸潮というと春の彼岸潮をさす。

天底の神代の彼岸潮たぎる　浦　廸子

干潟《ひがた》・春干潟《はるひがた》

春分、秋分の頃は潮の干満の差も大きく、潮の引いた潮干で砂浜や岩場が生まれる。これを干潟という。

埋め立てのすすむ干潟や基地の島　伊舎堂根自子
遠干潟夢のつづきが見られさう　稲嶺　法子
護佐丸の奥つ城抱く大干潟　大城百合子
潮干潟撮影部隊下船中　北川万由己
垂直に雨降る原初大干潟　土屋　休丘
春干潟津波の跡の岩あまた　与座次稲子

春《はる》の土《つち》

春になると田畑だけでなく庭などに植物を植え、土に親しむことが増える。土の窪みに心も温かくなる。

ドラム缶にっこり笑う春の土　秋野　信
春の土ドレミのように弾んでる　岸本百合子
初登板スパイクで掻く春の土　高木　暢夫
スコップにほっこり春の大地かな　大湾　宗弘

春《はる》菜《な》畑《ばた》・菜種畑《なたねばた》

春菜は、早春から晩春に摘んで収穫する、小松菜、あぶら菜など菜っ葉類の総称。菜種畑は花の黄色が美しい。

百選の水の息吹や春菜畑　新本　幸子
バーレルは一石三斗菜種畑　小森　清次
再会や花菜畑は国境《くにざかい》　ハルツォーク洋子

春泥《しゅんでい》・春《はる》の泥《どろ》

泥はいつでもあるが、凍て解けなどで泥がぬかるむのにも特別な春の季感が生まれる。

春泥や暮れて一村基地となる　阿良垣多州
老いた手が春泥拭いしキビ一本　泉水　英計
春泥や恋路の難所石くびり　浦　　廸子
春泥をぐいと拭へり不発弾　大湾　宗弘
春泥を跳ねて自由をもらいます　駒走　松恵
春泥をふるさと訛で飛び越える　玉城　幸子
春泥や島の入江の細濁り　与座次稲子
先生も生徒もジャンプ春の泥　川津　園子
少年のムンズとつかむ春の泥　古賀　三秋
出不精の猫と亭主と春の泥　松井　青堂

逃水《にげみず》

にげみづ

昔は武蔵野が有名。陽射が強くなり、地上の空気が熱せられると水たまりのように見えて、近づくと消える現象。

逃げ水を路地に放したのはだあれ　池宮照子
みやこという田舎の水に逃げられる　伊志嶺あきら
逃げ水を追へば真昼の陥し穴　大川園子
戦さあるなと逃げ水を追い野を辿る　金子兜太
逃水にまだ戦争している兵　小橋啓生
逃げ水のはじめにありし被爆の木　高橋修宏
逃水や吾にも兆す老の影　谷加代子
逃げ水を追いかけてなお基地に居る　宮城陽子
沖縄の逃げ水に緋の色消えず　渡邉宜

生活

合格《ごうかく》《がふかく》

春の入学試験、採用試験などに受かること。目標の達成でもある。

土臭き掌に叩かれて聞く合格報　根志場　寛

卒業《そつぎょう》《そつげふ》・卒園《そつえん》《そつゑん》

小・中・高・大学など諸学校の卒業式が多く三月に行われる。卒業には嬉しい涙とさびしい心が交錯する。

躾糸未完のままに卒業す　うえちゑ美

学び舎に歩いて三里卒業歌　菊池シュン

どの子にもひらがな多し卒業子　古賀　三秋

たゞならぬ世に待たれ居て卒業す　竹下しづの女

卒業を家で迎える子も居りし　立津　和代

卒業の歌高らかに車椅子　仲宗根葉月

少年の拳のゆるび卒業す　畑　直子

卒業に音痴忘れる校歌あり　堀川　恭宏

キリンの目大きく描いて卒園す　安田喜美子

入学《にゅうがく》《にふがく》

四月は入学の季節である。真新しい服に鞄で登校するのは心が弾む。さまざまな新しい人生の出立でもある。

入学式普天間基地の爆音下　上江洲萬三郎

入学児もう振り向かぬ距離に母　江島　藤代

入学式名前呼ばれて得意顔　小渡メリ子

入学式全校生徒十五人　岸本百合子

牛連れて島の少年入学す　島袋　由子

栴檀の花散る那覇に入学す　杉田　久女

先生のイヤリングゆれ入学す　比嘉　陽子
万国旗児童一人の入学式　真栄田　繁
村境まで送られて入学す　矢崎たかし

遠足《えんそく／ゑんそく》

遠足は他の季節でもいいが、春にもっとも多く、暖かさに誘われ、遠足らしい気分になるのも春である。

欄干に遠足のこゑかたまれる　石井　五堂
遠足や西と東の海を見て　西平　守伸

踏絵《ふみえ／ふみゑ》

江戸時代キリスト教信者を罰するため、正月四日頃から三月頃まで、キリストや聖母マリアの絵を踏ませ見分けた。

沖縄を踏絵のごとく歩きけり　川村智香子

花衣《はなごろも》

花見に着ていく女性の衣裳のこと。昔は華美な色彩ゆたかな美しい着物であった。

不器用な女がはおる花衣　大城あつこ
まだぬくき殺意をたたむ花衣　岸本マチ子
ひとひらははなの帆となる花衣　古賀　三秋
花衣ぬぐやまつはる紐いろ〳〵　杉田　久女

春服《しゅんぷく》・春《はる》コート・春帽子《はるぼうし》・春《はる》の靴《くつ》・春《はる》ショール

春の装いは明るく淡い色が多い。服、コート、帽子、靴など、それぞれの装いのイメージが春の気分を表す。

旅に着る春服選ぶ鏡前　矢崎たかし
いたはりを春のコートの背に受けし　石井　五堂
春帽子被災者募金入れになり　岩崎　芳子
旅をする夢を見がちな春の靴　原田ひでか

春ショール胸に匕首しのばせて　池宮　照子

背戸道や物思ふ種の春ショール　うえちゑ美

春《はる》日《ひ》傘《がさ》

女性たちは春になってだんだん陽射が強くなると日傘をさす。

バス停に尼僧の開く春日傘　海勢頭幸枝

桜湯《さくらゆ》

塩漬けにした桜の花に熱湯を注いで飲む。「茶を濁す」から茶を忌む婚礼の席などで用いられた。

桜湯やみな美しき指揃え　竹田　政子

干鰈《ほしがれい》《ほしがれひ》

はらわたを抜いて干した鰈。ひがれいともいう。

戦争の窪みに生きし干鰈　丹生　幸美

目刺《めざし》

鰯などの目に竹の串や藁を通して数匹ずつ連ねて干したもの。

絶叫の口ひらきたる目刺かな　長谷川　櫂

家人失せひねもすのたり目刺焼く　譜久山當則

鹿尾菜刈《ひじきがり》・鹿尾菜干《ひじきほし》

鹿尾菜はひじきと読む。やや波の荒い海岸の浅い岩石に付着する。食用として採取し、天日で干し、蒸して乾燥させる。

鹿尾菜刈るをみなばかりの村起し　石川　宏子

浮雲や鹿尾菜刈り女の薄化粧　上間　紘三

鹿尾菜刈りをみな散らばる磯伝ひ　大嶺　清子

潮時や海女は背で観《み》るひじき刈り　新里クーパー

荒磯にひじき刈女の雨合羽　渡久山ヤス子
鹿尾菜刈る漢の背へ潮しぶき　花城三重子
当添《とーそえ》や男ばかりの鹿尾菜刈り　三浦和歌子
鹿尾菜干し嗅ぐはにらいの潮の香　大城八重子

草餅《くさもち》・蓬餅《よもぎもち》

蓬の葉を摘んで茹でて刻みすりつぶしたものを、一緒に搗いた餅。蓬の葉の香りと緑色が春らしい。雛祭にも食す。

草餅や小島の風はしゃらしゃらと　新垣　勤子
草餅や本音は言はずじまひかな　駒走　松恵
核心に触れず土産の蓬餅　鹿島　貞子
野良猫に名前をつけて蓬餅　前田貴美子
蓬餅先ずは香りを食べにけり　真喜志康陽

桜餅《さくらもち》

塩漬けの桜の葉でつつんだ餅菓子。江戸時代、江戸の長命寺の寺男が創作した。長命寺では今も売られている。

寝姿を考えている桜餅　安谷屋之里恵
わが妻に永き青春桜餅　沢木　欣一
さくら餅匂ふ来賓控室　多田　悦子
桜もち小さく作りひとを待つ　比嘉　陽子

茶摘《ちゃつみ》・茶摘女《ちゃつみめ》・新茶《しんちゃ》

日本の茶所のなかで最も早い新茶が沖縄の新茶で、三月中旬から四月にかけて一番茶の摘み取りを行う。主として沖縄本島中部以北で栽培される。新茶が出回ると去年のお茶は古茶と呼ばれる。

黄金森に雨雲のきて茶摘かな　呉屋　菜々
潮騒を斜めにユイの輪新茶摘む　城間　紫江
伊平屋沖行く船の見え新茶摘　新里清太郎
茶摘女の裾赤土をこぼしけり　伊舎堂根自子
茶摘女の胸の高さを摘まれけり　渡真利春佳

新茶汲み母は上手に老いにけり　江島　藤代
子規談議新茶の香満ち小夜更くる　小渡　有明
新茶に茶柱尚円の漕ぐサバニかな　東江　万沙
古茶新茶語らふ人も無きままに　桑原　道子
折り折りの母の言の葉新茶汲む　比嘉　陽子
ダイレクトメール新茶一煎封じくる　山田　静水
一番茶畝一つづつ緑増す　宮城さと子
一番茶摘むみやらびの籠光る　山城　光恵

菜飯《なめし》

菜を細かく刻み、さっと熱湯を通して、少し塩を加えて炊き立てのご飯に混ぜ合わせたもの。

菜飯食む在りし日父と母がゐて　石嶺　豊子
口論はひと休みして菜飯食ぶ　宮城　香子
大皿は金城次郎菜飯盛る　行　野

春灯《しゅんとう》・春灯《はるともし》

春夜の灯には、やさしくほのぼのとしたあたたかさがある。そこには穏やかな時間が流れるのである。

春灯を点せどガラスのラビリンス　羽村美和子
春灯に耳よせて聞く汗水節《あしみじぶし》　横山　白虹
子を産みし傷に縫い目や春灯　瀬戸優理子

春障子《はるしょうじ》《はるしやうじ》

春の明るい陽射をいっぱい受けている障子。

幼ならの影絵の狐春障子　上原　千代
草むしる音のひびけり春障子　沢木　欣一
モーツアルト洩るる陶師の春障子　宮平　早千

春炬燵《はるごたつ》

春になっても寒さが続き仕舞わずに使われる炬燵のこと。

嘘を打つ時計に覚めて春炬燵　赤城獏山
民宿の釣り談議なる春炬燵　上原千代
あやとりの十指行き交う春炬燵　平良雅景

北窓《きたまど》開《ひら》く・冬囲解《ふゆがこいと》《ふゆがこひと》く

冬の最中、寒風の入るのを防ぐために締め切っていた北側の窓を開ける。家の周りの囲いや庭木の菰も外す。春とともに気分が解放される。

北窓を開けて海の香山の色　片山知之
菰巻を解かれて幹のうれしさう　荏原やえ子

緑摘《みどりつ》む

松の緑の新芽を松の芯というが、松の木の姿を整えるためにその一部を摘むことをいう。

新しき軍手をはめて緑摘む　矢崎たかし

野焼《のや》く・野焼《のやき》・野火《のび》・遠野火《とおのび》《とほのび》・草焼《くさや》く・畦焼《あぜや》く

二月になると野や山や土手などを焼く。枯れた雑草や木を焼き払っておくと、その灰が肥料や害虫駆除にもなる。

野を焼いてさんたんたるもの走るかな　岸本マチ子
野を焼いて星の明るき家路かな　仲宗根ユキ子
わびしさに堪へず野を焼く男かな　日野草城
火の奥にけもののごとき野火の貌　菊池シュン
つわものの匍匐のごとく野火走る　菊谷五百子
遠野火や恋は誤作動し始める　羽村美和子
夕野火をはるかに置いて空手練る　阿良垣多州
草焼きの煙が届く診療所　中村阪子
黒々と畦焼かれたる日暮れかな　古賀弘子

春耕《しゅんこう》《しゅんかう》・耕《たがや》し

田畑を耕し、種蒔きの準備をする。そして種を蒔き、苗を植えたりする。春に行う農作業。

春耕の牛の瞳黒し基地にいて　渡邉　宜
畔のラジオにぎやかに春の土耕す　根志場　寛
さりげなく耕す特攻基地の跡　上江洲萬三郎
砲弾に耕やされたり骨いづこ　沢木　欣一

春田打《はるたうち》

春の初め、田植しやすいように田を打ちかえすこと。田をほぐす。

走水《はいんじゅ》の水走り込む春田打　中村　阪子
生かされて年を忘れて春田打ち　矢崎たかし

花《はな》の種《たね》・種袋《たねぶくろ》・花種《はなたね》蒔《ま》く

五穀、野菜、草花などの種子を乾燥させ紙袋などに入れ、湿度の少ないところに吊るして一冬蓄えておく。春に種を取り出して蒔く。

明日は日曜ぽけっとに花の種　穴井　太
振れば鳴る無為《むい》の日の種袋　駒走　松恵
ことごとく夫《つま》の遺筆や種子袋　竹下しづの女
種を蒔く妻嬉々として暮る、まで　具志堅忠昭
種蒔くや見てゐて乳房の奥鳴らす　寺田　京子
種を蒔くスタートライン引くやうに　そら　紅緒
花種を蒔く明日ある事を疑わず　吉田　佑子

春田植《はるたうえ》《はるたうゑ》・一期田植《いっきたう》う

沖縄での稲作は、一期作と二期作の二回で、一期作は八重山地方では一月中下旬から始まり、伊平屋、伊是名の島々では二月中旬へかけて行われる。尚二期作の田植は八月に行われる。

人襖立てて神事の春田植　石川　宏子
春田植う水に人影映りをり　小渡メリ子
受水《うきんじゅ》の陽光まぶし一期田植　崎間　恒夫
一期田の苗手の中で動きけり　大山　春明

水張りて一期田海へ展けたり　新城　太石
おごそかに親田に移す一期苗　瀬底　月城
海風の二月の田植尻さらす　北村　伸治

株出《かぶだ》し甘蔗《きび》・ひこばえ甘蔗《きび》

沖縄ではさとうきびのことを甘蔗と書いて「キビ」と読ませる。一〜三月に甘蔗刈をした後に株の中から早くも蘖《ひこばえ》が出て来るが、この芽に土盛りをして育てることを株出しといい、この甘蔗を株出し甘蔗という。

株出しを終へし甘蔗畑陽にゆらぐ　小橋川文子
慈雨ありて株出し甘蔗の息吹きけり　崎浜　光子
株出しの甘蔗の根方や影に容る　矢野　野暮
肥料《こえ》撒かな蘖甘蔗の雨もよひ　瀬底　月城

甘蔗植《きびう／きびうゑ》え・春植《はるう／はるうゑ》え甘蔗《きび》・種甘蔗《たねきび》

甘蔗の植え付けは、春夏の二回あるが、春植えが主である。春植えは三、四月に行い、十一カ月から十二カ月で刈りとる。また夏植えは七月〜九月に植えつけ、翌年の十二月もしくは翌々年の三月頃刈りとる。種甘蔗は、春の植え付けのために、冬の間地中に貯蔵しておいた甘蔗をいう。

甘蔗植えの振り向きて海眩しめり　小熊　一人
甘蔗を植う海に片虹二度三度　北村　伸治
甘蔗植うる赤土に膝ひきずりて　新城　太石
夕さりに翁這ひゐて甘蔗植《かんしょ》う　渡久山ヤス子
畦巾も歩巾で決まる甘蔗植　山城　青尚
種甘蔗を浸す産井《うぶい》の流れ止め　伊舍堂根自子
種甘蔗や産井《うぶかー》音たて溢れをり　西銘順二郎

田芋植《たいもう》う・水芋植《みずいもう／みづいもう》う・春田芋《はるたいも》

田芋はサトイモ科で、その上水田で栽培されるため田芋または水芋という。春植えと夏植えがあるが主に春植えである。一年後に収穫するが、里芋と共に子孫繁栄に通ずる縁起物として、祝いや祭の料理に用いられ、正月用として十二月に掘られることもある。

長男も島より離る田芋掘　瀬底　月城

婚姻や新糖いろの芋田楽　当眞　針魚

磯菜摘《いそなつみ》

古今集に〈こよろぎの磯立ちならし磯菜摘むめざし濡らすな沖にをれ浪〉とある。磯菜は海藻のこと。

防人《さきもり》の妻恋ふ歌や磯菜摘む　杉田　久女

磯菜摘み風のからみし深帽子　宮城　涼

潮干狩《しおひがり》《しほひがり》

干潮のときに干潟をあさって貝などを取る。旧暦三月三日の前後、春の大潮の頃が好時期。

海祀る太鼓をよそに潮干狩　稲嶺　法子

汐干狩夫人はだしになりたまふ　日野　草城

野遊《のあそび》

遠足、ピクニックなど、春の暖かな日を野外で楽しむのである。

野遊びや日をこぼしゆく子らの声　上原　千代

野遊びのいつか本気となりにけり　おぎ　洋子

野遊びやリュックの中はそれぞれに　小渡メリ子

野遊びや男ひとりを埋めてくる　たまきまき

幼子と駆けて語りて野に遊ぶ　山本　初枝

羽撃きしさしばの像や野に遊ぶ　与座次稲子

青《あお》《あを》き踏《ふ》《ふ》む・踏青《とうせい》《たふせい》

暖かくなると野に出て青草を踏み、草を摘むなどして春の季節を楽しむ。

縮まりし老の歩幅や青き踏む　安里　星一

青き踏む骨も遺品も弾丸も　新垣　紫香

不発弾残る島なり青き踏む　石田　慶子
青き踏むふるさと遠くなりにけり　上原　千代
一病をあしたに預け青き踏む　甲斐加代子
青き踏む横文字縦文字古代文字　玉城　幸子
久高島望む岬の青き踏む　花城三重子
青き踏む鯨の髭を想いつつ　原しょう子
闘病の親をささへて青き踏む　前川千賀子
青き踏むいつしかこんなところまで　森重マスコ
踏青やすなおに手足投げ出して　川津　園子

花見《はなみ》・花見酒《はなみざけ》・桜狩《さくらがり》

桜の花をめでるお花見は春の大きな行楽のひとつ。お花見には酒が欠かせない。桜狩は、桜の花をたずねあるいて花見をすること。

花見坂卒寿の父へ歩を合わせ　石川　慶子
花見酒つぎたす本音溢れだし　比嘉　幸女
木の下の骸と共に花見酒　譜久山當則
飼いならした鬼ふところに桜狩り　中村　冬実

花筵《はなむしろ》

花見のために敷かれる筵。その筵に坐して酒と桜花に酔う。

お隣は外つ国の人花筵　荏原やえ子
さっきまでプラトンの居た花筵　小森　清次
死ぬまでは戦後乾きし花筵　星野　昌彦

花疲《はなづかれ》

花を眺めているときは気分が高揚し宴も盛り上がる。人出の多い花見に出かけて疲れることをいう。

花疲れ乱れ箱には納まらず　神谷　冬生
人垣をかき分けかき分け花疲れ　宮平　義子

紙風船《かみふうせん》・風船《ふうせん》

紙風船は、紙で作られた、息を吹き入れてふくらまし、空中にとばす玉状の玩具。空へ高く揚がるゴム風船は春の気分を盛り上げる。

紙風船吹く熾《おこ》すごと祈るごと　池宮　照子
紙風船母の大きな手の匂い　川津　園子
薬売りはしゃぐ児の手に紙風船　原田ひでか
口づけのくちびるまるし紙風船　前田貴美子

石鹸玉《しゃぼんだま》

石鹸を水に溶かし、細い管の口につけ、もう一方の口から吹くと気泡を生じる。光の加減で美しい色彩を帯びる。江戸時代、シャボン玉屋が行商して流行。

差しのべし手をそれてゆきしゃぼん玉　荏原やえ子
しゃぼん玉より満州国の現れる　柿畑　文生
平和といふ表面張力しゃぼん玉　川村智香子
しゃぼんだま島の子島にとどまらず　そら　紅緒
しゃぼん玉飛んでも飛んでも基地の中　中岡　きぬ
シャボン玉地球ゆがみて映りけり　浜　常子
しゃぼん玉夢をとどける辛さかな　福岡　悟
しゃぼん玉還ってこれぬ特攻兵　松本　達子
運の良さまあるく咀嚼シャボン玉　宮城　陽子
明日の日は風の気ままにしゃぼん玉　諸見里安勝
しゃぼん玉外人墓地の天使像　行　野

鞦韆《しゅうせん》《しうせん》・ふらここ・ブランコ

子供の遊具。子どもたちが元気に遊ぶのも暖かくなってから。中国の古俗にちなんで春季。

叱られて鞦韆ゆらす茜雲　高橋　照葉
ギーと鳴る鞦韆もっともっと愛　友利　昭子
鞦韆の音で風切るものがたり　福岡　悟
ふらここに軋む余生を預けおり　大川　園子

ふらここの嫗ゆるりと童唄　仲間　蔵六
ふらここを揺らしつづけるのに厭きる　平迫　千鶴
利き腕はふらここに乗せ休息す　宮城　香子
青空に触れてブランコ戻りけり　岡田　初音
子どもらの去りしブランコ風が乗る　西平　守伸
ぶらんこに島歌乗せて漕ぎにけり　真喜志康陽
やんばるの森に漕ぎ出すぶらんこや　三石　成美

春眠《しゅんみん》・春眠《はるねむ》し

「春眠暁を覚えず」と言われるような睡る心地よさ。昼間も陽射の暖かさに居眠りする。

春眠の枕のへこみ夢の重み　瀬戸優理子
春眠の妻の不思議な足の裏　平良　雅景
社説のみ斜め読みして春眠し　島村　小寒

朝寝《あさね》

唐の詩人・孟浩然は「春眠暁を覚えず、処々啼鳥を聞く」と詠んでいる。朝になってもなかなか目がさめないのである。

花屋のはさみの音朝寝してをる　尾崎　放哉
旅立ちのときめきもなく朝寝酒　山里　昭彦

春《はる》の夢《ゆめ》

春眠の中の楽しい夢ならいつまでも見ていたいものだ。その夢の楽しみは春が相応しかろう。

春の夢はみだすほどのマーガリン　池田　なお
兎ゐて狐狸ゐて貘くる春の夢　山田　廣徳

春愁《しゅんしゅう》・春愁《はるうれ》い・春思《しゅんし》

〈春愁《しゅんしゅう》・春愁《はるうれ》ひ〉

春の物思い。春という季節は、華やかな中にもある種の淋しさや哀愁をさそう。秋冬にはない特別な愁思。

壜詰めの春愁ひとつもてあます　大城あつこ

春愁の和牛積まれて過ぐるなり　鹿島貞子
春愁の針一本や万華鏡　小松澄子
春愁や草書体で鳴く首里の猫　末吉發
春愁をぎっしりつめて小引出し　高橋照葉
春愁を一先ず畳み河馬になる　玉城幸子
春愁や高えだ鋏よく響く　田村葉
春愁や山なみ繋ぐ橋普請　津嘉山敏子
無人駅春愁ひとつ積み残す　中村冬美
春愁や結ぶ人亡し男帯　原田廸子
春愁の母胸高のコルセット　宮城佐和
春愁の背骨を抜いて魚になる　四方万里子
皿洗うだけなのにこの春愁い　秋谷菊野
春愁い精神科医に胸みせて　高嶋和恵
夕煙もやし殻ほどの春思かな　池宮照子

納税期《のうぜいき》《なふぜいき》

庶民にとってはいつの世も税金を納めるのは複雑な心境である。三月は確定申告の時期でもある。

武器造り武器売る国や納税期　折原あきの

春《はる》の旅《たび》

春は旅行に行くには暑くも寒くもなく良い季節である。

車椅子押し行く四国春の旅　安里重子
春の旅妻と角砂糖沈め合う　平良雅景
老夫婦言葉なくとも春の旅　徳沢愛子
姿見の私はさざ波春の旅　永田タヱ子

受水走水（うきんじゅはいんじゅ）

南城市玉城の百名にある泉で、稲作発祥の伝説のある聖地。かつて琉球国王が豊作祈願の儀礼を行った。

行事

建国記念の日《けんこくきねんのひ》

二月十一日。戦前の紀元節にあたっている。

目玉焼こげる建国記念の日　栗田　正義

丁寧に門前を掃く建国日　矢崎たかし

バレンタインデー

二月十四日。聖バレンタイン殉教の日。日本では女性から男性にチョコレートを贈る日。

バレンタインデー遠くて近き愛と嘘　池宮　照子

多喜二忌《たきじき》

小林多喜二はプロレタリア作家。一九三三年二月二十日に、特別高等警察の拷問により死亡。享年二十九歳。

洗顔の湯をふんだんに多喜二の忌　秋谷　菊野

しまくさらし

疫病や悪霊が入って来ないように、集落の入り口や屋敷の四隅に家畜の骨や肉を絡めて血で染めた藁縄を吊るす行事。旧暦二月、三月ほか季節の変わり目に行われるが、地域によって実施時期が違う。

縁づきてしまくさらしの注連くぐる　瀬底　月城

しまくさらし海へと細る真砂径　与儀　啓子

土帝君《とーていくん》

土帝君は中国伝来の土地や地域の守り神で、各地に祠がある。土帝君の誕生日とされる旧暦二月二日に、健康や子孫繁栄、豊作などを祈願する。

目鼻なき土帝君像御酒供ふ　瀬底　月城

雛祭《ひなまつり》・雛《ひな》・雛《ひいな》《ひひな》・琉球雛《りゅうきゅうびな》《りうきうびな》・雛納《ひなおさめ》《ひなをさめ》

三月三日の桃の節句。女児のいる家では、桃の花や雛人形を飾る。節句後雛人形をしまうのが雛納。

男らは闘はせおき雛祭　遠山　陽子
銀河系の片隅にある雛飾　安谷屋之里恵
闇のなか髪ふり乱す雛もあれ　桂　信子
吊るし雛位階勲等なき自由　神谷　冬生
おのが身の鬼心を見抜く雛のいて　金城　悦子
受験娘のだるまも添える雛の壇　比嘉　幸女
雛の軸表座敷の尚明し　広長　敏子
十八の時美しき雛を見し　前川千賀子
倍速の時間ゆるめて雛と居る　宮城　陽子
例ふれば恥の赤色雛の段　八木三日女
おそろしき恋をしてゐる雛かな　長谷川　櫂
少年はひひなの部屋を素通りす　蒲生　幸
眉目濃き琉球雛を子に買へり　上原　千代
琉球の衣装着こなすお雛さま　そら　紅緒
紅型の琉球びなの長まつげ　真玉橋良子
箱に雛納めてしばし孤独なる　古賀　三秋
雛簞笥あくやふくらみでる縮緬　澁谷　道
流し雛生きたままかもしれないよ　田邊香代子
桃の日に生まれし妻に酌をせむ　大湾　宗弘

海開《うみびら》き

沖縄の海開きは三月十五日頃から始まる。海の安全を祈ったのち、海水浴客たちが海に入る。

鎮魂の海へ飛び込む海開き　石川　宏子
椰子で編む祝女《ぬーる》の籠や海開き　北村　伸治
泣きべそのへその駆け出す海開き　小森　清次
三月を待たず離島の海開き　山田　静水

麦穂祭《むぎほまつり》・二月《にがつ/にぐわつ》ウマチー

旧暦二月十五日に、首里王府の指導の下に行われていた麦の初穂祭。収穫祭に先立つ予祝行事だが、現在はほとんど行われていない。

海展け麦穂まつりの月のぼる　瀬底　月城

球春《きゅうしゅん/きうしゅん》・春選抜《はるせんばつ》

野球シーズンが始まる春先のこと。春選抜は春の選抜高校野球のこと。

球春やストレートばかり投げる友　金城　幸子
春選抜の琉球列島震度八　島村　小寒

復活祭《ふっかつさい/ふつくわつさい》

キリスト教会でイエス・キリストの復活を記念し、春分の後の満月直後の日曜日に行われる。イースター。

夫の椅子張り替えてみる復活祭　玉城　幸子
袖口の釦外れる復活祭　徳田　生
明け方の星の煌めき復活祭　真喜志康陽

三鬼《さんき》の忌《き》

俳人・西東三鬼が亡くなった日、四月一日。エープリルフール（万愚節）と同日である。

酢昆布を噛んで西東三鬼の忌　和田あきを

四月馬鹿《しがつばか/しぐわつばか》・万愚節《ばんぐせつ》

四月一日の午前中であれば軽い嘘をついて人をかついで

も許されるという日。エープリルフールのこと。

パンドラの箱こじあける四月馬鹿　大城あつこ

四月馬鹿ハブなど食はぬマングース　高木　暢夫

シーサーの吐息の混じる四月馬鹿　森須　蘭

万愚節金の成る木を植ゑにゆく　いぶすき幸

出勤の身を引き締めし万愚節　城間　睦人

万愚節はちきれそうなオムライス　中村　冬美

新教師《しんきょうし》《しんけうし》

多くの学校では年度始めの春に新任の教師が赴任する。

行き交ひて風の匂ひの新教師　荏原やゑ子

三月菓子《さんがつがし》《さんぐわつぐわし》

旧暦三月三日の女の節句に作られる揚げ菓子。長方形に成形した後、縦に二本包丁目を入れて揚げる。サーターアンダーギーより固めに仕上がる。

三月菓子家のレシピは祖母の味　大城あつこ

浜下《はまう》りの三月菓子も島の絶品　金城　悦子

三月菓子重箱に詰め母笑顔　幸喜　和子

次の世もおんなに生まれ三月菓子　座安　栄

三月菓子身だしなみよく重箱に　そら　紅緒

母のあの三月ガーシ千羽鶴　たまきまき

非常食三月菓子は命綱　松本　達子

遠き日のお重の記憶サングヮチグヮーシ　宮城　陽子

三月菓子詰めておんなの磯遊び　宮里　晄

浜下《はまお》り・磯遊《いそあそび》・三月遊《さんぐゎちあし》び

旧暦三月三日に老若男女が浜に下り、手足を潮で濡らして不浄を払い、健康を祈願する行事。アカマタ（蛇）の子を身ごもった娘が浜下りでその子を流す、というアカマタ伝説にちなむという。

浜下りの珊瑚踏みしめ犯す如　井手青燈子

浜下りの素足に粗き島の砂　稲田　和子

浜下りや先ず爆音の洗礼受け　上江洲萬三郎
浜下りや真横から見る島の痣　大山　春明
浜下りや嬰も抱かれて足濡らし　我喜屋孝子
浜下りのみやらび眉をうすく塗り　兼城　義信
浜下りや魚突き上げて神踊り　古波蔵里子
浜下りの前結びなる黄の真帯　瀬底　月城
浜下りや自我の分だけ砂きしむ　となきはるみ
浜下りや女みそぎの潮溜り　西銘順二郎
浜下りや紅の点うつ島の菓子　平本　魯秋
浜下りの風になぶらすお下げ髪　山田　静水
日を弾く脛の白さよ磯遊び　海勢頭幸枝
しかと打つ三月遊びのパアランクウ　知念　広径

清明祭《せいめいさい》・御清明《うしーみー》・清明《しーみー》

春分から十五日目の、清明の入りとなる四月五日頃から行われる墓前祭り。墓前に重箱や果物をお供えする。近世以降、中国から伝来した習俗とされる。

父に燃す多めの紙《し》銭《せん》清明祭　池田　なお
旧暦の島の賑はひ清明祭　石田　慶子
清明祭テント二張の門中墓　伊舎堂根自子
紅型で重箱包み清明祭　稲田　和子
棲みもせぬ本籍残し清明祭　上江洲萬三郎
門中に碧い目の嬰清明祭　上原　千代
橋渡る鵯が迎える清明祭　上原トミ子
清明祭福木丸葉を合せたり　大城はる子
清明祭一枚岩戸の門中墓　大城那美子
清明祭テント張る息子《こ》の力こぶ　小渡メリ子
清明祭墓寄りそって島言葉　嘉陽　伸
亀甲墓月の座はあり清明祭　金城　南海
清明祭母似になったと脹《ふくら》脛《はぎ》　金城　悦子
抱瓶に満たす火の酒清明祭　中村　阪子
紙銭焚く炎の青き清明祭　宮城　阿峰
清明祭父のしぐさで紙銭焚く　宮里　晄
眼の中の風の溢れて清明祭　山城　光恵
艦砲の弾痕ありて清明祭　渡辺　羅水

野の出合ひ屋号で交す御清明　大城百合子
囀りも馳走となりて御清明　桑江光子
コンビニで紙銭《うちかび》買って清明祭《うしーみー》　高良和夫
タンポポも座に加われり御清明　比嘉正詔
紙銭焚く清明《しーみー》御《う》重《じゅう》赫々と　友利敏子

仏生会《ぶっしょうえ》《ぶつしやうゑ》・花《はな》まつり・甘茶《あまちゃ》

四月八日、釈迦の誕生日に行う儀式。花を飾った花御堂を作り、参詣者が釈迦の像に甘茶を注ぐ。

ぬかづけばわれも善女や仏生会　杉田久女

三《さん》月《がつ》《さんぐわつ》ウマチー・麦《むぎ》プーズ

旧暦三月十五日におこなわれる麦の収穫感謝祭で、沖縄諸島では三月ウマチー、宮古では麦プーズと称する。麦作が行われなくなり、祭も衰退している。

東方に潮騒たちぬ麦プーズ　瀬底月城

トライアスロン

水泳、自転車、マラソンの三競技を通しで行う耐久レース。一九八五年に始まった全日本トライアスロン宮古島大会が有名で、毎年四月に島を挙げて実施されている。

トライアスロン総出の応援宮古島　金城悦子
ひた走るトライアスロン島熱し　金城幸子
初恋の疾走感だトライアスロン　幸喜和子
海光に風に揉まれてトライアスロン　座安栄
トライアスロン頑張る自分むちゃくちゃに　そら紅緒
繋ぐ者トライアスロン時空越え　たまきまき
島中を一色にそめトライアスロン　宮城陽子
トライアスロン人も人魚も風を切る　宮里暁

緑《みどり》の羽根《はね》

四月十五日から一カ月間、みどりの月間では、森林や緑のため街頭で緑の羽根の募金活動が行われる。

緑の羽根胸にやさしき郵便夫　平良　雅景

植樹祭《しょくじゅさい》

全国植樹祭のこと。国土緑化運動の行事として毎年春に行われる。沖縄県では第四十四回（一九九三年）が行われた。

三線の弦切れる音植樹祭　玉井　吉秋

地に円を描いて始まる植樹祭　西平　守伸

石村忌《せきそんき》

四月三十日。俳人・遠藤（旧姓翁長）石村の忌日。二十一年間にわたって「琉球新報」の「琉球俳壇」の選者を務め、没後、その功績により遠藤石村賞が設けられた。

寺山に木洩れ日ゆるる石村忌　上原　千代

粟石の灯籠灯す石村忌　上原士介夫

眼鏡打つ若葉雫や石村忌　北村　伸治

みんなみの潮の青さよ石村忌　平良　龍泉

石村忌色濃き花を手向けたり　西村　容山

メーデー

五月一日、労働者の祭日。最近ではゴールデンウイークに入る四月二十九日に行う労働団体もある。

メーデーの列にうたわぬ主婦ら居て　長内　道子

メーデー果つ団地は個々の灯に籠る　平良　雅景

メーデーや部屋の隅にはレノンの絵　田代　俊泉

憲法記念日《けんぽうきねんび／けんぽふきねんび》

日本国憲法の施行を記念する日。五月三日。この日各地で憲法に因む集会が開催される。

父にありし弾丸傷《たまあと》憲法記念の日　折原あきの

この壺を開けるな憲法記念の日　友利　恵勇

動物

恋猫《こいねこ》《こひねこ》・猫《ねこ》《ねこ》の恋《こい》《こひ》

猫は年に四回交尾期がある。春がもっとも盛んで、物狂おしい鳴き方をする。

恋の猫勝者の顔で通りけり　安芸紀子
あぶれたる恋猫もいて丸い月　秋谷菊野
恋猫の三成が居て茶々が居て　小森清次
恋猫の鈴の音尽きもせぬ闇路　目良奈々月
定型も破調も飛ばし猫交る　中田みち子
恋知るや耳喰い千切られし隣り猫　吉木良枝

亀鳴《かめな》く

藤原為家の〈川越のをちの田中の夕闇に何ぞと聞けば亀のなくなる〉という歌が典拠。空想を季語とする。

亀鳴くやグランドゼロという空地　石川宏子
どうなるのか誰に聞こうか亀鳴く夜　辻本冷湖
日はまた昇る亀鳴いて鳴いて　中村冬美
魂の出口入り口亀が鳴く　羽村美和子
亀鳴くと言い切る母に抗いぬ　原しょう子
亀鳴くやくたびれてゐる戦中派　和田あきを

蛇穴《へびあな》を出《い》づ

冬眠していた蛇は、気温が高くなり、暖かくなってくると穴を出て地上に姿を見せる。

蛇穴が居心地よすぎて出られない　岸本マチ子
蛇穴を出づる気分や空さやか　福岡悟

蛇穴を出でて気球の真下かな　和田あきを

蝌蚪《かと》《くわと》・おたまじゃくし

蛙の幼生。鰓で呼吸し水中で生活する。卵形で手足がなく尾で泳ぐ。水田や湖沼、河川に多く群れをなして泳ぐ。

蝌蚪の空拡がりて帰心かがやかす　新井　節子
前世は蝌蚪来世はえびねの小さな花　阪口　涯子
せせらぎの音符となりて蝌蚪育つ　平良　雅景
鎮もれる城址の産井蝌蚪生るる　渡久山ヤス子
第九条戦争放棄蝌蚪の国　西平　守伸
白雲を浮べて蝌蚪のしづかなり　根志場　寛
蝌蚪の水覗くや母を見舞ひては　和田あきを
円空仏おたまじゃくしの足が出た　永田タヱ子

蛙《かえる》《かへる》・蛙《かわず》《かはづ》

田んぼや水辺、沼などに産卵し、その時期の蛙の声は一段とにぎやかになる。蛙の子がおたまじゃくし。

ヘッドホーンはづし蛙に鳴かれけり　新　桐子
初蛙晩学の徒の赤インク　石垣　美智
のったりとのたりと歩む初蛙　石塚　奇山
総身に蛙聞きおりくらくらと　岸本マチ子
夕蛙水輪ひろげて鍬洗う　許田　耕一
軍歴書枕の下に遠蛙　島袋　暁石
遠蛙眠れぬ朝の一筆箋　宮城　陽子
遠蛙闇夜の刻のゆるやかに　宮城　玲子
夕蛙庭石窓の灯を宿す　安島　涼人
遠蛙守礼の門に門扉なし　矢野　野暮

春禽《しゅんきん》

春の繁殖期の鳥のこと。鳴き声は雄鳥だけがもつ力強い音色や節回しとなる。

春禽の選り好みせるとまとかな　うえちゑ美
春禽や潮目遠目に久高島　大湾美智子

春禽を集めて昼の大赤木　西銘順二郎
春禽を容れがじゆまるのさわぎやう　前田貴美子

百千鳥《ももちどり》

春の野山で群がり囀っている小鳥の鳴き声をいう。何種類もの小鳥が集まって鳴き交わすさま。

百千鳥地球は今朝も騒がしく　池宮　照子
百千鳥御穂田に溢る日の光　上間　芳子

鶯《うぐいす》《うぐひす》

目白に似て肥え、鳴き声はホーホケキョと晴朗、円滑であるが、雌は鳴かない。春のおとずれを告げる小鳥。

鶯に誘はれ朝の坂登る　桑江　正子
うぐひすや峡の風抱く二見の碑　たみなと光
ウグイスのステップ軽やかヴィヴァルディ　平安山　綾

雲雀《ひばり》・揚雲雀《あげひばり》

春になると畑地、草原などで巣を作る。草が萌え暖かくなるとよく囀る。田圃や野原から舞い上がることが多い。下降するときは垂直である。

地に落ちし雲雀は口を開けしまま　根志場　寛
ひばり揚がる蒼穹の螺旋階段　宮城　陽子
揚雲雀電光石火の急降下　親泊　仲眞
揚ひばり夕日の色に染まりけり　宮城　長景

燕《つばめ》・つばくろ・つばくら・つばくらめ・初燕《はつつばめ》・燕来《つばめく》る・燕《つばめ》の巣《す》

日本に春渡来し、人家の軒先などに営巣し、秋、南方に再び渡る。

つばめのブーメラン空を二分割　そら　紅緒
灯の入りし軒にやすらふ燕かな　与那嶺恵子

つばくろやふと辿りつく風の村　新垣　勤子
つばくらや城址に古りし方位盤　上原　千代
つばくらや村のめし屋の昼餉どき　北川万由己
つばくらよ島の日照雨は強からむ　前田貴美子
つばくらやサーカス去りし開放地　山田　静水
つばくらめ来て街並みを軽くする　尼崎　澪
つばくらめ岩肌にふれ波にふれ　大城百合子
つばくらめ管制塔を一回り　宮城　安秀
目薬の一滴二滴初燕　岡田　初音
初燕城郭高く晴れわたり　金城百合子
初燕来て青空の封を切る　小森　清次
案内する車の先の初燕　仲間　蔵六
燕来る琉球衣装に帯のなし　狩野趣巳子
燕来る蜑の遠目の定置網　北村　伸治
燕来る昔のまゝの表具店　古賀　弘子
燕来る波打ち寄せて琉球弧　進藤　一考
あっけなくニッポン負けるツバメくる　のとみな子
つばめ来る本音ひらりと裏返す　羽村美和子

過疎校の琉球燕巣をぬくむ　瀬底　月城
屋根獅子の首傾げをり燕の巣　山城　青尚

雪加《せっか》・島《しま》ひばり

北海道を除く全国各地で繁殖する。寒い地方のものは、冬、暖かい地域に移動する。山地の乾燥した草原や河川敷のチガヤなど茂った草地にすむ。沖縄では雪加のことを島ひばりとも呼ぶ。

空青しひめゆり像へ雪加鳴く　上間　芳子
雪加鳴く畑へ身巾の橋を架け　古波蔵里子
雪加翔つ句碑円光を背負ひたり　島袋　常星
雪加啼く湖底に眠る字いくつ　城間　宏文
雪加なく夜雨の残る礎《いしじ》撫づ　津嘉山敏子
燈台を一頂点に雪加啼く　進藤　一考
持ち上げし鍬に雪加の声ふるる　西村　容山
うつむきて聴くに雪加は母の声　福永　耕二
雪加下り火を落しごろの製塩所　山田　静水

荒地野に浦風わたる夕雪加　与座次稲子
ふるさとに捨て畑増ゆる初雪加　与那嶺末子
島ひばり天にいくつの忘れもの　伊是名白蜂
弥陀に帰す父へ声よす島ひばり　久田　幽明
妻と共に診療の日の島ひばり　村田　青郷
島ひばりいづくに湧くも父は亡し　山城美智子

春《はる》の鷹《たか》

「鷹渡る」は秋の季語。秋に南方に渡ったり、宮古島などで越冬したサシバは、春には、琉球列島沿いに北上する。

小按司の縁の村や春の鷹　我喜屋孝子
渓谷の杪欏《へご》の群落春の鷹　桃原美佐子
春の鷹風を起して立ちにけり　安田久太郎

春《はる》の鴨《かも》

春、他の鴨たちが帰ったのちも湖沼に残っている鴨をいう。残る鴨。

春の鴨浮かべ方丈池あかり　石川　宏子

鳥帰《とりかえ》《とりかへ》る

秋冬の候に渡ってきた雁や鴨、鶴などの渡り鳥が春北方に帰るのをいう。

風呂敷に怒りを包み鳥帰る　嘉陽　伸
岩壁に貝がびっしり鳥帰る　久保　和江
無口なる徳利椰子よ鳥帰る　香坂　恵依
鳥帰る世のみにくさを打ち捨てて　駒走　松恵
鳥帰る馬天の濤の曇りかな　進藤　一考
宇宙塵こっぱみじんや鳥帰る　谷　加代子
鳥帰る泣き出しそうな湖の黙《もだ》　兵庫喜多美
兵役を終生黙し鳥帰る　真喜志康陽
鳥帰る琉球切手を買ふ列に　安島　涼人
戦跡の香煙にふれ鳥帰る　山城　青尚

鳥雲《とりくも》に入る・鳥雲《とりくも》に

暮春の頃、群れをなして北方に帰る際の鳥の姿が、雲間はるかに消えて見えなくなることを季語として定着させた。

鳥雲に入る流木を焚かんかな　前田貴美子
鳥雲に鳴子こけしの遠目して　いぶすき幸
鳥雲に千人針の結び玉　上原　千代
野に残る赤き実一つ鳥雲に　大浅田　均
鳥雲に一日《ひとひ》の終る夕ごころ　片山　知之
鳥雲にふわふわたるは定年後　友利　昭子
待合もデッキも微風鳥雲に　目良奈々月
青干瀬の潮満ちくる鳥雲に　与座次稲子

囀《さえずり》《さへづり》

小鳥がしきりに鳴くこと。特に繁殖期における求愛の鳴き声。

囀りに暫しあずける旅鞄　池田　なお
囀りをふりかぶりつつ野外句座　石田　慶子
落葉松の大落葉松の囀れる　石塚　奇山
里山に湧く囀や窯場みち　上原　千代
囀や風のかろさの糸干場　大浅田　均
囀りや句読点なき台湾語　大浜　基子
囀りやどこまで続く深呼吸　岸本マチ子
囀りの過ぎてポストと成りにけり　小森　清次
囀りや前頭葉の襞ゆるむ　島村　小寒
囀りの空はパノラマ島の朝　そら　紅緒
囀りが会議の席に届きけり　平良　雅景
囀りも添えて出されるぶくぶく茶　渡真利春佳
囀りや亀甲墓の苔むして　仲宗根葉月
囀りの眩しき日々となりにけり　西平　守伸
囀りや御嶽の裾の陶器市　与座次稲子
高嶺より囀こぼる二見坂　与那覇貴美子

鳥交《とりさか》る・鳥《とり》の恋《こい》

鳥《とり》の恋《こひ》

鳥は年に一度だけ繁殖期を迎える。この婚期が近づくと求婚のため囀り、羽毛を拡げ美しい色を誇示したりする。

鳥交る林の奥の背高の木　池宮　照子
老壮のダンス盛んぞ鳥さかる　千曲　山人

子雀《こすずめ》

春に生まれたまだ小さい雀の子。すぐそこまで巣立ちの季節が来ている。

子雀のとよむ戦没記念館　仲里　信子

鳥《とり》の巣《す》

古い巣をそのままにして、新しい巣を作る。木の上や幹、断崖、人家、畑など鳥の種類によって場所は様々である。

鳥の巣の真上軍機は普天間へ　西平　守伸
鷺の巣や東西南北さびしきか　寺田　京子

巣立鳥《すだちどり》

晩春から初夏にかけて、成長して巣を離れる鳥。鳥の雛は孵化直後は赤裸であるが、しだいに、羽毛が生じ、成鳥となる。

みづうみは遠き曇に巣立鳥　木村　蕪城
巣立鳥その影幹を上下して　香西　照雄
巣立鳥のせて小枝のひとゆらぎ　当間　シズ
搭乗口二度振り返り巣立鳥　宮城　陽子

桜鯛《さくらだい》

桜鯛《さくらだひ》

桜の咲く頃、産卵のために浅瀬に集まってくる鯛。瀬戸内海に多い。

桜鯛透きとおるもの抱きにゆく　岸本マチ子

うず潮の落つる瀬戸から桜鯛　古賀　三秋
桜鯛歯を見せたるは淋しいぞ　高橋　照葉
庖丁の含む殺気や桜鯛　日野　草城

鰆《さわら》《さはら》

全長約一メートル。細長くスマートな形。晩春、瀬戸内海沿岸に産卵のために集まってくる。

風を読むことより教へ鰆釣り　尾崎よし子
波の照る間の島とぞ鰆漁　進藤　一考

細魚《さより》・針魚《さより》・さより

体は青緑色、細長く、下あごはのびて突き出ている。肉は淡白で上品。

針魚群一網に打つ呼子鳴る　平良　好児
針魚とぶ珊瑚の海のむらさきに　比嘉　朝進

鯥五郎《むつごろう》《むつごらう》

ハゼ科の水陸両生魚。体長約二〇センチ、両眼は頭上に突出、胸びれで這って歩く。有明海、八代海、朝鮮半島などの沿岸の泥海にすむ。

むつごろうあっけらかんと放浪す　岸本マチ子
まばたきのふたつはかなし鯥五郎　木村　虹雨
鯥五郎砂かぶりつつ突かれけり　河野　南畦

白魚《しらうお》《しらうを》

体長約一〇センチ。美しい半透明な体に目の黒さが目立つ。春先に河口を遡って産卵する。躍り食いのシロウオは別種。

手秤で買ふ白魚や浜の明け　上原　千代
白魚の目の集りて椀の底　片山　知之

若鮎《わかあゆ》

春に川を上る、若く勢いのいい鮎。優美な若鮎は上り鮎とも呼ばれる。まだ禁漁中である。単に鮎といえば夏季。

若鮎のをどり一閃堰をこゆ　いぶすき幸

初鰹《はつがつお》《はつがつを》

四月頃、または五月、近海でとれた走りの鰹のこと。江戸時代から美味で珍重される。初松魚《はつがつお》。

銀鱗の跳ぬる朝市初鰹　上運天洋子

古里の友に文出す初鰹　垣花昌璋

初鰹提げて漁師の帰路いそぐ　神元翠峰

生国と発しますれば初鰹　小森清次

初鰹捌くは女傑イソバの裔　島村小寒

初鰹大ぶりに切る客の膳　比嘉陽子

まな板の目玉生き生き初鰹　真喜志康陽

初鰹銀鱗燦と糶られゆく　吉田碧哉

初鰹故郷の話弾みけり　与那嶺和子

春《はる》《はる》の貝《かい》《かひ》

春季にとる貝のことである。

降臨の汀に拾う春の貝　大湾美智子

さざえ・栄螺《さざえ》

巻貝で貝殻は厚く円錐状。角のような突起があるものが多い。壺焼きにして風味を楽しむ。

さざえ食す今日一日を海人《うみんちゅ》で　尼崎澪

夜光貝《やこうがい》《やくわうがひ》

奄美以南の熱帯海域に産する栄螺の近縁種で大型。殻径、殻高とも二〇センチ。螺鈿や貝細工に用いる。肉は食用。

潮鳴りの幽かがうれし夜光貝　永田　米城

蛤《はまぐり》

遠浅の砂地に棲む二枚貝。肉は美味で、焼いたり吸い物に。貝の色形よく風味があり、雛の節句や婚礼に供されてきた。

蛤採る老婦の背なに春陽降る　石垣　美智
はまぐりやぱくぐり飲み込む大法螺ふき　岸本マチ子
蛤焼く汐の香焦がし塩こがし　平良　雅景

浅蜊《あさり》

河川の流入する浅い海の砂泥中に多く産する。貝の形はやや三角形で細い輪肋がある。

無人島足裏で採る浅蜊かな　いなみ　悦
姫浅蜊爆撃跡に潮満ち来　瀬底　月城
競り売りの隅で呟く浅蜊貝　平良　雅景

浅蜊採りつひに裳裾の濡るるまで　山城　怜子

桜貝《さくらがい》《さくらがひ》

春先に砂浜に打ち上げられている二枚貝の貝殻は薄くや長方形、淡紅色（桜色）で美しい。貝細工などに使われる。

海鳴りは雲彦の歌桜貝　駒走　松恵
島の娘の羞いの色桜貝　平良　雅景
突然の知らせに躍る桜貝　福岡　悟

蜷《にな》の道《みち》

蜷は川や池などに棲む約二、三センチの褐色を帯びた細長い巻貝。水底を歩くと跡ができる。これが蜷の道。

ひとところ迷ひの跡や蜷の道　いぶすき幸
御穂田の水を湛えてになの道　桃原美佐子

海蜷《うみにな》

内海の砂礫の底に群がって棲む。細長い巻貝で大きさは約三センチ。肥料や釣りの餌になる。

海蜷やニライカナイの沖けぶり　石井　五堂

田螺《たにし》

池や田に棲息し蝸牛を大きく長くしたような形で、殻は暗褐色。「田螺鳴く」は実際に鳴くわけではない。

ときめいて月の海にて鳴くたにし　秋野　信

田螺とる藁葺小屋の夕明り　上原　千代

水字貝《すいじがい》（すいじがひ）

紡錘形の殻に六本の突起があり、全体で水の字に似る。紀伊半島以南に産する。南西諸島では火難除けの呪符ともされる。

水字貝豚舎に吊し島灼くる　呉屋　菜々

ものもらひ祖母の吊すは水字貝　瀬底　月城

宝貝《たからがい》（たからがひ）・子安貝《こやすがい》（こやすがひ）

貝殻は卵形で光沢がある。暖海に多い。古代中国では貨幣として使用した。日本では安産のお守りにもされる。

子安貝の首輪涼しき嫗かな　稲田　和子

娘に拾ふ礁湖の磯の子安貝　北村　伸治

潮騒に夢溜めてをり子安貝　瀬底　月城

望潮《しおまねき》（しほまねき）

スナガニ科の小さなカニ。絶滅危惧種。干潮時に鋏を動かす姿が潮を招くように見えることによる。

渡口橋ルリシオマネキ朝を呼ぶ　安里　昌剛

そんなにも素直に吾を汐まねき　金城　悦子

足音の止めば這い出づ汐まねき　謝名堂シゲ子
潮招き身ほどの鋏構え逃ぐ　比嘉　朝進
きらきらと波の先立つ潮まねき　堀江　君子
疲れ果て岸に座るや汐まねき　山城　光恵
しほまねき茜差したる沖の雲　山田　静水
日に冷めて沖に退れば望潮　進藤　一考
蟹が爪あげて塩田の神招く　当眞　針魚

寄居虫《やどかり》・やどかり・陸寄居虫《おかやどかり》《をかやどかり》・寄居虫《ごうな》《がうな》

一対の鋏を持ち腹部が柔らかいので空の巻貝などに宿を借りる。体が成長すると他の大きな貝を求めて移り棲む。

寄居虫のもがきひたすら海を向く　兼城　義信
寄居虫よ背負うた殻を脱ぎ給へ　古賀　三秋
寄居虫や崩れしままの武者走り　崎間　恒夫
寄居虫にスプーンばかり並ぶ昼餉　横山　白虹
産卵のやどかり群るる夕渚　幸喜　正吉
石を這ふ音の侘しき寄居虫かな　高田　蝶衣

磯巾着《いそぎんちゃく》

浅い海の岩などに付着、円筒状の体の上端に口があり触手が囲む。水中で触手を開いて魚などの餌が触れるのを待つ。

いそぎんちゃくみてゐて少し眠くなる　荏原やえ子
磯巾着朝の光を招きけり　真喜志康陽

雲丹《うに》

半球形の殻が棘で覆われており、イガ栗に似ている。岩などに吸着している。

長ウニの置いてけぼりやシラサヌ浜　安里　昌剛

蝶《ちょう》《てふ》・初蝶《はつちょう》《はつてふ》・紋白蝶《もんしろちょう》《もんしろてふ》

蝶は一年中見られるが、一般に初出の時期である春の季語とする。初蝶は春先に初めて見る蝶のこと。春は紋白蝶や黄蝶が特に多い。

ちょうちょうのお山のてっぺんこっぺぱん　秋野　信
眩暈とはビニール袋詰めの蝶　安里　琉太
或るときは洗ひざらしの蝶がとぶ　阿部　青鞋
爆心地あまたの蝶を埋めたる　尼崎　澪
陽の蝶やあまりに碧き海の涯　新垣　健一
蝶の血の礫刑十字にしたたりぬ　伊東宇宙卵
陽の島の蝶奔放に孕むもの　浦崎　楚郷
旅人木の高みを蝶ののぼりゆく　大浅田　均
双蝶や甲状腺の昂揚す　大浜　基子
珊瑚咲く海へ染りに島の蝶　小熊　一人
美術館に蝶をことりと置いてくる　柿本　多映
黒猫の抜き足かわす蝶の舞　我喜屋孝子
涙なし蝶かんかんと触れ合いて　金子　兜太
蝶の群れかたりたくない傷をもつ　嘉陽　伸
約束のごと硝子器に蝶とまる　田川ひろ子
蒼天へ標本室から次々蝶　辻本　冷湖

蝶々のこの世あの世とふるふると　友利　昭子
白い蝶ガラス細工に閉じ込める　中村　冬美
蝶現れし礎に唇をつけて去る　根志場　寛
蝶とんで孤影静かに振り返る　比嘉時君洞
夕闇に蝶の描いた線ほどく　樋口　博徳
生命線まっすぐに伸び蝶の羽化　安田喜美子
蝶とんで復元なりし守礼門　矢野　野暮
土帝君の眠りさましにせせり蝶　山城　青尚
初蝶やわが三十の袖袂　石田　波郷
初蝶やしぼり丸太の一番座　池原　ユキ
初蝶の曲がりし方へ行ってみる　石塚　奇山
初蝶の光となりて真壁宮　玉城　倭子
初蝶のごとく押し葉の落ちにけり　西平　守伸
段畑へ海の紺曳く紋白蝶　島袋　常星
近道も知ってる街や紋白蝶　長浜千佳子
磯畑に紋白蝶の乱舞かな　与座次稲子
黄蝶の危機ノキ・ダム創ル鉄帽ノ黄　八木三日女

蜆蝶《しじみちょう》《しじみてふ》

シジミチョウ科の蝶の総称。翅の表の色彩が青と緑色のものが多い。開張約三センチと小型。

蜆蝶寄りては離れ草に入る　金城百合子

蜂《はち》

花の蜜や花粉を集める蜂は種類も多く多様である。

露舐める蜂よじつくりと生きんか　金子兜太
蜂の巣の高きを良しと小百姓　北村伸治
碑の花や蜜蜂まとふ身のめぐり　矢野野暮
蜂が来るたび紅型の布乾く　横山白虹

春《はる》の蚊《か》

晩春の夕方あたり、気温が高く湿気が多くなると出てくる。飛ぶ姿も弱々しい。

癌告知受けて春の蚊打たざりき　濱本紫陽

春《はる》《はる》の蠅《はえ》《はへ》

越冬していた蠅は体が大きい。暖かい日が続くと日当りの良い場所に飛んでくる。だが数は多くない。

眼鏡置く聖書の上の春の蠅　城間睦人
掏られても「没法子《メイファーズ》」とよ春の蠅　千曲山人

「没法子」——仕方がない

春蟬《はるぜみ》・松蟬《まつぜみ》

春蟬（松蟬）は体長二、三センチ。四月〜六月、松林で、んぎーんぎーと鳴く。

春蟬のなか置去りにされてゐし　飯島晴子
ふりむけば春蟬の声軍港に　岸本マチ子
春蟬に狂いだしたる孤りの木　原恵

春蟬のしみ入る使徒の足鎖　本多　静江
松蟬に　じいや　じいや　と呼ばれつつ　伊丹三樹彦

草蟬《くさぜみ》・イワ《は》サキクサゼミ

イワサキクサゼミは体長一四ミリ内外で最も小形の蟬。八重山、宮古、久高島、南城市の一部に分布。沖縄の特産種。四月〜五月に出現。芒・砂糖黍などの葉の中肋に産卵。

草蟬や夫と連れ立ち島めぐり　親富祖恵美子
草蟬や小字小字をつなぎ鳴く　久田　幽明
草蟬や海辺の風へ鳴きとほす　桑江　正子
草蟬や日輪わたる蜑の村　島袋　常星
草蟬のまだ昇り来ぬ甘蔗の丈　進藤　一考
草蟬を捕り来し子等の拳かな　立津　和代
地下ダムの水音微か草の蟬　辻　泰子
草蟬を耳に棲まわせ婆の笑み　照屋よし子
潮風や草蟬の影草に透く　当間　シズ

草蟬や児の片言が初まりぬ　当眞　針魚
草蟬の初声ききし神田《かみた》かな　渡久山ヤス子
草蟬の真白に影置く磯の畑　西原　洋子
草蟬の声つなぎゆく椰子並木　西村　容山
草蟬の翅やはらかき草の色　前田貴美子
草蟬や島の十方鎮れり　矢野　野暮
洋広くイワサキクサゼミ生れにけり　伊志嶺あきら
岩崎蟬掌に遊ばせて退官す　北村　伸治

天道虫《てんとうむし》《てんたうむし》

テントウ虫科の昆虫の総称。体長七〜八ミリと小型で半球形、赤・橙や黒などの斑点がある。ナナホシテントウは益虫。

てんと虫一兵われの死なざりし　安住　敦
Gパンの破れ天道虫が好き　原しょう子
羽根割れて光となりしてんと虫　本村　隆俊
這ふも飛ぶも御国は一つ天道虫　松井　青堂

植物

梅《うめ》・白梅《はくばい》

バラ科の落葉高木。中国中部原産。春先に百花に先だって咲く花は、香りよく気品に満ちる。古来より詩歌に詠まれている。

この世から少し留守して梅を見に　穴井　太
梅点る脳がキィーンと冴える絵馬　栗田　正義
梅の香や與徳の里の絵画展　石川　シゲ
黄昏の梅のトンネル影長し　岡田　初音
梅咲いて庭中に青鮫が来ている　金子　兜太
仏塔に続く小径や梅香る　島袋　直子
梅咲くや石敢当の位置ただす　瀬底　月城

梅の花ぽぽぽぽぽぽと蒸気船　そら　紅緒
母の死や枝の先まで梅の花　永田　耕衣
梅ふふむ唐突に飢餓の思ひ出　浜　常子
梅が香に石畳《みち》行く人も深呼吸　福村　成子
闇を吸い白重ねゆく梅の花　安谷屋之里恵
梅真白道の辺にある遊女墓　稲田　和子
欄干に並ぶ十二支梅真白　謝名堂シゲ子
梅真白貧富あらあら運河の辺　千曲　山人
白梅の一輪なれど匂ひあり　西部　節子
梅林や軽い飢えなら連れ歩く　秋谷　菊野
尾が見え隠れ梅林の夕まぐれ　柿本　多映
老幹の苔のころもや臥竜梅　たみなと光

椿《つばき》・落椿《おちつばき》・白椿《しろつばき》・藪椿《やぶつばき》・山椿《やまつばき》

光沢のある葉の間から大輪の花を開く。花全体が落ちて散る。花の種類はきわめて多い。藪椿は一名山椿。

凶と鳴く鳥いて椿食べはじむ　穴井　太

さらに老いてくれなゐ深き椿かな　天津伎依子
毒舌もあっけらかんと紅椿　上原カツ子
へリ基地や椿一輪天仰ぐ　大湾朝明
死ぬまでは椿のままわたしのまま　柿本多映
樹に樹下に椿の紅の満ちみちて　立津和代
かあさんは泣いたよ椿散ったよ　西部節子
ハードルを一つ乗り越え椿咲く　眞栄城寸賀
延命措置拒否椿ポーと落つ　粟田正義
落椿　天を仰いで　身を燃やす　伊丹三樹彦
ひとつ咲きひとつ落として椿かな　岡　恵子
落ちてなほ形崩さぬ椿かな　小渡メリ子
曇天や奈落の底の落椿　菊谷五百子
ため息の数だけ落ちて花椿　そら　紅緒
落ちてなお己をまとう椿かな　仲間　健
白椿無声映画の中に落ち　羽村美和子
やぶ椿胸騒ぐ日は海を見に　たまきまき
藪椿無口のままに父逝けり　西崎信子
湯の宿の膳にひと味やぶ椿　広長敏子

やぶ椿身のすみずみに不発弾　宮里　晄
山椿師はその姿好きと云う　駒走松恵

車輪梅《しゃりんばい》・花《はな》ティカチ

バラ科の常緑低木で、マツ林やシイ林にみられる。二、三月に、白い花弁を多数つける。香りが良い。

車輪梅触れなば熱き礎かな　黒木　俊
夕風を低くとらへて車輪梅　西村容山
被告不詳という起訴もあり車輪梅　原　恵
車輪梅咲き満つ高さ風生る　山口きけい
花車輪梅《ていかち》同姓多き自決の碑　伊舎堂根自子
苧績《ちょま》みの媼の円居花車輪梅　伊野波清子
花車輪梅《ていかち》島を離るる日の迫り　上江洲萬三郎
花車輪梅無名兵士の墓碑かしぐ　桑江良太
車輪梅《ていかち》咲き網繕ひの蜑二人　知念広径
てかち咲く杣に白衣の医師の来て　中村阪子
花車輪梅朝の歩道に香を零し　与座次稲子

桜《さくら》・枝垂桜《しだれざくら》・初桜《はつざくら》・夕桜《ゆうざくら》《ゆふざくら》

俳句では、花といえば桜のこと。従って花の字を使った季語も豊富、桜の字を入れた季語もすこぶる多い。

勝鬨を上ぐるさながら大桜　石川　宏子
沈黙の一瞬そして桜かな　大宅　秀美
桜下一期一会の会釈して　甲斐加代子
黙禱に必ずみえる桜かな　片山　淳子
閉校になる日の近き桜かな　神元　翠峰
桜咲く今日からカバになるわたし　岸本マチ子
遅くてもきっと桜は開花する　金城　幸子
夜桜の傾きもまた恋に似て　金城　貴子
灰のように鼬のように桜騒　澁谷　道
鏡にも満開となり門桜　城間トミ子
桜まつり若きパワー跳ね名護光る　新里　光枝
さくら来て死は旧暦のおもひかな　進藤　一考
風に落つ楊貴妃桜房のまゝ　杉田　久女

さくらさくら脚本通り生きてみる　須﨑美穂子
ランドセル走る桜前線より速く　瀬戸優理子
桜見て晩年という日を愛す　平良　雅景
さくらさくら紅の息谷に吐く　高橋　照葉
薬局は桜の中にありにけり　田代　俊泉
透明な傘さし桜驚ろかす　田中　不鳴
満を持し桜は人にのしかかる　田邊香代子
さくら前線長寿の村が始発駅　玉城　幸子
饒舌なまで総身に降るさくら　辻本　冷湖
車椅子連なる桜押し分けて　照屋よし子
桜が咲いた心の爪を研ぐなんて　藤後むつ子
桜満開どっと噴き出すメランコリー　中田みち子
体臭を消して桜に近くいる　中村　冬美
しみじみと桜見上げる明治かな　西平　幸栄
傷多き肌持つ桜満開す　根志場　寛
口づけは刃物の匂いさくら刻　原しょう子
夜桜や又逢へる人逢へぬ人　比嘉　陽子
さくらさくら劣化ウランはいけませぬ　松井　青堂

咲くも良し桜トンネル散るも良し　宮平　義子
天と地と天と地を持つ桜花かな　本村　隆俊
夜さくら白いしびれのなかにゐる　四方万里子
地にさくら空に軍用ヘリコプター　脇本　公子
葬よりの帰りさくらがよく咲いて　和田あきを
見事とはまさにこの日のこの桜　渡辺　茫子
肩の荷を下ろして枝垂桜かな　大瀧　信也
待ちすぎてしだれ桜になっている　羽村美和子
枝垂桜静御前が舞うごとし　吉富　芳香
宵闇にやわらかな気配初桜　小橋川恵子
直筆の書き出しよかり初桜　松本　宣子
初ざくら小康の妻かたはらに　山田　廣徳
機関車に鬼が隠れて夕ざくら　樫本　春星
夕ざくら思いちがいにしておこう　須田　和子

花《はな》・花明《はなあか》り・花嵐《はなあらし》・花《はな》の昼《ひる》・花弁《はなびら》・花《はな》の雲《くも》

俳句で花とだけあれば桜をいう。花明りは、桜が満開で闇の中でもそのあたりがほのかに明るいことをいう。花嵐は花どきに吹く風、花は激しく散る。

花の下不幸が固唾を呑んでいる　秋谷　菊野
花朧有刺鉄線が見えにくい　安谷屋之里恵
次々と花喰う鬼のいるごとし　井崎外枝子
何かあるけものぞろぞろ花の下　大川　園子
幻想の泳ぐ岸辺に花万朶　親泊　仲眞
ガマ囲む花豊かなり乙女の碑　金子　嵩
ゆらめいてこの指とまれ花の空　岸本マチ子
初孫は花の季節と共にきた　金城　由美
花に酔ひ人に疲れてひと日暮る　古賀　弘子
水のよう花鏡のように女騒《ざい》　小橋　啓生
六分咲き七分咲きよと花を見る　重国　淑乃
目にふるる花も光も真盛りぬ　鈴木　清美
花の風入れて茶房に日の移る　中村　阪子
花八分そろそろ毒がまわるころ　羽村美和子
友等みな無冠となりて花の下　比嘉　陽子
一グラムほどの脳みそハナハトマメ　前田　弘

なんとまあ右脳も左脳も花だらけ　松本　達子
わが郷はよきかな花のひと日旅　安島　涼人
乙樽《うとうだる》の歌碑うっすらと花月夜　安田喜美子
香たけば花の一片夫の墓地　吉木　良枝
すべり台番を待つ子に花万朶　吉富　芳香
絣織る筬のひびきや花明り　上原　千代
還らざる兵士ら老いず花明り　徳永　義子
たそがれてなほ山腹の花あかり　中山　優
錆びた脳どこに捨てよう花明り　松井　青堂
木の机の文字薄れゆく花嵐　金子　嵩
麓ゆく物売りのこゑ花の昼　石井　五堂
花弁が渦になりたるひめゆりの塔　梅原　公子
降下する救命ヘリや花の雲　鎌田美正子
花神の時浴槽に首浮いてをり　星野　昌彦

花吹雪《はなふぶき》・桜吹雪《さくらふぶき》・落花《らっか》《らくくわ》・桜散る《さくらちる》・花筏《はないかだ》

花吹雪・桜吹雪は桜の花が吹雪のように舞い散ること。
花筏は水面に浮かび流れる花びらを筏に見立てていう。

異界への回転扉花吹雪　秋山　和子
ふんぷん ひんぴん ひんぴん ふんぷん 花吹雪　伊丹三樹彦
キャンセルのきかぬ旅立ち花ふぶき　大城あつこ
花吹雪地球の上をメール飛ぶ　岡田　初音
花吹雪男盛りを過ぎにけり　加宮賢次郎
花吹雪けもの貌して歩くなり　永田タヱ子
花ふぶき浴びてもあひるになれません　原しょう子
颪吹けば颪に色あり花吹雪　本宮　豊子
戦死永久にシーシュポスの桜吹雪　小橋　啓生
象の耳桜吹雪へおよぎだす　中村　冬美
桜吹雪こころ裳抜けの横坐り　山本　セツ
飛花落花木洩日散らす早瀬かな　片山　知之
落花して象嵌の如雨後の土　となきはるみ
散り初めし桜の空間桜色　新　桐子
コンゴコンナコトノナキヤウ桜散る　岩坪　英子
一身上の都合桜を散らしけり　児島　愛子
ちるさくら海あをければ海へちる　高屋　窓秋

桜散るあなたも河馬になりなさい　坪内稔典
もう誰の墓でもよくて散る桜　遠山陽子
たっぷりと修羅場ほろほろとさくら散る　宮里晄
桜散る煙霧となっていくわたし　山里昭彦
散る花の海の全量ガーシュイン　四方万里子
その底の澱みを知らず花筏　大川園子
いつかくる闇の国へと花筏　早乙女文子
花筏三途の川に迷い込む　玉城幸子
花筏水に遅れて曲りけり　ながさく清江
ざわめきも無常も乗せて花筏　中田みち子
花筏ワシントンまでは遠すぎる　宮城陽子

山桜《やまざくら》

バラ科の高木。宮城県以西の山地に自生する。新葉と同時に白や淡紅色の花を開く。単に山に咲いている桜をいうことも。

朝夕を友とし万年山《はねやま》の山桜　駒走松恵
火の上で声すれ違う山桜　前田弘
山桜壱岐の名馳せし遠国へ　目良奈々月

葉桜《はざくら》

桜の花が散り若葉のではじめた頃の桜。散る桜の風情とはまた違う趣がある。

光うけ葉桜燃える並木道　赤嶺愛子
葉桜に異動地告げて登川　安里昌大
葉桜やベンチにくらい足の裏　尼崎澪
城山の葉桜透ける海の青　大城那美子
葉桜へ紅型の鳥翔つごとし　小熊一人
葉桜の折れた伊江島激戦地　嘉陽伸
葉桜や渡る吊り橋風さやぐ　謝名堂シゲ子
葉桜のホスピス病棟のぼり坂　嶋田玲子
葉桜や子の片言を遊ばせて　立津和代
葉ざくらや弾痕深き火伏獅子　棚原節子
葉桜や演技派ばかり残りけり　玉城幸子

含羞まだ残る葉桜濃度ます　たまきまき
葉桜や兵らの墓を守るかに　知念　広径
葉桜に古りし門札取り替える　渡名喜文嶺
葉　桜　の　風　芳　し　や　城　址　門　仲里　信子
葉桜や摩文仁の丘の通り雨　西村　容山
葉ざくらの震えただいま洗脳中　原　恵
葉桜にどっと着がえて山原路　宮城　陽子
葉桜や城に祈りの人絶えず　与那嶺和子
葉桜や忌日の赤き位牌拭く　松永　麗

花蘇枋《はなずおう／はなずはう》

マメ科の落葉低木。中国原産。葉に先立ち紅紫色の小さな五弁の花をつける。花の形は蝶に似て、枝に群がって咲く。

復　元　の　祝　女　の　衣　や　花　蘇　枋　宮城　涼

花水木《はなみずき／はなみづき》

北アメリカ原産の落葉高木。白や薄桃色の花片のような大きな苞葉の中に花を咲かせる。

水売のようにそよいで花水木　阿部　完市
損得はどうでもい丶やハナミズキ　比嘉　正詔

ミモザ

マメ科の銀葉アカシア・フサアカシアの通称。黄金色した球状の花が穂になって咲く。

どの家も構へ大きく花ミモザ　荘原やえ子
背骨よりミモザ咲かせてとびたつ日　幸喜　和子

イペー

南米原産、ノウゼンカズラ科の広葉樹。沖縄では公園木や庭木で、街路にも咲いている。黄や紅紫の花を三、四月に咲かせる。

黄イペー燦々燃ゆる空屋敷　天久　チル
裸木飾るいっぺえというこの黄花　伊志嶺　茂
イペー咲く花間花間の空の青　上原　千代
イペーより離れイペーの黄に止まる　金城　杏
花イペー白髪の蔭こがね風　小橋　啓生
鮮明に春たきつける花イペー　新里　光枝

火炎葛《かえんかずら／くわえんかづら》

ブラジル原産、ノウゼンカズラ科の蔓性の花。首里城の城壁にみられる。戦後植えられるようになった。

じゅり墓や草藪照らす火炎葛　親泊　仲眞
火炎葛宗家への坂石敷ける　瀬底　月城
火炎かずら夜ももゆ壺屋の南窯　嵩元　黄石

ぎいまの花《はな》

ツツジ科の常緑低木。淡紅白色のスズランのような花をつける。

ぎーまの花薪とりの娘に暮れ遅し　中村　阪子

きわたの花《はな》・パンヤの花《はな》

インド、ミャンマー、インドネシア、オーストラリア北部、中国と広く分布するパンヤ科の落葉高木。花は赤色で種は白い毛がある。

別るるに木綿の花や咲き誇る　翁長　悠
花パンヤ芭蕉一枚撓いおき　久田　幽明
盃に日を溜めるごと花パンヤ　新里　青太
花パンヤ激戦跡に校舎建つ　瀬底　月城

ジャカランダ・紫雲木《しうんぼく》

中南米原産のノウゼンカズラ科の高木で一〇メートルほどの高さになる。透明感のある紫の花が満開となる。

ジャカランダ好きで翅音をたてている　新井　富江

相思樹《そうしじゅ》《さうしじゅ》の花《はな》《はな》

マメ科の常緑高木。フィリピン原産、四、五月頃が花期。花は黄色でぼんぼり状に咲く。

砲兵の碑に相思樹の花こぼる　伊舎堂根自子
相思樹の花のこぼるるランドセル　上原　千代
壕壁に碍子が残り花相思樹　遠藤寛太郎
相思樹の花の吹かるる村ざかい　桃原美佐子
相思樹の花ほろほろとひめゆり碑　名嘉山伸子
相思樹の花ちりばめし石畳　西村　容山
相思樹の花ふる路地を気まぐれに　新田　風水
廃校や相思樹の花今さかり　真栄田　繁
相思樹の花にレターセット買う　又吉　涼女
相思樹の花や詩集は綴じしまま　屋嘉部奈江
相思樹の花曼陀羅に兵の墓　山田　静水

天《てん》の梅《うめ》・磯山椒《いそざんしょう》《いそざんせう》

バラ科の常緑小低木。梅に似た白い花をつける。葉は山椒の葉に似ている。南西諸島の海岸の隆起珊瑚礁に生育する。

暮れ遅し磯に天梅あらばこそ　進藤　一考
天の梅竜宮の門の岬洞穴《がま》　北村　伸治

羊蹄木《ようていぼく》《やうていぼく》の花《はな》《はな》・素心花《そしんか》《そしんくわ》

インド、中国南部が原産。マメ科。沖縄では広く街路樹、庭園に栽培されている。ランに似たピンクの五弁の花が咲く。

羊蹄木咲きて曇天つき放す　島袋　常星
匂ふかに羊蹄木の花に雨　山田　静水
素心花や邑ごとに建つ慰霊の碑　瀬底　月城
素心花や日陰るときの紅濃かり　当銘　由俊
雨がちの日々素心花の色増せり　中村　阪子

沈丁花《じんちょうげ》《ぢんちやうげ》

常緑低木。小さい花が群れて球形を作る。花の香気は遠くまで広がり、沈香・丁字に似ているとしてこの名。

あいまいはあいまいのまま沈丁花　須田　和子
昼は昼夜は夜にて沈丁花　本村　隆俊

浜沈丁《はまじんちょう》《はまぢんちやう》

海岸の湿地に生える。高さ約一・五メートルほど。葉はつややかで長楕円形。沈丁花に似ている。

蟹穴の土のふくれや浜沈丁　稲嶺　法子

浜沈丁咲くや濁世の音遠く　大城　栄子
浜沈丁海を離れて一人ぼっち　金城　杏
朝の靄晴れてほぐるる浜沈丁　金城百合子
かに穴のどこも留守らし浜沈丁　金城　順子
浜沈丁渚を歩む鷺の影　幸喜　正吉
砂州が抱く浜沈丁の咲き初むる　崎浜　光子
浜沈丁香れる砂嘴の日暮れどき　島袋　直子
夕暮れや浜沈丁の汐じめり　渡久山ヤス子
磯の香に浜沈丁の咲き急ぐ　西村　容山
汐風に浜沈丁の花淡し　屋嘉部奈江
一湾の動かぬ光浜沈丁　山城　青尚
浜沈丁潮の香りを纏いけり　与那嶺和子

連翹《れんぎょう》《れんげう》

中国原産の落葉低木。枝は長く伸び地面につくと根が出る。葉に先だって鮮黄色の花を開く。

連翹がもうすぐ風になるところ　安谷屋之里恵

連翹や坐ればすぐに眠くなり　荏原やえ子
れんぎょう雪やなぎあんたんとして髪だ　阪口　涯子
連翹のまぶしさ死んだらあかんで　原しょう子

ライラック

枝先に芳香のある紫色の小花を円錐状につける落葉低木。リラ。香料として愛用される。

行くこともなき国しのぶライラック　広長　敏子

花馬酔木《はなあしび》・琉球馬酔木《りゅうきゅうあしび》《りうきうあしび》

枝先から花軸に多数の壺状の小花をつけ房のように垂れる。馬が食べて中毒を起こしたといわれこの名に。

花あしび万葉歌など口ずさみ　大浜　基子
言いすぎの波紋ふくらむ花馬酔木　金城　悦子
天平の夢を過ぎゆく花あしび　羽村美和子
風吹けば風に鈴ふる花馬酔木　屋嘉部奈江
出棺や琉球馬酔木の花ゆらし　浦　廸子

躑躅《つつじ》・島躑躅《しまつつじ》

沖縄では先島《さきしま》躑躅、島躑躅、慶良間《けらま》躑躅が多い。山野に自生し、庭園や公園にあるいは鉢物に植えている。

父の座の真つ正面の躑躅かな　稲嶺　法子
一湾を眼下に納むつつじ村　神元　翠峰
戦死子のつつじ咲かせて婆白寿　北村　伸治
環礁の波遠ざけて躑躅炎ゆ　島袋　常星
我が生は道草ばかりつつじ見る　新里　光枝
按司墓の躑躅に刳舟《さばに》来てもやふ　安島　涼人
島つつじ咲く小児科休診日　上原　義夫
島つつじ受難の碑の面明るうす　田場久美子
島つつじ行きずりの人会釈して　比嘉　悦子
島つつじ余りに紅き身のほてり　屋嘉部奈江
琉球つつじなべて善男善女かな　宮平　早千
慶良間つつじ咲き初め島の疵疼く　与那嶺末子

聖紫花《せいしか》《せいしくわ》

ツツジ科の花。石垣島や西表島に分布する。沖縄本島でみられない。白っぽい淡紅の花が咲く。幻の花とも言われている。

せせらぎに散るせいしかや登山道　安次嶺一彦
聖紫花のもとに夫婦や明日定年　上江洲萬三郎
聖紫花や深く息吸う遊歩道　上地　安智
聖紫花や吊橋の影ダムに揺れ　北村　伸治
聖紫花を咲かせて古き里居かな　新里　青太
聖紫花に惹かれ来たれり王の墓　陳　宝来
聖紫花や於茂登に鶫の声走る　当眞　針魚
聖紫花の花咲く頃を約しけり　野原　恵子
聖紫花の散る島の川むらさきに　比嘉　朝進
聖紫花に滝音遠くなりゆけり　正木　礁湖
聖紫花やふるさと遠くなるばかり　宮城　長景

小手毬《こでまり》

バラ科の落葉小低木。中国原産。春先に白い小さな花をマリのようにつける。

大でまり小でまり何時も子沢山　古賀　三秋

雪柳《ゆきやなぎ》

落葉低木。葉は柳のような披針形。春、雪のような白い小さな花をたくさんつける。

雪柳過去へ過去へと風が吹く　羽村美和子

木蓮《もくれん》・紫木蓮《しもくれん》

モクレン科の落葉低木。中国原産。葉の前に赤紫の大きな花をつける。中国では高貴な花とされた。白木蓮もある。

木蓮の香を背に門の釦押す　平良　雅景
紅木蓮咲けば乳房の動きけり　徳沢　愛子
花木蓮二見情話の碑に触れて　与座次稲子
紫木蓮百の燭台百点る　岡田　初音
戒名は真砂女でよろし紫木蓮　鈴木真砂女
紫木蓮さらりと僧衣脱ぎすてる　中村　冬美

藤《ふじ・ふぢ》

つる性落葉木本。山野に自生。藤棚も観賞用として作られる。薄紫や白色の蝶形の花を集めて房を垂れる。

天と地を結びし藤の長さかな　大田　妙子
人去れば藤のむらさき力ぬく　澁谷　道
藤蔓に巻かれ真っ直ぐ立ちいたり　髙村　剛
大宇宙混んでますよと下り藤　軒原比砂夫
うすうすと死が垂れてをり藤の花　四方万里子

山吹《やまぶき》

緑色の茎の先に鮮黄色の花を開く。一重と八重がある。

白山吹背《そびら》の闇を深くせり　岩崎　芳子

梔子《くちなし》の花《はな》・山梔子《くちなし》・山梔子《さんしし》

三月頃から咲く。アカネ科の常緑低木。葉は光沢があり、白色の香しい六弁花を開く。花は次第に黄色になる。

山梔子の黄が幽くなる門中墓　嵩元　黄石
アウトローな生き方が好きくちなしよ　田代　俊泉
くちなしや王妃墓《うみない》地に隠れ咲く　西村　容山
山梔子や欠けたる墓碑をつなぎ読む　屋嘉部奈江
朝読みの声や山梔子咲き揃ひ　山口きけい
山梔子やひとりの姉の忌が近し　山田　静水

桃《もも》の花《はな》

濃紅色の花が緋寒桜、梅に次いで咲く。雛祭には欠かせない花である。

桃の花ち、は、ながき隠れんぼ　伊波とをる
桃活けてひとりの夜にあぐらかく　岡　恵子
ほほえんで火の粉のように桃咲かす　岸本マチ子
花桃の溶けたい色と違ってくる　小山亞未男
日の映ゆる六角堂の桃の花　島袋　直子
つづけ来し服用明けし桃の花　新里クーパー
桃の花日差しあまねく馬洗ひ　仲里　信子
桃咲いて少し熱ある地球かな　羽村美和子
ふだん着でふだんの心桃の花　細見　綾子
桃咲いて赤い鼻緒に履きかえる　宮城　陽子
桃咲いて得意科目はなわとびです　宮里　晄
揚菓子のこんがり生れ桃の花　山田　静水

梨《なし》の花《はな》

バラ科の落葉高木。中国原産。白い五弁の花をいっせいに咲かせ、十日ほどで散る。果樹用のものは毎年低木に剪定される。

山淡し空なほ淡し梨の花　秋山　和子
抱えもち馬穴に婆《ば》娑《さ》と梨の花　田川ひろ子
靴帽子著書も棺に梨の花　原　恵

林檎《りんご》の花《はな》

バラ科の落葉高木。白色の花が咲く。五弁の花は小さいが、晩春の林檎畑はこの花に染まって美しい。

ひと知れず林檎の花は白くなる　神谷　冬生

木瓜《ぼけ》

バラ科の落葉低木。枝に棘がある。紅、白、白と紅の混合した色の五弁の花が咲く。

敗戦の話がはずむ木瓜咲いて　椎名　陽子

マンゴーの花《はな》

ウルシ科。東南アジア原産の常緑高木。三月頃に枝の先に黄色の小花を密集させる。花は雨に弱く結実しにくい。七月頃熟する。

マンゴー咲く道より低き屋根の獅子　伊舎堂根自子

雨よけやマンゴーの花受粉どき　いなみ　悦

マンゴーの花咲く籬《まがき》鶏鳴けり　謝名堂シゲ子

マンゴ咲く米軍住宅跡地なり　瀬底　月城

風よけの袋かけたり花マンゴ　徳村　光子

蜜柑《みかん》の花《はな》・九年母《くにぶ》の花《はな》

沖縄では柑橘類は一般に「くにぶ」といわれる。青九年母は運動会シーズンに実る。

花蜜柑風に一歩を踏み出せり　大浅田　均

石垣の奥より匂ふ花蜜柑　島根　陽一

窯出しの壺にこぼるる花蜜柑　中村　阪子

花蜜柑匂ふ旧家の一番座　花城三重子

一山は逃げ場所もなし花蜜柑　平本　魯秋

花みかん芳し夜の門に入る　安島　涼人

九年母の花清清し島の朝　翁長　悠

花くにぶ不発弾処理避難中　瀬底　月城

花九年母散らして鶫の鳴きたつる　仲里　信子

山峡や日暮れて匂ふ花九年母　屋嘉部奈江

蒲桃《ふともも》の花《はな》

フトモモ科の常緑小高木。葉は細長く花は白色四弁花。夏、実がなる。

蒲桃の花に日照雨の走りくる　大城　愛子

蒲桃の花かんざしやうなゐ髪　平良　龍泉

蒲桃の花白々と路地の奥　端山　閑城
蒲桃の花髪に挿しふるさとへ　屋嘉部奈江

木《こ》の芽《め》・木《こ》の芽時《めどき》

木に萌え出る新芽。その季節を木の芽時という。山椒の芽は木《き》の芽。

総立ちの木の芽最終走者来る　辻本　冷湖
木の芽吹く山懐の喫茶店　与座次稲子
生き上手探してみたい木々芽ぐみ　甲斐加代子
身の内のざわめきたたむ木の芽時　上原カツ子
木の芽どき漢和辞典の音と訓　高橋　照葉
木の芽時わが身に巣くう鬼いっぴき　平迫　千鶴
渡し場の新芽かがよふ大赤木　桑江　春子

芽木《めぎ》・芽立《めだ》ち・芽吹《めぶ》き

木々の芽が萌え出る日々は、山野の色を変えていく。

一枝の文へてまぶし芽木の天　新井　節子
屋根古りし御殿の回廊芽木の風　上間　芳子
芽木の雨国頭の山膨らみて　与那嶺和子
岩間這う蔦の芽立ちやガマ近し　渡邉　宜
長寿とは気力こそ杖木の芽吹く　岩崎　芳子
大岩の佐敷ゆうどれ芽吹く道　上原　千代
やんばる路車窓一面芽吹く山　大湾　節子
ももたまなの豊かに芽吹く小児院　金城百合子
ひんぷんの石の割れ目や羊歯芽吹く　桑江　春子
潮鳴りの高き島なり桑芽吹く　竹田　政子
ピアスめく牛の耳札木々芽吹く　仲宗根ユキ子
山原の山紅に芽吹きけり　仲間　蔵六
厨子甕を売るいっせいに芽吹く中　中村　阪子
芽吹いては空引き寄せるクワディーサ　宮城　陽子
浜独活の芽吹きの匂ふ島岬　与座次稲子
戦争を見て来し大樹芽吹きけり　和田あきを
切っ先に灯る宇宙や柳の芽　池宮　照子

黒檀《こくたん》の芽《め》・黒木《くろき》の芽《め》

カキノキ科の常緑大高木。山地に自生する。三、四月に赤味がかった芽を吹く。黒木は樹皮が黒色であることからの方言名。

黒檀の芽吹く戦跡人の列　大城伊佐男
ポーポーの手だれの味や黒木に芽　瀬底　月城
診られゐて黒木芽吹きの見ゆる窓　高良　園子
潮さいや黒木の芽ぶく捨屋敷　仲里　信子

ひこばえ

切株や草木の根株から出る芽のこと。

致死量の風を払えばひこばえす　浦　廸子
黙々と基地のひこばえ切落とす　久高ハレラ

松《まつ》の芯《しん》・若緑《わかみどり》・緑立《みどりた》つ

松の新芽を松の芯、若緑という。晩春、枝先に新芽が伸び出して緑色となる。

余生なほ背筋伸ばせり松の芯　神元　翠峰
天女舞ふ風となりけり松の芯　北村　伸治
開け放す御殿殿内の松の芯　桃原美佐子
ひけらかす女系家族や松の芯　西部　節子
為朝の碑を高くせり松の芯　山城　青尚
アクアポリスに勢ぞろひして松の芯　横山　白虹
空白の余生を染める若緑　忍　正志
岩肌の白き王陵緑立つ　仲里　信子
廃校の庭の記念樹緑立つ　宮城　長景

松《まつ》の花《はな》

雌雄を異にし、松の新芽の頂に雌花を、下部に雄花をつける。雄花は散るが雌花は松毬になる。

松の花散りてあらはや古城趾　石垣　美智
海の色二層に松《まーち》の《ぬ》花《へな》冷《びー》さ《さ》　狩野趣巳子
ふるさとや松の花咲く馬場の跡　金城百合子
松の花降るや亀甲墓の耳　当眞　針魚
潮騒やナビの碑に散る松の花　中村　阪子
このあたり廓の跡よ松の花　西村　容山

柳《やなぎ》・青柳《あおやぎ》《あをやぎ》

堤や湖畔に植えられ、芽吹いて薄緑の葉を垂れた枝につける。春風に吹かれるさまは美しい。万葉時代からの語。

青柳や流れは基地へ村跡へ　西平　守伸

金縷梅《まんさく》・満作《まんさく》

落葉小高木。山野に自生し早春葉に先立って、黄色の細くねじれた花弁を集め枝に群れ咲く。最近では庭にも植えられる。

青空を押し上げまんさく花盛り　穴井　陽子
谷間谷間に満作が咲く荒凡夫　金子　兜太

木麻黄《もくまおう》《もくまわう》の花《はな》《はな》

オーストラリア、ニューギニア原産。四、五月頃淡い紫の雌花と黄を帯びた目立たない雄花をつける。緑色の実がなる。沖縄では防風林で海岸に植えられている。

木麻黄の花粉とどめよ瑞泉塔　瀬底　月城
木麻黄の花に寄せくる波しぶき　桃原美佐子
木麻黄の遠目に錆びる花のいろ　山田　静水
木麻黄の林にフィンが乾されをり　横山　白虹

猫柳《ねこやなぎ》

川岸に多い。葉が出る前に楕円形の銀白色の光沢のある花穂をつける。その花穂が猫に似ている。

天平のほほ紅まるく猫柳　秋野　信

柳絮《りゅうじょ》《りうじよ》飛《と》ぶ

柳は春先に花穂をつけ、実が熟し、白い絮《わた》がつく。風が吹くとその絮が飛び空中を舞うのである。

早足に過ぐる乙女や柳絮飛ぶ　西崎　信子
柳絮飛ぶ村に張られしバリケード　矢崎たかし

蒲葵《くば》の花《はな》

ヤシ科の亜熱帯性常緑高木で、高さは一五メートルにも達する。沖縄ではクバとよばれる。三、四月にかけて黄色の小花を房状につける。

王朝の発祥の地の蒲葵咲けり　伊舎堂根自子
神の井に天蓋なせり蒲葵の花　いぶすき幸
蒲葵の花御嶽に煙る古香炉　上原　千代
暮れ泥む海岸通り蒲葵の花　上原　義夫
蒲葵の花明るくなりし御嶽杜　大山　春明
花蒲葵や厨子甕積みて壺屋町　梶田　悦堂
朝薫の産井豊かに蒲葵の花　幸地美津子
花蒲葵の金粉こぼる神の庭　崎間　恒夫
蒲葵の花ニライカナイの径ひらく　島袋　常星
廃屋を打つ雨音や蒲葵の花　桃原美佐子
廃れ家の屋根シーサーや蒲葵の花　渡久山ヤス子
蒲葵の花産井に朝日ふくらめり　中村　阪子
梵鐘の青き弾丸《たま》きず蒲葵の花　山田　静水

桄榔《くろつぐ》の花《はな》

ヤシ科の常緑低木。台湾、沖縄に自生。ツグ、ヤマシュロともいう。二メートル余で長大な葉が幹頂につく。

桄榔の花の咲き継ぐ普猷の碑　渡久山ヤス子

茱萸《ぐみ》・蔓茱萸《つるぐみ》

一般的に秋の季語だが、南西諸島など暖かい地方は春、夏に熟するものが多い。実は小粒で甘酸っぱい。

兄の忌を独り野に食う茱萸渋し　古波倉正市
茱萸の実や地に激戦の道白し　謝花　秀子
茱萸酸くて聞くともなしに人のこと　安島　涼人
蔓茱萸や米兵過ぎる一里塚　渡久山ヤス子

山帰来《さんきらい》・カカラ

ユリ科の落葉つる植物。春、淡黄色の花をつける。

陽を溜めし城壁摑む山帰来　西村　容山
山帰来《かから》咲く主墳のわきの幼な墓　瀬底　月城
山帰来咲く句碑かと寄れば復帰の碑　嵩元　黄石

楊梅《やまもも》・山桃《やまもも》

山地に自生。ヤマモモ科の常緑高木。雌雄異株で実がなるのは雌株。四、五月に球形の実が熟す。

心に秘む集団自決楊梅熟る　上江洲萬三郎
楊梅の枡よりこぼれ子の瞳　兼城　巨石
戦史古るやまもも舌にころがして　瀬底　月城
楊梅を含めば魯迅読みし日に　前原　啓子
宿道《しゅくみち》の窪へ楊梅はづみ落つ　与儀　啓子
山桃の狂いなく満ち婚姻成る　阿良垣多州
山桃の粒こぼれいる小径かな　牧野　牛歩

千年木《せんねんぼく》の花《はな》

リュウゼツラン科の常緑低木で熱帯アジアが原産。観葉植物で四〜五メートルの高さになる。二月から初夏が花期で、淡紫色又は白色の米粒ほどの五弁花が穂状に咲く。

千年木咲かせ定年三味習ふ　伊是名白蜂
雑貨売る千年木の花隣　瀬底月城
千年木花むらさきに二月かな　知念広径
降臨碑囲ふ千年木の花　与座次稲子

女貞《ねずみもち》の花《はな》

モクセイ科。常緑小高木で沖縄では三～五月にかけて新芽の先に白い小花を多数円錐状につける。実は暗紫色になり、鼠の糞に似ているところから「ねずみもち」の名がある。葉をもむと黒砂糖の香もする。

首里に向く遊女の土塚女貞花　新垣春子
女貞花オルゴール澄むパーラー車　北村伸治
女貞花リズテーラーの写真手に　玉那覇如水
琉装の少女はぢらふ女貞花　山城青尚
焚字炉の穴の小暗やねずみもち　山田静水

えごの花《はな》

落葉小高木。葉は卵円形でとがり、白色五弁の小さい花が下向きに可憐にひしめき咲く。

えごの花産井の水のささ濁り　与座次稲子

楝《おうち》の花《はな》・樗《おうち》の花《はな》・梅檀《せんだん》の花《はな》

暖かい地方の山野、海辺に自生。庭先にも植えられる。梅檀の古名が楝。三、四月頃、淡い紫色の小さな花をつける。

下校時に楝の花のふる微風　砂川孝子
楝散る紫の風海の風　比嘉陽子
黒牛がふたぐ古る径花楝　矢野野暮
爆音の途切れしいとま樗散る　石田慶子
退院日淡き樗が送りけり　泉水英計
花樗流るる川に鍬浸す　大城幸子

屋根獅子のたて髪濡らす花樗　神元　翠峰
南殿のしとみあげあり花樗　篠原　鳳作
ためらいの小雨にけぶる花樗　友利　敏子
鎮魂の地に降りしきる花樗　西崎　信子
花樗こぼれ無人の豆腐棚　与儀　幸子
ひそと立つ無人売店花樗　与那嶺末子
花あふち綾門《あやじょう》通りをひかへめに　久田　幽明
花おうち夢あたらしき通学路　山城美智子
せんだん花雫の色の染まりをり　池田　俊男
刳舟を繋ぐ梅檀花咲けり　小熊　一人
神の水花せんだんの畦づたひ　清川とみ子
梅檀の波は記憶の中の波　国吉　盛子
梅檀の花ほのぼのと里言葉　平良　龍泉
梅檀にひとたび消えし夕日さす　当銘　由俊
梅檀の花ほろほろと帰化の家　正木　礁湖
花梅檀泡立つ藍の香に散れり　屋嘉部奈江
梅檀の花のあはさの雨上り　山田　静水

竹《たけ》の秋《あき》・竹秋《ちくしゅう》《ちくしう》

竹の落葉期のこと。筍ができるために養分が少なくなり葉が枯れて散る。竹秋は旧暦三月の異称。

尼の説くアガペの愛や竹の秋　谷　加代子
戦跡の塔に降る雨竹の秋　真喜志康陽
竹秋の陶片ひかる壺屋窯　安座間勝子

春紅葉《はるもみじ》《はるもみぢ》

沖縄の春の新芽は赤色が多いと言われる。

春紅葉夕日とどむる試歩の径　上原　千代
門中墓春の紅葉をもたまな　瀬底　月城
蒲葵の葉に一つ真っ赤や春紅葉　与儀　啓子

春落葉《はるおちば》

常緑樹は新芽が出ると晩春から初夏にかけて葉を落とす。夏の落葉は常磐木落葉といい、春は特に春落葉という。

春落葉踏みし音より祝女眠る　下地　慧

春落葉終止符どこで打てばよい　山田　勝子

黄水仙《きずいせん》

南ヨーロッパ原産。早春、花茎を出し頂端に鮮黄色の六弁花を傘状につける。香りが強い。

母の恋酒蔵までの黄水仙　秋谷　菊野

今日の嘘明日の秘密黄水仙　池宮　照子

黄水仙ハードル一つ越えてみる　幸喜　和子

黄水仙時期を違えずびびっと咲く　新里　光枝

黄水仙さらりときつい事を言う　玉城　幸子

黄水仙わたくしの首折れやすく　高嶋　和恵

勿忘草《わすれなぐさ》・勿忘草《わすれなそう》《わすれなさう》

ムラサキ科の多年草。高さ約三〇センチ。藍色の小花を多数つける。

追伸に心の内を勿忘草　新里クーパー

鳥だった昔むかしよ勿忘草　徳永　義子

昭和史へ勿忘草のひとり言　丹生　幸美

シネラリア

カナリア諸島原産。高さは一〇～三〇センチ。花の色も多様で野菊に似た花をたくさん咲かせる。サイネリア。

シネラリア恋のシナリオ書いてます　岡田　初音

アネモネ

キンポウゲ科の秋植え球根。南ヨーロッパ原産で園芸種が多い。花はケシに似て葉は人参に似ている。

よく笑うカラーアネモネニューハーフ　樋口　博徳

アネモネを抱けば上昇気流にのる　八木三日女

フリージア

南アフリカ原産。花茎が枝分かれし、筒状の花を並べて咲かせ、芳香がある。白、黄、紫の花は生花店の店先を彩る。

ぽつねんと書斎の椅子やフリージア　荏原やえ子
わっと叫んで胸いっぱいにフリージア　岸本マチ子
鳥の言葉話せる気がしてフリージア　羽村美和子

チューリップ

ユリ科の秋植え球根草。葉は広く、花は鐘形、椀形、皿形とあり、色や形は極めて多い。

花屋には色々不条理なチューリップ　安谷屋之里恵
笑い疲れて人の声出すチューリップ　岸本マチ子
チューリップちひろの子らが溢れてる　後藤　蕉村
チューリップひかりへ空へ土を蹴る　座安　栄
チューリップ明日へ明日へと首傾ぐ　玉城　幸子
背後より春の挨拶チューリップ　藤井　貞子
チューリップ少年は今背を伸ばす　宮城　陽子

ヒヤシンス

ユリ科の秋植え球根草。地中海沿岸の原産。一重咲や八重咲の花は花軸に集まって咲き、花に芳香がある。

己が位置守り紫ヒヤシンス　友利　昭子
ヒヤシンスバベルの塔をすりぬける　幸喜　和子

苧環《おだまき／をだまき》

観賞用多年草。青紫色または白色の五弁化を下向きにつける。花の形は麻の糸玉のようである。

おだまきの雨滴に写る昭和かな　鈴木ふさえ

芭蕉《ばしょう》《ばせう》の花《はな》《はな》

実芭蕉（バナナ）は熱帯花木の代表名木であり、真紅の花が総状、円錐花序に樹冠いっぱいに咲く。大宜味は糸芭蕉で有名である。

崖下の石道けわし花芭蕉　上間　芳子
花芭蕉地下足袋のまま胸診らる　大城　幸子
島の子と花芭蕉の蜜の甘き吸ふ　杉田　久女
裏畑の花苞小ぶりに島芭蕉　瀬底　月城
花芭蕉真つ直ぐに生き小百姓　竹田　政子

スイトピー

シチリア島原産。巻きひげのようにつるをのばしながら伸びていく。蝶形の紅・桃・白などの花をつける。

少女はいつも多感すいとぴい　大城あつこ

鶴頂蘭《かくちょうらん》《かくちやうらん》

地生ランで高さは一メートルほど。花は外側が白く、内側は褐色。唇弁は赤紫色。種子島・屋久島以南に分布。

散りそめし鶴頂蘭や山は雨　北村　伸治
翔ぶさまの鶴頂蘭は嘴あつめ　瀬底　月城

不食芋《くわずいも》《くはずいも》の花《はな》《はな》

サトイモ科の多年草。沖縄では四月～六月に花が咲く。

不喰芋咲くや自決の洞《がま》塞ぎ　北村　伸治
開発にあらがふ不喰芋に花　瀬底　月城
碑の影の花もちてをり不喰芋　山城　英樹

せいろんべんけいの花《はな》・提灯花《ちょうちんばな》《ちやうちんばな》・ぼんぼろう

ベンケイソウ科。方言名ソーシチグサ。アフリカ原産で多年草本で、葉は多肉質。三、四月が花の盛りで釣鐘状の花を無数につける。

流人墓せいろんべんけい草咲けり　西村　容山
せせらぎやべんけい草の朱をしるく　矢野　野暮
断崖の傷痕消えぬボンボロウ　おぎ　洋子
その昔血の海荒崎《ぎいざばんた》海岸のぼんぼろう　比嘉　幸女
情炎の限りを尽しぼんぼろう　山里　昭彦

ねじ《ぢ》あやめ

多年草。香りがよい。葉は剣状にねじれ、下部は紫色をしている。アヤメに似て淡碧紫色の花を開く。

ねじあやめ人間嫌いでずーっと不安　岸本マチ子

菜《な》の花《はな》・花菜《はなな》・花菜《はなな》明《あか》り

菜種の花。黄色の四弁花を咲かせる。蕾は和え物や漬物、種子からは油をとる。菜の花畑は春の印象を高める。

菜の花やいつも誰かが好きだった　秋谷　菊野
菜の花に閉じ込められている黄色　安谷屋之里恵
菜の花に不覚の涙見られしを　池宮　照子
家々や菜の花色の燈をともし　木下　夕爾
菜の花の黄色に邪心くすぐられ　金城　悦子
馬駈けて菜の花の黄を引伸ばす　澁谷　道
菜の花にまみれ山河の痒くなる　末吉　發
菜の花や阿修羅あしゅらと奈良までを　高嶋　和恵
ウルトラマン菜の花畑で充電す　玉城　幸子
菜の花や島の果てなる射的場　中村　阪子
菜の花や颪の渦巻く嘉手納基地　西平　守伸
菜の花や頭突きたのしむ回遊魚　原　恵
菜の花や一坪ほどの暖かさ　比嘉　正詔
マラソンの菜の花の村走りけり　真喜志康陽
菜の花の沖から艦の現わるる　宮川三保子
花菜径その果てにある自決壕　石田　慶子
立ってみて坐ってみても花菜の黄　高橋　照葉
柩には開く窓あり花菜一面　原しょう子

放たれて園児花菜に吶喊す　松井　青堂
玉陵に肩身のせまきこぼれ花菜　横山　白虹
筬の音や花菜明りの杣の村　上原　千代

大根《だいこん》の花《はな》・花大根《はなだいこん》

大根は収穫しないままでいると白い十字の花をつける。花大根は、大根の花だけでなく、諸葛菜の呼び名ともなっているが、こちらは沖縄には少ない。

機音の窓よりこぼれ花大根　石田　慶子
家事という居場所まだある花大根　金城　悦子
夢を追いつつとどのつまりは花大根　中田みち子

豆《まめ》の花《はな》

豌豆、大豆、小豆、隠元豆など、春から初夏に花をつけるものをいう。蝶形の花が咲く。

少しだけ迷ってみたい豆の花　中田みち子

海石で囲ふ磯畑豆の花　与座次稲子

葱坊主《ねぎぼうず》・葱《ねぎ》の花《はな》

葱の葉の間から茎が出てその先端に花をつける。白い小さな花が無数に集まって球状になる。この花の形から葱坊主といわれる。

度忘れはあなたも同じ葱坊主　穴井　陽子
不器用に重ねし齢葱坊主　江島　藤代
葱坊主喃語は湯舟で生まれけり　新里クーパー
潮の香の近き町なり葱坊主　真喜志康陽
世の憂い一言もなく葱坊主　松本　達子
よろこびを直球で投げる葱坊主　宮里　晄
葱の花今更宗旨変えられず　大川　園子

苺《いちご》の花《はな》・木苺《きいちご》の花《はな》

食用のオランダイチゴは春に白色五弁の花が咲く。またバラ科の低木、リュウキュウイチゴは、早春、白色の花を下向きにつける。種子島が分布の北限。他にも固有種がある。

咲き初めは余所者貌に島苺　瀬底　月城

木苺の花白うして核仮睡　知念　広径

レタス

萵苣《ちしゃ》ともいう。急速に普及したのは第二次大戦後。結球するのがレタス。球のゆるいのがサラダ菜。

悔恨をレタスちぎって宥《なだ》めてる　座安　栄

菠薐草《ほうれんそう／はうれんさう》

お浸し、和え物、汁の具、サラダ、ソテーなどにして食べる。原産地はイラン。

レトリック不要とほうれん草元気　秋谷　菊野

水菜《みずな／みづな》

京都付近が原産。関東では京菜ともいう。葉は細裂している。鍋料理や塩漬け、浸し物など色々と使われる。

さくさくと水菜のサラダカフェテラス　大田　妙子

春菜《はるな》

早春の頃から晩春に食べられる菜類の総称。小松菜、あぶら菜など。菜や茎が柔らかく美味しい。

嘉手志川豊かに春の菜を洗う　国吉　貞子

茎立《くくたち》

晩春になると大根や蕪などが花茎を出し、蕾をつけるようになる。いわゆる薹が立った状態。

一つ目のボタン外して茎立つか　宮里　晄

三葉芹《みつばぜり》

山野に自生しているが、食用に栽培もしている。三枚の小さな葉がつく。香りがよく、吸い物などに入れる。

曳売りの荷の青々と三葉芹　石川　シゲ

クレソン

オランダ芥子。明治初めにヨーロッパから移入して定着。辛味と香りがあり、肉料理の付け合せにする。お浸しや胡麻和えもよい。

クレソンの岸あり魁夷の馬がゐて　四方万里子

春《はる》キャベツ

キャベツは夏が旬だが、春の柔らかい葉のものをいう。

子の話聞きつつ刻む春キャベツ　荏原やえ子

春キャベツざくざく戦争が覗いている　笹岡　素子

初きゃべつ食してわたしまーるくなる　新里　光枝

春大根《はるだいこん》

晩秋に種を蒔いて翌年の春に収穫する大根のこと。旧暦三月頃収穫するものは三月大根ともいう。

土踏まず春大根へ感度良好　岸本マチ子

春大根を無知蒙昧と君は言へるか　栗林　千津

春大根漬けて大事を成し遂げぬ　徳沢　愛子

葉のつきし春大根の白さかな　比嘉　陽子

春大根寡黙な夫にからし和え　宮城　香子

哀しみも春大根も実存で　宮城　正勝

大根《だいこん》の種《たね》

晩春、畑に残しておいた大根は白、または淡い紫色の花を咲かせ、種を作る。

大根の種干す島の珊瑚垣　仲里　信子

春菊《しゅんぎく》

キク科の一年草。地中海原産。葉は香りよく柔らかい。浸し物や鍋物にいれるなどして食べる。

まっさおに春菊ゆでて孤独なり　岸本マチ子
春菊食う脳天までの青さかな　駒走　松恵
春菊のほろ苦き味一人鍋　諸見里安勝

草萌《くさもえ》・下萌《したもえ》

春になってあちこちに草の芽が萌え出すこと。日ごとに枯草も新しい芽を出して、野原も緑で覆われる。

王朝の雨乞い御嶽草萌ゆる　池原　ユキ
按司墓の岩の頂き草萌ゆる　桑江　良太
草萌えやまだ生き方は変えられる　玉城　幸子
草萌ゆる護佐丸踏みし石畳　前原　啓子
野仏のどこか母似や草萌ゆる　山田　廣徳
草萌や眼差しの澄む宮古馬　与座次稲子
拝所《うがんじゅ》の石積みふかく下萌ゆる　伊是名白蜂

名草《なぐさ》の芽《め》

春に萌え出る草の芽の、名が知られているものを名草の芽という。

ピアスして牛引き回す名草の芽　古波蔵里子

若草《わかくさ》

みずみずしい春の草の総称。初草とか新草《にいくさ》などともいうが、新鮮なイメージを感じさせるのは若草の方だろう。

若草のにほひほのかに猫眠る　西里　恵子

芝萌《しばも》える・若芝《わかしば》・春《はる》の芝《しば》

冬枯れていた芝が新芽を出し、若々しい葉が日ごとに出そろって、みずみずしい感じがする。

芝萌える靴から脱けてゆく女　田中　不鳴

ヘゴの芽《め》

常緑性大形の木性シダ。湿度の高い林中に自生。ゼンマイ状に伸びた新芽を山菜としてお浸しや天ぷらにする。

日の恵みぐしゃぐしゃに巻きヘゴ芽吹く　安座間勝子

菫《すみれ》・島菫《しますみれ》・琉球小菫《りゅうきゅうこすみれ》《りうきうこすみれ》

沖縄には十種類位の菫があり、冬から四月まで白や紫の可憐な小花をつける。最も多い琉球小菫は、海岸から山地にわたり日の当る路傍の畑、草地に普通にみられる。花は淡い赤紫色である。

日暮時ひしめく街の菫かな　うえちゑ美
あるがまま風に吹かれて花すみれ　岡　恵子

風や　えりえり　らま　さばくたに　菫　小川双々子
「大和」よりヨモツヒラサカスミレサク　川崎　展宏
牧草を噛み切る音やすみれ草　北川万由己
山神の匂ひ染めたる菫咲く　志場根　寛
八重岳の風の頂上すみれ咲く　島袋　由子
風化すな砲座の跡の白すみれ　瀬底　月城
窯と窯つなぐ小径の壺すみれ　陳　宝来
朝薫の墓の石積み花すみれ　桃原美佐子
みやらびの句碑へ菫を摘みながら　中村　阪子
馬の涙ポケットに入れ白すみれ　牧　陽子
躓いた先に小さき菫かな　松本　達子
足元を取られぬように菫草　本部　文子
じゅり墓や草に隠るる花すみれ　屋嘉部奈江
激戦地のすみれの濃きに躓きぬ　安島　涼人
戦争と根でつながっているすみれ　山沢　壮彦
屏風《ひんぷん》の窪に一輪島すみれ　上間　紘三
島すみれ切石積みの高き反り　渡真利春佳
唐人墓の稜《すみ》に琉球菫咲き　石井　五堂

球逃げてリュウキュウコスミレ踏まれけり　伊志嶺あきら
コスミレの大合唱です土手舞台　宮城　陽子

蓮華草《れんげそう》

蓮華草《れんげさう》

白や紅紫色の蝶形の花を輪状につけ、蓮華座に似る。漢名は紫雲英。田園を彩る美しい花。

まず今日一日を蓮華草　大城あつこ

白詰草《しろつめくさ》・苜蓿《うまごやし》・うまごやし

マメ科の多年草。江戸時代に輸入したガラス器の詰め物に使われていた。牧草地や野原、草地に咲く。苜蓿はシロツメクサの俗称。クローバー。

白詰草芸術展の列につく　池田　俊男
しがらみを消してはふやす苜蓿　大城あつこ
苜蓿かつては兵馬訓練地　与那嶺和子

薺《なずな》の花《はな》・ぺんぺんぐさ

薺《なづな》の花《はな》

どこでも見られ、春の七草のひとつ。白色の十字花を総状につける。実は三味線の撥のような形をしている。

川原まで足をのばして花薺　荘原やえ子
ペンペン草振ってふるさとたしかめる　松村　陽子

蒲公英《たんぽぽ》

春の山野、道端に咲く。鋸状の葉の中から茎をのばし黄色の頭状花をつける。白い綿毛は風に乗って四散する。

遥か来て蒲公英の野に吹かれをり　大湾美智子
たんぽぽの絮わんわんと四囲に基地　岸本マチ子
風まかせタンポポ着地しこを踏む　金城　悦子
背のびして蒲公英の黄につまずけり　幸喜　和子
一人づつ消えて万歳岬のたんぽぽ　香坂　恵依
たんぽ、の咲くや炭鉱社宅跡　古賀　弘子

たんぽぽは方円となり未来へ飛ぶ　小島　久子
反核のたんぽぽの子らニューヨーク　後藤　蕉村
慟哭は地底より湧くたんぽぽも　駒走　松恵
たんぽぽの絮吹きながら戦争へ　高橋　修宏
たんぽぽのぽぽのあたりが火事ですよ　坪内　稔典
たんぽぽの綿毛どこに行くでもなく　照屋　太司
陽だまりにたんぽぽほっこり炊きあがる　中田みち子
たんぽぽや空地にパン屋の車来る　長浜千佳子
対岸へたんぽぽ次の風待てり　中本　清
たんぽぽやポポポポポポとかぜにのり　比嘉　陽子
たんぽぽの絮乗る風を待ってをり　広長　敏子
たんぽぽの明るさだけを持ち帰る　宮城　陽子
たんぽぽと聞いて笑ひのこぼれけり　本村　隆俊
タンポポの大合唱です基地闘争　安田喜美子
蒲公英の丘や海原日を弾き　与那嶺和子

浜《はま》え《ゑ》んどう

マメ科の多年草。浜辺の砂地に生える野生の豌豆。花は紫色で蝶形。花色は紫から碧色に変化していく。

流木の角の丸さよ浜ゑんどう　渡久山ヤス子

武蔵鐙《むさしあぶみ》の花《はな》

サトイモ科の多年草。大きな葉のあいだから仏炎苞に包まれた太い穂を出す。苞は鐙に似ている。

城跡や武蔵鐙の苞の数　新垣　春子
城壁に武蔵鐙の苞巻けり　崎間　恒夫
若按司の産井や武蔵鐙咲く　与儀　啓子

土筆《つくし》・つくづくし

日当りのよい野や土手に生える。スギナの地下茎から生じる胞子茎。頭は筆の形。茎に節がある。食用となる。

残されし我も独りやつくづくし　古賀　三秋
良心に従って生きるつくづくし　福岡　悟

一本に声のあつまりつくしんぼ　荏原やえ子

天まではまだまだ遥かつくしんぼ　田中　不鳴

虎杖《いたどり》

タデ科の多年草。雌雄異株。山野や路傍に自生する。若芽を食用にし、また、若茎の皮を剝いて生のまま食べる。

虎杖を噛まねばならぬ男かな　髙村　剛

すかんぽ・酸葉《すいば》

全国の山野や草地に自生。赤紫色を帯びた茎の皮を剝いて食べると酸っぱい。

すかんぽや会えばはにかむ男たち　穴井　太

蕨《わらび》

山地の日当りのよい地に群生。地中から出る巻いた新葉は小児の拳に似ている。蕨粉で作る餅は美味。

わらび野は今日も私の指定席　甲斐加代子

水のような声のころがる蕨野行　須﨑美穂子

わらび採り奥は迷路の防空壕　玉城　繁子

初蕨仏舎利塔の雲摑む　矢崎たかし

紫萁《ぜんまい》・薇《ぜんまい》

ゼンマイ科の夏緑性シダ。若芽は渦を巻き、手のよう。山菜として親しまれ、茹でて白和えや煮しめなどにする。

紫萁の籠にあふるる獣道　うえちゑ美

成り行きの戦争という鬼ぜんまい　柿畑　文生

芹《せり》

清流に自生。春の七草のひとつ。香りがよい。お浸しやなべ物、和え物にする。

芹剪つて学問の夢抑へをり　新垣　勤子

あぜ道で芹つむ母の若き腕　久場千恵

野蒜《のびる》

葉は細く長い。花茎に紫色を帯びた白色の花をつけ路傍に咲く。葱に似た香りがあり、食用になる。

せせらぎの光に野蒜ふり洗ふ　いぶすき幸

荒ぶれの片端にすっと野蒜抜く　うえちゑ美

野蒜摘む亀甲墓の香煙に　上原千代

野蒜摘むモンゴロイドの血を誇り　筒井慶夏

瑠璃《るり》はこべ

サクラソウ科の一年草。ユーラシア大陸原産。琉球列島の各島に広く分布している。花は一月～四月に咲く。葉ははこべに似、瑠璃色の小さな花が咲く。

るりはこべ小さな空を抱いている　安谷屋之里恵

負け牛をいたはる勢子や瑠璃はこべ　石田慶子

王朝の盛衰の間を占むるりはこべ　久田幽明

収骨や潰えし壕の瑠璃はこべ　瀬底月城

濃く淡く日当る畑のるりはこべ　知念広径

瑠璃はこべ小島の青き海の辺に　比嘉悦子

網代垣古りしにすがる瑠璃はこべ　屋嘉部奈江

瑠璃はこべ村の産井の石囲ひ　与座次稲子

いぬふぐり

瑠璃色の小さな花を開く。茎は地を這うように拡がる。名は実の形が犬のふぐりに似ていることによる。

減反の田に放たれるいぬふぐり　秋谷菊野

いぬふぐりふと静脈に入り込む　安谷屋之里恵

宇宙の気細やかにして犬ふぐり　羽村美和子

金鳳花《きんぽうげ》

日当りの良い山野、田の畦などに咲く。高さ約五〇センチ。花は黄色。食べると有毒。

煩悩はこんな色かと金鳳花　岸本マチ子

一人静《ひとりしずか》《ひとりしづか》

多年草。草原や山地の日陰に自生。四葉の中央に白色の穂のような花をつける。

一人静ときどき噫と言ひをるぞ　河原枇杷男
一人静咲きわたくしも灯がともる　金城貴子
風に舞ふ一人静や峡の里　宮城長景

薊《あざみ》・島薊《しまあざみ》・眉《まゆ》はき

キク科多年草。島薊は海岸に多く見られる。島薊の分布の北限はトカラ列島。

花あざみ目も身も重き孕み牛　上江洲萬三郎
素手で触る琉球あざみのかたい棘　長内道子
花薊目盛り下りし水位計　許田耕一

花アザミ闇を絞れば白きこえ　小橋啓生
泣きじやくる赤ん坊薊の花になれ　篠原鳳作
五穀壺寄りし浜とや白薊　謝名堂シゲ子
花薊城趾のひかり分け合へり　西村容山
ゆうどれや史味渇れ失せて薊咲き　宮平彩雲
風渡る辺戸の岬の群薊　深山一夫
心の棘《とげ》簡単に抜くな島薊　上地安智
潮の香に刺を太らせ島薊　大湾美智子
環礁の波たたみくる島薊　島袋常星
岩窪の寸土に咲ける島薊　島袋直子
島あざみ張り付き米軍上陸地　瀬底月城
岩つらら剝き出す産井島薊　渡久山ヤス子
転勤の校長見送る島あざみ　長田一男
塹壕の崩れに添ひし島薊　西原洋子
途轍もない生き方があるシマアザミ　原　恵
眉はきの花みやらびの島訛　山田静水

紫蘭《しらん》

ラン科の多年草。山野に自生するが、観賞用にも育てる。葉の間から茎が伸び紅紫や白色の花を総状につける。

故郷の父母亡き庭へ紫蘭咲き　玉城繁子

蕗《ふき》《ふき》の薹《とう》《たう》

初春、いち早く姿を見せる。萌黄色と淡い緑の花茎をつけて地面に顔を出す。摘んで食べる。

母の味苦味をきかす蕗の薹　江島藤代

食卓を一味賑わす蕗の薹　広長敏子

ふきのとう待ち切れなくて小指ほど　三石成美

ふきのとう防空壕を抱きし山　宮川三保子

苦菜《にがな》

ホソバワダンの方言名。キク科の多年草で海岸に自生。葉・茎・根に苦みがあることから沖縄では俗称にがな。白和えなど和え物にする。

苦菜《んぎゃな》摘む母の背中は猫模様　さどやま彩

蓬《よもぎ》・フーチバー

キク科の多年草。葉は羽根状に分裂し香気がある。葉裏に白毛がある。蓬餅にしたり、灸に用いたりする。フーチバーは沖縄での呼び名。

味噌汁に蓬香るや今朝の雨　天久チル

蓬摘むあの日の母に逢いたくて　早乙女文子

よもぎつみ話におちて掌にあます　新里クーパー

朝市の婆の積みたる蓬の香　桃原美佐子

雑炊のフーチバーの青溢るるよ　井手青燈子

浜大根《はまだいこん》

大根の野生種。各地の海岸砂地に自生。形は栽培された大根と似ているが、栄養条件が悪く、根は痩せて固い。

浜大根ひがな咲きつぐ時化続き　桑江　良栄

鹿尾菜《ひじき》

褐藻。海岸の浅い岩石に付着。群生し茎や棒状の葉が波に揺れる。干して食用にする。

磯合羽着けて鹿尾菜の秤り売り　新垣　春子
洗われて男が運ぶ鹿尾菜籠　大湾美智子
荒海に抗ひ育つ鹿尾菜かな　島袋　常星
万葉の皇子の歌ひし鹿尾菜かも　知念　広径
泡波の礁干上る花鹿尾菜　当眞　針魚
潮に日のゆらめき育つ鹿尾菜かな　西村　容山
重ね来る波に鹿尾菜の伸び縮み　原　遊子

島日和潮騒にぬれヒジキ採る　兼城　巨石

海雲《もずく》《もづく》・水雲《もずく》《もづく》

褐藻類。おもに酢の物として賞味する。沖縄特産の太《ふと》もずくは美味。

渡し舟ゆるりと笑ふ手の海雲　東江　万沙
掴み売る取れ立て海雲那覇の市　稲田　和子
逆立の海雲のような気分です　嘉陽　伸
海雲採る母娘夕日を眩めり　島袋　常星
浦波の揺れを自在に海雲舟　西原　洋子
海雲粥旅のはじめの朝餉とし　西山　勝男
照り返す凪の礁湖の海雲舟　山田　静水
七彩の干瀬すべり行く水雲舟　大城　幸子
路地裏に磯の香りや水雲選る　原　遊子
養殖のもづくが自慢若き漁夫　石田　慶子
大潮に伊達な恰好もずく採り　大田　妙子
もずく舟遠くにありて光りけり　大嶺　春蘭

もづく採る海女のつぶやき陽が攫ふ　平良　好児

石蓴《あおさ》《あをさ》・一重草《ひとえぐさ》《ひとへぐさ》

沖縄方言ではアーサ。海岸の岸や珊瑚礁に付着する。緑色の海藻で、汁の具とする。

石蓴汁倖せ浮ぶ卵の黄　石垣　美智
石蓴搔き真昼の沈黙守りおり　泉水　英計
アーサ採る翡翠色してにほふ風　稲嶺　法子
岩肌に石蓴のベール拡げをり　上運天洋子
皺太き島人の手や石蓴搔く　上原　千代
石蓴搔く潮の香りを纏ひつつ　上間　芳子
石蓴搔く老女のまなこ焼けてをり　北川万由己
光得てヤハラヅカサの石蓴生ゆ　崎間　恒夫
アーサ汁サンゴの真砂沈めをり　島村　小寒
アヲサ採り海の香りを剝がすべし　そら　紅緒
干石蓴手にいっぱいの軽さかな　平良　聰
ねんごろにアーサ干さるる荒筵　永田　米城
石蓴かく媼の刺青《はぢち》陽にうすれ　原口　季代
主婦ばかり遠浅に出て石蓴採る　福富　健男
石蓴採り磯から磯へ移りゆく　宮城　長景
埋めたてのクレーンを横にアオサ搔く　宮城　陽子
低き雲背負ひて老女石蓴搔く　山口きけい
箸先に絡むさみどり石蓴汁　山田　静水
日を浴びて珊瑚に一重草青む　端山　閑城

海苔《のり》

水中の岩石に着生する藻類の総称。近世以降は養殖をする。俳諧において意識的に季語化された。

束ねたる海苔千枚の黒光　古賀　弘子

もーい・茨海苔《いばらのり》

紅藻類に属する海草。三、四月に採取され、乾燥させて保存する。加熱すると凝固することから寄せ物にする。

受水《うきんじゅ》の走水《はいんじゅ》の浜もーい採る　瀬底　月城

屏風（ひんぷん）
沖縄で家の入口と母屋とのあいだに造る石造りの壁。悪い鬼の侵入を防ぐためという。

拝所（うがんじゅ・うがんじょ）
村落や地域の人々によって、村や家の加護や繁栄を祈願する場所のこと。その中心となるのは御嶽であり、地域によっては霊石などもある。

夏

時候

夏《なつ》・朱夏《しゅか》・炎帝《えんてい》

漢名では朱夏といい、炎帝という。暦の上では五月の立夏から八月の立秋の前日まで。沖縄では亜熱帯の花々が咲き、戦争の記憶が多く残っている。

白うさぎ少し汚れて夏越しぬ　秋山　和子
あの夏は幾度描けど赤と黒　池田　なお
慰霊祭果てて摩文仁の白き夏　石川　宏子
この島にマラリア地獄ありし夏　伊舎堂根自子
祭笹をかかげる夏霊のつどう庭　伊東宇宙卵
人生に付箋をはさみもどる夏　伊良波和美
島唄や夏の日脚のうつうつと　うえちゑ美

振り分けの籠よりあふれ夏野菜　海勢頭幸枝
還り来ぬ足音待ちてまた夏に　大島　知子
好きと嫌いで生きて鮮烈に夏　大城あつこ
高原は一方通行夏の陣　甲斐加代子
夏の花どれもが残像であり　川名つぎお
狂うなら夏金星のごと発光し　岸本マチ子
国道のまっすぐ夏に吸ひ込まれ　金城　杏
この夏から面倒くさいを丁寧に　金城　英子
あの夏の日甘蔗の葉ずれなどなかった　金城　悦子
夏の島沸点となるオスプレイ　桑江　光子
長き夏始まる今朝の潮ぐもり　古波蔵里子
海鳴りを夏と聞くなり洞穴《がま》深く　駒走　松恵
算術の少年しのび泣けり夏　西東　三鬼
横文字の看板錆びて基地は夏　佐々木経子
カレンダーパシッとちぎる夏ちぎる　座安　栄
総理来て椅子きしませて帰る夏　末吉　發
ややこしく考えちゃダメ夏カレー　瀬戸優理子
消印のない手紙あの夏が来た　そら　紅緒

夏の闇牽《ひ》きて海亀這い出ずる　平良　雅景
デモの中に移住せし友基地の夏　高木　暢夫
三角の面《つら》あげ爬虫類たちの夏　高嶋　和恵
焦燥というには貧しく夏激し　田川ひろ子
マヨネーズいまわのきわを絞る夏　田邊香代子
自画像の正中線も歪む夏　となきはるみ
夏の子へバラ線はらい辺野古の海　鳥羽しま子
金色のジャズで終えたき夏一日　仲間　健
夏の宿固き歯ブラシ添えてあり　西平　守伸
ウサンデー囲みて跳ねる孫の夏　根路銘雅子
激戦地だまりこくって島の夏　野木　桃花
パントマイムの手だけが夏に暮れ残る　羽村美和子
雄山羊の闘魂称え喰らう夏　譜久山當則
返還も続く安保や闇の夏　本間　文夫
戦場でありたる村の夏長し　真喜志康陽
闘牛場は夏の陣なり勢子走る　宮里　晄
揺らぎゆく路面電車や坂の夏　山田　廣徳
かりゆしは島の正装夏の宴　与那覇利枝

気根てふ夏の生気をまざと見し　和喰至芳恵
トンボ玉朱夏の余熱をもてあまし　秋山　和子
朱夏の底に沈めしままの十五日　井崎外枝子
反基地の立看並ぶ朱夏の村　仲宗根葉月
朱夏の杜日の斑を乗せて木の根這ふ　比嘉　蘭子
それぞれの朱夏抱きしめて同期会　諸見里安勝
炎帝の昏きからだの中にゐる　柿本　多映
炎帝の赤牛一頭吐き出しぬ　小橋　啓生
炎帝につかへてメロン作りかな　篠原　鳳作
炎帝をせせら笑へり大阿香　島村　小寒
炎帝に塩を作りて島暮らし　宮城　艶子
釘打てば炎帝呵呵と笑ひけり　本村　隆俊

立夏《りっか》・夏立《なつた》つ・夏《なつ》に入《い》る・夏来《なつき》たる

二十四節気の一つ。五月六日頃。夏の気が立つ日ということである。

倦怠を立夏の海に放りだす　大城あつこ

純愛も牛蒡も削がれゆく立夏　原しょう子
万物の形象確か夏立ちぬ　泉水英計
酢のきさし男料理や夏立てり　中野順子
太鼓の音まだ合わぬまま夏に入る　高良和夫
生き残りなお生きてまた夏来る　池宮照子
もぎたての妻の二の腕夏来る　おぎ洋子
夏来る少し若めにカットする　川津園子
おそるべき君等の乳房夏来る　西東三鬼
夏来ると岬に風の立ちにけり　西原洋子
夏来る踵の高きハイヒール　本木隼人
死ぬことに慣れてはならぬ夏が来る　柳谷昌

初夏《しょか》・初夏《はつなつ》・夏始《なつはじめ》

夏のはじめ。立夏の後の最初の約一カ月。沖縄では若夏の季節となる。

初夏を行く南風原《はえばる》壕群20号　井波未来
高倉の茅屋根青む初夏の風　上運天洋子
古都の初夏昭和のデザイン歩いてる　島村小寒
白も茶も斑も初夏の山羊合せ　比嘉半升
初夏は16ビートでやって来る　赤城獏山
初夏や黒潮に浮きさうな島　安田昌弘
浮世絵に甘い香りの夏はじめ　尼崎澪
砂山がどこかで崩れ夏始まる　池宮照子

五月《ごがつ》《ごぐわつ》

まさに薫風の季節。花々も咲きそろい、蝶も飛び交う。空も気持ちよく晴れる日がある。

夜は女豹のごとくに奔り波五月　新井節子
赤道を越えて沖より五月来る　翁長求
朱花すすり哭く五月六月ナハブランカ　阪口涯子
カセットに仕舞ふ五月の声すがし　根志場寛
糸満の櫂の音聞く五月かな　真喜志康陽
暗闇を殴りつつ行く五月かな　三橋敏雄
那覇五月江に唐口と大和口　山田静水

五月の沖縄いらなくなったパスポート　山本　浩子

聖五月《せいごがつ》・聖母月《せいぼづき》

聖五月《せいごぐわつ》

キリスト教にとっては聖霊降誕祭、聖母祭と二つの大切な祝日がある月。よき五月、よき日々となりますように。

基地包囲フェンスの固き聖五月　石橋　芳子
ワインゼリー少し震えて聖五月　河村さよ子
自縛とけ肩かろやかに聖五月　幸喜　和子
胸張りし孔雀寄り来る聖五月　仲里　信子
刈りとってまた植えつけて聖五月　比嘉　正詔
パスポート要らぬ沖縄聖五月　森本ひろし
欲一つ落としてみたき聖母月　松本　達子

夏《なつ》めく

晴れた日など、木々の葉や風物すべてが光り輝き、夏らしい感じになる。

夏めくや夫婦と犬と猫の家　与那嶺和子

若夏《わかなつ》・夏若《なつわか》し

「うりずん」と対のような語で『混効験集』に「四、五月穂出るころ」とある。うりずんのすぐ後、稲の穂の出る頃である。さわやかな初夏。「夏若し」は青々とした感じがある。

若夏や先人偲ぶ石切場　安仁屋安子
若夏や岬いろどるトロール船　天久　チル
若夏の眉間を抜ける荒御魂　安西　篤
若夏や小指の先より青みゆく　池宮　照子
若夏の海の囁き真砂鳴る　石垣　美智
若夏や雲がまた雲押し上げて　井上　綾子
若夏の海透く辺野古赤珊瑚　潮　俊子
若夏の奉納相撲や神の庭　大湾　朝明
若夏や沖指す像の叫び声　北川万由己
若夏の髪の先まで海のたゆたい　岸本マチ子

若夏の日の斑綾なす殉教碑　金城百合子
干網や若夏の陽を吸ひ尽し　後藤かおる
若夏やみやらび句碑の楔撫づ　佐々木経子
若夏の風練り込めて壺生る　城間　捨石
若夏の村むら石は神宿す　瀬底　月城
若夏のしぶき復帰の碑の皺に　田中千恵子
若夏や継世門の紅映ゆる　棚原　節子
若夏の非常口から鳥けもの　玉城　幸子
若夏の福木黄染のタイ締めて　知念　広径
若夏や臍の闊歩の風を切る　当間　シズ
若夏や飛御衣《とびんす》羽織る巫女若し　渡嘉敷皓駄
若夏や松影揺るる馬場の跡　渡久山ヤス子
若夏の海の風受け山羊孕む　仲宗根ユキ子
若夏の轆轤場透きて赤絵皿　中村　阪子
若夏の耳に弾ける島言葉　中村　冬美
若夏や色濃き澪《みお》を刳舟来る　西原　洋子
若夏のうしろは綾なす布晒し　西銘順二郎
若夏や鐘鳴る音に燃ゆる島　宝来　英華

若夏や海海海沖縄の海　星　一子
若夏の逆光跳べり山羊合せ　前田貴美子
若夏の風織る波紋の水鏡　宮城　礼子
若夏や横にひろがる島言葉　宮里　晄
若夏や七色に光るニライの海　安田喜美子
若夏の海ゆったりと三味の音　安田三千代
若夏や風戦場の血の臭い　安村　和義
若夏の風ふところに王の墓　山城　青尚
若夏や大海原の紺展く　与座次稲子
若夏や野良に往き来の背負い籠　吉田　寿子
若夏の海鳴り深き慰霊の地　与那嶺和子
起伏ひたたに白し熱し　若夏　金子　兜太
自転車を漕ぎたし島の夏若し　稲嶺　法子
陶匠のバンダナ結び夏若し　伊野波清子
茶屋節の間《あい》の手弾みて夏若し　たみなと光

薄暑《はくしょ》

本格的ではない初夏の暑さをいう。吹く風が心地よいときもある。薄暑光は、夏の初め、さほどの暑さでもないこの時期の光の都会的な明るさの感じをいう。

牛十頭つぎつぎ啼きて島薄暑　伊是名白蜂
人の名がからまっている夕薄暑　大城あつこ
真っ赤な口紅女来る薄暑道　親泊　仲眞
手話の歌少し憶えて夕薄暑　桑江　春子
ベル押して薄暑の衿を正しけり　中川みさお
UFOもときどき飛んでくる薄暑　のとみな子
眺望に基地ある町の薄暑かな　花城三重子
胸元を風のくすぐる薄暑かな　吉木　良枝
街薄暑私ひとりが浮いている　吉田　佑子
赤ん坊の地を歩みたがる薄暑かな　与那城恵子
カリヨンを鳴らすは女神薄暑光　岡田　初音

麦秋《ばくしゅう》《ばくしう》・麦秋《むぎあき》・麦《むぎ》の秋《あき》

「秋」は植物が稔って熟するときのことで、麦秋は麦の収穫期をいう。麦畑が一面黄金色に染まる。

麦秋や哀しみさえも甘くなる　穴井　太
麦秋の鼓動の中に紛れおり　大川　園子
麦秋のかなたに昭和立っており　川名つぎお
麦秋や海人の行き来の切り通し　桑江　良太
麦秋やその切なさを踏んでいる　中田みち子
笠智衆歩いてきそうな麦秋　松本　達子
麦秋や母の寝息をそっと聞く　宮城　陽子
麦秋や勤労奉仕で恋を知り　吉木　良枝
晩年の歩幅をさぐる麦の秋　甲斐加代子
麦の秋胸までみちていないないて　たまきまき
麦の秋放りきれない過去いくつ　中村　冬美
疎開地にまだ在る水車麦の秋　宮城　長景

六月《ろくがつ》《ろくぐわつ》

仲夏に当たり、木々の緑は濃くなる。梅雨の季節である。太平洋戦争末期、日米最後の地上戦で、沖縄住民をも多く巻き込んだ山河無きまで破壊されつくした戦争があった。一九四五年（昭和二十年）六月二十三日で沖縄戦は終わったとされる。

六月の骨より白い雨が降る　安谷屋之里恵
六月の意識の底の水たまり　新井　富江
六月や吹いても翔ばぬ千羽鶴　池田　なお
六月の水もて父の墓に佇つ　井上　論天
死臭はいあがる六月ひたすら海に清められ　浦崎　楚郷
六月の蛇口開ければ生きる音　大城あつこ
六月や一族六十三回忌　大湾　宗弘
六月よ島は貝殻などではない　小原　福雄
荒磯に六月の雲立ちにけり　片山　知之
目を瞑れば真っ赤な六月なり　嘉陽　伸
六月の空バリバリと剝がれ落つ　川津　園子
六月の黙禱という痣があり　川名つぎお
刃物研ぐ六月の海蒼すぎる　河村　正浩
致死量などといわず六月の闇を吸う　岸本マチ子
六月の沖縄やかんが煮立っている　香坂　恵依

六月のなぎさは写っていない　小湊こぎく
走っても走っても六月の道遠し　崎浜　節子
六月の胸にこつんと何か棲む　座安　栄
六月の女すわれる荒筵　石田　波郷
六月や龍樋吐く水透明に　城間　睦人
六月や樵の樹海に道一つ　鈴江　余子
六月の黙禱一分間で足る　鈴木　純一
六月や四輪駆動の日本兵　高木　暢夫
六月や婆の額づく地のほてり　当間　シズ
ひっそりとお辞儀して六月の朝もや　徳永　義子
のぼってものぼっても六月の縄梯子　中村　冬美
六月や水平線といふ墓標　根上かえる
いりおもて六月詰めて旅カバン　軒原比砂夫
沖縄や六月の雨六月の土　真喜志康陽
六月や体内時計の狂ひたり　宮城　艶子
六月を祖母さざなみのごとくゐる　与儀　勇

芒種《ぼうしゅ／ばうしゆ》

二十四節気の一つ。六月六日頃。芒《のぎ》のある穀物を蒔く時期、稲を植え付ける時期とされる。

豹柄のシャツなびかせて芒種の日　宮里　晄

六月尽《ろくがつじん／ろくぐわつじん》

六月の終りの日。この頃沖縄では梅雨が明け日ごとに蒸し暑くなる。

くっきりと慶良間列島六月尽　宮平　義子

夏至《げし》

二十四節気の一つ。北半球の昼が最も長く、夜が最も短い日。六月二十一日頃。

夏至白夜ガマの真闇に立ち竦む　鵜沢希伊子

渺渺《びょうびょう》と慶良間を浮かべ夏至の海　国吉　良子

少年の馬曳く水辺あすは夏至　小森　清次

天空を輪切りに落とし夏至暮れる　となきはるみ

梅雨明《つゆあけ》・梅雨《つゆ》あがる

五月初旬から約一カ月続いた梅雨の長雨もようやく終わり、梅雨が明ける。沖縄では六月二十日頃。梅雨あがる、である。

梅雨明けやパスタに絡むイタリア語　上原カツ子

梅雨明けの碗持ち寄りて朝豆腐　翁長　悠

翡翠色ゴーヤーたわわ梅雨明けぬ　久場　千恵

梅雨明けて夕陽に染まるグライダー　桑江　正子

梅雨明けの日差届かぬ摩文仁洞窟《がま》　安座間勝子

高々と起重機一本梅雨明ける　照屋　健

木に寄りて漁師網あむ梅雨の明け　新垣　鉄男

屋根獅子《しいさあ》のたて髪乾き梅雨明ける　平良　龍泉

沖縄の縄もつれつつ梅雨あがる　亘　余世夫

半夏生《はんげしょう》《はんげしやう》

夏至から十一日目を半夏生という。七月二日頃にあたる。古来、半夏生の日の天候をもってその年の吉凶を占ったという。

ダム底の一村うねる半夏生　小森　清次
謎なぞの解けぬままなり半夏生　立津　和代
身を低くして呼び起す半夏生　福岡　悟
気負はずに手ぶらな人生半夏生　眞栄城寸賀
母の乳房萎《しな》び尽くして半夏生　宮城　正勝
浮かばれぬ自決論議や半夏生　宮平　義子
半夏生妻につくりし七分粥　山田　廣徳

晩夏《ばんか》・晩夏光《ばんかこう》《ばんかくわう》

夏の末。夏の烈日のなかにも、空の色、雲の流れにも秋の気配が漂うようになる。

筬音の間遠となりぬ首里晩夏　安里　星一
洗い髪けものめきたる夕晩夏　尼崎　澪
国際通り人疲れして晩夏かな　石川　宏子
音もなく果肉の崩る晩夏かな　大川　園子
走らねば晩夏の沼が蹤けてくる　柿本　多映
どれも口美し晩夏のジャズ一団　金子　兜太
晩夏かなわれら在日日本人　川名つぎお
わたくしを裏返しにしたままもう晩夏　そら　紅緒
礁に夕日とどまる晩夏かな　西山　勝男
島そばを食ふや晩夏の城下町　宮城　長景
那覇晩夏外人墓地は北岸に　宮里　晄
饅頭の焼印匂う首里晩夏　屋嘉部奈江
闘牛の跡地鎮もる晩夏かな　山本　初枝
マクベスの楽譜の厚き晩夏かな　行　野
人去りて静もるベンチ晩夏光　石川　シゲ
未来図に戦《いくさ》は置かず晩夏光　座安　栄
晩夏光壜のかたちに水の揺れ　田川ひろ子
ひとすじの漁夫の足跡晩夏光　根志場　寛

掘り起す戦の屍晩夏光　真喜志康陽
鶴を折る母の時間に晩夏光　宮城陽子

夏深《なつふか》し

そろそろ夏も終わりに近づいて、日光の烈しさも幾分はやわらぐが、まだまだ暑さは続いている。

空罐のなかの水溜《みだま》り夏深し　田川ひろ子

七月《しちがつ・しちぐわつ》

六月下旬には梅雨が明け、七月には強い陽射しの夏の盛りがやってくる。

七月や自由な形で空を見る　川津園子
七月のベルトコンベアーから無精卵　田中不鳴
バジル摘み七月の朝動き出す　宮城香子
七月の青嶺まぢかく熔鉱炉　山口誓子

水無月《みなづき》

旧暦六月の異称。暑さとともに水が涸れて、不足する時期である。田に水を引く月（水の月）からともいう。

水無月の十戒想う海中道路　駒走松恵
水無月の風が背を押す試歩の道　高良園子
水無月や大樹と交わす命あり　田代俊泉
青水無月耳に馴れ来し島言葉　辻泰子

夏暁《なつあけ》

夏の夜明はまだひんやりとした気配が漂っていて気持ちよい。夏暁《かぎょう》。

大勢の軍靴をのぞく夏暁かな　小湊こぎく

炎昼《えんちゅう》 えんちう

燃えるような暑い真夏の昼のことである。昭和初期から使われ始めた季語。日盛りと同義。

炎昼や怒りの処方箋探りゐる　赤嶺　愛子
炎昼や先頭の祝女《のろ》骨太き　新垣　勤子
炎昼や少年の声かたまり来　石井　五堂
炎昼やどこかに妻を置き忘れ　伊志嶺あきら
炎昼の献花いっしゅん日の翳る　いぶすき幸
炎昼や井戸端に置く金盥　海勢頭幸枝
炎昼の島水牛に引かれて来　音羽　和俊
炎昼のコトリともせぬ赤き浮子　古賀　三秋
炎昼の黙押し通すアスファルト　小森　清次
炎昼の空き家罵られて傾ぐ　末吉　發
炎昼の盾なり光る海に鳥　仲間　健
炎昼のテロの小石の放物線　樋口　博徳

炎《も》ゆる

真夏の暑さの極みのこと。

生きて炎ゆ摩文仁ヶ丘の祈り人　前田貴美子
島もゆる人・人・人の沿路かな　うえちゑ美

灼《や》ける

焼けつくように暑いこと。灼熱の太陽にさらされるのはいかにも亜熱帯の沖縄らしい。

日も水も神と崇めて島灼くる　石川　宏子
幾列も干網つらね灼ける島　上間　芳子
「なにもかも焼けた」と母の灼けし髪　大牧　広
砂灼けて祝女一列に神送り　大嶺美登利
ゴリゴリと角の攻防闘牛《うし》灼くる　親泊　仲眞
灼け肌の洞窟《がま》のこだまが燐光す　粥川　青猿
シーサーと空母灼けつつ一対一　工藤　博司

鶴折れば指先すこしづつ灼くる　古賀　三秋
コカコーラ缶の灼けたる無名の碑　砂川　孝子
百の椅子たためば灼けた海見ゆる　告下　春一
摩文仁浜灼け砂寄せて香焚けり　当間　シズ
鶏舎灼けころがり落ちる無精卵　中野　順子
「眠る」てふ平和のかたち海灼くる　仲本　興正
識名墓群雑兵のごと陽に灼かれ　宮城　正勝
慰霊碑のこんなに灼けていて昏し　やまもと仁
橋下まぶし灼けてひしめくハードトップ　横山　白虹
岩壁の船灼けている男たち　吉岡　妙子
鳶烏賊の平たく干され島灼くる　与那嶺和子

夏《なつ》《なつ》の宵《よい》《よひ》

日中のざわめきが残っているが、これから涼しい夜に向かう期待感がある。

白無垢の嫁初々し夏の宵　山本　初枝

夏《なつ》の夜《よる》

花火や蛍狩りなど、夏の夜ならではの楽しみがある。

夏の夜の無頼が好きなボールペン　尼崎　澪
夏の夜や女は艶に太鼓打つ　卯坂久仁子
夏の夜の万象青を放ちをり　友利　昭子
ユダの影夏の夜の夢恐ろしき　兵庫喜多美
信号機夏の深夜だ考えろ　宮城　正勝

熱帯夜《ねったいや》

蒸し暑く、夜になっても気温が下がらず、最低気温が二十五度以上ある夜を熱帯夜という。

ギラギラと切手を舐める熱帯夜　安里　昌大
人がたの標的撃ちぬ熱帯夜　新垣　勤子
熱帯夜のっぺらぼうの過去ばかり　新垣　恵子
涅槃像真似してみたき熱帯夜　阿　莉

熱帯夜目覚めるたびにまだ人間　池宮　照子
未練まで厚切りのまま熱帯夜　大城あつこ
牙のない狼といる熱帯夜　おぎ　洋子
熱帯夜のメロディー時計忙しき　親富祖恵美子
熱帯夜青き魚になるわたし　岸本マチ子
この地球がむしばまれゆく熱帯夜　キャサリン
ワールドカップ破れし後も熱帯夜　具志堅忠昭
熱帯夜恋を煮しめて星の花　小橋　啓生
奈落から吹いてくる風熱帯夜　座安　栄
熱帯夜軒に吊りたる魔除貝　平良　龍泉
寝返りの裏も表も熱帯夜　中川みさお
亡き夫の時計が刻む熱帯夜　中村　阪子
自画像のデッサン溶ける熱帯夜　又吉　涼女
がじまるがだまし絵孕む熱帯夜　宮里　晄
熱帯夜感性ぎくりと捻挫して　宮城　陽子
いくさ夢さめて水飲む熱帯夜　屋嘉部奈江
熱帯夜仏陀の如く牛眠る　山城　青尚

短夜《みじかよ》・明易《あけやす》し

春分を過ぎると昼より夜が次第に短くなり、明け易くなってくる。

短夜の波音まろし砂に這う　新垣　鉄男
みじか夜や摩文仁の丘へ行く支度　金城　順子
短夜や乳ぜり泣く児を須可捨焉乎《すてっちまをか》　竹下しづの女
短か夜やエイサー口笛基地かえせ　竹藤陽之助
短夜やきのふ覚えし島の唄　玉田　玄子
短夜の眠剤羽根をそとたたみ　友利　昭子
短夜の切れ〴〵の夢つぎ合はす　比嘉　陽子
短夜の夢の続きや掠れをり　福岡　悟
本棚の玻璃くれなゐに明易し　宜野　敏子
明易し柱時計の懸かる部屋　児島さとし
明け易し翔べない翼折りたたむ　座安　栄
戦場《いくさば》のうたたねの夜の明けやすし　新里クーパー
風にのる草の香りや明易き　根路銘雅子

まんた泳ぐ太平洋の明易し　長谷川　櫂
明易し夫に付き添う補助ベッド　比嘉　陽子
戦友の夢ちりぢりに明易し　山城　青尚
病む妻の白きうなじや明易し　山田　廣徳

盛夏《せいか》・夏盛《なつさか》ん

梅雨が明けると本格的な暑い夏がくる。真夏の暑さの盛り、動植物も生命感にあふれている時期。

離島便着いて盛夏のあふれ出づ　北川万由己
酒蔵の諸味泡立つ盛夏かな　謝名堂シゲ子
石畳登りは私語の夏盛ん　新里クーパー
環礁は波立ちやまず夏盛る　宮里　晄

真夏《まなつ》・真夏日《まなつび》・熱帯日《ねったいび》

真夏は文字通り夏の真っ最中のこと。真夏日は最高気温が三十度以上の日、熱帯日も同じ。

沖縄も蝦夷《えみし》も眉を濃く真夏　工藤　博司
プルタブの真夏の海をやまとんちゅう　黒田　恒雄
真夏日の大潮高くこぼれけり　葦岑　和子
真夏日や漂ふごとく島の婆　伊舎堂根自子
真夏日や紺地で集ふ媼たち　西原千賀子
熱帯日葉を剝ぐ甘蔗の畝長し　瀬底　月城
百体の収骨つづく熱帯日　山城　青尚

三伏《さんぷく》

夏の極暑の期間。夏至の後、第三の庚《かのえ》の日を初伏、第四の庚の日を中伏、立秋の後の第一庚の日を末伏という。

三伏に喘ぎ木仏木に還る　河村さよ子
三伏の昼を鳴き継ぐ放ち鶏　古波蔵里子
三伏の鳩うづくまる赤き土　筒井　慶夏

暑《あつ》さ・暑《あつ》し

夏の暑さを感じ始めるのは梅雨明けからであろう。一段と気温も上がって寝苦しい夜がくる。

髪一本拾い上げたる暑さかな　秋谷　菊野
ハイサイと那覇の暑さがまといくる　尼崎　澪
この暑さ四角三角皆まるく　金城　悦子
デパ地下の五時を過ぎたる暑さかな　小森　清次
太文字のうの字がおどる暑さかな　比嘉　陽子
地球暑し日に馴染みたる戦の字　筒井　慶夏
みんなみの陽は貪婪《どんらん》に碑の暑し　真玉橋良子
切歯扼腕沈めて暑き識名園　宮城　正勝
暑い夜のブランコ軋む基地の網　阿　莉

炎暑《えんしょ》・酷暑《こくしょ》・極暑《ごくしょ》・猛暑《もうしょ》《まうしよ》・大暑《たいしょ》

いずれも夏の燃えるような厳しい暑さの事である。大暑は二十四節気の一つ、七月二十三日頃。

馬を見よ炎暑の馬の影を見よ　柿本　多映
何もかも平伏す如く炎暑なり　古賀　三秋
乳離れの仔牛糶らるる炎暑かな　島袋　直子
薬莢の時鐘錆びゐる島炎暑　謝名堂シゲ子
体臭のごとき記憶よ地の炎暑　与儀　勇
陰画めき赤紙ありそうな酷暑　小橋　啓生
久々の雨音酷暑和らぎぬ　立津　和代
暮れてなおリンパがたぎる酷暑かな　諸見里安勝
長命草食卓にのせ島酷暑　与那嶺末子
外科壕の閂抜かるる極暑かな　小松　澄子
乾杯を繰り返し居る極暑かな　真喜志康陽
猛暑日の横文字だらけ腑におちぬ　うえちゑ美
納棺の釘のこだまも夜の大暑　新井　節子
青空に風うばはれし大暑かな　池田　俊男
じりじりと記憶のかすむ大暑かな　大湾　朝明
オペ終えて出合うこの世の大暑かな　甲斐加代子
大暑の日寝釈迦の顔の安堵かな　神谷　冬生

寝そべりて牛反芻の大暑かな　立津　和代
平和通り暖簾はみ出す大暑かな　玉城　幸子
ゆし豆腐すする白寿の大暑かな　渡真利春佳
逃げ隠れできぬ大暑となりにけり　山田　静水

溽暑《じょくしょ》

暑さに湿度が加わり蒸し暑いこと。旧暦六月の異称でもある。いつ果てるともない炎暑。

荒焼の獅子の見据える溽暑かな　玉城　倭子

涼《すず》し・涼《りょう》《りやう》・朝涼《あさすず》・夕涼《ゆうすず》《ゆふすず》・夜涼《やりょう》《やりやう》

暑苦しくなく、すがすがしく気持ちよい。暑い夏だからこそ涼しさを感じることもある。朝涼は夏の朝の涼しさ。日没後、暑さも少し静まった夜にも涼しさが感じられる。

漂着の舟置き博物館涼し　石田　慶子
友の読む祭文涼しひめゆり碑　稲嶺　法子

風立ちて絵馬の触れ合う音涼し　上運天洋子
涼しさや闇夜に浮かぶ舞香花　上間　紘三
三線の音色涼しく水牛車　大湾美智子
涼しさや職人芸の一刀彫　鎌田美正子
美ら島の言葉と笑顔涼しかり　玉木　節花
水牛に言の葉涼し馭者の声　西山　勝男
草生《む》す屍草となりゆくこと涼し　長谷川　櫂
井戸端で脳を涼しく使いけり　原しょう子
蔵涼し壁に掛けたる馬具と鍬　山本　初枝
野の花を籠に投げ入れ涼を呼ぶ　比嘉　芳香
夕涼や大魚の骨が爪楊枝　安里　琉太
夜涼かな並びて那覇の灯をさがす　横山　白虹

風涼《かぜすず》し・涼風《すずかぜ》

夏は暑さばかりではない。水辺や木陰の涼しさは格別で、昼間でも涼しい風の吹くときがある。

風涼し墨色の天に二日月　根路銘雅子

吾子たのし涼風をけり母をけり　篠原　鳳作

夏《なつ》の果《はて》・夏惜《なつお》《なつを》しむ・夏終《なつおわ》《なつをは》る・行《ゆ》く夏《なつ》

暑い夏もいつの間にか朝晩の涼を感じるようになってくると終わりである。海岸などは人影もまばらで寂しい。

夏の果ていまやまんばと化しつつあり　岸本マチ子
洗い晒しの日の丸垂れて夏の果て　椎名　陽子
群青に池静まりて夏果てぬ　立津　和代
耀牛の頭絡短か夏の果　渡久山ヤス子
夏果つる石灰岩の壁白し　古堅　敏子
少女らのまぶしき臍も夏惜しむ　山本　セツ
白い箱ことりと鳴らし夏終る　片山　淳子
夏終り静けさ戻る古宇利島《こうりじま》　岸本　幸秀
膝小僧すりむくように夏ゆけり　秋谷　菊野
ゆく夏の身にいくつかの孤島あり　川名つぎお
往く夏や小柄な蟬の声太く　鈴木ミレイ
夏去ってそれから私がらんどう　平迫　千鶴

白夏《すさなつ》

石垣島の方言で夏の終りをいう。

晩年や白夏《すさなつ》といふ島言葉　伊志嶺あきら

秋隣《あきどなり》

夏の暑さを過ぎ、ふと秋の気配を感じるのである。

白みゆく城址の森や秋隣　知花　初枝

夜《よる》の秋《あき》

晩夏、まだ秋になりきっていない夜に、秋の気配がすること。

くるぶしを撫でて過ぎゆく夜の秋　川津　園子
ミディアムに焼いて下さい夜の秋　喜岡　圭子
見えぬものの凝視に疲れ夜の秋　岸本マチ子

遠電話キビの丈問う夜の秋　末吉　發
あんなに怒るんじゃなかった夜の秋　そら紅緒
台詞読む声もかすれて夜の秋　立津和代
父と子の会話はずまぬ夜の秋　百名　温
歌姫のアリア沁みゐる夜の秋　前原啓子
書き出しの一行決まらぬ夜の秋　宮里　晄

天文

夏《なつ》の日《ひ》・夏日《なつび》

夏のひと日のことをも、夏の太陽のことをもいう。気象用語としては気温が最高二十五度以上を夏日。三十度以上を真夏日。

島唄や夏の日脚のうつうつと　うえちゑ美

色硝子四角三角浜夏日　立津　和代

五月晴《さつきばれ》

皐月（五月《さつき》）は旧暦五月の異称。新暦ではほぼ六月に当たる。本来、五月晴は梅雨時期の晴れ間を言ったが、現在では五月の快晴を言うことも多い。

青鳩の羽広げをり皐月晴　謝名堂シゲ子

夏《なつ》の空《そら》・夏《なつ》の天《てん》

夏空は青空と太陽の強い光、入道雲の動きなど、活力にあふれて力強い。

夏空や広く大きく生きたいね　赤嶺　愛子

夏空や旅の始めのクロワッサン　池田　なお

暴走の子には寂しい夏の空　新里クーパー

夏空に雲浮き遊び手をつなぐ　三村　和恵

道の向こう澄み切る青は夏の天　親泊　仲眞

鶏眠は哲学者のそれ夏の天　岸　白影

夏《なつ》の雲《くも》・雲《くも》の峰《みね》・入道雲《にゅうどうぐも》《にふだうぐも》・立雲《たちぐも》

夏の雲といえば入道雲をすぐに思い出す。雲の峰も同じく積乱雲のこと。沖縄では立雲という地貌季語。

夏雲や久高島へと牛も乗り　上運天洋子
星砂の一つは骨片夏の雲　粥川青猿
暇なので夏雲に後世《ごせ》聞いてみる　渡嘉敷敬子
夏雲や海に川ある大干潮　徳永義子
嶺雲の骨組みを考へてゐる　安里琉太
自転車に跨り叫ぶ雲の峰　石井五堂
張り替へし画布の白さや雲の峰　稲田和子
保育器の確かな命雲の峰　海勢頭幸枝
しまなみの海を根締めの雲の峰　岡田初音
溜り水舐める子犬や雲の峰　北川万由己
雲の峰上手に死んでやらうかな　栗林千津
雲の峰どこかが動き立ち上がる　崎浜節子
雲の峰夜は夜で湧いてをりにけり　篠原鳳作
雲の峰久米の五枝松深緑　謝名堂シゲ子
平干瀬や久高根に立つ雲の峰　瀬底月城
峰雲や宙に拓ける新都心　平良聰
東支那海生れつぐなり雲の峰　高橋照葉
雲の峰いつも高きに誰かいて　髙村剛

薄目してワイドスコープ雲の峰　辻泰子
銀輪の縦一列に雲の峰　富村安佐子
雲の峰片膝立てて鎌を研ぐ　西村容山
赤土にこごみ鍬打つ雲の峰　比嘉半升
基地沿いに村ひろがりて雲の嶺　真喜志康陽
胸そらすほどのものかな雲の峰　松井青堂
沖縄や遺恨の暦雲の峰　松崎光夫
手話弾む少年二人雲の峰　宮城佐和
バンザイの赤子がつかむ入道雲　上地安智
入道雲空を耕し増殖す　親泊仲眞
夜も映る入道雲や名護の海　沢木欣一
漁船行く入道雲の根の方へ　宮城章
立雲を蹴散らしにけり大落暉　安田久太郎
積乱雲にけもの道ありオスプレイ　宮里晄

夏《なつ》の月《つき》・月涼《つきすず》し・夏満月《なつまんげつ》

秋の月のように澄み渡り、春のおぼろげな、また冬の月のように冴えた感じではなく、穏やかに光る。暑い一日の終りに涼しさを誘う。

地のほてり吸ひてのぼりぬ夏の月　今田　博子
離乳児の乳欲り眠る夏の月　海勢頭幸枝
人絹と進駐軍と夏の月　岡本　久一
乾杯のグラスに揺れる夏の月　小渡　有明
夏月の淋しい軍靴の音である　柿畑　文生
夏の月風のリズムで脱皮する　川津　園子
鎮魂の火を継ぐ丘の月涼し　仲里　信子
三線に宴を惜しむ月涼し　西山　勝男
琉球は唐獅子《しーさー》の国月涼し　福永　法弘
月涼し灰にもなれず哭く骨《こつ》よ　松井　青堂
灯消し夏満月を呼び入れぬ　糸数　慶子
「無条件降伏」だもの夏満月　野沢えつ子
夏満月満ちて珊瑚は産卵す　宮里　晄

夏《なつ》の星《ほし》・星涼《ほしすず》し

旱の続く夜の星は赤味を帯びて見え、涼を求められるのも夏の星である。

貘の詩をガジュマルに下げ夏の星　親泊　仲眞
星涼し抜け来てひとり波の音　池田　なお
属性を宙へ放って星涼し　金城　幸子
幽かなる闇の瀬音や星涼し　仲里　信子
夏銀河会えなくなれば逢いたくて　座安　栄

蠍座《さそりざ》

天秤座の東、射手座の西にあり、首星はアンタレス。真夏の夕刻に地平線近くに見える。

恋すれば天はさそり座抱きにけり　新　桐子

麦星《むぎぼし》

牛飼座の首星・アルクトゥールスの日本名。麦秋の頃の宵に昇るのでこの名がついた。

麦星へ島の一つが沈みゆく　香坂恵依

旱星《ひでりぼし》・アンタレス

旱が続くと星も赤味を帯びて見える。アンタレスは夏の宵に南天に一際赤く見える蠍座の首星。赤色巨星の代表。

旱星明日は売らるる牛みがく　大城幸子
書かれざる夫の戦歴ひでり星　長内道子
旱星戦死の父の形見なく　桑江正子
旱星かちっとはまる空の栓　そら紅緒
青春に軍歴ありて旱星　平良雅景
島傾ぐ道の真中アンタレス　辻泰子

南十字星《みなみじゅうじせい》《みなみじふじせい》

最南端の有人島・波照間島に日本で唯一南十字星を観測できる施設がある。四つの星の対角線が美しい十字をなす。

指笛や南十字星《サザンクロス》の闇の中　うえちゑ美
藻屑となりし日に南十字星　川名つぎお

南風《はえ》・南風《みなみ》・大南風《おおみなみ》《おほみなみ》・黒南風《くろはえ》・白南風《しろはえ》・芒種南風《ぼうすーべー》・夏至南風《かーちーべー》

沖縄では四、五月になると、冬季からの北寄りの風が夏季の南寄りの季節風、南風《はえ》にかわる。黒南風は梅雨の初めに吹く雨を含んだ南風、白南風は梅雨明けの頃に吹くさわやかな南風。芒種の頃吹く湿っぽい風を芒種南風という。また夏至の頃、南の太平洋高気圧の強まりにより梅雨前線が北上、南島の梅雨が明ける。この前線や低気圧に吹き込むやや強い南風が夏至南風《かーちーべー》と呼ばれている。

耳と尾の南風に応ふる麒麟の子　石田慶子
海原を渡り来て南風《はい》額打つ　泉水英計
とき色の鳴き砂南風の自決跡　粥川青猿
南風受けて福木の里は時間《とき》止まる　岸本幸秀
荒南風に置く海色の厨子甕《じしがめ》　新城太石
南国に死して御恩のみなみかぜ　攝津幸彦

南風や明日消印の付く葉書　安里　琉太
ぼっちゃんの電車からっぽ大南風　秋野　信
誰も死にたくなどなかった大南風　池宮　照子
大南風顔ざぶざぶと洗ひけり　謝花　寛営
黒南風や人の輪を鎖と呼べり　尼崎　澪
黒南風や戦を語る友老いて　石橋　芳子
黒ばえや従属つづく四十年　今井　操庵
黒南風の海よ人間返しなさい　大牧　広
黒南風に覚め不揃いの軍靴たち　末吉　發
黒南風やキルトに刻む海の色　辻　泰子
黒南風に妻花鋏煌めかす　饒波　赤土
黒南風やまなこ潰えて二十年　湧川　新一
白南風やブルゴーニュから木箱着き　井上　綾子
白南風に髪梳きオナリ神となる　大城　幸子
白南風の牛弓なりに闘へり　小熊　一人
白南風や一歩踏み出す赤い靴　桑江　光子
白南風の身襞さざ波琉球弧　小橋　啓生
白南風や真砂混じりの地割畑　謝名堂シゲ子

白南風や巫女の裾舞う神アシャギ　仲田　佳水
白南風や大魚曳くとき海傾ぐ　前田貴美子
白南風や古井戸のぞく神の島　安田三千代
白南風や海満身の青さらす　安田　昌弘
子のあるは時にせつなし芒種南風　岸本マチ子
荒干瀬の潮ふくるる芒種南風　古波蔵里子
芒種南風岬を洗ふ蒼き潮　平良　龍泉
雲もまた空に帰るや芒種南風　知念　広径
芒種南風丘に復帰の火の名残　渡真利春佳
盛塩の形くづるる芒種南風　山田　静水
夏至南風人間魚雷発ちし浜　稲田　和子
夏至南風妹の名に会う刻名簿　上間　芳子
夏至南風銅鑼の音ひゞく海眩し　浦　廸子
かーちーべー海は白馬の牧となる　大山　春明
ボースンの鼻先赤し夏至南風　島村　小寒
夏至南風まがき透かしの一番座　たみなと光
潮の香は南の豊穣夏至南風　照屋　健
依代の岩の湿りや夏至南風　渡久山ヤス子

夏至南風袋小路に笑ひ声　宝来　英華
水牛に牽かれて渡海夏至南風　宮里　晄
城門をくぐる夏至南風あをし　山城　青尚
※神アシャギ＝村の神を招いて祭を行う小屋。小屋の造りは四本柱、あるいは六本柱で壁はない。屋根が低く、中へ入るには腰をかがめなければならない。

青嵐《あおあらし／あをあらし》

草木が青葉の頃、吹き渡ってくる強い風。ざわめく山野の風が生きもののように草木を揺する。

沖縄の根つこを洗ふ青嵐　新井　富江
茜して慰霊の島の青嵐　石川　宏子
蹠の砂山もろき青嵐　うえちゑ美
青嵐真っ只中の反抗期　大川　園子
青嵐手櫛でなほす棘髪　菊谷五百子
夫ならぬひとによりそふ青嵐　鈴木しづ子
トランペット鳴り別の世の青あらし　鈴木ふさえ
頬張った孤独吐き出す青嵐　瀬戸優理子
地下道へ紛れこんだる青嵐　中野　順子
青嵐時化乞う祭りあるという　与那嶺和子

風薫《かぜかお／かぜかを》る・薫風《くんぷう》

木々の緑が濃くなる頃、新緑の色と香りを運んでくる風。さわやかで清新な風。

風薫る嬰児の蹠すぐ上る　平良　雅景
風薫る驥尾《きび》に付しゆく象の耳　原　恵
大鳥居歴史の重み風薫る　百名　温
道譲りつつ薫風の磴上る　石井　五堂
薫風や御殿茶会の昼灯し　上間　紘三
薫風や首里王城の甍反る　西銘順二郎
薫風や町にあふれて仕込水　藤原　由江

朝凪《あさなぎ》

海岸の近くでは、夏の朝方に海から吹いてくる風と、陸から吹く風の変わり時がある。その変わり目の無風状態。

朝凪や木の葉のごとくサバニ浮き　大湾美智子
朝凪やドラゴンフルーツの花香る　島村　小寒
朝凪へ出づるサバニの音もなし　城間　博子
朝凪の海割つてくる通ひ船　西村　容山

べた凪《なぎ》・夕凪《ゆうなぎ》《ゆふなぎ》

瀬戸内海などの海岸では、陸地と海上の気温が等しくなる朝や夕べ、海風陸風ともになくなり無風状態になる。

べた凪の闇たまりくる爆心地　高田　律子
夕凪や海底帝国在る如し　金城　光政
夕凪に漂う多良間ションガネー　友利　恵勇
神棲まう離島遥かに夕凪ぎぬ　宮城　阿峰
夕凪や海ひとところ魚跳ねて　山口きけい
夕凪に漁夫さそはれて網打てり　山田　静水

夏《なつ》の雨《あめ》・夏雨《なつぐれ》・夏《なつ》ぐり雨《あめ》

夏のにわか雨のことを沖縄では夏雨（なつぐれ）という。また、局地的な驟雨のことを片降り（かたぶい）という。

見えないうそ見ないと決めた夏の雨　渡嘉敷敬子
夏ぐれや平和を学ぶ子らの列　上間　紘三
夏ぐれに濡れれば女体あらわなり　浦　廸子
夏ぐれの過ぐるを待てり露天市　大嶺美登利
夏ぐれや汐風香る異人墓地　垣花　昌璋
夏ぐれや猫の里親求むびら　北川万由己
片虹を曳く夏ぐれの摩文仁丘　北村　伸治
夏ぐれや要らぬ安保の見える丘　後藤　好子
夏雨《ぐれ》の天水桶へ幹伝ひ　沢木　欣一
夏グレの村振り分けて去りにけり　末吉　發
夏雨の光織り込む島上布　友利　敏子

夏雨の去りて颪立つ王の墓　仲里　信子
夏雨や自家栽培の藍染屋　仲間　蔵六
夏雨の洗ひて火照る亀甲墓　中村　阪子
夏ぐれや木霊は土に還りゆく　原　恵
夏ぐれに黒牛の目の動かざる　宮城　佐和
夏雨に余熱しずめる登り窯　山城　青尚

走り《はし》梅雨《づゆ》

入梅のちょっと前に、梅雨時のように雨が二、三日降り続くこと。時に大雨になることもある。

走り梅雨拳を高く復帰デモ　伊江　信夫
メモの行ななめ斜めに走り梅雨　大浜　基子
卓上に沖縄の貝走り梅雨　小熊　一人
をりづるの一羽も翔べぬ走り梅雨　古賀　三秋
鋳厚き兵の遺品や走り梅雨　後藤かおる
海荒れて斎場御嶽の走り梅雨　塩見　夏越
石柱に竜のからまる走り梅雨　名嘉　佳寿

三線の弦の緩びや走り梅雨　西原　洋子
海近き外人墓地や走り梅雨　真喜志康陽
豚の仔の肌寄せ合へり走り梅雨　山城　光恵

梅雨《つゆ》・梅雨入り《つゆいり》・芒種雨《ぼうしゅあめ》《ばうしゆあめ》・旱梅雨《ひでりづゆ》・小満芒種《すうまんぼうすー》・梅雨曇《つゆぐもり》・梅雨寒《つゆさむ》・梅雨湿り《つゆじめり》・梅雨空《つゆぞら》・梅雨《つゆ》の月《つき》・梅雨《つゆ》の雷《らい》・梅雨夕焼《つゆゆうやけ》《つゆゆふやけ》・長梅雨《ながつゆ》・青梅雨《あおつゆ》《あをつゆ》・荒梅雨《あらつゆ》

いずれも長雨の続く梅雨時期の空、月、雷、夕焼のこと。梅雨期が長引けば長梅雨である。小満芒種《すうまんぼうすー》は、小満から芒種の節にかけての雨期や雨の名称。芒種の頃の雨を芒種雨といい、一期米の開花、結実に深く関わっている。新緑に降り注ぐ梅雨の雨は、青葉の緑が雨に濡れて美しい。荒梅雨は、梅雨の激しい雨の降り方。

梅雨の沖縄米軍に土地取られたまま　青倉　人士
基地反対一村梅雨のブルに座す　新木　光
会者定離つきぬ名残りや梅雨暗し　石川　流木

相並ぶ厨子甕青し梅雨の闇　伊是名白蜂
藍壺の寝息聞き入る梅雨さ中　稲嶺　法子
ジュゴン棲む入江といふや梅雨滂沱　伊野波清子
梅雨深き時折りの陽の野鳥訪ふ　うえちゑ美
堰猛るいのしし色や梅雨出水　岡田　初音
梅雨一人弾けるセッションジャズな夜　親泊　仲眞
雨グッズに梅雨もカラフル楽しかり　辛川八千代
福地ダム大きい口あけ梅雨待ちぬ　岸本　幸秀
無菌室波うつ管や梅雨の冷え　喜友名みどり
わかっている先も見えてる梅雨最中　金城　ゆみ
ふいに蛇皮線ぬきさしのならぬ梅雨　香坂　恵依
晴れし間をさっと研ぎあげ梅雨の鎌　児島さとし
梅雨濡れの犬全身で水を切る　平良　雅景
梅雨籠りして竜宮にゐる心地　筒井　慶夏
聞き上手割り込みじょうず梅雨酒場　比嘉　幸女
拳あげ梅雨の辺野古に基地いらぬ　星野小夜子
梅雨深し摩文仁へ続く海暗む　与儀　啓子
ワイパーの視界が歪む梅雨豪雨　吉木　良枝

梅雨の壕自決弾痕夥し　与那嶺和子
吊革の真ん丸ぬめりて入梅す　阿　莉
壮年の傘くるくると梅雨の入り　石堂　和霞
ヘリ基地の大音上げて梅雨に入る　浦　廸子
梅雨入りや干し忘れたる愚痴ひとつ　甲斐加代子
魚信待つただひたひたと梅雨に入り　照屋　健
戦跡の収骨まだし梅雨に入る　西村　容山
国境も基地も茫々梅雨に入る　宮城　陽子
芒種雨独り居の母と長電話　立津　和代
揚舟に乗るにはとりや旱梅雨　北川万由己
甘蔗畑の水を求めて旱梅雨　平田　雷月
小満芒種父祖より承けし畑巡る　瀬底　月城
目に見えぬ刺にうろたえ梅雨曇り　金城　幸子
梅雨寒や触れてよいこと悪いこと　須田　和子
梅雨寒の蛭木林に鷺の群る　与座次稲子
居合腰足裏にある梅雨湿り　友利　敏子
梅雨空に飛びはねそうな陶蛙　安座間勝子
梅雨の空暮らしも命も基地の中　松元　水心

一湾の光あやなす梅雨の月　古賀　三秋
生も死も一瞬の瑣事梅雨の雷　松井　青堂
梅雨夕焼小石ひとつに躓きぬ　谷　加代子
ふところに乳房ある憂さ梅雨ながき　桂　信子
長梅雨や一病嘆くこの日ごろ　福岡　悟
不発弾土嚢で囲み梅雨長し　与那城豊子
青梅雨や基地あらがひの座り込み　たみなと光
荒梅雨やシーサーの眼が島に満ち　石川　貞夫
荒梅雨や里を護りて石敢当　川上　雄善
荒梅雨に不条理ぶつけ君は逝く　具志堅忠昭
荒梅雨のくらき山河に人生る　中野　順子

五月雨《さみだれ》

旧暦五月の長雨のこと、現代風にいえば、梅雨のことである。

教室は五月の雨に浮かぶ舟　新垣　勤子
さみだれの染み込む壁や自決壕　上間　芳子
星砂の掬い切れない五月雨　海蔵由喜子
五月雨や壺中美人の謎を解き　仲間　健
五月雨が風に吹かれて絹カーテン　堀川　恭宏
濛々と古鷹山下五月雨る　矢崎　卓

梅雨晴《つゆばれ》

梅雨の期間でも晴れることがある。梅雨晴れ間であるが、梅雨時期のたまの快晴のこと。

病人の爪切る音や梅雨晴間　石井　五堂
梅雨晴れや突と消えたる象の檻　上江洲萬三郎
梅雨晴れや背《そびら》へにつと照りはじむ　鹿島　貞子
梅雨晴を鮫監視船もどりけり　北川万由己
梅雨晴間その場しのぎの言葉吐く　田代　俊泉
梅雨晴れ間山羊の声曳く杣の家　玉城　弘
クモの巣にクモは居なくて梅雨晴間　長嶺　麻奈
梅雨晴や銀輪駆けし島沸きぬ　目良奈々月

夕立《ゆうだち》《ゆふだち》・ゆだち・夕立雲《ゆうだちぐも》《ゆふだちぐも》・驟雨《しゅうう》《しうう》・白雨《はくう》

夏の夕方、急に局地的に冷たい風が吹き、雨が降り、雷を伴う場合もある。雨はすぐ止み、虹が立つこともある。

さつきから夕立の端にゐるらしき　飯島　晴子
夕立が日向の匂い引き寄せる　大川　園子
夕立の匂いが先にとどきけり　座安　栄
夕立や木陰の子等の肩の息　立津　和代
夕立ちや玻璃の如くに石畳　となきはるみ
大夕立たちまち天地繋がれり　宮城　邦子
大夕立南洋諸島洗ひけり　諸見　武彦
夕立の早足慶良間《けらま》海峡へ　横山　白虹
夕立雲魔の如駆ける御嶽山　新垣　恵子
火照る島冷ますがごとく驟雨行く　高良　和夫
ひる驟雨わたくし青い漂流物　徳永　義子
一太刀を浴びせて通る白雨かな　兵庫喜多美

片降《かたふ》り・片降《かたぶ》い

沖縄ではカタブイといい、局地的に降るにわか雨のこと。通り雨。スコール。

片降りの雲の重なり青バナナ　葦岑　和子
片降りや動きそめたる潮の色　神元　翠峰
片降りの空を鉄塔くぎり立つ　城間　捨石
片降りや乾ききつたる地の匂ひ　西銘順二郎
片降りやどう折り合いをつけようか　宮里　晄
片降いやあなたの屋根は濡れたみたい　親泊　仲眞
片降いや片袖濡らすじゅりの墓　平良　龍泉
切通しにて片降に追ひ越され　当間　シズ
スコール止みひよこ出てくるわ出てくるわ　八木三日女

夏台風《なつたいふう》

夏発生する台風。北太平洋西部および南シナ海に発生して、フィリピン・日本列島などを襲う。年間では十一から十五個ほど。

夏台風島を揺るがし去る夕べ　野木桃花

雷《かみなり》・いかず《づ》ち・雷鳴《らいめい》・はたた神《がみ》・遠雷《えんらい》《ゑんらい》・雷光《らいこう》《らいくわう》

雲と雲、雲と地表との間におこる放電現象。これに激しい雨や雷鳴がともなう。

産声の雷鳴しのぐ勢いや　東郷恵子
雷鳴や記憶のカケラ撒き散らし　となきはるみ
雷鳴を掻き消すような過去ありぬ　中村加代子
天窓を狙い撃ちするはたた神　大城あつこ
はたた神夕暮れ時を一閃す　城間睦人
この胸にルナの温もりはたたがみ　目良奈々月
遠雷や忽と断ち切るわだかまり　谷加代子
雷光のつど白亜紀の夢を見る　辻本冷湖
大雷雨空き缶蹴っただけなのに　四方万里子

喜雨《きう》

長い間雨が降らず、日照りが続き、田畑の作物が枯れ始めてきた頃に降る本格的な恵みの雨。

まぐはひを焦らす雌綱に喜雨来たり　前田貴美子

毛《す》魚《く》荒《あ》れ

旧暦五、六月の大潮の頃アイゴの稚魚「毛魚《すく》」の大群が浅瀬へ押寄せて来る。この頃海上の波が高く荒れるのを「毛《す》魚《く》荒《あ》れ」という。

毛魚荒れや三線の音漁家より　石垣美智
毛魚荒れや備瀬の潮の色動く　神元翠峰
毛魚荒れや島をめぐりて夜鳴鳥　北村伸治
毛魚荒れや重なり響く干瀬の濤　島袋直子
スク荒れや藻のからみつく大錨　城間捨石
毛魚荒れや石工ひたすら墓碑きざむ　宮城長景

夏霧《なつぎり》

単に霧といえば秋であるが、山や高原、海浜などでは、夏にも霧が発生する。

夏霧を白い列車が通り抜け　羽村美和子

海霧《じり》

海上に発生する霧で移流霧をいう。多く北国の太平洋上に発生し、風に乗って陸地を覆うときもある。

眠らざる海霧《じり》かな昭和八十年　松井　青堂

虹《にじ》・ティンヌバウ

雨あがりに、太陽と反対側の空中に見える七色の半円状の帯。ティンヌバウは宮古方言。天（ティン）のヘビのこと。

あの虹の軍楽隊に父がいる　秋谷　菊野
片虹も数に数へて懐妊す　新　桐子
虹の輪にそろりと指を通しけり　新垣　勤子
手のひらに陽の夢乗せて虹絞る　新垣　登
虹仰ぐこころはすでに盲ひつつ　河原枇杷男
あと一歩の足を踏み出し虹あおぐ　後藤　光義
一望に虹たつ森の宮甍　謝名堂シゲ子
散水や陽光あびて虹生れる　新里　光枝
天国の手前の虹の国で待つ　西里　恵子
群青のニライカナイへ虹の橋　西銘順二郎
仮眠の漁夫へ虹が溶け込むたらいの海　福富　健男
いまもなほ滾るものあり虹二重　松井　青堂
虹二重神棲む島に掛かりけり　宮城　艶子
テンヌパウ雨のみこんで膨張《ふやけ》おり　さどやま彩
にわか雨街をまたいでレインボー　宮平　義子

五月空《さつきぞら》

旧暦の五月の空、梅雨雲が広がっている曇った空のことである。

言い負けて妻に従う五月空　栗田　正義

五月闇《さつきやみ》

梅雨時期の月も星もない暗い闇夜。また、昼の暗さのことをいう場合もある。

五月闇風車が降らす鮫の声　伊志嶺あきら

いつ迄も「琉球処分」の五月闇　金森　薫

五月闇テールランプについてゆく　キャサリン

大杉の化けそな真夜の五月闇　兵庫喜多美

たましひの二転三転五月闇　本村　隆俊

朝曇《あさぐもり》

夏の朝、曇っていると、日中特に暑くなることが多い。

雉鳩の重き羽音や朝曇　井上　綾子

朝焼《あさやけ》

東の空が朝日の昇る前に赤く染まる現象である。天候の下り坂のときによくおこる。

朝焼や大シーサーの口の中　辻　泰子

夕焼《ゆうやけ》《ゆふやけ》・夕焼雲《ゆうやけぐも》《ゆふやけぐも》

夕焼は一年中あるが、とくに夏の爽快、強烈な美しさゆえに夏の季語となっている。夕焼の最中、遠景に雲が横たわり、くれないに澄んで染まる陰翳は見事である。

風呂敷を解きて夕焼放ちけり　赤城　獏山

夕焼けやぼおんぼおんと地球鳴り　阿部　完市

夕焼雀砂あび砂に死の記憶　穴井　太

夕焼は阿旦の葉裏まで捉う　阿良垣多州

環礁のしぶき夕焼明日もはれ　新木　光

デッサンの狂ひたる顔大夕焼け　阿　莉

句の一つも出来ずに暮れたり夕焼けぬ　石塚　奇山
夕焼けに発つ愁色のサブマリン　市川　恂々
海一面の夕焼サバニ帰り来る　上運天しげる
すごい夕焼けだ子供がいない　大坪　重治
夕焼けやどの影踏んでも火の記憶　岸本百合子
ふりむくと晩年がいて大夕焼　岸本マチ子
夕焼けや壁画に躍る波頭　北川万由己
大夕焼けサバニも漁夫も呑み込まれ　金城　悦子
那覇発の夕焼行きに乗り替える　小森　清次
世の中の圏外にいる夕焼けと　座安　栄
殺意ともちがう窓いっぱいに夕焼　白石　司子
街は誰のジグソーパズル夕焼ける　そら　紅緒
島夕焼石の鳳作片染まり　平良　雅景
夕焼が濡れているからあひる飛ぶ　田村　葉
赤紙は自転車で来た大夕焼　徳永　義子
大夕焼潮風かよふおもろの碑　渡久山ヤス子
夕焼けを追いかけ追いこせおにごっこ　友寄　愛子
夕焼の裏で優しくひとを殺す　長崎　静江

夕焼をはみだしてくるトランペット　中田みち子
大夕焼け聖域という珊瑚の海　中村　冬美
大夕焼板干瀬の波ひた寄する　西村　容山
大夕焼沖縄還るところなし　長谷川　櫂
空席はいつも夕焼けのまま　羽村美和子
なんというミスタードーナツな夕焼け　原しょう子
大夕焼ニライカナイの来つゝあり　比嘉　陽子
ふるさとの影やさしくて大ゆやけ　福岡　悟
夕焼けの染め残したる島の裏　真玉橋良子
まほろばの色重ねゆく大夕焼　宮城　香子
ふっきれるまで大夕焼けの中にいる　宮城　陽子
大夕焼け落としどころがあかあかと　宮里　晄
夕焼の炎ゆるを蜘蛛も見つむるか　横山　白虹
夕焼は念珠の色に島の旅　吉岡　妙子
だれにでも父母とふるさと夕焼空　脇本　公子
補陀落へ炎ゆる潮路や夕焼雲　石川　宏子
南溟の夕焼雲に旅愁すら　西山　勝男
鳥となり身にまといたや夕焼雲　三村　和恵

夕焼雲キリンの首がちぎれゆく　安田喜美子

夏落日《なつらくじつ》

夏の沖縄の日光はとくに厳しさがある。夏夕日と表現するより夏落日に実感がある。

火出樹《くゎでーさー》夏の落日かかえ込む　金城悦子

日盛《ひざかり》

夏の真昼。太陽が中天にあり、あまりに強い陽射のために何もかも止まってしまうような静寂感がある。

日の盛り炭で焼きあぐ命塩《ぬちまーす》　安里重子
日盛りに大魚をすいとさいている　新垣勤子
日盛りや従軍記者の白墓標　新垣富子
音消えてをり日盛りの刃物店　江島藤代
カタカナの花の名増える日の盛り　忍正志
罅割れの畑ゆく老いや日の盛り　比嘉蘭子
日盛りや轟きわたる軍用機　古堅敏子

炎天《えんてん》

真夏の燃えるような太陽が中天にきて、灼けつくような暑い空。

母となる若さ見てのち炎天へ　新桐子
舌下錠なかなか溶けぬ炎天下　新井富江
炎天やだいじなことをわすれさう　阿莉
一本の意思として立つ炎天下　池宮照子
炎天の縄とびの円抜けるまで　今川知巳
テープの五色散れば炎天のみの島　宇久田進
恋唄にあらず炎天の反戦歌　浦廸子
沖縄は墓の中も炎天　粥川青猿
炎天を来て見えぬ柱によりかかる　岸本マチ子
炎天へ船影消えて海光る　桑江正子
炎天の珊瑚礁にある記憶　香坂恵依
炎天や島の真中の星条旗　古波蔵里子

雲ひとつない炎天や水枕　小湊こぎく
炎天の首里の四方や坂ばかり　新里クーパー
兄の木を炎天に来て見失ふ　鈴木　夏子
逆立ちをしても炎天ふりそそぐ　そら　紅緒
炎天の貨車に四肢張る売られ牛　平良　雅景
デモ発って炎天声を失えり　高田　律子
走らねばならぬ炎天われ一人　髙村　剛
炎天や摩文仁の石はみな柩　谷川　彰啓
紙コップ握りつぶして炎天へ　中野　順子
特攻館出づれば果てしなく炎天　平迫　千鶴
炎天下命のかぎりアササ鳴く　福村　成子
炎天の遠き帆やわがこころの帆　山口　誓子
炎天の石の一つは父ならむ　与儀　勇
炎天に立ちてすっぽり失語症　脇本　公子

※アササ＝蟬の方言。

油照《あぶらでり》

薄曇りして、無風状態で汗ばむような蒸し暑い日の盛り。じっとしていても汗が滲む。

漢らのだぶだぶズボン油照り　稲嶺　法子
じりじりと戦さが匂う油照り　小橋　啓生
がじゅまるの木の葉の落つる油照り　城間　睦人
油照玉音の記憶は飢の記憶　遠山　陽子
被爆電車走る広島油照　矢崎たかし
油照り被弾あらわに火伏獅子　与儀　勇

片陰《かたかげ》

炎天下、町の家並にも、日の傾きによって片側に日陰ができる。人々はその陰を選ぶように沿って歩く。

片蔭の見知らぬ人に言交わし　うえちゑ美
片蔭や腰の豊かな魚売女　海勢頭幸枝

片陰にそうて家路を遠まはり　金城　順子
白杖の歩みしずかに片蔭り　桑江　春子
赤田町城の片蔭酒処　新里クーパー

西日《にしび》

夏の太陽は西に傾いても強烈で、暑さを保って照りつけ、熱気にむせ返る。

ふところに昏睡の沼大きい西日　天津伎依子
淦を汲むサバニの男西日中　稲嶺　法子
大西日これより先は鈍行で　大川　園子
西日さす刈田の中に鳩の群れ　大島　知子
大西日水平線を窪ませり　大湾　朝明
黒牛の尖んがる尻や大西日　北川万由己
大西日大蛇のごとき影曳けり　小橋　啓生
鍵盤の音幼くて大西日　立津　和代
殉教の島乱調の大西日　たまきまき
鳩尾の沸点越える大西日　中田みち子

大西日島の民宿包みけり　真栄田　繁
郷里とは西日を延びる道一本　宮城　正勝
軍服の金子兜太や大西日　和田あきを

旱《ひでり》・大旱《おおひでり》《おほひでり》・夏旱《なつひでり》・旱魃《かんばつ》

晴れの日が続き、雨の気配もなく、農作物に被害が出る。水不足も他人ごとではなくなる。

サイパンの錆びし大砲旱坂　新　久美
旱りの地踏みとどろかし婆々踊る　沢木　欣一
島旱空の水瓶谺棲む　平良　雅景
老ゆ母の旱の島のきび便り　永田　米城
銀紙の裏表ある旱かな　本村　隆俊
水タンク屋根に競り立つ旱かな　山田　静水
大旱涙腺しかと確かめる　大川　園子
古井戸を掘り下げ島は大旱　瀬底　月城
石獅子の消えてビル建つ大旱　三浦加代子
レーダー首振る那覇は大旱　宮城　阿峰

不発弾焦げて山燃ゆ大旱　吉田碧哉
唐橋の桁の十二支夏旱　上原千代
旱魃の島へらへらと太陽墜つ　与儀　勇

地理

夏《なつ》の山《やま》・山滴《やましたた》る

木々の青々と茂った山や高山植物の咲き乱れる山、みずみずしい若葉茂れる山など様々な夏の山がある。「山滴る」は郭熙の「夏山蒼翠にして滴るが如く」より。

夏山に露出の母胎拝むなる　沢木　欣一
夏山へお辞儀してから入りけり　新谷ひろし
分け入りて故郷深し夏の山　福岡　悟
王陵や山滴りの鎮もりに　与儀　啓子

夏野《なつの》・青野《あおの》《あをの》

夏草の生い茂る野原。草いきれもはげしい。定着してまだ間のない新しい季語。

肉体の略されてゆく夏野かな　秋谷　菊野
夏の野で手渡されたる手榴弾　池宮　照子
畑仕事終へ水牛の夏野かな　伊舎堂根自子
頭の中で白い夏野となつてゐる　高屋　窓秋
忽然と戦闘機ある夏野かな　長谷川　櫂
ながながと貨車ゆく青野雲に入る　徳永　義子

青山河《あおさんが》《あをさんが》

緑あふれる大自然のことをいう。瑞々しく生気があふれているが、季語としては若い季語。

人間が消えてしまえば青山河　青木　澄江

夏《なつ》《なつ》の川《かわ》《かは》

川は初夏、仲夏、晩夏にその表情を変える。鮎釣りの川、梅雨で水量の増した川、日照りで涸れた川。いずれも夏の川である。

投網漁ささっと開く初夏の川　照屋よし子

夏の河赤き鉄鎖のはし浸る　山口　誓子

夏《なつ》《なつ》の水《みず》《みづ》

様々な水があるが、夏の水は動植物すべてにとって、なくてはならない水分補給のための絶対条件。

漏刻門龍の吐き出す夏の水　東江　万沙

清水《しみず》《しみづ》・岩清水《いわしみず》《いはしみづ》・山清水《やましみず》《やましみづ》・磯清水《いそしみず》《いそしみづ》

泉と同じだが、岩の間から湧き出る清冷な水を岩清水、山中に湧き出るものを山清水、磯に湧き出るものを磯清水と呼ぶ。

これよりは藍の里なり岩清水　赤嶺めぐみ

海鳴や神田に注ぐ岩清水　謝名堂シゲ子

山清水あふれ一ッ気に鯉を打つ　穴井　陽子

村人の今に汲み継ぐ磯清水　仲里　信子

滴《したた》り

夏に岩や苔などから落ちるしずく。暑さを忘れる清涼感がある。

滴りや石筍生まる壕の闇　石川　慶子

滴りの壕や「ゆき子」の刻字あり　玉木　節花

滴も初恋も失せ壕の闇　野口都未子

洞窟に寝かす泡盛滴れる　矢崎たかし

泉《いずみ》《いづみ》

渓谷や野道から湧き出ている水のこと。暑い夏でも湧き水は冷たい。一服の清涼剤である。

基地を背に天女降りし泉湧く　上江洲萬三郎

古代より湧き出る泉金武《きん》大川《うっかー》　安田喜美子

滝《たき》・瀑布《ばくふ》

断崖からしぶきを上げてとどろき落ちる滝の清涼感は夏のものである。

二十一世紀詠ふ少年滝に立つ　東江　万沙
落下していろ失いし女滝かな　大川　園子
老いの身を反らして仰ぐ不老滝　平良　雅景
滝の前われも声上げ崩れたし　田邊香代子
遠景の滝を手折りて飴細工　宮内　洋子
瀑布背に俄か手話なる指おどる　児島　愛子
今生の息吹き返す大瀑布　福岡　悟

出水《でみず》《でみづ》

集中豪雨のために河川などの水量が急に増えて濁流となる。とくに梅雨時期のものをいうことがある。

出水後の鯉かるがると生きてをり　藤井　貞子

夏《なつ》の海《うみ》・夏《なつ》《なつ》の潮《しお》《しほ》・若葉潮《わかばじお》《わかばじほ》・青葉潮《あおばじお》《あをばじほ》

海水浴などで人々は海に繰り出す。太陽がまぶしく輝く海辺。青葉潮とは五月の黒潮で、この潮に乗って鰹がやって来る。

夏の海戦の悲哀消す沖縄　市江　久枝
シーサーの百面相や夏の海　梅原　公子
深く潜る母の匂ひの夏の海　岡本　久一
ビルディングのあわい四角な夏の海　田川ひろ子
竹浮環《ブイ》で一兵生還夏の海　玉井　吉秋
巻貝の奥は太古の夏の海　中村　冬美
打ち寄せるガラクタ文化や夏の海　比嘉　幸女
七色の絵具で足りず夏の海　松村　陽子
母の名を呼びて征きたる夏の海　矢崎　卓
ぶつぶつと海ぶだう食む夏の潮　上原　千代
若葉潮まるごと包む都会の憂さ　東江　万沙
碧落やマンタの海の青葉汐　浦　廸子

青葉潮サンゴの放卵紅の帯　岸本百合子
青葉潮あたら乳房をたな晒し　田邊香代子
通学の子らが渡船や青葉潮　宮城　章
ソドム見え青潮に浮く縄梯子　八木三日女

卯波《うなみ》

卯月、旧暦四月の頃に海に波が立つことをいう。

卯波立つ伊江島塔頭《たっちゅう》動かざる　新　久美
辺野古沖見張る媼や卯月浪　石橋　芳子
卯波立つ島へ刳舟《さばに》の櫂重し　上原　千代
あるときは船より高き卯浪かな　鈴木真砂女
卯波立つ儒艮《じゅごん》の胎動島揺らぐ　津嘉山敏子

皐月波《さつきなみ》

旧暦五月に立つ波のことをいう。強い南風が吹き、波が高い。

カナイ橋まはりてニライの皐月波　井波　未来

夏岬《なつみさき》・青岬《あおみさき》《あをみさき》

岬の典型的な風景は、白い灯台が緑色につつまれて、さわやかな風に立っている姿だろう。いかにも夏の岬である。

夏岬風よ光よ気化するわたし　徳永　義子
青岬廻る曳航の難民船　上江洲萬三郎
沖縄の首から上が青岬　粥川　青猿
青岬魚座生まれの尾の疼き　羽村美和子

夏怒濤《なつどとう》《なつどたう》・夏波《なつなみ》

夏の波。切岸に押し寄せる波は激しい。遠浅の浜では海水浴、沖合には入道雲に青い空と水平線、サーフィンの若者たちでにぎわう。

常世より神の乗り来る夏怒濤　海勢頭幸枝

語り部として切岸の夏怒濤　末吉　發
南風原に血を吐く思い夏怒濤　丹生　幸美
とめどなき怒りのかたち夏怒濤　宮里　晄
夏波や身より落ちゆくもの数多　伊志嶺あきら

土用波《どようなみ》

夏の土用、七月二十日頃から海は波のうねりが高くなる。台風が発生しやすい時期と重なり、影響を受ける。

沖縄はどこへ行くのか土用波　新井　富江
奇礁群洗いては去る土用波　石垣　美智
土用波わが晩学の灯は岬に　植田　郁一
戦争はいつも沖から土用波　長内　道子
浜に待つ婿はサーファー土用波　喜納世津子

代田《しろた》・田水張る《たみずは》《たみづは》

代搔きを終えると、田植えを待つばかりに水を張った田となる。

黒糖の固まるまでの代田風　三井　孝子
基地間近四角四面に田水張る　西平　守伸

青田《あおた》《あをた》・青田波《あおたなみ》《あをたなみ》・青田風《あおたかぜ》《あをたかぜ》・植田《うえた》《うゑた》・植田風《うえたかぜ》《うゑたかぜ》

水田一面に苗が育ち青々とした光景が広がっている。その水田を渡るのが青田風。植田は田植えを済ませたばかりの水田。

基地を負ふかたへに鷺の青田かな　大城八重子
大青田風の描きし雲の影　相良　千画
青田行く遠くの人に声かけて　髙村　剛
青田吹く濃淡織りなす風の色　広長　敏子
一点の鷺一点の青田かな　藤原　由江
みちのくの心やすらぐ青田波　岸本　幸秀
手を振らぬ父との別れ青田風　秋谷　菊野
ふるさとのまさをな空に植田映え　岸本百合子
水張って地球生き生き植田風　岡田　初音

夏木霊《なつこだま》

もとは木の霊のこと。声や音が山や谷に反響して返ってくる。夏の季語を冠とした。

ひそひそと斎場御嶽《せーふぁうたき》の夏木霊　金城　悦子

生活

夏休み《なつやす》

会社・学校などで夏季に休みになること。暑中休暇。

先生が赤ちゃんを生む夏休み　秋谷　菊野
夏休み子等の声なくあっけらかん　金城　由美
チャリンコがぼくらの家来夏休み　小森　清次
空色が画帳いっぱい夏休み　真喜志康陽
絵日記のマンタはみ出す夏休み　脇本　公子

帰省《きせい》

夏休みの期間中に故郷に帰って父母らと一緒に家族と暮らすこと。

父さんが嫌いで好きで子の帰省　秋谷　菊野
見知らぬ子増えし田舎へ帰省かな　立津　和代

更衣《ころもがえ／ころもがへ》

冬・春の衣服から夏服に替えること。沖縄では五月一日に行われるところが多い。

ミンサー織衿にあしらひ更衣　新本　幸子
更衣母の匂ひの紺絣　上原　千代
サンパチもカラシニコフも衣替　金子　嵩
思い出を思い切り捨て更衣　川津　園子
憂き事を纏ひしままの更衣　菊谷五百子
更衣マザーのサリーは青と白　金城　杏
何となく生きてゐたいの更衣　攝津　幸彦
バス停は一つ揃ひの更衣　平良　聰
持てあます吾が身一つの更衣　眞栄城寸賀
更衣ポケットの底の忘れもの　与那城豊子

麻衣《あさごろも》

麻でつくった着物。喪服にも用いる。麻衣《あさぎぬ》・麻《あさ》の衣《きぬ》。

麻衣がわりがわりと琉球女　篠原　鳳作

夏衣《なつごろも》・クールビズ・サンドレス

クールビズは職場でする夏場の軽装、ノーネクタイ。サンドレスは腕、肩、背などを覆わない夏用の婦人服。

群青の海に染まりし夏衣　根路銘雅子
クールビズ一寸横向きバスを待つ　忍　正志
美しき鎖骨を見せてサンドレス　秋山　和子
夏シャツの乳房で伸ばす畳み皺　瀬戸優理子
服にして母の声聞く夏羽織　山本　セツ

夏帽子《なつぼうし》・麦藁帽《むぎわらぼう》

かんかん帽、パナマ帽など。夏に日除けのために用いる帽子の総称。

眠る子に風集めをり夏帽子　赤嶺めぐみ
夏帽子胸にたたみて自決跡　浅川　智子
夏帽子海より深くかぶるなり　安谷屋之里恵
子どもらに大き空あり夏帽子　有本　信之
牛叱る男の広き夏帽子　石垣　美智
通り雨たちまちすぎて夏帽子　伊良波和美
夏帽子小さくたたんで黙禱す　上原カツ子
夏帽子九条ビラが走り出す　後藤　蕉村
四十年フェンスを眺む夏帽子　鈴木　与平
追憶のように転がる夏帽子　田川ひろ子
夏帽子記憶を深く被りけり　田村　葉
よろず屋に駆け込みて買う夏帽子　又吉　涼女
基地要らぬ要らぬと今日も夏帽子　三田富士子
夏帽子沖縄に来て目深にす　向原　草衣
「オオキナ　ワヲカエセ」母子の夏帽子　渡邉　宜
できもせぬ放浪を恋ふ麦藁帽　大牧　広

生活

羅《うすもの》

薄く織った織物の紗や絽の類で、夏に着る衣服のこと。

羅や人悲しますます恋をして　鈴木真砂女
羅や父の遺せる藍の色　友利　恵勇
羅のふわりとかかる骨の上　山城　青尚
羅や王朝の美女想わるる　与那嶺和子

布晒《ぬのさら》す

苧麻《ちょま》を原料とした伝統的な上布を織り上げたあと、海水に一晩浸けてから砂浜で天日に干して晒す。布晒し、または海晒しという。

芭蕉布の藍を晒すや黒汐に　大嶺　清子

上布《じょうふ／じやうふ》・宮古上布《みやこじょうふ／みやこじやうふ》

王朝時代から、宮古、八重山、首里等で上布が織られていた。宮古・八重山上布は苧麻《ちょま》を原料とした細糸の白、紺縞等の夏の高級衣料である。宮古上布は、苧麻の繊維を髪の毛ほどにして紡ぎ、三ヶ月かけて一反の布を織り上げ、最後に堅い木槌の「布叩き」で艶を出す。蜻蛉の羽のように美しく涼しい高級織物。

端正に生きた証しの上布の背　伊志嶺あきら
椿油の香りかすかに首里上布　土屋　花代
上布縫ふ古稀を間近の袖の丈　仲嶺　俊子
首里上布撫でれば母の匂いする　根路銘雅子
しみじみと母似と思う藍上布　比嘉　陽子
男手の藍ひとすじに上布織る　いぶすき幸
日を透かす宮古上布の織女かな　池田　俊男
宮古上布誇りて紡ぐ祖母卒寿　知花　初枝

芭蕉布《ばしょうふ／ばせうふ》・芭蕉衣《ばさあじん》

糸芭蕉の皮の繊維をつむぎ、芭蕉布を織り夏衣の芭蕉衣《ばさあじん》を作る。昔は夏の普段着であったが、今は高級衣料になっている。

芭蕉布の衣桁に軽き奥座敷　上原　千代
芭蕉布干す軒は珊瑚の海明り　大城　幸子
芭蕉布着る程良き位置に帯をしめ　志多伯得寿
芭蕉布や母が伝えし福木染　知花　イネ
芭蕉布に折目正して首里女　与那城豊子
目の粗き継ぎあと祖母の芭蕉着《ばさーじん》　金城　順子
芭蕉着のたたみ寝押しの夕あかり　山本　初枝
指なめて糸結びをり織芭蕉　久手堅倫子

甚平《じんべい》

麻や木綿の単衣仕立て。昔は膝を隠す程度の長い上衣だったが、今はそろいの半ズボンをはく。夏の男性のホームウエア。

甚平をゆるやかに着て生き字引　いぶすき幸
甚平は畳みしままに五十年　船越　淑子

浴衣《ゆかた》

夏季に着る木綿の単衣。主に白地に藍色で柄が染めてある。元来は湯上がりに素肌のまま着た。清涼感がある。

糊かたし短めに着て藍浴衣　秋山　和子
ユカタの夜そぞろ歩きはビルの中　親泊　仲眞
踊り浴衣娘のときめきも結びたり　鹿島　貞子
夜遊びに行くときめきの浴衣出す　児島　愛子
張りとほす女の意地や藍ゆかた　杉田　久女
ゆかた着て翼得しごと逢いにゆく　田邊香代子
迎え来る魂にゆかたも出して置く　真玉橋良子

サングラス

日光を防ぎ、目を強い光線から守るための色ガラスの眼鏡。ファッションとしてもかける。

淡墨の世に棲みはじむサングラス　河村さよ子

サングラスかけて虫歯を抜きにゆく　小森　清次

柏餅《かしわもち・かしはもち》

五月五日、端午の節句に邪気を祓うために粽や柏餅を食べる習慣がある。

素通りの天皇論と柏餅　秋谷　菊野
ぶきっちょの少年もいて柏餅　大城あつこ

夏料理《なつりょうり・なつれうり》

器や盛り付けも涼しげにし、さっぱりした味の軽い夏向きの料理。

日曜の昼は男の夏料理　具志堅忠昭
月桃の葉を皿となす夏料理　高良　園子
入日濃きサンゴの島の夏料理　野木　桃花
苦味もて力を得たり夏料理　前原　啓子
島豆腐スクガラスのせた夏料理　安田喜美子

海峡を行き交う船や夏御膳　キャサリン

豆飯《まめめし》・豆《まめ》ご飯《はん》

豌豆、蚕豆、枝豆など豆を炊き込んだご飯。季節の風味がある。

いつか乗るシベリア鉄道豆ご飯　原しょう子

冷奴《ひややっこ》

ひやした豆腐を紫蘇、生姜などの薬味でいただく。暑中のはさっぱりして美味しい。

負けん気も取り柄の一つ冷奴　幸喜　和子
冷奴憲法まるごと胃に落ちる　後藤　蕉村
生き延びて戦思ふや冷奴　真喜志康陽
ケンゾーのエプロン似合って冷奴　吉木　良枝

梅干《うめほ》す

梅干しを作るため、梅を漬ける前に、まず青梅を筵や笊で天日によく干すという手順がある。

梅干して無一物なり無病なり　西部　節子
梅干の種捨つエーゲ海の燦　八木三日女
梅漬けし古き日付けの母の文字　古賀　弘子

麦酒《ビール》・ビール・ビヤ祭《まつ》り

愛飲者にとっては、夏の盛りの冷えたビールは生き返る心地がする。

乗船にすこし間のあり缶ビール　海勢頭幸枝
罐ビールかちりと旅のはじまりぬ　大牧　広
拡声器川面に映るビヤ祭り　新里クーパー

泡盛《あわもり》・古酒《くーす》

沖縄特産の焼酎。沖縄で酒というと泡盛のことであり、タイ米を発酵熟成させて作る蒸留酒である。奄美には黒糖が原料の焼酎がある。泡盛を南蛮甕等で長期保存熟成させたものが古酒（クース）である。今では季節を問わず飲まれるが、もともと暑気払いとして飲まれた。古酒は貴重な酒として客人に振舞われた。ただしお代わりを所望してはいけないというマナーがある。

首里晩夏泡盛かもす匂ひして　新城　太石
嗜まぬ泡盛酌みたき宵のあり　根路銘雅子
生き残り泡盛酌めば泣き上戸　松田　正友
泡盛や不漁の漁夫の縺《もつ》れ舌　山口きけい
泡盛の一斗甕据ゑ婚の家　山本　初枝
泡盛を注ぐやとろりと音もなし　渡辺　羅水
句座ひらく島の匂ひの黒糖酒　瀬底　月城
登り窯祓う古酒に火の粉上げ　石川　宏子

古酒寝かす穴の湿りや昼灯　桑江　良栄
語りたき人得て古酒のあぐらかな　渡真利春佳
酒蔵の闇に息づく甕の古酒　屋嘉部奈江
古酒の香に誘われ進む洞《がま》の奥　与那嶺和子
甕酒や洞穴の水いよよ澄む　そら　紅緒
※洞の奥は夏冬温度が一定しているので古酒を貯蔵するのに丁度よい。

レモン水《すい》

レモンの果汁を溶かした水、または甘味料を加えた飲み物。

密約は阿旦の木蔭レモン水　筒井　慶夏
胸すこし膨らみかけてレモン水　村上　容子

サイダー・ソーダ水《すい》・ラムネ

清涼飲料水の一種。喉の渇きをいやす炭酸水で、甘味料、香料を加えたものも多い。

サイダー冷ゆ圧倒的に海がある　田中　不鳴
わが胸に海がひろがるソーダ水　二橋　満璃
一気飲むラムネ昭和の玉の色　粟田　正義
ラムネ玉少年の胸碧く透く　岡田　初音
ラムネ抜く昭和の音のポンと鳴る　堀川　恭宏

かき氷《ごおり》《ごほり》

氷を削ってイチゴやミルクなどのシロップをかけて食べる。冷たさが体中に沁みわたる。

濡れたまま交互に崩すかき氷　池田　なお
さびしさを入れたる舌やかき氷　柿本　多映
かき氷ひとつと彼を取り換える　小森　清次
不安感払拭せよとカキ氷　忍　正志
買はぬ子も列に加はるかき氷　比嘉　蘭子

氷菓子《こおりがし》《こほりぐわし》・氷菓《ひょうか》《ひようくわ》

果汁や砂糖、香料などをまぜて凍らせた菓子。

沖へ向くオープンキッチン氷菓子　野木　桃花

わからなくなりたる日には氷菓食ぶ　田川ひろ子

アイスクリーム

今では年中売られているが、季感、季語としては夏。

ひとつ買う夏のなごりとアイスクリン　高良　和夫

レーズンのとろとろアイス名護曲がり　安里　昌大

心太《ところてん》

天草《てんぐさ》を煮て冷やして固めたもの。心太突きで突き出して酢や醤油で食べる。

語尾濁す癖ある夫や心太　海勢頭幸枝

心太一途さどっと崩れゆく　大城あつこ

黄泉すでに射程距離なり心太　駒走　松恵

帰郷の友幼な顔のこし心太　新里クーパー

三界に女家あり心太　谷　加代子

心天《ところてん》南無南無南無と喉を過ぐ　渡嘉敷皓駄

敗戦のことは話さず心太　野木　桃花

白玉《しらたま》

白玉粉をこね、小さく丸めて茹でて作った団子。冷やして砂糖をかけて食べる。あんみつや汁粉にも入れる。

しあわせは白玉三個ほどでよし　池宮　照子

白玉をこねて辻褄合わせてる　大城あつこ

土用鰻《どよううなぎ》

夏の土用丑の日に夏負けをしないよう鰻を食べる習慣がある。

生きてゐて土用鰻を食らひけり　阿部　久
病床にとどく土用の鰻かな　仲里　信子
丑の日の特大鰻夫婦だけ　渡嘉敷敬子
丑の日に余命延びよと散財す　堀川　恭宏

沖膾《おきなます》

沖で捕獲した魚を直ちに船中で膾にしたもの。新鮮で美味。

人の世も海のごとしや沖膾　新里クーパー

夏座敷《なつざしき》

障子などを外して風通しを良くし、扇風機などを置いて涼しげにした座敷。エアコンの普及で姿を消しつつある。

「初孫《ういまご》」は地酒の銘ぞ夏座敷　うえちゑ美
一族にはみ出さず居る夏座敷　瀬戸優理子
島酒を交わす父子の夏座敷　仲宗根葉月
掛け軸と香炉一つ夏座敷　長田　一男
肖像画ばかりの遺影夏座敷　西平　守伸

噴水《ふんすい》

噴水は四季を問わずにあるが、その涼感から夏の季語とされている。

青空の噴水の秀《ほ》を碑に捧ぐ　石井　五堂
噴水の飽くまで高くあらんとす　田中　不鳴
噴水のてっぺん沖縄見えますか　西村　山憧
噴水や夕暮れの色拾いけり　吉木　良枝
噴水の折れる折れるとものの忘れ　四方万里子

夏蒲団《なつぶとん》

夏に用いる薄い蒲団。

嫁ぐ子と語る一夜の夏蒲団　西原　洋子

花茣蓙《はなござ》

いろいろな色に染めた藺で草花などの模様を織った茣蓙。縁側や板の間に敷いて涼を求める。

花茣蓙や夜は三味弾く島に住む　古波蔵里子
花ござに夢美しく目覚めけり　中川みさお
寝苦しき夜子に花茣蓙を敷いてやり　広長　敏子

簾《すだれ》

細く割った竹や蘆などを糸で編み連ねて下げ、日除けや目隠しにする。

簾越し沖へ出て行く船の数　野木　桃花
路地裏の簾に駄菓子の紙貼られ　又吉　涼女

籐椅子《とういす》

籐の茎や皮で編んだ椅子。くつろぐために用いる。

籐椅子のへこみや父の七年忌　比嘉　陽子

ハンモック・吊床《つりどこ》

柱の間や木の間に吊る。丈夫な紐で編んだ網状の寝床。

ハンモック揺らしていたよ母出奔　秋谷　菊野
吊床に起床喇叭の音高し　矢崎　卓

蚊帳《かや》・蚊帳《かちょう》《かちやう》

蚊に刺されないように麻や木綿で作った通気性のよい寝床を覆うもの。四隅を吊ってその中で寝る。

肩幅で青蚊帳たたむ父の記憶　宮城　陽子
指しやぶる瞳のしづけさに蚊帳垂る　篠原　鳳作

蚊遣《かやり》・蚊火《かび》・蚊取線香《かとりせんこう》《かとりせんかう》

蚊をふせぐために草木や線香を焚いて煙をくゆらし立てる。棒状、または渦巻状にした線香もある。

渦のまま灰になり切る蚊遣かな　宮城　陽子
部屋毎にある蛇皮線や蚊火の宿　篠原　鳳作
生かされて腰に巾着蚊取線香　植田　郁一

香水《こうすい》《かうすい》

化粧品の一つ。芳香のある香料をアルコールに溶解させたもの。体や衣服につける。

香水は「毒薬《ポアゾン》」誰に逢はむとて　文挾夫佐恵
香水のかおりの端を押す男　羽村美和子

天花粉《てんかふん》《てんくわふん》・天瓜粉《てんかふん》《てんくわふん》

汗疹をふせぐために体にはたいたり、化粧の下地に用いる。

天瓜粉汽笛の中に目覚めけり　新垣　勤子

冷房《れいぼう》《れいばう》

室内などを涼しくし、空気を冷やすこと。エアコンの普及で夏の暑さをしのいでいる。

壁にある裸婦冷房の喫茶店　末吉　發
クーラーにホモ・サピエンス救われる　金城　英子

冷蔵庫《れいぞうこ》《れいざうこ》

内部を低温状態に保って食品などの冷却保存に用いる電化製品、昔は氷を箱に入れて使った。

泣きそうになるたび開ける冷蔵庫　瀬戸優理子
冷蔵庫寝静まりたる夜の孤島　宮城　正勝

製氷機《せいひょうき》

製氷するための機械。昔は夏の氷は貴重なものであったが、今では家庭の冷凍庫でもできる。

自己欺瞞小さく固めて製氷機　となきはるみ

蒲葵団扇《くばうちわ》《くばうちは》・蒲葵扇《くばおうぎ》《くばあふぎ》

クバの葉で作った団扇。その葉を乾燥させて扇型や円型に切って作る。とても軽く扇ぐ音には趣がある。蒲葵は神木とされるが、庶民に広く利用されている。

母の椀うす味にして蒲葵団扇　赤嶺めぐみ
蒲葵団扇煽ぎ比べて買ひにけり　稲田　和子
蒲葵団扇尽きぬ話のまだ続き　うえちゑ美
与那国の婆の土産の蒲葵団扇　知念　広径
おうように商い婆の久葉うちわ　新田　風水
クバ団扇音のみ置きて母は亡く　根路銘雅子
くば扇とりて厳父の古典舞　永田　米城
クバ扇《おーじ》島に一つの信号機　又吉　涼女
老妻と夜伽のつづく蒲葵扇　山城　青尚

蒲葵笠《くばがさ》

クバの葉で作られた円錐形の笠。日よけ・雨よけとして農業・漁業に携わる人達に喜ばれている。

くば笠を打つ雨音が肩に落つ　平良　雅景
蒲葵笠を涼しくかむる海男　与那嶺和子

扇風機《せんぷうき》

今では扇風機にもさまざまな種類がある。アンティークな扇風機には風情がある。

干物屋に干物のための扇風機　安里　琉太
扇風機特攻の音して首を振る　後藤　蕉村
くどくどと扇風機から母の声　真喜志康陽
沈黙をかきまぜている扇風機　又吉　涼女

風鈴《ふうりん》

軒先などに吊るし風に吹かれて鳴る風鈴の音色は涼しさを誘う。貝風鈴は、帆立貝などの貝殻で作った風鈴。

風鈴のかすかに聞こゆ生の匂い　新垣　米子
はにかんで鳴る風鈴は子の形見　上地　安智
風鈴の音にひろがる幼き日　小渡　有明
風鈴の鳴り止む闇の深さかな　片山　知之
基地の無き島の静けさ貝風鈴　渡真利春佳
風鈴もじっと堪えてる昼下がり　堀川　恭宏
沛然と風雨風鈴鳴りしきる　松井　青堂
風鈴や戦さのはなしつづきおり　吉岡　妙子

日傘《ひがさ》・砂日傘《すなひがさ》

陽射を防ぐのに用いる主に女性用の傘。パラソル。砂日傘はビーチパラソルのこと。

生活

携帯に亡き人の声白日傘　親泊　仲眞
日傘閉じふと止まる足京豆腐　喜友名みどり
いつもとは違ふ日傘で出かけたり　曾我　欣行
日傘さしなお蔭さがし来ないバス　渡嘉敷敬子
気に入りの日傘さしたく句友訪ふ　広長　敏子
転生《てんしょう》の風かも知れぬ白日傘　松井　青堂
砂日傘それぞれに居る父と母　神谷　冬生

曝書《ばくしょ》・書《しょ》を曝《さら》す

梅雨が明けて、よく晴れた日に、風を通して書画を干すのを曝書という。衣類、寝具などは虫干し。

乱読の書も捨てかねて曝書かな　前原　啓子
なけなしの金をはたきし本曝す　大野　拓山

打水《うちみず》《うちみづ》・水打《みずう》《みづう》つ・撒水車《さんすいしゃ》

晴天が続くと地面に砂埃や熱気が立つ。庭や道路に水をまいて埃を抑えたり、熱気を鎮めて涼しさを呼ぶ。撒水車が道路に水を撒きながら走ると、涼を感じる。

打ち水や籬に光る玉雫　金城百合子
打水で昭和の日々がよみがえり　堀川　恭宏
水打って還らぬ人を待っている　伊藤　きぬ
水打って風の生るる壺屋路地　伊野波清子
待ちわびて待ちわびて二度水を打つ　キャサリン
水打ってはは の部屋まで夕風を　金城　悦子
水打ちて夫《つま》を持つ身の夕ごころ　兵庫喜多美
撒水車らぷそでぃ・いん・ぶるう撒く　阿部　完市

夜濯《よすすぎ》

日中の暑さを避けて、夜になってする洗濯。汗になった肌着類をその夜の内に洗って乾す。

夜濯ぎや寝息のきける所にて　新里クーパー
夜濯に磯の香りの服を入れ　長浜千佳子

牛洗《うしあら》う・牛冷《うしひ》やす

田畑を耕すのは牛馬に頼っていた。日中の暑さにあえぎながら働く牛を川や海に連れて行って体を洗い冷やしてやる。

牛洗《うしあら》ふ珊瑚の海の茜色　中村　阪子
牛冷やすことにも馴るる島の嫁　いぶすき幸

田植《たうえ》・早苗植《さなえう》う

水田に稲の苗を植える。鋤いて耕した田に水を入れるのを田水張るという。

田を植えて男の足跡十八文　吉富　芳香
軍隊のようになるなよ早苗植う　田代　俊泉
早苗束隣の娘にはそっと置き　後藤　光義

雨乞《あまご》い《あまごひ》

雨が降らず旱魃のときに神仏に降雨を願って祈りをささげること。

雨乞に音立て燃ゆる束《たば》ね香《こう》　大城　幸子
雨乞ひの婆の祈りが唄となる　小橋川文子
雨乞や島の媼の荒踊り　平良　和子
雨乞ひや御嶽の神を仲立ちに　山城　青尚

一期《いっき》田《た》刈《か》る

日本一早い米どころ沖縄・石垣島では五月末には一期米が刈られ、同じ田に二期目の苗を植える。

一期米の熟れて波打つ戦《いくさ》跡《あと》　小橋川文子
捕虜の地の名残一期田刈はじむ　西銘順二郎
海の紺増し一期田刈り始む　山城　光恵
一期米干しある畦の日の匂ひ　山田　静水

谷《たん》茶《ちゃ》浜魚干すごとく稲筵　沢木　欣一

甘藷《かんしょ》植う・藷《いも》挿《さ》す

沖縄では年中甘藷が植えられ、年中採れるが、旧暦の五、六月に植えた藷が一番おいしいといわれている。

接収を解かれし荒れ地甘藷植う　たみなと光
妻と植う甘藷黙認耕作地　宮城　長景
蒲葵笠に音なき雨や甘藷植うる　屋嘉部奈江
精農とよばれ甘藷植う肩尖り　安島　涼人
蕃藷植ゆる妻の幸福窓に見ゆ　矢野　野暮

甘蔗《きび》下《した》葉《は》掻《か》く・甘蔗《きび》下《した》葉《は》剝《は》ぐ

六、七月に甘蔗の下葉が密生し枯れ始めると、風通しを良くして生長を促し、鼠や虫等の害を防ぐために下葉を剝ぐ作業を行う。

甘蔗下葉掻きて日増に節の数　大城伊佐男

甘蔗下葉掻きて透きたる風の道　桃原美佐子
甘蔗下葉掻きて整ふ甘蔗の列　山城　初子
剝ぎ落す甘蔗の下葉の音乾く　宇久田　進

藺草刈《いぐさか》《ゐぐさか》る・藺草干《いぐさほ》《ゐぐさほ》す

沖縄では梅雨時の五月中旬になると藺草刈が一家総出ではじまり、八月頃まで続く。沖縄の藺草は七島藺《しちとうい》が主で強度があり、柔道用畳表にも愛用されている。その他備後藺（ビーグ）も栽培され畳表用にする。

藺刈り女や藺草を抱きて胸濡らす　板良敷朝珍
夕虹の海へせりゆく藺草刈　島袋　常星
ひと鎌の音にはじまる藺草刈　島袋　直子
藺刈女の漂ふごとし雲灼けて　屋嘉部奈江
藺刈女の撰りし藺束の美しや　山田　静水
藺を干して梳けるがごとく美しき　中島　南花

藍刈《あいか》《あゐか》る

沖縄の藍はキツネノマゴ科の多年草で、琉球藍（リュウキュウアイ）という。タデ科の阿波藍とは別種で、阿波藍は刈りとった藍の葉を乾燥して用いるが、琉球藍は葉の新鮮なうちに藍壺に入れ二、三日発酵させ、石灰を混ぜたりして小分けにした「藍玉」として販売もする。刈り取りと「藍玉」の製造は五月から六月の雨の多い時期と十月から十一月に行う。

日のしずく雨のしずくや藍を刈る　石川　宏子
藍刈るや地鶏せり鳴く峡の里　伊野波清子
夜は匂ふ藍刈りし手の甲光り　小熊　一人

豆打《まめう》ち

二、三月に植え付けた大豆を五、六月に収穫し、ニクブク（藁で編んだ穀物干し用のマット）に干し、車ン棒で実を落とし箕《み》でふるい分け大きな甕等に貯蔵する。

豆打つや宙に一転車棒　原　遊子

豆打ちは乳の揺れ芭蕉布に委《まか》す　矢野　野暮

草取《くさとり》・草引《くさひ》く

夏は庭や田畑など雑草が茂りやすい。

すべてから解き放たれて草を引く　須田　和子

草刈《くさかり》

牛や馬、家畜の餌にする草を草原や野原で刈り取ること。

膝立てて草刈る婆の土匂ふ　山本　初枝

草刈って海の青さの近づきぬ　与那嶺和子

誘蛾灯《ゆうがとう・いうがとう》

田畑などに設置し、水銀灯や青色の蛍光灯で蛾などの害虫をおびき寄せて捕殺する装置。

人妻が入るかも知れぬ誘蛾灯　岸本マチ子

誘蛾灯夫の知らない顔を持つ　玉城　幸子

箱眼鏡《はこめがね》

水中を透視するために底をガラス張りにした箱。これで水中を見ながら魚や鮑を獲る。

箱めがね珊瑚の墓域たぐりよす　中村　冬美

登山《とざん》

山登り。最近では、夏のレジャーで自然を楽しむため、高齢者の間で山登りをする人も多い。

登山道ぐるりとまはる風の音　福岡　悟

泳《およ》ぎ・潜《もぐ》り

海や川やプールなどで泳ぐ。水遊びで泳ぐこともあれば競技として泳ぐ場合もある。

沖縄はずっと立ち泳ぎのままだ　川名つぎお
殺し文句はやめてわたくし泳ぐのよ　そら紅緒
共に泳ぐ幻の鱶僕のやうに　三橋敏雄
泳ぎ子のあがれば座間味《ざまみ》夕焼くる　横山白虹
ラグーンに潜れば吾も蒼き魚　伊志嶺あきら

夜釣《よづり》・夜釣舟《よづりぶね》・夜振《よぶり》

夜間に海や川、池などで魚釣りをすること。夜振は夜に火を灯し、その火影に集まってくる魚を捕る。

大うねり夜釣の月をあげにけり　瀬底月城
にぎやかに灯の集まりて夜釣舟　新垣鉄男
島影に人恋ふごとく夜振かな　城間博子

海豚狩《いるかがり》

名護湾で伝統的に盛んであった。

名護人の蛮勇ゆさぶる海豚狩り　浦廸子

夜店《よみせ》

神社仏閣の縁日や祭の夜に路上で物を売る店。

夜店なり魔除けの神が指輪にも　三浦加代子

花火《はなび》・遠花火《とおはなび》《とほはなび》

空中に放つ打上げ花火、また仕掛け花火は、夜空にひときわ美しい。手花火は子供が遊ぶ花火。

昼花火そっと足出すふらみんご　秋野信
島小さく花火の空が大きかり　新桐子
三日月に仕掛花火をたくらみぬ　尼崎澪

昼花火芯の芯まで昼の色　新垣紫香
空に映え空に散りゆく大花火　新城伊佐子
ねむりても旅の花火の胸にひらく　大野林火
花火だと思っていたら戦争だった　鹿又英一
一発で終わりホームの昼花火　末吉發
手花火や子の顔すべて仏顔　徳沢愛子
花火果て爆死の子らも帰りけり　友利恵勇
手花火の円心いつも母がをり　中野順子
思い込みねずみ花火になっている　羽村美和子
臥す母へ鏡に映す揚花火　山口晴子
花火師のたんたんとある掟　大川園子
遠花火消えて岬の闇深し　石塚奇山
遠花火いたましいものこぼれ落つ　岸本マチ子
追えば追いつくその距離が好き遠花火　児島愛子
遠花火あなたには違ふ時ながれ　高嶋和恵
遠い人思い出してる遠花火　座安栄
待たされてまだ待つ宵や遠花火　根路銘雅子
ぼろぼろの鉱石ラジオ遠花火　松井青堂

どちらかと云えば無頼派遠花火　山田廣徳

水浴《みずあ》《みづあ》び・水着《みずぎ》《みづぎ》・水鉄砲《みずでっぽう》《みづでつぱう》・水眼鏡《みずめがね》《みづめがね》

水着は水泳をするときに着るもの。水を押し出して飛ばす玩具が水鉄砲。水眼鏡は水中に潜るときに使う。ゴーグル。

水浴びる水牛の背の黒光り　佐々木経子
わたくしの解体新書水着干す　神谷冬生
那覇の街水着の中を行く如し　西平守伸
テロの世の水鉄砲という遊び　音羽和俊
黄金の蝶を狙った水鉄砲　金子嵩
水眼鏡竹垣に干し島銀座　曾我欣行
水眼鏡端《はな》掠めたる人魚の尾　辻泰子

水中花《すいちゅうか》《すいちゆうくわ》

コップなどに水を入れ、その中に造花を入れて開かせ、涼しさを演出する。

水中花いま人間を書くところ　田村　葉

金魚玉《きんぎょだま》

ガラス製で球形の金魚鉢。

金魚玉人のいのちのかたはらに　天津伎依子

別な男が時々はりつく金魚玉　岸本マチ子

絢爛たる一生一世金魚玉　松井　青堂

捕虫網《ほちゅうあみ》

昆虫を捕えるために用いる網。この網をもって子供たちは山野に遊ぶ。

捕虫網昭和ぐんぐん遠ざかる　秋谷　菊野

ひらひらと御嶽《うたき》の裾に捕虫網　横山　白虹

蛍狩《ほたるがり》

蛍の乱舞を蛍合戦というが、その蛍を眺めたり、追いかけたりすること。古来詩歌に多く詠まれている。

手のひらを清潔にして蛍狩　荏原やえ子

身の中のまつ暗がりの螢狩り　河原枇杷男

うちかけを着たる遊女や蛍狩　篠原　鳳作

蛍狩る鈍痛いくつも飲み込んで　森須　蘭

蛍籠《ほたるかご》

蛍を入れて飼ったり、観賞したりする籠。

蛍かご編めば踈開の顔が居る　鹿島　貞子

草矢《くさや》

芒、茅、菅、蘆などの葉を指に挟み、矢のように飛ばして遊ぶ。

戦争を知らぬ少年草矢射る　浦　廸子
わだかまり解いてみたくて草矢射る　大城あつこ
戦争の影へ向かって草矢射る　鈴木ふさえ
誤りは助詞のひと文字草矢射る　中田みち子

草笛《くさぶえ》

草の葉や茎を唇に当てて吹くと、草の葉の種類や吹き方によって音色も違い、楽しめる。

少年は草笛を吹き堕落せり　末吉　發
遠き日の君が草笛海ゆかば　渡真利春佳
千の風届けと吹きぬ草の笛　松本　達子
特攻碑に鳴らす草笛島の果て　与那嶺末子

素足《すあし》・裸足《はだし》

夏の暑さで靴下をはかない足。

素足にて焦土でありし野をふみぬ　当間　シズ
はにかみて初クイチャーや跣の母　仲西　紀子

端居《はしい》《はしゐ》・夕端居《ゆうはしい》《ゆふはしゐ》

夏の夕刻、縁先や縁台などで涼むこと。

黄楊櫛の虚ろなままの端居かな　うえちゑ美
紅型を粋に着こなし端居せる　大湾　朝明
端居して母とデュエット長包歌　宮城　陽子
陶工の泥の前垂れ夕端居　石川　宏子
夕端居母と過ごせし路地の奥　石嶺　豊子
一番星待つ静けさや夕端居　辻　泰子
甘蔗のこと牛のことなど夕端居　前田貴美子

髪洗う《かみあら》《かみあらふ》

夏は汗やほこりで髪がよごれ、髪を洗うことが多くなる。洗ったあとは気持ち良く涼しい。

髪洗ふ月齢若く窓にあり　大浜　基子
望郷の香り残して髪洗ふ　原田ひでか

汗《あせ》

夏の不快な暑さは、汗とともにある。しかし、流れる汗を拭わずに何かに打ち込む姿は時に切実で美しい。

汗くさきを恥ずるな駅舎の隅の人　石塚　奇山
空が汗ばむ能面のごと笑う　川島　一夫
世の端の汗は真っ赤で陽の滂沱　小橋　啓生
地下壕の肌刺す汗を知りにけり　高木　暢夫
汗臭き鈍《のろ》の男の群に伍す　竹下しづの女
鳩尾を流るる汗や摩文仁丘　玉木　節花
汗の子を抱いて女の力瘤　又吉　涼女
顔の汗ふくこともなき禱りかな　宮城　長景
掌の汗を残す絶望の壕の壁　横山　白虹

日焼《ひやけ》

日光を受けて皮膚が褐色をおびること。健康的な小麦色をした膚は少女の魅力でもある。

花珊瑚日焼少女の皓歯かな　いぶすき幸

昼寝《ひるね》・昼寝覚《ひるねざめ》・午睡《ごすい》

日中の暑さを避けるために昼寝をする。夏の夜の寝苦しさで睡眠も不足する。それを補う。

手の中にビー玉一つ昼寝の子　金城百合子
一病《いちびょう》を後生大事に大昼寝　中川みさお
大昼寝今は地球のどのあたり　宮里　晄
百歳《ももとせ》の母の昼寝やえびす顔　福村　成子
昼寝村山羊も小船も木につなぎ　前田貴美子
待ちてゐる見舞の妹よ昼寝覚め　石井　五堂
昼寝覚少年のごと一人なり　片山　知之

昼寝覚やはり地球の上に居る　神谷　冬生
落石やアンモナイトの昼寝覚め　友利　恵勇
鉄の雨降る戦場へ昼寝覚　長谷川　耀
昼寝覚め水平線に腰掛ける　樋口　博徳
昼寝ざめしばらく宇宙遊泳す　兵庫喜多美
泥のよな深みにはまる午睡かな　大城あつこ

夏痩《なつやせ》

夏の暑さのために、疲れが出てやせること。

処女二十歳《はたち》に夏痩がなにピアノ弾け　竹下しづの女
夏痩せは女の美学夢二の忌　玉城　幸子

幽霊《ゆうれい・いうれい》

死者が成仏せずにこの世にさまよっている。実際には存在しない。架空のお話でゾッとするのが楽しい。

幽霊のネイルアートは銀河系　神谷　冬生

行事

腰憩《くしゅく》い

沖縄本島と周辺離島で、集落を挙げて農作業を休み、娯楽に興じる日。稲の植え付け後やサトウキビの収穫後に行われる。

腰憩ひ利《と》鎌《がま》にのこる握り艶　久田　幽明
地酒呷ふる藁鉢巻や腰憩ひ　瀬底　月城

ハーリー・ハーリー鉦《がに》・爬竜船《はりゅうせん》

那覇では新暦の五月三日〜五日に那覇新港で、漁業の街、糸満では糸満ハーレーとして昔ながらの旧暦五月四日に行われている。競漕の際にハーリー鉦が打ち鳴らされる。

御願ハーリー卒寿の漕ぎ手波を蹴る　親泊　仲眞
ハーリーや珊瑚の海は夜も火照る　島袋　常星
出陣の祈願の空手那覇ハーリー　中　賀信
ハーリーの果てて潮騒戻り来る　中村　阪子
ハーリーの鉦待ちきれず跳び込む子　井上　綾子
ハーリー鉦哮けて波切る櫂捌き　大湾美智子
ハーリー鉦ニライの海は真青澄む　平良　龍泉
酒焼けの貌でハーリー鉦叩く　宮城　阿峰
観音の千手ひろごる爬竜鐘　山城　青尚
爬竜船マドンナ組の猛猛し　新本　幸子
水面搔き梅雨けちらしてはりゅう船　久場　千恵
櫂揃へむかでのごとく競艇《ハーリー》船　沢木　欣一
ハーリー舟湯気立つ腕や飛沫浴び　高良　和夫
一線の櫂誇らしや爬竜船　照屋　健
船担ぐ勝利の舞や爬龍船　西原　洋子
たっぷりと沖縄の味ハーリー船　野木　桃花
爬竜船の鉦雨雲を払ひけり　平敷　星玄

龍踊り櫂で囃せり爬龍船　山城　光恵
爬龍船果つる浜辺に子等走る　与座次稲子
指笛の女乗り込む爬竜船　与那覇貴美子

こどもの日《ひ》・子供《こども》の日《ひ》

五月五日、端午の節句の日。子供の人格を重んじ、子供の幸福をはかる趣旨で制定された国民の祝日。

九条は母の祈りぞ子供の日　中野　順子
逆境も順境もあり子供の日　比嘉　幸女
ライオンの日がなまどろむ子供の日　宮城　邦子

五月《ごがつ》節句《せっく》・あまがし

五月五日、端午の節句。あまがしは行事食で、平麦・小豆などが入った沖縄風ぜんざい。

健啖の老母が賛ふ濃あまがし　瀬底　月城
あまがしに菖蒲の箸の青さかな　平本　魯秋
あまがしや玩具のラッパ胸に鳴る　山田　静水

鯉幟《こいのぼり》

五月五日、端午の節句に鯉幟をたて、子の健やかな成長を祈る。

久茂地川無風の空見る鯉のぼり　親泊　仲眞
風を蹴り気ままに泳ぐ鯉幟　川津　園子
山の子の数より多き鯉幟　古波蔵里子
征くことの無き世の空へこいのぼり　砂川　孝子
自由とは繋がれていて鯉のぼり　そら　紅緒
風あつむ谷戸の藁家のこひのぼり　たみなと光
鯉幟の産卵大河流れけり　辻本　冷湖
鯉のぼり大股で来る郵便夫　中村　阪子
島中の風を孕んで鯉幟　比嘉　正詔
万座岬まっさかさまに鯉幟　福富　健男
ギョロ目にて我が家のぞきし鯉のぼり　堀川　恭宏

畦払い《あぶしばれー》・虫払い《むしばら》《むしばらひ》・虫送り《むしおく》

旧暦四月に、田畑の清掃をし、害虫防除の祈願を集落の拝所で行う。田畑で捕えた害虫を草で編んだ舟に載せて沖に払うなどする。また、浜で斎戒精進をする。

害虫を小舟にのせて畦払《あぶしばれー》　嘉陽　伸
甘蔗葉焼くけむりは海へ畦払　平良　龍泉
アブシバレー沖縄相撲賑わえり　大木　真栄
アブシバレー裸馬を走らせ島沸かす　仲田　佳水
黒潮のふくらみに乗す虫送り　大城　幸子
阿檀葉の筵敷き延べ虫送る　西銘順二郎

母《はは》の日《ひ》

五月の第二日曜日。母に感謝する日。母に赤いカーネーションを贈ったりする。

母の日やそれには触れず受話器置く　泉水　英計
母の日や母の知らざる世に生きて　崎浜　節子
母の日も母を看取りて過ごしけり　須田　和子
花籠の子の数揃ふ母の日に　仲間　蔵六
母の日や無冠の父の島料理　西平　幸栄
母の日や包丁の音水の音　真喜志康陽
母の日の辺戸の岬の悟空岩　本村　隆俊
母の日に母の味噌汁飲みに行く　諸見里安勝

復帰《ふっき》《ふくき》の日《ひ》《ひ》・沖縄返還《おきなわへんかん》《おきなはへんくわん》の日《ひ》《ひ》

一九五二年四月二十八日、対日講和条約によって米国の沖縄支配が合法化された。一九七二年五月十五日、県民の復帰運動が実を結び、戦後二十七年間の米軍統治下から沖縄が日本に復帰した。

小さき手をかりて植樹や復帰の日　新　久美
いなり寿司四十円なり復帰の日　天久　チル
爪の根に泥染む農夫復帰の日　新垣　富子
島中がやたらにほてった復帰の日　伊地　秩雄

校門の生徒の大書復帰の日　稲嶺　法子
復帰の日豚の顔皮《ちらがー》の笑む平和　上江洲萬三郎
鉢巻の色も褪せたり復帰の日　大浜　基子
綻びの露になりし復帰の日　大湾　朝明
金網に缶蹴り上げる復帰の日　垣花　和
クレヨンで拳を描いた復帰の日　岸本マチ子
復帰の日ふみしめてまたふみしめて　金城　貴子
さんぴん茶濃く入れすぎる復帰の日　金城　悦子
雨垂れを伝う暗みの復帰の日　小橋　啓生
パスポート笈《おい》底深く復帰の日　志多伯得寿
錆つきし魚雷掘り出す復帰の日　瀬底　月城
パスポートおさげのままや復帰の日　花城三重子
復帰の日記憶の脳を太くする　宮城　陽子
復帰の日うすい平和をあぶり出す　宮里　晄
言の葉の関節ゆるむ復帰の日　与儀　勇
轆轤《ろくろ》蹴る音の乾きや復帰の日　与儀　啓子
アキレス腱のつなげず五月十五日　原　恵

祭《まつり》・夏祭《なつまつり》・神輿《みこし》

単に祭といえば京都賀茂神社の葵祭をさしていた。俳句では夏祭を総称していう季語である。

路地裏は祭提灯アジアの灯　秋野　信
骨と肉軋ませ男の祭り来る　粟田　正義
男らの汚れるままへの祭足袋　飯島　晴子
祭りの輪抜けてつま先立ちの恋　池田　なお
笛のなき祭や角皿の耳　伊志嶺あきら
ミンサー帯胸高に締め祭りの子　海勢頭幸枝
相撲取る少年に釘付け祭りの夜　親泊　仲眞
祭り果て同心円の村眠る　末吉　發
潮騒の高ぶり来たる祭り綱　仲宗根ユキ子
家中を灯して祭仕度かな　中野　順子
泣き虫が祭りの太鼓強く打つ　根志場　寛
軍港や街に祭がやってくる　湯浅　依子
指笛やちょんだらー追う夏まつり　うえちゑ美

飛び跳ぬる紅の襷や夏祭　海勢頭幸枝
夏祭り肩に子をのせ父となる　堀川　恭宏
頓堀《とんぼり》にギャルのしぶきのギャル御輿　軒原比砂夫

なんみん祭・波上祭《なんみんさい》

琉球八社のひとつ波上宮は、那覇市の海沿いの断崖上にある。明治政府により官幣小社となり、年に一度、五月十七日に神輿行列を行うようになった。戦前は寄留商人の肝入りで賑わい、夏の風物詩であった。平成七年からは地域開発の一環として、例大祭の十七日前後に、ちびっこ相撲大会や綱引き、なんみん祭文芸大賞の表彰式などの催しもあり、盛り上がっている。

なんみん祭波間に父の抜き手見ゆ　池宮　照子
那覇の江に指笛響くなんみん祭　小渡メリ子
蒼天に轟く太鼓なんみん祭　岸本百合子
透きとほる宮司の御声なんみん祭　喜納　勝代
母も子も法被股引なんみん祭　小松　澄子
波上祭神酒を反り身に抱え来る　海勢頭幸枝
大海に轟く太鼓波上祭　大湾　朝明
石蹴るや波上祭の雅楽鳴る　瀬底　月城
湧き上がるちびっこ相撲波上祭　諸見　武彦
波上祭磴かけ登る女子力士　与儀　啓子
例大祭宮司の祝詞粛粛と　岸本　幸秀
ぶくぶく茶姿勢正して和服着て　三石　成美

四日の日《ゆっかぬひー》

四日《よっか》の日《ひ》、という意味。旧暦五月四日に子どもの健康や成長を祝い、玩具を買い与える習慣があった。年に一度の玩具市では張り子やお面、凧、毬などが売られていた。

手作りのはぶの玩具や四日の日《ゆっかぬひー》　平敷　初美

時《とき》の記念日《きねんび》・時《とき》の日《ひ》

六月十日。天智天皇の時代六七一年、旧暦四月二十五日、

初めて水時計を使用した日。新暦では六月十日にあたる。

時の日の鍾乳洞の古代闇　伊志嶺あきら

桜桃忌《おうとうき》《あうたうき》

小説家・太宰治の忌日。太宰は一九四八年六月十三日、東京三鷹市の多摩川上水で入水自殺をした。

消しゴムを買いためている桜桃忌　たまきまき

掌にＺＩＰＰＯ重き桜桃忌　原しょう子

五月御祭《ぐんぐわちうまちー》・五月《ごがつ》《ごぐわつ》ウマチー・稲穂祭《いなほさい》

旧暦五月十五日に、稲穂の結実を祈願する行事。ウマチーで御祭の意。集落内の主な井戸や御嶽を回ってお参りする。王府時代は国家行事であったが、近年は簡素化している。

色あせし母の手紙や五月ウマチ　本部　文子

稲穂祭《うまちい》や御太陽《うてぃだ》をまつる島の祝女　大城　幸子

葉に盛るは稲穂まつりの蒸し豆腐　瀬底　月城

百姓の言葉つくせり稲穂祭　山城　青尚

父《ちち》の日《ひ》

父に感謝する日。六月の第三日曜があてられる。アメリカのドッド婦人の提唱によって設けられた。

父の日や行にはみだす便り来て　池田　なお

父の日の首の座らぬ父と居る　小森　清次

父の日は湯に沈みけり笑顔なり　忍　正志

父ゆくも父の日ありてメロンの香　新里　光枝

父の日や嫁の気遣ふ卵酒　西平　幸栄

父の日の何も帰って来ない海　堀部　節子

父の日や息そっと吐くされこうべ　松井　青堂

子のありて父の日といふ有難さ　山田　静水

沖縄忌《おきなわき》《おきなはき》・慰霊《いれい》《ゐれい》の日《ひ》《ひ》・六月忌《ろくがつき》《ろくぐわつき》・六月二十三日《ろくがつにじゅうさんにち》《ろくぐわつにじふさんにち》・

ひめゆり忌《き》

沖縄戦で二十万人余の犠牲を出した沖縄県では、日本軍の組織的戦闘が終了したとされる六月二十三日を「慰霊の日」に制定。糸満市摩文仁で追悼式が行われる。また、十九日前後に看護学徒隊として戦場に散った県立第一高女・沖縄師範学校女子部の生徒に対してはひめゆり忌と呼ぶ。

語れども語れども沖縄忌　秋谷　菊野

海光に父立っている沖縄忌　浅井　通江

生き残り遠くなりゆく沖縄忌　安座間勝子

沖縄忌蟹穴一気に海へ向き　安谷屋竹美

煙草挿す岩の割目や沖縄忌　天久　チル

沖縄忌珊瑚のかけら遺骨とし　新垣　富子

沖縄忌一木一草魂宿る　新垣　恵子

ありもせぬ祖国でありし沖縄忌　池宮　照子

墓碑幾万わが影一つ沖縄忌　石井　五堂

沖縄忌翡翠のごとき海の色　石川　宏子

沖縄忌基地を景とし育ちし子　石田　慶子

沖縄忌ごめんねうまく話せない　稲垣　恵子

癒されぬ癒しの島や沖縄忌　稲嶺　法子

白地図に国境引くや沖縄忌　伊波信之祐

口つぐむ老婆のしわよ沖縄忌　上江洲萬三郎

天秤の傾きしまま沖縄忌　うえちゑ美

鷹ひとつ岬はなれず沖縄忌　上原　千代

狂わねば動かぬ時計沖縄忌　大鋸　甚勇

沖縄忌甘蔗の葉擦れの音ばかり　大城百合子

水瓶の底が乾いて沖縄忌　沖　正子

黒蟻がパン屑運ぶ沖縄忌　翁長　求

沖縄忌眠らぬ海が満ちてくる　折原野歩留

沖縄忌折目鋭き鶴を折る　可知あきを

天と地をつなぐ閖の輪沖縄忌　鴫下　昭

水底で鬼が火を焚く沖縄忌　粥川　青猿

この島のどこを掘っても沖縄忌　嘉陽　伸

ガマの霊眠ったままの沖縄忌　川口　武
空蟬がこんなに熱い沖縄忌　菊池　京子
空一枚海一枚の沖縄忌　菊池シュン
沖縄忌戦火の絶えない地球《ほし》にいて　岸本マチ子
歴史書のささくれはらって沖縄忌　金城　幸子
チョコチップの黒きをつまむ沖縄忌　金城　杏
沖縄忌アダンの闇から少女の眼　後藤　蕉村
沖縄忌骨の音する砂時計　小橋　啓生
沖縄忌母は生涯海のいろ　駒走　松恵
花の名を憶えきれない沖縄忌　小森　清次
沖縄忌海は真紅のものと知る　近藤　瑠璃
沖縄忌ビニール傘の中にかな　左近　ゆみ
島いつも大きな振り子沖縄忌　渋川　京子
慰霊碑の父の名なぞり沖縄忌　島村　小寒
一滴の水いとほしむ沖縄忌　清水十藻子
沖縄忌釦をひとつひとつ嵌める　神宮司茶人
沖縄忌摩文仁赤土打ちかへす　新城　太石
黒一点蝶の疾きも沖縄忌　末吉　發

オキナワ忌いつものように白湯を飲む　須﨑美穂子
海見えるまで坂登る沖縄忌　鈴鹿　礼子
石ころのやうに座りて沖縄忌　鈴木　築峰
口を噤むと貝になりさう沖縄忌　鈴木満喜子
沖縄忌内へ内へと鶴を折る　平良　雅景
基地ありて蝶の無念や沖縄忌　田邉ひろの
沖縄忌チンダラカヌシャマ合掌す　玉木　節花
アルバムの父と目が合う沖縄忌　玉城　幸子
ながらえて何をなし得し沖縄忌　知念　広径
沖縄忌の風褸々と吹き吼々と哭き　辻本　冷湖
糸電話沖とつながる沖縄忌　土屋　休丘
歳月も包んで群青沖縄忌　照屋　健
加齢なき友の遺影や沖縄忌　渡真利春佳
国道に骨埋められしまま沖縄忌　富山　嘉泰
かくれ洞《がま》しずくの語る沖縄忌　友利　恵勇
沖縄忌の真実語る写真展　仲宗根葉月
やわらかに死者の声拭く沖縄忌　中田みち子
沖縄忌みんな遠くを見ておりぬ　中本　千歳

遠波のかくもしづかや沖縄忌　仲本 興正
沖縄忌空の重さに石を蹴る　丹生 幸美
ペチャンコに缶の光りし沖縄忌　根志場 寛
沖縄忌きりきり弓をしぼる月　ばもととしお
父の忌も母の忌もあり沖縄忌　広瀬 邦弘
艦といふ大きな棺《ひつぎ》沖縄忌　文挾夫佐恵
名を印す白き歯ブラシ沖縄忌　真喜志康陽
沖縄忌空いっぱいに落書せり　又吉 涼女
節穴の落ちてきさうな沖縄忌　松井 青堂
沖縄忌どの抽斗も火の匂い　岬 千恵
沖縄忌口を開かぬ貝もある　宮川三保子
たたみくる波は変らず沖縄忌　宮城 涼
沖縄忌まだ戦争が歩いている　宮崎 二郎
沖縄忌まだあとずさりする蟹も　宮里 晄
沖縄忌夢みるたびに戦死する　向原 草衣
沖縄忌地に伏して聞く蟻の声　村井ゆう子
沖縄忌いつも胸には不発弾　森 壽賀子
静かなる拒絶を胸に沖縄忌　諸見里安勝

野に流る校歌しづかに沖縄忌　山田 静水
戦友の墓いまも十六沖縄忌　山田 芳一
奉納の舞の手妙に慰霊の日　大湾 朝明
おかあさん島はまた慰霊の日です　金城 悦子
折れやすきクレパス沖縄慰霊の日　鈴木ふさえ
携帯に礎の名刻む慰霊の日　高良 和夫
全身で手話語り継ぐ慰霊の日　中村 茂彦
骨もなく命日もなき慰霊の日　諸見 武彦
慰霊の日うちなー赤さぬ花びけーん　夜基津吐虫
慰霊の日雲立ち上る自決の地　与儀 勇
慰霊の日ゆるりと波の膨れ来る　与儀 啓子
シーサーの瞳の奥の六月忌　中村 冬美
千羽鶴折っても折っても六月二十三日　後藤 蕉村
きみの目のなみだの意味は6・23　山田正太郎
夏草に指切るいたみひめゆり忌　いぶすき幸
石塊《いしくれ》に寝かす線香ひめゆり忌　当間 シズ
奉納の稲穂の舞ひやひめゆり忌　仲里 信子

長包忌《ちょうほうき》《ちやうはうき》

六月二十九日。八重山出身の音楽家、宮良長包《みやらちょうほう》の忌日。一八八三年～一九三九年。教員のかたわら郷土色豊かな曲をつくる。代表作「えんどうの花」「なんた浜」など。

雨音の五線譜はみ出す長包忌　川津　園子

茅《ち》の輪《わ》・茅《ち》の輪潜《わくぐ》り

茅や藁を束ねて大きな輪に作ったもの。これを、三回くぐって身を祓い浄める。夏越の祓に用いる。

一瞬を真顔で抜ける茅の輪かな　大城あつこ
茅の輪くぐる人体すこしゆるめにし　岸本マチ子
あたふたと茅の輪くぐりて命乞い　喜友名みどり
不意にくしゃみ茅の輪をくぐるとき　小森　清次
旅人も島の茅の輪をくぐりけり　辻　泰子
茅の輪くぐり邪心もろもろ削ぎ落とす　宮城　香子

豊年祭《ほうねんさい》・六月御祭《ろくぐわちうまちー》・六月《ろくがつ》《ろくぐわつ》ウマチー・ぷうるぃ・収穫祭《しゅうかくさい》《しうくわくさい》

沖縄で旧暦六月におこなわれる稲の収穫祭。沖縄本島では六月ウマチー、八重山ではぷうるぃ。各地で獅子舞や綱引、ミルク（弥勒）行列、民俗芸能が演じられる。

南国の豊年祭に雌雄あり　新　桐子
さあさあと女渦巻く豊年祭　北村　伸治
夕さりの辻に銅鑼打つ豊年祭　西銘順二郎
豊年祭獅子を仕舞ひて夜は深む　花城三重子
青年の獅子舞ひ雄々し豊年祭　端山　閑城
農夫らの白く塗られて豊年祭　屋嘉部奈江
蘇鉄葉を葺きし山車出て豊年祭　山口きけい
豊年祭熱き山羊汁ふるまへり　与儀　啓子
豊年祭《ぷーる》待つ心にそろふ太鼓かな　大山　春明
ぷうるぃの来訪神は灯で迎ふ　瀬底　月城

綱引《つなひ》き

一本の綱を多人数で引き合う。もとは農作物や漁の吉凶を占う年占で、夏に行う事も多い。与那原《よなばる》の大綱曳が有名。

神酒干さな豊年綱を曳く夜ぞ　いぶすき幸
綱引や獣のごとく綱躍る　桑江　良太
綱曳きや雲湧き躍る旗頭　吉田　碧哉
枝綱にすがり祭の人となる　大山　春明
雌綱待つ雄綱とりまき棒踊り　小熊　一人
炎天に綱の陰《ほと》の輪捧げ持ち　沢木　欣一
閂《かなち》棒さすや雌雄の綱の揺れ　津嘉山敏子
祭綱少女群るるは尾のあたり　三浦加代子

貘忌《ばくき》

七月十九日。詩人・山之口貘の忌日。一九〇三年～一九六三年。那覇市生まれ。主な詩集に『思辨の苑』『定本山之口貘詩集』『鮪に鰯』。第二回高村光太郎賞を受賞。

弾浴びし島ガンジューイ貘忌来る　安里　星一
貘の忌や黴の座布団枕とす　伊志嶺あきら
泡盛の匂ひ流るる貘忌かな　平良　和子
貘の忌の港を犬が嗅ぎあるく　嵩元　黄石
座布団のほつれ親しき貘忌かな　前田貴美子
貘の忌のめぐりて白き仏桑花　与儀　幸子

原爆忌《げんばくき》・八月六日《はちがつむいか》《はちぐわつむいか》

一九四五年、広島に原子爆弾が投下された日。被爆して約四カ月以内に約十四万人が死亡したとされる。長崎へは八月九日投下されている。

しぼり出す真赤な絵の具原爆忌　池田　なお
原爆忌一杯の水大切に　脇本　公子
八月六日わたしには影がある　柿畑　文生
八月六日は土堤を歩いている　神谷　冬生

紙飛行機八月六日の空へ空へ　田付賢一

八月六日・晴・外野手好捕せり　遠山陽子

トゥング田（人升田・人桝田）

日本の最西端与那国島にあり、かつての人頭税の過酷な歴史を伝える。十五〜五十歳の男子に或る日突然ドラや法螺貝で非常召集をかけ、田へ遅れたり、身体が不自由で間に合わず、田に入りきれなかった者は殺《さが》されたという。税負担の軽減をはかろうとした悲しい相である。

動物

蝙蝠《こうもり／かうもり》・蚊食鳥《かくいどり／かくひどり》・かわ《は》ほり

哺乳類で唯一よく飛ぶ。昼は洞窟などの暗い所にいて、日暮に活動する。蚊や昆虫を捕えて食べる。

期待はずれの日は蝙蝠に逢いにゆく　辻本　冷湖
蝙蝠や福木のやみの仕舞ひ風呂　永田　米城
蝙蝠の羽音に福木実を落す　藤本　京子
蝙蝠や山羊汁匂ふ杣の小屋　村山　澄子
敗戦の洞に残りし蚊喰鳥　瀬底　月城
蚊喰鳥翔ぶや闇より軍歌《いくさうた》　渡嘉敷皓駄
かはほりは月夜の襁褓嗅ぎました　篠原　鳳作

海亀《うみがめ》

海産のカメ類の総称。アオウミガメは日本では小笠原諸島・石垣島・西表島などで産卵、繁殖する。

海亀の真夜の産卵卯波立つ　北村　伸治
海亀の涙しいしい獲られけり　瀬底　月城

亀《かめ》・亀《かめ》の子《こ》

腹背両面に甲羅がある。日本では鶴と共に長寿の動物としてめでたいもの。

托鉢のセマルハコガメ宮古着　伊志嶺あきら
亀の子のさざ波立てる船揚場　上間　芳子
亀の子の池なき方へ歩き出す　前川千賀子

青蛙《あおがえる／あをがへる》・雨蛙《あまがえる／あまがへる》

背面は緑色、肢に吸盤があって水辺で生活をする蛙の総称。モリアオガエル・オキナワアオガエルなど。

原発の村を引つ越す青蛙　椎名　陽子
試歩の朝丘の木に鳴く青蛙　端山　閑城

河鹿《かじか》・琉球河鹿蛙《りゅうきゅうかじかがえる》《りうきうかじかがへる》

アオガエル科に属する小型の蛙。山間のきれいな谷川に棲息している。琉球河鹿蛙は沖縄では雨蛙に次いでふつうに見られる。トカラ諸島以南から台湾にかけて広く分布し、体長は雌が三〜三・五センチ、雄が二〜二・五センチ。

河鹿なくあまりに近くあはれなり　今井つる女
夕影の去るや奄美の河鹿宿　山田　静水

牛蛙《うしがえる》《うしがへる》

体長約一八センチ。雄は目の後ろの鼓膜が非常に大きい。牛蛙の名は鳴き声が牛に似ていることによる。

牛蛙ぐわぐわ鳴くよぐわぐわ　金子　兜太
暗闇を丸呑にして牛蛙　小森　清次
牛蛙住むと思へば庭ひろし　知念　広径
君もまたこの世の凪に牛蛙　与儀　勇

蟇《ひきがえる》《ひきがへる》・蟾蜍《ひきがえる》《ひきがへる》

ヒキ・ガマとも呼ばれ、背面は暗褐色で皮膚にはいぼ状の凹凸がある。皮膚に毒腺をもち白色の有毒粘液を分泌する。

蟇の目のまばたき吾もまばたけり　石垣　美智
蟇のぼり階段前にして　北川万由己
いくさ世の転居いくたび蟇の声　瀬底　月城
蟇鳴くやわが現《うつ》し身《み》の声となり　徳沢　愛子
かくれなき青天井や蟾交る　松井　青堂
蟇鳴けるあたりの闇の震えけり　森永　一正

山椒魚《さんしょううお》《さんせううを》

山間の渓流にすみ、体は細長いトカゲ形。夜行性で昼間は倒木や石の下に潜む。

腹に一物山椒魚うごく　西部　節子

井守《いもり》《ゐもり》

イモリ科の両生類。アカハライモリをさすことが多い。池や井戸にすむ。背は黒褐色、赤い腹に黒い斑点がある。

天孫の泉守り棲む井守かな　上原　竹城
井守棲む尚巴志王の産井跡　瀬底　月城
拝所《うがんじょ》や香の煙にいもり棲む　山城　光恵

守宮《やもり》

ヤモリ科のとかげ。壁や天井にぴったり貼りついている。夜行性で昆虫を捕食する。アジアの熱帯・亜熱帯に多くの種類がいる。

家計簿に辞書繰りをれば守宮鳴く　新　桐子
独り居の卓の広さよ守宮鳴く　新垣　恵子
天井を魚のように守宮の子　新垣　茂
神多き島の守宮の宇宙論　伊志嶺あきら
ビル街の玻璃戸に残る守宮の尾　上原　千代
独り身の家族のごとき守宮かな　大浜　基子
土地取られ眠れぬ夜を守宮きく　久高　日車
守宮鳴く夜なべに紡ぐ糸芭蕉　新里　青太
走りては休み思案の守宮かな　平良　雅景
守宮の声チチと溶け出す島の闇　高木　暢夫
石筍の育つや闇に守宮鳴く　当眞　針魚
子守宮の窓にはりつく地震の闇　中野　順子
たましいの戻り来るなり守宮鳴く　仲間　健
守宮鳴く戦跡とはつゆ知らず　西山　勝男
闇ためて舌打つ守宮梁の上　比嘉　朝進
玻璃へ来て守宮透けたり手術の日　山口きけい

守宮鳴く沖縄そば屋のにわか句座　山城　青尚
守宮啼く煤天井や我が生家　山田　廣徳
亡き父の写真は若く守宮鳴く　吉田　初音

蜥蜴《とかげ》・青蜥蜴《あおとかげ》《あをとかげ》・木登蜥蜴《きのぼりとかげ》・石竜子《とかげ》

有鱗目トカゲ亜目の爬虫類の総称。形態や生活はさまざまで、体長は全長二〇センチに達し尾が長い。夏、草むらや石垣の隙間などにいて小虫を捕食する。敏捷で、腹を地につけるようにして走る。尾は切れやすく切れても再生するが短い。

島蜥蜴迎への舟を待つ真昼　石田　慶子
常の足去りし蜥蜴は石になる　鹿島　貞子
シーサーの沸騰点に蜥蜴出づ　藤田　守啓
月光の蜥蜴のひるや凪しげし　矢野　野暮
尾を切って蜥蜴頑固に生き残る　吉田　佑子
一考ののち韋駄天の青蜥蜴　いぶすき幸
日のひびきめぐれる草や青蜥蜴　遠藤　石村

祝女の辺の岩わたりとぶ青蜥蜴　小熊　一人
青蜥蜴オランダ坂に隠れ終ふ　殿村菟絲子
がじゅまるの祠へ走る青蜥蜴　西村　容山
木登蜥蜴福木の苔に紛れたり　屋嘉部奈江

蛇《へび》・ハブ・波布《はぶ》・飯匙倩《はぶ》・青大将《あおだいしょう》《あをだいしやう》・蝮《まむし》・蛇衣《へびきぬ》

有鱗目ヘビ亜目の爬虫類の総称で、青大将その他いろいろあるが、日本では蝮（まむし）、ハブの類を除けば無毒で、害を加えることはない。冬眠した蛇は啓蟄のころ穴を出、夏になるとあたりを徘徊するが水面も走る。沖縄の蛇類は穴は利用するが、冬眠しない。特にハブは元気に動き回っている。

音楽漂う岸侵しゆく蛇の飢　赤尾　兜子
石仏やどこかに蛇の卵熟れ　石田　波郷
蛇食ひてはぐれ孔雀の艶けしや　伊志嶺あきら
水銀のながるるごとし川の蛇　大木あまり
一枚の赤紙だった蛇の舌　北迫　正男

鍵穴へ蛇より慧く女帰る　小山亞未男
蛇しらしらと動かない屈さない　辻本冷湖
身の内の蛇を太らせ草むしる　仲間　健
蛇の目を逃れるカーテンひきにけり　藤原由江
ハブの子の目の黒々と雨期となる　岸本マチ子
磴道のハブ穴を出づ注意札　桑江良太
ハブ穴にまぎれもあらぬ匂かな　篠原鳳作
囚われのハブに故郷の有りや無し　末吉　發
ハブ老いて餌なきときは墓守る　平良雅景
海へ向く墓扉《ひらち》にハブの衣乾く　宮城阿峰
ハブ獲り器にひよこ鳴かせて立ち話　安島涼人
ハブ捕りの明りか闇を揺れ登る　山口きけい
琉球より闇回廊をうねる波布　小橋啓生
榕樹鹿毛《かげ》飯匙倩《ハブ》捕の子と遊びもつ　杉田久女
ねむれぬ夜飯匙倩は何追ふ珊瑚島　城間睦人
飯匙倩の闇間近に島のもらひ風呂　前田貴美子
嬌声の今の大きさ青大将　神谷冬生
蝮死す二尺の命叩かれて　児島さとし

蛇衣を脱ぐや御嶽の大和墓　安里昌大
火の神の御嶽に乾く蛇衣　浦　廸子
蛇の衣風より早く爆死する　駒走松恵

羽抜鳥《はぬけどり》・羽抜鶏《はぬけどり》

鳥類の羽が生え変わるのは夏から秋にかけて。羽の抜けた鶏の姿はみすぼらしく、滑稽で侘しくもある。

羽抜鳥どれだけ笑えるか競争　瀬戸優理子
杖ついて平和行進羽抜鶏　嘉陽　伸
日本中逃げるつもりで羽抜鶏　田中不鳴
歩いても歩いても基地羽抜鶏　玉城幸子
考えて悩んで走って羽抜鶏　中田みち子
氏素性とりざたされて羽抜鶏　中村冬美
真っ当に生きて汚れし羽抜鶏　星野昌彦
勲章をぶら下げてゐる羽抜鶏　和田あきを

時鳥《ほととぎす》・杜鵑《ほととぎす》

郭公に似た小形の鳥。晩春に南方から渡来し、夏の訪れを告げる渡り鳥。自分の巣は作らず鶯などの巣に托卵する。

明け暮れの甘蔗畑はやす時鳥　瀬底　月城
はるか来て蓬萊竹の時鳥　三浦加代子
満月を裏がえしたり杜鵑　田代　俊泉
ホトトギスこの鬱飛ばしそれっきり　鹿島　貞子
谺して山ほとゝぎすほしいまゝ　杉田　久女
ほととぎす歩みゆるめて僧の来る　平良　龍泉
しののめの窓開け放つほととぎす　高良　園子
ふるさとの訛を残すほととぎす　福岡　悟
城址つつむ山は緑にほととぎす　山田　静水

郭公《かっこう》《かつくわう》

日本では中部以北によく見られる夏鳥。カッコウという鳴声が森に谺するのは清々しい。托卵する。閑古鳥。

あるけばかつこういそげばかつこう　種田山頭火
魔法瓶あければカッコウカッコウ　のとみな子

夜鷹《よたか》

鷹に似た夏鳥。頭が大きく全身黒褐色。昼間は睡り、夕刻から活動する。冬南方に渡る。

オスプレイ飛び交う兆し夜鷹鳴く　菅谷かしこ

青葉木菟《あおばずく》《あをばづく》・木葉木菟《このはずく》《このはづく》

フクロウの一種。夏鳥。青葉木菟は耳羽がなく、大きさはハトくらい。青葉が茂る頃鳴き出す。木葉木菟は日本のフクロウ類では最小で、頭上には耳羽があり、ブッポーソーと鳴く。

願掛けの石径ゆるく青葉木菟　新　桐子

島の端の闇を深めて青葉木菟　石田　慶子
風葬の杜に高鳴く青葉木菟　上間　紘三
降るほどに無言の星や青葉木菟　北川万由己
道程をかこてば鳴けり青葉木菟　知念　広径
星一つまたたかぬ夜の青葉木菟　名嘉眞葉子
死の序列誰が決めるの青葉木菟　中村　冬美
目を閉ぢて杜を囁く青葉木菟　屋嘉部奈江
青葉木菟うつうつ夢の続き見む　矢野　野暮
新築の隣家灯せり青葉木菟　山口きけい
八重島を雲の湧きつぐ木葉木菟　斎藤　梅子
病む妻をいたはる言葉木葉づく　平良　龍泉

※風葬＝なきがらを樹上や山林、平地に運び、地中に埋めずさらしておく葬法。

夏鶯《なつうぐいす》《なつうぐひす》・老鶯《ろうおう》《らうあう》

高原や山岳地帯では夏になってもまだ鶯が鳴いている。春を過ぎて繁殖のために山に上がってきて鳴いている鶯を老鶯といい、老いた鶯のことではない。晩夏になり繁殖期を過ぎた鶯は地鳴きになる。

夏うぐひす総身風にまかせゐて　桂　信子
土帝君《とーてーくん》夏うぐいすの声しきり　謝名堂シゲ子
老鶯の声近くあり口漱ぐ　石井　五堂
老鶯の声透く杜や学徒の碑　渡真利春佳
老鶯や珠のごとくに一湖あり　富安　風生
老鶯のしきり高鳴く山の宿　根路銘雅子

夏燕《なつつばめ》・子燕《こつばめ》

単に燕といえば春の季語。巣で子を産み育てるのは夏になってからである。親燕は餌を運ぶのに忙しい。

夏燕基地の有刺鉄線越え　石川　慶子
どこまでも線路平行夏つばめ　岡田　初音
夏つばめ航空母艦の島に住み　嘉陽　伸
大空に曲り角ある夏つばめ　高橋　照葉

予告なく子燕発ちし日の静寂　宇川　清英

翡翠《かわせみ／かはせみ》

水辺に棲み、急降下して水中の魚を捕る。背、腰は美しい空色で、「空飛ぶ宝石」とも言われる。

源河川かわせみトントン案内す　安里　昌大
翡翠の捕りこぼしたる魚のかげ　瀬底　月城
翡翠に池あらされて女寺　平川よし美
水搏って翡翠の声失せやすし　山城　青尚

赤翡翠《あかしょうびん》

翡翠の仲間で、五月頃夏鳥として全国のよく茂った林に渡来し繁殖する。全体に鮮やかな赤褐色。沖縄では人家近くにもいる。

支流漕ぐ赤ショウビンに促され　稲嶺　法子
木洩れ日やそしらぬ顔の赤翡翠　うえちゑ美
赤翡翠大宜味七滝白しぶき　知念　広径
沖縄や哭き笑ひする赤翡翠　土屋　休丘
廃校の窓のあかるさ赤翡翠　前田貴美子
朝まだき風をころがすあかしょうびん　緑沢　克彦
赤しょうびん松風にわが袖うすき　美土路圭子
赤翡翠声まろやかに夜明けたり　山口きけい

通《とお／とほ》し鴨《がも／がも》・夏《なつ》の鴨《かも》・鴨《かも》の子《こ》・軽鳧《かる》の子《こ》

大方の鴨は春になると北方に帰るが、そのまま残っているものが通し鴨。それを夏の鴨ともいい、鴨涼しと詠んだりする。軽鴨《かるがも》は留鳥であるが、夏に子育てをしているさまを目にすることが多いので、夏鴨と呼ばれる。

瑠璃沼の瑠璃のさざなみ通し鴨　阿部　子峡
ぎっとんの吐く谷川を夏の鴨　岩崎　芳子
鴨の子の甘え鳴きするビル庇　立津　和代

水鶏《くいな》《くひな》・山原水鶏《やんばるくいな》《やんばるくひな》

山原水鶏はクイナ科に属する飛べない鳥。沖縄本島北部の森に生息する。一九八一年に発見された。国指定天然記念物。

遠水鶏ニライの海の明け近き　上江洲萬三郎
山原水鶏脚灼くセメント排水溝　瀬底　月城
夕星や山原水鶏は木に登る　筒井　慶夏
カメラ見てやんばるくひな見失ふ　山城　青尚

青鷺《あおさぎ》《あをさぎ》

鷺の一種。全長約一メートルで、背は灰色、頭に黒い冠羽、胸に白く長い飾羽がある。

青鷺の日暮れの沼をまといけり　尼崎　澪

鯵刺《あじさし》《あぢさし》

魚を餌にする鳥で、水上を飛びながら魚を探し、空中から水中に突入し魚をとる。

アジサシの群舞屋我地の海暮れる　宇久田　進
鯵刺や野良にトタンの納屋ひとつ　北川万由己
断崖とは命断ちし崖小鯵刺　土屋　休丘
あじさしの水際の砂を搏ちにけり　比嘉　半升

三《さん》《さん》光《こう》《くわう》鳥《ちょう》《てう》

ヒタキ科カササギヒタキ亜科の夏鳥。本州以南の平地や低山帯の森林にすみ、雄は体の三倍も長い尾をなびかせて優雅に飛ぶ。ヒィーツーフイ（日月星）ホイホイホイと鳴くところから三光鳥と名づけられた。

アマミキヨ呼ぶ枝揺れの三光鳥　糀　房子
杉木立縫うはニンフか三光鳥　高山　紀子

月日星いづれがほろぶ三光鳥　土屋　休丘
三光鳥の声のみを抱く樹林　比嘉　由照
三光鳥あそべる樹々の暗さかな　森田　峠

赤髯《あかひげ》・アカヒジャー

スズメ目ヒタキ科の鳥、雀ぐらいの大きさ。背面は美しい赤橙色。コマドリに似た声でさえずる。屋久島・種子島・琉球列島の特産種。国の天然記念物。

赤髯の首かしげおり呉我山路　石垣　美智
赤髯の降立つ庭に海の月　比嘉　朝進

のぐちげら

キツツキの一種。全長約三〇センチで、全身赤～暗褐色の留鳥。世界中でも沖縄本島北部の天然林にのみ生息。国の特別天然記念物。四月頃半死木や枯死木の幹の地上三～一〇メートルぐらいのところに穴をうがって巣をつくる。巣立ちは六月上旬頃、雛は巣立って、三週間ぐらいは親と行動をともにする。沖縄県の県鳥。

のぐちげら深山茜に谺せり　永田　米城
のぐちげら終のすみかも定まらず　平敷　星玄
のぐちげら叩く谺の山日和　山田　静水

磯鵯《いそひよどり》

ヒタキ科ツグミ亜科の鳥。雄は暗青色で腹は赤褐色。雌は暗褐色。岩の多い海岸に棲み、澄んだ声で鳴く。

ピロロロと磯ひよどりの目覚めかな　井上　綾子
磯鵯や阿檀は重き実を持てり　古波蔵里子
磯鵯や驟雨が濡らす海の色　土屋　休丘

夏千鳥《なつちどり》

千鳥の種類は多く、見られる時期も冬とは限らない。夏もいる。

泡瀬干潟ピースピースの夏千鳥　後藤　蕉村

鯰《なまず／なまづ》

頭は平べったく、口は大きく四本の長い口ひげがある。表面は鱗がなくぬるぬるしている。川・沼にすむ。

泥鰌浮いて鯰も居るという沈む　永田　耕衣

鮎《あゆ》

冬の稚魚期を海で過ごし、春に川を上って、急流にすむ。夏の川魚の王と言われる。

鮎棲みし源河の川原石を拭く　瀬底　月城
鮎育つ村の清流呼び戻す　平良　龍泉

金魚《きんぎょ》

鮒の飼育変種で観賞魚。原種は十六世紀頃、中国より輸入。色は赤、紅白入り、和金、出目金など極めて多種。

モンロウのようでしょ金魚後向き　今田　早苗
工学部出て金魚屋と成りにけり　小森　清次
度忘れを思い出すまで金魚見る　座安　栄
露地裏を夜汽車と思ふ金魚かな　攝津　幸彦
金魚掬い箱に増え行く破れし輪　西平　守伸
奈落まで金魚泳ぎをしてゆきぬ　原しょう子

熱帯魚《ねったいぎょ》

熱帯・亜熱帯産の魚類。美しい色彩のものが多く、観賞用にも飼育される。

潜りけり今年も熱帯魚に逢ひに　石田　慶子
灼熱の陽を吸うわたし熱帯魚　金城　悦子
熱帯魚きらりと女あせりをる　土屋　休丘
熱帯魚悲しきまでに美しく　中島　南花
熱帯魚淋しき口吻つつき合ふ　中野　順子
熱帯魚きらりと海の日を反す　前城　蕉風

雀鯛《すずめだい》《すずめだひ》

スズメダイ科には美しい種類も多く、代表的な熱帯魚の一つ。

雀鯛島山低く日を没るる　瀬底　月城

太古より珊瑚の森のスズメ鯛　緑沢　克彦

蝶々魚《ちょうちょううお》《てふてふうを》

熱帯魚の一種。全長一〇～四〇センチのひらたい円形。黄色の地に暗褐色の縦縞があり、蝶が飛ぶように泳ぐ。本州中部以南の暖海の珊瑚礁にすむ。

潮いらふ蝶々魚の晴景色　進藤　一考

糸垂れて釣るにはあらぬ蝶々魚　瀬底　月城

蝶々魚さんごの奥へ染まりゆく　比嘉　朝進

闘魚《とうぎょ》

トウギョ科の熱帯性淡水魚。体色が美しく雄は尾びれが長く闘争性をもつ。観賞用に、ひれが長く体色も赤・青・白などに改良されている。

闘魚飼ひ観測守のまだ娶《めと》らず　小熊　一人

青の女闘魚の裾は優雅なり　金城　貴子

さりげなき闘魚のたたかひ見て倦まず　矢野　野暮

タマン・笛吹鯛《ふえふきだい》《ふえふきだひ》

タマンは笛吹鯛の仲間で、沖縄ではマフグと共に、魚のうちでもっとも美味とされるもの。

父祖よりの隠し穴場やたまん漁　瀬底　月城

フエフキ鯛海の祭の笛吹くや　小熊　一人

ぐるくん・高砂魚《たかさごうお》《たかさごうを》

ぐるくんは、フエダイ科の魚タカサゴの方言で、沖縄県の県魚。熱帯性の魚で、奄美以南に分布し、沿岸からリーフの傾斜面の水深五〇メートルくらいのところに群れをなして滞泳する。沖縄の伝統的漁法である追込網で漁獲される。盛漁期五月。

ぐるくんを藁挿しにして量り売る　上原　千代
ぐるくんの網目大潮おしもどす　瀬底　月城
ぐるくんの紅のさらりと夏初め　中島　遊魚
色彩は逃亡者グルクンへ銛　西大舛志暁
立膝に夕日透かしてグルクン耀る　山城美智子
支那海にはりつく茜高砂魚《たかさご》釣る　糀　房子
高砂魚《たかさご》釣る先に大きな虹生れ　塩間まさゑ

スク・毛魚《すく》

アイゴの稚魚。旧暦の五、六月から旧盆前後の大潮時に藻類の多いリーフ近くの浅瀬に群れをなして押し寄せてくる。獲ったスクは塩で加工され、スクガラスとして一般に親しまれている。

「スク」寄るやにわか漁師の過疎の村　安次嶺一彦
海人の胸わきおどるスクの来《らい》　大城あつこ
鍬放りスク追ふ村のユイ仲間　城間　紫江
スク寄らぬ海へ足裏の白くして　末吉　發
はま砂の乾きひしひしスク寄せず　矢野　野暮
竿秤撥ねて威勢や毛魚売女　安里　星一
掌に受けて島の茶うけの今年毛魚　山田　静水

鰹《かつお》《かつを》

夏が鰹漁の最盛期。かつては沖縄でも鰹節が製造されていた。今は刺身か味噌和えにして食べる。

大鰹片手に下げて島言葉　石田　慶子
陽をはじく厚き胸板鰹揚ぐ　神元　翠峰

煙よけの眼鏡ゆゆしや鰹焚き　篠原　鳳作

競り落し鰹に水の荒使い　平良　雅景

包丁を入れても蒼し鰹の眼　名嘉眞葉子

鯖《さば》

夏が鯖の産卵期、美味なのは秋。鯖を三枚におろして塩で締め、さらに酢で締めたものが締め鯖。

ふつつかな男ですけどしめさば　羽村美和子

鱚《きす》

黄を帯びた小さく、美しい魚。淡泊な味で、塩焼・天ぷらなどにする。よく釣って楽しむ。

浚渫の泥に逐はれし鱚を釣る　瀬底　月城

飛魚《とびうお》《とびうを》

胸びれが極めて大きく海面を飛行する。飛行の際は尾びれで海面を強く打って飛び出す。食用。

飛魚の目指すは東シナ海か　井上　綾子

遠流の島飛び魚は飛んで飛んで　羽村美和子

まくぶ・べら

まくぶはシロクラベラの方言名。沖縄近海でとれ、刺身などにする高級魚。べらはベラ科の海水魚。暖海沿岸の珊瑚礁域にすむ。赤、青などの色彩が毒々しいくらいに美しいが、赤は雌、青が雄である。関西では雄を青べらと呼んで特に珍重する。

かはたれの仕掛直してまくぶ漁　瀬底　月城

耐ふる照り甘蔗切り返すべらの海　進藤　一考

鱰《しいら》

体は一メートルを超え、長い背びれをもつ。夏季に美味で物菜用になる。

鱰市にしいらを捌く九十九髪《つくも》　与座次稲子

鰻《うなぎ》

稚魚はシラスウナギといい、春に川を上る。河川、湖沼に棲息。土用丑の日に鰻を食べる習慣がある。

うなぎ焼く天気ゆっくり下り坂　松井　青堂

旗魚《かじき》《かぢき》

体はマグロに似ているが、上顎は剣のように伸びている。外洋を遊泳する。カジキマグロ。

トラックに尾のはみ出して旗魚着く　伊舎堂根自子
真潮照る八重山椰子と旗魚漁　遠藤寛太郎
浪に乗る舳先の天や旗魚突　北村　伸治
がじまるの下に呼びこむ旗魚売　瀬底　月城

鰍《かじか》

鯊に似た淡水魚。澄んだ河川にすむ。白身が美味しく、よい出汁がでる。

晴れてゐて見えざる山や鰍突き　長崎　玲子
青笹に頬刺し鰍提げ来る　宮岡　計次

蛸《たこ》

腕は八本、墨を吐いて敵から逃げる。煮ると赤くなる。西洋では悪魔の魚として嫌われるが、アジア各地では水産資源である。

島凪ぐや磯伝ひなる蛸捕女　海勢頭幸枝
船頭の蛸がにげだし地図がない　嘉陽　伸

烏賊《いか》・鳶烏賊《とびいか》

危険を感じると墨を出して敵をあざむく。鳶烏賊は、驚くと海面から飛び上がって滑空する。

烏賊捌く島の娘や手際良く　上間　芳子
照り阿旦大漁烏賊を値に悩む　太田　田夫
イカ墨の汁に映ったボクの顔　親泊　仲眞
銀行員等朝より蛍光す烏賊のごとく　金子　兜太
烏賊釣りの暮れて祖国の灯が見ゆる　仲村　盛宜
鳶烏賊や手づかむ婆の棹秤　北村　伸治
鳶烏賊食って孤島苦に堪え居たり　平良　龍泉

鮑《あわび/あはび》

大形の巻貝だが、二枚貝の片側のみのように見えることから、片思いの喩えにされる。

無始劫来痴人《ちにん》がいだくあおい鮑　伊東宇宙卵
鮑喰う片思いでも恋は恋　兵庫喜多美

海酸漿《うみほおずき/うみほほづき》

巻貝の卵嚢。海中の岩などに付着する。「鬼灯」のように吹き鳴らして遊ぶ。

海ほおずき鳴らして一の橋渡る　おぎ　洋子
海ほほづき鳴らして明日の日和待つ　駒走　松恵

シャコ貝《がい/がひ》

大型の貝殻は扇形で殻の表面に波状の放射肋がある。最大のオオシャコガイは七宝の一つとされる。

シャコ貝の底より生る泡ひとつ　辻　泰子

蟹《かに》・陸蟹《おかがに/をかがに》・いくさ蟹《がに》・がさみ・沢蟹《さわがに/さはがに》

蟹は甲殻綱十脚目に属するカニ類の総称。沢蟹は渓流にすむが、砂蟹は海にすむ。いくさ蟹はミナミコメツキガニのことで、まっすぐに歩くのが特徴。

朝市や蟹の逃げだす生簀あり　石川　慶子
校庭に続く浜なり蟹走る　大湾美智子
大蟹の玄関よぎる闇夜かな　大湾　宗弘
原爆許すまじ蟹かつかつと瓦礫あゆむ　金子　兜太
鎮魂の真っ赤な海に蟹放卵　嘉陽　伸
マングローブで蟹一列に消えてゆく　香坂　恵依
戦いのない海だから蟹走る　近藤　瑠璃
地鎮祭供へし蟹の匍ひにけり　島村　小寒
家に夫置きて食ふ蟹まぶしけれ　朱雀　栄子
蟹走る水少し青く生きている　照屋　健
億年の名残りの白砂蟹の夜　徳永　義子
蟹放卵ぞろりと足が眠たがる　中村　冬美
蟹の穴随所にあってひるぎの森　福富　健男
朝まだき砂紋を崩し蟹走る　宮城　涼
断崖を蟹きらきらと墜ちゆきぬ　和湖　長六
陸蟹の総身で子別れする夜かな　立津　和代
ひた走る陸ガニ満身母である　玉城　幸子

海はまだ遠い陸蟹ただ産みに　徳永　義子
砂州の色変れるあたりいくさ蟹　永田　米城
汀線に沿うて闊歩のいくさ蟹　三浦加代子
砂団子の黒潮かぶるいくさ蟹　山城　青尚
米搗蟹浜いっせいに揺らぎけり　比嘉　朝進
泡立てて雲影つかむ島がさみ　西村　容山
沢蟹の沢を流れる遊びして　河井　末子
沢蟹を追う子いつしか横歩き　松本　達子

椰子蟹《やしがに》

オカヤドカリ科のヤドカリ類。甲長は一五センチ近くとヤドカリ類で最大。成体は貝に入らない。ココヤシやタコノキのある海岸にすみ、実を食べる。与論島以南に分布。

括られし椰子蟹の眼や夕渚　上原　千代
月の径ゆく椰子蟹に石の音　小熊　一人
椰子蟹や親子喧嘩の静まれり　高木　暢夫

椰子蟹の出歩く径を照らし行き　竹田　政子
月代をゆく椰子蟹の磯あかり　比嘉　朝進
椰子蟹の嗅ぎ登る夜の阿旦の実　安島　涼人

船虫《ふなむし》

体は長楕円形で触角と尾肢が長く、岩礁に群生する。近づくと素早く岩の上を走り逃げる。

舟虫は早起き岩を走りをる　石田　慶子
遠浅や船虫走る忘れ潮　比嘉　蘭子

くらげ

刺胞動物。体は寒天質で傘型、その縁に多数の触手が垂れ、毒針を出し、餌を捕える。骨がない。

異次元を抜けて自在のハブクラゲ　伊志嶺あきら
大くらげその一匹は四川風　小森　清次
点滴のほかの時間は海月でいる　徳永　義子

体内に眠らぬ海月およがせて　中村　冬美
月食裡くらげはひるがえりつつ太る　羽村美和子

海蛍《うみほたる》

日本の太平洋岸の海にいる甲殻類。二枚の楕円形の殻をもち、上唇腺から発光物質を分泌し、海水に触れると青色に発光する。夏から秋にかけて最も多い。

たましひに色ありとせば海蛍　古賀　三秋

夏蝶《なつちょう》《なつてふ》・揚羽蝶《あげはちょう》《あげはてふ》・鳳蝶《あげはちょう》《あげはてふ》・黒揚羽《くろあげは》《ほ》・オオゴマダラ

夏蝶は夏に見られる蝶のこと。特に大型のものが多い。揚羽蝶は黄色地に黒の複雑な模様を持ち大きく美しい。翅の黒い黒揚羽もまた、夏に多く見られる。オオゴマダラは南西諸島にいる白黒まだらの大きな蝶。蛹は金色。

山の子に翅きしきしと夏の蝶　秋元不死男
夏蝶と東尋坊の涯を見し　秋山　和子

碑《いしぶみ》に日の斑《ふ》風の斑夏の蝶　岩崎芳子
人枡田《とぅんぐだ》に舞う夏蝶の羽の影　上地安智
神酒くむ円座の客に夏の蝶　北川万由己
普天間のフェンス越えたり夏の蝶　木村朝郎
教会の木の扉から夏の蝶　熊谷愛子
木洩れ日や夏蝶よぎる古戦場　桑江良太
ガラス戸へ色鮮やかに夏の蝶　桑江正子
夏蝶の一頭二頭ふと消えて　座安栄
夏蝶にかはらむとして濤の上　進藤一考
この島に夏蝶放つ激戦地　野木桃花
刻銘の列を漂う夏の蝶　譜久山當則
夏蝶の息の荒きや小さき庭　宝来英華
夏蝶や摩文仁にたましい掬いつつ　宮里晄
夏の蝶自決の壕へ消えゆけり　与儀啓子
道路鏡斜めによぎる大揚羽　上原千代
紙銭《うちかび》の風とあらがひ揚羽蝶　糀房子
揚羽蝶縁切り寺の門くぐる　中村冬美
揚羽蝶もつれて天に上りけり　比嘉半升

化粧して烏揚羽になりにゆく　安谷屋之里恵
黒揚羽意識の底より舞ひ立ちぬ　新桐子
金網にまだあるいくさ黒揚羽　香坂恵依
黒揚羽よぎりし宗教論半ば　中田英子
黒揚羽樹海の奥へうかうかと　中村冬美
黒揚羽ふっと歩行者天国に　鳩山博水
島の忌や俄かに殖えし黒揚羽　屋嘉部奈江
黒揚羽慰霊地をひくくひくく来る　松永麗
卵産む鏡の上の黒アゲハ　樋口博徳
黒蝶の日にすがらんと海へ出づ　遠藤石村
オオゴマダラ蛹は金の耳飾り　安谷屋竹美
窯変や大ごまだらの羽化始む　新垣紫香
暮れゆきてオオゴマダラの眠りかな　稲嶺法子
堂上の青き天なでおおごまだら　上地安智

梅雨《つゆ》《つゆ》の蝶《ちょう》《てふ》

梅雨の時期、木陰などを飛ぶ蝶のこと。蝶だけなら春季になる。
梅雨の蝶増やし霊地の黙深き　上江洲萬三郎
学徒碑へ触れて昂ぶる梅雨の蝶　中村　阪子
ひらひらと人間失格梅雨の蝶　西部　節子

木《こ》の葉蝶《はちょう》

翅の裏側が枯れ葉色をしていて翅をたたむと木の葉に見間違える。沖縄県の天然記念物。
泡盛の香に誘はるる木の葉蝶　板良敷朝珍
木の葉蝶棲むといふ山藍育つ　大嶺　清子
天来の羽衣となる木ノ葉蝶　比嘉　朝進

蛾《が》・火蛾《ひが》

蛾は夏の夜、灯火に近寄って集まってくる。
不夜城の基地の囲ひや火蛾落つる　古波蔵里子
火蛾の目の赤に呪文をかけられる　羽村美和子

山繭《やままゆ》・天蚕《やままゆ》

ヤママユガ科の蛾で、櫟や楢の葉を食べ、黄緑の楕円形の繭を作る。糸は良質、山繭で作った衣類は高価である。
山繭に衣擦れの音近づきぬ　鹿島　貞子

与那国蚕《よなぐにさん》・与那国蛾《よなぐにが》

ヤママユガ科の蛾。開張は二〇センチ近く、翅は世界最大。赤褐色の翅に黒や黄の文様がある。石垣島・西表島・与那国島に棲息。沖縄県の天然記念物。
よなぐにさんの羽化の間近かの白昼夢　進藤　一考
与那国蛾羽化さかりなり過疎部落　糀　房子
早る夜の独り美し与那国蛾　当銘　芳郎

毛虫《けむし》

蝶や蛾の幼虫で毛の多いもの。毒があり人を刺したり葉を食い散らかしたりする。

波打って毛虫のいのち地を急ぐ　山田　静水

尺蠖《しゃくとり》・尺取《しゃくとり》

歩く時の屈伸する様子が親指と人差し指で長さを測る形に似ているのでこの名がある。

尺蠖りの考えている竿の先　小森　清次

尺取のまだ計っている昭和　大川　園子

夜盗虫《よとうむし・よたうむし》

夜盗蛾の幼虫で暗褐色の中形の芋虫。日中は土や茂みに隠れ、夜に野菜の葉を食害する。

夜盗虫白骨街道の闇を行く　丹生　幸美

蛍《ほたる》・蛍火《ほたるび》・初蛍《はつぼたる》・じんじん・やーんぷう

初夏の闇夜にすいすいと光を放ちながら飛んでいる蛍は美しいばかりでなく神秘的ですらある。蛍の名所も多く、宇治の蛍合戦など、蛍にまつわる伝説も多い。じんじん・やーんぷうは方言。

縁先にシリウスが来る螢来る　新井　富江

螢の夜老い放題に老いんとす　飯島　晴子

軍服を脱ぎたい遺影ホタル飛ぶ　池田　なお

気がつけば胸に一匹ホタル棲む　池宮　照子

こんなにも漆黒の森蛍とぶ　稲嶺　法子

真玉橋の遺構くぐるや夕蛍　上運天洋子

ベトナムの戦火おさまり蛍飛ぶ　上江洲萬三郎

大蛍海のほてりをほぐし飛ぶ　遠藤　石村

夕蛍厨子甕を売る壺屋路地　大城　幸子

乱舞して火は文字となる恋蛍　岡田　初音

島ホタル落下傘のように舞い下りる　親泊　仲眞
闇よりもなほ濃き福木蛍とぶ　数田　雨条
ゆるやかに着てひとと逢ふ螢の夜　桂　信子
おおかみに蛍が一つ付いていた　金子　兜太
身のうちの戦前戦後ほうたるや　河村さよ子
首里城の生死の闇を蛍とぶ　岸本マチ子
ほうたるは寂光のごとほめく宿　小橋　啓生
ほたる出で闇のうねりのはじまりぬ　澁谷　道
合掌の指へ黄泉よりほたる来る　鈴木ふさえ
玉砕を聞きしあの世の蛍飛ぶ　高橋　照葉
ほうたるよきれいな心連れてこい　田代　俊泉
熟慮など無縁ほうたる呼んでいる　辻本　冷湖
ほーたるを帯留にして逢いにゆく　藤後むつ子
山征かば征きてあまたの蛍かな　徳永　義子
窯入れを終えて蛍の夜となりぬ　仲里　信子
蛍ゆれ人の形に闇動く　鳩山　博水
ちびっ子の蛍のつどうチビチリ洞窟《ガマ》　ばもととしお
蛍の夜ガリレオ衛星すこしずれ　宮城　陽子

蛍火の消ゆるや青が闇の芯　新　桐子
芭蕉ゆれ蛍みどりの火をこぼす　新木　光
蛍火や瀬風山風匂ひ立ち　石川　葉子
蛍火の一閃闇を深くせり　大湾美智子
語り部の言霊照らす蛍の火　中田みち子
蛍火や手首細しと摑まれし　正木ゆう子
蛍の火胸に灯して帰りくる　脇本　公子
初蛍たましいとられ闇をゆく　菊谷五百子
じんじん飛ぶ自由と不自由の間　そら　紅緒
やーんぷう真昼のほてり解しとぶ　さどやま彩

兜虫《かぶとむし》

コガネムシ科の大形甲虫。名前は、頭に大きな角があるので兜に似ているため。夏に羽化し、櫟やサイカチなどの樹液を吸う。サイカチムシ。

明方はかぶと虫となる少年期　たまきまき

黄金虫《こがねむし》・かなぶん

俗に黄金虫類のことをかなぶんという。色々な植物の葉を食べる害虫。夏の夜、よく音をたてて飛んでくる。

一徹を通して光る黄金虫　新里クーパー
御殿山道の途中に黄金虫　吉田　初音
かなぶんの飛んで光って星になる　四方万里子

斑猫《はんみょう》《はんめう》・道《みち》《みちを》おしえ

山道に多く、近づくと人の行き先へ飛ぶのが、まるで道案内をしているようにみえる。

斑猫に追ひつき水の神詣づ　新垣　春子
斑猫の軽く立ちたる御嶽岩　大湾　宗弘
斑猫に足の運びを早めけり　篠原　鳳作
斑猫や混沌の地を逃げてゆく　田代　俊泉
足元に斑猫の空ありにけり　西平　守伸
斑猫や島には島の詩の系譜　矢野　野暮
生き延びて　句を作ること　みちおしえ　伊丹三樹彦
道おしえ修正液の欲しき過去　早乙女文子
道をしへ裏街道をひかりとぶ　島袋　常星
静けさの奥は山小屋道をしへ　宝来　英華

落《おと》し文《ぶみ》

昆虫のオトシブミが、葉を丸めた巣に産卵し、これを地上に落としたもの。巻いた手紙のように見える。孵化した幼虫はこの葉を食べて育つ。

受水の御嶽に拾ふ落し文　金城百合子
落し文ひとつ遊女の歌碑に置く　中村　阪子
落し文「もったいない」は世界語へ　西里　恵子
落し文挺身隊の洞の跡　西山　勝男
ひめゆりの少女の像に落し文　野木　桃花
落とし文手にまろばせてゐて解かず　前川千賀子

水馬《あめんぼ》・あめんぼう

アメンボ科の昆虫。六本の細長い脚で体を支え、水上に浮かんで滑走する。小虫を餌とする。

水馬くに捨てるには水ゆたか　大坪　重治
あめんぼう沈んでみたき日のありぬ　原しょう子
あめんぼう己の軽さ知っており　本村　隆俊
あめんぼう何を考え逆らえる　吉富　芳香

蟬穴《せみあな》

蟬の幼虫が地上に出る際にできる穴。穴の近くの樹木に空蟬が残されている。

蟬の穴それぞれの呼吸《いき》とどのひぬ　うえちゑ美
戦艦大和いつの間に蟬の穴　大坪　重治
同じ世の風吹きかはる蟬の穴　柿本　多映
或る夢の隅の暗きに蟬の穴　河原枇杷男
蟬の穴碧き海鳴り昂れり　小橋　啓生
朝風や体内にある蟬の穴　鈴木ふさえ
ネクタイも靴下も定年蟬の穴　松井　青堂
蟬穴に野の花そっと挿してやる　宮城　陽子
語り部のふんばっている蟬の穴　与儀　勇

蟬《せみ》・油蟬《あぶらぜみ》・熊蟬《くまぜみ》・初蟬《はつぜみ》

雄は鳴くが、雌は鳴かず樹皮に産卵、孵化した幼虫は地中で数年間をすごし、地上に出て羽化する。アササー、サンサナーは方言で蟬の総称。ニイニイゼミは、本州から沖縄本島北部に生息、やんばるが分布の南限。草蟬が声をひそめるころ鳴きだす。クロイワニイニイ（方言ジイジイグヮー・シーミーグヮー）は奄美大島・沖縄本島周辺で、四〜八月、ジージーと鳴く。ミヤコニイニイは宮古諸島で五、六月、ヂッヂッヂッーと速いテンポで鳴く。ヤエヤマニイニイは石垣島・西表島で五〜九月、ジージーと鳴く。イシガキニイニイは八重山諸島に生息。

油蟬では、夏中鳴きとおす小さな琉球油蟬は、鍋を掻くようにうるさく鳴くので「鍋掻き蟬」、訛って「ナービカチカチ」と呼ぶ。夏の盛りに大合唱する大きな熊蟬は、サンサナーまたはサンサンと呼ぶ。

泣き足りぬ泣き足りぬ蟬金武洞穴　安里　昌大
笑い終えし身の真ん中の黒い蟬　安谷屋之里恵
職捨てて等高線に蟬生まる　粟田　正義
非戦の碑建てしこの丘蟬が鳴く　池田　俊男
ニライ遠く蟬に煎らるる村御願　伊志嶺あきら
黙禱のわが身にしむる蟬の声　稲嶺　法子
朝明けや蟬のリズムに墨磨りぬ　うえちゑ美
身に潜む蟬一匹に翻弄され　大城あつこ
糸数城址蟬のふるえに近づきぬ　金城　杏
出遅れて大鳴きをする蟬一つ　金城　幸子
泣くせみは辛い思い出島の詩　久高ハレラ
沢登り蟬があらあら滝になり　慶佐次興和
くねる秩序に飼う敗戦の蟬を　小山亞未男
村御嶽人去ればすぐ蟬のもの　平良　雅景

蟬の国千歩あゆんで抜け切れず　田中　不鳴
蟬の目に億年の夢琥珀色　友利　恵勇
若蟬の羽脈縁どるエメラルド　友利　敏子
一夜経て死ぬものは死に籠の蟬　前川千賀子
蟬声や椰子累々として熟るる　矢野　野暮
蟬の木のどこ叩いても骨の音　やまもと仁
蟬声をきくことなくて首里すぎぬ　横山　白虹
だし抜けに白昼を裂く油蟬　大川　園子
聞き耳を立てて鳴きつぐ油蟬　大山　春明
大地いましづかに揺れよ油蟬　富沢赤黄男
熊蟬のしゃわしゃわしゃわと国が減る　大坪　重治
熊蟬や朝の厨に煮たつ音　山城　光恵
くまぜみやどこから行くも坂の街　山田　静水
初蟬や微熱の午後の神憑り　新　桐子
初蟬や妻にまかせる庭そうじ　古賀　三秋

※御願（うがん・うぐゎん）＝拝所や各家庭に祀られた火の神に加護や繁栄を祈ること。

蟬時雨《せみしぐれ》

多くの蟬の鳴き声に包まれ、木々の全体から降り注ぐように鳴きたてるさまを時雨にたとえていう語。

ひめゆりの散華の杜や蟬時雨　安里　重子
戦争を知る樹知らぬ樹蟬しぐれ　天谷　敦
欲しきものついと遠のき蟬時雨　新垣　勤子
癩の島ふりつつみをり蟬時雨　石垣　美智
戦跡のだあれもいない蟬時雨　稲嶺　法子
沖縄は肺の奥まで蟬しぐれ　岩本　桂子
女身もて羽化を窺ふ蟬時雨　うえちゑ美
東雲や御殿跡地の蟬時雨　海勢頭幸枝
火種いま沸点の島蟬しぐれ　大城あつこ
叫ぶことは生きる証しの蟬しぐれ　嘉陽　伸
蟬しぐれ紅蓮の声もまじるなり　岸本マチ子
蟬しぐれおもろさうしの碑にそそぐ　桑江　良太
遠海の青立ち上がる蟬時雨　小橋川恵子

戦跡の野仏おはす蟬時雨　謝名堂シゲ子
蟬時雨もはや戦前かも知れぬ　攝津　幸彦
蟬時雨摩文仁の読経はじまりぬ　平良　雅景
静寂を突いて孤島の蟬時雨　立津　和代
黙禱のこぶしの中まで蟬しぐれ　谷川　彰啓
蟬しぐれ時にはスローなブギにして　玉城　幸子
脳天に生きているかと蟬時雨　照屋　健
蟬時雨片づかぬ家に鍵かけて　徳永　義子
帰り道待ち伏せした日や蟬しぐれ　仲西　紀子
純白の僧が庭掃く蟬時雨　根志場　寛
ひょっとして今が生き甲斐せみしぐれ　比嘉　幸女
心の臓中まで洗え蟬時雨　比嘉　正詔
薄命をかこつが如く蟬しぐれ　広長　敏子
現し世も果てんとばかり蟬時雨　譜久山當則
フライパンの手元狂わす蟬時雨　又吉　涼女
どこまでも基地どこまでも蟬しぐれ　三原　寿彦
貝伏せて間引き子の墓蟬しぐれ　安島　涼人
村産井《うぶかー》溢るる音に蟬しぐれ　与座次稲子

頂の青いベンチや蟬時雨　吉岡　妙子

空蟬《うつせみ》

蟬の幼虫は地中から出て、樹木や草の葉に止って茶色の殻を脱ぎ捨てる。その抜け殻。虚しい感じを抱かせる。

空蟬の朝から鳴けり万骨塔　穴井　太
空蟬の中でサティを聴いている　池宮　照子
墓守りの如き空蟬按司の墓　金城　杏
空蟬のポトリと落ちるテロの翳　後藤　蕉村
空蟬の絶えぬ恋爪立てしまま　小橋　啓生
空蟬や命カラカラ鳴っている　田代　俊泉
空蟬は生きた残照カラカラと　照屋　健
空蟬や過ぎし戦のかたちして　徳重　英節
空蟬の犇めき合うて壕の跡　仲宗根葉月
空蟬は征きしままなる人ならん　日原　輝子
途中から屍途中まで空蟬　前田　弘
空蟬の爪の先まで透き通る　宮城　陽子

糸蜻蛉《いととんぼ》

体が糸のように細いのでこの名がある。水辺の草などに止り、光沢のある美しい翅をもっている。

糸とんぼ一瞬よぎる風の色　眞栄城寸賀
糸蜻蛉草に染まりて飛びにけり　真喜志康陽

川蜻蛉《かわとんぼ》《かはとんぼ》

川など水辺を飛ぶカワトンボ科の総称。糸蜻蛉よりやや大きい。「鉄漿蜻蛉《おはぐろとんぼ》」もその一種。

神の井の立札白し川蜻蛉　瀬底　月城
ダンプカー土捨て残す川蜻蛉　山城　青尚
川蜻蛉白寿の義姉の骨拾ふ　吉田　碧哉

蚊《か》

飛ぶときに羽音がする。雌は人畜を刺し血を吸う。中にはマラリアなど伝染病を媒介する蚊もいる。

踏み込めぬここが我慢や蚊のうなり　比嘉幸女

孑孑《ぼうふら》

蚊の幼虫で、多く汚水の中にすみ、棒を振るように泳ぐ。水面で羽化し成虫・蚊になる。

孑孑やすでに不穏の動きして　池宮照子

ががんぼ・大蚊《ががんぼ》

姿は蚊に似ているがはるかに大きい。長い脚はもげやすい。蚊と異なり血は吸わない。

とりとめもないががんぼでおしゃべりで　中田みち子

ががんぼのふわりと眼科待合室　原しょう子

蚋《ぶと》・ぶよ

蚊に似て小さく、雌は人畜の血を吸う。刺されるとかなり痒く、赤く腫れ上がり、膿むこともある。

とんぐ田にムンクの叫びぶよもいて　岸本マチ子

めまとい《ひ》・蠛蠓《まくなぎ》

夏の夕方路地や畦を歩くと、目の前や周りを飛びかいつきまとう。ユスリカやヌカカなどの小さい羽虫。

目纏ひの払ひ除ける手皺の数　うえちゑ美

まくなぎや夢の墜死は途中まで　澁谷道

まくなぎや心の塵を払えども　谷加代子

薄翅蜉蝣《うすばかげろう》《うすばかげろふ》

蜻蛉に似ている。透明な羽に細かな脈がある。蟻地獄の成虫。

『方丈記』うすばかげろう来て止まる　羽村美和子

蟻地獄《ありじごく/ありぢごく》

ウスバカゲロウの幼虫。縁の下など乾いた土や砂にすり鉢状の穴を掘り底にいて、落ちた蟻などを食べる。

地雷なき国に住みをり蟻地獄　矢崎たかし

日の丸のはみだしている蟻地獄　与儀　勇

ごきぶり

体は楕円をして黒褐色。光沢の羽があり飛ぶこともできる。夜間、台所などに出没する。

ごきぶりの子の無邪気さが悲しいです　辻本　冷湖

紙魚《しみ》

紙や衣類を食い荒らす虫。体長は一センチ程度で扁平で細長い昆虫。暗い場所を好む。

紙魚つきし父の形見の軍手牒　たみなと光

蟻《あり》**・山蟻**《やまあり》

地中や倒木などに巣を作り、女王蟻と働き蟻とで社会生活を営む。山蟻は山地に多い中型の蟻。

大蟻の道長々と峡の宿　上間　紘三

大蟻もマリンパークの一員に　金城　杏

蟻よバラを登りつめても陽が遠い　篠原　鳳作

蟻が蟻負いゆく大歓声の中　辻本　冷湖

登りつめ砂丘の果ての蟻となる　友利　恵勇

蟻の眼や秘密は千の顔をもち　仲間　健

銃眼の罅に匍匐の蟻がいる　藤田　守啓

蟻千匹醜の御盾の喉仏　松井　青堂

読経の半ばより蟻の列を追い　宮城　正勝

一ドルの靴で山蟻の群れに会う　高田　律子

蟻《あり》の塔《とう》（蟻《あり》の塔《たふ》）

蟻は、地中や朽ちた木などに巣を作る。その地面を掘ってできた山や、土や落葉・枝で作った巣のことを蟻塚または蟻の塔という。

眩暈して摑む闇かな蟻の塔　松井　青堂

蜘蛛《くも》・蠅取蜘蛛《はえとりぐも》（はへとりぐも）・蜘蛛《くも》の糸《いと》・蜘蛛《くも》の囲《い》（ゐ）・蜘蛛《くも》の巣《す》・女郎蜘蛛《じょろうぐも》（ぢよらうぐも）

節足動物。腹部から糸を出し、これによって餌をとる。夏の朝小道を歩いているとよく蜘蛛の巣にひっかかる。

聲もなくこころにひとつ棲む蜘蛛や　河原枇杷男
英語教師島の大蜘蛛にらみけり　金城　杏
繰り言の形とならむ夜の蜘蛛　仲間　健
蠅取蜘蛛の歩く孤独を見ていたり　田代　俊泉
蜘蛛の糸わずかに道を鎖《とざ》しけり　大湾　朝明
軒下の光集むる蜘蛛の糸　真喜志康陽
蜘蛛の囲のモザイクの如広ごれり　うえちゑ美
蜘蛛の囲やガマ抱きしめて四十年　田中しのぶ
蜘蛛の囲を潜り抜けゆく御嶽径　渡久山ヤス子
蜘蛛の囲のがんじがらめに自決あと　野木　桃花
蜘蛛の囲に刻とどこほる御嶽《うたき》かな　横山　白虹
蜘蛛の巣や硬貨の沈む村産井《うぶかー》　仲里　信子
ボウントゥ墓半身に構える女郎蜘蛛　安里　昌大
藍ねかす甕の夜を守る女郎蜘蛛　小熊　一人
門中墓大女郎蜘蛛腹白し　城間　睦人
出迎へは女郎蜘蛛なり三庫理《さんぐーい》　渡真利春佳

げじげじ・蚰蜒《げじげじ》

湿気の多い床下や朽木を好む節足動物。人を刺すこともあるが益虫である。

げじげじにあの手この手で試されて　小橋川恵子

蝸牛《かたつむり》・でで虫《むし》

軟体動物。螺旋形の殻を背負っている。雨上がりによく見かける。草木の葉を食べる。

蝸牛ぐんぐんのぼる知念城　安里　昌大
上りつめ蝸牛の角天さぐる　安里　星一
空のこと話したかったかたつむり　今川　知巳
蝸牛ぽーっとほほえみわたるかな　岩尾　美義
基地といふ重荷を担ぐかたつむり　浦　廸子
蝸牛の目そろり確かにあしたかな　岡　恵子
躊躇《ためら》いを足で蹴飛ばすかたつむり　川津　園子
天女橋を渡りきったるかたつむり　キャサリン
かたつむり淋しい時は目をつむる　古賀　三秋
沖縄の渦を背負って蝸牛　小橋　啓生
かたつむり戦争のことぽつりぽつり　須﨑美穂子
生きてゐる限り歩かうかたつむり　谷崎　訓子
殺傷の薄き哀しみかたつむり　友利　昭子

かたつむりつるめば肉の食ひ入るや　永田　耕衣
激戦の地に見つけたる蝸牛　野木　桃花
動かねば呆けてしまうカタツムリ　比嘉　幸女
蝸牛私の分まで居留守して　松本　達子
かたつむり生きて黙認耕作地　宮里　晄
かたつむり時々家が重くなり　諸見里安勝
でで虫に似し歩も命あればこそ　岩崎　芳子
でで虫や背負うは富か煩悩か　大湾　朝明
ででむしの碑文なぞりて銀の道　金城　冴子
でんでん虫独立独歩の父に似て　そら　紅緒
でで虫を王墓の草へ戻しやる　比嘉　半升
でで虫や無縁仏をなぐさめて　和田あきを

夜光虫《やこうちゅう》《やくわうちゆう》

海中に浮遊し、波などの刺激で夜、青白く光るのは美しい。増えると赤潮になる。

夜光虫刻を逆さに安楽死　浦　廸子

植物

余花《よか》《よくわ》

初夏に咲き残っている桜のこと。

余花落花瑞鳳殿の涅槃径　石川　宏子
余花の雨弾力残す生命線　大川　園子
しろじろと昭和の微熱余花明り　小橋　啓生
わだつみにひらく拍手余花の海　中野　貴美

桜《さくら》の実《み》

桜の花の散ったあとに葉桜になるが、その葉の間から小豆ほどの小さな桜の実が見える。

逢ひ初めし頃の言の葉桜の実　稲嶺　法子
軍港やジャンプして取る桜の実　湯浅　依子

薔薇《ばら》

バラ属の観賞用植物の総称。棘があるものが多い。多弁のものが咲き誇っているさまは華麗で壮観。芳香の種類も様々。

咲くは天使散るは吾が息薔薇の花　新　桐子
薔薇に朝すでに来ている車椅子　石井　五堂
薔薇園の百花乱れて分裂病　河村さよ子
死者の名に充ちて薔薇苑はなやげり　高嶋　和恵
薔薇園にバッハの組曲響きけり　東郷　恵子
バラと書くやっぱり薔薇と書きなおす　中村　冬美
朝摘みの薔薇の蕾の香をほどく　三村　和恵
庭のバラ剪れば雨粒零れ落つ　吉木　良枝
バラ園に一期一会の会釈かな　与那覇貴美子
ブルーローズかすかに破綻の香りして　池宮　照子

牡丹《ぼたん》・ぼうたん

大形の花は気品があり、中国では「花王」と言われる。花の色は白、紫、紅、淡紅など、古くから園芸品種が多い。

白牡丹無言で透ける妻がいる　粟田　正義
夕闇に膝をくずして牡丹かな　池宮　照子
寺の庭どこかに母も夕牡丹　井崎外枝子
胸深く青空のあり白牡丹　石井　五堂
空に涯ありや地の果て夕牡丹　駒走　松恵
存分に濡れし牡丹の崩れけり　小森　清次
緋牡丹の緋を余さずに掬いけり　中村　冬美
累代の墓守るごと牡丹咲く　宮城　長景
奔放な牡丹と出会うおんな坂　宮里　晄
ぼうたんのどこかがさける音のして　岸本マチ子

紫陽花《あじさい》・四葩《よひら》・七変化《しちへんげ》

紫陽花《あぢさゐ》

密集した小花が手毬のように咲き、花の色は薄い緑色から赤・青・紫など変化する。

紫陽花を転がして明るい闇へ　安谷屋之里恵
紫陽花の咲いて黒船蛇行せり　粟田　正義
連山の雨の匂ひや濃紫陽花　石川　葉子
狂うなら紫陽花群れる雨の中　大城あつこ
紫陽花や老いて増々母親似　幸喜　和子
紫陽花の濡るるこゑなる女体かな　小橋　啓生
紫陽花や路地行く人の目を洗う　重国　淑乃
あぢさゐの花より懈《たゆ》くみごもりぬ　篠原　鳳作
紫陽花に秋冷いたる信濃かな　杉田　久女
紫陽花や古き手紙の捨てられず　仲間　健
回廊を埋めつくしたる四葩かな　早乙女文子
ステップを間違え四葩と鉢合せ　山本　セツ
老いて尚粧ひのたのし七変化　広長　敏子

夏

百日紅《さるすべり》・百日紅《ひゃくじつこう》

木の皮が滑らかで、猿も滑る、また百日も紅色の花をつけることからの命名。紅または白の小花が枝先に群がるように咲く。

からからと壊れゆく日の百日紅　安谷屋之里恵
女来と帯纏《ま》き出づる百日紅　石田　波郷
色失せて風にすがりし百日紅　奥原　則子
さるすべり母がするする降りてくる　須﨑美穂子
風立ちて花かんざしの百日紅　砂川　正夫
夢殿や薄目して見る百日紅　田村　葉
百日紅ゆらゆら揺れて父送る　東郷　恵子
百日紅島嫁となり咲き満ちる　友利　敏子
さるすべり行方不明の午後が好き　羽村美和子
立て膝の女爪切る百日紅　前田貴美子
引越しに取り残されし百日紅　真喜志康陽

山法師《やまぼうし》《やまほふし》の花《はな》《はな》

山地に自生。四枚の白い苞が大きく、花弁のように見える。山帽子。

きっと嘘うそはまっさら山法師　秋野　信

緋桐《ひぎり》の花《はな》

枝先に円錐状に緋色の筒状の花をつける。葉が桐に似ている。沖縄本島北部などによく見られる。

緋桐みな日の没る方へ頭垂れ　安里　星市
花緋桐木の戸木の椅子木の机　稲嶺　法子
健児の碑へ八十路の挽歌緋桐咲く　いぶすき幸
花緋桐朱きは神の忿怒かも　浦　廸子
遠ざかる昭和の闇に花緋桐　岸本百合子
花緋桐午後はパートの教師妻　北村　伸治
花緋桐ハ行ふふめり里言葉　久田　幽明

花織の娘に織り継がれ緋桐咲く　島袋　常星
首里城へつづく地下壕花緋桐　高良　園子
緋桐咲く女あるじの眉毛濃し　多葉　くみ
線彫りの陶乾す庭や花緋桐　渡久山ヤス子
御嶽径緋桐の花の道しるべ　名嘉眞葉子
島緋桐かって号泣したことも　宮里　晄

泰山木《たいさんぼく》

モクレン科の常緑高木。二〇メートルを超すものもある。大輪の白い花は香りもよい。

泰山木咲く午後戦記朗読す　宮里　晄

額《がく》の花《はな》

額紫陽花の花のこと。小さな密集した花の周りの、大きな蕚が、額縁のよう。紫陽花より控えめな印象。

旅に遇ふ人のやさしさ額の花　石井　五堂

夾竹桃《きょうちくとう》《けふちくたう》

葉は細く光沢がある。赤紫・白・薄黄色などの花をつける。排気ガスに強く街路樹にも使われる。

夾竹桃爛れるごとく基地に佇つ　石堂　和霞
基地の島彼我を隔つる夾竹桃　大湾　朝明
キョウチクトウ米軍基地への道標　金子　嵩
夾竹桃ほら戦争が隠れてる　桑江　光子
夾竹桃戦知らぬ子知らぬ親　佐々木経子
戦前の昼下がりにいる夾竹桃　座安　栄
軍門《ゲート》前アリバイ咲かせる夾竹桃　となきはるみ
まだ少しにっぽんが好き夾竹桃　姫野　年男
高射砲わがものがおに夾竹桃　福富　健男
夾竹桃二度寝の夢の哀しかり　吉富　芳香

凌霄花《のうぜんか》《のうぜんくわ》

蔓性の落葉木。蔓が木や垣根などに巻き付いて伸び、枝先に黄色味を帯びた朱色の大きな花をつける。のうぜんかずら。

吾はのうぜんいかなる涯に死するとも　栗林千津
凌霄花のほたほたほたりほたえ死　文挾夫佐恵
ゆるされて軍鶏抱くほてり凌霄花　前田貴美子

伊集《いじゅ》の花《はな》

ツバキ科の常緑高木。沖縄では国頭《くにがみ》地方に多い。花は山茶花に似て白い花が咲く。辺野喜《びぬち》節の琉歌にも歌われている。

ダム底に本籍地あり伊集の花　安座間勝子
花伊集や召されゆく子の手の重み　新垣富子
陶房は二代目伊集の花蕾　石田慶子
いつの間にいくさ話や伊集の花　上江洲萬三郎
伊集の花落暉の空のうす明り　上原千代
風白し伊集満開の山地かな　上間香
伊集の花薫るホールや戴帽式　海勢頭幸枝
伊集咲くや宇流麻の島のいぶし銀　大城百合子
前線の闇受容れぬ伊集の花　金城光政
ひめゆりの乙女らの夢伊集の花　桑江光子
基地いまだ動かずイジュの花盛り　末吉發
闘牛の里の一山伊集の花　渡久山ヤス子
伊集咲くやみやらび達の高笑い　比嘉陽子
そこだけが真白に伊集の花あかり　宮城涼
伊集の花咲けばやんばる遠からじ　行野
伊集咲くや疾風波打つ辺野古崎　与儀啓子

ハイビスカス・赤《あか》バナー・仏桑花《ぶっそうげ》《ぶつさうげ》・琉球木槿《りゅうきゅうむくげ》《りうきうむくげ》

アオイ科の常緑低木。観賞用に栽培される園芸種が多く、漏斗状の赤、黄、白などの花をつける。南国の花で沖縄では庭木にされる。

ハイビスカス鬼も希望も沖より来　石井五堂
庭ごとの一軒ごとのハイビスカス　大橋正明

ひらさかの扉の外をハイビスカス　香坂　恵依
ハイビスカス海鳴りの黄の声の汝　小橋　啓生
ハイビスカス其赤恋うて沖縄へ　駒走　松恵
海風に揃って首振るハイビスカス　平良　雅景
ハイビスカス海に色なく空もなし　丹生　幸美
沖縄やハイビスカスは飛び立たぬ　服部　修一
ハイビスカス水碧き国の人といる　羽村美和子
ハイビスカスは島唄の色妻との旅　福富　健男
基地のない沖縄を待つハイビスカス　山中たい子
片膝を立てて線彫り赤バナー　金城　順子
仏桑花咲いて真赤に骨拾ふ　新木　光
拝所《うがんじょ》はみな海を向く仏桑花　池北　久子
島唄や揺るるにまかす仏桑花　稲嶺　法子
仏桑華人の生死にかゝはり来　浦　廸子
基地測量仏桑花の色がただ赤い　神谷　明仁
仏桑花修道院の朝の弥撒　桑江　良太
仏桑華燃ゆれど父の帰り来ず　桑江　正子
訓練の兵におびえる仏桑花　小泉　峯子

仏桑花安保廃棄の論冴える　近藤　無庵
黒揚羽ばかり修羅場の仏桑華　沢木　欣一
ゆらゆらと風鈴咲きや仏桑花　篠原　鳳作
仏桑花のなだれをのせて珊瑚垣　島袋はる子
どこからも骨が出てどこにも仏桑花　末吉　發
基地の島命の色に仏桑華　関　洋子
まっくろな基地の空輪機と仏桑花　玉木　節花
仏桑華蕊よりはじまる風の道　玉城美智子
沖縄が胃の腑に残り仏桑花　丹生　幸美
紅の涙もかれて仏桑花　長谷川　櫂
仏桑華そえてサバニの舟化粧　比嘉よしの
仏桑花海の日照雨の移りけり　前田貴美子
仏桑花穢土のしがらみ解くごとし　宮城　長景
しんしんと白仏桑花句碑に肺　八木三日女
鐘の音を海へ追ひやる仏桑華　横山　白虹
まづ濡るゝテニスコートの仏桑華　横山　房子
仏桑華西を向いても駄目である　渡部伸一郎
復帰碑の爆機の翳り仏桑花　渡辺をさむ

琉球木槿ライブの歌手と握手する　海蔵由喜子

ブーゲンビレア・筏蔓《いかだかずら》《いかだかづら》

半蔓性の低木。花は枝先に集まって咲く。紅色などの三枚の三角の苞葉が美しい。ブーゲンビリア。

告白はブーゲンビレアの花の影　尼崎　澪
俄か雨ブーゲンビリヤの紅濯ぎ　石垣　美智
錦鯉寄せてブーゲンビリヤ炎ゆ　小熊　一人
湯桶置く音にもさといブーゲンビレア　高田　律子
ブーゲンビレア酷暑を吸って天に咲く　高良　和夫
屏風《ひんぷん》にブーゲンビレアの紅よどむ　西村　容山
青春のブーゲンビレアが目に痛い　服部　修一
ブーゲンビレアやはり異端の風が好き　宮里　晄
婚訪はなしるべはブーゲンビリヤの門　矢野　野暮
垣添ひの真白きブーゲンビレアかな　山里　賀徳
屋根一つブーゲンビリヤに溺れたり　山口きけい
網干さるブーゲンビリアの珊瑚垣　山田　静水

戦禍跡明るきブーゲンビレアかな　湯浅　依子

海紅豆《かいこうず》《かいこうづ》

アメリカデイゴと呼ばれることが多く、和名が海紅豆。赤い花を穂状に咲かせる。

返還なお居座る米軍海紅豆　沢田　稲花
開きつつ何訴えん海紅豆　中村加代子

梯梧《でいご》・あかゆら

インド原産のマメ科の落葉高木。幹や枝に太い棘がある。直径五〜六センチの真っ赤な蝶形の花を多数開く。真紅の花が碧空とマッチして火の鳥を思わせる。沖縄県の県花。仙丹花・黄胡蝶とともに沖縄の三大名花の一つ。

ゼネストの隊列煽る火の梯梧　赤田　雨条
基地提供拒否の地主ら花デイゴ　荒井　芳子
母の忌の天にほぐるる花梯梧　新垣　富子

蒼天へ炎ひろげる花梯梧　新垣恵子
散る梯梧路の人の輪の渦に　新垣鉄男
花のまま落つる梯梧や健児の碑　新木光
でいご咲くやかの日喚びし壕いくつ　安西篤
基地囲む腕《かいな》の鎖デイゴ咲く　飯田史朗
名木の梯梧母校の跡に燃ゆ　池原ユキ
護佐丸の時空遥かに梯梧咲く　石田慶子
島を去るデイゴの花を目に染めて　上江洲萬三郎
花梯梧太極拳のおみなたち　うえちゑ美
シャックリやその都度梯梧の舌紅い　宇久田進
谺する球児の声やデイゴの花　梅原公子
花梯梧血の色故の黙示録　浦廸子
梯梧の島に生れ生涯いくさとの縁切れず　浦崎楚郷
網膜に過去よみがえる花梯梧　大菅清美
久茂地川満ちて梯梧の花いかだ　大塚十休
爆音をデイゴの花は知っている　大塚徳子
咲く梯梧咲かぬでいごや不眠症　大湾朝明
花デイゴ家族の墓は基地の中　親泊仲眞

花でいご幹隆りゅうと裸婦像も　鹿島貞子
デイゴ咲いてキジムナーをふん縛る　金子嵩
復帰後も五感の緊張花デイゴ　金子まさ江
花梯梧満ちてくるものみな燃やし　岸本マチ子
デイゴ撩乱兵かく戦えり風の島　黒木俊
沖縄のぶあつい歴史デイゴ咲く　香坂恵依
固き土破りてデイゴ花開く　児玉金友
花でいご昭和の闇を燃え透けり　小橋啓生
花でいごまっすぐ行けば海へ出る　小森清次
不発弾埋もるる梯梧の花の下　佐々木経子
花でいごあの丘まるっと弾薬庫　佐藤正子
東雲のもやをぼかして花梯梧　城間紫江
きはやかに暁けにいさむや梯梧咲く　進藤一考
血の色でいくさ見てきし老梯梧　平良雅景
復帰碑のにがい潮風花デイゴ　田中千恵子
語り部の口中深くでいご咲く　たまきまき
花梯梧ことに明るき婚の家　知念広径
花梯梧名のみ残れる島の井戸　辻泰子

花デイゴ舗道にこぼし空家です　徳永　義子
海光や老幹太き花梯梧　渡久山ヤス子
梯梧燃ゆ並木真直ぐ青空へ　友利　敏子
デイゴ咲き口中赤き魔除《まよけ》獅子《しし》　中嶋　秀子
戦場でありし日のこと花梯梧　中村　冬美
花梯梧おもろの碑文朝日射す　中村　阪子
絣織る窓くれなゐに花梯梧　西銘順二郎
梯梧燃ゆ摩文仁の丘の空真青　西山　勝男
デイゴ咲く島に無心の子供たち　野木　桃花
基地いらぬ梯姑の花は風の中　長谷川治風
でいご咲くどの影踏んで遊ぼうか　原しょう子
基地はイヤ婆《ばあば》の心でいご咲く　帆本　ひろ
屋根獅子の阿呍の疲れ花梯梧　堀江　君子
激戦の島はかたらずデイゴ咲く　前川千賀子
不発弾処理車梯梧の花盛る　前田貴美子
激情がはじけて空へ花でいご　宮城　香子
でいご咲くおきなわはまだ眠れない　宮城　陽子
でいご咲く迸るもの空へ向け　宮里　晄

長男もデイゴの花も素直なり　森須　蘭
デイゴ咲き不定愁訴の血が騒ぐ　諸見里安勝
落ちざまの色哀しかり花デイゴ　安田　昌弘
涙腺の不意にゆるみし花梯梧　安田喜美子
潮騒は母なる調べ梯梧咲く　山口きけい
色街は昔のいろに花でいご　山田　静水
花梯梧玻璃戸明りに陶土練る　与儀　啓子
花梯梧首里の旧家の石畳　渡部百合子
デイゴ咲くそのささくれを祈りとなす　原　恵
あかゆらや迢空《チョウクウ》の見し宵の色　いなみ　悦
樹より樹へあかゆらの花燃え移る　具志堅政正
あかゆらの燃えて紫紺の大旗かな　たみなと光
あかゆらの川面に白きビル尖る　当眞　針魚

仙丹花《さんだんか》《さんだんくわ》・三段花《さんだんか》《さんだんくわ》・紅手毬《べにてまり》

アカネ科。原産は南中国。低木の常緑広葉樹で熱帯から亜熱帯地方で栽培され、高さ一〜三メートルに達する。

朱紅、橙色、白色の花が咲く。沖縄の三大名花にあげられる。

サンダンカ異人屋敷の風見鶏　新里クーパー
山丹花咲いて国有借り受地　知念　広径
仙丹花白寿の翁の耳長し　安田喜美子
禅寺の静寂に耐えさんだん花　大浜　草六
髪仕上ぐ合せ鏡に三段花　与儀　幸子
若按司の産井の跡や紅手毬　山城　青尚

黄胡蝶《おうごちょう》《わうごてふ》の花《はな》《はな》

マメ科の常緑低木。黄や橙赤色の蝶が飛んでいるような花をつける。沖縄の三大名花の一つ。

結納や黄胡蝶咲く天赦日　屋嘉部奈江
王女《うみないび》の打掛にせむ黄胡蝶　山田　静水

火炎木《かえんぼく》《くわえんぼく》

ノウゼンカズラ科。アフリカ原産。花は緋紅色の鐘状で五センチくらい。多花性で枝先に上向きに群れ咲く。花が燃え上がる炎のように真っ赤に見えるので火炎木の名がある。

小鳥来て燃えんばかりの火炎木　新城伊佐子
火炎木一樹が村の道しるべ　石田　慶子
特攻の義兄の忌修す火焔木　上江洲萬三郎
沖に湧く風呼ぶ多感な火炎木　浦　廸子
天日へ巨花ひらき立つ火炎木　小熊　一人
火炎木咲く弾痕の塀低し　島袋　常星
校庭の陰さへ朱し火炎木　瀬底　月城
戦争がひっかかってる火炎木　中田みち子
邂逅や天に眩しき火焔木　屋嘉部奈江

鳳凰木《ほうおうぼく》《ほうわうぼく》

マメ科の熱帯性高木。傘の形に樹の枝が広がる。一〇センチほどの五弁の花は緋紅色で木の全体に咲き壮観。葉の緑とのコントラストが美しい。

鳳凰木咲く夜は島の雨匂ふ　伊良波長哲
敗走路鳳凰木の花灯し　上江洲萬三郎
鳳凰木咲いて珊瑚礁《うるま》の空焦がす　浦　廸子
復帰の碑のすでに風化し鳳凰木　大塚　十休
龕《がん》担ぎ鳳凰木の花のもと　大浜　基子
鳳凰木王陵に咲き海の風　小熊　一人
鳳凰木朱を吹き出して青葉燃ゆ　親泊　仲眞
ホウオウボク橙の房極まれり　金城　貴子
海雀来て乗る鳳凰木の花　沢木　欣一
島睡く浮きて鳳凰木の花　進藤　一考
鳳凰木咲くだけ咲いた空の鬱　末吉　發
鳳凰木思いのままに天焦がす　大工廻ふじ子
鳳凰木花くれなゐに島燃ゆる　中村　阪子
壺運ぶ鳳凰木の花の影　西銘順二郎
鳳凰木真紅の色香人揺らす　根路銘雅子

ゴールデンシャワー

インド原産。幹はほぼ直立して、高さ一〇メートルにまで達する。初夏若芽の出る前に、小枝から房状の花序が垂れ下がり、上から順に開花する。鮮やかな黄金色の花が風に揺れる。

骨の無き礎へゴールデンシャワー浴び　上江洲萬三郎
明るさはゴールデンシャワーあたりかな　友利　昭子

天人花《てんにんか》《てんにんくわ》

熱帯性常緑低木。淡紅色の五弁花を開く。果実は甘く、ジャムにする。

旅の子へ先ずは一筆天人花　伊是名白蜂
立つ位置を間違えてばかり天人花　おぎ　洋子
天人花雨のつぎ目に弁こぼす　瀬底　月城
薄紅の女振り向く天人花　富永　信

童話など語りたくなる天人花　平敷　星玄
三線に余生ゆだねて天人花　屋嘉部奈江
御嶽への径ひろげゆく天人花　山城　青尚

ゆうな

常緑小高木。オオハマボウのこと。沖縄では海岸の沖積地をユーナといい、そこによく生えるからという。一日花で黄色から次第に橙色に変わる。

叱られて泣きつつ貫きしユーナかな　石垣　美智
ゆうな咲く散華の磯に波とどろ　糸嶺　春子
黒潮の河口に散れり花ゆうな　稲田　和子
過疎の里屋根獅子あやす花ゆうな　上江洲萬三郎
産声に一斉に咲く花ゆうな　梅原　公子
接岸の船笛ひびく花ゆうな　大湾美智子
花ゆうな黄の旋律に耳澄ます　大湾　朝明
ゆうな咲き摩文仁に寄する波しづか　小倉　英男
童名で呼ばれ郷里はゆうな咲く　兼城　巨石

花ゆうな潮風をだき夕に落つ　金城　悦子
ユーナ落ち基地の海鳴り夜を重く　久高　日車
花ゆうな火種の残る煙草盆　謝名堂シゲ子
花ユウナ落ちて夕陽の散り散りに　末吉　發
花ゆうな散りて夕日を残しけり　砂川　紀子
ゆうな咲く明るき垣の昼下がり　陳　宝来
潮焼けの娘等貫花のゆうな摘む　当眞　針魚
花ゆうな村に地割りのしるべ石　中村　阪子
厨子甕にゆうな散りをり壺屋町　新田　祐久
ユーナ満開歯欠けの鍬の横たわり　根志場　寛
ユンタ聞くゆうなの浜の泪かな　二松　茸水
延々と護岸の壁画ゆうな咲く　又吉　涼女
激戦地いま静かなり花ゆうな　宮城　長景
夕日吸い色香が変わるよ花ゆうな　安田喜美子
花ゆうな島へ船路の十文字　山城　青尚
崖棚の風葬墓や花ゆうな　与儀　啓子
ゆうな散る海の夕日を吸ひ尽し　松永　麗

時計草《とけいそう》《とけいさう》・パッションフラワー

蔓状の茎は巻ひげがある。大形の時計の文字盤を思わせるような花が咲く。

風享けて三時のままの時計草　うえちゑ美

野牡丹《のぼたん》

奄美以南に自生。高さ約一メートル。枝先に紅紫色の美しい五弁花を開く。果実は食べられる。

野牡丹や炭焼小屋の傾斜道　いなみ悦
野牡丹の一輪挿しや島蕎麦屋　上原千代
黒髪に野牡丹挿せば踊りださむ　小熊一人
野ぼたんの酔えば壁ぬけすぐ出来る　岸本マチ子
野牡丹や登りきるまで七曲り　北川万由己
野牡丹や集落つなぐ峠道　金城百合子
野牡丹に羽衣の川しぶきゐて　久田幽明
口惜しさを紫になし野牡丹は　小島千架子
野牡丹や鄙の乙女の薄化粧　新里青太
野牡丹の紅さす頃やじゅごん寄る　中村阪子
野牡丹のうす紫に陽の炎ゆる　平敷星玄
野牡丹の紫陽《ひ》に燃ゆ切り通し　安田喜美子
野牡丹の花の近くに王の墓　山城青尚
野牡丹や潮満つるとき紅増せり　松永麗

猩々草《しょうじょうそう》《しやうじやうさう》

ブラジル原産のポインセチアに似た一年草。茎の上の花近くの葉が赤い。

猩々草定年の無き注射うつ　瀬底月城

茉莉花《まつりか》《まつりくわ》・ジャスミン

インド原産の香料植物。夏の夕方から早朝、白の香りよい五弁花を開く。ジャスミンティーにする。

茉莉花といふ名のうれし髪に挿す　上原　千代

プルメリア・花素馨《はなそけい》

キョウチクトウ科の常緑高木。白、黄、赤などのプロペラ状の五弁花には芳香がある。ハワイではレイにする。インド素馨。

花素馨鎖囲ひの異人墓地　西村　容山
花素馨貫花にして子を飾る　屋嘉部奈江
※貫花（ぬちばな）＝花をレイのようにつなげて首にかける。

月橘《げっきつ》の花《はな》

ミカン科の常緑小高木。奄美大島以南に自生。白い小花をつける。オレンジジャスミンの名で観葉植物として普及。全体に芳香がある。

ゲッキツの香りに白さ溶けにけり　池田　俊男
月橘の花の香千里と人の言ふ　井上　綾子
月橘の薫る夕べや海鳴りす　小島　園児
城の井や花月橘の香を余す　塩間まさゑ
月橘の香や月光の降りやまず　山城　青尚
月橘の香れる闇の仄白き　山田　静水

蕃石榴《ばんじろう》の花《はな》・グァバの花《はな》

南西諸島に自生。初夏に咲く花は白色で雄蕊がたくさんある。

夕永しバンシュロの花咲きそめて　北村　伸治
蕃石榴の花の匂へり村興し　瀬底　月城

柿若葉《かきわかば》

若緑色の若い小さな葉から、緑色がだんだん濃くなる。花が咲く前に若葉が艶々日に輝く。

癒ゆる身を窓にのり出す柿若葉　高良　園子

柿若葉平常心で通り過ぎ　髙村　剛

青梅《あおうめ》《あをうめ》・青実梅《あおみうめ》《あをみうめ》

まだ未熟で青い梅の実。梅酒にするには青梅がよい。

青梅の赤みを増して島の店　長浜千佳子

吉凶を決めかねている青実梅　鹿島　貞子

青柿《あおがき》《あをがき》

食べごろにはまだの未熟の青い柿。葉と同色で葉の間で大きくなって柿の実になる。

青柿のお尻というは平和なり　大坪　重治

青葡萄《あおぶどう》《あをぶだう》

青くてかたい熟していない葡萄のこと。

青葡萄ひとつぶごとの反抗期　宮里　晄

青林檎《あおりんご》《あをりんご》

早生種の青い色をした林檎。酸味がある。

沈黙も言葉のひとつ青りんご　又吉　涼女

さくらんぼ・桜桃《おうとう》《あうたう》の実《み》《み》

桜の実のなかでも特に食用にするために果樹として栽培されているセイヨウミザクラの実。瑞々しくほんのり甘い。

さくらんぼう今日は夫の誕生日　金城　冴

少しだけぜいたく許すさくらんぼ　幸喜　和子

さくらんぼ電池が切れて落ちてくる　須﨑美穂子

国家よりワタクシ大事さくらんぼ　攝津　幸彦

しあわせの構図と思うさくらんぼ　中田みち子

杏《あんず》

果樹として栽培。実はジャム、乾し杏、缶詰などにする。甘酸っぱく、暑いときに喉が潤う。

もぎ落す杏二つを子ら競う　重国　淑乃

枇杷《びわ》の実《み》

冬に花が咲き、夏倒卵形の黄橙色の果実が実る。少し酸味があるが、甘みも強い。手をベタベタにしながら皮を剝いて食べるのが楽しみ。

枇杷の実や帰化の農夫の半世紀　海勢頭幸枝
枇杷熟れてウエディングベルの音澄みぬ　桑江　光子
枇杷画いて八十余歳の枇杷のいろ　高橋　照葉
枇杷熟れつつ紙の袋の中にあり　髙村　剛
枇杷食ふや種につまづく挫折感　中川みさお
初物の背戸の枇杷もぎ娘の忌　広長　敏子

夏蜜柑《なつみかん》

初夏白色の五弁花を開き、大きな果実が秋にかけて熟す。翌年の春から夏に収穫する。

化けの皮剝ぎ取るごとく夏蜜柑　伊良波和美
夏みかん酸つぱしいまさら純潔など　鈴木しづ子
夏柑を割ってやっぱり二人かな　平良　雅景
夏蜜柑昔の苦さ胃へ落とす　中村加代子
握手する君はとっても夏みかん　原しょう子

パイナップル・鳳梨《ほうり》

熱帯・亜熱帯で栽培され、日本では沖縄を中心に栽培。果実を食用とする。

北山《ほくざん》の落人部落パイン熟る　知念　広径
更けてより仏間のパイン匂ひ濃し　屋嘉部奈江
パイン熟れ海がひき込む聖日輪　横山　白虹

海底を覗きもどればパイン売る　横山　房子
ダムの水増えて鳳梨の実の太る　島袋　常星
島の子の八重歯の光る鳳梨かな　富永　信
段畑の奥は蒼天鳳梨熟る　矢野　野暮
鳳梨もぐ女盛りの肌灼けて　山城　青尚

バナナ・島《しま》バナナ・実芭蕉《みばしょう》《みばせう》・青《あお》《あを》バナナ

バショウ科の多年草。房状の実は黄色に熟す。島バナナは小笠原種。芭蕉にはバナナを食べるための「実芭蕉」、繊維をとるための「糸芭蕉」、観賞用の「花芭蕉」などがある。

吊し売るバナナに軒の風通ふ　石田　慶子
入墨の老婆の掌よりバナナ買ふ　翁長　求
竹富島竹なしバナナ実らせて　鈴木真砂女
バナナ熟る授乳の猫のまどろみに　前田貴美子
バナナバナナバナナバナナバナナバナナ　牧　陽子
倒伏のバナナを伐るや鎌ぬらし　矢野　野暮
縁側に吊るして青き島バナナ　大浅田　均
ゼネストへ重き房垂れ島バナナ　兼城　義信
いつまでも私が嫁で島バナナ　そら　紅緒
伊賀焼の皿に房ごと島バナナ　高良　園子
島バナナ熟れては婆の文とどく　知念　広径
島バナナ熟れて遠きは那覇の街　長浜千佳子
乳房量感ぐんぐん太る島バナナ　松本　翠果
実芭蕉や祖国欲る灯のデモつづく　瀬底　月城
実芭蕉のしたかげ円し軍鶏の籠　嵩元　黄石
片降りの雲の重なり青バナナ　葦岑　和子
三回忌青いバナナの熟れはやく　吉田　初音

パパヤ・パパイヤ・青《あお》《あを》パパヤ

熱帯地方で栽培される果樹。長楕円形の果実は黄熟し、果肉は甘い。沖縄では主に青い果実を野菜として炒め物や煮物などにして食する。

天辺にパパヤ犇めく島の山　上原　千代

手を広げ鈴生りのパパヤあっけらかん　金城　悦子
熟れパパヤほぞの辺りがまだ青し　呉屋　菜々
窯入れのとゝのふ日和熟れパパヤ　島袋　直子
豆腐臼軒に捨てられパパヤ熟る　屋嘉部奈江
受精師に鼻鳴らす豚花パパヤ　安島　涼人
野道来て野みち来し汗パパヤ熟る　矢野　野暮
パパイアを刻む嫗の一日かな　石田　慶子
パパイヤの熟るる島果て塔古ぶ　伊是名白蜂
パパイヤの熟れ落つ島の診療所　大城　幸子
パパイヤ熟れ母子の会話海より来　岸本マチ子
パパイヤの雄花のゆれて神あしゃぎ　後藤かおる
祝女殿内の裏にまはればパパイヤ熟る　西村　容山
大ぶりのパパイヤゴッホの色に熟れ　比嘉　蘭子
パパイヤ熟れ農婦豊かに乳与ふ　山口きけい
雨光りパパイヤ青き残波岬　鳥越憲三郎
風いつも海風庭の青パパヤ　前田貴美子

マンゴー

春、枝の先に黄色の小花が群れ、夏に楕円形で黄色の実がなる。花は独特の臭いがある。インド原産で沖縄戦前から移入されていたが、一九八一年頃から本格的に栽培されている。実は七月から九月にかけて収穫する。有望な熱帯果樹栽培である。

嘘ばかりの手紙マンゴーの汁染みる　阿　莉
マンゴ熟れ旅宿の庭の広さかな　石垣　美智
赤んぼうの顔よりまろき大マンゴー　石田　慶子
魚売りもマンゴー売りも踊りけり　大浅田　均
旅人になってぶらぶらマンゴ買う　親泊　仲眞
よぢのぼる木肌つめたしマンゴ採り　篠原　鳳作
マンゴーの実に吊し紐退職後　瀬底　月城

蕃石榴《ばんじろう》・グァバ・ばんしるう

フトモモ科に属する熱帯性小高木。沖縄ではばんしるうと呼ばれ、親しまれている果実。生食のほかにジュースやジャムにする。甘味と淡い酸味がし、栄養価は豊富。葉も血糖値を抑えるなどの効能があり、健康茶として飲用されている。

村ごとに訛り異る蕃石榴　瀬底　月城
蕃石榴少年の日の香りくる　当銘　由俊
蕃石榴のましろき果肉遭難碑　三浦加代子
香り追う鼻の行方に忘れグァバ　親泊　仲眞
深庇青ばんしるの落ちる音　平良　龍泉

ドラゴンフルーツ

サボテン科の果実。赤く円い実を半分に切るとごまのような小さい種子があるがそのまま食べる。甘く、ビタミン、ミネラル、食物繊維が豊富。果肉は赤と白があり、赤が好まれる。

石垣に垂れてドラゴンフルーツ熟る　伊舎堂根自子
ドラゴンの吐息で染まる実赤々　西里　恵子

荔枝《れいし》・ライチー

枝先に花弁のない小花が咲く。果肉は乳白色で品のよい香りがする。卵形の果実をうろこのような赤い皮が覆う。

ひめゆりの塔持つ島や荔枝の実　大井　恒行
楊貴妃の好みし荔枝妊婦過ぐ　大湾　朝明
荔枝熟れ萩咲き時は過ぎゆくも　加藤　楸邨
鳩時計鳴いて荔枝の空明り　島袋　常星
母屋より荔枝の重さ地に垂れて　瀬良垣宏明
村《むら》井《がー》戸の水のよどみや青荔枝　平良　龍泉
夕市の荔枝を選ぶ真顔かな　当眞　針魚
沖縄の壺より荔枝もろく裂け　長谷川かな女
荔枝ほど瞳の動く趙夫人　松田ひろむ
正札の派手に貼られし荔枝の実　山城　青尚
牙生えてきそうな甘さ荔枝噛む　牧　冬流

蒲桃《ふともも》の実《み》・レンブ

熱帯アジア原産でフトモモ科。沖縄には戦後移入された。実全体が薄緑色で表面は蠟状の艶があり、ワックスアップルとも呼ばれ、味は淡白で果汁の少ない林檎の感じ。

空に透け蒲桃の実の番所跡　島袋　直子
蒲桃の実からから振るも戦後の村　瀬底　月城

夏木立《なつこだち》

夏の緑が濃く生い茂って立ち並んでいる木立のこと。

我がうちの少女駆け出す夏木立　井崎外枝子
望郷の恨《はん》のいしぶみ夏木立　いぶすき幸
夏木立清流曲れば音曲る　平良　雅景
予後の身に切株匂ふ夏木立　高良　園子
杓そへる宮の湧井や夏木立　棚原　節子
ソプラノのように華やぐ夏木立　田村　葉
たいくつな椅子のおしゃべり夏木立　原しょう子
竿竹屋声朗々と夏木立　広長　敏子
海光の夜も仄とある夏木かな　永作　火童

新樹《しんじゅ》

夏の初めの若葉の瑞々しい木々のこと。

新樹光満身に浴ぶ貘の詩碑　安里　星一
どの道も苦難はありぬ新樹光　岩崎　芳子
キャタピラは新樹といえど無限軌道　川島　一夫
鶴折った指で新樹にそっと触れ　瀬戸優理子
新樹並びなさい写真撮りますよ　藤後　左右
雨ざんざ新樹は青年になっている　藤後むつ子
窯出しの器艶立つ新樹光　仲里　信子
肩車されて新樹をひとり占め　中田みち子
不覚にも鎖骨がさわぐ新樹風　羽村美和子

青葉《あおば・あをば》・青葉光《あおばこう・あをばくわう》

青々と若葉の生い茂った様子。

日に青葉そこから先の偏頭痛　小森　清次
青葉かげ笑顔におはす火伏獅子　仲里　信子
うすっぺらな人生ですが青葉です　中田みち子
青葉にも仏まします建長寺　比嘉　正詔
青葉騒銃持つものらの体臭過ぎ　堀部　節子
真白なる英祖王墓や青葉光　上間　芳子

青葉雨《あおばあめ・あをばあめ》

青葉の頃の草木をつややかに濡らす雨。

オルガンの讃美歌に降る青葉雨　真喜志康陽

青葉風《あおばかぜ・あをばかぜ》

若葉が時とともに青さを増し、生気をみなぎらせてくる青葉、その間を抜けてくる風。

ねんごろに馬の顔拭く青葉風　池原　ユキ
青葉風羽搏き知らぬ千羽鶴　石川　慶子
北を向く島の乳房に青葉風　大城あつこ
青葉風ごうごうと過ぐ自決跡　川津　園子
藍染めの仲子を揺らす青葉風　中村　阪子
「沖縄を返せ」肩組む白髪青葉風　西岡ひろ子
青葉風に吹かれて釣銭鳴らし行く　根志場　寛
踏み出せぬ一歩背を押す青葉風　比嘉　幸女
青葉風人生の椅子置きなおす　宮城　陽子
青葉風トントンカラリコ筬の音　安田喜美子

若葉《わかば》・若葉雨《わかばあめ》・若葉風《わかばかぜ》

初夏のすべての樹木の初々しく瑞々しい葉の総称。山々や花の美しさを強調する。

いくたびも焼けし基地山若葉萌ゆ　石川　葉子

半島若葉水平線にカーヴあり　鹿島　貞子
生きてゆく淋しさ残す森若葉　駒走　松恵
病む人をふところに抱く若葉山　谷　加代子
はぜ若葉やわやわとして小雨落つ　山里　昭彦
若葉風百寿の葬の祝ひ菓子　池原　ユキ
若葉風老いには老いの夢のあり　桑江　光子
擦り傷を唾もてなだむ若葉風　たみなと光
石畳折れて出会へり若菜風　津嘉山敏子
若葉風背中のあたりがちょっと反骨　羽村美和子
睡る子の拳ゆるみし若葉風　山田　廣徳

新緑《しんりょく》・緑《みどり》

初夏の木々の若葉の緑のことをいう。風も緑に染まるような清々しさがある。

新緑をしきりに揺する不発弾　穴井　太
きよお!と喚《わめ》いてこの汽車はゆく新緑の夜中　金子　兜太
新緑は村も戦も呑んでしまう　川島　一夫
新緑のジャックナイフとパセリ買う　岸本マチ子
新緑や九十歳の設計図　金城　幸子
恩納岳の新緑けづる実弾演習　玉井　吉秋
新緑の風ごと食べる握り飯　藤後むつ子
新緑に染まって行きし眼鏡かな　真喜志康陽
新緑を沈めてダムの満々と　与那嶺和子
山河なき島一様に緑かな　辻　泰子
さ緑が斜面かけゆく恩納岳　久場　千恵
長者原泣きながら原という緑野　阪口　涯子
天蛇鼻へ曲る圧倒的みどり　四方万里子

万緑《ばんりょく》

一面が緑に覆われること。中村草田男の〈万緑の中や吾子の歯生え初むる〉の句によって季語となる。

万緑や日の丸はくたびれている　秋谷　菊野
万緑のバンザイクリフ暮れゆけり　新　久美
万緑の峡の迷路は抜けきらず　穴井　陽子

万緑のまっただ中や光堂　石川　宏子
万緑を抜け来し水の碧さかな　いぶすき幸
万緑の中にもあるや喪の昏さ　大城あつこ
火葬のとき熱いのはこまる万緑　栗林　千津
万緑やひと口大の塩むすび　小森　清次
万緑の黒くなりゆく生立ち記　髙村　剛
小屋小屋の山羊万緑を鳴き交はす　辻　泰子
万緑やわが身にあまる風の径　中川みさお
万 緑 の 天 辺 に あ る 放 心　中田みち子
万緑の戦争知らぬ木ばっかり　原　恵

木下闇《こしたやみ》・下闇《したやみ》

炎天下、木々の茂る下にいくと、暗く冷ややかな空気に触れる。一瞬目の前が見えなくなり、闇に入ったように感じる。

いつまでも舌出している木下闇　秋谷　菊野
木下闇ぽつねんとして戦死の碑　上間　香
木下闇予定表にないこの命　忍　正志
木下闇過去に「もしも」を持ち込んで　渡嘉敷敬子
木下闇抜け戦争がまた見える　中村加代子
下闇や祖母とくぐりし弾の雨　仲宗根葉月
千年の樹々の下闇拝所《いべ》の径　宮城　長景
戦場を下闇の碑に教えられ　西平　守伸

緑陰《りょくいん》

木々の青葉の茂った木陰。炎天下の木陰で風があればなお涼しげである。

緑蔭を写してをりぬ羅針盤　新井　富江
緑陰の風をしとねに畑休め　石川　葉子
緑陰に自転車で来る紙芝居　岡田　初音
緑陰やマブイは故郷に置いたまま　末吉　發
緑蔭や矢を獲ては鳴る白き的　竹下しづの女
緑陰にぞろりといくさの手が伸びる　玉城　幸子
緑陰のもろもろへ産声も混じり　辻本　冷湖

この緑陰一歩出づれば撃たるべし　遠山　陽子
緑陰に遠い日の風つかまえる　宮城　陽子
緑陰や湖底の村は幻に　与那嶺和子

病葉《わくらば》

病気や害虫にむしばまれ変色した葉。また、夏の青葉にまじって色づきすがれた葉。

病葉や庭のサバニの見る夢は　西里　恵子

夏落葉《なつおちば》・常磐木落葉《ときわぎおちば》《ときはぎおちば》

常緑樹は若葉が出始めると古い葉を落とす。松、杉、椎、檜、樟、柊などがそうである。

夏落葉遺言のように拾いけり　座安　栄
夏落葉音なく踏んでいくさ来る　鈴木ふさえ
夏落葉音しめやかに異人墓地　仲里　信子
海鼠《なまこ》壁うだつ屋並や夏落葉　藤原　由江
職終えて里住まいなり夏落葉　与那覇貴美子

野茨《のいばら》・野薔薇《のばら》

バラ科の落葉半蔓性低木。香りよい白い花を次々開く。棘がある。

野茨よだから私もここにいる　座安　栄
従軍記者野ばらになって還り来し　宮川三保子

桐の花《きりのはな》

落葉高木。枝先に円錐形の花序を空へ直立させて紫色の筒状の花をつける。

桐の花大万年山の懐に　駒走　松恵
十字架も数珠も拒みて桐の花　松井　青堂

栃の花《とちのはな》

落葉高木。葉はカエデに似て大きい。山地に自生するが、街路樹もある。やや紅みのある白い花を円錐につける。

生きるとは色即是空栃の花　新里クーパー

棕櫚《しゅろ》の花《はな》

幹は円柱状で直立。幹の先に長い柄のある大きな葉をつけ、葉の間から淡黄色の小さな花を集めた花穂が垂れる。

棕櫚の花人は滅びの脳を持っていた　田代　俊泉

椰子《やし》の花《はな》

世界に三千種もあり、沖縄では街路樹・公園樹として利用。バナナのような花穂をつける。

椰子の花ほろほろ意地の崩れゆく　羽村美和子

椰子の花重し戦車は昼灯す　前田貴美子

忍冬《にんどう》の花《はな》・すい《ひ》かず《づ》ら

山野に自生。葉の脇に白い筒状の花を二つずつつける。冬も葉が緑なので忍冬と呼ばれる。

すいかずらいつもどこかに母の声　穴井　陽子

淋しくて笑いだしたる忍冬　鈴木ふさえ

榎《えのき》の花《はな》

ニレ科の落葉高木。初夏、淡黄色の花を開く。江戸時代一里塚に植えられた。

雲浮かぶ鉄橋があり花榎　新垣　茂

合歓《ねむ》の木《き》・合歓《ねむ》の花《はな》

羽状の葉が夜、眠るように閉じる。花は夕方、紅色の多数の雄蕊が傘状に開き美しい。

ねむの木はそろそろララバイの時間です　稲嶺ひろみ
合歓咲いたこの木わたしと同い年　穴井　陽子
ひめゆりの塔に葉を閉ぢ合歓の花　塚越志津枝
合歓咲いて漆喰厚き首里の屋根　原田みつを
銃口やわらかく曲げ合歓の花　樋口　博徳
花合歓や語尾柔らかき国訛　吉田　佑子

銀合歓《ぎんねむ》

落葉小高木。別名ギンゴウカン。メキシコ原産。白い丸い集合花が咲く。葉は合歓の木に似ている。

どこまでも銀合歓　どこまでも米軍基地　伊丹三樹彦
銀合歓や明治は遠き五勇士碑　桂　樟蹊子
ギンネムの我が物顔の迷彩服　原　恵

さがり花《ばな》・沢藤《さわふじ》《さはふぢ》

常緑中高木。河口近くの湿地に自生する。花が垂れ下がって咲くことでサガリバナという。花は夜咲き朝散る。芳香があり、枝先が月光に照らされると美しく、一夜かぎりのロマンをあたえてくれる。

村屋跡匂い立ちたるサガリバナ　赤嶺　愛子
艶も香も真夜に極まる下り花　畦　呂人
さがり花意志あるごとく散りにけり　石田　慶子
精霊のかがり火いくつさがり花　井上　綾子
さがり花一夜の恋は重すぎる　上原カツ子
恍惚と川流れゆくさがり花　大城あつこ
カラオケの歓楽街にさがりばな　親泊　仲眞
首里城の馬場の古道にさがり花　嘉陽　伸
さがり花咲きつぐ闇の火照りかな　北村　伸治
折れやすき心浮かべてさがり花　岸本マチ子
たおやかに今を生きるかさがり花　金城　幸子
さがり花鈴の音の波発光す　小橋　啓生
夢ふわりこぼれ落ちたる下り花　新里　光枝
根の国の席を予約すさがり花　鈴木ふさえ
さがり花闇にくれなゐほぐれ初む　砂川　紀子

さがり花夢のつづきのように垂れ　平良　雅景
ふいに来る女の挽歌サガリバナ　玉城　幸子
海鳴りのかすかに届くさがり花　当眞　針魚
さがり花ひたひたと闇せまりきて　藤本　京子
さがり花闇に芳香身をよじる　眞栄城寸賀
さがり花はかなき夢が香り立つ　三石　成美
思いっきりはじける真夜のさがりばな　宮里　晄
だれを待つ真夜に艶ますさがり花　安田喜美子
せせらぎに開き初めたるさがり花　与那嶺和子
闇のカヌー沢藤目指し仲間川　池原　ユキ
サワフジの花浮かべけり夜明け川　上地　安智
沢藤の紡ぐ先端成し遂げし　上地　絵美
さわふじの闇にほころぶ城下町　岸本百合子
沢藤も古酒酌みかわす首里城下　宮城　陽子
沢藤の匂ひの淡し御殿跡　吉田　碧哉
月光に白妙ゆらす舞香花　安田喜美子

※舞香花（もうかばな）＝さがり花の別称。

沙羅《しゃら》の花《はな》・夏椿《なつつばき》

ツバキ科の落葉高木。椿の花に似た五弁の花を咲かせる。朝咲き夕方には散るので樹下が白い花片で埋まる。夏椿は沙羅の正式な植物名。

沙羅の雨死の翳ひたと視野に入る　菊谷五百子
透けて見ゆ裏見の滝の沙羅の径　兵庫喜多美
抱擁を解くや地にある夏椿　中野　順子

崑崙花《こんろんか》《こんろんくわ》

アカネ科の常緑低木。種ヶ島以南に自生。黄色で星型の小花を囲む葉のような萼が白色で美しい。

司令部の壕跡かげり崑崙花　石橋　芳子
橋脚の色の失せたり崑崙花　北川万由己
崑崙花星砂観よと降さるる　瀬底　月城

照葉木《てりはぼく》の花《はな》・照葉木《やらぶ》の花《はな》

沖縄・小笠原では防風林や公園樹にする。葉はなめらかで光沢がある。花は白色四弁で香りがよい。

照葉木花得て伊野波の石くびり　当眞　針魚
民具館守りて老いゆく花照葉木《やらぶ》　安島　涼人
花照葉木《やらぶ》よもぎ色して島昏るる　さどやま彩
花やらぶ乳白色に島昏るる　知念　広径
花照葉木熱うごき出すぼんのくぼ　三浦加代子
群青の一湾展け花やらぶ　山田　静水

福木《ふくぎ》の花《はな》

沖縄では防風林として植えられる。葉は革質、黄色がかった白い小花を束のようにつける。樹皮や枝葉を黄色の染料にする。

抜け道の裸電球花福木　北川万由己
花福木散るかそけさに網つづる　呉屋　菜々
白き花福木瑞葉《みずは》の芯にして　沢木　欣一
花福木島の時計は籠り打つ　平良　雅景
酒母ねむる甕三代の花福木　平良　龍泉
空き屋敷今年も咲けり大福木　長田　一男
花福木石に屋敷の神宿る　西村　容山
懐しき道や福木の花敷かれ　正木　礁湖
百歳の柩にこぼる福木花　屋嘉部奈江
赤屋根の廂の深し花福木　山城　光恵
花福木ひたすら廻す糸車　吉田　寿子

紋羽《もんぱ》の花《はな》

熱帯から亜熱帯の海岸の砂礫地に生える。葉は表面に白い毛が密生している。常緑亜高木。白い小花が密に咲く。

口重き少年となる花モンパ　石堂　和霞
首里城の赤き甍や紋羽咲く　上間　芳子
那覇の江の出船の汽笛花紋羽　渡久山ヤス子

潮の香の甘し紋羽に花咲けり　比嘉　朝進
潮風が誘ひ紋羽の花咲きぬ　宝来　英華
花もんぱ漁師の腰の魔除け獅子　真栄田　繁
夕日浴び潮騒に歌う花紋羽　安田喜美子
摩文仁丘ふるればこぼる花モンパ　山城　光恵
犬走る潮涸れ浜の花紋羽　山田　静水
花紋羽岬に今日も波砕け　与那嶺和子

蘇鉄《そてつ》の花《はな》

ソテツ科の常緑低木。九州・沖縄などの暖地に自生。雌雄異株。雄花は松かさ状、雌花はドーム状にふくらんでいる。

花蘇鉄起つや久高の島渡し　伊是名白蜂
按司墓の石積荒き花蘇鉄　上原　千代
花蘇鉄弾片今も身に残し　大嶺　清子
陽を溜めて野太く沖縄《しま》の花蘇鉄　金城　悦子
為朝の渡りし浦の花蘇鉄　沢木　欣一
日米の碑を等距離に花蘇鉄　末吉　發
蘇鉄咲く太古のままの巌傾ぎ　瀬底　月城
川平《かびら》湾の養殖筏花蘇鉄　田口　一穂
南苑の起伏の窪に蘇鉄咲く　宝来　英華
浦々の営み蘇鉄の花の下　緑沢　克彦
陽を抱いて城址を守る花蘇鉄　宮平　彩雲
花そてつ海鳴り昏るる流人墓　山田　静水
斎場《せーば》にてひそかに蘇鉄の花咲けり　横山　白虹
花蘇鉄戦無き世の子等はしゃぐ　与那嶺和子

阿檀《あだん》の実《み》

琉球列島に自生。河岸に群れ、挿し木で増える。昔は防風樹として門の前に植えた。タコノキ科の常緑小高木。晩夏、パイナップルに似た実が生る。戦前は葉はアダン葉帽子として各家の内職としていた。

同じ木に熟も未熟も阿旦の実　新　桐子
実アダンの渚に紅く漁師逝く　伊島　巌

戦船来してふ浦曲阿檀の実　稲田和子
阿旦熟るしんしん蒼き島の浦　上江洲萬三郎
阿檀の実黒潮流る島岬　上原千代
阿檀の実熟るる竪穴住居跡　上間紘三
太陽の樹にぶらさげて阿檀の実　大湾朝明
阿檀の実雨ふりながら海光る　奥原崇儀
蝙蝠の喰ひ散らしたる阿旦の実　沢木欣一
阿檀の実缶の三線かき鳴らす　そら紅緒
阿檀の実亀甲墓の腹に落つ　比嘉朝進
阿檀の実熟れて雨降る美術館　又吉涼女
阿檀の実海の夕日を吸い尽くし　屋嘉部奈江
千切れ雲潮涸れ浜に阿檀熟れ　山田静水
阿檀の実なだる砂丘の揚刳舟　与儀啓子

蒲葵《くば》の実《み》

ヤシ科の亜熱帯性常緑高木。沖縄ではクバとよばれ、学術的にはビロウといわれる。夏、濃い緑色の実をつける。

蒲葵の実や珊瑚礁《リーフ》にあそぶ島童　轡田進

桑《くわ》《くは》の実《み》・シマグワ《は》の実《み》

シマグワの実は濃紅色から完熟して濃紫色になる。木苺の形状に似ている。沖縄ではクヮーギヌミー。多汁で甘い。

桑の実に唇染めて吾児育つ　糸数慶子
兄祀る塔に桑の実供へけり　稲田和子
桑の実透く神井は雲をととのへて　上運天しげる
首里城に桑の実盗りの童あり　篠原鳳作
桑の実に確かな記憶少年期　平良雅景
桑の実の背戸に色づく閑居かな　知念広径
桑の実に弔旗は小さき風を生む　安島涼人
桑熟れて御伽噺をしておりぬ　川津園子
桑熟るる壺屋は轆轤蹴りつづけ　知花イネ

夏茱萸《なつぐみ》

落葉小高木。晩春、黄色みを帯びた白色の花をつけ、楕円形赤色の果実を結ぶ。グミの種類だが、夏生るグミ全般もいう。

夏茱萸の熟るるがままや自決壕　上原　千代

青桐《あおぎり／あをぎり》

アオギリ科の落葉高木。幹が緑なのでこの名がある。六月ごろ黄褐色の小花をたくさんつける。桐とは別種。

青桐や錆ぼろぼろと遺品朽ち　上江洲萬三郎

海桐《とべら》の花《はな》

トベラ科の常緑低木。樹形は丸い。葉は光沢があり、白色五弁の花をつける。草海洞は、海岸の砂浜や隆起珊瑚礁上に自生。葉が海桐に似る。花は白色で、やがて黄色味を帯びる。

花海桐駕籠《かご》墓のあり基地の中　与座次稲子

草海桐摩文仁の丘は塔だらけ　瀬底　月城

花蛭木《はなひるぎ》

蛭木は亜熱帯や熱帯の河口・潮間帯の泥地に発育する特異な群落をなす植物。支柱根・呼吸根を持つ。マングローブをなす樹木のひとつ。赤や白の花をつける。

川魚も海魚もみえひるぎ咲く　伊舎堂根自子

砂団子息づく中州花ひるぎ　稲嶺　法子

花ひるぎ舟押え乗る浦内川　大浜　のぶ

花蛭木潮入川のうしほ満つ　桑江　良太

めひるぎの花うつろひぬ日照り雨　平良　龍泉

夕永き潮にひたりて花蛭木　比嘉　朝進

満ち潮の流れ淀むや花蛭木　前城　守人

杜若《かきつばた》

アヤメ科の多年草。水辺の湿地帯に育つ。多くは紫色で花弁の根元から白い筋を引く。

毒舌の生きてる証し杜若　原　恵

花菖蒲《はなしょうぶ／はなしやうぶ》

アヤメ科の多年草。水辺や畑で生育し、六月頃、紫や白などの大ぶりの花をつける。江戸花菖蒲、肥後花菖蒲などの品種がある。花弁の根元より黄色の筋をひく。

花菖蒲さて手弱女《たおやめ》と言はれても　うえちゑ美

切り火打つひとつ女増しの江戸菖蒲　小森　清次

グラジオラス

剣のような葉を持ち、長い花軸に漏斗状の白・赤・黄・紫などの花を縦につける。

この影でよければどうぞグラジオラス　そら　紅緒

グラジオラス思いつめては折れ曲る　岸本マチ子

グラジオラスまっすぐ咲いて疎まれる　田邊香代子

芍薬《しゃくやく》

花の色は白と紅が多く、一重と八重がある。牡丹は花の王といわれるが、対して「花の宰相」と言われる。

しゃくやくの大見得きって発光す　中田みち子

ダリア

球根植物。園芸種も多い。大形の赤、白、紅、紫色などの花を開く。

荒れ庭の赤いダリアの声なき声　辛川八千代

仏滅のダリアの赤につきあたる　岸本マチ子

無邪気から遠い所にいてダリア　座安　栄

サルビア

ブラジル原産で園芸種が多く、花期が長い。穂のように濃紅色の唇形の花をつける。

サルビアの赤ければ其処行き止まり　安谷屋之里恵
花サルビア微熱の体もて余す　上地　安智
サルビアが血管の様に花壇飾る　横山　白虹

向日葵《ひまわり／ひまはり》

黄色の大きな花を横向きに開く。太陽に向かって回るのは生長期のみ。種子から食用油をとる。

初めから向日葵にある枯野かな　安谷屋之里恵
ゴッホの夢のせて向日葵満開す　池原　ユキ
向日葵斃る天の絵の具の尽きたれば　伊志嶺あきら
ひまわりの芯の昏さに突きあたる　大城あつこ
いちめんのひまわり俺の懺悔台　神谷　冬生
ひまわりが被っているよ軍帽　香坂　恵依
向日葵を描く青空という孤独　田村　葉
ひまわりの海へ漕ぎ出すのは風　中村　冬美
大向日葵自分にはぐれている真昼　羽村美和子
向日葵をゆさゆさ抱き登校す　与儀　勇

立葵《たちあおい／たちあふひ》

葉の付け根に紫、紅、白色などの花が咲く。下から開花していく。単に葵と言えば立葵のこと。

登り詰め雲まで競ふ立葵　岡田　初音
青き空つき抜けて咲く立葵　三石　成美
立葵愚直にいくさ忘れない　岸本マチ子

芥子《けし》の花《はな》・雛芥子《ひなげし》・虞美人草《ぐびじんそう／ぐびじんさう》

観賞用の芥子もあるが、薬用には阿片がとれるため栽培許可が必要。白、紅、紅紫などの四弁の花を咲かせる。

雛芥子（虞美人草）は、中国では項羽の愛姫の虞の血から咲いた花として知られる。

饒舌の甘さに染むる芥子の花　新里クーパー
虞美人草只一人を愛し抜く　伊丹三樹彦

カーネーション

花はピンク、赤、白など。園芸品種が多い。母の日の花としておなじみである。

カーネーション管に命を繋ぐ母　金城　冴

竜舌蘭《りゅうぜつらん》・トンビャン

大形常緑多年草。葉は長さ一～二メートルで肉厚。何十年かに一度数メートルの花茎を出し、淡黄色の花を多数つけ、花が咲いたあと枯死する。

流人窟竜舌蘭の花睡る　新垣　健一
軽々に語るなよ「戦後」竜舌蘭　上地　安智
竜舌蘭轍は山へ向かひをり　北川万由己
咲きのぼる竜舌蘭の空深し　北村　伸治
空を突く竜舌蘭や祝女の列　佐渡山　彩
竜舌蘭迂回して見る花の丈　末吉　發
竜舌蘭咲きて整う城の景　与那嶺和子
竜舌蘭《とんびゃん》や道二股に過疎部落　井手青燈子
竜舌蘭のすくすく聳てば島の夏　篠原　鳳作
竜舌蘭の花に岬の船灯る　安島　涼人

桜蘭《さくららん》・簪花《かみさしばな》

ガガイモ科。名前のように髪に飾りたくなる花である。花は白色で中心部は紅色、散形状に多数集まって咲き球状となる。

桜蘭の王女かく在り昼寝せむ　横山左和子
手話の娘のかざしに挿してさくら蘭　神元　翠峰
葉がくれに紅さしそへてさくら蘭　平良　龍泉
さくら蘭今帰仁乙女の花簪　安田喜美子

星くずを集めてゆりかごさくららん　玉那覇淑子
いにしえの神の水飲むさくららん　平田符見子
風葬墓かみさし花の揺れいたり　屋嘉部奈江

月桃《げっとう》《げつたう》の花《はな》《はな》

ショウガ科。サンニン。日当りの良い林に自生。花は淡紅色だが蕾の時が美しい。葉に芳香があり沖縄産の化粧品などに用いられている。

月桃花垂れて少女の白き指　阿賀嶺初枝
月桃花いつも前夜にいるような　安谷屋之里恵
セリ市の牛を満載月桃花　池田俊男
月桃の咲いて重たく山羊の声　石田慶子
藍甕の水面かがよひ花月桃　伊是名白蜂
この先は兄逝きし丘花月桃　稲田和子
月桃花みじんの露を葉におきぬ　西表信
月桃や一人の時間深くする　上地安智
まだ濡れていて月桃の花ひらく　上原千代

すぐそこに城ある暮らし花月桃　キャサリン
どっさりと月桃活けるやまと嫁　金城光政
花月桃ほぐれて白き骨拾ふ　島袋常星
月桃の花をまづ愛づあまみきよ　進藤一考
月桃や農婦足もて足洗ふ　平良雅景
月桃の花に風凪ぐ海人の径　高良園子
花月桃軒継ぎ足して島の婚　竹田政子
月桃の花ゆれにほひ島は雨　玉城義弘
月桃や魚紋の壺に艶めける　友利敏子
月桃の花かんざしや遊女墓　名嘉山伸子
月桃《さんにん》の花の径尽き女郎墓　西村容山
花月桃芯たおやかにマムヤ墓　原恵
月桃の花や珊瑚の卵生るる　真栄城いさを
牛鳴いて野の月桃が星まとふ　松本翠果
月桃咲く昭和が疼くこの辺り　宮城陽子
花月桃亀甲墓は雨の中　安田喜美子
風を来て月桃の花房に摘む　矢野野暮

極楽鳥花《ごくらくちょうか》《ごくらくてうくわ》

芭蕉の葉に似る。花茎の先端の大きな仏炎苞に、橙黄～青紫の鳥の頭に似た花をつける。

唇《くち》の色褪せる極楽鳥花の前　尼崎　澪

極楽鳥花赤土畑にひそみ咲く　小熊　一人

極楽鳥花パナリの壺に五六本　呉屋　菜々

かな書展極楽鳥花ツンと張る　矢野　野暮

名《な》護蘭《ごらん》

沖縄名護岳に生えていたことからの命名。樹木に着生する。ピンクの斑のある白い花が咲く。野生のものはほぼ絶滅している。強い香気がある。

中央に名護蘭香る展示室　瀬底　月城

月下美人《げっかびじん》・女王花《じょおうばな》《ぢよわうばな》

クジャクサボテン類の一種。夏の夜、純白で大輪の美しく香りのよい花を咲かせるが、朝までにしぼむ。

白無垢に見ゆる一夜の月下美人　浦　廸子

月下美人咲く刻潮の満ち来たり　大城　幸子

月下美人吸い込むような白い夜　親泊　仲眞

今夜だけ白い焔を吐く月下美人　金城　悦子

眠れない月下美人の香に酔うて　久高ハレラ

月下美人男一人の家に咲く　中川みさお

月下美人そろそろ始まる仮面劇　中村　冬美

一裸灯月下美人の刻さます　矢野　野暮

月下美人ひと恋ふ夜は赤ワイン　山城美智子

月下美人咲く正確な腕時計　山城　青尚

月下美人咲くや琉球髷かたき　渡辺　羅水

睡蓮《すいれん》

スイレン科スイレン属の水生植物の総称。観賞用として池や水鉢に栽培される。夜になると花弁をたたみ朝開く。

睡蓮の池へと亀を戻しけり　鎌田美正子

百合《ゆり》・白百合《しらゆり》・鉄砲百合《てっぽうゆり》《てつぽうゆり》・姫百合《ひめゆり》・鬼百合《おにゆり》・為朝百合《ためともゆり》

大きくラッパ形の花を咲かせ芳香がある。鉄砲百合は琉球列島に自生。鬼百合は山野に自生、暗紫色の斑点を持つ大ぶりの橙色の花を下向きに開く。為朝百合は鉄砲百合の別称。

旅人を原野の百合の誘ひけり　東江　万沙
石割って百合立ち上がる喜屋武岬　新垣　富子
祖母よりもズンと大きい百合が咲く　池田　俊男
百合咲きて名護七曲晴れ渡る　伊勢　雲山
百合の香や祝女の勾玉光り合ふ　伊是名白蜂

玉砕の日の巡り来る島に百合　上原　千代
百合の花伊江島タッチュー島興し　岸本百合子
百合抱え面晴やかに盲いたり　久高　日車
刃渡りの和鉄を打つや百合の島　進藤　一考
海に向くかつて戦場百合畑　たまきまき
風に伏し陽に顔上げて岬百合　友利　昭子
海を聴く百合百万のお辞儀かな　友利　敏子
触る、時百合沸点の香を発す　中野　順子
百合摘みし掌で野晒の壺なでる　根志場　寛
静かなる反戦運動ゆり咲いて　野木　桃花
気くばりの四方八方百合の花　比嘉　幸女
戦争が百合となりたる岬かな　真喜志康陽
生き伸びて島は野百合の香り満つ　深山　一夫
嶽の百合美水《うびい》きよらに壺溢れ　安島　涼人
封印の記憶を語るゆりの花　安田喜美子
船の荷となりて香るや百合の花　山口きけい
村里の巫女の抱瓶百合香る　山本　初枝
自らを恃めばそこにすつくと百合　横山　白虹

百合一輪サンタマリアの棚匂ふ　湧川　新一
白百合の風の向こうに亀甲墓　新城伊佐子
闘牛の貌白百合の花粉つけ　小熊　一人
白百合を解く暁の礼拝堂　謝花　寛営
白百合や鉄の暴風荒れし野の　知念　広径
言葉なく白百合の花咲かぬまま　宮田　慶子
白ゆりの寄り添い咲きしいくさ道　安田喜美子
火の記憶秘めて鉄砲百合白き　安谷屋之里恵
鉄砲百合島の海鳴りつのりけり　新垣　富子
死後の景矢張り愚直に鉄砲百合　伊地　秩雄
鉄人や声援かざす鉄砲百合　うえちゑ美
もし悔いを形にすれば鉄砲百合　浦　廸子
丈低し辺戸の岬の鉄砲百合　佐々木経子
鉄砲百合荷馬車が通るマクラム通り　田口　一穂
断崖に海の日集む鉄砲百合　渡口　澄江
てっぽう百合夜は戦の匂ひする　原しょう子
洗骨のテッポウユリが咲きました　福富　健男
それぞれに自由の風聞け鉄砲百合　諸見里安勝

姫百合や寝息立ててもいいのだよ　川名つぎお
姫ゆりの生命線は赤色に　早乙女文子
鬼百合の移り香高く収骨す　新木　光
鬼百合に海の風のる古墳道　藤原　由江
南山や為朝百合の白やさし　矢野　野暮

含羞草《おじぎそう》《おじぎさう》・眠草《ねむりぐさ》

合歓の木に似た葉をもち、夜になると葉を合わせ、手で触れても葉がしぼむ。淡紅色の花を咲かせる。

撫でらるることにも馴れて含羞草　石川　宏子
いささかの不満もなくて含羞草　大城あつこ
戦後道いまだへっこみおじぎ草　曠野　幹
出番待つ琴並びゐる含羞草　三浦加代子
ねむり草返還近き米軍基地　瀬底　月城

松葉牡丹《まつばぼたん》・日照草《ひでりそう》《ひでりさう》

葉も茎も肉質。紫・紅・白・黄など牡丹を小さくしたような五弁花を開く。旱魃にも耐えるので日照草。

笑顔って大きいんだね松葉ぼたん　そら　紅緒

蜜蜂の花粉揺らせり日照草　謝名堂シゲ子

花仙人掌《はなさぼてん》・サボテン

アメリカ大陸の熱帯から亜熱帯の乾燥地帯に生育する多肉植物。種類が多く、観賞用にも栽培される。黄や赤色の花をつける。実がなる。

針の指五欲を落とす花仙人掌　小橋　啓生

舌先に遠しサボテンの陽の老兵　森田　緑郎

アマリリス

ユリの花に似る。太く長い花茎の頂に、赤、白、絞りなどの大きな花を横向きに付ける。

沖縄の墓は明るしアマリリス　石田　慶子

子に諫められしことありアマリリス　石堂　和霞

くらくらと考えあぐねアマリリス　照屋よし子

アマリリスひそひそ話を聞きたがる　中田みち子

日々草《にちにちそう》《にちにちさう》

熱帯地方原産。キョウチクトウ科の観賞用の一年草。茎の先に淡紅色の花をつける。初夏から長期間咲きつぐ。

生きてきた日々を問うなり日日草　仲西　紀子

基地内の日々草や風招く　真喜志康陽

百日草《ひゃくにちそう》《ひやくにちさう》

キク科の一年草。草丈は五〇センチ程度。花期が長く夏から秋にかけて咲くので百日草の名がある。

それぞれに好きな色あり百日草　小橋川恵子

千日草《せんにちそう／せんにちさう》・千日紅《せんにちこう》

熱帯原産。花期が長い。茎、葉とも粗毛を生じる。茎の先に毬状の紅色の花をつける。まれに白花も。

夢にみし人をひきずり千日紅　岡　恵子

花丁字《はなちょうじ／はなちやうじ》

メキシコ原産。ゴマノハグサ科の小低木。花期は五〜十月。花の形が丁字の実（クローブ）に似る。

花丁字花並み片へに歯塚立つ　久田　幽明
主亡き廃屋に生きて花丁字　呉屋よし子
蜜吸うてわらべに還る花丁字　瀬底　月城
花丁字口にふふみて碑を仰ぐ　三浦加代子
窯変の酒器にこぼれる花丁字　屋嘉部奈江

朝顔《あさがお／あさがほ》

ヒルガオ科の一年草。熱帯アジア原産。蔓は左巻き、早朝、ラッパ形の大きな花をつける。品種が多い。夏から秋にかけて朝を彩る。

朝顔の紺のかなたの月日かな　石田　波郷
朝顔に眠気を覚ます介護明け　上間　芳子
朝顔や隣の猫はベジタリアン　河村さよ子
朝顔や濁り初めたる市の空　杉田　久女
基地広大群れて朝顔白ばかり　玉木　節花
朝顔や百たび訪はば母死なむ　永田　耕衣
空が長い路地の朝顔紺ばかり　山本　セツ

ダチュラ・朝鮮朝顔《ちょうせんあさがお／てうせんあさがほ》・曼陀羅華《まんだらげ》・狂茄子《きちがいなす／きちがひなす》

大きなラッパ状に咲く。有毒。下向きに花をつけるエンジェルトランペットは木立朝鮮朝顔のこと。

奥庭を風が揺らしてダチュラチュラ　西里　恵子
夕日よく映ゆる垣なり花ダチュラ　山口きけい
拝所の急な坂道曼陀羅花　浦　廸子
逃げのびし壕に日の差す曼陀羅花　西銘順二郎
うつ向きて祈る姿や曼陀羅華　与那嶺和子
拝ん所の気狂茄子の白く咲く　小熊　一人

青鬼灯《あおほおずき》《あをほほづき》

まだ熟さず色づかない鬼灯。青い葉の影に隠れるように垂れている。青酸漿。

幼霊はかの戦没の青酸漿　土屋　休丘

鉄線花《てっせんか》《てつせんくわ》

蔓性の植物で、その蔓を細く丈夫な鉄線に見立てていう。紫または白色の六弁花を咲かす。

からみつく基地の議論や鉄線花　嘉陽　伸
からまれてからみて自由鉄線花　新里　光枝

青芭蕉《あおばしょう》《あをばせう》・芭蕉《ばしょう》《ばせう》・芭蕉林《ばしょうりん》《ばせうりん》・玉解《たまと》《たまと》く芭蕉《ばしょう》《ばせう》

バショウ科の大形多年草。芭蕉の新葉は固く巻かれているが、夏に解きほぐれて伸びた青々とした芭蕉を、特に青芭蕉・芭蕉青葉などという。茎や葉を煎じて利尿・解熱などの薬とする。

人を恋ふ馬の眼や青芭蕉　池原　ユキ
青芭蕉厨子甕値切る女かな　稲田　和子
一樹にてジャングルとなす青芭蕉　辻　泰子
過去帳に書き足す事や青芭蕉　中村　阪子
番小屋に海の風呼ぶ青芭蕉　屋嘉部奈江
ふれて見る芭蕉広葉の艶やかさ　石垣　美智
芭蕉へんぽん海茫々と日を没る　遠藤　石村
芭蕉の葉全し朝の鏡拭く　翁長　求
台風の気配夜空を待つ芭蕉　久高　日車
芭蕉葉につきあたりたる夜道哉　篠原　鳳作

大芭蕉動かず月に影を投ぐ　島袋　暁石
庭に植ゑて芭蕉僅に風を呼ぶ　末吉麦門冬
喜如嘉村夕映浄き糸芭蕉　山城　光恵
産井汲む糸芭蕉林くぐり来て　呉屋　菜々
天日へ葉うらをかへす芭蕉林　島袋　常星
芭蕉林静かに宵の色濃くす　宮城　阿峰
バー街の真昼芭蕉は玉を解く　前田貴美子

姫芭蕉《ひめばしょう》《ひめばせう》・美人蕉《びじんしょう》《びじんせう》

芭蕉に似ているが小さく、花茎は直立、赤橙色の苞が美しい。花後、バナナに似た小さい実がなる。漢名が美人蕉。

若祝女のおとがひ細く姫芭蕉　大城　愛子
姫芭蕉深紅に双つ捨屋敷　神元　翠峰
命得て見ゆるものに姫芭蕉　屋嘉部奈江
大壺に姫芭蕉活けシーサー展　山田　静水
美人蕉紅型晒しの井にきそふ　矢野　野暮
産む牛に力声貸す美人蕉　山城　青尚

不食芋《くわずいも》《くはずいも》の実《み》《み》

サトイモ科の多年草。沖縄では五～六月に花が咲きオレンジ色の実がなる。

不食芋の実のあかあかと自決壕　大嶺美登利
水音や赤き実しるき不喰芋　北村　伸治
陵近し朱き実ほぐす不喰芋　瀬底　月城
結界の入り際に熟れ不喰芋　三浦加代子
驕る実の身を持ち崩す不喰芋　山城　青尚

南瓜《かぼちゃ》の花《はな》

茎は地を這い、長く伸び、大きな葉をつける。茎にも葉にも毛があり、花は鐘形の黄色い五弁花。

敵機襲来煌と南瓜の花ありし　黒木　俊
沖縄や南瓜の花と鉄兜　真喜志康陽

じゃがいもの花《はな》・馬鈴薯《ばれいしょ》の花《はな》

茎の先に数本の花軸があり五裂の白または淡紫色の小さな花を咲かせる。根茎が芋である。

丘越えて空へじゃがいもの花真白　小林　禮子

ときめきも嘆きもおぼろじゃがたらの花　徳永　義子

胡麻《ごま》の花《はな》

夏、白や薄紫の小さな鐘のような可憐な花をつける。秋に実がなる。

北斎の五十三次胡麻の花　秋野　信

浜独活《はまうど》・浜独活《はまうど》の花《はな》

海岸近くの砂地や岩場に生え、高さは約一メートル。葉は光沢があり複葉。大きな花序に小さな小花を咲かす。

浜独活や昂ぶる波をおしとどむ　島袋　常星

浜独活の群れ咲く岬欣一碑　渡久山ヤス子

素潜りのきて浜独活の花の蔭　北村　伸治

蚕豆《そらまめ》・空豆《そらまめ》

莢を空に向けているので空豆。茹でて食べたり、菓子用の餡にする。マメ科。

蚕豆のはじけて日ごとかたくなに　石川　宏子

蚕豆のあおより逃れたき日なり　鈴木ふさえ

そら豆はまことに青き味したり　細見　綾子

瓜《うり》・甜瓜《まくわうり》《まくはうり》

瓜は、甜瓜・胡瓜など瓜類の総称でもあるが、一般的に瓜と言えば、まくわ瓜のこと。楕円形で円柱状、熟したものは黄緑色で味も香りも良い。

瓜棚や基地の黙認耕作地　伊舎堂根自子

まくわ瓜太郎という子を産みにけり　原しょう子

胡瓜《きゅうり》《きうり》

蔓性、初夏に黄色の五弁花をつける。果実は細長く緑色。生で食べられる。漬物、ピクルスにする。

夏胡瓜シャキリと咬みて節電す　友寄愛子

夕顔《ゆうがお》《ゆふがほ》

夕に五裂の白い花を開き朝しぼむ。葉は腎臓形。果実は球形で大きく干瓢にして食べる。瓢箪は夕顔の変種。

夕顔の悲鳴をあげて咲きにけり　穴井太

メロン

果実の皮に網目模様のある球形のメロンは、瓜類中でも上品な味と芳香をもつ。

長病みの子の一匙のメロンかな　海勢頭幸枝
メロン切る円周率の正しさや　神谷冬生
遺作見て来てメロンに深く刃を入れる　岸本マチ子
注射跡絶えぬ細腕メロン切る　喜友名みどり
着地には高すぎるかな初メロン　新里クーパー
メロン割る恋の動悸のようなもの　寺田京子
繰り言やメロンを掬う銀の匙　松井青堂

西瓜《すいか》《すいくわ》

カラハリ砂漠原産。蔓性で雌雄同株。外皮に黒い縦縞がある球形をした果実で水分が多くほんのり甘い。冷やして食べると美味。

妹のつわり話やカットスイカ　安里昌大
西瓜割憲法九条生きてゐる　伊志嶺あきら
過ぎし日を妻と語らふ西瓜かな　小渡有明
乗せるもの西瓜よりなし乳母車　松井青堂

糸瓜《へちま》・糸瓜《へちま》の花《はな》・青糸瓜《あおへちま》《あをへちま》・糸瓜汁《へちまじる》・ナーベーラー

糸瓜は夏、五弁の黄花を開き、深緑色の円柱状の果実が五〇センチ以上になる。庭先に植えて棚に這わせる。茎の水はとって化粧水にする。若い実を沖縄では夏野菜として食べる。これをナーベーラー料理といい、沖縄の夏から秋の野菜を代表する糸瓜料理。みずみずしい口あたりの良さが特徴。汁物、油炒めなど。

あふれ咲くヘチマは車道へ安富祖岳　安里　昌大
西日射す窓にヘチマのブラインド　新垣　米子
屋敷神祀る庭先へちま這ふ　石川　葉子
食用に叩いてもぐよ若糸瓜　瀬底　月城
引力のかたちで垂れる大糸瓜　平良　雅景
へちまの蔓カウボーイになる昼下り　田代　俊泉
産衣干す軒にへちまの遊び蔓　たみなと光
うりへちまひょうたんゆうべの長電話　のとみな子
糸瓜棚豚舎鶏舎を渡しけり　渡辺　羅水
花糸瓜旅のよごれの眼鏡ふく　山城　青尚
腹筋を鍛えています青へちま　そら　紅緒
糸瓜汁ねばりて島に棄て刳舟《さばに》　伊是名白蜂
白味噌を濃くし独りの糸瓜汁　稲田　和子
糸瓜汁ひとりの夕べ静かなり　中村　阪子
豚を売る話決まりぬ糸瓜汁　前田貴美子

冬瓜《とうがん》

ウリ科の果菜。果実は大きな球形または長楕円形。煮物やあんかけにして食べる。熱帯アジア原産。琉球語ではシブイ。

冬瓜のごろりと重き戦後かな　大湾　宗弘
ごろんと冬瓜その曲線の愛されて　中村　冬美
無人売の山積冬瓜をはじき見る　広瀬　元
木に登るお茶目とうがん三つ四つ　新里　光枝
冬瓜の屈託もなく横たふる　真玉橋良子

苦瓜《にがうり》・ゴーヤー・苦瓜《にがうり》の花《はな》

熱帯アジア原産のウリ科。別名ツルレイシ。六月頃から黄色い花が咲き、濃緑色の実ができる。青い果実は苦味がある。ビタミンCが豊富である。

苦瓜を手押し車で売る市場　稲田　和子
苦瓜を古井に這はす空の果て　海勢頭幸枝
苦瓜太しぎらぎらと基地の腹　粥川　青猿
島の土堅く苦瓜棚低し　沢木　欣一
苦瓜の終の一果に紅はしり　新城　太石
苦瓜はじけ口数多い戦中派　末吉　發
苦瓜の疣隆々と雨弾く　平良　雅景
父情色して苦瓜の淡く咲き　藤井　貞子
苦瓜の苦味に慣れて饒舌に　水口　圭子
薄く切る苦瓜の香や海遠し　水野真由美
苦瓜の棚組低き蜑の庭　山本　初枝
苦瓜の宇宙の飢餓へと蔓のゆれ　原　恵
失恋にゴーヤーを入れてチャンプルー　秋谷　菊野
朝風のゴーヤー棚に入りびたる　葦岑　和子
ゴーヤー大好きお日様のような子供たち　川津　園子
不揃いの思いがずらりゴーヤー棚　金城　幸子
デパ地下で行儀良く並ぶゴーヤーかな　具志堅忠昭
海鳴りやゴーヤーチャンプルの口ごたえ　黒田　恒雄
ゴーヤーチャンプルそれだけで沖縄　香坂　恵依
ゴーヤー食って生き長らえた戦傷　後藤　蕉村
ゴーヤーの粒粒力のしたたれり　小橋　啓生
夏を斬るゴーヤー料理は母仕込み　宮城　陽子
苦瓜の花地に這って基地続く　佐々木経子
アバシゴーヤ棚で茎伸び右往左往　山里　賀徳

茄子《なす》・茄子《なす》の花《はな》・初茄子《はつなす》

葉腋に淡紫の合弁花を下向きにつける。実の食べ方には煮る、焼く、和える、揚げる、漬物などさまざまな料理法がある。

老年へひょろりと曲る茄子の臀　粟田　正義
味噌甕に母の手垢や茄子の花　東江　万沙
ひっそりと忿怒を垂るるなすびの木　四方万里子
初茄子や生れは名護の七曲　新里クーパー

トマト・ミニトマト

果実は赤く扁球形。栄養に富みサラダなどに入れて食べる。またジュースやケチャップに加工する。

トマト切る黒の舟歌聴きながら　おぎ　洋子
哲学のとぼけた言葉塩トマト　瀬戸優理子
トマト好きトマトほおばる我も好き　田川ひろ子
ミニトマト憲法すずなり手のひらに　後藤　蕉村

オクラ

五角形、緑色の細長い莢を食用にする。ぬめりと独特な香りがある。

四方向くさらしオクラの角を取る　井波　未来
子弔ふ母の眼差しオクラ花　金城　杏

キャベツ・甘藍《かんらん》

生長するにしたがって葉が球状に巻かれる。料理に幅広く使われる。生でも煮てもよい。

ざっくりとキャベツに刃何も出ず　友利　昭子

夏大根《なつだいこん》

大根の一品種で夏に収穫する。小振りで辛みが強い。

夏大根山ほど擂って待ってます　穴井　陽子
世が世なら甲種合格夏大根　松井　青堂

島《しま》らっきょう

小振りで香りが強い。花が開く前に取り、汁の実、漬物、酢の物、チャンプルーにする。

島らっきょう虚実皮膜の一品です　宮里　晄

茗荷《みょうが》《めうが》の子《こ》《こ》

茗荷には地下茎があり、その先端から茎を伸ばし地上に顔を出す。小さい筍のような形の花穂でこれを茗荷の子という。

空に鳥たち茗荷はうすく礼装して　阪口　涯子

パセリ

野菜として広く栽培されている。料理のつまに、またスープにきざんで入れ、香りを楽しむ。

白い帽子パセリの森に出かけよう　原しょう子

蓮《はす》

水田や池などで栽培される。長い柄を伸ばして、淡紅、白などの大きな花を開く。根茎（蓮根）は食用にする。

蓮咲けり太陽《てだ》は真上に曼陀羅図　新垣　紫香

蓮池や水面を隠し憚《はばか》りぬ　親泊　仲眞

紅蓮の水のこゑなる女体かな　小橋　啓生

水牛の目玉蓮沼にて光る　根志場　寛

ふくらみて宝珠となりし紅蓮　屋嘉部奈江

麦《むぎ》・麦《むぎ》の穂《ほ》・麦刈《むぎかり》

前年に蒔いた麦は、越冬して四月頃、花穂をつけ、五月ごろ黄金色に実る。

真っ直ぐな麦穂をいけて見たくなる　吉木　良枝

ひとの夫欲しと青麦刈られおり　寺田　京子

甘蔗若葉《きびわかば》・甘蔗下葉《きびしたは》

沖縄の主要産物の一つ、サトウキビの茎を搾って砂糖

（黒糖）をつくるのである。五、六月頃茎が伸び葉が波打つようになる。

外海の百八十度甘蔗若葉　北川万由己

甘蔗若葉島は戸毎に珊瑚垣　謝名堂シゲ子

青甘蔗《あおきび》《あをきび》・夏甘蔗《なつきび》

穂が生えてくる前のまだ青々とした茎をもつサトウキビ。収穫は冬。

青甘蔗や売られゆく山羊追ひ駆くる　池原ユキ

青甘蔗の風やシヌグの遠太鼓　大城幸子

青甘蔗のひれ伏す風となりにけり　筒井慶夏

青甘蔗の風吹き上ぐる御嶽山　仲里信子

青甘蔗や先祖の土地は基地となり　宮城長景

青甘蔗の中の一軒牛鳴けり　山城初子

青甘蔗のさやぎに残る線路跡　山田静水

青甘蔗風の道あり野原岳　立津和代

夏甘蔗のひろがる果てに壕の口　大浜草六

麻《あさ》の畑《はた》

大麻（ヘンプ）は夏に茎を収穫し、皮から繊維を得る。葉や穂には幻覚物質が含まれるので栽培は免許制。

風の織る細波文様麻の畑　辻泰子

夏草《なつくさ》

夏の青々とした草のこと。

夏草の房事茫茫刈られゆく　秋谷菊野

夏草の波只中に溺死体　池宮照子

夏草の小豆にからむ地割畑　伊野波清子

廃屋や夏草に埋もれ穂先ゆれ　親泊仲眞

赤土《あかんちゃ》に夏草戦闘機の迷彩　沢木欣一

石室の魂はいづくに夏の草　甚上澤美

海鳴りの方へ夏草ふみしだく　末吉發

土に還りきれぬ骨片夏草の下　玉木節花

夏草を踏みし此処より風の地図　仲間　健
臨月の牛に夏草かさね敷く　西銘順二郎
夏草やかつて人間たりし土　長谷川　櫂
外科病棟より夏草へ紙ヒコーキ　姫野　年男
標識を呑んでしまひし夏の草　真喜志康陽
夏草や割れし眼鏡のありにけり　宮城　正勝
夏草に汽罐車の車輪来て止る　山口　誓子

茂《しげり》・草茂《くさしげ》る

木々の若葉が夏に繁茂するのを「茂る」というが、草の場合は「草茂る」である。

島の果世の果繁るこの丘が　山口　誓子
地下壕に病院跡や草茂る　佐々木経子

草《くさ》いきれ

真夏、叢が日光に強く照らされて発するむっとする熱気。

未来より刹那が好きで草いきれ　秋谷　菊野
愛ふかし窓から入る草いきれ　天津伎依子
逢えばまた引きだしにある草いきれ　大城あつこ
国敗れ牛飼いし日の草いきれ　末吉　發
刈り跡のたぎるばかりの草いきれ　根路銘雅子
草いきれ揺れてゐるのは太平洋　松井　青堂

青芝《あおしば》《あをしば》・夏芝《なつしば》

新しい芽が出て青々とした夏の芝のこと。

青芝に寝てテポドンを考える　小町　圭
金網に青芝あればすべて基地　沢木　欣一
光あふるる緑の芝を基地といふ　長谷川　櫂
夏芝やフェンスの中の本籍地　池田　なお

青歯朶《あおしだ》《あをしだ》

葉の表は緑色で裏が白い。常緑のものが多く、夏は特に段々状に伸びて繁茂する。その若い葉。

青歯朶をまとひ痩せ神太り神　当間　シズ

青芒《あおすすき》《あをすすき》

まだ花穂の出ない、剣状の細長い葉をもつ青々とした芒。

青芒幾多の骨の埋もるるや　新垣　富子

満蒙に消えし父の背青芒　井崎外枝子

青すすき先端はもう風の兵　小橋　啓生

青芒男くさいと刈り取られ　玉城　幸子

野に立てばそこが戦跡青芒　西平　守伸

王陵に朱塗りの格子青芒　山本　初枝

青葦《あおあし》《あをあし》・青蘆《あおあし》《あをあし》

葦の葉は夏になると二メートルにも伸びて群生し水辺を覆う。

青葦に風の指揮者の立ち寄りし　岡田　初音

夏《なつ》の萩《はぎ》

夏萩と呼ばれる種類の萩も多くある。花に限定せず青々と茂った萩も含まれる。

誘うは歩巾に揺るる夏の萩　岡田　初音

胡蝶蘭《こちょうらん》《こてふらん》

山野草の羽蝶蘭をさすこともあるが、洋蘭で温室栽培されるファレノプシスをいうことが多い。

戦後の村多彩にいろどる胡蝶蘭　安田喜美子

鈴蘭《すずらん》

ユリ科の多年草。白い壺状小花を下向きに五〜十個つける。芳香がある。君影草。

すずらんや拍手は風の先頭に　樋口　博徳

野朝顔《のあさがお》《のあさがほ》

紀伊半島以南に広く分布。海岸や道端に生える。葉は心臓形で先がとがり、朝顔に似た青紫色の花をつける。

軍基地の柵にせめぐや野朝顔　石川　宏子
野朝顔基地に静かな花盛り　上原　千代
石碑立つ番所の跡や野朝顔　上間　芳子
十字架にからみて咲けり野朝顔　翁長　求
野朝顔垂る断崖の自決壕　北村　伸治
無名碑の香炉いだきて野朝顔　小橋川文子
乳の数以上の仔豚野朝顔　辻　泰子
風葬の谷這いまわる野の朝顔　服部　修一
石積みの崩れに沿ひて野あさがほ　比嘉　悦子
磯道の磴に這ひたる野朝顔　宝来　英華

昼顔《ひるがお》《ひるがほ》

蔓性の多年草。野原や道端に自生。淡紅色の漏斗状の花をつける。朝顔と違い、日中でも咲いている。

昼顔のあれは途方に暮るる色　飯島　晴子
ビーチバレー果て昼顔の浜となる　石田　慶子
昼顔や息のしかたをふと忘れ　田川ひろ子
昼顔の樹海に鎮む健児の碑　屋嘉部奈江

浜昼顔《はまひるがお》《はまひるがほ》

蔓性の多年草。暖地の海岸の砂地に自生。葉は腎臓形で厚い。朝顔に似た淡紅色の花をつける。

摩文仁の丘霊《まぶや》の如き浜昼顔　池村やす代
流人碑の浜昼顔の中に立つ　石垣　美智
岩室の拝所《うがんじゅ》に伸び浜昼顔　伊舎堂根自子
とめどなく波をあづけて浜昼顔　進藤　一考
引く波のはないちもんめ浜昼顔　そら　紅緒
サバニ朽ち浜昼顔のするがまま　平良　龍泉
浜昼顔の風道ふさぐ基地の柵　徳村　光子

浜昼顔咲き継ぐ岬遭難碑　渡久山ヤス子
浜昼顔遺骨を掘りしあとくぼむ　安島　涼人
浜昼顔軍歌正しく歌ひたる　湯浅　依子

軍配昼顔《ぐんばいひるがお》《ぐんばいひるがほ》

蔓性多年草の海浜植物。葉は先端に切れ込みがあり軍配の形に似ている。沖縄方言では「アミフィーバナ」または「ハマカンダー」。

絶壁の軍配昼顔陽にすがる　浦　廸子
軍配昼顔負けるが勝と言ふもあり　塩間まさゑ
あまみきよへ軍配昼顔砂均らす　瀬底　月城
軍配昼顔鬱々と白砂光　山田　千秋

浜苦菜《はまにがな》

海岸の砂地に生えるキク科の多年草。地下茎をもち、葉は三～五葉に裂けている。黄色い頭花をつける。

砂灼けてこの地選ぶか浜にがな　となきはるみ

蔓荊《はまごう》

海辺の砂浜に群生する。果実は蔓荊子（まんけいし）と呼ばれる生薬。ユーカリに似た芳香がある。

天降り神花はまごうを道しるべ　瀬底　月城
蔓荊や村の霊石海より来　筒井　慶夏
蔓荊の小溝またぐや隣り村　永田　米城
彫像は若き日のまま花蔓荊　三浦加代子
はまごうや村に残りし地割り畑　山城　青尚
※地割り畑は、王府時代の土地の割替制度。

月見草《つきみそう》《つきみさう》・大待宵草《おおまつよいぐさ》《おほまつよひぐさ》

アカバナ科の越年草。夕方から大形の四弁の白花が開花し朝までにしぼむ。黄色の花の大待宵草の誤称でもある。

月見草母にやさしくしてやれず　長浜千佳子
月見草ラストは君と踊ろうか　比嘉　幸女
川にそふ道一筋や月見草　藤原　由江

夜香花《やこうか》《やかうくわ》・夜香木《やこうぼく》《やかうぼく》・イェライシャン・女郎小《じゅりぐわー》花《ばな》

夜香花（夜香木）はナス科の常緑低木。西インド諸島原産。枝先に細い筒状の白い花が多数集まって咲く。夜になると強い芳香を放つ。琉球語で女郎小花と呼ばれる。本来イェライシャンは、ガガイモ科蔓性の夜来香のことだが、混同して夜香花をイェライシャンとも呼ぶ。

髪染めし妻へ匂へり夜香木　久田　幽明
夜香木ミンサー織りを巻き返す　安島　涼人
魔除獅子イェライシャンの香にひたる　西村　容山
夕闇に人ふりむかすイェライシャン　安田喜美子
振り向けば肩より匂ふイェライシャン　山城美智子

唐土草《もろこしそう》《もろこしさう》・蚊《か》遣《や》り草《ぐさ》・やまくにぶ

サクラソウ科の多年草。高さ五〇センチ内外。葉は広披針形。初夏、黄色の花を下向きにつける。蒸すと独特な香りがして、沖縄ではこれを簞笥などに入れ着るものに匂いを移す。

婆が売る母の匂ひの唐土草　浦　廸子
たちこめる母の気配や唐土草　宮里　晄
蚊遣草匂ひこもりぬ祝女神座　伊舎堂根自子
亡き母の茶箱の袖に蚊遣草　上原トミ子
蚊遣草吊り路地うらの小商い　屋嘉部奈江
蚊遣草売り買ふ婆の島言葉　山城　初子
山《やま》九年母《くにぶー》泣く人の無き野辺送り　おぎ　洋子
轆轤踏む影と睦めり蚊遣草《やまくにぶ》　嵩元　黄石

著莪《しゃが》の花《はな》

アヤメ科。樹下などの湿地に生える。葉は濃い緑色で光沢がある。花は白色で紫の斑があり、中心は黄色。

石段を囲んで続くしゃがの花　大島　知子

河骨《こうほね》《かうほね》

スイレン科の水草。涼しげな艶のある黄色い花を水上に掲げる。

河骨や婆は死ぬまで着ぶくれて　星野　昌彦

浜木綿《はまゆう》《はまゆふ》

ハマオモトの別称。海岸砂地に自生。茎の先に良い香りのする六弁の細長い白い花を毬のようにつける。

浜木綿の盛りの島や風白し　安座間勝子
浜木綿の純白灯し特攻碑　上江洲萬三郎
浜木綿に漁網を拡げ蜑《あま》の村　上原　千代
浜木綿に流人の墓の小ささよ　篠原　鳳作
浜木綿や自決の齢十五なる　当間　シズ
浜木綿は太古のなごり地平線　西里　恵子
浜木綿の花の向かうに基地の網　花城三重子

夏薊《なつあざみ》

夏に咲いている薊のこと。薊は花期が長いので春から秋まで季節をまたいで見られる。

夏あざみ眠りも深き風葬墓　宮里　晄

撫子《なでしこ》・河原撫子《かわらなでしこ》《かはらなでしこ》

山野にも自生。花は淡紅色で縁が細かく裂けている。秋の七草の一つ。琉球列島では久米島、渡名喜島だけに自生し、三～六月が最盛期で、径四～五センチの淡紅白色の花が咲く。

荒磯に河原撫子光満つ　島袋　常星
渡名喜なる砂地撫子過疎恐る　瀬底　月城

灸花《やいとばな》・屁糞葛《へくそかずら》《へくそかづら》

山野に自生。蔓性で藪や木にからみつく。花は中心が紅紫色で外側が白色の鐘の形をしている。葉を揉むと臭気がする。

癇の虫あっさり起きて灸花　金城　幸子
真《ま》珠《だま》道途切れし辺り灸花　金城百合子

酢漿《かたばみ》の花《はな》

雑草で黄色い小さな五弁花を道端に咲かせる。花期は長い。

かたばみの花もいとほし乾く紅型《びんがた》　横山　白虹

羊蹄《ぎしぎし》の花《はな》・ぎしぎし

タデ科の多年草で湿地に多い。羊蹄は根の形から、「ぎしぎし」は実の付いた枝の鳴る音からといわれる。

羊蹄花や市の真ん中を基地が占め　西平　守伸

車前草《おおばこ》《おほばこ》の花《はな》《はな》

道端に自生。楕円形の葉を地に広げて群がり、花茎を直立させ、穂状の白い小花を咲かす。

車前草の花のつんつんいくさ径　石川　宏子

蕺菜《どくだみ》・十薬《じゅうやく》《じふやく》

雑草として陰湿地に自生。四枚の十字形の白く花のように見えるのは苞で、穂状花序に淡黄色の小花をつける。臭気がある。

どくだみは陰干しの刑ゆうひ領　穴井　太
どくだみの真っ直中にある安堵　大川　園子
どくだみのあるがままをば受け入れる　大城あつこ
どくだみを茂らせている奥座敷　岸本マチ子

どくだみは個性まる出しみえもはる　新里　光枝
どくだみを咲かせ女の薄化粧　高橋　照葉
ドクダミの匍匐前進見守りぬ　田代　俊泉
十薬を摘みし指にて何をせん　石塚　奇山
今日仕込む十薬の葉の化粧水　岩崎　芳子
十薬の花ひそやかにきっぱりと　大島　知子
十薬の白さこぼれて不帰の客　幸喜　和子
十薬を刈り終へ深く呼吸せり　広長　敏子

千歳蘭《ちとせらん》

リュウゼツラン科の多年草。花は白色筒状花で香りが高い。観葉植物として栽培。山野にも自生する。

千歳蘭咲いて南山王位牌　島袋　常星
千歳蘭祝女の世ならぬ垣低し　瀬底　月城
耳遠き翁ふり向く千歳蘭　山城　青尚

姫女苑《ひめじょおん》《ひめぢよをん》

北アメリカ原産の帰化植物。キク科。雑草として群落をつくる。小さな白色の花を多数開く。

姫女苑摘めば黄昏る陶の里　比嘉　悦子

牡丹蔓《ぼたんづる》の花《はな》

蔓性多年草。山野に自生し、プロペラのような白色の花をつける。葉が牡丹に似ている。有毒。

牡丹蔓のゆれて館は夢二展　秋野　明女
王陵の戦さ疵覆ひ牡丹蔓　瀬底　月城

捩花《ねじばな》《ねぢばな》・文字摺草《もじずりそう》《もぢずりさう》

原野、芝地などに自生。葉は細長く、花茎に淡紅色の小さな花を螺旋状につける。

捩花や山越えて来る郵便夫　石原　遊子
城壁の小径辿るや捻り花　上原　義夫
捩花や絵筆もかろき雨の午後　大浜　基子
ねじり花大学キャンパス埋め尽くす　久高ハレラ
城跡の礎石のひずみ捩り花　謝名堂シゲ子
ねじり花城址の崖に吹かれおり　城間　博子
元気かいくねりはじらうねじり花　新里　光枝
捩花やひそみて動く猫の耳　瀬底　月城
ねじれ花ねじれ通して傘寿なり　玉城　幸子
焦点を少しずらしてねじればな　宮里　晄

蛍袋《ほたるぶくろ》

原野、路傍に自生。茎の先に淡紫色の鐘形の花を数個ぶら下げる。花筒に蛍を入れ遊んだという説がある。

うっすらと蛍袋に棲みつくか　今川　知巳
奥の手を蛍袋より取りだせり　大城あつこ
蛍袋水に流せぬ愛ひとつ　久高ハレラ
のぞくなと蛍袋に書いてある　小森　清次
明晰なほたるぶくろだブルースが痛い　藤田　守啓

苺《いちご》・木苺《きいちご》・野苺《のいちご》・蛇苺《へびいちご》

五弁の白い花をつけ、果実は赤く熟す。リュウキュウイチゴは種子島以南の原野や山地に自生するバラ科の低木。蛇苺は道端などに自生、鮮黄色の五弁花を開き、夏に小さな赤い実を結ぶ。毒はない。

越境を巡視とがめず紅苺　石垣　美智
苺には酸味のありて負け試合　金城　杏
葉がくれに色づく苺婚近し　安島　涼人
木苺や戦火逃れし山に熟れ　石川　慶子
野苺や吾が旧姓を愛しめり　新垣　勤子
若嫁に野苺摘みの子ら駆けぬ　大城　幸子
厨子甕を窟の央ばに野苺よ　進藤　一考
野苺を踏み分けて行く城の跡　与那嶺和子
頭の中にいつも崖あり蛇苺　安谷屋之里恵

へび苺生まれしことを責めらるる　おぎ洋子

蛇苺最初のつぶては母に投げ　玉城幸子

山昏れてゆく沈黙の蛇苺　西部節子

鷺草《さぎそう／さぎさう》

ラン科の多年草。日当りのよい湿地に自生。高さ約三〇センチ。白い花が鷺の飛ぶ姿に似ている。

鷺草やおもむくままに時つ風　うえちゑ美

鷺草の今とびたちぬ夢の宇宙《そら》　兵庫喜多美

苔《こけ》の花《はな》

胞子で殖えるので花は咲かないが、胞子の詰った胞子嚢が花のようにみえる。

近寄れば耳あるごとし苔の花　鎌田美正子

苔の花さざれ石など目もくれず　土屋休丘

萍《うきくさ》

ウキクサ科の多年草。たよりなく不安定な状態のたとえに用いる。田や水路の水面を浮めつくすこともある。

空ばかり見ている萍のごとし　安谷屋之里恵

梅雨茸《つゆきのこ》

梅雨の時期にはさまざまな茸類がいっせいに生えてくる。それらを総称して梅雨茸という。

陶祖碑の古びし注連に梅雨茸　岩崎芳子

黴《かび》・青黴《あおかび／あをかび》

梅雨時期、また湿気の多い所で発生する。種類も多く葉緑素をもっていない。青黴の分泌液からペニシリンが作られた。

陰干しにして魂の黴とばす　土屋　休丘

青黴や地底に長き海軍壕　上江洲萬三郎

海葡萄《うみぶどう》

沖縄の海産物。球状の葉がプチプチとして葡萄の房のようになっている。栄養素は豊富。

潮の香やプチプチプチと海ぶだう《うみぶだう》　野木　桃花

秋

時候

秋《あき》・白秋《はくしゆう》《はくしう》・金秋《きんしゆう》《きんしう》

夏と比べて、昼は短くなり、夜は長くなっていく。暦の上では八月の立秋から十一月の立冬の前日まで。初秋、仲秋、晩秋の三秋の約九十日間。中国の五行説においては、白を金である秋季に配するので白秋・金秋と呼ばれる。素秋。

秋を哭かせ縞《しま》育てゆく機《はた》の音　赤城　獏山
天地のめぐみの秋や吾子の婚　秋野　明女
護佐丸の聞き耳立てて歩む秋　安里　昌大
ビードロは秋のひかりの一化身　新　桐子
那覇の秋うっちん市場たぎっちょる　穴井　太

銅鑼の音の御嶽に渡る島の秋　新本　幸子
猫の髭隣に眠る秋がいて　粟田　正義
島の秋女船長の訛り跳ね　上江洲萬三郎
影をひく秋の黄砂の迷ひ舟　うえちゑ美
客運ぶ牛車轍むや里の秋　海勢頭幸枝
秋なぎや一番星に島暮るる　小渡　有明
秋の洞《がま》白梅学徒の碑のひそと　親富祖恵美子
漢方薬振ればカサカサ秋の音　喜岡　圭子
たましいが脱皮してゆく秋でした　岸本マチ子
秋が来たそのうちハイネのような恋　金城　悦子
身の内の曇り後晴れ少し秋　金城　幸子
蛇口より秋が来ている厨かな　桑江　光子
捕鯨漁昔はありし島の秋　古賀　弘子
化粧のり良くも悪くも秋が好き　児島　愛子
カーフェリーの大きな口開く島の秋　末吉　發
いくさ世の去りゆく速さ老いの秋　平良　雅景
笛置けば後ろに秋の来てゐたり　高橋　照葉
この画布を秋一枚で押し通す　田村　葉

ふところに或る朝秋がはいつていた　藤後　左右
似た者となりてしずもる里の秋　徳沢　愛子
石の上に秋の鬼ゐて火を焚けり　富沢赤黄男
いち抜けて秋の入り口広くなる　中田みち子
秋寂し固き踵の夜を重ね　仲間　健
一日《ひと》ごと一日《ひ》毎嚙む朝の秋　根路銘雅子
秋の午後振り子時計を横にする　樋口　博徳
泣きそうな秋の夕日を狙い撃て　羽村美和子
裏木戸の軋むあたりが秋である　原しょう子
捨てきれず着るあてもなし秋袴　百名　温
胸骨の接ぎ目にピタッと秋一つ　宮城　陽子
一人のみ降りるバス停それが秋　宮城　正勝
丹《たん》茶《ちゃ》前《め》の秋よ砂浜婉曲に　横山　白虹
唇をかめば骨まで淋しい秋　吉田　佑子
葉脈を紙に写して秋を知る　吉富　芳香
白秋や飛行機雲を真直ぐ引く　宮城　章
金秋の象の偉大な扁平足　遠山　陽子

立秋《りっしゅう》《りっしう》・秋立《あきた》つ・秋《あき》に入《い》る

立秋は二十四節気の一つで、暦の上での秋が始まる、八月八日頃。まだ暑いが、朝晩の気配は少しずつ涼しさを増し、空も澄んでくる。

ノックするドアを開ければ今日立秋　大城あつこ
立秋のすいすい走るゆいレール　城間　睦人
立秋の脇道したし風見鶏　新里クーパー
何もかも昨日のやうに秋立ちぬ　江島　藤代
秋立つとばりばり爪をとぎあげる　岸本マチ子
白樺湖秋立つ風の身にしみる　岸本　幸秀
チェスの馬首尾よく並び秋に入る　大南　明美
手作業の発掘しづか秋に入る　前原　啓子

※ゆいレール＝那覇空港と首里を結ぶモノレール。

今朝《けさ》の秋《あき》

立秋の日の朝のこと。暦の上ではこの日より秋、爽やかな感じを込めていう季語。

角砂糖ひとつ増やして今朝の秋　大川　園子
今朝の秋龍樋に太古の水の音　大城八重子
今朝の秋有為転変を受容する　須田　和子
今朝の秋ホットケーキを裏返す　中村　冬美
幸運が落ちてきそうな今朝の秋　渡嘉敷敬子

初秋《はつあき》・初秋《しょしゅう》《しよしう》

秋の初めで、日中はまだまだ暑いが、朝夕の空気にかすかに秋の気配を感じることもある。

初秋や与那の落暉に感光す　池宮　照子
はつあきや水の匂いの人に逢う　原しょう子
交差点今朝は初秋と擦れ違う　大川　園子
病院の廊下に来たる初秋かな　真喜志康陽
初秋とは薄紫の風のこと　そら　紅緒

文月《ふみづき》

旧暦七月の異称。「ふづき」ともいう。涼月《りょうげつ》とも言われ、秋立つ感じがする。陽暦では八月頃にあたる。

文月の蒼い傘さし来てぬれる　小山亞未男

八月《はちがつ》《はちぐわつ》

八月は残暑の厳しい日が続く。沖縄は七月より若干気温は下がるが蒸し暑い。七夕、お盆と行事が多く、原爆忌・終戦日のある月でもある。

八月やせっせっせーェと忘備録　市川　恂々
八月の惚けし叔父の軍歌かな　稲嶺　法子
八月は忌日の多き月なりき　伊波とをる
こらえ性今なくなりて八月や　伊良波和美

八月のもう語らない石ばかり　大川　園子
八月や目をあけて河馬沈みおる　大坪　重治
歩いたら八月の空満月に　親泊　仲眞
八月は鬼の出さうな木に凭れ　柿本　多映
八月や昭和の匂うマッチ擦る　片山　淳子
八月の紙に戻れぬ千羽鶴　鹿又　英一
八月を無口で歩く列に居る　嘉陽　伸
旧かなで支えきれるか八月を　川名つぎお
八月は青の深部にきのこ雲　岸本マチ子
八月を引き摺っているアダンの森　香坂　恵依
八月の語り部唖の蟬もゐて　合志　洋
すぐそこに八月がゐて出番待つ　古賀　三秋
八月の水のかたちは火のかたち　小橋　啓生
八月を歩き水には水の味　小林　夏冬
汚れちまった八月を陰干しに　小町　圭
八月は白くて眠れないのです　須﨑美穂子
八月の海はしづかな傷をもつ　鈴木　夏子
八月や飛び込むときは両手あげ　蕪原　三代

八月は渦巻く風を撫でてやる　そら　紅緒
八月を引きずり続け戦中派　平良　雅景
八月のガム嚙むエブリボディかな　高木　暢夫
八月をにぎり固めるくず石鹼　田村みどり
八月の万歳《バンザイ》岬《クリフ》海月群れ　渡嘉敷皓駄
八月がくる金庫から旭日旗　遠山　陽子
からっぽな八月　空がおちてくる　中山　美樹
八月の空に無数の縄梯子　羽村美和子
八月の憤怒錆びさせてはならぬ　平迫　千鶴
微熱あり八月のトゲ未だ抜けず　宮城　香子
語らねばねえおじいさん八月来る　宮城　陽子
八月の石に無数の影かさね　宮里　晄
八月の焦げた記憶を撫でており　渡辺　砂門

残暑《ざんしょ》・秋暑《あきあつ》し・秋暑《しゅうしょ》《しうしょ》

立秋の後の暑さのことをいう。秋の涼しさも感じられるが、まだ暑さは体にも厳しい。

色あせた赤いTシャツの残暑　上原カツ子
うつうつと身の内にある残暑かな　小橋川恵子
坂道の疲れに重き残暑かな　平良　聰
残暑なほ地を蹴りあぐる棒踊り　仲里　信子
練り歩く残暑の路地の弥勒神　西銘順二郎
秋暑しどこかあやしきノミの市　秋山　和子
秋暑し双掌で掬う巌清水　石垣　美智
ひめゆりの碑の文字うすれ秋暑し　伊是名白蜂
秋暑し洗ひざらしのワンピース　稲嶺　法子
秋暑し長寿の水をがぶがぶ飲み　川津　園子
温暖化地球の異常秋暑し　岸本百合子
秋暑し水牛のたり吾のたり　金城　悦子
いびつなる皿に饅頭秋暑し　原しょう子
まずゆばり水牛動く秋暑かな　北原　千枝
藍深き入江水尾立つ秋暑かな　仲里　信子

秋《あき》めく

秋らしくなること。風光や肌ざわりにそれとなく秋の気配を感じる。

沖雲の変幻自在秋めけり　野木　桃花

爽《さわ》《さは》やか・爽涼《そうりょう》《さうりやう》・新涼《しんりょう》《しんりやう》・涼新《りょうあら》《りやうあら》た・秋涼《あきすず》し・秋涼《しゅうりょう》《しうりやう》・さやけし

暑さが残りながらも、ひと雨ごとに秋の気配が濃くなる。その涼しさをいう。

爽やかやシベリヤで逢った風かしら　川津　園子
爽やかに着て爽やかにもの忘れ　河村さよ子
爽やかや寺苑をとほす山の水　藤井　敏子
爽やかや遺影の母の白き衿　与那嶺和子
爽涼の亀の子束子働けり　原しょう子
新涼に愛撫されてる和毛《にこげ》です　大城あつこ
新涼や路地の道はば広く見え　川津　園子
新涼や蛇口の水がジャンプする　金城　幸子
新涼や抹茶の泡の盛り上がり　金城百合子
新涼や寺領の洞に酒寝かす　古波蔵里子

新涼や鍵をなくした銀の鈴　早乙女文子
新涼や金の屏風の謂れの井　謝名堂シゲ子
新涼の泡盛さらりと熟成す　玉城　幸子
新涼や片仮名のみの祖母の文　たみなと光
新涼の耳より大き耳飾り　筒井　慶夏
新涼の墨痕淡き女流展　仲宗根葉月
新涼の赤絵抱瓶《だちびん》艶増せり　花城三重子
新涼の地球へ帰還宇宙船　前原　啓子
半帯をしゃきっと締めて涼新た　池原　ユキ
折り鶴の尾の真つ直ぐに涼新た　伊波信之祐
明けに暮れ天地溶け込む涼新た　福岡　悟
秋涼しさざ波走り御殿ゆれ　親泊　仲眞
秋涼の検眼了へし琴弾かむ　瀬底　月城
秋涼やマングローブに満つる潮　真喜志康陽
さやけしと文箱返したままでのこと　井上　綾子
さやけしや印度更紗をふはと着る　高橋　照葉
さやけしや海は七つの色を持ち　原しょう子

※抱瓶（だちびん）＝持ち運びの際、体に添うよう三日月型に弧を描く形をした携帯用の酒器。

処暑《しょしょ》

二十四節気の一つで、暑さが止み、暑さがおさまるの意。八月二十三日頃。期間としては九月七日頃まで。

御裏座に一番二番処暑の風　たみなと光

九月《くがつ》《くぐわつ》

新学期が始まり、過ごしやすくなってくる。

九月の階段上りつめればピカデリー　新　桐子
九月まで棒高跳びで来てしまう　長崎　静江
図書館に新書出揃ふ九月かな　目良奈々月

葉月《はづき》

葉月は旧暦八月のこと。

風の絵の中を葉月の通り過ぐ　大城あつこ

白露《はくろ》

二十四節気の一つで九月八日頃。沖縄ではこの頃からようやく朝夕涼しさを感じるようになる。

かすかなる風を捉へて白露かな　太田　幸子
乳のみ児の心の音聴く白露かな　小渡　有明
紙コップに歯型白露の御願《うがん》なり　高安久美子

二百十日《にひゃくとおか》《にひやくとをか》・二百二十日《にひゃくはつか》・厄日《やくび》

立春から二百十日目、新暦の九月一日頃。二百二十日とともに、天候の変化が激しく稲作などに厄難が多いとされる日。

心飛ぶ二百十日の紅い星　石川　宏子
暦くる二百十日の聖母子像　稲嶺　法子
奔放や二百十日の児の寝相　北村　伸治
日の射さぬ二百十日の巫女と鶏　進藤　一考
胃カメラに二百十日の漂流物　玉城　幸子
声高な二百十日の女かな　当間　シズ
二百十日星座がっちり天に懸け　永田　米城
二百二十日空間に手を入れにけり　阿部　完市
厄日無事橋桁くぐる連絡船　上運天洋子
新聞の切抜き終へて厄日無事　島村　小寒
石獅子の一天睨む厄日かな　平良　聰
風鐸の吹き降りに鳴る厄日かな　渡久山ヤス子

仲秋《ちゅうしゅう》《ちゆうしう》・中秋《ちゅうしゅう》《ちゆうしう》

仲秋は旧暦八月だが、現在では秋の半ばのことを漠然とさす場合も多い。中秋は旧暦八月十五日のこと。

仲秋の宴の主役老母《はは》の舞　福村　成子
中秋の童女の如踏歌なり　うえちゑ美

晩秋《ばんしゅう》《ばんしう》・暮《くれ》の秋《あき》・秋《あき》の果《はて》

秋の終わりで、澄み切って青空の日もあれば、冷たい雨の降る日もある。

晩秋の曲がり角を自転車で　大城あつこ
晩秋の感情線は満潮です　玉城　幸子
晩秋の下界を望むカルスト地　玉城　美香
晩秋のしみじみ言葉ひろいけり　与儀　勇
合鍵の確かめている暮の秋　大川　園子
与那原の遠き太鼓や暮の秋　金城　杏
基地中の数多の拝所や秋の果て　仲宗根葉月

十月《じゅうがつ》《じふぐわつ》

新北風《みーにし》が吹き、渡り鳥が飛来する。

鮮烈に十月を裂く鮫であり　岸本マチ子
九月より十月さみし海のいろ　古賀　三秋

長月《ながつき》

長月は旧暦九月の別称。秋も深まるにつれて夜が長くなるので夜長月から長月になったという説もある。

長月のパイン缶のギザギザ　原しょう子

秋《あき》の暮《くれ》・秋《あき》《あき》の夕《ゆう》《ゆふ》・秋《あき》《あき》の宵《よい》《よひ》

「秋の暮」は元は秋の終わりの意だったが秋の夕暮もいう。新古今集の三夕の歌に代表される、西行の〈心なき身にもあはれは知られけり鴫立つ沢の秋の夕暮〉のようなさびしくもの哀しい風情。

何遍もわたしをさがす秋の暮　安谷屋之里恵
放課後の時間のように秋の暮　座安　栄
言の葉は切ってきざんで秋の暮　比嘉　正詔

平成や消失点なく秋の暮　宮城　正勝
自決碑の刻銘あせし秋の暮　山本　初枝
曲りみち秋の夕から誰ぞくる　親泊　仲眞
秋の夕男一人で観覧車　三石　成美
老いゆえに噛むこと長き秋の宵　徳沢　愛子

秋《あき》の夜《よ》

初秋、仲秋、晩秋と少しずつ夜が長くなり、虫の音も聞こえ、静かに夜が更ける。それぞれに趣がある。

言いかけてコーヒーを飲む秋の夜　鈴木ふさえ

夜長《よなが》・長《なが》き夜《よ》

夏の短い夜のあとでは、秋の深まりとともに夜がめっきり長くなったと感じられる。

二十四色眺めるだけの夜長かな　池田　なお
ずうっと抱擁　ずうっとシャンソン　そんな夜長　伊丹三樹彦

遠吠えや秋の夜長の掠り筆　うえちゑ美
B面の古りし曲好き秋夜長　岡田　初音
稿終えてはてさてさてと夜長かな　片山　知之
木の家の野外パーティー夜長星　金城　杏
ありんくりんやりすぎてしまう夜長　そら　紅緒
病む母の足裏乾きし夜長かな　中野　順子
長き夜や癌とたたかふ身の亀裂　秋野　明女
長き夜の昭和いきいき小津映画　石橋　長孝
長き夜の楽器かたまりゐて鳴らず　伊丹三樹彦
長き夜や良い人と居てくたびれる　玉城　幸子
長き夜に妻でかけ行く紅さして　百名　温
長き夜のじわり貼りつく孤独感　宮里　晄
点滴の音なき音や長き夜　山田　廣徳

※ありんくりん＝あれこれと。

冷《ひや》やか・ひやひや

冷えびえとして冷たいさま。晩秋の朝夕は冷えびえとする。「冷たし」は冬季になる。

気がつけば冷やかなもの棲みついて　宮城陽子
ひやひやと地底の風や戦《いくさ》洞窟《がま》　宮城涼

秋《あき》澄《す》む

澄んだ秋の大気をいう。

秋澄むや少年眉をととのへし　石堂和霞
秋澄むや岩をくぐりし水の音　金城百合子
手話の子の値段交渉秋澄めり　辻泰子
秋澄めり障子に奔る鳥の影　山田廣徳

秋気《しゅうき》《しうき》・秋気《しゅうき》《しうき》澄《す》《す》む

秋らしい気配、秋らしい感じ。大気が澄んできて、遠くまで鮮やかによく見えるようになる。

面決めし竹刀の音や秋気澄む　岡田初音
秋気澄む琉球グラスの色は海　野木桃花
秋気澄むジャムセッションの嗄れ声　松井青堂
秋気澄む奉納空手の少年に　屋嘉部奈江

秋《あき》うらら

「うらら」は本来、春季であるが、まるで春を思わせるような陽気の秋晴れのことをさしていう。

秋うらら影を大きく稚魚の群　与那嶺和子
秋うらら紅差し指を遊ばせて　大川園子

身《み》に沁《し》む・身《み》に入《し》む

秋も深まってくると秋の冷たさを一層感じるようになる。感覚的な季語である。

身に沁むやマラリア忘勿石《わすれないし》の碑　金城百合子
身に沁むや自決の洞窟《がま》の千羽鶴　仲宗根葉月

寒露《かんろ》

二十四節気の一つで十月八日頃。秋が深まり、露が冷たく感じられる頃。

マネキンの手足抜かれて寒露かな　　又吉　涼女

うそ寒《ざむ》

秋になってうっすらとおぼえる寒さ。秋寒、やや寒ともいう。

うそ寒の夫婦に同じ薬かな　　和田あきを

そぞろ寒《ざむ》

秋が深まって、それとなく感じる秋の寒さのこと。心持ちの上でその寒さを感じるのである。

終活が話題となってそぞろ寒　　金城　幸子

そぞろ寒カレンダー残り二枚なり　　具志堅忠昭

そぞろ寒するする逃げてゆく時間　　浜　常子

吾が影の歩道はみだすそぞろ寒　　真栄田　繁

秋土用《あきどよう》

土用は五行説に由来する雑節で、立冬直前の約十八日間を秋土用という。十月二十日頃から十一月六日頃。

秋土用胸に白波立ち始め　　たまきまき

冷《すさ》まじ

晩秋の荒涼とした冷たさをいう。

冷ましや軍靴もひさぐ島の人　　浦　廸子

冷まじき魁夷遺愛のベレー帽　　高橋　照葉

秋深《あきふか》し・深秋《しんしゅう》《しんしう》

秋も深まって、山野も枯れ始め、すぐそこまで冬が近づいてきている。万象を淋しく感じるのもこの頃である。

秋深し陽はギャロップで駆けてゆく　稲嶺ひろみ
秋深し天の縁《へり》までテロの風　川津　園子
秋深し絵ハガキの如く首里城《しろ》と月　岸本　幸秀
秋深む熊野古道の石仏　古賀　弘子
妻今も足踏みミシン秋深む　島村　小寒
秋深し誰が着る芭蕉布織られゆく　平良　雅景
秋深む海は何んにも答えない　田中　不鳴
秋深む老老介護童歌　西平　幸栄
ラジオからカスバの女秋深む　真喜志康陽
いにしえが池に映りて秋深し　三石　成美
点字楽譜なぞる歌声秋深し　行　野
秋深し星々にある物語　与那嶺和子
深秋や針突《はじち》の婆の長煙管　上原　千代

※針突（はじち）＝明治の末頃まで沖縄で広く行われていた女性の入墨。成女儀礼として指から手の甲、肘にかけて施された。島により色々な文様があった。

行《ゆ》く秋《あき》・秋行《あきゆ》く・秋逝《あきゆ》く

秋が過ぎ去ろうとしている。その去りゆく季節への哀愁の気持ちが起こってくる。冬も近い。

ゆく秋の涙のごはぬほとけたち　伊丹三樹彦
行く秋や棒線で消す校友簿　神例　清
行く秋や鳴きゆく鳥の声細し　桑江　正子
ゆく秋の終着駅にある慕情　宮城　香子
故郷の紆余曲折や秋が行く　嘉陽　伸
癩園に秋逝く往来《ゆきき》しづかにて　横山　白虹

秋惜《あきお》《あきを》しむ

過ぎゆく秋を愛惜する心持ち。秋の万象に寄せる気持ちがそういう気分にさせる。

うすべにのワイングラスに秋惜しむ　上原カツ子
糸満の真赤な夕日秋惜しむ　川津園子
老いし母ひと日ひと日の秋惜しむ　古賀弘子
秋惜しむ一筆箋の花淡き　仲宗根葉月
秋おしむ風と道草しておりぬ　永田タヱ子

冬近《ふゆちか》し・冬隣《ふゆどなり》

秋も終りに近づくと朝晩だけではなく、日中も冷えが感じられ、冬がすぐそこまできているように感じる。日暮も早い。

冬近づく癩園の裾に海ささやき　横山白虹
門のゆるみはじめる冬隣　大城あつこ
一夜漬けキュッと鳴らして冬隣る　鹿島貞子
雲流れ斎場御嶽は冬隣　嘉陽伸
ジップアップあっぷあっぷと冬隣　田邊香代子
基地の島明日が見えない冬隣　比嘉幸女
かさこそと母生きている冬隣　宮城正勝
魚類図鑑ジュゴンがはねる冬隣　宮里晄

天文

秋《あき》の日《ひ》

秋の太陽のことをいう場合が多いが、秋の一日のこともいう。

秋の陽にほころびながら蝶になる　安谷屋之里恵
秋の陽にコントラバスがコラボして　新城伊佐子
秋日濃し二期田に磯の凪およぶ　桑江　良栄
機織女の真顔に秋の日射し享く　根志場　寛
潮風や秋日に染まる屋根の獅子　真喜志康陽

秋晴《あきばれ》

秋のすっかり晴れ渡った天気で、抜けるように青い晴天。

手つかずの秋晴れ三番出口から　四方万里子

秋日和《あきびより》

空気も澄んだ秋の好天のこと。天は高く気持ちがよい。

寝返りの一喜一憂秋日和　うえちゑ美
無気力を繰り返す日々秋日和　親泊　仲眞
聞得大君《きこえおおぎみ》の衣擦れ聞こゆ秋日和　幸喜　和子
秋日和同窓会に紅をはき　広長　敏子

菊日和《きくびより》

菊の花の咲く穏やかな秋の日をいう。

米寿なる母に紅さす菊日和　又吉　涼女

秋旱《あきひでり》

秋の日照り。長いあいだ雨が降らず水が涸れること。秋の旱魃。

雑踏の中の心の秋旱　山本セツ

秋《あき》の色《いろ》・秋色《しゅうしょく》《しうしよく》・秋光《しゅうこう》《しうくわう》

風や空気などの気配や、木々の葉の変化など秋らしい趣のこと。

スーパーの袋にあふれる秋の色　桑江光子
花鋏何を切りても秋のいろ　高橋照葉
秋色の山河の生活《たつき》いのちのぶ　岩崎芳子
秋光に着くずれ直す回転ドア　宮里晄

秋《あき》《あき》の声《こえ》《こゑ》・秋声《しゅうせい》《しうせい》・秋《あき》の音《おと》

虫の声、鳥の囀り、雨の音、風のざわめきなどすべてがある寂しさをともなって秋の声として聞こえるのである。

晴れわたる沖縄の基地秋の声　野木桃花
秋声すナウマン象の股間より　辻本冷湖
伏せサバニ叩けば秋の音籠る　平良雅景

秋《あき》の空《そら》・秋天《しゅうてん》《しうてん》

澄み切って高く広がる青い空が特徴である。爽やかで遠くまで見渡せる空の景色をいう。

涅槃像天地を分けて秋の空　親泊仲眞
秋空にはげしく揺れる旗頭《はたがしら》　岸本幸秀
秋空がポッカリと開き過去のこと　小橋川恵子
透明なビー玉ひろう秋の空　田代俊泉
四肢張って荷台の仔牛秋の空　辻泰子
ポスターのキリンぬけだす秋の空　のとみな子
秋空の右肩にあるメランコリー　宮城陽子
ふだん着でいいから秋天翔びたいの　穴井陽子

秋天や屋根獅子の足太かりし　池田　俊男
夫の亡き秋天の蒼きわまりぬ　稲嶺ひろみ
背伸びしてついに秋天持ち上げる　玉城　幸子
秋天へ滑車で上がる露天風呂　津嘉山敏子
秋天や青深々と呼吸する　照屋　健
秋天へひろげる子等の大演舞　中村　阪子
秋天へ箒は飛んでしまいけり　原しょう子
秋天へカルストの岩尖り立つ　与那嶺和子

※旗頭＝豊年祭や綱引き行事に用いる幟（のぼり）の一種。それぞれ町や字ごとに作られている。

秋高《あきたか》し・天高《てんたか》し

大気澄み、空高く感じる趣。杜審言の漢詩「蘇味道に贈る」のなかの「秋高くして塞馬《さいば》肥ゆ」から。時候の素晴らしさの喩えに用いられるようになった。

秋高く城跡のあかぎていいてと　伊地　秩雄
車椅子押せば一気に秋高し　そら　紅緒
天高く屋根獅子小ばなうごめかす　石垣　美智
天高し真水溢るる金武《きん》大井《うっかー》　伊野波清子
女人らの神迎えの謡天高き　上江洲萬三郎
天高しダリの眉尻カールして　上原カツ子
天高く天寿の葬の後生旗　浦　廸子
天高しこのまま左に曲がろうか　岡　恵子
天高し手綱さばきの騎馬少女　岡田　初音
響き合ふ二句一章に天高し　小渡　有明
ぎこちなくバージンロード天高し　幸喜ひろこ
天高しむんずと掴むにぎりめし　古賀　三秋
天高く「太陽《てだ》の子《ふぁ》」生んで灰谷逝く　後藤　蕉村
高原のパンは焼きたて天高し　高田スミ子
天高し首里の古城の赤瓦　百名　温
天高く届かぬものを仰ぎ見る　松本　達子

※金武大井＝金武の水量豊かな湧き水。

秋《あき》の雲《くも》

晴れた空に高く浮かぶ雲は形をすぐに変える。激しい変化はないが、浮かんでは流れ、湧いては消える雲は美しく愁いがある。

恋ひとつみつくろってよ秋の雲　池宮　照子
秋雲の形変へゆく海の上　桑江　正子
生と死の値段はいくら秋の雲　田代　俊泉
不発弾かかえる少年秋の雲　田付　賢一
秋雲や文字一行の玉砕碑　西平　守伸
秋の雲海へ真っ直ぐ影落とす　松本　達子
空に消える石段ありて秋の雲　宮城　正勝

鰯雲《いわしぐも》・鱗雲《うろこぐも》・鯖雲《さばぐも》・羊雲《ひつじぐも》

秋の空には雲が魚の鱗や鯖の斑点のように見える。また、小さな波が押し寄せているような雲が浮かぶ。鰯雲が出ると大漁の兆しと言われた。羊雲は、羊が群れをなしているように見えることから。

瀬は淵となりし日月鰯雲　猪本清代子
鰯雲昭和は意外と遠くなる　大久保史彦
ジュゴン泳《い》くいわし雲より白く照り　親泊　仲眞
鰯雲を引き連れ月の大魔王　金城　杏
闘牛の牛の瞳《め》の中鰯雲　金城　悦子
鰯雲朝日に染まり広がりぬ　桑江　正子
鰯雲あかねに染まる神送り　桑江　良栄
鰯雲浜辺に小さき流人墓　幸喜　正吉
いわし雲日本語という摩天楼　須﨑美穂子
涙腺のゆるみっ放し鰯雲　須田　和子
儒《じゅ》艮《ごん》守れニライカナイの鰯雲　瀬底　月城
サバニ出すとき岩蹴りて鰯雲　平良　雅景
執着という絆もありていわし雲　たまきまき
大獅子の天の限りの鰯雲　中村　阪子
深海の碧の広がる鰯雲　野木　桃花
大陸がすいすい泳ぎいわし雲　前田　弘

起重機の揚げたる先の鰯雲　真喜志康陽
大空の一面せまし鰯雲　山口　貞子
永遠の命などなし鰯雲　吉田　佑子
鰯雲昭和に我ら働いて　和田あきを
箸とめて聴くアンジェラス鱗雲　石井　五堂
オカリナの音色遥けき鱗雲　石堂　和霞
誉められもせずたんたんと鱗雲　小橋川恵子
流れては又生れ出るうろこ雲　広長　敏子
鯖雲や男ばかりの登山口　秋山　和子
鯖雲や老いて愚直なみやこ鳥　伊志嶺あきら
海に出て鯖雲足を緩めけり　矢崎たかし
天国をあふれてくるや羊雲　新垣　勤子
羊雲一匹飛び出し古里へ　東郷　恵子

月《つき》・月夜《つきよ》・月光《げっこう》《げつくわう》・昼《ひる》の月《つき》・夕月《ゆうづき》《ゆふづき》

月は四季おりおり様々な情趣をもたらすが、単に月といえば、俳句では秋の月をさしていう。月は民謡にもなっている。「月ぬ美《かい》しゃ」は「ちょうが節」が元になっているともいわれ、八重山全域で歌われる子守歌。月の美しいのは十三夜、乙女の美しいのは十七、八という歌詞で、「とぅばらーま」にも歌われている。「とぅばらーま」は八重山を代表する叙情歌で、男女が掛け合いながら即興で歌う恋歌。

月天心骨の髄には水の音　秋野　信
子が笑ふ泡瀬の空に薄い月　安里　昌大
西海に濡れ刃のような月が出て　尼崎　澪
果報《ゆがふ》日や集う村人月の下　新城伊佐子
手織りにて織り込め織り込め月走る　井崎外枝子
残月の岬や櫂の音消えぬ　泉川　良春
月浴びて車座に飲む島の酒　稲田　和子
心の闇知ってか知らずか月笑う　伊良波和美
とばらーまの調べに月満ち潮の満ち　上江洲萬三郎
大潮の生命生るるや月浴びる　うえちゑ美
息吐きて月に無と書き吾もまろく　岡　恵子
墨の香の残る書斎へ月の客　岡田　初音

月天心アシャギの庭の巻踊り　我喜屋孝子
三日月がめそめそといる米の飯　金子兜太
月下の海凪いで一筋ニライへと　金城悦子
しばらくは介護のはなし月の中　古賀三秋
路地抜けて真正面の月の道　児島愛子
縄帯で島唄うたう月の下　佐滝幻太
とうばらあま耳のかたちの月と聴く　そら紅緒
母逝きて大円光の月と座す　平良雅景
さざなみを破りし魚月に遇う　田代俊泉
山の湯の外湯に掬ふ秋の月　照屋よし子
犬猫を連れて月へも行くつもり　友利昭子
袖振れど望郷の月袖山に　友利恵勇
とばらまや月の零るる城の跡　仲間蔵六
月欠けて放り切れない土不踏　中村冬美
闇夜よりもっとさみしい月皎皎　平迫千鶴
泡盛を死に水とせん月明り　藤田守啓
ひよつこりと還つてきさうな月あかり　松井青堂
月よわが父の最期を見ましたか　森元信子

耳病めば月天心に水のよう　与儀勇
紙銭焚く神代の月を仰ぎつつ　与那嶺和子
月の夜に調べ溶け入るトゥバラーマ　安次富邦子
一本の管で月夜に伏している　安谷屋之里恵
ムーンビーチの月夜巻貝歩き出す　大高芭瑠子
ホームレスと同じ月夜を見ていたり　親泊仲眞
地を蹴りて雨乞踊る島月夜　平良雅景
城壁の反りや月夜の野外劇　たみなと光
いずこまで大魚の腹の月夜かな　仲間健
紅型の染め上りたる初月夜　中村阪子
石ころに毛のはえてくる月夜かな　のとみな子
病窓に月光の波動まねき入れ　安座間勝子
月光の重さと見ゆる滴かな　石塚奇山
月光をすくひてかざす島の舞　井上綾子
月光の空に帰らず氷りけり　片山知之
母生きて月光の皺寄する海　小橋啓生
月光の衣《そ》どほりゆけば胎動を　篠原鳳作
月光浴魚のような体温に　そら紅緒

髪を梳く身の内すべてに月光を　となきはるみ
挽歌ふと月の光の肌ざわり　羽村美和子
月光を誘っておりぬ木綿針　原しょう子
月光に台詞忘れし仮面劇　吉岡由子
寄るべなきじんべゑざめと昼の月　土屋休丘
この道の真上に白き昼の月　西里恵子
海恋いてただ吹かれおり昼の月　根路銘雅子
砂の裸婦自ら崩れ昼の月　樋口博徳
夕月夜乙女《みやらび》の歯の波寄する　沢木欣一
勝綱に子らのまたがる夕月夜　当間シズ
スーパームーン辺野古の海に普天間に　宮里晄

※果報（ゆがふ・かふう）＝めぐりあわせのよいこと。幸運。世果報で世の果報の意。

盆《ぼん》の月《つき》

旧暦七月十五日、盂蘭盆の日の月。

言えば消え書けば淋しき盆の月　駒走松恵
遠きほど確かな記憶盆の月　平良雅景

待宵《まつよい》《まつよひ》

訪れてくるはずの人を待っている宵のことだが、俳句では翌日の十五夜を待っている意から旧暦八月十四日の夜のことをいう。

待宵の頬は微熱のやうなもの　井上綾子

名月《めいげつ》・月今宵《つきこよい》《つきこよひ》・今日の月《きょうのつき》《けふのつき》・望の月《もちのつき》・満月《まんげつ》・十五夜《じゅうごや》《じふごや》

いずれの月も旧暦八月十五日の中秋の名月のことをさしていう。沖縄では名月になまこ形の餅に茹小豆をまぶした「ふちゃぎ」を供える。

名月や妻は臨月トタン屋根　伊地秩雄
名月を捜して歩くビルの街　金城英子
名月や里へ三昧の音ゆるやかに　桑江正子

硝子戸に名月を据え五六人　重国　淑乃
名月や夢を枕にするもよし　高梨　忠良
名月や百年歩き抜く気持ち　仲間　健
名月や孤高に侍して雲一朶　松井　青堂
名月を愛でて亡夫に献杯す　吉富　芳香
声合《くいちゃー》の轟く里や月今宵　うえちゑ美
長老の冠船の舞ひ今日の月　謝名堂シゲ子
御座楽の調べゆたかに今日の月　安次富邦子
ドライブの窓開けて見る今日の月　与那嶺和子
攻め焚きの窯の三日や望の月　石川　宏子
望の月手を合わす孫何祈る　吉富　芳香
満月やちょっとわたしを見ておくれ　親泊　仲眞
アパートを出づ満月のありにけり　金城　杏
扉あく満月行きのエレベーター　金城　悦子
満月や命尊し蟹放卵　駒走　松恵
満月やただ静謐を研ぎ澄ます　照屋　健
満月を従え首里へ「ゆいレール」　友利　敏子
満月や傘寿媼のデンサ節　仲宗根葉月

満月へ還らんとして沖に舟　原しょう子
※でんさ節＝八重山の教訓歌として広く愛唱されている。

良夜《りょうや》《りやうや》

月の明るい夜。特に中秋の名月の夜や後の月の夜のこと。

手際良く死者を弔う良夜かな　秋谷　菊野
夫といふ不思議を覗く良夜かな　天津伎依子
福木路地抜けて良夜の船溜り　石川　葉子
腑の中まで透かされそうな良夜です　大城あつこ
採譜せし音色たしかむ良夜かな　我喜屋孝子
自転車のエアーいっぱい良夜かな　神谷　冬生
あの世まで見渡せそうな良夜かな　岸本マチ子
登り窯の腹ふくふくと良夜かな　中本　清
良夜かな母の着物に袖通す　比嘉　陽子
良夜かな銀波のさきに神の島　宮城　安秀
文机の奥の奥まで良夜かな　山田　廣徳

無月《むげつ》

中秋の名月が雲に覆われて見えないこと。雨の場合は雨月というが、無月とも。

無月なり橋遠ざかる下駄の音　秋山　和子
平曲の終りし杜の無月なる　石井　五堂
沢山の過去を切り捨て無月かな　親泊　仲眞
キャンパスに風吹き荒れて無月なり　金城　幸子
月橘の花の香りの無月かな　謝名堂シゲ子
さがしてもさがしてもファの音が無い無月　辻本　冷湖
縄梯子無月の夜を泳ぎ出す　中村　冬美
無月なる城の宴やそれもよし　与那嶺和子
宇宙戦艦ヤマトが浮上無月なり　四方万里子

雨月《うげつ》

中秋の名月が雨のために全く見られないことをいう。雨の月。

海牛《うみうし》の胸中問へば雨の月　土屋　休丘

十六夜《いざよい》・十六夜《じゅうろくや》

旧暦八月十六日の夜、またはその夜の月のこと。満月の翌晩は月の出がやや遅いので「いざよう」(ためらう)感じから。

十六夜の枕どこまでも沈む　瀬戸優理子
十六夜ピアノ斜めに透き通り　大浜　基子

寝待月《ねまちづき》

月の出る時刻が遅いため寝て待つ月である。満月から数えて四日目にあたる。旧暦八月十九日の夜の月。

寝待月わたくしは今ゼラチン質　たまきまき

十三夜《じゅうさんや／じふさんや》・後《のち》の月《つき》

旧暦九月十三日の月。中秋の名月に対する後の月のことである。気候も変わり、月の印象も変わる。

十三夜いつも半音おくれてる　おぎ　洋子
路地の奥猫を照らして十三夜　親泊　仲眞
琴復習《さら》う窓辺明るき十三夜　我喜屋孝子
恋歌の煩悩無尽十三夜　岸本マチ子
十三夜電話も鳴らず猫も来ず　小森　清次
十三夜笑顔こぼるる南《ばい》ぬ島《しま》　佐久本直美枝
納屋にある父の地下足袋十三夜　須田　和子
西表山猫の目に十三夜　そら　紅緒
伊平屋島駆けるジョガーの十三夜　富村安佐子
首里城や雲の帯解く十三夜　仲間　蔵六
抱瓶のひとりの酒の十三夜　中村　阪子
縄文の土器のふくらむ十三夜　中村　冬美
甕の古酒柄杓で移す十三夜　比嘉　半升

おっとり刀の猫一匹と十三夜　宮里　晄
水撒いて石のかがやき後の月　前川千賀子
女にも女の願い後の月　吉富　芳香

秋《あき》の星《ほし》・ペガサス座《ざ》

よく晴れた秋の夜は、澄んだ空気によって星も明るく美しく見える。ペガサス座は、ギリシャ神話のペガサスに因む天高く見える大星座。

鮮魚積む海の真上の秋の星　阿良垣多州
因数分解答えの一つペガサス座　羽村美和子

星月夜《ほしづきよ》・星晴《ほしば》れ

秋の澄んだ夜空に満天の星が輝くと、月がなくとも夜空も明るく見える。無数の星のきらめきの美しさは無類である。

最南の島の波音星月夜　石田　慶子

学徒らの遺書読み返す星月夜　石橋　長孝
漁火の濃き名護浦や星月夜　上原　千代
一村の闇の深まり星月夜　海勢頭幸枝
藁床に仔牛立ち初む星月夜　たみなと光
星月夜投函の音確かむる　辻　泰子
銃器朽ち風葬山河星月夜　徳永　義子
星月夜伸び縮みする運河かな　永田タヱ子
星月夜いつも二人といふ単位　仁田　典子
星形の五斂子浮かす星月夜　比嘉　朝進
紅過ぎて愛しきわが身星月夜　兵庫喜多美
星月夜ギリシャ神話が動き出す　宮城　陽子
星晴れや村の鐘吊る大福木　伊舎堂根自子
星晴れの海に迷いを濯いでいる　そら　紅緒
星晴れのダム満つ峡に水の音　平良　龍泉
星晴れの牛舎に牛の横座り　永田　米城

天《あま》《あま》の川《がわ》《がは》・銀河《ぎんが》・銀漢《ぎんかん》

沖縄の方言ではティンガーラという。星が密集して帯のようになった天の川は見事である。夏には低く見えているが、秋になると頭上近くに眺められる。

女王《うなじゃら》の恋路は青き天の川　浦　廸子
一塊の悔恨ありぬ天の川　遠藤　石村
汝は女我は男と天の川　岡　恵子
母と子の語らい尽きぬ天の川　岡田　初音
思想などごしごし洗え天の川　岸本マチ子
偶さかの遠出となりて天の川　仲間　蔵六
天の川太平洋の壊れ行く　西里　恵子
にんげんの始めは魚天の川　原しょう子
二番座に遅き旅寝の天の川　前田貴美子
天の川空席待ちの一枚で　宮里　晄
天の川語り部つとに老いにけり　本村　隆俊
天の川みんな顎紐かけてゆく　横須賀洋子
ねたきりのわがつかみたし銀河の尾　秋元不死男
エイサー太鼓打ち打つ銀河北へ伸び　阿良垣多州
地球より銀河へ向ふ尾灯かな　石井　五堂

右巻きに銀河美しく流れおり　稲嶺ひろみ
黒潮の雫垂るるや銀河の尾　大浜　基子
又銀河の流るる音や物書けば　河原枇杷男
銀河垂る尖閣諸島波高し　島村　小寒
染めし髪銀河の風にかわかしぬ　高橋　照葉
プラネタリウムに座して銀河を渡りけり　与那嶺和子
銀漢や四肢のけものの生き返る　宮城　正勝
頬を撫で過ぎ行く風よティンガーラ　川津　園子

流星《りゅうせい／りうせい》・流《なが》れ星《ぼし》・夜這星《よばいぼし／よばひぼし》・星流《ほしなが》る・星降《ほしふ》る

宇宙塵が地球の大気中に入り込んで発光するもの。たいていは大気中で燃え尽きるが、たまに地上に落下して隕石となる。

流星や宇宙に住まふ日の予感　安座間勝子
流星や天と紡ぐか島暮し　井上　綾子
流星を集めて閉じる薬箱　瀬戸優理子
遠い日の流星父に手を引かれ　平良　雅景
流星や内緒話のふと途切れ　辻　泰子
無言歌を奏で消えゆく流星群　諸見里安勝
流星の沖縄の海燃えたぎる　吉平たもつ
ゆっくりと振る友の手に流れ星　今川　知巳
流れ星ひしゃくの中に飛び込めり　北川万由己
流れ星わが胸中に入門す　北川　秋峰
神兵と呼ばれ還らぬ流れ星　友利　恵勇
たいせつなことかきとめてながれぼし　松井　青堂
又の名を女護ケ島とや夜這星　上村　占魚
摩文仁野に骨あひよりて星ながる　新木　光
考える人いるかぎり星流る　原　恵
ダム満水今夜はきっと星がふる　中村　冬美

秋風《あきかぜ》・色《いろ》なき風《かぜ》

「色なき風」は久我太政大臣の歌〈もの思へば色なき風もなかりけり身にしむ秋の心ならひに〉より秋風のこと。

秋風や象にまたがる象使ひ　新垣　勤子

旅客機閉す秋風のアラブ服が最後　飯島晴子
まっ先に麒麟の首に秋風が　大城あつこ
負け牛のふぐり哀しや秋の風　大湾朝明
地図にあるいくさのしみや風は秋　長内道子
三《さん》庫《ぐー》理《い》三角の秋風久高より　親泊仲眞
頭蓋骨くづれ秋風通ひをり　柏　禎
秋風がかすかに見える大観峰　嘉陽　伸
秋風《かぜ》を切り威風堂々旗頭　川津園子
祝宴も法事も秋の風の中　キャサリン
フルートの音色優しき秋の風　久高ハレラ
マフィンの中にまぎれこむ秋の風　幸喜和子
綻びのまだあちこちに秋の風　小橋川恵子
秋風や胸にきて鳴る箆の音　平良雅景
干し烏賊の眼窩に白し秋の風　当間シズ
山奥の赤きポストや秋の風　徳沢愛子
漏刻の刻みし日々や秋の風　中村冬美
秋風や辺野古に坐る古莚　西平守伸
首里森におもろ流るる秋の風　根路銘雅子

秋の風直方体の角取れて　羽村美和子
きりぎしの秋風に遇ふ万座毛　宮城長景
黒白をつけようなんて秋の風　八木三日女
秋風や拝所めぐりのおもろ唄　安田喜美子
人の血に飽きし断崖秋風吹く　横山白虹
秋風や馬魂碑もあり戦跡地　与座次稲子
戦跡に色なき風の沁みゆけり　伊舎堂根自子
パステルの色なき風の仄かなり　うえちゑ美
摩文仁丘色無き風の中歩む　玉城節花
紺絣の祝女に色なき風渡る　仲里信子
座喜味城色無き風の吹き渡る　中村阪子

※三庫理（さんぐーい）＝斎場御嶽（せいふぁうたき）の中にある聖域。

初嵐《はつあらし》

秋に入って初めて吹く強い風のことをいう。

海境の連なる雲や初嵐　渡久山ヤス子
初嵐飛ばされそうな私一枚　中田みち子

野分《のわき》・野分波《のわきなみ》

二百十日、二百二十日前後に吹くはげしく強い風。台風の場合が多いが、野の草をかき分けるように吹くという意。その強い風に吹かれる様が波立ちになり波になる。

よれちぢれはがれはりつき野分あと　池宮照子
野分晴媼一人の庭手入れ　上間紘三
電線に芋蔓垂らし野分去る　佐藤勲
野分だつ眠れぬ夜の視神経　玉城幸子
非核宣言の看板が立ち　野分　辻本冷湖
太文字の賢治のノオト野分かな　平迫千鶴
野分来るブリキの太鼓打鳴らし　譜久山當則
なんと云うさだめぞ山も木も野分　細谷源二
廃坑に珊瑚の化石野分かな　宮城陽子
木精《きじむなあ》の笑ひ転げて野分波　辻泰子

台風《たいふう》・颱風《たいふう》・台風裡《たいふうり》

熱帯性低気圧の強力なもので、夏から秋にかけて日本に近づく。台風の襲来により、海難や甚だしい風水害をもたらす。

台風の迫る摩文仁の海滾《たぎ》る　石田慶子
台風禍キビの畑に目をそそげ　伊勢雲山
ふるさとや台風銀座基地銀座　上江洲萬三郎
倚りかかる台風余波の空白に　うえちゑ美
台風の眼に居て黒人霊歌聴く　岸本マチ子
台風の周到な眼にヒト科黙す　金城悦子
やれやれと思う間もなく又台風　金城幸子
台風に出足くじかれソーキそば　香坂恵依
新しき空気のうごく台風後　児島さとし
台風過涙《なだ》そうそうと北上す　小橋啓生
上弦の月を宿せり台風眼　島村小寒
海底をぐぐと混ぜて台風過ぎ　そら紅緒

台風波いくさのごとく島攻むる　平良　雅景
台風や夜中の脳を揺るがして　田代　俊泉
台風来耳に慣れたる時計打つ　田中　不鳴
猫の目の睨む下島《しもずま》台風夕焼　友利　恵勇
とぼとぼと歩く島あり台風過　西里　恵子
台風の眼の中に居て濃き紅茶　比嘉　陽子
竹島は台風の目の中潮を噴く　眞栄城寸賀
台風の進路はぴたと唐《から》をさす　真玉橋良子
秋台風シルクロードは晴れですか　宮城　陽子
走り根の抱く巌や台風裡　仲里　信子

新北風《みーにし》

十月初旬寒露の頃、大陸からの高気圧の張り出しで北東の季節風に変わる。この強い風を新北風《みーにし》という。

新北風や売れし子牛の背なを梳く　安里　星一
新北風や岩根を洗ふ潮の花　石川　シゲ
蝶の羽踏みて途切れるミーニシ野　伊志嶺あきら

新北風や音なく崩る風葬址　伊是名白蜂
新北風や点字しるべの異人墓地　いぶすき幸
新北風や梢にかかるかんな屑　上原　千代
新北風や手櫛にからむ鍬のたこ　浦　廸子
新北風の運びし香り亡母の顔　大湾　朝明
新北風や骨壺並ぶ壺屋路地　川津　園子
新北風や魚垣見ゆる滑り台　北川万由己
ホームレス新北風抱いて眠りたり　金城　幸子
新北風は米軍の空吹き始め　久高ハレラ
新北風に一ひらの花鎮もれり　久場　千恵
新北風や干瀬一列に波立てり　島袋　直子
新北風や扶養親族ゼロとなる　島村　小寒
新北風や石敢当につきあたる　杉山十四男
牛庭《うしなー》に金鉦《ちんく》弾けて新北西凪ぐ　高良　和夫
光餅《くんぺん》を新北風に盛る御願婆　嵩元　黄石
新北風来白鳥の浪をしたがへて　渡真利春佳
釘樽の中まで新北風吹き荒ぶ　根志場　寛
新北風を待つ屈葬の膝頭　平川　白葉

新北風や素焼壺出す島の窯　宝来　英華
新北風や熱きまま買ふ島豆腐　前田貴美子
新北風や指よりこぼる星の砂　松永　麗
新北風が電話の中を吹いていた　宮城　陽子
新北風の湾口昏れて哭くばかり　与儀　勇

寒露《かんろ》荒《あ》れ

寒露荒れとは、寒露の入りの頃に北東の風が強く吹き出すこと。これを方言で「カンルーバーバー」（バーバーとはビュービュー風が吹くこと）という。

寒露荒榕樹の抱く津波石　桑江　良栄
基地移転二転三転寒露荒れ　仲宗根葉月
板干瀬の夕波高し寒露荒　西銘順二郎

荒北風《あらにし》・白北風《しらにし》

新北風《みーにし》以後の一〇メートルを超す強い北東季節風を荒北風、晴れた日の荒北風を白北風という。

荒北風に鉄塔咽ぶごときかな　平良　聰
荒北風や石敢當につきあたる　宝来　英華
荒北風や波の花咲く残波岬　安田喜美子
荒北風に伊良部トウガニー聴いてます　山里　昭彦
荒北風や一瞬に決まる牛勝負《うしすーぶ》　高良　和夫
船窓に白北風走る夢枕　譜久山當則

※牛勝負（うしすーぶ）＝牛同士の勝負、闘牛のこと。

雁渡《かりわた》し

旧暦八月前後に吹く北風。雁が北から渡ってくる頃に吹く。

海人《うみんちゅ》の一服のたばこ雁渡し　上原カツ子

甘蔗《きび》嵐《あらし》

甘蔗《きび》の丈は一、二メートル余りに伸びる。その重い甘蔗の穂を倒さんばかりに吹く秋の暴風のこと。沖縄では「甘蔗」を「黍」とも表す。

波の底いまも哭く艦黍嵐　土屋休丘

黍嵐地球の自転速まりぬ　浜　常子

種子取南風《たんとういべー》・種取南風《たんとういべー》

晩秋から初冬の頃に、北風が南風に変ることがある。この風を八重山ではタントゥイベー、またタニドゥルバイ等と呼んでいる。

鬢白し種子取南風をふところに　瀬底月城

種取南風石鯛の肌乾きけり　呉屋菜々

海女が畑種取南風の吹かずむば　進藤一考

黒々と焼畑ひかり種取南風　渡口澄江

種取南風夜は海鳴りの島包む　西銘順二郎

種取南風牛馬を飼はぬ神の島　山田静水

秋陰《しゅういん／しういん》

曇った秋空のこと。

秋陰と折り合いつかずシャワー浴び　となきはるみ

秋《あき》の雨《あめ》・秋雨《あきさめ》・秋黴雨《あきついり》・秋霖《しゅうりん／しうりん》

秋は雨の降る日が多い季節である。秋の長雨は梅雨時と同じような気圧配置の秋雨前線の影響である。雨もまた一日ごとに冷たさを増す。

屏風《ひんぷん》の弾痕深き秋の雨　伊野波清子

秋雨に濡れて雌雄の綱の恋　渡真利春佳

秋雨やひとりの昼はまどろみて　前川千賀子

秋黴雨音の結晶となりにけり　うえちゑ美

野良猫の戸袋借りぬ秋黴雨　当山　節

秋霖や父の遺影の瞬かず　吉富芳香

秋時雨《あきしぐれ》

時雨は一般的には冬季だが、晩秋にもよく降る。その頃に見られる時雨を秋時雨という。

秋時雨わが身の回路ひた走る　上原カツ子
秋時雨学徒のままの父の顔　後藤　蕉村
秋しぐれ四方へ軒反る弥勒堂　城間　宏文
身の芯の舎利鳴りだせり秋しぐれ　鈴木ふさえ
秋時雨フォルクローレがよく似合う　東郷　恵子
藍甕の藍ふつふつと秋時雨　与那嶺和子

鷹《たか》の尿雨《しと》・鷹《たか》のシーバイ

サシバは中型の鷹で旅鳥。夏、北海道をのぞく日本各地で繁殖し、寒露の頃、琉球列島沿いに南下、東南アジアで冬を過ごす。沖縄を通過する時、昔は空が暗くなる程大群だったためその頃降る小雨を「鷹の尿雨（シト）」「鷹の小便（シーバイ）」と言った。

幾重にも曲がる石坂鷹の尿雨　島袋　直子
荒焼《あらやち》の膚湿らせり鷹の尿雨　太田　幸子
盛り塩の戸口にくづる鷹の尿雨　山田　静水
子の丈の人頭税石鷹の尿雨　上原　千代
梵鐘の龍頭の紋鷹の尿雨　謝名堂シゲ子
大椨の洞の深さや鷹の尿雨　高良　園子
厨子甕の藍深めたり鷹の尿雨　中村　阪子
走り根を越ゆる走り根鷹の尿雨　前田貴美子

稲妻《いなづま》・稲光《いなびかり》

遠くに音もなく雷光だけがピカリと光る。「稲の夫《つま》」の意で、昔はこの光を受けて稲が穂をはらみ豊かな実りがあると信じられていた。

稲妻のあをき翼ぞ玻璃打てり　篠原　鳳作
稲妻や畦に光れる忘れ鎌　前川千賀子
万分の一の違いや稲光　髙村　剛

名画館出て古傷にいなびかり　山本　セツ

秋《あき》の雷《らい》

一般的には雷は夏季だが、秋に鳴る雷のこと。

目薬の一滴秋の雷遠し　大浜　基子

秋虹《あきにじ》

秋になると虹は色彩も淡く、はかなく消えてゆくもの悲しさがある。

ふるさとの山より海へ秋の虹　宮城　艶子

秋虹の龍ともならず消えにけり　本村　隆俊

秋の虹ふっと消えゆくときに見ゆ　山田　廣徳

秋夕焼《あきゆうやけ》《あきゆふやけ》

単に夕焼といえば夏季になる。秋の夕焼には夏のような雄大さはないが、晴天の前兆と言われている。

しらぬまにかなりの深傷《ふかで》秋夕やけ　高嶋　和恵

泣きじゃくる鬼を負ひけり秋夕焼　谷　加代子

手を振れば落下しそうな秋夕焼　玉城　幸子

郷愁の傍らにいる秋夕焼　田村　葉

尊厳死祭りのあとの秋夕焼　原　恵

鉛筆の転がる行方秋夕焼　又吉　涼女

秋落暉《あきらっき》《あきらくき》

今、まさに沈もうとしている秋の太陽。秋の落日。

秋落暉家畜百万頭の墓　小森　清次

釣瓶《つるべ》落《おと》し

釣瓶を井戸に落とすとまっすぐに早く落ちるので、転じて、秋の日の暮れやすいことを喩えていう。

猫車釣瓶落しの路地をゆく　石川　シゲ

待ったなし釣瓶落としも晩年も　岩崎　芳子
三階も五階も釣瓶落しかな　佐滝　幻太
二兎追いて釣瓶落しの六十路かな　新里クーパー
言葉探して釣瓶落としの道迷う　山本　セツ
モノレールつるべ落しの日を追えり　与那城豊子

霧《きり》

無数の小さな水滴が空気中を浮遊する現象。春は霞、秋は霧と呼び分けていう。霧のむこうに見え隠れする風景に趣がある。

霧ばかり食べては眠る杉の宿　穴井　陽子
朝霧の中より生れし流人の碑　石垣　美智
霧晴れて朱の橋わたる女人寺　上原トミ子
霧の村石を投《ほ》うらば父母散らん　金子　兜太
昭和の尾立てしまま霧ギャロップなり　小橋　啓生
北岬青馬消える霧なくても　阪口　涯子
ケータイで呼び出すケータイ霧の中　瀬戸優理子

一番先に言葉が濡れる霧の中　田中　不鳴
夜霧の髪かき抱かれしまま直す　田邊香代子
噴火口近くて霧が霧雨が　藤後　左右
海境の白波寄する霧ごもり　桃原美佐子
霧に晒すアリラン遥か野原岳　友利　恵勇
子午線を音なく来り霧の船　真喜志康陽
朝の霧森に小さな陰《ほと》がある　四方万里子
街燈は夜霧にぬれるためにある　渡邊　白泉

露《つゆ》・芋《いも》の露《つゆ》・露《つゆ》けし・露時雨《つゆしぐれ》

空気が冷えて風のないよく晴れた夜に発生する。「露けし」は露に濡れて湿っぽいこと。和歌などでは涙がちである意を含む。「露時雨」は露がいっぱいおりて時雨が降ったようになること。

野ざらしの遺骨の月日露滂沱　浦　廸子
朝露の光りし玉や小宇宙　玉城　盛雲
満天の星のしずくに露むすび　広長　敏子

供えある水子の沓や露の寺　与那嶺和子
総官の墓の弾痕芋の露　花城三重子
芋の葉のゆれて大玉露となり　兵庫喜多美
癒えて踏む芝生のことに露けしや　石井　五堂
今帰仁《なきじん》の石畳ふむ露けしや　片山　路江
坐らんとすれば露けきほとりかな　篠原　鳳作
幕切れのことに露けし木偶芝居　中川みさお
灯の入りしガレのランプや露しぐれ　河村さよ子

地理

秋《あき》の山《やま》

紅葉の時期を迎えると、山々は粧う感じがしてくる。沖縄では桜・櫨《はぜ》が紅葉する程度。櫨はウルシ科の落葉高木で木蠟がとれる。

秋の山ところどころに向う傷　田村　葉

山粧《やまよそお》う《やまよそほふ》

晩秋の澄んだ空気のなかで、山が紅葉に彩られているさま。郭熙の「秋山明浄にして粧うが如く」より。

山粧う森羅万象わしづかみ　宮城　陽子

花野《はなの》

秋の草花が咲いている野辺。その秋草が一面に咲き乱れる広い草原のことである。

すこやかに生きる約束大花野　穴井　陽子
手鏡の中へと続く花野道　池宮　照子
しみじみと卑弥呼のことを夕花野　石嶺　豊子
抱く火種ここの花野へ捨てようか　岩崎　芳子
父に手をひかれ花野を赤き靴　海勢頭幸枝
来る来ない花野に飛ばす日和下駄　大川　園子
難破船深々と抱き大花野　おぎ　洋子
仮縫いのような花野に夫と立つ　甲斐加代子
瞑れば花野は蝶の骸なる　柿本　多映
目薬をさして溺るる大花野　河村さよ子
とめどなく夢を花野に広げいる　金城　幸子
徘徊はピカソ花野のひとりかな　小橋　啓生
馬追いよ花野はすごく広かった　駒走　松恵

みごもりの月です花野のらくだです　田尻　睦子
手みやげはこの身一つと花野ゆく　宮里　晄
花野きて一気に解ける妻の顔　徳沢　愛子
大花野たっぷり注ぐミルクティー　中田みち子
花野きて最後の一線描きいれる　中村　冬美
大花野返し忘れた鍵がある　羽村美和子
胸中の荒野を抜けて花野ゆく　座安　栄

稲田《いなだ》・田《た》の色《いろ》

稲の植えてある田が稲田。秋は、稲の穂が黄金色に稔り、刈り入れなど収穫時期である。その穂が黄金色に色づいて見えるのが田の色。

稲田あり村たてよこに水の音　真玉橋良子
黄金の田の色映ゆる在所かな　福岡　悟

刈田《かりた》

稲を刈り取ったあとの切株だけが残った田んぼ。どことなく寂しい。

颪わたる刈り田広がる屋嘉の里　赤嶺　愛子
刈田より株式会社生えてくる　秋谷　菊野
一枚の空ひろげたる刈田かな　古賀　三秋

落《おと》し水《みず》

稲の穂が稔ると水がいらなくなる。稲刈の前に畦の水口を切って水を抜き、田を乾燥させるのである。

海見ゆる棚田百枚落し水　菊池シュン

秋《あき》の水《みず》・水《みず》の秋《あき》

夏の生温い水ではなく、秋の澄みわたった冷やかな水。空気が澄んでくると水も澄むのである。

あたらしき指輪となれり秋の水　田村　葉
諍わぬ二人となりて水の秋　秋山　和子

生きゆくに意味などなくて水の秋　田川ひろ子
聖水の秋のしたたり手のひらに　幸喜　和子
縄文の蝶の湧き出る秋の井泉《かー》　安谷屋之里恵
※井戸のことを「かー」という。

水《みず》《みづ》澄《す》《す》む

秋の空気と同じく湖や川の水も澄み、川底も透けて見えるようになる。

水澄むや来間島根に神の息　伊志嶺あきら
千年を昨日の如く水澄める　駒走　松恵
水澄むや太陽《てぃだ》海底に煌めけり　辻　泰子
太古より尽きぬ龍樋の水澄めり　渡真利春佳
水澄みてふと悲話よぎる通り池　山里　賀徳

秋《あき》《あき》の川《かわ》《かは》

流れる水が清く澄んで、秋を感じさせる川。

残り火をそっと手放す秋の川　おぎ　洋子

秋《あき》《あき》出《で》《で》水《みず》《みづ》

秋の洪水のこと。出水といえば夏だが、秋にも集中豪雨や台風による大雨などで河川の氾濫が起きることも珍しくない。

秋出水鯉の溜り場からっぽに　重国　淑乃
水門に鯔群れてをり秋出水　牧野　牛歩
赤土の杣山あらは秋出水　与座次稲子

秋《あき》の海《うみ》・秋波《あきなみ》・秋濤《しゅうとう》《しうたう》・秋《あき》の浜《はま》

秋の空気が澄んで遠くまでよく見えるさわやかな海。

秋の海切り撮るレンズ人生も　大島　知子
わが胸の観音開き秋の海　喜岡　圭子
与那国の白き神々秋の海　真喜志康陽

秋の海ニライカナイを見たような　三石　成美
どの馬も負けず嫌ひや秋の波　そら　紅緒
秋濤に戦を知らぬ子等遊ぶ　石田　慶子
万人の真実伝ふ秋怒濤　仲宗根葉月
一握に星砂はなく秋の浜　池宮　照子
珊瑚ひろふ小波ばかり秋の浜　鳥羽とほる
皆沖を眺めて坐る秋の浜　西平　守伸

秋《あき》《あき》の潮《しお》《しほ》・秋潮《しゅうちょう》《しうてう》・秋潮《あきしお》《あきしほ》

秋の潮は春の潮と同様に満ち引きの差が大きい。人気《ひとけ》のない海辺ではいっそう寂しく感じられる。

秋の潮千畳敷を洗ひけり　新本　幸子
秋潮や指の形に軍手落つ　秋谷　菊野
秋潮の香流るる停留所　真喜志康陽
秋潮にマングローブは四股を踏む　宮里　晄

初潮《はつしお》《はつしほ》・葉月潮《はづきじお》《はづきじほ》・望《もち》《もち》の潮《しお》《しほ》

旧暦八月十五日の大潮のこと。秋の大潮は夜がもっとも潮位が高い。

内海の刳《くり》舟《ぶね》傾ぐ葉月潮　島袋　由子
大波も次の小波も葉月潮　曾我　欣行

豇豆潮《ささげしお》《ささげしほ》

豇豆は八、九月に淡紫色の蝶形の花をつけ、莢を上に向けて結ぶ。その一年で最も潮位の高くなる頃の、秋季の潮。

洗われし消波ブロック豇豆潮　天久　敏子
夕映えに舟つながるる豇豆潮　島袋　直子
豇豆潮五穀寄り来し神の島　瀬底　月城
豇豆潮島に波音ひびきをり　宝来　英華
豇豆潮重なり打てり自決岩　与儀　啓子

盆波《ぼんなみ》

盂蘭盆の頃の高波。南方海上で発達している台風の影響でうねりが高波となって寄せて来る。

玉砕の島々洗ふ盆の波　上江洲萬三郎

秋《あき》の岬《みさき》

海に突き出た岬は秋の澄んだ空と海風の下で、花野に包まれている気分がある。

秋岬光と影の三《さん》庫《ぐー》理《い》　中田みち子

生活

盆用意《ぼんようい》・盆路《ぼんみち》

盆迎えにそなえて、仏壇に提灯や果物、線香など供える。沖縄では旧暦の七夕の日に墓の周りの掃除をしたり草を刈ったりする。

活気づく市場の風や盆用意　川津　園子

脳中の悪女なだめて盆用意　金城　悦子

後生径刈られて島の盆用意　西銘順二郎

裏座まで風入れ婆の盆仕度　海勢頭幸枝

草刈れば海原みゆる盆の道　謝名堂シゲ子

盆灯籠《ぼんとうろう》・盆料理《ぼんりょうり》《ぼんれうり》

沖縄では盆のあいだ、仏壇には提灯を飾ったり、ウンケー（お迎えの意）ジューシー（炊き込みご飯のこと）や酢の物を供える。自分たちもいただく。

盆灯籠破顔の夫のかなしけれ　津嘉山敏子

長寿村塩は控えめ盆料理　西平　幸栄

休暇果《きゅうかは》《きうかは》つ

夏の休暇が終わって、学校は新学期が始まる。いよいよ勉強にも身が入る良い気候になる。

グランドに風ばかり吹き休暇果つ　西平　守伸

額に頬にローションパック休暇果つ　目良奈々月

運動会《うんどうかい／うんどうくわい》

十月ともなれば晴天の日が続き絶好の日和となる。春の運動会もあるが、単に運動会といえば、俳句では秋季。

廃校の噂もありて運動会　立津　和代

運動会素足の父のひた走り　西平　幸栄

転ぶ友きづかいつつの運動会　堀川　恭宏

廃校の一人で走る運動会　真喜志康陽

運動会終りて波の音戻る　与那嶺和子

新酒《しんしゅ》・古酒《こしゅ》

新酒はその年の新米で作った日本酒のこと。ただし、沖縄で酒（サキ）というと泡盛であり、泡盛は夏の季語となっている。

地鎮祭新酒一樽祀りけり　宮城　長景

濁り酒《にござけ》

作り方は清酒と同じだが、麹の糟《かす》を漉していないので白く濁っている。濁酒、どぶろく。

喇叭手でありし口髭濁り酒　遠山　陽子

ボジョレヌーボー

フランスのボジョレー地方産の葡萄酒の新酒。販売解禁日は、十一月の第三木曜日午前零時とされている。

ボジョレヌーボー飲んだかなんて飲みました　親泊　仲眞

新米《しんまい》・今年米《ことしまい》

今年収穫した米のこと。去年の米は古米となる。

新米を柔らに炊いて夫の膳　比嘉　陽子

新米や年を重ねて出る感謝　本部　文子

夫と子へその香を供う今年米　大島　知子
海苔をまくだけのおにぎり今年米　広長　敏子

干柿《ほしがき》

渋柿の皮を剝き、干して甘くしたもの。吊し柿。

干柿の百を吊して一つ老ゆ　河村さよ子
干し柿にうっすら積もる疲労感　玉城　幸子
柿簾こうして平和保たれる　宮里　晄

衣被《きぬかつぎ》

里芋の子を皮のまま茹でたもの。皮をむき塩などをつけて食べる。名月のお供えには欠かせない。

泣く時間たっぷりとって衣被　駒走　松恵
特攻の忘じられたり衣被　鈴江　正則
今生のいまが倖せ衣被　鈴木真砂女
衣被小振りがよしと母の膳　名嘉山伸子

新豆腐《しんどうふ》

今年収穫した大豆で豆腐を作ったもの。夏の間に食べた冷奴は前年の大豆で作ったもの。

新豆腐耳落とされて売られけり　石川　宏子
箸で食む二歳の自我や新豆腐　海勢頭幸枝

秋《あき》の灯《ひ》・秋灯《しゅうとう》《しうとう》・秋灯《あきともし》

灯火書に親しむの季節になってきて、夜長は静けさに包まれる。

芭蕉布織る秋灯ひくく華やぐも　阿良垣多州
秋灯下自分史綴る夫の留守　甲斐加代子
秋灯やはしゃぎし男の子早寝息　真栄田　繁
秋灯やキルティングの技ままならず　目良奈々月
秋灯し橋脚くぐる屋形船　上原　千代
小さき浜の小さき家なり秋灯　辻　泰子

秋灯母書き遺す方言集　宮里　晄

灯火親《とうかした/とうくわした》し

秋の夜長を灯火の下で読書や団欒をする。韓愈の「灯火稍《やうや》く親しむべく」から。

聖堂に灯火親しむ修道女　上間　紘三

灯火親し拡大鏡で見る黄河　玉城　幸子

秋日傘《あきひがさ》

秋の陽射しといってもまだまだ強い日が多く、その陽射しをさけるために日傘をさす。

秋日傘裏に亡父の丸き文字　山本　初枝

秋簾《あきすだれ》

夏の強い陽射しを避けるために掛けられていた簾も、役目を終えて仕舞われる時期だが、秋になってもまだ掛けたままなものもある。

秋簾夕日大きく巻かれたり　上原　千代

あっけらかん極楽茶屋の秋簾　秋山　和子

障子洗《しょうじあら/しやうじあらふ》う・障子貼《しょうじは/しやうじは》る

夏に外した障子を入れるのに、障子を洗って、紙を貼替える。

障子洗う四角に走る水たわし　平良　雅景

晩年の男は無口障子貼る　菊池シュン

秋《あき》の茶事《ちゃじ》

茶道で、一定の作法にのっとって客をもてなす秋に行われる茶会。茶懐石も含む。

秋の茶事息ととのえて席に入る　眞栄城寸賀

秋《あき》《あき》の耕《こう》《かう》・秋耕《しゅうこう》《しうかう》

稲刈が終わった後に田の土を掘り起こし、そのまま春を待つこともあるし、麦や菜種などを蒔くこともある。

秋耕や甘蔗の葉結ぶおまじなひ　辻　泰子

二《に》《に》期《き》《き》田《た》《た》植《う》《う》え《ゑ》

沖縄では七月中旬に一期作の稲刈が終わった後、八月上旬から中旬にかけて二期目の田植を行い、十一月から十二月初旬に収穫する。

わだつみの雷火うしろに二期田植ゑ　小熊　一人
基地の町ジャズの流るる二期田植　西銘順二郎
二期田植黒潮に日の落つるまで　松永　麗
蒲葵笠の円光まとふ二期田植　山城　青尚
水牛の拗ねて歩まず二期田植　山田　静水
二期田植ゑ雑木抜けくる海の風　山本　初枝
二期田植う水を満たして日の匂ひ　与座次稲子
水牛を野に遊ばせて二期田植　与那城豊子

案山子《かかし》

稲の穂を食い荒らす稲雀を追い払うために人の形をしたものを作って田に立てておく。鳥威しの一種。

山の神に耳打ちする案山子かな　嘉陽　伸
捨て案山子捨て田に一つ道しるべ　菊池シュン
一日を堪へて楽しむ夕案山子　福岡　悟
捨て案山子迷彩服を着けしまま　宮川三保子
ジーンズを穿き大股になる案山子　宮城　陽子
百態の案山子目を剥く基地の村　山城久良光

稲刈《いねかり》・稲刈《いねか》る

稲の収穫期には稲刈りに追われる。昔の農家は一家総出で稲を刈った。今では機械で刈り取っている。

国策に少しの疑問稲を刈る　秋谷菊野
虚と実の二重言語や稲を刈る　松井青堂

稲架《はさ》・稲架《いなか》

刈り取った稲を乾燥させるために竹や木を組んだり、また、立木に横木を渡したりして、そこに稲を掛けて干す稲掛け。

黄金なる稲架のつづく金武郡《ごおり》　真玉橋良子

籾干《もみほ》す・籾殻焼《もみがらや》く

脱穀してまだ籾摺りしていない米を籾米（籾）といい、その籾を干して乾燥させる。籾摺りをして玄米にしたあとの籾殻は様々なものに利用されるが、焼いて灰をとれば肥料にもなる。

籾干しの一枚ひかる沖縄スト　高田律子
籾殻を焼く煙立ち夕暮るゝ　古賀弘子

豊年《ほうねん》・豊《とよ》の秋《あき》

穀物、特に稲の稔りがよく、収穫が多い年のこと。何よりの喜びである。

豊年の綱を曳かむと万の衆　沢木欣一
花織の機音はずむ豊の秋　仲宗根葉月
醬油屋にフレスコ画あり豊の秋　野原すが子

砧打《きぬたう》つ

冬支度のひとつで、布を柔らかくしたり、艶を出すために槌《つち》で打つこと。

砧打ち保護色なしの五百年　原恵

葛掘《くずほ》る

晩秋、山野の葛根を掘り、砕いて晒し澱粉をとる。葛粉や葛根湯に用いる。

葛掘れば荒宅まぼろしの中にあり　赤尾　兜子

烏賊《いか》干《ほ》す・烏賊《いか》襖《ぶすま》

烏賊干場に切り裂いた烏賊を干す。その干された様が烏賊襖であり、烏賊簾である。

豊穣の香りを運ぶイカ簾　比嘉　正詔

月見《つきみ》・月見宴《つきみえん》・十五夜祭《じゅうごやさい》《じふごやさい》

旧暦八月十五日の夜を八月十五夜（はちぐゎちじゅうぐや）または、御月御祭（うちちうまちー）ともいい、家々で月拝みや月見の宴が行われた。各家庭では小餅に小豆をまぶした吹上餅（ふちゃぎもち）を火の神（ひぬかん）や仏壇に供え、お月様にもお供えしてお月見をする。

島びとの眼が似声が似月見唄　藤田　湘子

月光の麻酔に浮きたる月見宴　小橋　啓生

紅葉狩《もみじがり》《もみぢがり》

紅葉といえば楓であるが、落葉樹が紅に染まることもいう。山野に紅葉を訪ね歩き見物、観賞すること。

紅葉狩り無口でいれば攫われる　中村　冬美

鷹《たか》の風邪《かぜ》

鷹が南へ渡る頃はかなり涼しくなり、沖縄では「いいハダムチ（肌もち）になった」というが、気候の変り目のため風邪をひき易い。故にこの風邪を「鷹の風邪」という。

黒糖を葛湯に入れて鷹の風邪　伊差川摩生子

鷹の風邪島米の粥ふきこぼる　大山　春明

生卵島酒に溶く鷹の風邪　桑江　良栄

島豆腐の熱きを食ぶる鷹の風邪　高良　園子
※島酒は泡盛のこと。

秋思《しゅうし》《しうし》

秋の物思い。秋は豊かな実りの一方で、冬も近づき、ものみな蕭条と枯れゆき、季節の移ろいを感じる。

あおむけに秋思降り積むままでいる　池宮　照子
秋思かな儒艮《じゅごん》眠れぬ辺野古沖　上運天洋子
頬杖にかかる秋思の重さかな　菊谷五百子
引潮の渦を見てゐる秋思かな　桑江　良栄
指先にからめてほどく秋思かな　幸喜　和子
横坐りして秋思の旅装解きにけり　児島　愛子
かんしゃく玉秋思につつみ飲むコーヒー　鈴木ふさえ
花織の村に秋思の自決壕　たみなと光
菩提樹に仏陀の影のある秋思　渡真利春佳
部屋中に秋思たとえば浅黄色　中田みち子

訳もなく雫となりし秋思かな　宮城　香子
つむじ風秋思の水面の同心円　諸見里安勝

秋意《しゅうい》《しうい》

秋のおもむき、秋の風情。

口にくわえ釘一本の秋意なり　岸本マチ子

秋愁《しゅうしゅう》《しうしう》・秋《あき》《あき》の愁《うれい》《うれひ》

春は春愁、対して秋は秋愁という。秋思に比して秋愁には少し湿り気がある。

秋愁や赤き火星へねがいごと　谷　加代子

火の神

「ひぬかん」「ひぬかんがなし」ともいう。台所に祀られている家の神で、家族への加護を願って主婦が祀る。

行事

七夕《たなばた》・星祭《ほしまつり》・星迎《ほしむかえ》《ほしむかへ》・星合《ほしあい》《ほしあひ》

旧暦七月七日の夜、牽牛・織女の二星が一年に一度、天の川を渡って逢うという伝説がある。短冊に願い事を書いて成就を祈る。沖縄では旧盆を控え、この日に墓掃除をし、先祖に盆には家に来てくれるよう挨拶する。

七夕やうすむらさきの雲匂ふ　翁長　求
七夕や羽化をはじめし星もあらむ　土屋　休丘
琉球の壺七夕の水湛え　原口　季代
七夕や納骨堂へ逢ひにゆく　前田貴美子
七夕竹背負ひて戻る父と子と　山本　初枝
おやすみの絵文字の届く星祭り　池田　なお

年寄りも子供に帰る星まつり　西平　幸栄
島人も旅人もみな星迎　池田　俊男
紬織る音星合の真夜までも　山口きけい

八月忌《はちがつき》《はちぐわつき》

八月は日本にとっては原爆や敗戦による鎮魂の月である。その意味合いから派生した俳句特有の季語。

八月忌それは小さな駅でした　南　喬穂

普猷忌《ふゆうき》《ふいうき》・物外忌《ぶつがいき》《ぶつぐわいき》

八月十三日。沖縄学の父・伊波普猷《いはふゆう》の忌日。一八七六年～一九四七年。那覇市生まれ。東京帝大で言語学を学び、日琉同祖論の立場から終生沖縄の研究を続けた。物外は雅号。

アンダギーのくるりくるんと普猷の忌　稲嶺　法子
那覇赫し仏具も朱し普猷の忌　新城　太石

がじゅまるの下に書を読む物外忌　瀬底　月城
物外忌西日は島の裏焦がす　矢野　野暮
物外忌眠り落つまで鳳梨の香　山田　静水

アンガマ・アンガマー

八重山諸島で、盆や祭のときに行う芸能。翁と嫗の面をつけた者が家々を巡って念仏を唱え、歌舞音曲を演じ、祖先を供養する。その際、珍問答を披露する。

アンガマの裏声消ゆる福木闇　大浜　草六
アンガマの太鼓鳴り果て魂送り　大浜　基子
アンガマの一つ歯ひかる盆の月　北村　伸治
アンガマや面つくろひて裏声す　久田　幽明
アンガマ方《た》かの世のかおを包み来る　竹田　政子
アンガマの声透く月の福木垣　たみなと光
アンガマの裏声とおる後生径　西原　洋子
裏声の冥土のたよりアンガマー　島村　小寒
月の出てかの世のことば嫗面　喜舎場森日出

盂蘭盆会《うらぼんえ》《うらぼんゑ》・盆《ぼん》・新盆《にいぼん》《にひぼん》・盆供養《ぼんくよう》《ぼんくやう》・魂祭《たままつり》・旧盆《きゅうぼん》《きうぼん》・七月《しちぐわち》

旧暦七月十五日を中心に、僧侶を招いて祖先の霊を弔うために経をあげてもらう。関東・東北では新暦の七月十五日、他の地方では月遅れの八月十五日を中心に行うところが多い。沖縄では旧暦七月十三日〜十五日。十三日はウンケー（お迎え）、十四日はナカヌヒー（中日）、十五日はウークイ（お送り）と称し、先祖を迎え、もてなし、送り出す。

盂蘭盆や兄の遺筆の牧水歌　石川　宏子
亡き夫の学位記飾り盂蘭盆会　上原　千代
路地裏の空缶《かんから》三味線《さんしん》盂蘭盆会　金城　幸子
盂蘭盆や軸くれなゐの支那御香　呉屋　菜々
紙銭《うちかび》の灰門毎に盆明ける　安次嶺一彦
島の盆あの世この世が入り乱れ　親泊　仲眞
盆の夕路地にエイサー太鼓かな　桑江　光子
ゆいレール祖霊も乗って盆の入り　玉城　幸子

肉半斤ウンケージューシー盆に入る　照屋　健
月光のシャランと鳴りて盆終る　仲間　健
ウガン崎盆の供物の漂える　西表　信
新盆の提灯点し偲ぶ夜　古賀　弘子
孫増えしことを先づ告げ盆供養　石田　慶子
思い出はよきこと多し盆供養　大島　知子
暗がりをよろこぶ魂や魂祭り　柿本　多映
ちばりよう父の声聞く魂祭　真喜志康陽
※ちばりよう＝がんばれ。

門火《かどび》・迎《むか》え火《び》《むかへび》・魂迎《たまむか》え《たまむかへ》・茄子《なす》の馬《うま》

門火は、盂蘭盆の時に、死者の霊魂を迎え、また送るために門前で焚く火。

かくつよき門火われにも焚き呉れよ　飯島　晴子
屛風《ひんぷん》に陽の温みあり門火焚く　新城　太石
門火焚く母の戦中戦後かな　松井　青堂

迎へ火や思慕限りなく燃えつづく　石川　流木
どしゃぶりの迎え火魂も傘をさし　上地　安智
迎え火に背嚢担ぐ魂もいて　友利　恵勇
基地に墓金網ごしの魂迎　伊舎堂根自子
魂迎へ帰り来し子の胸厚し　金城　杏
足濡らすことを嫌ふや魂迎　進藤　一考
ふるさとを離れて老いて盆迎え　平良　雅景
太郎水漬《みづ》き次郎草生《む》し茄子の馬　川崎　展宏
太平洋ひとりぽっちの茄子の馬　小森　清次

終戦日《しゅうせんび》・終戦忌《しゅうせんき》・敗戦日《はいせんび》・敗戦忌《はいせんき》・八月《はちがつ》十五日《じゅうごにち》《はちぐわつじふごにち》

昭和二十年八月十五日、太平洋戦争が終わった。日本は連合国側に無条件降伏し、国民は昭和天皇の玉音放送によって敗戦を知らされた。毎年この日、各地で慰霊祭や世界の平和を願う行事が行われる。

古椅子の螺子締めなほす終戦日　太田　幸子
飽食の箸の重たし終戦日　大浜　基子

鉄兜かぶるは案山子終戦日　梯　和夫
終戦日アンネの日記読み終へぬ　菊谷五百子
新基地の建設進む終戦日　金城　英子
百年の空の白球終戦日　桑江　光子
終戦日我等最後の二等兵　島村　小寒
どこからか魚焼く匂い終戦日　諏訪　洋子
水底のしずかなうねり終戦日　蕪原　三代
阿檀の実赤きが弾け終戦日　西銘順二郎
まくらより頭やわらか終戦日　前田　弘
抱瓶の火の酒捧ぐ終戦日　山本　初枝
特攻の遺文に見入る終戦日　与座次稲子
終戦忌水呑みつくす夾竹桃　尼崎　澪
青田風ふいに海風終戦忌　安西　篤
海に来て海に入らず終戦忌　岡本　久一
終戦忌大手を振って尾を振って　諏訪　洋子
赤ピーマン黄色いピーマン終戦忌　水口　圭子
電球の覆ひ外せし敗戦日　天久　チル
ゲルニカを一人眺むる敗戦日　池原　ユキ

昭和史の記憶うすれる敗戦日　嘉陽　伸
晩年の男は無口敗戦日　菊池シュン
敗戦日うらぎるも裏切らざるも　古賀　三秋
前頭葉いつしか抜ける敗戦日　小湊こぎく
明々と灯してよい夜敗戦日　佐藤　勲
敗戦日長寿体操軽ろやかに　椎野　恵子
敗戦日忘勿石の声を聞け　島村　小寒
品川駅の朝の群集敗戦日　遠山　陽子
ホテルの灯満室にして敗戦日　西大舛志暁
敗戦日だけは素顔のままですごす　平迫　千鶴
ゲルニカに並ぶ位里の絵敗戦日　前原　啓子
脚本に検閲の印敗戦日　宮里　暁
敗戦忌鍋いっぱいのカレーライス　秋谷　菊野
敗戦忌墓標いづれも日本を指す　新木　光
敗戦忌手籠のトマト赤すぎる　椎名　陽子
八月十五日ぺったんこに坐る　大坪　重治
八月十五日満腹のまま横たわる　金子　嵩
八月十五日うぶ毛だった　川名つぎお

影ふめば父の肩幅八月十五日　後藤　蕉村
赤紙の折鶴八月十五日　城名　景琳
においたつパン屋八月十五日　須﨑美穂子
モノクロのひとこま八月十五日　西部　節子

ウンケージューシー

旧盆の初日、七月十三日に仏壇にお供えする炊き込みご飯。ショウガの根茎の部分は仏壇に供え、葉の部分は刻んで入れる。

母老いてウンケージューシー味薄し　照屋　健

エイサー・盆踊《ぼんおどり》《ぼんをどり》

エイサーは、旧暦七月十五日の盆の夜などに、集落の青年たちが隊列を組み、サンシンや太鼓に合わせて踊りながら通りを練り歩く、沖縄本島中部を中心に全域に広がる野外の集団舞踊。念仏踊りから派生した。今では最もポピュラーな沖縄芸能となった。

エイサーの素足摺り足月の村　伊是名白蜂
エイサーや男は足裏ひるがへし　稲嶺　法子
バチ捌き揃うエイサー地を打てり　上地　安智
若者のエイサー街を虜にす　大湾　朝明
エイサーやみぞおちまでも怒濤して　岸本マチ子
エイサー隊どんどん打って島蹴って　金城　悦子
エイサーやうねる人体波の花　小橋　啓生
浄土への道を展けりエイサー隊　座安　栄
エイサーやフェンス二重に基地明り　末吉　發
路地の風エイサー太鼓の音となり　砂川　紀子
エイサーのさし足草にやはらかし　當間　シズ
満天の星エイサーの遠太鼓　仲里　信子
エイサーの引き足決まる太鼓打ち　仲間　蔵六
エイサーに蹤いて路地ゆく肩車　宮城　長景
盆満月添えてエイサー路地に入り　宮城　陽子
エイサーやあの世この世の足捌き　宮里　晄
エイサーの衍に更けて月の森　安島　涼人

大地蹴りエイサー太鼓月弾く　安田喜美子
エイサーに路地譲りけり島の猫　与那嶺和子
盆踊りの押し手払ひ手拝みの手　浦　廸子
盆踊り舞台の影も躍りだす　嘉陽　伸
明日は明日余生全開盆踊り　児島　愛子
盆舞や天界へ打つ撥の先　上原　千代
盆太鼓大地へ音を叩き込む　沢木　欣一
どんみかちはねて打ち込むぼん太鼓　真玉橋良子
還らざる御霊を背負い踊るかな　藤元　幸雄

道《みち》ジュネー

エイサーや八月の豊年祭などで、拝所での祭祀を終えて後、集落のメインストリートを奉納芸能を行う者や祭祀を司る者たちが練り歩く。

桴《ばち》を立て闇に分け入る道巡礼《じゅねー》　譜久山當則
盆送る遠い太鼓の道ジュネー　照屋　健

送《おく》り火《び》・魂送《たまおく》り・送《おく》り盆《ぼん》

盂蘭盆の終りの日の晩に死者の霊を彼岸へ送ること。門前で送り火を焚く。

送り火の百円ライターすぐ灯る　兼城　義信
送り火を焚く老の背に月停る　平良　晨精
送火の炎大きく父母帰る　玉城　幸子
送り火や風に巻かれて通りゆく　吉富　芳香
門までの胸の会話や魂送り　伊志嶺あきら
精霊《たま》送りや甘蔗の杖置く庭の隅　糸数　慶子
ファスナーの咬んで放さぬ霊送り　岩崎　芳子
魂送る大きな闇に手を合はす　大城　栄子
月光のこぼれる門辺魂送り　大湾　朝明
門を出て百歩先まで魂送る　幸喜　正吉
粛々と月走る夜に霊送る　平良　雅景
魂送り灯の揺らめくや遠太鼓　山城　怜子
生者死者集ひし島の送り盆　伊舍堂根自子

海神祭《うんじゃみ》・海神祭《かいじんさい》

沖縄本島北部で旧盆明けの初亥の日に行われる海神と山神の交遊する祭。海の彼方のニライカナイから来訪神を迎え、豊作や健康、集落の繁栄などを予祝する。その後、神はニライカナイへ戻っていく。

海神祭《うんじゃみ》の馬の背を梳く島の子ら　伊舍堂根自子
海神祭や濡れ身の女舟招く　上間紘三
海神祭や乱舞の嫗藁襷　浦　廸子
海神祭や祝女《ぬーる》は太鼓で神あしび　川津園子
海神祭の声純白に男たち　岸本マチ子
海神祭や乱舞のアンマー臍ぬらし　金城悦子
海神祭の幼な子もゐて神招く　桑江良栄
海神祭や潮浴びもどる祝女謡　平良龍泉
海神祭や母ひと日神の白衣裳　安島涼人
海神祭や世果報招く祝女の舞　与座次稲子
勝組の舟の胴上げ海神祭　石川宏子
海神祭朝日に飛べり浄め塩　上江洲萬三郎
海神祭大海に酒振舞へり　上原千代
海神祭祝女の打掛け風はらみ　金城百合子
御願ハーリー招く元気や海神祭　宮城陽子

シヌグ

沖縄本島北部や周辺離島で、旧暦七月に集落や家々の災厄を祓う行事。男たちがつる草などを身につけて神になり、祓いの後、女たちが円陣舞踊のウシデークを踊る。ウンジャミはウナイガミ（姉妹神＝女）の祭、シヌグは男の祭といわれる。

おもろ謡うシヌグの庭に火の匂い　大嶺春蘭
世果報呼ぶしぬぐの鼓天に鳴る　平良龍泉

臼太鼓《うしでーく》

シヌグ、ウンジャミなどの豊饒祈願祭祀の後に踊られる集団舞踊。

臼太鼓夜の波音へ打ち返す　国仲　穂水
臼太鼓影踏めば散る紺地《くんち》衣の香　瀬底　月城
世果報の神をみつめて臼太鼓　土屋　花代
臼太鼓福木囲いの神の家　桃原美佐子
山峡に暮色漂ひ臼太鼓　屋嘉部奈江

流灯《りゅうとう》《りうとう》

盆の終わりの十六日には精霊送りとして灯籠を海や川に流す。

流灯のひとつが山を振り返る　小森　清次
流燈やはなれゆくとき瞬きて　松井　青堂

大団扇《おおうちわ》《おほうちは》

あおいで風を起こす道具だが、日頃使うものよりさらに大きくした団扇。祭に使う。

村人を祓ふ弥勒の大団扇　海勢頭幸枝

宮古節《みゃーくづつ》

旧暦八、九月に三日間かけて行われる宮古・池間島の粟の豊年祈願。節（スツ）は、一年の節目のこと。

遠目夜目ウマオイの説く宮古節　さどやま彩

東御廻《あがりうまーい》り

旧暦八～十月にかけて門中（父系を同じくする集団）単位で行われる神拝み。首里城より東方に位置する、南城市を中心とした御嶽（拝所）や古泉などを巡拝する。

うす翅の蝶東御廻いの日を配る　矢野　野暮
東御廻り田圃程よき水湛え　山城　青尚

神踊《かみおど》《かみをど》り・八月踊《はちがつおど》《はちぐわつをど》り・はちぐゎちうどぅい

旧暦八月八日〜十五日に行われる豊年祭。村遊び（ムラアシビ）とも称される。稲作終了後の豊作を神に感謝する。「多良間の豊年祭」は国指定重要無形民俗文化財。

胸ぐらに潮しぶき浴び神踊り　中村　阪子
八月踊り樹下に子役の化粧かな　石田　慶子
木漏れ日に八月踊りの袖光る　井上　綾子
甘蔗の風八月踊りの衣揺らす　辻　泰子
船酔のままに八月踊りかな　安田久太郎
膨れだす八月踊りや椰子の風　山口きけい

トーカチ・斗搔《とーかち》祝《いわ》い《いはひ》・米寿《べいじゅ》祝《いわ》い《べいじゅいはひ》

旧暦八月八日に行われる、数え年八十八歳の米寿の祝い。トーカチは米の升切りに使う斗搔《とかき》のこと。薩摩侵入後に伝わったヤマト系の行事とされる。

斗搔祝ぐ二才踊の身軽さに　山城　青尚
斗搔に美《み》童《やらび》踊る棒の音　端山　閑城
トーカチの花の車に四世代　西平　幸栄
斗搔《とうかち》祝や水牛の曳く花車　呉屋　菜々
庭に莫蓙敷き斗搔の長《なが》御《う》願《がん》　大城　幸子
トーカチや踊る曾孫のたどたどし　知念　弘子

妖怪日《ようかいび》《えうくわいび》・ヨーカビー・八ケ日《ようかび》《やうかび》・柴差《しばさ》し

旧暦八月八日〜十一日に沖縄本島と周辺離島で行われる悪霊祓いの行事。芒と桑を束ねたもの（柴）を軒や田畑に差し、子どもたちは爆竹を鳴らして魔除けとした。

煮炊きの火鎮めて母の妖怪日　大城八重子
妖怪日左手に残る時計焼け　徳田　生
爆竹や闇いくつ割る妖怪日　名取美津子
妖怪日《ようかび》の爆竹闇を深めたり　安島　涼人
爆竹のあらぬ方とぶ妖怪日　山城　青尚
柴差しや島にいきづく祟り神　浦　廸子
跡目なき祝女の屋敷や柴差せる　古波蔵里子
柴差しの軒月明に浮きあがる　島袋　常星
挿す柴の四世五世住みつきぬ　瀬底　月城

柴差せる小屋をつつ抜け山羊の声　たみなと光
畑小屋の四隅柴挿す農仕舞　西原洋子
柴差や父有りし日の明るさよ　宮城陽子
屋根獅子へ柴差の青匂ひけり　山城久良光

敬老《けいろう》《けいらう》の日《ひ》《ひ》・敬老日《けいろうび》《けいらうび》

国民の祝日。九月の第三月曜日。社会に貢献してきたすべてのお年寄りを敬い、長寿を祝い、慰安会などを行う。

万華鏡のなかにいる敬老の日　須崎美穂子
敬老の日趣味を持てとか歩けとか　宮城正勝
敬老日村人総出の過疎の村　西平幸栄
真向ひに河馬大あくび敬老日　松井青堂
敬老の舞は確かな腰の位置　照屋健
それとなく若づくりして敬老会　岩崎芳子

マストリヤ・マストリヤー

旧暦八月十五日に、宮古島市上野野原《のばる》で行われる豊年祭。収穫した粟を貢租として納めたのちの祝いで、「野原のマストリャー」として国選択無形民俗文化財。

豊穣やマストリャ群舞土を蹴り　伊志嶺あきら

鳳作忌《ほうさくき》

九月十七日。俳人・篠原鳳作の忌日。一九〇六年〜一九三六年。鹿児島県出身。一九三一年、沖縄県立宮古中学校に赴任。新興無季俳句の旗手として注目されたが早世。

美ら海に鼻先焼ける鳳作忌　上江洲萬三郎
鳳作忌まぶしき雲が染まず浮く　大山春明
群星《むるぶし》をのぞきまた寝る鳳作忌　国仲穂水
生きる気の子猫耳立て鳳作忌　寺井谷子
鳳作忌肺碧き海捜せない　宮里晄
藍色の波重なるや鳳作忌　本村隆俊
海峡は碧色のまま鳳作忌　安田久太郎

子規忌《しきき》・糸瓜忌《へちまき》・獺祭忌《だっさいき》

正岡子規の忌日で九月十九日。別号は獺祭書屋主人。

末成りの糸瓜も甘し獺祭忌　いぶすき幸

だっさい忌清しき俳画濃く淡く　たみなと光

秋彼岸《あきひがん》

秋分の日を中日とした一週間。春の彼岸と同じく寺に詣でたり、墓参りをする。単に彼岸といえば春の彼岸をさす。

煮込むのがをんなの供養秋彼岸　新　桐子

泥神祭《ぱーんとぅ》・パーントゥ

宮古島市の平良《ひらら》島尻で、旧暦九月のサトゥプナハ（拝み）に現れる仮面仮装の来訪神。全身につる草を巻き、泥土を塗って集落内を回り、出会った人々に泥をつけて厄払いをし、嘉例《かりー》をつける。同じ宮古島市の上野野原《のばる》では旧暦十二月に行われる。女性と子どもが仮装して練り歩く。国指定重要無形民俗文化財。

泥神祭《ぱーんとー》赤子の頬に幸くあれ　うえちゑ美

パーントゥに踏まれて生きて鬼薊　伊志嶺あきら

パーントゥ野面積より出没す　さどやま彩

逃げ惑う子らの瞳やパーントゥ　玉城　盛雲

種取祭《たんとぅい》・種取祭《たなどぅい》・種子取祭《たねとりさい》

旧暦九月から十月にかけて、苗代に播いた稲や粟の種子の順調な発育を願い、併せて豊作を祈願する行事。「竹富島の種子取」は六百年の伝統を持つ国指定重要無形民俗文化財。

種取祭《たにどぅる》や帯締めなほし足で舞ふ　大山　春明

種取祭《たなどぅい》の稚児をしたがへ弥勒神　瀬底　月城

種取祭の苞の粟餅持ち帰る　山城　光恵

種子取祭《たねとる》や島を沸かして日の暮るる　安次嶺一彦
種子取祭や踊り明しの銅鑼の音　大嶺　春蘭
種子取祭《たにどぅる》や女ばかりの巻踊り　竹田　政子
種取祭二日つづきの巻踊　金城百合子
水牛の角にもリボン種取祭　具志堅　紘
種取祭汗の弥勒を扇ぎけり　比嘉　朝進
星砂の島の火照りや種取祭　与儀　啓子

風車祝《かじまやー》

数え年九十七歳の長寿のお祝い。八度目の干支の年の、旧暦九月七日に行われる。「かじまやー」は風車や十字路のことで、童心に返る、あるいは十字路を渡る意味がある。

辻七つ渡り終へたり風車祝　大嶺　清子
水牛車飾り媼の風車祝　北村　伸治
紅型の色重ね着る風車祝　古波蔵里子
村道を風伴れて舞ふ風車祝　島袋　常星
うす紅の頬ゆるみをり風車祝　玉那覇如水
あやかりの酒を含みし風車祝　知花　初枝
風車祝《かじまやー》いアメリカ仕込みのオープンカー　照屋　健
風車祝老女の舞の手振りよし　平敷　星玄

菊酒《きくざけ》・重陽《ちょうよう》《ちようやう》

沖縄では九月九日をクングヮチクニチーといい、泡盛等の酒に菊の葉を一枚または三枚浮べた御菊酒（うちくざき）を火の神（ひぬかん）や仏壇に供え、一家の繁栄と健康長寿を祈願する。

菊酒や瓶《びん》水《しー》御《う》菓《かー》子《し》村《むら》願《うがん》　慶佐次興和
菊酒や遠くの父が来ていたり　照屋よし子
ほころびは繕わずして菊の酒　宮城　陽子
菊酒や夕映えまとふビジュル神　山城久良光
重陽の床に酒甕飾りけり　桑江　良栄
重陽の風に草伏す魚見岩　西銘順二郎

体育《たいいく》の日《ひ》

国民の祝日。東京オリンピックの開催日を記念して作られた日。十月十日だったが、現在は十月の第二日曜日。

揺れ動く体育の日の体重計　嘉陽　伸

十《じゅう》《じふ》・十忌《じゅうき》《じふき》

太平洋戦争末期の一九四四年十月十日、那覇市は米軍の大空襲により壊滅した。沖縄戦の幕開けとされる。那覇市は、この日に平和を願って那覇大綱挽まつりを開催している（現在は十月の第二日曜日）。

雲低くかすむ稜線十・十忌　安次富邦子
十・十忌那覇大綱の地を鎮め　糸嶺　春子
みやげもの屋ならぶ通りの十十忌　稲嶺　法子
風音に目覚むる朝十・十忌　伊野波清子
祈り籠《こ》む地爬龍船《ちーばーりー》も十・十忌　瀬底　月城

街の灯の海まで迫る十・十忌　渡久山ヤス子
雌雄綱はっしと交む十・十忌　比嘉　朝進
鉢植ゑに水たっぷりと十・十忌　宮城　安秀
島の裏浄めて十・十忌の落暉　矢野　野暮

那覇《なは》まつり・那覇《なは》《なは》大綱挽《おおつなひき》《おほつなひき》

体育の日前後の三日間にわたり那覇大綱挽まつりが行われる。祭りの目玉である那覇大綱挽では、旗頭が舞い、鉦が打ち鳴らされ、人々が東西に分かれて約百メートルの雄綱、雌綱を引き合う。

綱寄せや矢声高らか那覇まつり　安里　星一
旗頭腰の捌きや那覇まつり　天久　敏子
旗頭秋をゆさぶり那覇祭　伊佐　元児
那覇まつり時に英語のアナウンス　石田　慶子
那覇まつり枝綱握る異国の子　石橋　芳子
気合ひなら誰にも負けぬ那覇まつり　稲嶺　法子
綱方の美髭夕日に那覇祭　上原　千代

綱を引く顔顔顔や那覇まつり　小渡　有明
ホラ貝と太鼓が囃す那覇祭り　平良　雅景
那覇まつり地響立てて女綱勝つ　平良　龍泉
舞う旗の松竹梅や那覇まつり　知念　弘子
那覇まつりミルクムナリの撥の冴え　屋嘉部奈江
那覇まつり夕日に映ゆる空手の舞　山城美智子
大綱挽き雌綱パワーとなりにけり　上江洲萬三郎
大綱は熱気もギネス人の波　岸本百合子
若按司の扮装凜々し大綱挽　仲宗根潔子
大綱引髪の先まで暑をこめて　西村　容山
大綱挽幾多の死者も混じりおり　宮里　晄
法螺の音に群衆湧けり大綱引　安田喜美子

秋祭《あきまつり》・村祭《むらまつり》・里祭《さとまつり》

春祭が農作物の豊作を祈願するのに対し、秋は収穫を祝い、新穀を供えて神に感謝する。神楽太鼓や笛の音が響き、神輿も出る。

秋祭終りて天と地と遠し　石井　五堂
秋祭り満天の花火胸に落ち　金城　幸子
秋祭りうねりの中へ枷はずし　幸喜　和子
秋祭り月光仮面を買いに行く　田村　葉
おおはぎの葉に盛る供物村まつり　伊志嶺あきら
自転車で女形行き交ふ村祭　井上　綾子
里祭ポンポン菓子の爆ぜる音　菊谷五百子

村芝居《むらしばい》《むらしばゐ》

村人たちが農閑期などに演じる地芝居で、祭礼や盆、秋の収穫祭などに演じた。

阿旦葉のむしろを敷いて村芝居　新垣　春子
仇討ちに指笛とべり村芝居　伊差川摩生子
村芝居日焼けし顔の役者かな　伊良波長哲
仇役の美事な髭や村芝居　海勢頭幸枝
按司《あじ》役の嗄れてをり村芝居　瀬底　月城
声高に按司の威厳や村芝居　知花　初枝

里人の阿麻和利びいき村芝居　当間　シズ
六尺棒鳴らす男や村芝居　渡久山ヤス子
山ひとつ越えて父祖の地村芝居　比嘉　陽子
草に寝て草の香青し村芝居　前田貴美子
榕樹《がじゅまる》の子等が見下す村芝居　村山　澄子
村芝居大満月をころがして　山城　青尚
がじまるの下が舞台や村芝居　与儀　啓子
甘藷畑をくる地芝居の獅子頭　呉屋　菜々

首里祭《しゅりまつり》・首里城祭《しゅりじょうさい》《しゅりじやうさい》

一九九二年に開園した首里城公園の情報発信イベント。十月末日前後の土日を中心に首里城祭が開催される。約二千人が参加。王朝時代を再現する琉球王朝絵巻や、伝統芸能の上演、子供エイサーもある。

城門をくぐる路次楽首里まつり　上地　安智
七色に風も染まるよ首里祭り　そら　紅緒

春潮忌《しゅんちょうき》《しゅんてうき》

十一月一日。歴史研究家・比嘉春潮《ひがしゅんちょう》の忌日。一八八三年～一九七七年。西原町出身。上京後、出版社勤務の傍ら、柳田國男らと親交を深め、沖縄文化に関する多くの論考を発表。

春潮忌秋の風鈴鳴り止まず　平良　龍泉
潮騒の音に振り向く春潮忌　陳　宝来
春潮忌太陽《てだ》におもろの風聞こゆ　山城　青尚

文化の日《ぶんかのひ》《ぶんくわのひ》

国民の祝日。十一月三日。一九四六年十一月三日の日本国憲法公布の日を記念して定められた。

七輪の魚がこげる文化の日　小森　清次
路次楽の古都を奏でる文化の日　渡真利春佳
たっぷりとてびち煮込みし文化の日　福村　成子

文化の日動きだしたる旗頭　堀川　恭宏
路地裏を豆腐屋の笛文化の日　宮城　長景
えんぴつを削りそろえる文化の日　脇本　公子
十一月三日鞄の中の雲一つ　樋口　博徳

アンガマ・アンガマー
八重山地方の儀礼集団芸能。ソーロアンガマは、旧盆に行う念仏踊り。裏声で問答をする。節（シチィ）アンガマは、節祭の婦人群舞。家造りアンガマは、新築の家を祝う。

ウンケー
お盆の初日に行われる精霊迎えの儀礼。提灯を灯し、先祖の霊をお迎えする。

ウークイ
お盆の最終日に行われる精霊送りの儀礼。夜遅く仏壇の前に家族や親族が集まり、線香をあげ、紙銭を焚くなどして先祖の霊をお送りする。ウークイの夜にはエイサーを踊ったりする。

動物

鹿《しか》

交尾期を迎えた鹿は、もの悲しい声で泣いているように聞こえる。雄は雌を争い合って角で戦う。

雄鹿の前吾もあらあらしき息す　　橋本多佳子

馬肥《うまこ》ゆる

杜審言の「秋高くして塞馬肥ゆ」より。夏のあいだ草を食べ、馬も太ってくる、秋の収穫の季節のよい気候のこと。

馬肥ゆる旧海軍のカレー食　　長町　淳子

えらぶ鰻《うなぎ》・えらぶ海蛇《うみへび》・海蛇《うみへび》・イラブー

沖縄や奄美では「イラブー」と呼ばれる海蛇がいる。猛毒をもつ。沖縄の久高島はイラブーの産地として知られている。昼間は海の岩場の隙間にいて、夜間に活動する。燻製にしたイラブーは、高級な琉球料理として珍重されている。

イラブ鰻燻ずる屋根に桑熟れて　　安島　涼人

風《すさ》の根に海蛇泳ぐ万座毛　　沢木　欣一

海蛇の杖のごとくに売られたり　　西銘順二郎

イラブーの叺《かます》にうねる祝女殿内　　山城久良光

秋《あき》のハブ・秋《あき》の波布《はぶ》

クサリヘビ科マムシ亜科の毒へビ。体長二メートルに達する。野山の草叢やサトウキビ畑でハブに咬まれるケースがある。暑さや寒さが苦手で、三〜五月、九〜十一月は活動期。ネズミやカエル等の小動物を食べる。

直心《じきしん》の七色立てり秋の波布　小橋　啓生

蛇穴《へびあな》に入《い》る・穴惑《あなまど》い《あなまどひ》

俗に蛇は秋の彼岸に穴に入ると言われる。彼岸過ぎにも姿があると穴に入りそこなったようにみえ、穴惑いと言われる。沖縄の蛇は冬眠しないが、穴は用いる。

蛇穴にあるやも知れぬ非常口　大城あつこ

蛇穴は背中のあたり琉球弧　宮里　晄

先き行きの見えぬ晩年穴まどい　浦　廸子

ほんとうは迷子なんです穴まどい　喜岡　圭子

とつおいつ介護のゆくへ穴惑　谷　加代子

崩れゆく風葬墓や穴惑い　玉城　倭子

穴惑い切り捨てられた愛国心　丹生　幸美

穴まどひ父母の齢を追ひ越しぬ　真栄田　繁

結界も行ったり来たり穴惑　矢崎たかし

赤腹鷹《あかはらだか》

タカの一種（小型）。中国や朝鮮半島で繁殖し、東南アジアの方へ渡っていく。渡り期の途中に九州や沖縄で見られる。上昇気流にのって舞う姿も見せてくれる。

赤腹鷹渡ると受話器はづみけり　瀬底　月城

赤腹鷹の渡らふ村の鴈《がん》供養　西銘順二郎

赤腹鷹の雲より生るる夕茜　屋嘉部奈江

差羽《さしば》・刺羽《さしば》・サシバ・差羽舞《さしばま》う《さしばまふ》・島番鷹《しまばんだか》

タカの一種（中型）。鴉ぐらいの大きさ。例年、十月寒露の頃に北の繁殖地から、越冬の途中沖縄に飛来してくる。旅の途中、宮古島や伊良部島でよく見られる。空を舞うサシバの群れは爽快。居ついて越冬するサシバを「落てぃ鷹」と呼ぶが、宮古島では「島番鷹」と敬称され、島の守護鷹でもある。

声のこし一夜やどりの差羽翔つ　いぶすき幸
太平洋にらむ差羽の風興る　上江洲萬三郎
まどろみて差羽の島へ旅鞄　中村阪子
差羽ゆく渦よひかりよ島岬　山口きけい
読経に耳澄ましゐる刺羽かな　大浜基子
大空やサシバの抱く航海図　新垣勤子
夕日影サシバの群るる川となる　池田俊男
天空の王となりけるサシバかな　岡　恵子
サシバ発つこの地球《ほし》の異変しかと見て　金城悦子
琉球の風に乗り来るサシバかな　平良雅景
夕映えに点一点のサシバかな　立津和代
サシバ墜ち宇宙の鼓動止まりけり　仲松弥三郎
掛け違う釦さしばの高鳴きに　末吉　發
差羽舞ひ空の深さをはかりけり　石田慶子
サシバ舞う夕日の野辺は音もなく　西表　信
相思樹の句碑を抱きて差羽舞ふ　うえちゑ美
野良着干す無縫の空にサシバ舞ふ　浦　廸子
さしば舞ふ路地に昔の釣瓶井戸　砂川孝子

鳳作の生誕百年さしば舞う　東郷恵子
サシバ舞う大河の如き風の息　仲宗根浩二
ゆくりなき旅信届けり差羽舞ふ　宮城長景
留まりて島の守りとなるや鷹　宮里　晄

鷹《たか》・鷹柱《たかばしら》・群鷹《むれだか》

鷹柱はタカの類、特にサシバの群が、南方に渡るのに先だって上昇気流をとらえ上昇する様子をいう。多数の鷹が柱状に集まる。

火の神の巌に舞へる鷹一つ　石井五堂
旅なれば夕鷹うしろふり向かず　石垣美智
鷹の眼の殺意美し母郷なり　岸本マチ子
瞬きて人の世を見る捕え鷹　平良雅景
遠見台登りてもなほ鷹遠し　立津和代
日の鷹がとぶ骨片となるまで飛ぶ　寺田京子
鷹を呼ぶ風の確かに生まれけり　仲間　健
星砂の島にはぐれて鷹棲めり　西銘順二郎

目の合つて鷹のとつさに身構へる　前川千賀子
鷹の目の金色となる波濤かな　真栄城いさを
あざやかに鷹はオーケストラを抜け　四方万里子
脳天の宇宙天気図鷹柱　伊志嶺あきら
旅立ちの風に気を吐く鷹柱　井上綾子
どの鷹も命きらめく鷹柱　土屋休丘
鷹柱根岩に磁場のある不思議　原恵
一望の甘蔗の波打つ鷹柱　与儀啓子
群鷹の初陣ありて風の日々　浦廸子
空は画布点描画なる鷹の群　さどやま彩

鷹《たか》の舞《まい》・ゆらり鷹《たか》

鷹《たか》の舞《まひ》

空を飛びながら獲物を狙う。その鷹の飛ぶ姿を喩えた語。

阿麻和利の居城勝連鷹の舞ふ　島村小寒
少年の夢の高みに鷹の舞　友利恵勇
夕映えの島に染まりて鷹の舞ふ　仲里信子
島凪の浦かたぶけてゆらり鷹　いぶすき幸
ゆらり鷹海空の紺森へ曳き　小熊一人
夕茜気流に遊ぶゆらり鷹　たみなと光
大旋回世界遺産をゆらり鷹　渡真利春佳
城跡の空の青さよゆらり鷹　与儀啓子

鷹渡《たかわた》る

本土へは冬鳥の鷹が北方から渡ってくる。南西諸島へは、赤腹鷹が中国大陸から、サシバが本州から飛来し、渡りの中継地となる。

暁光を羽裏に含み鷹渡る　新桐子
兵ねむるガダルカナルへ鷹わたる　新木光
小舟行く平たき島や鷹渡る　池田俊男
うすれゆく海の匂ひや鷹渡る　伊是名白蜂
ありったけの地獄見し野や鷹渡る　稲嶺法子
故郷は国境の島鷹渡る　海勢頭幸枝
アカハチの足跡はるか鷹渡る　大浜基子
木も石も神宿る島鷹渡る　大湾宗弘

幼児の光る瞳や鷹渡る　小渡　有明
大空の風ひきよせて鷹渡る　嘉陽　伸
火の色の眼をして鷹の群れ渡る　岸本マチ子
校庭を掃く円陣や鷹渡る　北川万由己
鷹渡る黒潮あらき薩摩灘　児島さとし
鷹渡る島に巡回医療班　古波蔵里子
鷹渡る収穫算の藁結び　謝名堂シゲ子
鷹渡る命の回廊大海へ　照屋　健
群青の海をひきいて鷹渡る　徳嶺恵美子
鷹わたる丘に集いし少年期　西平　幸栄
鷹渡る笛の音遠くなりにけり　西部　節子
鷹渡るみやらび句碑に潮しぶき　西銘順二郎
世はまさに弱肉強食鷹わたる　比嘉　幸女
散骨の海ニライへと鷹渡る　宮里　晄
ホッチキス紙をひと噛み鷹渡る　又吉　涼女
地球儀のかたむき鷹の渡りけり　本村　隆俊
明星の光うすれて鷹渡る　安田喜美子
寝転びて渡り来る鷹待ちにけり　安田　昌弘

鷹渡る真下に拾ふ星の砂　松永　麗
鷹来ると雲低くなる平安名岬　伊志嶺あきら
鷹来るはこの風筋ぞ門波立つ　船越　淑子

鳥渡《とりわた》る・渡《わた》り鳥《どり》

秋には冬鳥が北の国から飛来してくる。夏鳥は日本で繁殖し、秋に南方に渡る。いずれも群れをなして渡る。

多野岳の頂上あたり鳥渡る　赤嶺めぐみ
鳥わたるこきこきこきと罐切れば　秋元不死男
崇元寺三門強固と鳥渡る　新垣　茂
切り絵めく島の夜明けや鳥渡る　石川　葉子
基地を越えニライカナイへ鳥渡る　上江洲萬三郎
あの世まで歩幅残して鳥渡る　おぎ　洋子
鳥渡り月渡る谷人老いたり　金子　兜太
海流は鬼哭啾啾鳥渡る　徳永　義子
鳥渡る溶岩剥き出しの山の肌　仲宗根葉月
鳥渡る北の星座の生き生きと　原田ひでか

埋め立てのクレーン三基鳥渡る　真喜志康陽
燈台の白を真下に鳥渡る　真玉橋良子
鳥渡る我にかすかな浮力あり　松井　青堂
人体に関節いくつ鳥渡る　松村　陽子
鳥渡る母に続いてゐる銃後　水口　圭子
悠然と一会を舞へり渡り鳥　うえちゑ美
島なみの雲を縫ひゆく渡り鳥　古堅　敏子

色鳥《いろどり》

秋に日本に渡ってくる色美しい種々の小鳥をいう。

降るほどに色鳥降り立つ島に住み　井上　綾子
色鳥に明け渡したる祝女殿内《のろどぅんち》　井波　未来
色鳥や紅型染めの筆いくつ　そら　紅緒
色鳥や空洞《うろ》つつぬけの大赤木　たみなと光
色鳥や榕樹に子らの遊び基地　当間　シズ

小鳥来る《ことりく》

俳句に詠む場合、鶫、鶸、花鶏《あとり》など小鳥類の渡り鳥や、秋に山から降りてくる鳥も総称していう。

白髪の乾く早さよ小鳥来る　飯島　晴子
戦なき空の深さや小鳥来る　上原　千代
引き潮の漫湖フィールド小鳥来る　渡真利春佳
みちのへに戦さあとの碑小鳥くる　前川千賀子
岩間より湧きし産井や小鳥来る　与座次稲子

燕帰る《つばめかえる》《つばめかへる》・燕去る《つばめさる》・秋燕《あきつばめ》・秋燕《しゅうえん》《しうえん》

春に南方から渡ってきた燕も子育てを終え、秋、九月には南の国へ飛び去って行く。琉球燕は留鳥。

久高島かくす雨雲燕去る　安里　昌大
去ぬつばめ御願浜とて畏れ踏む　いぶすき幸
去ることを忘れし琉球燕かな　久田　幽明

豊作の甘蔗すれすれに去る燕　瀬底　月城
どこまでが現世の空燕去ぬ　土屋　休丘
去る燕追うて南海《みなみ》の帰途につく　根志場　寛
散華の塔かの秋燕島の果て　石川　流木
空手着の路地来る子らや秋燕　海勢頭幸枝
忘れもの無事に届きし秋燕　菊谷五百子
秋燕胸中に塔ありて消ゆ　喜舎場森日出
ふた海の交はる点や秋燕　辻　泰子
唐人墓碑秋燕来ては翻り　金城百合子
秋燕や摩文仁が丘の潮煙　渡久山ヤス子
秋燕や入りて向き換ふ定期船　山田　静水
残りしは琉球燕雨意の空　北村　伸治

稲雀《いなすずめ》

稲が稔るとそれを食べに雀が群がってくる。追い払うために案山子や鳴子を使う。

一羽きてあとすぐ群れて稲雀　宮城　涼

鵙《もず》・百舌《もず》・鵙猛《もずたけ》る・鵙日和《もずびより》

山地だけでなく、枯木の頂や電柱などでキーッ、キーッと鋭い声で鳴く。雀より大きく気性も荒い。その声が澄んだ秋の大気とよくマッチしているので、鵙日和・鵙の晴などという。

初鵙と云はれてみれば元気つく　飯島　晴子
憑き物に成りすましてる鵙の贄　北川　秋峰
もず・からす鏡百枚立ち並ぶ　田村　葉
人体に火薬の臭い百舌高音　羽村美和子
つながらぬ携帯電話百舌が鳴く　吉田　佑子
鵙猛るのっぴきならぬ恋をして　古賀　三秋
わがさがの右往左往や鵙猛る　谷　加代子
駄々こねる幼にも似て鵙たけり　広長　敏子
釘箱を覗きもしたる鵙日和　河村さよ子
老漢の闊歩のはずむ鵙日和　相良　千画

鵯《ひよどり》・鵯《ひよ》

人家の庭にも姿を見せ、青木や南天の実を食べる。ピーヨ、ピーヨと鳴く声がやかましい。鶫よりやや大きい

白頭鳥《ひよどり》の多弁となりし峠越え　山城　青尚
屋根獅子の頭すれすれ鵯渡る　新垣　春子
南苑の空の青無垢ひよ鋭声　いぶすき幸
路次楽の遍く城下鵯高音　たみなと光
石段に榕樹の傾ぐ鵯の杜　前本　悦子
老の閑鵯の高啼き届きけり　矢野　野暮

鶺鴒《せきれい》・石《いし》たたき

水辺に棲む小鳥。石たたきはたえず尾を上下に動かす姿が石を叩いているように見えることからの別称。

曝さるる崖の赤土石たたき　北川万由己

目白《めじろ》

雀より小さく、背は明るい緑色。目の周囲は白い輪。籠鳥として飼われた。

葬あとの部屋に提げある目白籠　奥原　崇儀
榕樹の枝を広げて目白鳴く　桑江　正子

鶉《うずら》《うづら》

丸みを帯びた体と短い尾をもつキジ科の野鳥。昔は鳴き声を観賞するために飼われたが、現在は食肉用・採卵用に飼育。

暮れなずむ茅の佗しやうずら鳴く　石垣　美智
片鶉甘蔗の根かたをくぐり鳴く　瀬底　月城

鴫《しぎ》・鷸《しぎ》・浜鴫《はましぎ》・礒鴫《いそしぎ》

水辺にすみ、くちばしが細長く飛翔力が強い。渡りの途中、春と秋、日本に寄って来るものが多い。

田の広さ測りをりたる鴫の嘴　北川万由己
群れ飛びの浜鷸消ゆる白日夢　土屋休丘
磯鴫の皆走り出す浜の暮　仲間蔵六

雁《かり》・雁《がん》・かりがね

カモ科の大形の鳥。北より渡来し、日本には晩秋から越冬し春に帰る。

こめびつの底から雁は鳴き去るも　安井浩司
雁やのこるものみな美しき　石田波郷

鯔《ぼら》

近海魚で秋から冬が旬。生長とともに呼名が変わる出世魚。おぼこ、すばしり、いな（なよし）、そして鯔。

鯔の子の走る渚を眩しめり　井上綾子
鯔はねる乾ききったる夜の端で　大川園子
海面の夕日に残る鯔の口　北川万由己
漣は鯔のあぎとひ浦日和　北村伸治
落日に身を染めたくて鯔はねる　金城悦子
煌めきの鯔の子群れの波がしら　徳永義子
上げ潮に鯔の跳ねたる琉歌の碑　西銘順二郎
引き潮に揺るる刳り舟跳ねる鯔　与座次稲子

飛鯊《とびはぜ》・トントンミー

ハゼ科の水陸両生魚。トントンミーはミナミトビハゼの方言。沖縄などで春から秋にかけて泥干潟上で活動。頭頂部に突き出した眼球で辺りを見回し、ジャンプしながら動き回る。

木を登るとび鯊もゐて海漂林　糀房子
とびはぜの飛び出しひるぎ株太る　塩見夏越
飛鯊や海漂林の影揺るる　渡久山ヤス子
満ち潮に目玉くるりとトントンミー　安座間勝子

マングローブ干潟に泥引くトントンミー　安田喜美子
とかげ鯊干潟のこせと背鰭立つ　北村伸治
乾き初む木登り鯊のとんがり目　瀬底月城

秋鯖《あきさば》

秋になると鯖は脂がのって味がよくなる。

秋鯖を大事な猫に盗られけり　小森清次

目鰺《めあじ》《めあぢ》・がちゅん

アジ科の一種で、秋になると群れをなして島の周囲を回遊する。全長三〇センチ位、刺身や煮付け、フライで食べる。沖縄では刺身を酢味噌で食べるのが定番。

つくらふは老人ばかり目鰺網　瀬底月城
がちゅん漁蜑《あま》の荒指犬が嗅ぐ　神元翠峰
古墳の由来読むに島鰯《がちゅん》の磯匂ふ　安島涼人

鰯《みじゅん》・小鰯《みじゅん》

ミジュンは鰯の方言。特に沖縄近海でとれる小さいものをいうことが多い。秋は漁も多く、味も良い。空揚げ、刺身などにして食べる。

谷《たん》茶《ちゃ》前《めー》鰯《みじゅん》を裾に若き母　金城貴子
小鰯よる馬天の海の輝きに　山城青尚

秋刀魚《さんま》

秋の大衆魚。塩焼き、煮魚、刺身、つみれ、たたきなどにして食べる。寒流に乗って南下、銚子沖までくる。

錯覚の一つや二つ秋刀魚食う　秋野信
亡き母の今日誕生日秋刀魚焼く　大島知子
秋刀魚焼くことの日常噛み締めて　具志堅忠昭
わが妻のいと楽しげに秋刀魚焼く　古賀三秋
帰心ふと秋刀魚にすだち滴らす　高橋照葉

秋刀魚焼く海の青さを目に溜めて　藤後むつ子
善人と言われ秋刀魚を食べている　原しょう子
遠山にかかる雲なし秋刀魚焼く　山田　廣徳
秋刀魚焼く母に背景なにもなし　与儀　勇
日本の未来ともかく秋刀魚焼く　和田あきを

マンタ・鱏《えい》《えひ》・鱝《えい》《えひ》

マンタはイトマキエイ科のオニイトマキエイの別称。体の幅が五メートル以上になるものもある。熱帯海域に分布、沖縄では九～十一月珊瑚礁付近でよく見られる。

大西日鱏《まんた》の海に入りにけり　遠藤寛太郎
「平和かい」ガラスの中の鱏《まんた》にいう　原　京
凪の海をひとりじめして鱏《えい》となる　金城　悦子
手造りの鉤に鱏釣る戦後の夜　瀬底　月城
糸巻鱝翔ぶ日は慶良間けぶりけり　中島　遊魚
黒きもの動きて鱝となりにけり　岡田　耿陽
えいの眼が光りじわっと夜である　辻本　冷湖

秋蛍《あきぼたる》

さすがに飛ぶ数は減っているが、水辺の叢ではまだ光っている。秋の蛍は寂しい感じがする。

たんねんに残り火ともす秋蛍　大城あつこ
この一匹姉かと思う秋蛍　岸本マチ子
すぐ傍《そば》に城ある暮し秋蛍　キャサリン

秋《あき》の蚊《か》

夏ほどの元気はなく、飛ぶ数も少なく、弱々しく、もう刺す力も残っていない蚊もいる。

秋の蚊のそこいら辺に居りにけり　田中　不鳴

秋《あき》《あき》の蠅《はえ》《はへ》

春から初冬まで、蠅は何回も生れ出る。しかし、秋の冷えがまさると急に数が減ってくる。

ガジュマルの木の陰にゐる秋の蠅　麻里伊

秋《あき》《あき》の蝶《ちょう》《てふ》

少し涼しくなってきた頃、何種類もの蝶が飛び交い、それぞれに美しさがある。眺めていても飽きない。

秋の蝶母の祝ひに母踊る　葦岑和子
秋の蝶追えば風になる斎場御嶽　安谷屋之里恵
秋蝶もわれも行きずり花の中　新　桐子
おもろ吹く普猷の墓や秋の蝶　天久敏子
地に堕ちて浅き夢みし秋の蝶　井上綾子
健忘の透き間にゆらり秋の蝶　大川園子
樋川《ひーじゃー》の勢いづくや秋の蝶　大城あつこ
林道の起点のしるし秋の蝶　北川万由己
紅型の着尺に染める秋の蝶　国吉貞子
激戦の地に群れ飛ぶや秋の蝶　桑江光子
秋蝶はおほごまだらよ神の舞ひ　城間睦人
秋蝶の罪のせてみる計量器　たまきまき
秋蝶のとまる裏葉の暮色かな　仲里信子
子午線を自在に抜けて秋の蝶　中村冬美
工事場の地湿りを吸ふ秋の蝶　前原啓子
堂守のごと洞の上飛ぶ秋の蝶　宮里　晄

秋《あき》の蟬《せみ》・残《のこ》る蟬《せみ》・落蟬《おちぜみ》

秋に鳴いている蟬。蜩や法師蟬などのほか、夏の盛りを過ぎても鳴いている蟬も多い。

日を斂めて城壁昏るる秋の蟬　新垣健一
秋蟬やむかし海豚の寄りし浦　古波蔵里子
秋蟬の声夕風にさからへり　城間捨石
秋の蟬はたと鳴き止み落つるあり　前川千賀子
尚巴志の墓碑を鎮めて秋の蟬　宮城礼子
秋蟬の弱々しげにしたたかに　宮平義子
声細る唐人墓の秋の蟬　山田静水
見渡せば東シナ海残る蟬　北川万由己

落蟬の来世は桃の木に止まる　中村　冬美

蜩《ひぐらし》・かなかな

六月中旬から十月頃まで明け方や夕方、カナカナと鳴く。秋になり他の蟬の季節が終り、さびしげに鳴く声が印象的である。

ひぐらしや点せば白地灯の色に　金子　兜太
とおくかすかにひぐらしのこえ白い飯　蘒原　三代
線描のひぐらしの羽濡れている　中村　冬美
蜩や日の香残れる大王椰子　西村　容山
カナカナと重ねて鳴くや名護城跡　安里　昌大
かなかなや祝女紅型を重ね舞ふ　桑江　良栄
かなかなの鳴き止む母の戻る頃　小森　清次
かなかなや大きくなりし森の耳　筒井　慶夏
壊れゆく国はかなかなかなかなと　長谷川　櫂

法師蟬《ほうしぜみ》《ほふしぜみ》

つくつく法師の別称。透明な美しい翅をもち、鳴き声はツクツクホーシ、オーシツクツクと聞こえる。

そう言えばいつもしんがり法師蟬　鈴木ふさえ
法師蟬日照雨の過ぐる城址径　桃原美佐子
風さやぐ森に鳴きつぐ法師蟬　与座次稲子
淋しさをしまいきれないオオシマゼミ　宮城　陽子

蜻蛉《とんぼ》・とんぼ《ば》う・あきつ・やんま・鬼《おに》やんま・銀《ぎん》やんま

蜻蛉はトンボ目の昆虫の総称。体は細長く、胸部に半透明の薄い羽が二対ある。眼は複眼。発達した口で他の昆虫を捕食する。山や水辺で蜻蛉を追いかけて遊ぶ。

漂うてそのまま影になる蜻蛉　安谷屋之里恵
とんぼ連れて味方あつまる山の国　阿部　完市

薄羽根の万里の旅や島とんぼ　井上　綾子
慈雨待つやとんぼの尾っぽ天を向く　岡　恵子
夕ぐれ蜻蛉また空襲をあびてきた　川名つぎお
甘蔗の葉に蜻蛉の触れて風生るる　桑江　正子
群蜻蛉そらの浅瀬をわたりくる　澁谷　道
蜻蛉群れくるりくるりと手話の中　新里　俊次
あやつりの糸を振り切るとんぼどち　そら　紅緒
名水に触れては翔てり姫とんぼ　玉城　倭子
惑い気の風《かじ》ふちトンボにビートルズ　となきはるみ
沖縄行きの民間航路蜻蛉生る　とみながのりこ
倒れかかりし空地の札へ蜻蛉来る　根志場　寛
また秋の真中にとまる蜻蛉かな　長谷川　櫂
睦み合う蜻蛉池辺に身じろがず　広長　敏子
神の田に生れしとんぼう黄金色　稲田　和子
蜻蛉の虫を銜《くわ》へし面構へ　小泉　樵童
蜻蛉の湧き立つ二期田余り苗　与儀　啓子
羽衣をかけし辺りかあきつ飛ぶ　屋嘉部奈江
島の道岬に尽きて大やんま　山田　静水

鬼やんま男子禁制の御嶽守る　上江洲萬三郎
鬼やんまそこにはむかしの母がいた　須﨑美穂子
戦闘機の代わりになれよ鬼ヤンマ　田代　俊泉
うんうんと相槌を打つ鬼ヤンマ　比嘉　正詔
言霊の溶けゆく先の鬼やんま　与儀　勇
銀やんま辺野古の海の色になる　西平　守伸

赤《あか》とんぼ・秋茜《あきあかね》

体が赤いので赤とんぼというが、雌は黄褐色をしている。澄んだ空の下、群れをなして飛んでいるのは秋ならではの光景。

黄昏の杜に飛び交うあかとんぼ　上間　芳子
しがらみを抱いて寄り添う赤トンボ　嘉陽　伸
交差点手旗で渡る赤蜻蛉　北川万由己
玉陵《たまうどぅん》世界遺産が住処《すみか》赤蜻蛉　慶佐次興和
基地あるな青い眼をした赤蜻蛉　後藤　蕉村
石の女の涙腺たぐる赤とんぼ　小橋　啓生

赤とんぼ夕日するするほどけだす　羽村美和子
根こそぎの涙に暮れる赤とんぼ　福岡　悟
赤とんぼ竿竹売りの間のび声　山田　廣徳
考えを乱して前行く赤トンボ　吉富　芳香
正殿の路次楽に舞ふ秋茜　金城　冴子
長靴二足ドアの向うに秋茜　笹岡　素子
海原へ向きて湧きつぐ秋あかね　佐々木経子
群れながら各々ひとり秋茜　座安　栄
祖母の髪梳いて語らひ秋茜　立津　和代

※玉陵（たまうどぅん）＝第二尚氏王統歴代の墓陵（首里城前綾門通り南側）。

虫《むし》・虫《むし》《むし》の声《こえ》《こゑ》・虫時雨《むししぐれ》・虫《むし》すだく・虫鳴《むしな》く・残《のこ》る虫《むし》

「虫」は秋の草むらで鳴く虫の総称。いっせいに鳴くのが虫時雨。盛りの時期を過ぎて衰えた声で鳴くのが残る虫。暗闇に虫の声だけがするのが虫の闇。鳴くのは雄。

身を抱く禱りにも似し虫四辺　新井　節子
弾丸の鴨居に残る虫の宿　石原　遊子
虫の夜や満身創痍の人とゐて　稲嶺　法子
灯を消せば鼻の先まで虫の闇　江島　藤代
親族の末端に居て虫を聴く　大川　園子
或る闇は蟲の形をして哭けり　河原枇杷男
虫の夜やお地蔵様の目のやさし　杵渕　嘉邦
虫の音に囲まれ虫の息でいる　小森　清次
手さぐりの鍵穴深き虫の闇　谷　加代子
切り口のふと鮮やかに秋の虫　田村　葉
そつと窓ひらき虫の音さそひこみ　広長　敏子
そこまでと思考を停める虫の声　金城　由美
虫しぐれふさぎ虫とは折りが合い　伊崎外枝子
夜泣き児の眠る夜半や虫時雨　海勢頭幸枝
慟哭の耳の底まで虫しぐれ　中川みさお
追いかけて追いぬいて行く虫時雨　野口　久馬
虫すだくまだ書いていている物語　羽村美和子
常闇の結晶のごと虫鳴けり　小橋　啓生

無間地獄に鳴く沖縄の残る虫　土屋　休丘

蟋蟀《こおろぎ》《こほろぎ》・つづれさせ・ちちろ

コオロギ上科の昆虫。ちちろは蟋蟀の別称。つづれさせは最もよくみられる蟋蟀。褐色で草むらにすみ、雄は前翅を擦りあわせて鳴く。

死ねば指組むえんまこおろぎ少し鳴き　穴井　太
かつて王国紅型《びんがた》色のこおろぎか　岸本マチ子
蟋蟀の鳴きて火星の燃え出づる　桑江　正子
遠海の響きと触れてこおろぎ鳴く　小橋　啓生
蟋蟀の声のいざなふ濁り川　謝名堂シゲ子
蟋蟀にいくさの匂ひ立ち消えず　鈴木　夏子
こほろぎや眼を見はれども闇は闇　鈴木真砂女
コオロギはメンバー不足の楽団で　牧　陽子
依代のこおろぎ鳴くや土帝君　山本　初枝
コーヒーのんでねむらない夜のおかめこほろぎ　吉岡禅寺洞
草深き洞窟の底よりつづれさせ　大城百合子

それ程に我が名の欲しやちゝろ鳴く　石塚　奇山
塹壕のゆるびし岩門ちちろ鳴く　上原　千代
果てしなき父のくりごとちちろ鳴く　大島　知子
恍惚の母の寝息にちちろ棲む　大城あつこ
泣くための闇もありけりちちろ虫　児島　愛子
子守歌いつか途絶えしちちろ虫　山田　廣徳

鈴虫《すずむし》

スズムシ科の昆虫。全体暗褐色。長い触角を持つ。雄は翅を擦り合わせてリインリインと鈴の音のように美しく鳴く。

団欒へすず虫髭でもの申す　鹿島　貞子
鈴虫や聖歌を唄うガマの闇　後藤　蕉村
鈴虫の一斉に鳴ききな臭し　中村加代子
鈴虫の飼われ乗継ぎ駅舎かな　藤原　由江

松虫《まつむし》・ちんちろりん

マツムシ科の昆虫。本州以南にすみ、草むらでちんちろりんと美しい声で鳴く。

やけのこった本がすこし それもうり 松虫の夜　吉岡禅寺洞
つらい時笑うしかないちんちろりん　大城あつこ

鉦叩《かねたたき》

カネタタキ科の昆虫。雄の翅は短く、雌に翅がない。茂みにすみチンチンチンと可憐に鳴く。

鉦叩軌道修正ままならず　大川園子
わが寝屋に一夜添い寝の鉦叩　兵庫喜多美
人生はおほかた虚構鉦叩き　星野昌彦
受け入れてゆるりと生きる鉦叩　宮城陽子
浄土より声のとどきし鉦叩　吉富芳香

きりぎりす

キリギリス科の昆虫。チョンギース（ギーチョン）と鳴く。体はコオロギより大きく、褐色、または緑色。

きりぎりすグラスのなかの青い泡　秋野信
きりぎりす草になるまで鳴きとおす　岸本マチ子
後継者なき牧場にキリギリス　本宮豊子

轡虫《くつわむし》・がちゃがちゃ

キリギリス科の昆虫。がちゃがちゃの名の通り騒がしく鳴くが、それが轡の鳴る音に似ているので轡虫の名がある。

がちゃがちゃの胸にとびつく翡翠色　大嶺美登利
ガチャガチャのコンサートはしなやかに　牧陽子

バッタ・飛蝗《ばった》・精霊飛蝗《しょうりょうばった》《しやうりやうばつた》・きちきち

バッタ上科の昆虫。螇蚸《ばった》とも書く。野原や草むらにすむものが多く、一部は有害なバッタもいる。後肢が発達して跳ぶのに適している。はたはたとも。翅と肢を擦ってキチキチと音を発するのがきちきち。

バッタ撥ね腋の薄紅輝かす　平良　雅景
子供らがばったとなりて草野球　真喜志康陽
ふるさとのどの畦行くもバッタ飛ぶ　山本　初枝
跳ぶことの下手な飛蝗といる古里　末吉　發
向き変へしのみにて螇蚸夜に入る　奥原　崇儀
野に立てば精霊ばった風と去る　安田喜美子
きちきちと飛蝗横切る滑走路　垣花　和
きちきちと追はれる如く追ふ如く　古賀　三秋
はたはたや拝所は屋根と柱のみ　新垣　勤子

蝗《いなご》

稲を荒らす害虫である。黄緑色で背が褐色のものが多い。昔は蝗を炒めたり、佃煮にしたりした。

肉体をひらいていけば蝗跳ぶ　樋口　博徳
都市やがて大草原かイナゴ殖ゆ　川島　一夫

蟷螂《かまきり》・蟷螂《とうろう》《たうらう》

カマキリ目の昆虫。逆三角形の頭と長い胴体、前肢は鎌状、これで獲物を捕える。緑色または褐色。

かまきりの食われ乍らのよそ見かな　小森　清次
かまきりの一歩も引けぬ怒りとも　前川千賀子
蟷螂を膝に父似の羅漢あり　児島　愛子
蟷螂の枝になるのを見てしまふ　そら　紅緒
蟷螂のそのうち息を呑みますよ　原　恵

竹節虫《ななふし》・ななふし・精霊馬《しようりようま》《しやうりやうま》

ナナフシ科の昆虫。翅がなく、体も脚も細長く、草木の枝によく似る。沖縄では精霊の使いといわれる。

竹節虫の小枝を歩む鄙《ひな》の宿　平敷　星玄

竹節虫の重き足どり無銘の碑　山城　青尚

ななふしは精霊の馬ゆたり来る　瀬底　月城

蚯蚓鳴《みみずな》く

秋の夜、土の中でジーと鳴くのを蚯蚓の鳴き声としたが、蚯蚓は鳴かない。実際は螻蛄の鳴く声という。

蚯蚓鳴くクロワッサンの曲がり癖　又吉　涼女

蚯蚓鳴く草木塔の石まろし　矢崎たかし

蓑虫《みのむし》

ミノガ科の蛾の幼虫。葉や小枝を綴って巣を作る。木の枝にぶら下がり、風に揺れるさまは寂しさを誘う。

蓑虫の蓑あまりにもありあはせ　飯島　晴子

蓑虫の蓑の中なる第六感　鹿島　貞子

蓑虫やつぎはぎの愛育ており　羽村美和子

意地を張りすぎて蓑虫となっている　原　恵

みの虫のチチヨと泣くも風に消ゆ　兵庫喜多美

白亜紀の夢のぶらりと蓑虫よ　与儀　勇

植物

金木犀《きんもくせい》

中国原産の観賞用植物で、庭木とされる。秋、橙黄色で芳香の強い小花を多数開く。

金木犀情状酌量したくなる　田村　葉

紅紐《べにひも》の花《はな》・紐花《ひもばな》

トウダイグサ科の常緑低木。葉腋から長さ三〇～五〇センチの紐状の赤い花穂を垂らす。公園や民家等でよく見られる。

紐花や首里梵鐘は伏せしまま　伊是名白蜂

紐花の紅のふれあふ祝女の墓　大城　愛子

黒与那《くろよな》の花《はな》

方言名はクロユーナ。海岸近くの林でよく見られる高木。薄紅色の花が五～六月、十～十一月の二回咲く。花の子房が生長して豆の入った莢になる。

黒与那の花色濃かり墳墓の地　末吉　發

黒与那の花踏み国勢調査員　瀬底　月城

黒与那の花の香こもる鍛冶屋跡　西原　洋子

黒与那のむらさき匂ふ壕の跡　西村　容山

黒与那の花散り隠す石香炉　屋嘉部奈江

木槿《むくげ》

アオイ科の落葉低木。花は朝に開き夕べにはしぼむ。淡紫、淡紅、白、青紫などの色がある。五弁花。生垣などに植えられる。中心が赤い宗旦木槿は底紅とも呼ばれる。

別れ路や染まるともなく白木槿　うえちゑ美
通勤の車窓に日ごと花木槿　立津　和代
白むくげ振り向かずして逝かれけり　比嘉　陽子

芙蓉《ふよう》・酔芙蓉《すいふよう》

アオイ科の落葉低木。手のひらのような葉で、花は淡紅か白の五弁花。一日でしぼむ。酔芙蓉は朝昼夕にかけて白から紅色に変化する。

白芙蓉やさしい人をつれてくる　安谷屋之里恵
芙蓉咲く首里のみ空の縹いろ　いぶすき幸
山間の古色に映ゆる紅芙蓉　大城那美子
城跡に息づく青磁花芙蓉　中村　阪子
藍染めの朱の糸匂ふ紅芙蓉　山本　初枝
居酒屋の灯ともす頃や酔芙蓉　池原　ユキ
波音に揺れてほのかに酔芙蓉　井上　綾子
酔芙蓉移らふ艶《えん》の心合ひ　うえちゑ美
裏みちを仄かに飾る酔芙蓉　上地　安智
とぽとぽと風の声立て酔芙蓉　小橋　啓生
人頭税の遺跡探訪酔芙蓉　島村　小寒
言い訳のようで本気で酔芙蓉　羽村美和子
寂寥をひとゆすりして酔芙蓉　宮城　陽子
酔芙蓉女形の蛇の通りけり　宮里　晄

芙蓉《ふよう》の実《み》

落葉したあと枝先に枯色の球形の実が残り、やつれた姿になる。

芙蓉の実はじけ川舟さかのぼる　石田　慶子

椿《つばき》の実《み》

実は円く皮に艶がある。中の種子から椿油をとる。

薄目して見て艶やか椿の実　駒走　松恵

桃《もも》・白桃《はくとう》《はくたう》・水蜜桃《すいみつとう》《すいみつたう》

桃の実は秋。白桃は水蜜桃の一種で岡山産が美味しい。

弱まりし父の握力桃を剝く　大住清美
生きはぐれ死にはぐれまた桃を見き　折笠美秋
抱けば熟れいて夭夭《ようよう》の桃肩に昴《すばる》　金子兜太
ワイン抜く女ばかりの桃の昼　河村さよ子
中年や遠くみのれる夜の桃　西東三鬼
目と鼻と自立している桃・ピカソ　田村葉
桃の木や童子童女が鈴なりに　中村苑子
家系図にまぎれておりし桃の種　中村冬美
桃の種飛び出す絵本持っている　原しょう子
桃に掌を濡らし静かに狂ふかな　四方万里子
音たてて白桃の闇すするなり　岸本マチ子
先に行けいま白桃を剝いている　小森清次
白桃の顫《ふる》え見ており我執もて　宮城正勝
火星僅かに水蜜桃に近づけり　安谷屋之里恵
色めいて溶け熟るるこゑ水蜜桃　小橋啓生

梨《なし》

果樹として改良され甘く水分が多い。「長十郎」など赤梨と「二十世紀」のような青梨がある。

梨の実を夜のこころが嚙みゆけり　赤城獏山
梨剝いて耳のきれいな朝である　原しょう子

ラ・フランス

西洋梨の一品種。果皮は緑色でひょうたん形。柔らかい肉質と上品な芳香をもつ。

ラ・フランスのでこぼこ心のでこぼこ　安谷屋之里恵
なだらかな背骨が自慢ラ・フランス　瀬戸優理子
ラ・フランス嗚呼バロックにあくがれて　高嶋和恵
心根は母方の血筋ラ・フランス　羽村美和子
ぼんやりとラ・フランスになっている　原しょう子

柿《かき》

大きな実で楕円形。甘味、水分ともに申し分ない。甘柿、渋柿がある。渋柿の皮を剝き、干して甘くしたものが干し柿。

持て余す柿の実ほどの寂寥　座安　栄
柿熟れて夕日あふれる谷の家　重国　淑乃
飛行機雲伸びる真下に熟柿かな　田代　俊泉
渋柿や車窓が見せるダダイズム　東郷　恵子
柿食ふや写楽好みの貌をして　中川みさお
ぶらさがる熟柿大正浪漫かな　松井　青堂
柿の渋抜いて頑固は親ゆずり　吉田　佑子

林檎《りんご》

秋に成熟し貯蔵ができる。生食のほかケーキ、ジュース、酒など用途が広い。東北地方や信州が名産地。

被災地やでっかい林檎のボランティア　後藤　蕉村
命宿る話林檎を剝きながら　瀬戸優理子
回る回る星を想ひて林檎剝く　高橋　和恵
林檎の木ゆさぶりやまず逢いたきとき　寺山　修司

葡萄《ぶどう》・葡萄《ぶだう》・葡萄狩《ぶどうがり》《ぶだうがり》

房状の果実は甘くて美味。乾葡萄、ジュース、葡萄酒にする。葡萄園では、観光客などに葡萄摘みをさせる。

デグデグと実る葡萄や国家安寧　秋谷　菊野
ひと粒のぶどう重たし雨の来る　座安　栄
ぶだう抱く女溢る丶日の匂ひ　中野　順子
黒葡萄一粒づつに闇のあり　前川千賀子
ぶどう吸いまたその先を知りたがる　又吉　涼女
しまなみの旅の終りの葡萄狩　岡田　初音

栗《くり》

栗の毬が割れて褐色の実が落ちる。殻をむいて栗ご飯、甘露煮、羊羹、ケーキなどさまざまな形で食べる。

栗拾う指に華やぐ山の声　田村　葉
毬割れて栗の言葉が溢れだす　藤後むつ子
いかように棲むも一人の栗の飯　永田タヱ子
遠き日のまた新しく栗むけば　藤原　由江

石榴《ざくろ》

果実は大きな球形。表皮は赤く裂けて、多数の種子が見える。酸っぱいが、初冬の頃には甘みも加わる。

ひそやかに石榴はじける夕月夜　新垣　恵子
しばらくは生き延ぶべしと石榴の実　伊志嶺あきら
いくさあり石榴真っ赤な口あける　川島　一夫
器用には生きられぬ性石榴うれ　菊谷五百子
どきどきしてる柘榴飛べばいいのに　そら　紅緒
スキャンダラスな神話ざっくり石榴割れ　高嶋　和恵
胸中に罪の数ある石榴の実　藤後むつ子
沖縄の嗚咽のみこみ石榴割る　丹生　幸美
石榴爆ぜ書架にユングのある不安　原　恵

無花果《いちじく》

実は花序が肉質になって成熟したもので、花が咲かずに実がなったのではない。熟した実は甘くて美味しい。

ロバの背に無花果を捥ぐ白昼夢　伊志嶺あきら
汝が好む無花果我も好むなり　友利　昭子

胡桃《くるみ》

実は秋に熟れて落ち、中の固い殻を割ると、薄い渋皮に包まれた種子がある。それを菓子、餅などに用いる。

秘めごとの一つや二つ胡桃割る　宮城　長景

胡桃掌に果せぬままの夢憶ふ　目良奈々月
所在なき夜を転がして胡桃の実　吉田　佑子

青蜜柑《あおみかん／あをみかん》・青九年母《あおくにぶ／あをくにぶ》

青切り蜜柑のこと。九年母《くにぶ》は沖縄の柑橘類の総称。ほどよい酸味に人気があり、十月から十一月にかけて収穫できることから「運動会みかん」などと呼ばれ親しまれている。

青蜜柑剝きて推理果てにけり　大浜　基子
幼子の顔を歪めて青蜜柑　小渡メリ子
恩納路の板戸の露店青蜜柑　垣花　昌璋
青みかん日々に色付く医者通ひ　高良　園子
結論はさておき手にする青みかん　宮里　晄
青九年母殿内《とんち》深井のポンプ鳴る　平良　龍泉
ひそやかに祈る殿内の青九年母　永田　米城
青九年母帰省の兄の捥ぎゐたる　島袋　直子
新築の庭のゆんたや青九年母　海勢頭幸枝

※殿内（とぅんち）＝按司（あじ）以上の上級士族の邸宅。按司は琉球王国の位階のひとつ。

柚子《ゆず》

晩秋から初冬にかけて黄熟し、形はやや扁平で、表皮には凹凸がある。果肉は絞って酢の代用にされる。

座を閉じた部屋に柚子の香残りけり　須田　和子
子規の頭によく似し柚子を残し置く　高橋　照葉

檸檬《れもん》

楕円形に実が熟す。果肉の酸味と香りを利用して、香料、菓子、ジュースなど用途は広い。

何もせぬ日の雨だれと檸檬　新垣　勤子
レモンしぼりしぼり身震いのように女　岸本マチ子
いずれくる孤独死レモンの味でしょう　鈴木ふさえ

こんぷれっくすたちまち輪切りになるレモン　瀬戸優理子
檸檬噛み君は二十歳の父となる　宮里　晄

榠樝《かりん》《くわりん》の実《み》《み》

春に淡紅色の花が咲き秋には楕円形の実が黄色に熟す。果肉は固く渋いが香りが高い。砂糖漬けなどにする。

くらがりに榠樝《かりん》の匂ふ病後かな　和田あきを

蕃茘枝《ばんれいし》の実《み》・釈迦頭《しゃかとう》・釈迦果《しゃかか》《しやかくわ》

バンレイシ科バンレイシ属の植物。螺髪を持つ仏像の頭部に見えることから釈迦頭とも呼ばれる。果肉は白く、シャーベット状からクリーム状になる。

アマミキヨ降臨の地の蕃茘枝　原田しずえ
釈迦頭のひしと群がる捨屋敷　山城　青尚
釈迦頭に熟るる兆しの萌黄さす　山田　静水
親戚の名乗今日より釈迦果熟る　瀬底　月城

※アマミキヨ＝琉球神話における開祖神。女神で、男神シネリキヨとともに北から文化を持って来た渡来人と示唆されている。

紅葉《もみじ》《もみぢ》・紅葉《こうよう》《こうえふ》・紅葉《もみじ》《もみぢ》かつ散《ち》《ち》る・紅葉山《もみじやま》《もみぢやま》・紅葉《もみ》《もみ》ず《づ》・柿紅葉《かきもみじ》《かきもみぢ》・照葉《てりは》・初紅葉《はつもみじ》《はつもみぢ》・紅葉晴《もみじばれ》《もみぢばれ》

晩秋から初冬、霜が降りる頃になると落葉樹が赤や黄、紅に色づく。楓の紅葉以外の雑木の紅葉も含む。紅葉して美しく照り輝くのを照葉・照紅葉という。紅葉晴は、紅葉の美しいときの晴天。

身のうちの紅葉一枚ずつ流す　安谷屋之里恵
漱石も巡りし池のもみぢかな　荘原やえ子
受話器置くからだのどこかもみじして　岸本マチ子
紅葉して鎖骨にかすかなる不安　玉城　幸子
紅葉照る窓もわたしも此処に古り　徳永　義子
この樹登らば鬼女となるべし夕紅葉　三橋　鷹女

足湯して紅葉はらはら脹脛《ふくらはぎ》　吉富　芳香
紅葉を一人じめして露天風呂　岸本百合子
温暖化紅葉且つ散る狭庭かな　谷　加代子
晩年に少しの媚薬山紅葉　秋谷　菊野
落人の悲哀の色に紅葉山　小橋川恵子
かさりこそり半裸のねむり紅葉山　四方万里子
見えてくる堅さ脆さや柿もみじ　比嘉　幸女
池の面に赤木の照葉影落す　上間　紘三
補陀落にこぎ出す船団紅葉晴れ　駒走　松恵

黄落《こうらく》《くわうらく》

果実や銀杏、櫟などの木の葉が黄色くなり落ちてゆくこと。街路樹が一斉に黄落するさまは秋の風物詩。

予防線張り巡らされ黄落す　おぎ　洋子
黄落や鳥の重荷を抱いてみる　田村　葉
黄落のはじまりいつもあの木から　中村　冬美
黄落や尾のあるものら跳びはねて　野上　恵子
自転車ごと消えてしまいぬ黄落期　原しょう子
わが影に黄落のあり地球《ほし》を蹴る　宮城　陽子

色変《いろか》《いろか》えぬ松《まつ》《まつ》

常緑の松を称えていう言葉。

色変えぬ松の社に集ひけり　矢崎たかし

新松子《しんちぢり》

今年新しくできた青い松かさのこと。やがて生長して茶色くなってくると少しずつ開いて種を落とす。

面差しは父似のやや子新松子　大城那美子
新松子の青さ輝く御殿庭《うどぅんなー》　棚原　節子
棒術の少年跳べり新松子　比嘉　半升
新松子赤子の手足のびのびと　与那覇貴美子

※御殿庭（うどぅんなー）＝王族の邸宅の庭。

桐一葉《きりひとは》

桐の大きな葉が風もないのに音を立てて落ちる。いち早く秋の到来を感じるのである。

神の色バサリ音して桐一葉　駒走　松恵
シーソーの一人が抜けて桐一葉　中村　冬美

柳散る《やなぎちる》

柳の細い葉は、晩秋から初冬にかけて色づき、黄ばんだものから散り始める。

慟哭の基地は鉄錆柳散る　丹生　幸美

木《こ》の実《み》・木《こ》の実落《みお》つ・木《こ》の実降《みふ》る

秋には山野の木々に実が熟す。樫、椎、橡など様々な木の実が落ちているのを拾う楽しさがある。

大いなる投影と回る木の実独楽　山城久良光
柏手の一礼二拍木の実落つ　石川　宏子
木の実落ち地球の重さかるくなる　嘉陽　伸
木の実落つ音の中なる壕の跡　平良　貞直
木の実落つ刹那　王手飛車取りに　渡嘉敷皓駄
恋にまだ届かぬ歩幅木の実降る　池田　なお
木の実降る胸突き坂の石畳　上間　紘三
手綱《てぃんな》なふ婆にわらべに木の実降る　当間　シズ
胎動のたしかなる時木の実降る　中野　順子
下り来し辺戸大川や木の実降る　宮城　艶子

団栗《どんぐり》

樫や櫟、樜、柏などの実の総称。お椀の形をした殻斗《かくと》がある。昔は独楽や人形を作って遊び、炒って食用にしたりした。

どんぐりにちょっとよりみちあかね雲　秋野　信
どんぐりころころ父さんなのか風なのか　のとみな子

合歓《ねむ》の実《み》

合歓の花の実。晩秋に莢となり、扁平な種子を含み落ちる。

合歓の実をゆすれば死者のさんざめく　友利　恵勇

実紫《みむらさき》・紫式部《むらさきしきぶ》

山野に自生。枝々に群がりついた紫色の小さな丸い実が美しい。

夕されば濡れて色濃し実むらさき　大嶺　春蘭
ゆうどれの眠れる霊に実むらさき　城間　博子
みむらさき本家に古きポンプ井戸　与座次稲子
風に揺る紫式部も老いにけり　石塚　奇山
南蛮甕のむらさきしきぶ人をよぶ　比嘉よしの
淡々《あわあわ》と紫式部林泉《しま》の中　矢野　野暮
首里杜の坂なだらかや式部の実　棚原　節子

常山木《くさぎ》の花《はな》

葉や茎が臭いのでクサギという。若葉は茹でて食べる。秋に白い花が咲く。実は紺碧色で円い。

常山木咲く口封印の登窯　北村　伸治
山川の要に臭木岐れ道　久田　幽明
常山木咲く御嶽に隣る教会堂　瀬底　月城

瓢《ひょん》の実《み》

イスノキの葉にできる虫癭《ちゅうえい》（虫コブ）。笛にして遊ぶ。「ひょうひょう」と鳴る。

ひょんの実や風葬跡の岩襖　海勢頭幸枝
玉音を再生すればひょんの笛　蘊原　三代

ハマセンナ

マメ科の小高木。奄美以南の海岸に生え、高さ約六メートルに達する。十二～十六枚の小葉を羽状につける。花は蝶形、淡黄色に紫褐色の脈が目立つ。種は海水で漂流する。

ハマセンナ道に群れ咲く里の秋　糸数　慶子

珊瑚樹《さんごじゅ》の実《み》

海沿いの山地に自生。葉は厚く光沢があり、小さな白い花をつけ、秋に赤い珊瑚のような実をつける。

珊瑚樹の実の耀へる歓会門　棚原　節子

桐《きり》の実《み》

秋になると黄褐色の実が二つに割れ、中は二つの部屋に分かれ、小さな翼をもつ種子が詰まっている。

桐は実に女棚田に生きつづく　駒走　松恵

山椒《さんしょ》の実《み》

丸く小さな青い実は秋になると赤くなり、それが裂けて黒い種子が現われる。皮を干して粉山椒にする。

山椒の実きりりと嚙んで生きている　穴井　陽子

ヒハツの実《み》

コショウ科の蔓性植物。和名はヒハツモドキ。実を蒸して干し、粉にして、香辛料として使用する。ナカミ（豚の臓物）のお汁や八重山そばには欠かせない。

ヒハツ熟れ砂の白さは太古より　末吉　發

茱萸《ぐみ》

葉の周囲には銀白色の鱗毛がつき、初夏に花が咲く。実は秋に赤く熟すが、沖縄では春熟すものも多い。甘酸っぱさと渋味がある。

登り来て茱萸の実朱き激戦地　上原　千代
茱萸熟るる廃校近き同期会　金城百合子

赤秀《あこう》の実《み》

クワ科の常緑高木。台風で潮をかぶるとすべて落葉し、赤茶の皮を剝ぎ、新芽を出す変わった性質の木。実はピンク色をした無花果《むかか》で、枝や幹につく。

牛買ひも来て牛ほめる赤秀の実　平良　龍泉
阿麻和利の墓は小さし赤秀の実　花城三重子
過疎島や赤秀の朱の実陽を溜むる　比嘉　朝進

いぬまきの実《み》

マキ科の常緑高木。方言名でチャーギ。関東以南に自生。高さ二〇メートルに達する。実は緑で有毒。赤い果床は食べられる。幹は白蟻に強いので建材にする。

いぬまきの実の熟れ長子戻り住む　瀬底　月城

黒木《くろき》の実《み》・黒檀《こくたん》の実《み》

方言名はクルチ。庭木や街路樹として好まれる樹木で、樹皮が黒く材質が緻密なことからサンシンの棹に使われてきた。黄色い実が赤色に熟すると食べられる。

黒木の実背に延縄のはり結ぶ　秋野　明女
売り畑に杭打つ翁黒木の実　海勢頭幸枝
黒木の実雨に抱かれて珠雫　小渡メリ子
絣織る婆の手馴れや黒木の実　桃原美佐子
桟橋のすぐ裏は路地黒木の実　永田　米城
三線の音に色づく黒木の実　西原　洋子
黒木の実の色づく園やクルス塔　深山　一夫
黒檀の一樹に秋の実の色香　当銘　由俊

福木《ふくぎ》の実《み》

オトギリソウ科の雌雄異株の常緑高木。防風、防潮に優れているため、昔の沖縄ではほとんどの集落で屋敷囲いとして植栽されていた。秋にはオレンジ色の実をつける。

福木の実こぼるるままや留守の家　上間　芳子
福木の実落ちふるさとの道曲る　瀬良垣宏明
福木の実暗きあしゃぎに地機織る　平良　龍泉
福木の実落ちて豚舎にある日射　嵩元　黄石
福木の実転がり屋号住宅図　筒井　慶夏
福木の実海鳴りとどく軍鶏の小屋　渡久山ヤス子
廃村の哀歌に昏れる福樹の実　宮城　阿峰
福木の実固き門扉へ蹴り飛ばす　安島　涼人
絣織る里へ実こぼす福木垣　与儀　啓子
颪よけの福木実となる舟溜り　与座次稲子

ふくまんぎの実《み》

石灰岩地に多いとされる常緑低木。海岸近くに多く分布するが、生垣や庭木としても植えられ、身近でもよく見られる。熟すとオレンジ色の甘い実になる。

実の光るレーダー基地のふくまん木　瀬底　月城

木麻黄《もくまおう》《もくまわう》の実《み》《み》

モクマオウ科の常緑高木。マツの葉のような糸状の枝を持ち、防風林として海岸で林を作っているお馴染みの木。松ぼっくりのようなちいさな実をつける。

木麻黄の実からから走る守礼門　平川　白葉

照葉木《やらぶ》の実《み》

オトギリソウ科の常緑高木。沖縄ではフクギとともに防風林に植えられる。果実は四センチ程の球形で赤褐色に熟し、大きな種子を含む。

照葉木の実南蛮甕の水甘く　北村　伸治

照葉木に実部落はずれの海難碑　西村　容山

切り岸や育つ照葉木の実の青し　与儀　啓子

パンノキの実《み》

クワ科の常緑高木。ポリネシア原産。果肉にでんぷんを含む。

パンの実の真下に待機検診車　瀬底　月城

見取図の小丸まさしくパン大樹　矢野　野暮

ガジュマルの実《み》・榕樹《ようじゅ》の実《み》

亜熱帯から熱帯に自生するクワ科の常緑高木で、多数の気根を出すのが特徴。実は八月ごろ淡紅色に熟す。沖縄では妖精「キジムナー」の住む木とされている。

榕樹の実に赤とんぼ日の暮るる　小熊　一人

きじむなあ来てがじゅまるの実をこぼす　前田貴美子

寝墓抱く走り根太き榕樹に実　いぶすき幸

榕樹の実落ち放題の坂登る　上原　千代

榕樹の実遊里の祠三角に　久田　幽明

海光や寝墓につもる榕樹の実　棚原　節子

風葬の岩にころがる榕樹の実　三浦加代子

榕樹の実村に残れる火伏獅子　村山　澄子

大榕樹幾年月の実をこぼす　屋嘉部奈江

大榕樹赤き実こぼす神の庭　矢野　野暮

※キジムナー＝沖縄諸島に伝わる妖怪で、赤髪のオカッパに赤ら顔の小童。魚の眼が好物。

蔦《つた》・蔦葛《つたかずら》《つたかづら》・蔦蔓《つたかずら》《つたかづら》・蔦紅葉《つたもみじ》《つたもみぢ》

ブドウ科の蔓性植物。掌状の葉が紅葉すると美しい。

少しずつ解けてゆくもの蔦かずら　髙村　剛

中世の聖堂高き蔦紅葉　大湾　朝明
蔦紅葉老いの自負心ポポと燃ゆ　鈴木ふさえ
蔦紅葉マニラ移民の父の像　野原すが子

クロトン・変葉木《くろとん》

トウダイグサ科の観葉植物。アジア、オセアニアに分布する熱帯性の常緑低木。葉は黄色や赤、オレンジ色の様々な模様が入りカラフルである。庭木にも植える。

クロトンの太陽《てぃだ》に燃え立つ陶の里　石川　葉子
クロトンの堅き葉ずれや寡婦の庭　兼城　義信
クロトンの燃え競いあう夕日中　吉浜　ふみ

竹《たけ》の春《はる》

竹は秋になると、若竹が生長して緑の美しい竹林になる。これを「竹の春」と呼ぶ。新葉の盛りである旧暦八月の異称でもある。竹の葉は春に散り、こちらは「竹の秋」と呼ぶ。一般の植物とは逆である。

大志抱く途中に竹の春がいた　田尻　睦子
音たてて崩るる清貧竹の春　原　恵

破芭蕉《やればしょう》《やればせう》

芭蕉の葉は傷つきやすい。風雨のたびに葉脈に沿うようにして破れてくる。

額縁の中の村絵図破芭蕉　北川万由己
破れ芭蕉風の仲間になりにけり　平良　雅景
芭蕉葉の裂かれて解雇の報しきり　根志場　寛

檀特《だんどく》

カンナ科カンナ属の多年草。カンナの原種の一種。九州より南で野生化自生する。花色は黄色または赤で、花びらに見えるものは雄蕊が変化したもの。沖縄では「マーランバショウ」と呼ぶ。

檀特の蜜吸へば雲沖に湧く　北村　伸治
緋檀特石敢当の文字拙なし　瀬底　月城
檀特や紅型の色頒ち咲く　山田　静水

泊夫藍《さふらん》・サフラン

晩秋から咲く薬用サフランは針葉の間から淡紫色の六弁の花を咲かせる。香辛料・薬・染色に利用。アヤメ科。

泊夫藍や火の神祀る海人の村　上間　紘三
サフランに染まりだんだん消える過去　大城あつこ

ユッカ・きみがよ蘭《らん》

リュウゼツラン科の常緑植物。晩夏から秋、一メートルほどの円錐に、五~七センチの鐘のような黄白色の花を多数つける。

白鷺の水影揺るる花ユッカ　北村　伸治
歯科医院白がまぶしき花ユッカ　平良　龍泉

君が代蘭仕まひ忘れし舞扇　三浦加代子
母子像きみがよ蘭は花捧ぐ　安島　涼人
空港ビル見えて君が代蘭ひらく　矢野　野暮

黄花野姫百合《きばなのひめゆり》

落葉性の多年草。日本のユリの仲間では花がもっとも小さい。野姫百合の変種で花は黄色。長崎や沖縄に自生しているが、開発等による絶滅の危惧があり、保全対策がとられている。

咲き初めて茅の肩借る野姫百合　瀬底　月城
庭の辺に匂ひ幽し野姫百合　端山　閑城

カンナ

カンナ科の多年草。中南米原産。赤、橙、黄などのラッパ形の花には勢いがあって人目を引く。花期は長い。

危ないほど母とカンナが近すぎる　安谷屋之里恵

摩文仁路やカンナの花の炎え続く　新垣　恵子
いくさ傷いまだ癒えざり朱のカンナ　石田　慶子
花カンナ格言好きな祖母の老ゆ　石堂　和霞
海道の昼の眠りにカンナ咲く　稲嶺　法子
カンナ燃え歴史は動く音たてて　川津　園子
カンナ燃ゆ島うたは恋唄ばかり　古賀　三秋
聞得大君の憩へる殿内カンナ燃ゆ　崎間　恒夫
子むづかる知恵熱二日カンナの花　新里クーパー
流人島舌噛みきってカンナ咲く　田邊香代子
母が告げ父の見てゐるカンナの黄　友利　昭子
カンナ燃えそこに老老《ろうろう》ここにも老　中田みち子
カンナ燃え末期の水は雨の水　丹生　幸美
花カンナ起伏も多き島の道　西平　守伸
にわとりの掻きたる庭やカンナ燃ゆ　真喜志康陽
カンナ燃ゆ玄関先に切る封書　又吉　涼女

花麒麟《はなきりん》

トウダイグサ科の多肉植物。茎は淡褐色でサボテンに似て、棘が多い。葉茎を傷つけると乳液が出るが有毒。一年中紅色の花が咲くが八月頃が盛り。

花麒麟宗家の石垣二段積み　瀬底　月城
花きりん咲く頃島のにぎはひに　陳　宝来

蘭《らん》

ラン科の花の総称。花を観賞するものや芳香を珍重するものなど種類が多い。鈴蘭、君子蘭はラン科ではない。

日曜の蘭の香盗まるる気配　高田　律子
父の忌の壺いっぱいの蘭香る　山本　初枝

鶏頭《けいとう》

ヒユ科の一年草。無数に群がり咲いた花の集まりの形が鶏冠に似ているのでこの名がある。

鶏頭花乾き切ったる地に立てり　新垣　富子

鶏頭花ほら取りたての心の臓　池宮　照子
首塚の鶏頭の朱のいや増せり　大浜　基子
点火するまで鶏頭の紐ひっぱる　岸本マチ子
わたくしの子宮で燃える鶏頭花　瀬戸優理子
うっかりと鳴いてしまえり鶏頭花　寺田　良治
月蝕や鶏頭の血が抜けてゆく　中村　冬美
鶏頭の棒あかあかと闇の中　長谷川　櫂
鶏頭花静かに燃やすこころざし　羽村美和子
鶏頭を三尺離れもの思ふ　細見　綾子

葉鶏頭《はげいとう》・雁来紅《がんらいこう》

ヒユ科の一年草。花壇や庭先に植えられ、花は緑色で小さい。葉が紅、黄、橙、紫など色鮮やか。雁が来る頃色づくので、漢名が雁来紅。

葉鶏頭母には母の孤独あり　幸喜　和子
雁来紅炎《ほのお》尽きるまで赤であり　駒走　松恵

ランタナ

クマツヅラ科の常緑低木。長い花茎に小花を密集させる。花はクリームや黄色から橙や赤に変色することから、別名シチヘンゲとも呼ばれている。

ランタナの燃えて喪帰りの足重し　安座間勝子
ランタナの道行きどまり流人墓　大浜　基子
らんたなや闘牛場に鉦鼓鳴る　瀬底　月城
ランタナや潮騒遠き韓国碑　屋嘉部奈江
日照雨きて花ランタナの下に墓　横山きよし

コスモス・秋桜《あきざくら》

秋に白・紅・桃色などの頭状花をつける。キク科の一年草。葉は細かい線状。さまざまな色のコスモスが風に揺れるのは風情がある。

括られてコスモス風を通せんぼ　安座間勝子

舟唄にコスモス揺れる湖蒼蒼《そうそう》　尼崎　澪
秋桜が好きですと言ふ人が好き　キャサリン
ゆれるのはコスモスでなくわたしです　金城　悦子
コスモスのゆらゆらが好き母の逝く　後藤　蕉村
コスモスの風下に居て疲れけり　小森　清次
コスモスなどやさしく吹けば死ねないよ　鈴木しづ子
コスモスを斜めに見る少年Sは　高村　剛
コスモスの赤白群れて虹模様　西平　幸栄
コスモスが風となりたる坂の町　真喜志康陽
風そよりコスモスゆらり人そぞろ　真玉橋良子
コスモスの風と少女が橋渡る　山本　セツ
秋桜折れたるものの空を向く　うえちゑ美
秋桜諸行無常の風吹けり　大浜　基子
薄化粧の母見る如し秋ざくら　新里　光枝
教へ子に受くる介護や秋桜　谷　加代子
戦争に少し遅れて秋桜　前田　弘

鬱金《うこん》の花《はな》

ショウガ科クルクマ属の熱帯性の多年生植物。古くから沖縄で栽培され、秋、白っぽい花を咲かす。根は肝臓に良いとされる。ピンク色の花を咲かせる春ウコンは別種(姜黄《きょうおう》)。

淡黄の鬱金の花の雅びかな　城間　睦人
花うこん旧家にのこる車井戸　平良　龍泉
死生観いまだあやふや花ウコン　原　恵
工場の音のかそけし鬱金畑　真喜志康陽

月桃《げっとう》の実《み》・さんにんの実《み》

月桃《げったう》

ショウガ科の多年草。清明祭の頃ランのような花を咲かせ、秋にはオレンジ色の実が熟す。花や葉に芳香があり、葉はムーチーの日に餅を包む。

水平線まろし城址の実月桃　石川　シゲ

実月桃雑木林の紅珊瑚　上原　義夫
颪荒れて月桃の実の鳴りやまず　国吉佳津子
実月桃落ちゆく太陽閉じ込めて　小橋川恵子
実月桃島のおばあはよく笑う　比嘉　陽子
月桃の実の機音に赤く割れ　前田貴美子
実月桃泣きたくなると色づきぬ　又吉　涼女
饅頭の老舗に吊らる実月桃　宮城　礼子
実月桃小さい秋を飾りけり　本村　隆信
首里杜の奇岩そばだつ実月桃　与儀　啓子
月桃《さんにん》の実石敢當に朱をこぼす　砂川　紀子

白粉花《おしろいばな》・夕化粧《ゆうげしょう》《ゆふげしやう》

高さ一メートル程度。葉が密生した上の方から、小さな漏斗状の花が咲く。夕暮時から翌朝まで咲く。色は、紅、白、黄、しぼりなど。

おしろい花そろそろ公達通らんか　羽村美和子
おしろいやむかし遊郭ありし地に　宮城　長景
白粉花躁と鬱との境目に　宮里　晄
夕化粧橋のたもとの遊女歌碑　宮城　涼

鬼灯《ほおずき》《ほほづき》

観賞用で鉢などに植える。果実と袋が大きくなって、真っ赤に色づく。果実の中身を口に含み音を鳴らして遊ぶ。

鬼灯を点し放しに墓の供花　岩崎　芳子
鬼灯のひしめくものに火の匂い　大城あつこ
鬼灯にくちびる厚くしてゐたり　柿本　多映
ほおずきを鳴らして灯る楽器居士　小橋　啓生
鬼灯を鳴らし過去へとおりてゆく　田村　葉
鬼灯をきゅっと鳴らして母八十八《べいじゅ》　宮城　陽子
寂しくて鬼灯やわらかく鳴らす　脇本　公子

鳳仙花《ほうせんか》《ほうせんくわ》

赤、白、紫、絞りなどの花を横向きに葉の根元につけていく。その後果実が熟し裂けて、種がはじけて散る。爪紅（つまくれない・つまぐれ・つまべに）は鳳仙花の古称。

父がゐて母ある朝の鳳仙花　岡　恵子
歌わずば石になるべし鳳仙花　末吉　發
路地裏の子らの賑はひ鳳仙花　百名　温
鳳仙花ぱちんとはじけ旅に出る　三石　成美
爪ぐれに指そめ交はし恋稚く　杉田　久女

菊《きく》・白菊《しらぎく》・残菊《ざんぎく》

菊は代表的な秋の花で種類も多い。沖縄各地で電照菊を栽培している。

菊の闇咽ぶばかりに地に刺さる　新井　節子
遠里の電照菊や片斜面　うえちゑ美
電照菊灯せば海の暮れなずむ　上原トミ子
浮世絵の泉崎橋菊の月　親泊　仲眞
金賞の菊がいちばんくたびれる　小森　清次
咲く時は闇を切り取る電照菊　となきはるみ
煌煌と千の灯りや菊眠る　仲間　蔵六
首塚を囲ふ小菊の香りかな　西崎　信子
闇を貼るビルの深部へかがやく菊　与儀　勇
砲声に揺るる白菊喜瀬武原《きせんばる》　糸数　慶子
黄菊白菊柩の中にあふれけり　浜　常子
残菊や父戦痕の膿吐けず　神谷　操子

破蓮《やれはす》・敗荷《やれはす》・破《や》れ蓮《はちす》

蓮の葉は秋も深まってくると風雨にさらされ、破れて無残な姿となる。その葉が破蓮である。

破蓮や黄泉平坂は非常口　駒走　松恵
破れ蓮の一雨ごとに細りけり　山田　廣徳
破れ蓮このままあるがまま生きる　大城あつこ

南瓜《かぼちゃ》

夏、黄色の花をつけ、その後、結実。世界各地で栽培される代表的な野菜。煮物、天ぷら、スープなどにする。

一抱えほどの南瓜をみほとけに　古波蔵里子

葉がくれの南瓜太りし地割畑　謝名堂シゲ子

黒潮や那覇の市場の大南瓜　真喜志康陽

秋茄子《あきなす》

秋に生る茄子。小粒だが実がしまって味がよい。

秋茄子のうまき齢や詩を捨てず　和田あきを

里芋《さといも》

茎は太く葉は大きい。太い長柄が芋茎（ズイキ）。茹でたり干したりして食べる。地下の根茎が里芋。衣被は皮付きの子芋を茹でたもの。

山頭火の忌なり里芋ほこと煮て　高橋　照葉

山芋《やまいも》

山野に自生するヤマノイモ科の多年生蔓草。葉は心臓形。根は大きく生長し多肉で粘着質である。とろろ汁などにする。

山芋を脳裏に描き掘りはじむ　児島さとし

零余子《むかご》・ぬかご

自然薯などの葉腋につく肉芽のこと。暗緑色か褐色の表皮で、中は白い。蒸したり、炒ったり、ご飯と一緒に炊く。

生国と発しましては零余子散る　穴井　太

想い出をゆっくり喰べるむかごめし　穴井　陽子

落花生《らっかせい／らくくわせい》

晩夏に花が開き、受粉すると花の根元が伸び、土に入って莢になる。莢の中で種子は実となる。莢を割りながら食べるのも楽しみ。

村にあふれ出る老人と落花生　秋谷　菊野
落花生指の腹反り殻を割る　照屋よし子

唐辛子《とうがらし／たうがらし》

晩夏に白い花が咲き、花後に緑色の実がなり、秋には真っ赤に熟して辛みが増す。香辛料として使われる。

土浅き久高の島や唐辛子　新垣　富子
こぼれ種今年も実る唐辛子　新城伊佐子
ありもせぬものにつまずき唐辛子　池宮　照子
唐辛子水を豊かに洗ひけり　大浅田　均
神人《かみんちゅ》の通る小径や唐辛子　渡久山ヤス子
わき役のキリッと際立つ唐辛子　仲西　紀子
喜望峰までの屈折唐辛子　原　恵

※神人（かみんちゅ）＝祭を司る人のこと。女性はノロ（ヌール）、男性はニーッチュ等と呼ぶ。決められた家筋から選ばれる。

稲《いね》の花《はな》・稲穂《いなほ》

出穂後穂先に白い糸のような花をつける。朝の一時間くらいしか咲かない。

寝て起きてこの世短し稲の花　江島　藤代
里山にましますす祖霊稲の花　矢崎たかし
稲の穂の吹かるる丈となりにけり　古賀　三秋

甘藷《さつまいも》・藷《いも》

沖縄ではンム（芋）。薩摩の前田利右衛門が琉球から持ち帰り鹿児島で普及、青木昆陽が関東へ行き渡らせた。

芸術はバクハツである諸である　小森　清次

反基地の村や芋置く無人店　末吉　發

紫いも植えてつくづく農地欲し　久世しずか

玉蜀黍《とうもろこし》《たうもろこし》・唐黍《とうきび》《たうきび》

熱帯から温帯の地域で広く栽培されている重要な穀物であり、飼料である。茹でたり焼いたりして食べる。

米国の玉蜀黍とミサイルと　金子　嵩

明日は晴れ唐きび広野に揺れており　駒走　松恵

花苦菜《はなにがな》

キク科の多年草。秋にジシバリに似た黄色い花を海岸近くに咲かせる。葉は苦いが栄養があり沖縄では野菜として食べる。

苦菜の花世界遺産の石に咲く　東江　万沙

潮枯れの残波岬に苦菜咲き　伊舎堂根自子

切岸を下る村の井花苦菜　渡久山ヤス子

城壁へ黄のほつほつと花苦菜　比嘉　悦子

海鳴りや岩間がくれに花苦菜　与儀　啓子

蕎麦《そば》の花《はな》

葉はハート形で、秋、白または淡紅色の小さい花をつける。花後、三角形の実を蕎麦粉に製する。

そばの花一揆の道を照らすなり　井崎外枝子

近づけば紅もかすかにそばの花　大島　知子

千分の一の地図帳蕎麦の花　神谷　冬生

雲流れ蕎麦の花ゆるる段畑　宮城　涼

胡麻《ごま》

夏、白や薄紫の小さな花をつけ、秋の初めに刈り取る。干しておくと実がこぼれる。

胡麻の実の弾けて飛んで昼の月　赤城　獏山

秋草《あきくさ》

秋に花が咲く草の総称。花を咲かせたもの、末枯れてきたものなど、それぞれに秋の移ろいを感じる。

赤瓦屋根に秋草壺屋町　天久　敏子
夫の忌や壺に秋草溢れしむ　上原　千代
生きるとは只動くこと秋草刈る　駒走　松恵

草《くさ》の花《はな》

秋の野山に咲く草花の総称。色も形もとりどりに咲く。雑草の花にも美しさが籠って心を惹かれる。

移民地の低きクルスや草の花　石川　宏子
戦跡の道細くなり草の花　桑江　正子
かがんだら肩の荷降りた草の花　そら　紅緒
空にむくブリキの馬穴《ばけつ》草の花　田川ひろ子
十把一絡げにしないでください草の花　田代　俊泉
宿道の山の深さや草の花　比嘉　悦子
かな文字は神への言葉草の花　与那嶺和子

草《くさ》の絮《わた》・草《くさ》の穂《ほ》

秋の雑草の穂の総称。イネ科の雑草には花穂が出て、実を宿すものが多い。

草の絮雑兵いつも先に死ぬ　杉田　桂

草《くさ》の実《み》

秋の野山を歩くと様々な草の実が目に入る。ある実は小鳥についばまれ、ある実は衣服にもつく。

ポケットの草の実ひとつたそがれる　おぎ　洋子

草紅葉《くさもみじ》《くさもみぢ》

晩秋のすっかり色づいた草々のことをいう。草原や河原、沼や湖、道端、いたるところに草紅葉がある。

横向きの側室の墓碑草紅葉　谷　加代子

枕木が昭和くさくて草紅葉　前田　弘

草もみじ連山高く雲を呼ぶ　宮城　涼

萩《はぎ》

紅紫色や白色の蝶形の花を多数つける。地面にこぼれているのも風情がある。秋の七草の一つ。

紅萩の雨をこぼして揺れやまず　石川　シゲ

学僧の作務衣にふれてこぼれ萩　石嶺　豊子

ニュートンの孤独な海へ萩こぼし　おぎ　洋子

はぎすすきそれから先は猫じゃらし　岸本マチ子

こぼれ萩恋したひとの染まる色　金城　悦子

禅寺へつづく石段名残り萩　金城百合子

風の道萩もすすきもカチャーシー　鈴木ふさえ

萩こぼれ絣の里の女老ゆ　平良　龍泉

宿道の坂また坂やこぼれ萩　渡久山ヤス子

大つぼに流儀もなくて萩すすき　真玉橋良子

なにゆゑに教師となりしこぼれ萩　三浦加代子

集ひたる昭和ひとけた萩の宿　矢崎たかし

萩あかり句座を吹抜く風白し　矢野　野暮

萩の花路地に日を抱く石敢当　山城　光恵

※カチャーシー＝掻き混ぜる意。チャンプルーが混合状態なら、カチャーシーは化合状態をいう。転じて民謡・芸能では早弾きの歌や乱舞の総称。

すすき・穂芒《ほすすき》・花芒《はなすすき》・尾花《おばな》《をばな》・芒原《すすきはら》・芒野《すすきの》

イネ科の多年草。薄《すすき》。皮膚を切るような鋭い葉がある。白い尾のような花穂を尾花という。秋の七草の一つ。芒の穂が群れ咲いて野原に銀色に波打っているのは美しい。

折りとりてはらりとおもきすゝきかな　飯田　蛇笏

沈黙の根をすすき張る軍事基地　市川　恂々
吹きすさぶ芒の原や自決壕　上原　千代
逆光の芒は魔女の乗る箒　岡田　初音
この道も神の道です芒ゆれ　親泊　仲眞
ばんざいのかたち芒の中をゆく　岸本マチ子
海鳴りのはるけき芒折りにけり　木下　夕爾
向こう脛分けゆく芒いづこまで　鈴木ふさえ
いっせいに戦を拒む薄の穂　田付　賢一
大薄山野も風も欲しいまま　兵庫喜多美
獅《しー》子《さー》の総立ちとなる薄の夜　三浦加代子
過ぐる日を帰ってみれば芒かな　三村　和恵
ザワザワと胸の奥にはすすき生え　宮城　香子
石門と芒ばかりの城の跡　宮城　長景
ひるすぎの小屋を壊せばみなすすき　安井　浩司
海よりの風ほしいまま島芒　安田　昌弘
穂すすきよいま銀髪になる途中　金城　悦子
穂芒のやさしく招くやんばる路　桑江　光子
条幅の墨の掠れや花芒　海勢頭幸枝

花芒揺れて己をとり戻す　駒走　松恵
枯れていくことの華やぎ花芒　座安　栄
海暮れて基地に吹かるる花芒　中村　阪子
断腸のやがてゆらりと花芒　原　恵
開花して思わぬ寂しさ花すすき　宮里　晄
ふるさとへバスを乗り継ぐ尾花道　金城百合子
夕映えのしじまに重き尾花かな　平良　聰
過去未来みんな隠してすすき原　稲嶺　法子
風ながれ鬼になりたい芒原　大城あつこ
すすき原ひくくなびけば海みえるよ　阪口　涯子
重心を芒が原へバイク行く　そら　紅緒
枯れてゆく途中も綺麗芒原　筒井　慶夏
青春のさやぐ音なり芒原　真喜志康陽
すすき野やははもいた日の秘密基地　穴井　陽子
芒野の風の湧き立つ夕茜　謝名堂シゲ子
芒野は巷の風で発色す　玉城　幸子
大禍時すすき野何故かさんざめく　平迫　千鶴

茅《かや》・萱《かや》

チガヤ、スゲ、ススキなど、屋根を葺くのに用いる草の総称。

あるがままされるがままのちがやかな　岡　恵子

葦《あし》・蘆《あし》

各地の川岸や沼に自生、大群落をつくる。晩秋に穂を付け紫色の小花が群がり咲く。

いつまで昭和の葦でいるの兄さん　岸本マチ子

葛《くず》の花《はな》

マメ科の蔓植物。山野に自生。茎は伸びて周囲の草や木に絡まり、紅紫色、蝶形の花を房のように咲かせる。秋の七草の一つ。

鍵掛けぬ里の暮しや葛の花　杵渕　嘉邦
名水へ坂のくびれや葛の花　金城百合子
死ぬ力いま貯えて葛の花　駒走　松恵
鉄路消ゆ棄民となりて葛の花　佐藤　勲
くずの花廃校すっぽり攻めとられ　永田タヱ子
葛の花御嶽の磴へ色こぼす　与儀　啓子
城頭になだれ咲き初む葛の花　与座次稲子

野菊《のぎく》

山野に自生する菊の総称。野生の花らしく小ぶりで可愛らしい。

野菊まで行くに四五人斃れけり　河原枇杷男
や丶暗き機織る部屋の野菊かな　古賀　弘子
季節工がふみしめていった野菊の道　藤後むつ子

嫁菜《よめな》の花《はな》

キク科の多年草。初秋に山野、土手などで淡紫色の花が咲く。

花嫁菜だいじなことは言いますよ　そら　紅緒

猫《ねこ》じゃらし・え《ゑ》のころぐさ

山野、路傍、いたるところに自生。細い茎の頂に穂が出る。猫がじゃれて遊ぶことからこの名がある。

日当りにふくらんでゐる猫じやらし　伊波とをる
猫じゃらし少年の日を投げてみた　親泊　仲眞
猫じゃらし嘘の一つや二つ三つ　岸本マチ子
猫じゃらしいつも誰かに赦されて　座安　栄
あいづちが少し早いわ猫じゃらし　そら　紅緒
頭の中は旅の続きの猫じゃらし　田村　葉
眼鏡拭くシャツの端つぽ猫じやらし　前田貴美子
猫じゃらし背骨の位置を見失う　宮城　陽子
ねこじゃらし気ままに生きて忘られて　脇本　公子
えのころぐさ教室がねむっている　須﨑美穂子

い《ゐ》のこず《づ》ち

山野に自生。穂状に小さな花をつけ、実がなる。実に棘があって衣服に付着して種を運ばせる。

川風の吹きぬけてをりゐのこづち　福岡　悟

草虱《くさじらみ》

セリ科の二年草。山野に自生し、夏に花が咲いた後、三、四ミリの実をつけ、熟すと鉤状の固い毛が人の衣服や物に付着して運ばれる。

払えどもむしるほかなき草虱　広長　敏子

秋薊《あきあざみ》・鬼《おに》あざみ

薊の花期は長く、春から咲くが、鬼薊のように秋咲くものもある。

秋薊毛《もー》遊《あし》びせし島岬　上原　千代

坂道の多き宜名真や鬼あざみ　兼城　巨石

※毛遊び（もーあしび）＝農村で、夜若い男女が集落はずれのモー（野原）に出て遊ぶこと。サンシンに合わせて歌ったり踊ったりした。

曼珠沙華《まんじゅしゃげ》・彼岸花《ひがんばな》

路傍、土手などに生える。秋の彼岸の頃に花茎の先端に燃えるような赤い輪状の花をつける。白もある。有毒植物。

何言へば何を言はねば曼珠沙華　新　桐子

曇天にせつなく咲けり曼珠沙華　尼崎　澪

片意地な父祖の血白い曼珠沙華　大川　園子

仮の世の出口のあたり曼珠沙華　大城あつこ

簪を畦に挿したる曼珠沙華　岡田　初音

龕《ずし》赤し影もちて炎ゆ曼珠沙華　小熊　一人

わたくしが昏れてしまへば曼珠沙華　柿本　多映

曼珠沙華天の一部は朽ちつつも　河原枇杷男

人の世を少しはずれる曼珠沙華　岸本マチ子

曼珠沙華生きて死ぬ知恵悟るべし　古賀　三秋

曼珠沙華畦の青さに朱を点ず　児島さとし

母老いて寂光の白曼珠沙華　小橋　啓生

石置きしだけの拝所《うがんじゅ》曼珠沙華　呉屋　菜々

浪をたくさんきれいに書いて曼珠沙華　阪口　涯子

端っこの席から埋まる曼珠沙華　座安　栄

一村の白白と見ゆ曼珠沙華　重国　淑乃

黒潮の翳る刻あり曼珠沙華　新城　太石

きっぱりとどこも正面曼珠沙華　そら　紅緒

曼珠沙華終日ヘリの風浴びる　高田　律子

唇のほかは素顔やまんじゅさげ　田邊香代子
波乱万丈まだ燃え足りぬ曼珠沙華　玉城幸子
飲み込んで飲み込んで無口曼珠沙華　たまきまき
余所見するから校庭に曼珠沙華　田村葉
曼珠沙華一本足を丸出しに　藤後むつ子
曼珠沙華ある日うっかり飛び火する　羽村美和子
孤独死の遺品整理や曼珠沙華　三石成美
曼珠沙華庭にトルソの息つまる　宮城阿峰
何かが足りない曼珠沙華燃えている　宮城陽子
海鳴りや昨日より濃き曼珠沙華　屋嘉部奈江
曼珠沙華鉄砲狭間の下に消ゆ　矢崎たかし
内視鏡闇の狭間の曼珠沙華　安田喜美子
つきぬけて天上の紺曼珠沙華　山口誓子
激戦の固き地を割り曼珠沙華　与那城豊子
彼岸花赤く叫んだままでいる　安谷屋之里恵
あかあかと女であるや彼岸花　岡恵子
古釘を抜くたび増える彼岸花　中村冬美
ヒガンバナむかしむかしのべべで泣く　姫野年男

ひがんばな島の蒼空あをすぎる　矢野野暮

鍾馗蘭《しょうきらん》・鍾馗水仙《しょうきずいせん》

ヒガンバナ科の多年草。海岸沿いの林内や草地、山野に生え、高さ三〇～六〇センチになる。秋には花茎を伸ばし、彼岸花に似た黄色の花を咲かす。

島影の見ゆる牧場鐘馗蘭　渡久山ヤス子
遺品より女名刺や鍾馗蘭　三浦加代子
鍾馗蘭背中合せに嫁姑　山城青尚
鍾馗蘭蕊の長さよ黄の濃さよ　山田静水

萱草《かんぞう》《くわんざう》の花《はな》《はな》・秋《あき》の忘《わす》れ草《ぐさ》

萱草はユリ科ワスレグサ属の総称。百合に似た六弁化を咲かせる。花色は黄橙色。「秋の忘れ草」はその一種で「ニーブイグサ（眠り草）」とも呼ばれ、安眠やリラックス効果があると言われ、様々な形で食されている。

娘には娘の生きる道あり花かんぞう　屋嘉部奈江
屋敷御願片方に秋の忘れ草　新垣　春子
忘れ草キリストを説く里の婆　瀬底　月城

桔梗《ききょう/ききやう》・沢桔梗《さわぎきょう/さはぎきやう》

桔梗はキキョウ科の多年草。山野に自生し、庭園にも植えられている。花は鐘形で先端が五裂し、紫碧色で美しい。秋の七草の一つ。沢桔梗は山野の湿地に自生。花は鳥の羽のような形。

退院の妹へ咲く桔梗かな　上間　芳子
ねじれ癖たどれば指に桔梗咲く　小山亜未男
沢桔梗むらさき色の風渡る　岡田　初音

女郎花《おみなえし/をみなへし》

秋の七草の一つ。花は茎の先端に咲く。黄色で細かい粟粒のような花を無数に開き、傘を広げたような形になる。

人の世の裏よ表よ女郎花　岡　恵子
女郎花めらめら吐息放ちおり　中田みち子
けものめく夜もありなん女郎花　兵庫喜多美

男郎花《おとこえし/をとこへし》

山野に自生。女郎花に似ているが、花は白く、全体に白色の毛がある。

あねいもと父似と嘆き男郎花　兵庫喜多美

吾亦紅《われもこう》

バラ科の多年草。山野に自生。暗紅紫色の小花が密生して球のように見える。

残像のコントラバスや吾亦紅　うえちゑ美
一輪挿しホラッ吾木香初対面　親泊　仲眞
吾亦紅ゆれたくなってるわたしです　金城　悦子
秘めごとの古りて色ます吾亦紅　鈴木ふさえ

光あるもの皆脱いで吾亦紅　中田みち子

一点のわれ一点の吾亦紅　西部　節子

吾亦紅書き替えてみる吾も恋うと　山本　セツ

竜胆《りんどう／りんだう》

山野に自生。鐘形で先端が五裂の紫碧色、または淡紫色の花が咲く。花は日中だけで夜は閉じる。

りんどうはいつも昨日に咲いている　安谷屋之里恵

連山の薄墨色や竜胆咲く　池原　ユキ

りんどうの濃きも淡きもいとほしき　稲嶺ひろみ

杜鵑草《ほととぎす》

ユリ科の多年草。日当りの悪いところに多い。葉は笹に似て、花は白色に紫色の斑点がある。それが鳥の杜鵑《ほととぎす》の胸の模様に似ている。

おもいきり泣いて飛びたつ杜鵑草　幸喜　和子

杜鵑草ふわりこぼれた夢いくつ　新里　光枝

しおらしきものなどなくて杜鵑草　たまきまき

露草《つゆくさ》・蛍草《ほたるぐさ》

畑地、路傍などに自生。瑠璃色の左右対称の花をつける。朝露を含んだところは可憐である。

露草の空より蒼き色を摘む　岡田　初音

露草のひとつひとつの光かな　友利　昭子

露草やほのぼの生きることにする　永田タヱ子

露草の瑠璃をこぼして母の逝く　兵庫喜多美

露草の濃き静けさや石敢当　安田喜美子

蛍草さよならだけの昭和過ぎ　椎名　陽子

思《おも／おも》い草《ぐさ／ひぐさ》

ハマウツボ科の一年草。寄生植物。ナンバンギセルの古名。下向きに咲く姿が物思いするように見えることから。

芒、茗荷などの根に寄生。

余命なほ薄むらさきや思い草　藤原　由江

蓼《たで》の花《はな》

路傍や水辺、原野に自生し種類が多い。穂状の花穂をもつ。犬蓼は「赤のまま」という。

捨て石も踏み石もいや蓼の花　玉城　幸子

生真面目な遺伝子をもつ蓼の花　宮城　香子

赤《あか》のまま・赤《あか》まんま・犬蓼《いぬたで》

犬蓼の花の別称。赤に少し白の混じった粒状に花を咲かせる。子どもたちはままごとの赤飯にする。

まんまるは石のひだまり赤まんま　秋野　信

赤まんま生きる気合いをかけている　岸本マチ子

蓍萩《めどはぎ》・精霊萩《しょうりょうはぎ》《しやうりやうはぎ》

茎は直立して葉は小形。紫の筋のある白い蝶形の花をつける。茎をめどき（占い）に用いた。盆花で、茎で作った箸を供える風習もある。

子へ伝ふめどはぎ箸や霊迎へ　瀬底　月城

朱塗膳精霊萩の箸長し　当眞　針魚

花生姜《はなしょうが》《はなしやうが》

ショウガ科に属し、熱帯から亜熱帯地方に広くみられる。ジンジャーの花とは別種。赤い苞から白い花が咲く。根が苦く、苦生姜とも呼ばれる。西表島で栽培。

喫泉を口に余せり花生姜　永田　米城

亡き母のほほえむ写真花生姜　宮城　礼子

海鳴りの闇の香りや花生姜　山田　静水

烏瓜《からすうり》

夏に白い花を咲かせた後、楕円形で提灯形をした実をつける。晩秋に熟して赤くなる。

わたくしはどこまで来ている烏瓜　安谷屋之里恵
記憶とはいちばん遠いからすうり　芝根　南
ゆうどれに揺れて色増す烏瓜　仲里　信子
叱られてたそがれ色の烏瓜　中野　順子
魚の骨鳥の骨そして烏瓜　中村　冬美
絡みつく人間模様烏瓜　松本　達子

※ゆうどれ＝浦添にある王様の墓。英祖王・尚寧王を中心に祀っている。尚寧王は第二尚氏の王統だが、首里の玉陵でなくこちらに葬られている。

雀瓜《すずめうり》

ウリ科の蔓性一年草。葉は薄く、花は白。果実は小さく丸い緑色で可愛い。西瓜のように白い筋が入る。沖縄雀瓜は赤に白い筋。

雀瓜揺るる梢や普猷の墓　仲里　信子

茸《きのこ》

大型菌類の総称。葉緑素のない植物で、多くは傘状。種類が多く、色、形、大小、匂い、有毒、無毒さまざま。

澄む山河玩具のような毒きのこ　尼崎　澪
ダリの絵やきのこソースに凝っている　原しょう子
昨日今日茸の生える脳の襞　樋口　博徳
ましら茸昨夜ぶながやの登り下り　当間　シズ
松茸のへイへイホーという気分　小森　清次
紅き茸礼讃しては蹴る女　八木三日女
月夜茸火薬の匂いの男来る　羽村美和子

※ぶながや＝キジムナーのこと。

冬

時候

冬《ふゆ》・冬帝《とうてい》・玄冬《げんとう》・冬将軍《ふゆしょうぐん》《ふゆしやうぐん》

暦の上では十一月の立冬から二月の立春の前日まで。冬帝は、冬の異称。「玄」は黒、五行説では冬にあてる。沖縄では北東の季節風が吹きはじめ、冬至頃本格的に寒くなる。甘蔗の糖度がどんどん上がり、刈り取りがはじまる。

脳トレ本読みまくるかな冬の夜　赤嶺　愛子
やめたタバコに火をつけ冬の政府跡　安里　昌大
不自由な冬の向日葵がいっぱい　安谷屋之里恵
少年の唾吐く露地や基地も冬　新垣　勤子
チターの音の沈みつ流る冬の街　伊地　秩雄

三味《しゃみ》の音のゆるくまどかに冬夜長　伊勢　雲山
米を研ぐ只管《ひたすら》冬の気配染む　大川　園子
それぞれの脳に杭うつ冬の家　大城あつこ
老松の龍鱗荒し僧の冬　河村さよ子
真冬日のひと日暮れけり仕舞風呂　古賀　弘子
身一つの冬の絶壁柩負い　小橋　啓生
冬の気圧配置キューピーさんと遊ぶ　笹岡　素子
ケータイの音に驚く冬の朝　忍　正志
魔のハードル魔とともに越え冬を行く　新里　光枝
真っ白な呼吸を溜めし肺に冬　小鳥遊栄喜
砂糖煮る香に包まれて島の冬　立津　和代
冬の女がギシギシ研いだ三日月　藤後むつ子
耳かきを優しく置けば冬の音　長崎　静江
華やぎて少し淋しき冬の婚　中村　阪子
荒涼とわが身の冬の深みゆく　長谷川　櫂
冬帝の辺戸に鎮もる王墓かな　渡久山ヤス子
玄冬のボサノバにのり深夜便　うえちゑ美
冬将軍われに無敵の女房あり　粟田　正義

山河に冬将軍は幕舎据え　鈴木　清美

初冬《はつふゆ》・初冬《しょとう》

冬の初めの頃をいう。大気は冷えてくるがまだ強い寒さではない。草花は枯れてくる。

初冬や画布にセーヌの暮れなずみ　池田　なお
真四角に老いて初冬の男坂　大川　園子
つま先に初冬の貌が棲みはじめ　大城あつこ
水牛のひと鞭かろく島初冬　安田　昌弘

神無月《かんなづき》

旧暦十月の異称。出雲の国では、日本中の神々が出雲に集まるので神在（有）月。

悔いのかけら掃き寄せている神無月　鈴木ふさえ
神無月胎児のように眠る夜　徳田　生
折鶴のたばねありしが神無月　本村　隆俊

のけぞって水飲む鴉神無月　四方万里子

十一月《じゅういちがつ》《じふいちぐわつ》

冷えきる朝もあるが、小春日和になることも多い。菊花展などで行楽地は賑わう。

十一月あつまつて濃くなつて村人　阿部　完市
ミンサー織る十一月の陽を背ナに　石原　聰子
十一月吠える犬に会釈する　親泊　仲眞
首里城の坂道くだる十一月　川津　園子
男の背の刃こぼれやまぬ十一月　岸本マチ子
那覇泊り十一月の夕長き　佐々木経子

立冬《りっとう》・冬立《ふゆた》つ・冬《ふゆ》に入《い》る・今朝《けさ》の冬《ふゆ》・冬来《ふゆきた》る

立冬は二十四節気の一つ。十一月七日頃、暦の上では冬になる。

煩悩のすき間から出た立冬です　大城あつこ

立冬の帆は満の白夢幻たり　小橋　啓生
立冬の頬杖の人休耕田　髙村　剛
さよならもなく立冬を友の逝く　徳永　義子
今日という鎖ほどけず立冬に　となきはるみ
立冬の回転木馬からまわる　中村　冬美
冬立つ日母の形見の半纏着る　後藤　光義
冬立つや薪は井桁にのぼり窯　崎浜　光子
冬立つや石をころがす水の音　鈴木ふさえ
ひと泣きしひと眠りして冬に入る　池宮　照子
砲弾の残る城壁冬に入る　岸本マチ子
本当は空ラ元気なり冬に入る　新谷ひろし
冬に入る香炉七つの村殿内　桃原美佐子
染糸を煮詰む大鍋冬に入る　中村　阪子
冬に入る紅型染の花と蝶　長谷部房江
黒牛の艶に貫禄冬に入る　日野　繁子
酔い覚めの水のきらめき今朝の冬　池田　なお
老いて生きるこれからが本番今朝の冬　児島　愛子
肩というやさしい地平冬来る　安谷屋之里恵

バーナーの炎するどき冬来る　根志場　寛

冬《ふゆ》ざれ

草木もすっかり枯れ果てた冬の荒れさびれた風景。葉を落とした裸木も人の歩く姿さえもの寂しい。

冬ざれるからだの芯までまっすぐに　岸本マチ子
冬ざれを素手でかかえて逢いにゆく　幸喜　和子
冬ざれの谷深く入るお水取り　古波蔵里子
冬ざれや身体まっすぐ西に向き　髙村　剛
冬ざれに賦《ぶ》測《ばかり》石の口つぐむ　立津　和代
冬ざれの釣橋わたり終えにけり　平迫　千鶴
冬ざれの海重くして空母来る　眞栄城寸賀
冬ざるる辺野古に白きテント村　宮城　陽子

小春《こはる》・小春日《こはるび》・小六月《ころくがつ》《ころくぐわつ》・小春凪《こはるなぎ》

小春・小六月とは旧暦十月のこと。立冬が過ぎて日ごとに寒さを感じるようになるが、晴れて穏やかな日和も多い。

亀貫ふ話まとまる那覇小春　糸洲　喜美
小春風抜ける岩間の千羽鶴　上間　紘三
くるくると火玉グラスとなる小春　大立　しづ
首里城の日時計翳る小春かな　謝名堂シゲ子
貝塚の跡や小春の海の照り　砂川　紀子
鳶の輪の高きにありて島小春　曾我　欣行
小歩きの母に連れ合ふ小春かな　平良　聰
いくさの日遠し北谷《ちゃたん》の浜小春　西村　博子
おしゃぶりをふふむ寝顔の小春かな　富里　敬子
夫の描く小鳥三態小春なり　与那嶺和子
小春日や画布の魚の群れ泳ぐ　池原　ユキ
小春日やジャニーギターを聴き黙す　石堂　和霞
座布団の小春日待ちて結納日　うえちゑ美
小春日の人は仏の顔になる　浦　廸子
小春日やエジプト展の耳飾り　桑江　正子
小春日や憂い静かに解かれゆく　桑江　光子

小春日や箱庭ほどの幸ありて　後藤　光義
小春日やしばし下ろさん肩の荷を　小橋川恵子
沈黙を通す能面小春の日　早乙女文子
小春日やあぐらかきゐる五枝の松　島村　小寒
小春日やくるりと揚がる砂糖菓子　謝花　寛営
小春日や賢治とカポネ同世代　瀬戸内敬舟
小春日の酒屋麹の匂ひたつ　中村　阪子
小春日を曲線描きつぐ脳波計　根志場　寛
いびつなる屋根獅子の耳小六月　島袋　直子
庭石のごとき白猫小六月　立津　和代
黙々と自信ありげな小六月　福岡　悟
がじゅまるの緑かがよふ小六月　山口　その
小春凪星砂を選る旅の人　金城百合子
ラムサールの野鳥の漫湖小春凪　當間タケ子
藍を染め羽地内海小春凪　福村　成子

小夏《こなつ》・小夏日《こなつび》・小夏日和《こなつびより》・小夏晴《こなつばれ》・十月夏《じゅうがつなつ》《じふぐわつなつ》

普通小春日というところを沖縄には春の概念が稀薄なので小夏日という。新北風（ミーニシ）のあと、移動性高気圧におおわれて数日暖かい日和になることがある。これを小夏日あるいは小夏日和という。

バス停のベンチ温もる小夏かな　天久　敏子
角砂糖角の溶けゆく小夏かな　陳　宝来
売り声の意気買ひにけり那覇小夏　渡真利春佳
石棺をガンガン石と呼ぶ小夏　横山きよし
小夏日に映ゆる湯のしの福木染　大城　愛子
小夏日の魚箱捌く島女　北川万由己
小夏日の壺屋路地より魚売女　平良　和子
小夏日の最前列にさんぴん茶　玉城　幸子
小夏日の傾斜にたまる牧の牛　西村　容山
小夏日の軍鶏がつまずく石畳　山城　青尚
小夏晴くっきり見ゆる残波岬　上間　芳子

冬温《ふゆぬく》し・冬暖《ふゆあたた》か・暖冬《だんとう》

寒さが厳しくなく、冬の季節としては暖かい日。

冬ぬくし湯船の子等に耳立てて　池田　なお
花織の遊ぶ裏糸冬ぬくし　池原　ユキ
冬温し森林浴の深呼吸　うえちゑ美
冬ぬくし分教場に子守婆　上原　千代
窯出しの声のはじけて冬ぬくし　金城　順子
冬ぬくし放生池に蓮咲けり　謝名堂シゲ子
遊泳の宇宙中継冬ぬくし　玉城　盛雲
すぐ傍のいびきにリズム冬温し　宮城　陽子
どっしりと廃窯眠り冬温し　与那嶺和子
冬あたたか箒のくせの反り返へり　根志場　寛
暖冬に吊す紅型干瀬の色　中村　阪子

十二月《じゅうにがつ》《じふにぐわつ》

沖縄でも寒さが強まり、北国では風雪に見舞われる。山野は荒涼とする。冬眠する動物もいる。街は年末商戦で賑わう。

十二月三平方定理星の数　東江 万沙
十二月あのひと刺しに汽車で行く　穴井 太
追ひかけるつもりが先に十二月　井波 未来
大辞典改六版の十二月　小森 清次
工房の百の染め筆十二月　高橋 良子
父母病んで十二月という薄い壁　中田みち子
十二月だから淋しいんじゃないか　仲間 健
でたらめに歌をうたえば十二月　のとみな子
佇つ鳥も滾つ瀬も白十二月　原田 茂
どろごぼうどろぼうごちゃごちゃ十二月　樋口 博徳
流木の深き沈みや十二月　本村 隆俊
十二月赤い絵の具を買いに出る　脇本 公子

冬至《とうじ》・冬至寒《とうじざむ》・冬至冷《とうじび》え・冬至南瓜《とうじかぼちゃ》

二十四節気の一つ。新暦では十二月二十二日頃。一年中で一番昼が短い。沖縄では冬至《とぅんじー》ジューシー（炊きこみご飯）を食べる。

ゆったりと時の流るる冬至かな　翁長 悠
東雲のあかねに染まる冬至かな　桃原美佐子
時の粉降り重なりて冬至かな　となきはるみ
髪切ってスタートラインを冬至とす　宮城 陽子
冬至の陽入れて城門耀へり　与那嶺末子
古代遺跡基地に囲まれ冬至寒　石田 慶子
墨染の島へ眼が行き冬至寒　小熊 一人
糶市の仔牛寄り合ふ冬至寒　古波蔵里子
冬至寒石敢当の夕映えて　島袋 常星
薬用に飼われし鶏や冬至寒　末吉 發
つぎはぎの縄文土器や冬至寒　平良 龍泉
トパーズの太陽摑む冬至冷え　天久 敏子
終電を降りてひとりの冬至冷え　平良 聰
家中が冬至南瓜の顔になる　神谷 冬生

師走《しわす》《しはす》・極月《ごくげつ》・果《は》ての月《つき》

旧暦十二月の異称。現在の十二月にもいう。年末の慌ただしい人の動きを感じさせる。一年の終わりで行く年を思い極まった感を抱く。

逃げ足も二の足もあり街師走　池宮照子
師走の句浮かばず街の雑踏へ　伊地秩雄
めいめいの歩幅で良いさ師走でも　上地安智
かけ違ふ釦そのまま師走かな　上間香
基地整理進まぬ師走戦記読む　大湾朝明
幸呼ぶや師走の空に笑みの月　小渡有明
こだまして師走へ棟の上りたり　鹿島貞子
豚乗せし車の後につく師走　許田耕一
師走の陽屈伸まがいなどして米寿　徳永義子
山裾に第九の響く師走かな　藤井照子
なるようになってしまいし師走かな　与儀勇
極月や逝く人送る島汽笛　東江万沙
極月や自転車で来る伝道師　海勢頭幸枝
極月の深夜便なり吾子を待つ　金城冴
極月や手板の素焼き壺運ぶ　謝名堂シゲ子
極月の銀座津波かも知れぬ　須﨑美穂子
極月をすたすた歩いて行くばかり　田中不鳴
極月のカレーライスの辛さかな　真喜志康陽
オトーリの口上巧む果ての月　立津和代

※オトーリ＝宮古島での宴会の儀式。一つの酒杯を口上をのべて飲み干して廻す。親から一巡すると、また次の親が指名され、何巡も続いていく。なかなかきつい。

年《とし》の暮《くれ》・暮《くれ》・年《とし》の瀬《せ》・年《とし》の際《きわ》《としきは》・歳晩《さいばん》・年暮《としく》るる・年終《としおわ》《としをは》る・年《とし》つまる

すべて一年の終わりをいう語。十二月もいよいよ押し詰まった頃を指す。来し方一年の始末と新年を迎える準備で忙しい。街の感じや家庭での来年への準備など、慌ただしく日々暮れていく。

身の丈を礎に映す年の暮れ　安里 昌大
身のどこか後めたさや年の暮　古賀 三秋
ワーキングプアカップ麺の子年の暮　後藤 蕉村
とりあえず棒につかまる年の暮れ　小森 清次
信号機の青にせかる年のくれ　真玉橋良子
死ぬことの予想図になき年の暮　吉田 佑子
暮の鐘世界平和へ平和へと　新里 光枝
暮れの街賑わう中で身がはずむ　堀川 恭宏
年の瀬や鎮魂の明かりルミナリエ　玉城 美香
年の瀬を灯して厨子の甕売らる　中村 阪子
ヒンズーの五体投地や年の際　石川 宏子
喪失の年がふわりと暮れてゆく　上地 安智
海眺め海に守られ年暮るる　辻 泰子
ニスの刷毛並びて年の暮れにけり　根志場 寛
たて横をキチンと合せて年暮るる　比嘉 正詔
大揺れの基地移設先年暮るる　前原 啓子
命という文字重くして年暮るる　宮城 陽子

しがらみがわっと噴き出し年詰まる　金城 悦子

※厨子の甕＝骨壺のこと。

数《かぞ》え日《び》《かぞへび》

今年も残り少ない日となって、日にちを指折り数えながら、日々のもろもろを片付けて行く。

数え日の大樹にゐるや妖精《きじむなー》　上原 千代
数へ日や斜め読みして返す本　荏原やえ子

行《ゆ》く年《とし》・年送《としおく》る

大晦日の夜、遅くまで起きて来し方を思い、振り返り、行く年を静かに見守るのである。

行く年の航路ひとすじ星降れり　上運天洋子
電飾の吊り橋青く年送る　山本 セツ

大晦日《おおみそか》《おほみそか》・大年《おおどし》《おほどし》

十二月三十一日。一年の最終日なので、年越しの準備、帰省する人、旅行に行く人など、みんな忙しい。

巻尺のぴゅっともどって大晦日　そら　紅緒
エプロンをはずして終る大晦日　高橋　照葉
大晦日ワンタンメンを買って置く　西平　守伸
大年の海原叩け鯨の尾　遠山　陽子

年惜《とし》《お》《とし》《を》しむ

年末、一年を振り返って様々な感慨をもって行く年を惜しむ。

山里に機織唄や年惜しむ　上原　千代
年惜しみ夢をたくさん買いに行く　川津　園子
日めくりをゆるりめくりて年惜しむ　三村　和恵

除夜《じょや》《ぢよや》・年《とし》の夜《よ》

大晦日の夜のこと。夜半には除夜の鐘が鳴らされる。百八つの煩悩を除き、一年の締めくくりの夜を過ごす。

忘れものしてきしごとし旅の除夜　平良　雅景
年の夜にんにく葉添へ膳の隅　天久　敏子
米びつに米移す母年の夜　池宮　照子

短日《たんじつ》・日短《ひみじか》・暮早《くれはや》し

昼間の短い冬の日。日の暮れるのが早いこと。

短日やせっかちすぎる足となり　大城あつこ
短日の影からみあふ椰子の森　木村　傘休
短日や刻の急かるる万歩計　平良　聴
足重く戻る短日浄め塩　中川みさお
短日や地球は止まること知らず　宮城　陽子
吠え犬を遠まわりして日の短か　与那嶺和子

暮早し音たて摑む鍵の束　岸本マチ子

寒《かん》・寒《かん》の入《いり》・寒暮《かんぼ》・小寒《しょうかん》《せうかん》

新暦では一月五日頃、二十四節気の一つ、小寒の季節に入る。冬至から十五日目に当たる。風がなければうららかでしのぎ易い。寒暮は日暮れ時。まだ日が短く夜空には寒の星が瞬く。

がじまるの走り根あらは寒の入　桑江　春子
目高《めだか》蟹《がま》の穴塞ぎをり寒の入り　島村　小寒
寒に入る重ねて白きスープ皿　高橋　照葉
特攻基地まっさかさまに寒暮くる　岸本マチ子
わが影は死の淵の寒暮歩みたり　小橋　啓生
黒牛の頭突き稽古や寒ゆるぶ　筒井　慶夏
上げ潮にのる塵芥寒ゆるぶ　山田　静水

大寒《だいかん》

二十四節気の一つ。小寒の後の十五日目に当たる。新暦では一月二十日頃。

大寒の日本列島反り返る　江島　藤代
大寒や口を開きて魚干され　荏原やえ子
大寒やパンふっくらと焼きあがる　川津　園子
大寒や力一杯泣く赤子　小森　清次
大寒や遺愛の鯉の寄って来る　椎木　富子
大寒の癇癪もちの静電気　そら　紅緒
大寒やゆるびし指輪愛しむ　照屋よし子

寒《さむ》し・寒《さむ》さ

冬の季節は実際に気温が低いのだが、心理的な寒さを重ね合わせることもある。

絵具の量ふやして寒い絵となれり　天津伎依子
信ぜよという人寒し風寒し　石塚　奇山
会者定離学べと病夫が寒き夜に　久場　千恵
二っ八の二の字の寒い横歩き　小森　清次

水枕ガバリと寒い海がある　西東　三鬼
にっぽんは葉っぱがないと寒いんだ　藤後　左右
孤独来て押しくらまんじゅう鼻寒し　徳沢　愛子
蕪大根人参蒟蒻寒いなあ　原しょう子
馬の目にたてがみとどく寒さかな　阿部　青鞋
自由と云う寒さと巷の中に居る　大川　園子
鍵穴を探し当てたる寒さかな　中川みさお
くれなゐの色を見てゐる寒さかな　細見　綾子
救急車またゝく星も寒々と　広長　敏子

冷《つめ》たし・冷《ひ》え・底冷《そこび》え

「冷たし」には「寒し」より触感的な響きがある。底冷えは骨身にこたえる寒さをいい、しんしんと冷える。

冷たき手夢のつぶてをまだ握り　座安　栄
十戒の様花房の冷めたさは　辻本　冷湖
ルージュひく冷たき野菜の顔をして　原しょう子
玻璃戸冷え南十字星《サザンクロス》の水浸く沖　石井　五堂
玻璃に透く豚買ひの骨底冷える　伊志嶺あきら
底冷えもいまが底よと妻が声　新谷ひろし
底冷えや東司へ長き廊づたひ　谷　加代子

冴《さ》ゆ

凍てつくような寒さや冷えのこと。

冴ゆる夜のクロワッサンは聞き役に　安里　昌大
冴ゆる夜や救急室の電子音　海勢頭幸枝

凍《い》つ

寒さのために凍りつく。あるいは凍りつくように感じる。

凍てる眼にピエロとなるマングースー　新垣　米子
百度石百度願へば凍てにけり　江島　藤代
ダンサーになろか凍夜の駅間歩く　鈴木しづ子
灯を点けて凍てし道路を掘り起こす　根志場　寛
血を吸ひし土くれ凍つるを拒みけり　原　恵

寒波《かんぱ》

寒冷な空気が移動してきて、気温が急激に下がる現象。

魚浮く与那覇湾岸寒波来る　具志堅忠昭

寒波来る島の渚や魚は仮死　筒井　慶夏

寒波来る列島いびつな貨車となり　中田みち子

芭蕉紙の乾く匂ひや寒波来る　西銘順二郎

寒波来て山路の揚羽黒く死す　根志場　寛

薬屋の背中丸めて寒波来る　吉田　佑子

三寒四温《さんかんしおん／さんかんしをん》・四温《しおん／しをん》・四温晴《しおんばれ／しをんばれ》

冬、三日ほど寒い日が続くと四日ほどは暖かい日が続き、これを交互に繰り返す現象。その暖かい晴れた数日を四温晴れという。

三寒や火の神御願の平御香《ひらうこう》　宮里　晄

首里城趾ぶらり歩きの四温かな　垣花　昌璋

玄関をガランと開く四温かな　嘉陽　伸

壺出して四温にゆるぶ登り窯　久田　幽明

魚垣に跳ねる四温の青舞鯛　仲里　信子

草海桐四温の汀さざめけり　永田　米城

明るさの干瀬波四温取り戻す　宮城　阿峰

阿麻和利の開けし港四温晴　赤嶺めぐみ

旦柑の日々に色づき四温晴れ　新垣　鉄男

縄文の貝匙光る四温晴　上原トミ子

山畑に根株積まるる四温晴　海勢頭幸枝

四温晴れ透かし模様の昼の月　大浜　基子

店頭の獅子のまぶしむ四温晴れ　大湾美智子

発掘の青磁白磁や四温晴れ　後藤かおる

四温晴みやらび句碑に銀波寄す　島袋　直子

マラソンのとぎれともなき四温晴れ　平良　聰

四温晴紅型の綾まぶしめり　當銘　由俊

揺れ合ひて漁船休らふ四温晴　山田　静水

火入れ待つ窯の静寂や四温晴　与那嶺和子

日脚《ひあし》伸《の》ぶ

晩冬になると日ごとに日没までの時間が長くなってくるのが実感される。寒い日もあるが、春の足音がそこまで来ている。

高速を避け一号線日脚伸ぶ　稲嶺　法子
マンゴーの花ふくらみて日脚伸ぶ　西表　信
日脚伸ぶいつもの患者去にしあと　片山　知之
面談を終えし親子に日脚伸ぶ　立津　和代
渦巻きのイラブー吊られ日脚伸ぶ　藤本　京子
工事場の甲高き声日脚伸ぶ　真喜志康陽
日脚伸ぶ取りはずしている代名詞　宮城　陽子

春近《はるちか》し・春隣《はるどなり》・春《はる》を待《ま》つ

寒さの中でも木々には蕾もつきはじめ、冬も終わりに近づいている。その喜びの感情。

春近し裏風わたる地割畑　謝名堂シゲ子
松籟の昂る辺戸の春近し　西銘順二郎
花織の帯締めてより春近し　山本　初枝
満月の香のうすうすと春隣　安谷屋之里恵
空耳の妻の呼ぶ声春隣　城間　睦人
わが頬にゑくぼさづかり春隣　鈴木しづ子
線彫りの魚紋おどるや春隣　砂川　紀子
血管のとくとくとくと春隣　辻　泰子
春隣そのまたとなりに居るような　寺田　良治
美ら海に鮫の孵化する春隣　宮城　艶子
絵硝子の日差しあきらか春を待つ　荘原やえ子
ときめきを黒に滲ませ春をまつ　新里　光枝

天文

冬《ふゆ》の日《ひ》・冬日《ふゆひ》・冬陽《ふゆひ》・冬日向《ふゆひなた》・冬《ふゆ》の日矢《ひや》

「冬の日」は冬の太陽をいう場合と、冬の一日をいう場合がある。冬は太陽の光も弱い。寒い日は日向が恋しくなる。

冬の日を透かしてをりぬ鉋屑　江島　藤代
冬の日のあふるる路は海に出づ　片山　知之
真冬日のきれいなてっぺんゆで卵　秋野　信
玉陵の獅子の踏ん張り冬日差す　伊野波清子
水牛の餌食むまなこ冬日濃し　上間　紘三
磨かれて冬日をかへす馬の尻　荏原やえ子
冬日入る正方形のひびガラス　高村　剛
大あかぎ洞の祠に冬日ため　宮城　陽子
山の風山に抜けゆく冬日かな　屋良真利子
亀甲墓冬日を容る、気配なし　横山　白虹
父の樹の伐らるる冬日やさしかり　和田あきを
冬陽中伊江島タッチュウ石の山　石垣　美智
冬陽濃き川平の海や瑠璃に澄み　高波　隆子
冬日向私を生きるいそがしさ　新垣　勤子
冬の日矢は天使の梯子かもしれぬ　古賀　三秋
回天の碑のにび色に冬の日矢　松原　君代

冬晴《ふゆばれ》・冬日和《ふゆびより》・冬麗《とうれい》・冬《ふゆ》うらら

小春日和は初冬であるが、冬日和・冬麗はもう少し寒さが強まって曇り空の続いたあとに恵まれる晴天、麗らかな好天のこと。

冬晴のネジのあたまに十文字　秋野　信
冬晴の木々の茂みや馬場の跡　安里　重子
冬晴れの湾岸道路君はカモメ　上地　安智

冬晴れや磁器もて造った毒ガスよ　佐滝　幻太
冬晴れや二万《にまん》年の時空ピンザアブ　西里　恵子
冬晴れの空に龍雲鮮やかに　三石　成美
冬晴れを受けるさざ波銀の舞　三村　和恵
冬日和一行だけの花ことば　須田　和子
声とどきそうな島々冬日和　長田　一男
福耳のピアス水色冬日和　比嘉　蘭子
魚屋にみすゞの魚冬日和　藤原　由江
冬麗や歩きて渡る神の島　矢崎　卓
冬うらら夢のかたちの刺繍かな　新垣　勤子
冬うらら畑に仔山羊の跳ねている　金城百合子
冬うらら樋川の水のひかり落つ　桑江　良栄
冬うらら小筆くはへし紅型女　呉屋　菜々
一病を以って厄除けの冬うらら　末吉　發
冬うらら折紙細工の金ねずみ　中本　清

寒晴《かんばれ》・寒日和《かんびより》

厳寒中の晴れ。空気は乾いており、冴え冴えとしている。冬晴れよりも寒い感じ。冬でも日差しは眩しい。

寒晴れの濃い星の中我一人　兵庫喜多美
百の牛並べて競るや寒日和　謝名堂シゲ子
寒日和園児の体操よく揃ふ　藤原　由江
熟成を甕にあづける寒日和　前原　啓子

冬《ふゆ》の空《そら》・凍空《いてぞら》

凍りつくように寒い、冬の日の空。寒天。

凍空に太陽三個死は一個　阪口　涯子

冬《ふゆ》の雲《くも》

日本海側の冬の雲はどんより深く垂れこめて暗鬱だが、太平洋側の晴天に浮かぶ白く淡い雲も捨てがたい。

ぐー出して負けてばっかり冬の雲　上原カツ子
冬雲の日矢さす破風王の墓　大城百合子

美女嫌い醜女嫌いの冬の雲　徳永　義子
冬雲や手持無沙汰の顔をして　吉富　芳香

冬《ふゆ》の月《つき》・月凍《つきい》つる

冴え冴えとした冬の寒気の中の月は冷たく輝き光る。月が現実に凍るわけではないが、気分の上で凍りつく感じがするのである。

森番のいない森へと冬月光　秋谷　菊野
冬三日月水掻き乾く女かな　池宮　照子
この門を出づれば無冠冬の月　稲嶺　法子
冬月夜菊のネオンの喜瀬武原　親泊　仲眞
冬の月明たかが人間ではないか　栗林　千津
神女《のろ》の列闇の子宿す冬の月　さどやま彩
冬の月海の暗さへ降りる坂　田中　不鳴
月凍つる音か五体の凍つ音か　桝井　俊子

寒《かん》の月《つき》・寒月《かんげつ》・寒月光《かんげっこう》《かんげつくわう》・寒満月《かんまんげつ》

冬の凍てつくような寒さの中に見える月。寒々とした冷涼な感じがある。

ついて来る吾影愛し寒の月　石垣　美智
寒の月祖父製糖に明け暮れぬ　當銘　芳郎
袖山の袖ひく坂に寒の月　友利　恵勇
寒の月くちびる渇く音のして　中村　冬美
応えてはならぬ声あり寒の月　原しょう子
寝しずまる里見守りて寒の月　広長　敏子
僕が歩けば寒月湖《うみ》を渡りだす　穴井　太
裏道を行く寒月の見えかくれ　根志場　寛
寒き月滲むわが掌よ初夜勤　新垣　真孝
寒月光あまたの地雷ねむらせて　堀部　節子
寒月光哀しみ溜めている鎖骨　羽村美和子
白い音聞えはじめる寒月光　安谷屋之里恵
寒月光無口な木ほど濡れたがる　大川　園子

寒月光一輪匂う細き母　小橋　啓生

遺言は寒月光の中に置く　近藤　瑠璃

寒満月満ちてくるもの押し返す　池宮　照子

寒満月張りてはたわむ舫ひ綱　いぶすき幸

寒満月すめらみことの肩の凝り　畠　淑子

冬《ふゆ》の星《ほし》・寒《かん》の星《ほし》・凍星《いてぼし》・荒星《あらぼし》・オリオン座《ざ》・天狼《てんろう》《てんらう》

冬の夜の大気には引き締まった寒さがある。そのせいか星の光も一段と鋭く輝いて見える。

冬の星怒れるものは北へ向く　鴨川ラーラ

車椅子のマークで走る冬の星　金城　杏

冬の星摩文仁の丘を見つめおり　小町　圭

先程の怒りどこかへ冬の星　真喜志康陽

胸内を射ぬかれており寒の星　大川　園子

凍星のカチンと落ちた胸の底　平迫　千鶴

荒星やガーゼのような息を吐き　田川ひろ子

オリオンはあしたも有るか始動音　川島　一夫

オリオン座照らす石文野原岳　友利　恵勇

オリオンの星のスクラム辺野古行　西平　守伸

防空壕よりシリウスを見たること　遠山　陽子

寒昴《かんすばる》

昴はおうし座の星団。六個の星が見え、六連星《むつらぼし》ともいう。

喪の家の一つ灯して寒昴　秋山　和子

饒舌も寡黙もわれに寒昴　石堂　和霞

寒昴攻防ありしシュガーローフ　稲嶺　法子

寒昴窯の火入れの神酒注ぐ　謝名堂シゲ子

冬銀河《ふゆぎんが》

冬空にある天の川は夏と違って身に沁みるように光る。都会でははっきり見えないときがある。

冬銀河縦に並びし鵟鳥かな　池田　俊男

同郷の人と異郷に冬銀河　石井　五堂

露天湯に四肢を伸ばすや冬銀河　石川　慶子
冬銀河ヤマピカリャーを歩ませて　伊志嶺あきら
冬銀河海にこぼれて恋生る　伊是名白蜂
瞬けば夢のきれはし冬銀河　上地　安智
百幹の樹液のぼるや冬銀河　上原　千代
こだわりも乾杯で割り冬銀河　海勢頭幸枝
ずぶ濡れの母とはならず冬銀河　大城あつこ
一人ずつ迷宮入りする冬銀河　おぎ　洋子
逢曳の猫に声かけ冬銀河　河村さよ子
火のように泣きたし吾も冬銀河　岸本マチ子
何もかも遠きむかしや冬銀河　古賀　三秋
神島の放つ息なり冬銀河　友利　恵勇
身を反らし冬の銀河に投身す　中田みち子
冬銀河静かに錆びてゆくことも　中村　冬実
島に降る冬の銀河のはみだして　宮城　陽子
かなしみが鋭角となり冬銀河　宮里　晄
魂の吸い込まれそうな冬銀河　安田喜美子
血脈のごうごう撓む冬銀河　与儀　勇

※ヤマピカリャー＝西表島に言い伝えられるヤマネコに似ためずらしい生き物。

冬凪《ふゆなぎ》・寒凪《かんなぎ》

寒凪の方が寒さをより感じさせる。冬の海でも穏やかに凪ぐときがある。

冬凪の渡舟しきりに法螺鳴らす　石垣　美智
冬凪や水尾一線に小島へと　上原　千代
風紋に影ある浜や冬の凪　宮城　涼
寒凪の浜に禊《みそぎ》の魔除け茅　仲里　信子

冬《ふゆ》の風《かぜ》・寒風《かんぷう》・北風《きたかぜ》

北、または北西から吹く冬の季節風。寒風は冬の寒い風。

洞窟をくぐり来し身へ冬の風　上間　芳子
冬の風筵に泳ぐ絵のジュゴン　西平　守伸

寒風に向かって昭和の歌うたう　井崎外枝子
北風をぶつ切りにして煮込みけり　赤城獏山
北風や御空は雲のぬいぐるみ　秋野明女
北風や悲恋屋敷の捨てサバニ　石垣美智
北風列車その乗客の烏とぼく　阪口涯子
ナマ脚にかみつく北風陽次郎　樋口博徳

凩《こがらし》・木枯《こがらし》

冬の初めに吹く強く冷たい北西の季節風。木を吹き枯らすことからいう。枯葉が一斉に散る。

凩のすえは嗚咽となりゆける　尼崎澪
凩へ出てゆく夫の正念場　石川宏子
凩や殉教墓の野外弥撒　上原千代
凩や基地に真向かふ句座であり　金城杏
凩や窓のかぎりを雲の飛ぶ　前川千賀子
木枯や飴色に父ついてくる　穴井太
木枯しに羊千匹とんでった　稲嶺ひろみ

木枯しや土足のままで来る訃報　大城あつこ
木偶《でく》の目の夜は金色に木枯吹く　桂信子
木枯やうっかり切らす味の素　小森清次
木枯しや坐せば双つの膝頭　鈴木しづ子
木枯らしの味のバーボンを下さい　瀬戸優理子
大道芸木枯らしの尾をひと捻り　玉城幸子
木枯らしや落ち葉からめて石敢當　西平幸栄
木枯を集めてみてもがらんどう　羽村美和子
海に出て木枯帰るところなし　山口誓子
反戦の二人芝居の声が木枯　山本セツ

師走風《しわすかぜ》《しはすかぜ》

師（僧）も忙しくて走るという、せわしなく吹く冷たい師走の北風のこと。

師走風失業の俺を追い越した　後藤蕉村
師走風老いの溜り場待合室　西平幸栄

歳暮南風《さいぼばえ》・歳暮南風《しいぶーべー》・師走南風《しわすばえ》《しはすばえ》

沖縄で旧暦の正月前、二〜四日続いて吹く南風のこと。

飛行機の南に細り歳暮南風　安次嶺一彦
歳暮南風《しーぶばい》春も隣となりにけり　西表　信
歳暮南風綛《かせ》掛婆の立話　北村　伸治
魚市の女立食ひ歳暮南風　當間　シズ
窯変にまなじり細る歳暮南風　西銘順二郎
片雲の静かに太り歳暮南風　正木　礁湖
那覇の江にすべる帆船歳暮南風　与儀　啓子

隙間風《すきまかぜ》

壁、障子、襖、戸などの隙間から冬の寒い風がもれて屋内に入ってくる。最近の建物ではそれも無くなった。

新聞の死亡欄より隙間風　真喜志康陽

虎落笛《もがりぶえ》

冬の強い風が柵や竹垣、垣根などに吹き付けてヒューヒューと笛のような音を発する。

鎮魂に句読点なく虎落笛　安谷屋竹美
基地渡る高き唸りや虎落笛　新垣　富子
虎落笛病気と狂気の地球です　石塚　奇山
虎落笛地図なき部屋の現在地　伊志嶺あきら
基地なべて普天間辺野古虎落笛　久田　幽明
虎落笛どこかで仮面の割れる音　瀬戸優理子
ワグナーを歌うファシスト　虎落笛　中山　美樹
虎落笛逆縁かなしむかのように　広長　敏子
虎落笛何を叫ぶやここかしこ　福岡　悟

時雨《しぐれ》・甘蔗時雨《きびしぐれ》・初時雨《はつしぐれ》・片時雨《かたしぐれ》

時雨は晩秋から冬の初め、さっと降ってさっと止む雨。

足早に渡って降る。甘蔗時雨は沖縄特有の季語。甘蔗はかなり古い時代から栽培されているが、製糖期の一月に入ると、沖縄の一番寒い季節で九度を割ることもある。この時期にはよく時雨が降り、これを甘蔗しぐれという。その季節初めて降る時雨が初時雨。片時雨は、一方では時雨が降り、一方では晴れている。いずれも雨は冷たいが風情がある。

しぐるるや駅に西口東口　安住　敦
ことごとく木を諳んじる時雨なり　穴井　太
無音にて土の面を時雨かな　池宮　照子
立枯れの松にやんばる時雨かな　上江洲萬三郎
米軍の上陸岬時雨来る　上間　芳子
しぐるれば東西南北ねずみ色　大城あつこ
時雨るるや辺野古漁港の闘争小屋　垣花　和
時雨るるやもえたきもののあるにはある　岸本マチ子
しぐるるや魚紋の蓋のマンホール　北村　伸治
喪《せじ》の花環どれも時雨に濡れてゆく　児島さとし
霊力高き山は時雨となりゐたり　古波蔵里子

カルストの切り立つ巌夕時雨　謝名堂シゲ子
剝落の壁しぐれては発熱す　末吉　發
言い訳を考えてたら時雨来て　そら　紅緒
首里に住み時雨重たき石畳　平良　雅景
曼陀羅の地獄極楽しぐれたり　細見　綾子
時雨ゐて田に動かざる農夫婦　根志場　寛
ジャズ聴けばそこまでやって来る時雨　羽村美和子
あのしぐれから蘇生してこのしぐれ　姫野　年男
老犬は時雨を鳴いて逝きにけり　真喜志康陽
魚の眼のあまたしぐるる那覇市場　三谷　昭
しぐれ傘人間臭さ持ち歩く　安田喜美子
夭折の画家の絵とあふしぐれかな　和田あきを
一夜経て海溝までの甘蔗しぐれ　進藤　一考
鎌光る結の荒ごゐ甘蔗しぐれ　平良　龍泉
一村の音なき午後や甘蔗時雨　平良　聰
肥玉の膨るる菜畑甘蔗しぐれ　たみなと光
南風原《へーばる》も東風平《くちんだ》もいま甘蔗時雨　渡嘉敷皓駄
じょう舌の赤き軍手や甘蔗しぐれ　友利　敏子

花織の藍の香おこす甘蔗しぐれ　中村　阪子
十腹窯《とばらがま》ぬくもり残る甘蔗時雨　西銘順二郎
塩田の跡はさざ波甘蔗時雨　比嘉　半升
新糖の匂ひつつみて甘蔗時雨　平敷　星玄
棕櫚蓑の壁に吊られし甘蔗時雨　宮城　春子
オキナワに降る疑問符や甘蔗しぐれ　宮城　陽子
甘蔗時雨能管の音の消えゆけり　安田三千代
水牛の角は下向き甘蔗しぐれ　山田　静水
祈りをれば風に声あり甘蔗時雨　与儀　啓子
白亜紀の濤音岬の初時雨　新垣　紫香
玉砕地の香炉をぬらす初時雨　池原　ユキ
帰省子のすぐに帰るや初時雨　翁長　悠
初時雨土匂い立つ空き地かな　親泊　仲眞
生国は花色木綿初しぐれ　小森　清次
高倉に宿かる雀初時雨　棚原　節子
初しぐれ童女の墓も濡らしけり　知念　広径
梵鐘の片側濡らす初時雨　花城三重子
産みたての卵のぬくみ初しぐれ　ハルツォーク洋子

ひとしきり鍛冶屋の跡の初時雨　山本　初枝
平和の灯点す南苑片時雨　石川　宏子
畑中の馬場の碑片時雨　辻　泰子

冬《ふゆ》の雨《あめ》

冬の雨は静かで寂しいが、寒さがゆるんでいるときが多い。

煮つめゐる黒糖匂ふ冬の雨　石井　五堂

寒《かん》の雨《あめ》

寒中に降る冷たい雨。

濡れるでも乾くでもなく寒の雨　池宮　照子
寒の雨から海兵隊が降ってきた　後藤　蕉村
街の灯の遠くにありて寒の雨　平良　聰

霜《しも》・初霜《はつしも》

夜間、大気中の水蒸気が氷点下の地面の物にふれてできる氷の結晶。霜の降りた朝は吐く息も白い。

霜の墓抱き起されしとき見たり　石田　波郷
過ぎしことへアイロンかける霜の夜　鈴木ふさえ
初霜やグイと地球を盛り上げる　後藤　蕉村

冬《ふゆ》の雷《らい》

雷は普通夏に多いのだが、冬も鳴る。雪国では雪の降り始めに雷が鳴ることがあるため雪起しともいう。

冬の雷島に激しき軍用機　前原　啓子

冬《ふゆ》の霧《きり》

冬にも霧がたちこめることがある。大気汚染によるスモッグも目立つ。

潮鳴りを埋め立てゝゆく冬の霧　穴井　太

冬霞《ふゆがすみ》

空中に水蒸気が浮遊して薄い雲状になる。霞といえば春季だが、冬に生じた霞のこと。

石油基地望む内海冬霞　仲里　信子

冬夕焼《ふゆゆうやけ》《ふゆゆふやけ》・冬夕日《ふゆゆうひ》《ふゆゆふひ》・冬入日《ふゆいりひ》・冬茜《ふゆあかね》・寒茜《かんあかね》・冬落暉《ふゆらっき》《らくき》・寒夕焼《かんゆうやけ》《かんゆふやけ》・寒落暉《かんらっき》《かんらくき》

冬の夕焼も、冬の入日も、冬の寒い空に一時の華やぎを与える。ビルや家並、裸木を染め、たちまち暮れてしまう。短い時間だが少し心が癒される。

冬夕焼龍柱の龍赭ら貌　上地　安智
ひめゆりの塔の影伏す冬夕焼　鹿島　四潮

冬夕焼せかされてゐる切符売　筒井　慶夏
冬夕焼シナリオ通りに生きられず　松村　陽子
泣きたいけどやさしい冬の夕陽です　穴井　陽子
冬夕陽さっさと落ちて何国《どこ》へ行く　金城　幸子
烏賊干して冬の入日を滴らす　中川みさお
冬茜われもひとりのウナイ神　新　桐子
冬茜共同墓地の放ち山羊　海勢頭幸枝
遥か来て古代史覗く冬茜　甲斐加代子
それぞれの死に象《かたち》あり冬茜　片山　知之
前奏のどこから入る冬茜　そら　紅緒
冬茜西方浄土は彼のあたり　広長　敏子
薄々と街に溶けゆく冬茜　真喜志康陽
島々を染めて暮れゆく冬茜　宮平　義子
寒茜水屋の水を呑みにくる　徳沢　愛子
空の色海の色変へ冬落暉　上原　千代
寒夕焼終点のない縄電車　大川　園子
縄跳びの少女びゅんびゅん寒夕焼　金城　悦子
寒夕焼したたる生死燃えいたり　小橋　啓生
血の色の寒夕焼なり摩文仁丘　小町　圭
密葬の案内ひそと寒夕焼　宮城　香子
今生の研ぎ澄まされし寒落暉　福岡　悟

冬虹《ふゆにじ》

虹は夏の雨の後に多く発生するが、冬にも時雨が通り抜けたあとなどに虹のかかる時がある。

冬崖の虹胸に来てひろがりぬ　新井　節子
キャンバスに髪梳く裸婦や冬の虹　池原　ユキ
母立ちて寂光の冬虹の花　小橋　啓生
起立するものみな淋し冬の虹　たまきまき
百選といふ水湧くところ冬の虹　仲里　信子
冬の虹首里高楼に止まれり　仲間　蔵六
水たまり跳ぶ冬虹の淡き下　中本　清
深く澄む山羊の瞳や冬の虹　真喜志康陽

年《とし》の空《そら》

一年の終り、今年最後の空。暮れも押し詰まって、行く年の慌ただしさを思う。

賛美歌の余韻残りし年の空　真喜志康陽

冬

地理

冬山《ふゆやま》

雪を頂く冬山もあれば、常緑樹の茂っている山、冬枯の山もあるが、余計なものがなく静寂である。

再検診とは冬山に入る如し　中川みさお
冬山の裾刈り込まれ走り出し　藤井　貞子
冬山に響く祝詞や御水取　伊野波清子

山眠《やまねむ》る

『臥遊録』の「冬山惨淡として眠るが如し」から。春の山が「山笑う」と形容されるのに対していう。

億年の地層を見せて山眠る　太田　幸子
眠る山深々銃眼が村ねらう　仲嶺　俊子
山彦をかえしそびれて山眠る　中村　冬美
教会のハモンドオルガン山眠る　ハルツォーク洋子
己が身を削りとられつ山眠る　前川千賀子
五百羅漢懐に抱き山眠る　与那嶺末子

枯野《かれの》・枯山河《かれさんが》

草木の枯れ果ててしまった冬の野原。物寂しくひっそりとしている光景が広がる。

どこまでも阿Qがゆくや大枯野　秋谷　菊野
枯野くるバッハのように象の耳　安谷屋之里恵
城辺《ぐすくべ》の涯の割目の枯野かな　井手青燈子
声立てて笑へば枯野より寂し　江島　藤代
よく眠る夢の枯野が青むまで　金子　兜太
大時計とまりしままに枯野駅　河村さよ子
山姥の吐息きこゆる大枯野　菊谷五百子

抜歯され背中に不安な大枯野　笹岡　素子

にっぽんの誠《こころ》さがして枯野ゆく　鈴木ふさえ

枯野ゆく棺のわれふと目覚めずや　寺山　修司

いつも世の兵器をかくす枯山河　高橋　修宏

アパートより見ゆる枯原火をつけたし　田邊香代子

冬《ふゆ》田《た》

稲刈りが終ってそのままにしてある田。真雁、鴨、白鳥などは、落穂の米粒を食べて渡りに備える。

万羽鶴舞い立ち舞い降る冬田かな　山里　昭彦

冬《ふゆ》《ふゆ》の泉《いずみ》《いづみ》・寒泉《かんせん》

冬、特に寒中の冷たい泉。

寒泉の音澄みとほる木立かな　上間　紘三

冬《ふゆ》《ふゆ》の水《みず》《みづ》・寒《かん》《かん》の水《みず》《みづ》

冬の水は手が切れるように冷たくなる。寒中の水につけた餅は悪くならない。水仕事にはつらい季節である。

冬の水呑んで動かぬ水鏡　大川　園子

鍛錬の鋼におどる寒の水　石川　宏子

ふれてはいけない器にみちた寒の水　田邊香代子

冬《ふゆ》《ふゆ》の川《かわ》《かは》

冬の川は水量も少なく河岸が広くなって枯葦が寒風に吹かれている。寒々とした風景が広がる。

何処までも橋に出会わぬ冬の川　中村　冬美

冬の川指差す方へ流れをり　高村　剛

追ひついて来たる波あり冬の川　石　登志夫

小鷺立つ流れのほそき冬の川　根路銘雅子

冬《ふゆ》の海《うみ》

海は怒濤が打ち寄せ、荒々しく暗い。

馬のなかにて走りをり冬の海　小川双々子

身の老をさらりと流す冬の海　嘉陽　伸

波頭生きてるごとき冬の海　三石　成美

冬《ふゆ》の波《なみ》・冬濤《ふゆなみ》・冬怒濤《ふゆどとう》《ふゆどたう》・寒濤《かんとう》《かんたう》

冬の季節風に海の波は荒くなる。岩肌にぶつかる寒中の怒濤は豪快だが凍えるような寒さがある。

冬怒濤燃ゆれば不死鳥のこえなり　小橋　啓生

じゃんけんのパアのかたちの冬怒濤　のとみな子

冬怒濤戦の匂ひかも知れず　本村　隆俊

寒濤や肩に残りし清め塩　狩俣　律子

砲身の浮かぶ伊良部の寒濤に　友利　恵勇

浪《なみ》の華《はな》

白波を花に喩える語。特に冬の海で強風にあおられ、岩場に砕け散る波が白い泡状になったものをいう。

海の怒り岩に砕きて浪の華　矢崎　卓

寒潮《かんちょう》《かんてう》

冬の海の潮の流れ。漁師はその寒潮を読んで漁に出る。

寒潮の月光刎《は》ねし黒き默　新井　節子

冬岬《ふゆみさき》

枯野原に季節風が吹きつける岬の突端は一段と冷たい。海の波も白く砕けている。

冬岬波の猛るを見て飽かず　いぶすき幸

氷《こおり》

寒さのために水が固体になったもの。初氷は北海道が十月下旬、東京は十二月初旬、九州は十二月中旬頃。沖縄では戸外で氷がはるとニュースになる。

氷塊に耳を押しあて時を聴く　比嘉　正詔

蝶墜《お》ちて大音響の結氷期　富沢赤黄男

冬《ふゆ》の湖《うみ》

冬季の湖のこと。クロツラヘラサギは日本に冬鳥として、九州、沖縄に飛来。

冬の湖クロツラヘラサギに逢いたくて　与那嶺和子

狐火《きつねび》・鬼火《おにび》

夜、墓地や山野に見られる青白い火の光。雨が降って燐が燃えるためとも、狐が食べる動物の骨とも。原因は不明。鬼火は夜目にも遠く見える原因不明の火。各地に鬼火にまつわる伝承がある。

恋占いすれば狐火ふえてゆく　羽村美和子

狐火や意識の流れ掠れをり　福岡　悟

切なげに鬼火浮遊す激戦地　浦　廸子

おろおろと径に迷ひし鬼火かな　菊谷五百子

軍港に鬼火のようなものがいて　岸本マチ子

鬼火もゆ悲痛は墓へ川は海へ　阪口　涯子

生活

開戦日《かいせんび》・十二月八日《じゅうにがつようか》《じふにぐわつやうか》

一九四一年十二月八日、アメリカ・ハワイ州のパールハーバーは日本軍による奇襲攻撃を受けた。太平洋戦争の開戦日である。

ガジュマルが九条摑む開戦日　後藤　蕉村
少年のピアスがゆれる開戦日　藤後むつ子
椰子の木の洞の深さや開戦日　西平　守伸
十二月八日普通の手を洗う　太田　和子
十二月八日骨密度を測る　神谷　冬生
敗戦史ぱたんととじる十二月八日　岸本マチ子
電話鳴る十二月八日の耳痒し　忍　正志
十二月八日の母を覚えている　田中いすず
死ぬときも忘れずに来る十二月八日　丹生　幸美
愛国心始まりは十二月八日　野沢えつ子
十二月八日ワインを包むチョコレート　畠　淑子
十二月八日胡坐の中にいる　前田　弘
十二月八日骨壺混じる陶器市　宮里　晄
十二月八日おねしょがあたたかい　横須賀洋子
感触は鰐の背十二月八日　四方万里子

鬼餅《むーちー》・初鬼餅《はちむーちー》・力餅《ちからむーちー》・力《ちから》ムーチー・鬼餅寒《むーちーびーさ》

旧暦十二月八日に月桃《げっとう》の葉などに餅を包んで蒸し、子どもの健やかな成長を祈る。初めてムーチーを迎える子どもの家では初ムーチーを親戚縁者に配る。大きく作ったものを力ムーチーと称し、男の子に与えた。そんなムーチーの頃のぐんと冷える寒さを鬼餅寒《むーちーびーさ》という。

鬼餅や生活に追はれ居たるかな　新井　節子
鬼餅の香や茶柱の立つ朝　川上　雄善

鬼餅や遠き記憶の駈けめぐる　平良　聰
鬼餅吊り庇の先の海光る　平良　雅景
鬼餅やロジカル回路に絡みつく　知花　洋子
鬼餅の民話も添えて子に送る　西原　洋子
鬼餅の匂ひの中に島暮るる　宝来　英華
鬼餅の市に匂へる里なまり　宮城　阿峰
遠き子へ鬼餅すだれちぢめけり　矢野　野暮
声張りて産湯蹴る子の初鬼餅　いぶすき幸
結びたる赤き紐なる初鬼餅　太田　幸子
初鬼餅手力こめて練りにけり　大嶺　清子
大鍋の厨賑わう初鬼餅　金城百合子
温もりの二ついただく初ムーチー　小橋川恵子
遠き地の嬰へ吊せり初鬼餅　島袋　直子
初鬼餅茶髪の父が配りおり　高良　和夫
堆錦の盆に盛らるる初鬼餅　知花　初枝
練り込むのはたっぷりの祈願初ムーチー　宮城　陽子
不揃ひに数多吊らるる初鬼餅　与座次稲子
託児所の鍋に溢るる力餅　海勢頭幸枝

力餅月桃の包はみ出せり　平敷　星玄
四キロの女児誕生力ムーチー　金城　幸子
野ざらしの骨なお残る鬼餅寒《むーちーびーさ》　上江洲萬三郎
石蹴って鈍き音聞く鬼餅寒　兼城　巨石
寄り合ひ衆鬼餅《むうちぃ》冷《びぃ》さ伴ひて　瀬底　月城
野に透る牛のうら声鬼餅寒　たみなと光
鬼餅冷え錆びた魚雷の際立ちて　仲里八州子
水牛の鼻孔ひからぶ鬼餅寒　西銘順二郎
鬼餅寒手負いの鬼を飼い慣らし　宮里　晄
鬼餅寒空室有りの手書札　安田久太郎
カーサ洗ふ水あたたかき鬼餅寒　山城　青尚
闇の舌ひと垂れふた垂れ鬼餅寒　与儀　勇
首里森の門かたし鬼餅寒　与儀　啓子

※カーサ＝ものを包んだり、のせたりするのに用いられる葉のこと。

年用意《としようい》・注連飾《しめかざ》る

新年を迎えるために煤払い、窓拭きなど家の清掃をし、松飾、注連飾などをつけ、年賀状も書く。正月用の買い物にも行く。

年用意石門開く崇元寺　そら紅緒
ひとつずつ仮面を外す年用意　田村葉
庭木剪るかなたこなたの年用意　仲間蔵六
酒・つまみ我が身一つの年用意　諸見里安勝
美《ちゅ》ら海の青を恋ひつつ賀状書く　石井五堂
山神に許し得て刈る飾り松　瀬底月城
注連作る翁寡黙に農の納屋　与座次稲子
注連飾るこころざしをば少しそえ　岸本マチ子
神木の梯梧に小さき注連飾る　高良園子

柚子湯《ゆずゆ》・柚子風呂《ゆずぶろ》・冬至湯《とうじゆ》

冬至の日に柚子の実を風呂に入れ、入浴する習慣がある。一年間風邪をひかないといわれている。

ストレスの分散極む柚子湯かな　福岡悟
惑星の宇宙《そら》に入るかに柚子の風呂　岩崎芳子
願い事成りてあふるる冬至の湯　真玉橋良子
かたくなな殻を冬至の湯に沈め　宮里晄

年忘《としわすれ》・忘年会《ぼうねんかい》《ばうねんくわい》

一年間の苦労をねぎらい、忘れ、お互いの無事を祝うために酒宴を開き、愉快に食べ、飲み、踊り、歌う。沖縄では世果報御願《ゆがふうにげー》といい、幸福や繁栄を来る年に願う。

塞翁が馬の籤《くじ》なり年忘れ　上原千代
年忘れ薬の水をこぼしけり　嘉陽伸
鬼笑ふ話に花や年忘れ　小松澄子
詭弁かなつじつま合はす年忘れ　福岡悟
大鍋に豚骨炊いて年納め　山里賀徳

年越蕎麦《としこしそば》

大晦日の夜に食べる蕎麦。江戸期以後の風習だが、細く長く生きるという願いを込めて食べる。沖縄では年越に沖縄そばを食べる。

息災に夫ありてこそ歳のそば　甲斐加代子

寒稽古《かんげいこ》

寒中の寒さに耐えて武道や音曲の稽古に励み、心身を鍛錬すること。あらゆる稽古事に通じる。早朝に行うことが多い。

大浪を摑む唐手の寒稽古　上原　千代
面取れば女に戻る寒稽古　岡田　初音
裂帛の気吐く稽古始めの子　原　　恵

寒泳《かんえい》

寒中水泳のこと。寒中の川や海で心身を鍛えるために水泳をする。

深呼吸して寒泳の一番手　原田　厚子

寒紅《かんべに》

紅花から造る紅は、寒中のものが最良とされる。また、一般的には寒中に女性が使う紅のこともいう。

今生のたてがみにひく寒紅よ　大城あつこ
寒紅や荷物小さく退院す　辻　　泰子
寒紅をひき考へをもう変へず　中川みさお
寒紅の見えざる敵へ四方斬り　原　　恵
少し濃く寒紅をひき別れゆく　宮里　　暁

冬《ふゆ》シャツ

冬に着る厚地の肌着。

リハビリの母の名残る冬のシャツ　西平　守伸

夜着《よぎ》

寝る時にかける夜具。かいまき。

合せゐる夜着やはらかや夫の息　有田　洋美

蒲団《ふとん》

蒲団は一年中使用するものだが、寒い季節には最も必要とされるため、冬の季語となっている。

不揃ひで佳いではないか掛蒲団　古賀　三秋

ちゃんちゃんこ

防寒用に着る袖なし羽織。綿が入っていて主に幼児やお年寄りが着る。重ね着に向いている。

気後れも気負ひも無くてちやんちやんこ　いぶすき幸

ほころびを遺せし亡母のチャンチャンコ　新里クーパー

ちゃんちゃんこ大き耳もち聞き直す　たみなと光

着《き》ぶくれ

寒さのために重ね着をして、体が膨れたさま。近年は暖房器具の進化と衣服の暖か素材が開発され、薄着になった。

着膨れて大きくなりし孤独かな　小橋　啓生

着ぶくれてサロメの恋を立ち読みす　鈴木ふさえ

着膨れて曲がってしまった臍の位置　瀬戸優理子

着ぶくれてついうっかりと国訛　玉城　幸子

電気なく火なく水なく着ぶくれて　徳永みどり
着ぶくれて一つふやせし物わすれ　中川みさお
着ぶくれし身にゆるぎなき乳房かな　中野　順子
竹を組む小屋の枡席着ぶくれて　中山　孝子
着膨れてサンニン売りの老婆かな　西平　幸栄
着ぶくれて形状記憶もてあます　鳩山　博水
産道を抜けて着ぶくれいま傘寿　原　　恵
着膨れてうんうんそうねそうだよね　樋口　博徳
さみしさの零れるばかり着ぶくれて　平迫　千鶴
着ぶくれて一言居士の独りごち　福岡　悟
「宮沢賢治」諳《そら》ずる子の着ぶくれて　行　　野

セーター

毛糸などで編んだ上着。元はスポーツ着だったが、防寒着、おしゃれ着として愛用されている。

セーターの未完のままに恋終り　椎野千代子
セーターも持ちて赤道越える旅　矢崎　　卓

外套《がいとう／ぐわいたう》

防寒・防雨用に服の上に着る衣類。オーバー。オーバーコート。

横町をふさいで来るよ外套《オーバ》着て　藤後　左右

冬帽子《ふゆぼうし》

冬に被る帽子で、かつ、ファッション性のあるもの。厳寒の地での防寒用のものは防寒帽。

シーサーと海を見てゐる冬帽子　石井　五堂
晩学は行きつ戻りつ冬帽子　甲斐加代子
反基地のデモに加はる冬帽子　宜野　敏子
ぼくが貰った大往生の冬帽子　小森　清次
冬帽子まぶかに青灰色の海　笹岡　素子
遅く来ていつも真ん中冬帽子　玉城　幸子
黙々と空缶つぶす冬帽子　比嘉　半升

ひとりゆく旅や目深に冬帽子　平迫　千鶴
琉球の眉持つ人の冬帽子　前本　悦子

頬被《ほおかむり・ほほかむり》

防寒のため頭から頬にかけて手ぬぐいなどをかぶる。

頬被りして賛成の手を挙げる　小森　清次

襟巻《えりまき》・マフラー

防寒とファッションを兼ねて首のまわりに巻く。用途によってマフラー・スカーフ・ネッカチーフなど様々ある。

えりまきの喜怒哀楽や擦りきれて　松井　青堂
マフラーして絵本の国へひと跨ぎ　照屋よし子
マフラーをふわり賢治の花巻へ　原しょう子

手袋《てぶくろ》

寒さや汚れから守るために手にはめる。多くは毛糸や革で作ってある。手套。

手袋の中で国家を撃つかたち　金子　弓湖
欲るこころ手袋の指器に触るる　鈴木しづ子
指先にまだある昭和手袋脱ぐ　長崎　静江
父さんを手袋展に見失う　のとみな子

足袋《たび》

足の形に作った布製の履物。親指と他の指が分かれる形で、踵の部分を小鉤《こはぜ》で留める。防寒用。

手づくりの足袋履きとほす母なりき　有田　洋美
足袋つぐやノラともならず教師妻　杉田　久女
白足袋に死後のことばを詰めており　田邊香代子
未婚一生洗ひし足袋が合掌す　寺田　京子

マスク

病菌や埃などをふせぐためにガーゼや不織布で鼻・口をおおう。花粉を防ぐのにも使われている。

警官に出会いてマスク外しけり　西平　守伸
溜息のマスク同士の笊碁かな　真喜志康陽

毛糸編《けいとあ》む

手編みとなると、寸暇を惜しんで編み物をする。セーターやマフラー、手袋、靴下など寒い冬に備える。

別れ来てあっけらかんと毛糸編む　いぶすき幸
毛糸編む心の痛み消え去りて　金城　英子
まんだらの裾ほどいては毛糸編む　田邊香代子
毛糸編む睡魔あみこみ模様とす　玉城　絹代
出不精の母の手遊び毛糸編む　宮城　涼

餅《もち》

糯米《もちごめ》を蒸し、臼で搗いていろいろな形に作った食べ物。多く正月や節句や祝い事に搗く。沖縄では洗った糯米を粉にしてから成形し蒸す方法が一般的である。

餅食みて無味乾燥とブルーアイ　久場　千恵
九条を納豆餅とからめ食う　後藤　蕉村
さっさと食えば良かったものを餅の黴　小森　清次

熱燗《あつかん》

日本酒を温めて呑む。特に、冷え込む夜には温度を高めにした熱燗を呑むと体が温まる。

熱燗にやきたき傷の二つ三つ　片山　知之
熱燗や女将ゆるりと島紬　富里　敬子

寝酒《ねざけ》

温まって安眠できるように寝る前に少し飲む酒。

盃の魚紋のゆるる寝酒かな　中本　清

玉子酒《たまござけ》

卵と砂糖を泡立てお酒を加えて温めた飲物。風邪のとき寝る前などに飲む。

素朴さに勝てるものなし玉子酒　本部　文子

火酒《ウオッカ》

ライ麦、玉蜀黍などから造るロシア特産の蒸留酒。無色・無味・無臭だが、アルコール分は強い。

火酒をドストエフスキーと飲んでいる　羽村美和子

葛湯《くずゆ》

葛粉に砂糖をまぜ、熱湯を注いでかきまぜ吹きながら飲む。体が温まるので風邪や喉の痛い時によい。

透きとおる葛湯の中に恋の香も　川津　園子

言の葉に傷つきし夜は葛湯吹く　鈴木ふさえ

湯豆腐《ゆどうふ》

昆布だしで豆腐を煮て、生姜、鰹節、葱など薬味にし醤油で食べる。寒い日、熱々の湯豆腐をいただく。

湯豆腐や優しい人からいなくなる　中田みち子

湯どうふは色丹島《しこたん》のこんぶがにあう　牧　陽子

寒卵《かんたまご》

寒中の鶏卵。栄養分に富むと言われ、貯蔵もきく。昔は家々で鶏を飼い、卵を栄養源にした。

寒卵死後とは知らず食べてゐる　柿本　多映
寒卵自分を崩すこと知らず　幸喜　和子
寒卵少し不一な地球にいる　駒走　松恵
気配りが過ぎて転がる寒卵　玉城　幸子

冬至雑炊《とぅんじーじゅーしー》・冬至雑炊《とうじぞうすい》《とうじざふすい》

沖縄の冬至は「とぅんじー」と呼ばれる節日で、火の神(ヒヌカン)、仏壇に田芋(ターンム)や里芋等を具にした炊きこみご飯を供え、家族の息災を祈り、おさがりをいただく。昔は米の飯がいただける日であった。

帰省の子てんこ盛のトゥンジージューシー　金城　幸子
田芋入りの冬至雑炊食べに来よ　稲田　和子
肉入れて冬至雑炊や里ごころ　上江洲萬三郎
雑炊や冬至の蓬匂ひもし　矢野　野暮
車座に冬至雑炊あつく食む　山城　青尚
住み古りて島の慣ひの冬至粥　いぶすき幸

鷹雑炊《たかじゅーしい》・鷹《たか》ぞうすい《たかざふ》

いまは捕獲を禁止されているが、以前は精が付くというので鷹の渡りの頃になると捕獲され雑炊にされていた。

鷹の雑炊父ありし日の大家族　北村　伸治

焼芋《やきいも》

焼いた薩摩芋。初冬の頃から石焼芋の屋台を引く人の姿を見かける。落葉焚きの中でも焼く。

夫と半分焼イモの暖かさ　久高ハレラ

烏賊墨汁《いかすみじる》

白イカのスミを用いた真っ黒い汁物。イカの身・豚肉・苦菜を煮込み、塩などで味をととのえるが、独特の風味とコクがある。

あつあつの甲烏賊汁は墨のまま　瀬底　月城
烏賊墨汁つくり父母訪ふ日暮かな　宮城　長景

芋茎汁《ずいきじる》・ムジの汁《しる》

田芋の茎を芋茎（ずいき）といい、沖縄ではムジという。子どもの誕生祝いに大鍋につくり、近所にふるまった。

初孫の誕生祝いし芋茎汁　福村　成子

根深汁《ねぶかじる》

葱をざっくり切って、それを味噌汁に仕立て、または、すまし汁にする。葱の味は冬が一番良い。

一すすりしてうなずいて根深汁　児島　愛子
根深汁かかあ天下も悪くない　小森　清次

牡丹鍋《ぼたんなべ》

猪は脂肪がついて肉は美味。これを鍋料理にする。白味噌仕立てにすることが多い。山鯨は猪の別称。

どこまでが農耕民族牡丹鍋　井崎外枝子
峡宿の自家製味噌やぼたん鍋　中野　順子

おでん

寒い日、大根、豆腐、はんぺん、竹輪、卵などを煮込んだ熱々のおでんで、燗酒を呑むのも悪くない。

豚足のでんと構へしおでんかな　大浜　基子
頰杖しおでん温めてひとり酒　忍　正志
健康祭おでんの匂う診療所　西平　守伸
おでん熱し一兵卒は飢ゑしまま　松井　青堂

煮凝《にこごり》

魚や肉などの煮汁が冷えて固まったもの。煮凝料理を作る時はゼラチンや寒天を加えて固める。

煮凝や原潜触れ来し深海魚　折原あきの
煮こごりや小皿の上のオホーック　小森　清次
煮凝りを賽の目に切る自虐癖　たまきまき
戦あり煮凝に箸あててみる　照井　三余

風呂吹《ふろふき》

大根・蕪などを昆布だしで柔らかく茹で、熱いうちに合わせ味噌をつけて食べる料理。

ふろふきを一人でくずす夕餉かな　幸喜　和子

冬籠《ふゆごもり》

冬の寒さを避けて、外に出ないで家に籠っていること。暖かい地方でも冬は籠りがちになる。

地球儀の旅をいたして冬ごもり　河村さよ子
冬籠りして這い這いもできなくなる　田邊香代子

北窓塞ぐ《きたまどふさぐ》

家の北側の窓は寒いので、風が入るのを防ぐために窓を閉めて塞ぐ。春には北窓を開く。

北窓を塞ぎ自画像色褪せる　浦　廸子

冬囲《ふゆがこい》

冬囲ひ《ふゆがこひ》

冬の寒さに備えて、家屋や樹木の周囲を囲い、暖房器具などの手入れをする。

手を入れて納得のゆく冬囲い　鹿島　貞子
冬囲己が不満も囲ひけり　百名　温

冬《ふゆ》の灯《ひ》・寒灯《かんとう》

日暮とともに寒々とした冬の灯が灯される。寒く寂しい感じとともに少しぬくみもある。寒中の灯火はことに暖かく感じるが、輝きが乏しく寂しい。

冬の灯は母のさげ来し魚の目に　石川　流木
寒灯の見えては消ゆるモノレール　秋野　明女
寒燈の一つ一つよ国敗れ　西東　三鬼
漁り火と島の寒灯灯り合う　平良　雅景
寒灯に探すおのれの影法師　軒原比砂夫

冬座敷《ふゆざしき》

家の中は暖房もきいており、座敷は襖や障子を閉めて暖かくしてある。戸外の寒さを忘れさせる。

燭台に古色の灯る冬座敷　中村　阪子
それとなく孤独編み込む冬座敷　宮城　陽子

ストーブ

石炭、石油、ガス、電気などを用いる暖房装置。

ストーブとふたりの気分ひとりかな　座安　栄
ストーブかこみ皆空襲の体験持つ　田邊香代子

炭《すみ》・埋火《うずみび》《うづみび》

埋火は火鉢の灰の中に埋めた炭火。火種を絶やさないようにするのである。

炭はねし朝や大本営発表　大牧　広
学問のさびしさに堪へ炭をつぐ　山口　誓子
埋み火や捨てられぬもの二つ三つ　大城あつこ

榾火《ほたび》

焚くための木の枝や木切れを榾という。大木を切ったあとの根株は乾燥させて火にくべると火持ちがよい。

みほとけの指をしたたる榾火かな　近藤　瑠璃

口切《くちきり》

茶の湯では炉開きの日に、新茶の入っている壺を初めて開く。新茶をいただく茶会も開かれる。

口切りや子の織り上げし帯締めて　金城百合子

日記《にっき》買《か》う《につきかふ》

来年用の日記を買うのである。一年ごとのものや三年、五年、十年日記、また家計簿付きなど種類も多い。

何気ないことの幸せ日記買う　池田　なお

晩節の夢のつづきの日記買ふ　渡真利春佳

古日記《ふるにっき》

一年間書き綴ってきた愛着のある古い日記に替えて、新しい日記を使いはじめるのも喜びである。

過去たちは騒ぎをりけり古日記　福岡　悟

古暦《ふるごよみ》

一年が終わりに近づき、使い古された暦。

海も空も反りて火となる古暦　高橋　照葉

焚火《たきび》・落葉焚《おちばたき》

暖をとるために戸外で焚火をする。樹木の落葉や枯草などを家の庭先や公園などで焚き、体を温める。

自慢話つぎたしてゐる焚火かな　江藤　藤代

浜焚火砂かけてみな出漁す　曾我　欣行

消えさうな焚火に海胆の殻も投げ　友利　昭子

葬儀屋のいきなり落葉焚きにけり　古賀　三秋

鉛筆を削りのこして落葉焚　松井　青堂

火事《かじ》《くわじ》

建物や山林などが焼け燃えること。空気の乾燥する冬に多い。

五・七・五積んで崩して遠き火事　岩崎　芳子

冬耕《とうこう》《とうかう》

冬の田畑を耕すこと。土が固くならないようにする場合もあれば、冬蒔きのための場合もある。

後朝《きぬぎぬ》に似て冬耕の帰り道　秋谷　菊野
冬耕へ行く一輪車一直線　髙村　剛
冬耕や馴染みて土の香ばしさ　山城　怜子

二期田刈《にきたがり》・二期刈田《にきかりた》

燕が去り、鷹が渡り、新北風（ミーニシ）が吹きはじめると、沖縄では二期米の刈り入れがはじまる。最盛期は十一月で、十二月初旬には終る。この稲は八月頃に植えたもので、三ヶ月で刈る早稲型といわれる。

雨近し男ひとりの二期田刈り　石田　慶子
大鍋に滾《たぎ》る豚汁二期田刈　花城三重子
二期田刈大海原をまなかひに　山田　静水
乳房張る牛の放たれ二期刈田　伊是名白蜂
鷺下りて夕闇白し二期刈田　北村　伸治
二期作の黄金の穂波村つつむ　比嘉　みち

糸芭蕉刈《いとばしょうか》《いとばせうか》る

芭蕉布用の糸（繊維）をとる糸芭蕉は、植えてから二年目の十月から二月までの繊維が柔らかく良質な時期に刈る。

陽のやはら糸芭蕉刈る長寿村　瀬底　月城

甘蔗刈《きびかり》・甘蔗倒《きびたお》《きびたふ》し・甘蔗担《きびにな》《きびになふ》う・甘蔗出《きびだ》し

一月から三月の製糖期になると、熟した甘蔗を鉈や鎌、鍬等を使い家族総動員で刈る。倒すように刈り取ることから甘蔗倒しともいう。家族がいない場合「結《ゆ》い衆」が手伝う。製糖工場への搬出までの作業を甘蔗出しという。

甘蔗刈や赤手袋の老農夫　安次嶺一彦
キビ刈って束ねて積んで暮れにけり　池田　俊男
晴るる日の海鳴り青き甘蔗刈る　石井　五堂
甘蔗刈りや援農隊の国訛り　石川　葉子
甘蔗刈の鈍き鉈音海辺まで　稲田　和子
甘蔗刈の鎌音村に結の衆　上原　千代
甘蔗刈りの誰れも無口に鎌を振る　浦　廸子
甘蔗刈りて畑に葉殻のサン結び　大城百合子
甘蔗刈りてユイまかなひや雑木箸　大山　春明
甘蔗刈って星のこんぺいとう無数　小熊　一人
甘蔗刈って伊江島立塔《たっちゅう》引き寄せる　神元　翠峰

甘蔗刈りて遠見に湾の開けたり　北川万由己
キビ刈るや老に丈余の壁なして　末吉　發
老農の手並み確かに甘蔗刈る　平良　聰
一せいにキビ刈り終えて墓残る　平良　雅景
甘蔗刈られ畑真っ平らとなりにけり　たみなと光
きび刈りし畑水平に軍機発つ　津波古政信
刈り終える安堵のボレロきびの山　友利　恵勇
甘蔗刈って海のさみどり香りけり　仲宗根　翠
キビ刈りの汗染み込んで土黒し　比嘉　正詔
キビ刈りの陸封の裔黙々と　宮城　正勝
乳飲ますときが憩ひの甘蔗刈女　山城美智子
日をかへし手斧発止と甘蔗倒す　いぶすき幸
荒縄の締めの固さよ甘蔗倒し　辻　泰子
この人の代で終るか甘蔗倒し　百名　温
山羊汁の煮立つ厨や甘蔗倒し　与儀　啓子
今は昔ウージートーシーと言った日々　照屋　健
甘蔗出しを告ぐるマイクの島訛　前城　守人
甘蔗運ぶわだちの跡の溜り水　石垣　美智

製糖《せいとう》《せいたう》・新糖《しんとう》《しんたう》・甘蔗《きび》搾《しぼ》る・甘蔗《きび》煮《に》つむ

刈り取った甘蔗は工場に運ばれ、黒砂糖や分蜜糖が製造される。製糖期の初めにできたもの、あるいは出来立てのものを新糖（ミーサーター）という。

製糖の香りほのかに島装ふ　石川　流木
製糖の煙真横に北下し　神元　翠峰
新糖を吃水深く出港す　北村　伸治
新糖のたかきにほひや馬車だまり　篠原　鳳作
村暮れてなほ新糖の匂ひ満つ　島袋　常星
海流へ新糖の湯気流れ込む　当眞　針魚
新糖の小包香る郵便局　長田　一男
新糖のまろみをもって島言葉　半田　綾
新糖の香を織りまぜよ泥紬　堀江　君子
久さに来て島の新糖舌に溶く　矢野　野暮
新糖の香り仄仄里の路地　与座次稲子
甘蔗搾る一滴づつに冬日差す　佐々木経子
キビ搾る匂ひ村中活気満つ　根志場　寛
逢えばさみしい黒砂糖煮つめる村　穴井　太

製糖期《せいとうき》《せいたうき》・新糖期《しんとうき》《しんたうき》

一般に一月の小寒の頃から製糖期に入り、三月下旬に終わる。白銀の穂先が出揃うと、ぐんぐん糖度が上り、寒が加わる一月中頃には糖度十七度、二、三月の最盛期には二十一〜二二度にもなる。この熟した甘蔗の茎を圧搾機にかけて甘蔗汁を採り、汁を煮つめて黒糖にする。農家が一番活気づく時期。

製糖期の日がどっしりと村つつむ　遠藤　石村
水田の吐き出す音や製糖期　北川万由己
牛糴の声の飛び交ふ製糖期　島袋　直子
眼には海の湿りや製糖期　進藤　一考
製糖期の甘き香りや雲けぶる　陳　宝来
製糖期嫁ぎし娘郷帰り　西平　幸栄
道路鏡こはれしままや製糖期　西村　容山

ひねもすを黒煙の立つ製糖期　西銘順二郎

海鳴りの募る日々なり製糖季　山口きけい

大根引《だいこんひき》

小春日和を選んで畑に行き、引き抜いて収穫する。年中穫れるが冬が旬である。

大根引く辺野古の海を借景に　渡嘉敷皓駄

わだかまり胸にをさめて大根引く　宮城長景

太平洋一望にして大根引く　宮城陽子

いざい・いざい火《び》・漁火《いさりび》

「いざい」は冬季から早春にかけて、沖縄で干潟の水溜りや浅瀬でする夜の漁法。漁具は銛を用い大潮の干潮時に灯火を持ち行う。

いさり火の帰るは潮の満ちしより　瀬底月城

漁り章魚板干瀬の夜へ汐垂るよ　矢野野暮

正月豚《しょうがつぶた》《しやうぐわつぶた》

沖縄の正月はなんといっても豚料理がメインのため、歳晩に近づくと豚肉が飛ぶように売れた。

トラックに旧正の豚おし合へり　山田静水

一疋は背中に負ひぬ仔豚売　篠原鳳作

豚屠る背ナに師走の風つよし　翁長求

探梅《たんばい》

冬、早咲きの梅の花を見たくて探して歩くこと。

死って光なんだ探梅の話してる　粟田正義

探梅や瀬音高なる山の雨　桑江良栄

付かず離れず探梅の影二つあり　児島愛子

竹馬《たけうま》

二本の竹竿の先に足がかりを作って、これに乗り、両手で竿の上部を握って歩く。昔は子どもの遊び用具。

竹馬の一歩一歩の風跨ぐ　岡田　初音

サッカー

サッカー発祥の地のイギリスでは、ラグビーとともに冬のスポーツとされていた。

さあサッカーオーレオレオレラッパ鳴る　稲嶺ひろみ

ラグビー・ラガー

ラガーはラグビーの選手のことだが、ラグビーの俗称でもある。

干されても闘争本能ラガーシャツ　松井　青堂

ラガー等のそのかちうたのみじかけれ　横山　白虹

風邪《かぜ》

冬は空気の乾燥によって、風邪のウイルスに感染しやすい。また、湯ざめなどの冷えから風邪をひくこともある。

納税のついでに風邪を置いて来る　小森　清次

世紀末きりんの首が風邪をひく　中村　冬美

恋の風邪薬は黒い漢方薬　羽村美和子

風邪妻の詰めたる弁当《めし》の暖かし　比嘉　正詔

しんがりに風邪をまとめて我が引く　堀川　恭宏

湯《ゆ》ざめ

風呂上がりに寒気に当たって体が冷えてしまうのを湯冷めという。

湯ざめしてもう止めねばと繰る頁　荏原やえ子

咳《せき》

大気の乾燥、寒冷などで、鼻の粘膜や喉の粘膜などが荒れて咳が出る。風邪をひいて咳き込むこともある。

せ き を し て も ひ と り　尾崎　放哉
咳ひとつ大ヒンプンを越えにけり　キャサリン
咳をして未来のことを考える　田代　俊泉
塀越しに咳二つ三つ落とし行く　照屋よし子
ためらうももうこの辺で咳払い　永田タヱ子
残されて咳をしている仮の世も　原　恵

くさめ

くしゃみのこと。鼻の粘膜が刺激されて起こる。

うとうとと家人のくさめ数えおり　親泊　仲眞
大くさめ天と海とが皺くちゃに　幸喜　正吉
くさめして解体されし懺悔かな　鈴木ふさえ
咳くさめ地軸傾くせいにして　中田みち子
くさめして頭の中が空になる　真喜志康陽

木《こ》の葉髪《はがみ》

木の葉が落ちる時期には、人の髪の毛も脱けるとされている。脱け毛を落葉に喩えていう。

木の葉髪サイン・コサインみな遠し　竹本　良子
釣銭に魚臭も添へて木の葉髪　渡真利春佳

胼《ひび》

手・足が寒気で血行が悪くなり、皮膚が荒れ、亀裂ができる。痛い。「あかぎれ」はそのひどくなったもの。

ペン止めてひび割れの指なめてみる　池宮　照子

悴《かじか》む

寒さのために手足がこごえて、思うように動かなくなる。体が寒さに震えていうことを聞かない。

灯台の地球はまろく悴めり　辻　泰子

懐手《ふところで》

和服を着て、手や腕が寒いので、袂の中や懐の中に両手を入れること。人のために何もしないことの喩えにも使われる表現。

懐手して突っかける女下駄　小森　清次
石蹴りつ一句育てる懐手　相良　千画
長考の棋士のまわりは懐手　新里クーパー
奥の手を秘めているよなふところ手　鈴木ふさえ
妻ありて少し孤独な懐手　平良　雅景
立前も本音も持たず懐手　中川みさお
呼び名待つ老いの溜り場懐手　西平　幸栄

日向《ひなた》ぼこ

冬、日当りの良い部屋や縁側など、暖かい場所でのんびりする。日光浴にもなり、気分もやわらぐ。

日向ぼこでんぐり返る猫一匹　辛川八千代
だんまりを決めて抗う日向ぼこ　末吉　發
太古より続く潮騒日向ぼこ　辻　泰子
ひざ小僧逆撫もして日向ぼこ　照屋よし子
日向ぼこいつしか鳩の群れの中　渡真利春佳
日向ぼこまた一枚の虚勢脱ぐ　中田みち子
不器用な日もあって良い日向ぼこ　永田タヱ子
満州に空席があり日向ぼこ　前田　弘
蓬髪のアインシュタイン日向ぼこ　松井　青堂
日向ぼこ立ち上がるまで死に隣る　宮城　正勝
逆さまに絵本見る子や日向ぼこ　宮城　艶子
島に住み惑いはロハス日向ぼこ　目良奈々月
来ぬ人の噂話や日向ぼこ　本宮　豊子

生活

冬《ふゆ》の旅《たび》

寒さを避けるために温暖な地に旅をする人もいれば、寒さに向かって出かける人もいる。旅のもつ風情はそれぞれである。

冬の旅夢の中まで海荒れて　田中　不鳴

大落暉機上より見る冬の旅　山口　貞子

行事

神《かみ》の留守《るす》

旧暦十月（神無月）に神々が出雲大社に集まるといわれ、出雲の国以外では、鎮座に神がいなくなるのである。

権禰宜《ごんねぎ》は新車の匂い神の留守　神谷　冬生
御穂田《みふーだ》に水残りをり神の留守　古波蔵里子
白地図に好きな色塗る神の留守　羽村美和子
神苑に鎌とぐ女《ひと》や神の留守　藤原　由江
神留守の神の鈴振る静寂《しじま》かな　宮城　涼
神の留守あずかりて立つ守り石　与那嶺和子

酉《とり》の市《いち》・一《いち》の酉《とり》

十一月の酉の日に行われる鷲《おおとり》（大鳥）神社の祭礼を酉の市という。三の酉まである年もある。縁起物の熊手を売る。

この辻を曲れば明日一の酉　眞栄城寸賀

七五三《しちごさん》

十一月十五日に数えで男子は三歳と五歳、女子は三歳と七歳を祝う。新しい衣服で着飾り、氏神様に参る。

なりきるや琉球の王七五三　喜納世津子
基地の街異国の人の七五三　西平　幸栄
砂漠からとどくメールや七五三　松井　青堂

波郷忌《はきょうき》《はきやうき》

石田波郷は十一月二十一日に肺結核で病没。一九一三年～一九六九年。墓所は東京都調布市の深大寺。風鶴忌、惜命忌ともいう。

波郷の忌鵙の一声切字とも　高橋　照葉

一葉忌《いちようき》《いちえふき》

十一月二十三日。樋口一葉の忌日。一八七二年～一八九六年。享年二十四歳。『たけくらべ』『にごりえ』など。

一葉忌明日の米買ふ夜の町　池原　ユキ

好物はパンの耳なり一葉忌　又吉　涼女

憂国忌《ゆうこくき》《いうこくき》・三島忌《みしまき》

十一月二十五日。三島由紀夫は一九七〇年のこの日、自衛隊市ヶ谷駐屯地バルコニーにて演説後、自決。享年四十五歳。

ベクトルの解けぬ教室憂国忌　秋谷　菊野

親鸞忌《しんらんき》

親鸞は浄土真宗の開祖。弘長二年十一月二十八日に入寂した。この日前後七昼夜に渡って法要が行われる。

親鸞忌しぐれも法話きく日かな　広長　敏子

針供養《はりくよう》《はりくやう》

関西では十二月八日、関東では二月八日に針仕事を休み、一年間に使って折れた針を神社に納め供養する。

伊江島の乙女ばかりの針供養　島袋　暁石

鞴祭《ふいごまつり》・鍛冶祭《かじまつり》《かぢまつり》・フーチヌユーエー

旧暦十一月七、八日に鍛冶屋、鋳物師など、いつも鞴を使っている人たちが、鞴を清めて安全息災を祈る。

花米を散らし老母の鍛冶祭　大城　愛子
酌むほどに小声癖なり鍛冶祭　瀬底　月城

諸折目《うむうゆみ》・芋《いも》まつり・芋《いも》プーズ

主に沖縄本島北部で旧暦十一月におこなわれる、イモ（サツマイモ）の収穫を感謝し、豊作を祈願する行事。集落では拝所に、各家では仏壇、火の神に煮イモを供える。

乞食《こつじき》に天下聞きをり諸折目　瀬底　月城

クリスマス・聖樹《せいじゅ》・クリスマスツリー・聖夜《せいや》

十二月二十五日のキリストの降誕を祝う祭。その前夜より聖夜、クリスマスイブとして祝う。聖樹であるモミの木の枝々に飾りものを吊るす。

基地のかたちに浮上するクリスマス　川名つぎお
クリスマスケーキの如き基地の家　金城　杏
ガチャガチャの鳴く夜を以てクリスマス　篠原　鳳作
クリスマスオルゴール付のカードかな　諸見　武彦
那覇街のスクランブルに聖樹の灯　大城百合子
産院の小窓に聖樹瞬けり　金城百合子
山一つ明るくなりて大聖樹　仲里八州子
コザ騒動ありし街頭聖樹の灯　前原　啓子
子ら嫁ぎツリーのあかりだけの夜　三村　和恵
さみどりの雨音したる聖夜かな　小橋　啓生
廻転扉《どあ》にはじき出さるる聖夜かな　津嘉山敏子
聖夜劇子らそれぞれに主役なり　富村安佐子
わが貧の一燈光る聖夜かな　中川みさお

いざいほう

沖縄県南城市・久高島で、十二年ごとの午年の旧暦十一月十五日から五日間かけて島の女性が神女組織に加入する祭。一九七八年以降行われていない。

イザイホウの夜は白波の珊瑚礁　安島涼人

いざいほう女性神慮の橋渡る　山城青尚

冬の日を勾玉に入れ神踊　伊舎堂根自子

年《とし》の市《いち》・暮《くれ》の市《いち》

新年用の品々を売る市。個人商店からスーパー、デパートまで一斉に大売出しを行う。

豚骨に大鉈振う年の市　安里星一

豚の顔吊して沸きたつ年の市　金城悦子

三枚肉どんと並べて歳の市　宮城陽子

屋根獅子のだんまり見ている暮の市　宮城涼

豚一頭残さずさばき師走市　与那城恵子

若太陽《わかてぃーだ》

沖縄では冬至の日に太陽が生まれ変わると言われ、若太陽と表現されてきた。若太陽の日の出のことも言う。

若太陽浴びて大地の気を纏う　諸見里安勝

南哲忌《なんてつき》

十二月二十六日。詩人・伊波南哲《いばなんてつ》の忌日。一九〇二年〜一九七六年。石垣島出身。詩人・佐藤惣之助に師事し、一九三〇年詩集『銅鑼の憂鬱』を出版。

居酒屋に島酒酌めり南哲忌　島村小寒

出港の汽笛の長し南哲忌　山城青尚

故里の甲烏賊食めり南哲忌　芳沢史子

除夜詣《じょやもうで》《ぢよやまうで》

大晦日に神社に参詣すること。除夜の鐘を聞いて新年を迎えてから帰宅する。

篝火の火の粉の中の除夜詣　新垣富子

除夜《じょや》《ぢよや》の鐘《かね》《かね》

大晦日の夜、新年を迎える時刻が近づくと、寺では鐘を鳴らす。百八の煩悩を除くために百八回鳴らす。

母ひとり厨房に立つ除夜の鐘　安里　洋子
精一杯生きて悔あり除夜の鐘　石垣　美智
重ねおく紅型帯や除夜の鐘　大嶺美登利
生き伸びし細身にひびく除夜の鐘　翁長　求
連山の闇より一つ除夜の鐘　親泊　仲眞
鐘よりも除夜の汽笛の響きをり　古賀　三秋
真顔にて除夜の鐘きく仕舞風呂　小橋川文子
街の端に音の遅速よ除夜の鐘　忍　正志
除夜の鐘に遅れ昭和の古時計　末吉　發
除夜の鐘影おとなしく列をなす　西平　守伸
除夜の鐘煩悩ゐぐる風の音　福岡　悟

寒行《かんぎょう》《かんぎやう》

寒中に寒さに耐えてする修行。滝に打たれたり、水を浴びたりする水垢離・念仏・誦経などをして祈願する。

海鳴りやマユンガナシの寒の行　大浜　基子

久女忌《ひさじょき》《ひさぢよき》

杉田久女は一八九〇年生れ、那覇・台湾で少女時代を過ごす。一九四六年一月二十一日に没し、享年五十五歳。虚子により「ホトトギス」から除名された異色の女性俳人。

愛憎の師弟の闇や久女の忌　浦　廸子

御願解《うぐわんとう》き・御願解《うぐわんぶとうち》き・御結願《うけちぐわん》・ウケチグワン

各家では台所の火の神に家内安全、家族の健康を折に触れ祈るが、旧暦十二月二十四日、火の神に米や線香を供え、一年間の安泰に感謝し、御願を解く。このウグヮンブトゥチの後、火の神は年に一度の報告のため、天に昇るとされる。

御願解き火の神そろり郷里帰り　金城　幸子
大いなる曇りの下の御願解　進藤　一考
寄生木の影置く石や御願解　西村　容山
願解きの歩幅ちぐはぐ石の坂　矢野　野暮
くどくどと祖母の祝詞《たかべ》や御結願《うけちぐわん》　瀬底　月城

鬼《おに》《おに》やらい《ひ》

節分の夜に弓矢をはなって鬼を追い払う儀式。現在、多くは豆まきが行事の中心である。

鬼やらい豆の一つに打たれけり　上間　芳子
素焼せし屋根獅子《しーさー》吼ゆる鬼やらひ　浦　廸子

豆撒《まめまき》・豆《まめ》を打《う》つ

節分の夜に「福は内」「鬼は外」と言いながら豆を撒く。追儺の行事である。各家庭でも行うが、各地の寺社でますます盛んである。

豆撒きや鬼もびっくりカレー味　岸本百合子
老いは外おのれへ豆を撒きにけり　児島　愛子
豆を撒く鬼を追わない村もある　須﨑美穂子
豆を撒く獅子身中の虫めがけ　宮里　晄
豆を打つ百鬼夜行の基地の街　浦　廸子
鬼打ちし豆のまぎれる玩具箱　金城百合子
痼の虫拳で包んで「鬼は外」　諸見里安勝

動物

熊《くま》

本州・四国にはツキノワグマが、北海道にはヒグマが生息する。穴に籠って冬眠し、子を産む。

熊出たと両手かざせば似てくるなり　植田　郁一

信号に従っていて熊に遭う　神谷　冬生

船酔の首を振つては白熊となり　藤後　左右

冬眠《とうみん》

冬季に動物が摂食、活動をやめ、地中で眠ったような状態で冬を越すこと。

冬眠の蝮のほかは寝息なし　金子　兜太

狐《きつね》

昼は行動せず、夜間に野鼠、兎、小鳥、果実などを食べ歩く。一月から三月が交尾期で盛んに鳴き交わす。

あおい狐となりぼうぼうと魚焼く　穴井　太

森の狐に細目を据えて秩父囃子　植田　郁一

鼬《いたち》

野山、低地の水辺に棲み、鼠、蛇、鳥などを餌にする。鶏小屋を襲ったりするので、罠を仕掛けて捕獲する。

核の時間は今何時ですか鼬罠　丹生　幸美

むささび

リス科で夜行性、木の実や果実を食べる。足のあいだの飛膜を広げ木から木へ飛ぶ。

あおあおとムササビが翔ぶ脳中に　穴井　太

狼《おおかみ／おほかみ》

大神の意。イヌ科の哺乳類。かつては北半球で広く分布したが、日本では絶滅。

大食で多弁でさみしい狼で　岸本マチ子

絶滅のかの狼を連れ歩く　三橋　敏雄

兎《うさぎ》

ウサギ目の動物の総称。一般的に耳が長く、敏捷、活発で繁殖力が大きい。

兎がはこぶわが名草の名きれいなり　阿部　完市

うつうつと兎が食べるバタ付きパン　田川ひろ子

竈猫《かまどねこ》

冬になると猫は暖かい場所が好きである。昔、竈があった頃は、温もりのある竈の上でよく眠っていた。

濡れ衣を乾かしているかまど猫　小森　清次

鯨《くじら／くぢら》

クジラ目の哺乳類の総称。シロナガスクジラは古今を通して最大の動物である。現在、商業用の大型捕鯨は禁止されている。沖縄では冬季、ホエールウォッチングが楽しめる。

わだつみをいとほしむかに鯨吼ゆ　安座間勝子

鯨の尾海の五線譜揺らしけり　安谷屋竹美

大いなる波に逆立つ鯨の尾　石井　五堂

甲板の鯨日和や夫と子と　稲嶺　法子

尾鰭振り鯨親子の里帰り　川崎　蘆月

息継ぎの鯨人工衛星過ぐ　土屋　休丘
再会や鯨の声も周波数　友利　昭子
無言電話のようだマッコウクジラ　のとみな子
海鳴りは鯨のうたう相聞歌　羽村美和子
海流に乗ったクジラの目が笑う　樋口　博徳
鯨さんと潜水ごっこしていたの　牧　陽子
海峡は島のまほろば鯨来る　山田　静水

海豚《いるか》

群れをなして泳ぐ。知能が高い。

空の青とらへ海豚の大跳ねす　たみなと光
不眠症夢にイルカが棲みついて　羽村美和子

冬蛙《ふゆかわず》《ふゆかはづ》

蛙は春から夏にかけて賑やかに鳴く。方言名は、アタビーまたはアタビチャー。沖縄では冬が繁殖期のものも多い。

産井《うぶがー》に四肢のゆるびや冬蛙　當間　シズ
沖縄や冬の蛙の反戦歌　小林　夏冬

荒鷹《あらだか》

野生の鷹を捕えて、訓練を行うことで狩猟用として飼育する。名前の通り、気性が荒い。

荒鷹のあたふたよぎる着弾地　浦　廸子

落鷹《おちだか》・はぐれ鷹《だか》

サシバやアカハラなどの鷹は、中国や朝鮮半島、日本で繁殖し南下する。団体行動が苦手な一部の鷹は南西諸島や沖縄で冬を越す。はぐれ鷹に惹かれる人も多い。

落鷹や空の青さの暮れてゆく　池田　俊男
落鷹の呼び合ふ声のまだ幼な　井上　綾子
この島に生きん落鷹の意地となり　上江洲萬三郎

動物

落鷹の声勤行に響き合ふ　上間紘三
落鷹の阿鼻叫喚や基地の島　浦　廸子
落鷹や門中墓の松を宿　大城伊佐男
落鷹の舞ふシーサーの真上より　佐々木経子
落鷹の声をいぶかる松林　島根陽一
落ち鷹に受水走水脈づきぬ　進藤一考
落鷹の山河に惑ふ孤独かな　平良　聰
落鷹の影が地を舞ふ馬場の跡　西銘順二郎
落鷹や吹きかはりても海の風　前田貴美子
落ち鷹の一声響く座喜味城　宮城佐和
落ち鷹の声ふりしぼる基地の村　山本初枝
はぐれ鷹空の深みに鳴き交わす　石川葉子
風に乗るほかなし島のはぐれ鷹　平良雅景
城跡の木立に鳴きしはぐれ鷹　棚原節子
唐突に小窓過りしはぐれ鷹　辻　泰子
回帰力胸に溜めおりはぐれ鷹　友利恵勇
はぐれ鷹弧を描きては寺に棲む　西村容山

冠鷲《かんむりわし》

八重山諸島で繁殖することで知られ、湿地帯やマングローブの林などで生息。小動物や蛇を捕食。石垣島出身の元世界チャンピオンのプロボクサー（現タレント）具志堅用高の異名でもある。

冠鷲高きを選び止まりけり　大浜基子
冠鷲芙蓉の花に倦みて翔ぶ　小熊一人
ゆるぎなき松の構へや冠鷲　北川万由己
冠鷲島の一枝に徹したり　久田幽明
冠鷲低しや過疎の村の上　比嘉朝進
岩襖かんむり鷲のふり返る　山城青尚
かんむり鷲塒《ねぐら》で聞くはでんさ節　山田静水
かんむり鷲気根地に立つ大赤秀《あこう》　与儀啓子

冬《ふゆ》の鳥《とり》・冬鳥《ふゆどり》

冬の鳥は、冬季に見る鳥全般のこと。冬鳥は、秋に北方から渡ってきて越冬し、春になると再び北方へ去って夏に営巣・繁殖する渡り鳥。雁・鴨・鶫など。

置物とつい見まがふや冬の鳥　キャサリン

冬鳥の地球巡りし面構へ　筒井　慶夏

冬鳥の風につれ鳴く御嶽径　仲里　信子

冬鳥の声清けしや慰霊塔　前原　啓子

鷺《さぎ》

形は鶴に似るがやや小さい。水辺にすみ、主に魚を食べる。沖縄では冬鳥。

耕人の後追ふ鷺の歩幅かな　井上　綾子

此処に基地?地ならしユンボに鷺一羽　渡邉　宜

ヘラサギ

トキ科だが鷺に似て大きく、全身白い。嘴がヘラのような形で長い。水辺に棲む冬鳥。

ヘラサギや御嶽に抱かれ眼を閉じる　金城　貴子

冬《ふゆ》の鵙《もず》・寒《かん》の鵙《もず》

寒中の鵙。初冬は縄張りを主張して鋭く鳴く。縄張りが決まるとその中で生活する。

声のみが一直線に寒の鵙　吉木　良枝

笹鳴《ささなき》・笹子鳴《ささごな》く

山地の鶯は、冬になると平地に移動しチャッチャッと舌打ちするような地鳴きをする。笹子は鶯の幼鳥。

笹鳴きや村の産井の神御願　宜野　敏子

笹鳴や御嶽に残る陣地跡　桑江　良栄

献上の水汲む沢や笹子鳴く　古波蔵里子

針塚を囲む玉垣笹子鳴く　桃原美佐子

登校の子らの抜け道笹子鳴く　宮城　安秀

寒雀《かんすずめ》

寒中の雀。着膨れているようで愛らしい。寒中の雀は美味と言われている。

無になれと言われて怒る寒雀　川津　園子
気配してソット出て見る寒雀　新里クーパー

寒鳥《かんがらす》・寒鴉《かんがらす》

寒中のカラスのこと。

寒鳥鳴く金武大川の水明かり　上間　紘三

梟《ふくろう》《ふくろふ》

夜行性でネズミなどを捕食。四季を通じている留鳥だが、その鳴き声の寂しさが冬に相応しい。

ふところに梟のいて啼きやまず　穴井　太
これ着ると梟が啼くめくら縞　飯島　晴子
梟のまとう闇だけ置いてくる　小山亜未男
昭和へ梟の首反転す　与儀　勇
梟の啼く森の中灯が一つ　渡辺　茫子

木菟《みみずく》《みみづく》・木菟《ずく》《づく》・五郎助《ごろすけ》

木菟は、フクロウ目の鳥のうち、頭側に耳のように見える長い羽毛（羽角）をもつものの総称。

永らえるほどに木菟の眼に睨まれる　原　恵
ゴロスケホー背面跳びなど出来ませぬ　岸本マチ子

水鳥《みずどり》《みづどり》

水上の鳥の総称。秋に渡ってきて春に帰って行く鳥が多い。鴨、白鳥、雁などはその代表格。

水鳥の水面掠める気迫かな　平良　聰
水鳥や抱きしめ方がわからない　瀬戸優理子

鴨《かも》

カモ目カモ科の鳥のうち中・小形のもの。秋に北方より飛来し、春戻ってゆく冬鳥が多い。雄は雌より大きく羽が美しい。古くから食用にされている。

やはらかに鴨押しかへす水面かな　小川　軽舟

鴛鴦《おしどり》《をしどり》・思羽《おもいば》《おもひば》

カモ科の水鳥。小形で雄は色が美しい。雄の飾り羽を思羽という。雌雄がいつもいっしょにいるといわれ、仲のよい夫婦を鴛鴦夫婦という。

鴛鴦の水輪重なり基地嘉手納　瀬底　月城

鴛鴦の声のほのかに水青む　名嘉眞葉子

千鳥《ちどり》・夕千鳥《ゆうちどり》《ゆふちどり》

チドリ科の鳥の総称。短い嘴の先にふくらみがあり、足指は三本、後趾がない。群生し、鳴き声に哀調がある。

チドリ〝つつ〟君も居場所を探すのか　金城　貴子

玉砕の女らはみな千鳥かな　長谷川　櫂

特攻機消えし荒磯の夕千鳥　浦　廸子

鳰《にお》《にほ》・鳰《かいつぶり》

におの(にほ)はカイツブリの古名。湖沼などにすみ、潜水して小魚を捕食する。

鳰潜り水天の雲さびしかり　石井　五堂

鳰鳥の群れごと波に持ち上がり　北川万由己

冬鷗《ふゆかもめ》・鷗《かもめ》

カモメ科の鳥は留鳥の海猫を除き、ほとんどが秋に渡って来る。

方舟の名簿にもれた冬かもめ　秋山　和子

朝はじまる海へ突込む鷗の死　金子　兜太
颪炎えてブリキ鷗の忍び泣き　譜久山當則
かもめ来よ天金の書をひらくたび　三橋　敏雄

鶴《つる》

長く伸びた首と脚に、純白の体と大きな羽をもつ。冬に北方から飛来するのが真鶴と鍋鶴。丹頂鶴は北海道東部に棲息する留鳥。長寿の象徴。

神話圏に百年を生き鶴となる　伊志嶺あきら
万羽鶴一揆のごとき声放つ　児島さとし
鶴の母鶴髪大姉色濡るる　小橋　啓生
掃きだめの鶴と呼ばれて引きにくい　小森　清次
死生観など一万余羽の鶴の声　辻本　冷湖
はぐれ鶴つがいの中に割り込んで　東郷　恵子
らふそくも鶴も泪をふりしぼり　八田　木枯
ツンドラゆく鶴より細く首延べて　八木三日女

凍鶴《いてづる》

首を曲げ、それを翼で隠し、長い足で立ったまま、凍てついたように身じろぎもしない鶴。

凍て鶴の月光薄くまとひたる　片山　知之
凍鶴やたった一人に向き合えず　瀬戸優理子

白鳥《はくちょう》《はくてう》

首が長く、多くは全身白色の水鳥。日本には北海道・青森県大湊湾・新潟県瓢湖・宮城県伊豆沼などに飛来。

白鳥のシャドウダンス真夜の鬱　秋山　和子
霧に白鳥白鳥に霧というべきか　金子　兜太
ジャワカレーとろとろ白鳥ねむれない　小森　清次
白鳥の羽根一片は颪になる　辻本　冷湖
白鳥来地軸を少し傾けて　中村　冬美

鮫《さめ》

鰭と肉を食用にし、鮫肌の皮をやすりなどに利用する。沖縄近海に多くダイバーには危険。

大水槽に鮫飼う島の鬱々と　上地　安智
ダンディズム銀いろの鮫遊泳す　高嶋　和恵
舷《ふなばた》に大鮫括り刳舟《さばに》来る　西銘順二郎

鮪《まぐろ》

サバ科の回遊魚。群れを成して移動する。冬になると日本近海にやって来るので鮪漁の季節になる。

競り落ちの特大鮪まっぷたつ　北川万由己
糶市の秤の軋む大鮪　海勢頭幸枝

鰤《ぶり》・寒鰤《かんぶり》

成長するにつれてはまち、めじろ、ぶりなど呼び名が変わる出世魚。寒鰤は美味。

あやとりや母の手つきで鰤を煮る　川津　園子
地ひびきを立てて寒鰤切られけり　小森　清次

太刀魚《たちうお》《たちうを》

太刀のような形をした銀白色の魚で一メートルを超す。南の暖かい海に棲息。海中では直立している。照焼きにすると美味しい。

立ち泳ぐ魚にも似て営業一課　秋谷　菊野
怠け者いよいよ太刀魚に追われ　金城　悦子
ひんがしに潮たゆたへる太刀魚期　進藤　一考
太刀魚の銀体跳ねて竿たわむ　平良　龍泉
太刀魚の銀陽をかへす馬天港　山城美智子

河豚《ふぐ》・針千本《はりせんぼん》

河豚はフグ科の海魚の総称。冬は旬だが、内臓には毒をもつものが多い。針千本は沖縄ではアバサーと称し食用にする。

今日までジユゴン明日は虎ふぐのわれか　金子　兜太
河豚刺しと他人の儘で別れけり　小森　清次
備瀬の海針千本の機嫌良し　安里　昌大
人間を追いはぎと呼ぶ針千本　そら　紅緒
針河豚の吊りて売らるる那覇の市　与儀　啓子

寒鯉《かんごい／かんごひ》

寒中にとれた鯉。最も美味とされる。寒中は動きがにぶくなり、水底にいてあまり動かない。

寒鯉の深きところに重く居て　髙村　剛
筒のごと寒鯉の口ひらきをり　宮城　長景

こぶしめ・甲烏賊《こういか／かふいか》

コブシメはコウイカ科。外套長が五〇センチ以上になる。沖縄では「クブシミ」と呼ばれ、郷土料理のイカの墨汁や琉球宮廷料理の東道盆にも使われる。

こぶしめや潮の雫を連れて来し　天久　敏子
年越の甲烏賊《くぶしみ》を売る金だらい　小熊　一人
手に余る甲烏賊耀られ年の市　嘉手川　文
烏賊の甲拾ひて捨つる冬渚　北村　伸治

白烏賊《しろいか》・あおりいか《ふ》

沖縄では「シルイチャー」と呼ばれ、イカの王様ともいわれる。刺身にすると甘味があり美味しい。イカの墨汁にしても絶品の美味しさ。

天高く白烏賊仲子ごと張られ　石垣　美智
白烏賊の墨汁煮つむとろ火攻め　瀬底　月城

鱈場蟹《たらばがに》

鱈の漁場でとれる。缶詰にしたり、塩茹でや蒸して食べる。

タラバガニ地獄の釜も美しき　徳沢　愛子

海鼠《なまこ》

棘皮動物。体は円筒状で左右対称。岩礁の間に小舟を浮かべて海底を覗きヤスで突いて捕る。

意志という快感なまこの黙　粟田　正義

ああ見えて平和主義なるナマコかな　伊波とをる

肩こりのわたしそうでもない海鼠　そら　紅緒

泪目の海鼠増やして琉球弧　宮里　晄

牡蠣《かき》

貝殻は形がやや不規則。沿岸に広く分布し、岩や石などに付着している二枚貝。冬が旬。

浜模合満面笑みの牡蠣割女　親泊　仲眞

冬《ふゆ》の蝶《ちょう》

ふゆ　てふ

成虫で越冬する蝶も多いが、動きが鈍い。蝶の方言名ハーベールー・ハビル・アヤハビル・アヤハベル等。タテハチョウは岩陰にかたまって越冬する。

もう少し生きるつもりの冬の蝶　安座間勝子

御穂田の水にふれゆく冬の蝶　桑江　良栄

冬蝶の胴ふるはせて翅ひらく　児島さとし

冬の蝶基地のフェンスをひょいと越え　後藤　蕉村

守礼門潜るや冬の蝶連れて　佐々木経子

冬蝶にならん胸底を打ちあける　座安　栄

背骨まで呼吸おとして冬の蝶　仲間　健

淡彩の画布に嵌まりし冬の蝶　中村　冬美

冬《ふゆ》の蛾《が》

冬の蛾は力なく弱々しい。

みじろがぬ冬の蛾窓に夜の灯し　城間　睦人

冬《ふゆ／ふゆ》の蠅《はえ／はへ》

暖かい日向や暖房のきいた部屋の中などでたまに飛び回っている。じっとしている蠅もいる。

縋るものありて死にべた冬の蠅　児島　愛子

綿虫《わたむし》

飛ぶときに綿くずのように見える。群れをなして弱々しく飛ぶ。雪虫という地方もある。

綿虫やそこは屍の出でゆく門　石田　波郷

綿虫や最期の息は呑むか吐くか　植田　郁一

枯蟷螂《かれとうろう／かれたうらう》

緑色をしていた蟷螂も草木が枯れて茶色になると同じように枯葉色になる。侘しさがある。

枯蟷螂鎌をたたみてふかれけり　片山　知之

何食はぬ貌して蟷螂枯れてをり　古賀　三秋

転生を願わざりしや枯蟷螂　鈴木ふさえ

植物

寒梅《かんばい》・早咲《はやざき》の梅《うめ》・早梅《そうばい》《さうばい》

寒中に咲き始める種類の梅もある。早梅は春にならないうちに早く咲いた梅をいう。

寒梅の石段おりる軍旗の列　椎名　陽子
寒梅の綻ぶ日和かくれ里　与座次稲子
早梅を一人立ち見る狭庭かな　福村　成子

蠟梅《ろうばい》《らふばい》・臘梅《ろうばい》《らふばい》

落葉低木。葉に先だって香りのよい小さな花を無数に咲かせる。外側の花弁は黄色。蠟細工のような花。

蠟梅の百年月にゆくはなし　秋野　信

返り花《かえりばな》《かへりばな》・帰り花《かえりばな》《かへりばな》

冬には咲かないはずの草木の花が、天候の異変で咲くことがある。桜、つつじやたんぽぽが時に季節外れの花を咲かす。

祝女《のろ》屋敷目立ちたがりの返り花　安座間勝子
醤油屋の庭の大桶返り花　新本　幸子
ひめゆりの塔の地下壕返り花　佐々木経子
とまどいの色もちらほら返り花　宮里　晄
帰り花鶴折るうちに折り殺す　赤尾　兜子
孤高という言葉はらんで帰り花　徳沢　愛子

冬桜《ふゆざくら》

桜の一種。十月頃から花をつけ、白色の一重咲き。冬咲く桜全般もいう。

人間に臓器あるなり冬桜　安谷屋之里恵
溶接の火花弾ける冬桜　真喜志康陽
母呼びつわだつみとなる冬桜　松原君代
江田島に青春を生き冬桜　矢崎卓
妻がゐて正月ざくら濃かりけり　小熊一人

緋寒桜《ひかんざくら》・寒緋桜《かんひざくら》・島桜《しまざくら》・寒桜《かんざくら》

葉はやや厚く、一、二月頃葉より先に緋紅色の花をつける。主に九州、沖縄に見られる。緋桜。

海越えて緋寒桜は師の墓前　尼崎澪
散りしぶる緋寒桜や学徒の碑　北村伸治
早や咲きの緋寒桜や祝女殿内　中村阪子
寒緋桜一族で押す車椅子　石田慶子
寒緋桜地を這うような炸裂音　宮里晄
緋桜や海を俯瞰の名護城址　伊野波清子
咲き始めの緋桜売りの無邪気かな　そら紅緒
緋桜やひとかたまりに原告団　西平守伸

しがみつきしぶとく紅く島桜　金城悦子
頂上へ一本道や島ざくら　古波蔵里子
島桜貘の碑なぞる川の風　棚原節子
昏《くら》々《くら》と島桜《さくら》にもある喫水線　安谷屋之里恵
火の神の祠《ほこら》とりまき島桜　伊是名白蜂
石門の奥に石門島桜　稲田和子
島桜みな童心の車椅子　稲嶺法子
泥染めの田を明るうす島桜　太田幸子
伴走の鼓動伝わる島桜　嶋田玲子
くれないを灯し家ごと島桜　友利敏子
有刺鉄線へだてて基地の島桜　平敷星玄
島桜咲くがはなむけ出郷す　矢野野暮
国盗りの城に燃えたつ島ざくら　山城美智子
弓なりに闘う牛や島ざくら　山城光恵
按司墓を守る一本の島ざくら　山田静水
針の碑へ綻び初むる寒桜　上間芳子
寒桜この島の基地なければよし　末吉發
寒桜いつものムラも紅を注し　高良和夫

少年の挨拶清し寒桜　辻　泰子

飛行機の音の中なり寒桜　安田三千代

矢狭間をのぞく城址の寒桜　与座次稲子

トックリキワタ・トボロチ

南米原産の落葉高木。花は鮮やかなピンク色で、満開の様子が桜に似ていることから南洋桜とも呼ばれる。沖縄では十一、十二月に満開になり、果実から綿がとれる。

蒼天やトックリキワタご乱心　伊志嶺あきら

通り雨トックリキワタの紅洗う　諸見里安勝

トボロチの花の降るなか旅支度　東　末乃

トボロチの花冠昂る青春賦　新垣　紫香

満開のトボロチ大樹産科院　石田　慶子

箒目の上にトボロチまた落花　伊舎堂根自子

花トボロチぱっと幸せな予感する　金城　悦子

トボロチの並木へ夕日留まりぬ　桑江　正子

トボロチの花咲く庭や阿吽獅子　謝名堂シゲ子

トボロチの落花井の神おどろかす　西村　容山

トボロチの花のあかりや通学路　宮城　艶子

トボロチや今日の狂気で明日も咲く　宮里　晄

トボロチの花や城址の裾に満ち　与座次稲子

トボロチや遠廻りして登校す　与那嶺末子

にんにくかず《づ》ら

アルゼンチンを原産とするノウゼンカズラ科の常緑蔓性植物。花はピンク色をしており、花や葉を揉むとニンニクの香りがする。庭木として植えられる。

出稼ぎやにんにくかづら風に浮き　進藤　一考

清貧の家のニンニクカズラ咲き　山城　青尚

冬薔薇《ふゆそうび》《ふゆさうび》・冬薔薇《ふゆばら》

冬に咲く薔薇。蕭条としたなかにも華やかなそこだけ明るくなったような風情がある。

冬薔薇一日思い出している　安谷屋之里恵
捨てられぬもの捨ててみよ冬薔薇　石堂　和霞
おほかたは鏡に崩る冬薔薇　大川　園子
咲き初めて冬の薔薇となり居たり　鹿島　貞子
冬薔薇過ぎゆくものに手をふりぬ　川津　園子
小ささを愛しみ切る冬そうび　児島　愛子
冬薔薇抱かれて骨のある匂い　田村　葉
大輪の白きを誇れ冬の薔薇　瀬底　月城
もてなしの冬ばら匂ふ過疎の村　仲間　蔵六

寒牡丹《かんぼたん》・冬牡丹《ふゆぼたん》

寒牡丹は、夏冬二季咲きの牡丹を冬咲きにするために、夏咲きの花芽を摘み、藁でかこったり、寒さを防いで咲かせる。冬の園庭に殊に華やか。

ゆるやかに刻流れいる寒牡丹　鹿島　貞子
ほんの少し肩肘張ってる寒牡丹　岸本マチ子
寒牡丹命静かに燃やしおり　中田みち子
声出せば散るやも知れぬ寒牡丹　濱田　康子
冬ぼたん赤きワインの渋さかな　真喜志康陽

寒椿《かんつばき》

ツバキ科の常緑低木。冬、濃い紅色の八重の花をつける。寒中に花を開く椿をもいう。

主婦業に定年はなし寒椿　稲嶺　法子
茶の席や手折り一枝の寒椿　うえちゑ美
思ふこと絞りて朝の寒椿　岡　恵子
今泣けばヒト科になれる寒椿　たまきまき
夢違《たが》えしてよりずっと寒椿　羽村美和子
夫と師は生涯ひとり寒椿　平迫　千鶴
寒椿あいさつをしてすれ違ふ　前田貴美子

姫山茶花《ひめさざんか》《ひめさざんくわ》・山茶花《さざんか》《さざんくわ》

姫山茶花は、沖縄本島をはじめ、離島に自生する常緑小高木。やや日陰の林内や渓流沿いに生育している。十二月から二月にかけて小さな白色の花を咲かす。琉球椿とも呼ばれる。

琉球弧姫山茶花のほの香り　城間　睦人
姫山茶花耳たぶ長き石仏　三浦加代子
初咲のおきなわ山茶花雪の白　新里　青太
咲き初めの山茶花一つ日に背き　北村　伸治
遅れてもわたしはわたしと山茶花咲く　金城　幸子
山茶花の散りかかりたる石香炉　呉屋　菜々
山茶花に赤絵塗場のほの暗し　西村　容山
山茶花や母の戒名短くて　眞栄城いさを
山茶花の咲き満つ杜の綾子の碑　前原　啓子

姫《ひめ》芙《ふ》蓉《よう》

アオイ科ヒメフヨウ属の常緑低木。沖縄では自生しており、小さな赤い花を上向きに咲かす。花弁が開かず、花柱が突きだすのが特徴で、別名「姫仏桑花」とも。

姫芙蓉忌中の門の静けさに　小橋川文子
迷わずにひらいてごらん姫芙蓉　新里　光枝
姫芙蓉入り日にペンの影うつる　瀬底　月城
半咲きのほどがよろしき姫芙蓉　平良　聰
うなづきて固く身をしむ姫芙蓉　永田　米城

八手《やつで》の花《はな》

葉は名のように掌状に七から九つに裂けている。花は乳白色の小さな五弁花がまるく密集している。

夫恋ひの七年経たり花八つ手　谷　加代子

柊《ひいらぎ》《ひひらぎ》の花《はな》《はな》

モクセイ科の常緑小高木。葉には艶があり、鋸状の縁に棘をもつ。小さな白い花が群がって咲き、芳香がある。

花ひいらぎ棘というもの少し持つ　岸本マチ子

茶《ちゃ》の花《はな》

秋から冬にかけて白色の五弁花を開く。雄蕊が黄色で美しい。

しらじらと丸く夜は明くお茶の花　そら　紅緒

ポインセチア・猩々木《しょうじょうぼく》《しやうじやうぼく》

クリスマスシーズンには、花屋の店頭に並ぶ。葉が緋色で花のように見える。沖縄では自生。

ポインセチヤ老人ホームにトナカイが　川津　園子
ポインセチア大往生の空染める　柴田　康子
ポインセチヤ戦争遺児も教師たり　瀬底　月城
年すでにポインセチアの色深し　平良　聰
ポインセチアの本気の色でありにけり　高橋　照葉
国家とはポインセチアの赤に似る　筒井　慶夏
ポインセチア塔の十字架《クルス》に罅《ひび》走る　当眞　針魚
母の忌のポインセチアの朱の燃ゆる　中村　阪子
ポインセチア音立てて注ぐワインかな　真喜志康陽
ペルシャ猫ポインセチアの燃ゆる中　屋嘉部奈江
蛇皮線に首里の猩々木炎ゆる　伊是名白蜂
首里寂光猩々木は緋に炎えて　矢野　野暮

南天《なんてん》の実《み》

メギ科の常緑低木。葉は羽状。冬、赤く熟した球形の小さな果実を多くつける。

幼子の問ひかけ増ゆる実南天　上間　芳子
諸々の事すぎゆきて実南天　桑江　光子
南天の熟する頃や百日忌　立津　和代
実南天夕日の色を盗んだか　藤後むつ子
家族写真一人増やして実南天　宮里　暁

枯《かれ》芙蓉《ふよう》

枯れた芙蓉。枝先に果実がついているが、これも枯色をして、五裂している。

カルストの御嶽そばだつ枯芙蓉　古波蔵里子

九年母《くにぶ》・九年母《くねんぼ》

クニブは沖縄原産の柑橘類の総称。葉は蜜柑に似て大形、果実の大きさは柚子に似ている。皮が厚く、佳香と甘味がある。

戦友の残せし屋敷島九年母　上原　竹城
板戸繰る音の軋みや島九年母　仲里　信子
九年母ひかり土帝君に片目無し　三浦加代子
九年母や捥ぐ人もなく地に還る　金城　冴子
時じくの九年母の実や辺戸岬　沢木　欣一
九年母を喰む眉太き島の子等　志多伯得寿
九年母を丸ごと食めば海眩し　前田貴美子
九年母の香がすれちがふ村まつり　山田　静水
九年母の影石畳に乾きけり　与儀　勇

蜜柑《みかん》・シークヮーサー・島橘《しーくゎーさー》・青橙《おーとー》・カーブチー

沖縄には移入種も含めて百種以上も蜜柑類がある。代表的なものはシークヮーサー、オートー、カーブチーの三種。オートーは酸味が強く、クエン酸が豊富。シークヮーサーを大きくした感じ。またカーブチーは沖縄の方言で「皮が厚い」の意味。爽やかな甘みと特有の香りを持つ。

古宇利島最後の神女《のろ》に蜜柑むく　安里　昌大
蜜柑匂う両手まだまだ愛せるかも　瀬戸優理子
帰郷して蜜柑山なとやり給へ　藤後　左右
還暦の指しなやかに蜜柑むく　宮城　阿峰
戦世《いくさよ》の人みな老いて蜜柑むく　屋嘉部奈江
夜の蜜柑若き夫婦の座へころがす　安島　涼人
再会やシークヮーサーのジュース沁む　石井　五堂
城の坂島橘の実の熟るる　佐々木経子
島橘しぼりて朝の気骨欲る　矢野　野暮

刺身佳し島橘を効かしけり　山城　青尚
青橙の向ひは米軍着弾地　瀬底　月城
屋根獅子へ影うつしつつ青橙熟る　西村　容山

タンカン

沖縄の冬を代表する柑橘類。本部町伊豆味のミカン農園では、一月から三月にかけてタンカン狩りで賑わう。

たんかんに沖の入日のしたたれる　石井　五堂
旦柑のゴリリと清き香りあり　金城　貴子
無器量の島の旦柑一袋　進藤　一考
母が剝くタンカンほおばる里帰り　友寄　愛子
旦柑をざっくりむいて告白す　友利　敏子
怒らねばタンカン甘くなるばかり　平山　道子
島人の心音でこぼこ旦柑も　宮里　晄

五歛子《ごれんし》の実《み》・スターフルーツ

カットした断面が星形（五稜形）に見えることから、このような名前がつけられた。黄色い果肉はジューシーでほんのり甘酸っぱい。

五歛子の汁苦き日の曇空　瀬良垣宏明
五歛子の実や暖流の蛇行癖　山城　青尚

冬林檎《ふゆりんご》

林檎の収穫期は秋から初冬。貯蔵方法の発達で冬季でも店頭に出回り、初夏の頃まである。

騙す人騙される人冬林檎　小橋川恵子
残業の机の上の冬林檎　謝花　寛営
転がって傷ふやしゆく冬林檎　中田みち子
冬林檎喃語盛んな日曜日　三浦和歌子

枇杷《びわ》の花《はな》

やや黄色味を帯びた白色五弁の小さい花を円錐状に無数

につける。花は質素で目立たない。

慶賀使の偉功の墓や枇杷の花　上運天洋子
泣くことを忘れた女枇杷の花　駒走　松恵
手を取りて福祉の集い枇杷の花　城間トミ子
枇杷の花日暮れの早き裏通り　真喜志康陽

冬紅葉《ふゆもみじ》《ふゆもみぢ》

立冬の後にも紅葉が残っているのは珍しくない。ただ、霜や風雨に傷んだ紅葉には哀感が伴う。

旧びたる女表札冬紅葉　秋山　和子
冬紅葉御殿蔀《しとみ》の日温み　大城百合子
冬紅葉みんないなくなる居間暗し　徳沢　愛子
被爆碑に薄れし名前ふゆもみじ　松原　君代

櫨紅葉《はぜもみじ》《はぜもみぢ》

ウルシ科。紅葉は燃えるように美しい。関東以西の低山に自生。果実から蠟が採れる。中国から琉球へ渡来したので別名を琉球櫨という。沖縄では十二月から二月頃紅葉する。

産《うぶ》井《がー》の暗き格子や櫨紅葉　新垣　春子
櫨紅葉散り敷く村の産井かな　池原　洋子
老斑も静脈も透け櫨紅葉　金城　悦子
ちりぬるをうゐのおくやまはぜもみぢ　鈴木ふさえ
吐く息のまだ目に見えず櫨紅葉　広長　敏子
櫨紅葉剝られて崖の肌を素《す》に　矢野　野暮
山を縫ふ送電線や櫨紅葉　山口きけい
櫨紅葉長老山の墓碑に映ゆ　山本　初枝
反基地や琉球櫨を砦とし　瀬底　月城

木《こ》の葉《は》

樹木の葉のことだが、冬季では枯葉を指していう。

木の葉降る音のかすかに水のうへ　荘原やえ子
吹かれ来て木の葉舞うよう遊ぶ子ら　親泊　仲眞

余生なほ木の葉の如く出て歩く　中川みさお

枯葉《かれは》

落葉樹の葉は冬になると枯れてくる。やがて散り落ちて地上に積もる。

シャンソンの枯葉と思ひ拾ひけり　上原　千代
枯葉積む山姥哭きにくる処　菊谷五百子
横文字のメニュー枯葉のかたちして　新里クーパー

落葉《おちば》

落葉樹の散り落ちた葉。地上には落葉の絨毯ができる。

ぬれ落葉踏む百段の御嶽《うたき》かな　赤嶺　愛子
落葉踏む縄文人の貌をして　いなみ　悦
落ち葉踏みゆっくり歩む納経所　大島　知子
紙銭焚く落葉の如き日を集め　勝連　敏男
和になって長寿大学の落葉掃く　嘉陽　伸

晩年の空の近づく枯落葉　久高ハレラ
古城址の落葉日の斑に耀へり　桑江　良栄
葬儀屋の一途に落葉掃きにけり　古賀　三秋
いましばし娑婆におらんと落葉掃く　後藤　光義
落葉掃く中に光れるものありて　高村　剛
病院壕といふ静けさの落葉かな　當銘　由俊
初恋の君は礎に落葉踏む　渡真利春佳
落葉鳴る落葉鳴る鬼泣いている　羽村美和子
落葉踏むほどにハープの高ぶり来　原　恵
学徒兵飲みたる井泉落葉浮く　与座次稲子

銀杏《いちょう》《いちやう》散《ち》《ち》る

黄金色に輝きながら銀杏の葉が散っていく景色は見事である。

ライオンの眠りの中へ銀杏散る　羽村美和子

冬木《ふゆき》・冬木立《ふゆこだち》・枯木《かれき》・裸木《はだかぎ》・枯木道《かれきみち》

冬枯れの木が冬木、木立が冬木立。落葉した樹木が枯木、枝や幹がむき出しになった木が裸木。

みな冬木みな短足の歩兵なりき　遠山　陽子
冬木影柩をさらう手が伸びる　羽村美和子
冬木立正門常に開かれて　髙村　剛
冬木立連鎖していく淋しさなど　中田みち子
冬木立地球が動いているなんて　中村　冬美
我が影もその中にあり冬木立　前川千賀子
ふるさとの変らぬものに冬木立　脇本　公子
咳き込めば胸に枯木の影はしる　新井　節子
母逝きて風雲《かざぐも》枯木なべて美《は》し　金子　兜太
枯木折る遮二無二自分を替えねばと　原　恵
千里浜の波音高き枯木立　前原　啓子
鉄幹の詩口ずさむ枯木道　中村　阪子

寒林《かんりん》

冬枯れの林。冬木の林であるが、冬木立よりも寒さ厳しい語感がある。

寒林にひそかに声を置いてくる　座安　栄

枯柳《かれやなぎ》

枝垂れ柳が水辺に枯れている姿は侘しいが風情がある。

大義とはまことしやかな枯柳　丹生　幸美

枯《か》る・冬枯《ふゆがれ》

冬になると草木の葉が枯れ、うら侘しい景色となる。

向日葵畑枯れて茫茫たる日暮れ　尼崎　澪
マンモスは一頭の森蛭木枯る　そら　紅緒
枯れ急ぐ山を捕えて道路鏡　平良　雅景

己がいろこぼして乳房枯れはじむ　高橋　照葉
陽に凧に高嶺は枯れを急ぎをり　田村　直美
嫁かぬ身の微笑頼みや枯れつくす　寺田　京子
底光りしつゝナイキの島枯れぬ　横山　白虹
冬枯れの小枝の先に意志ひとつ　金城　ゆみ
冬枯れのでいご枝張る円鑑池　宮城　邦子

冬芽《ふゆめ》・冬木《ふゆき》の芽《め》・冬萌《ふゆもえ》

冬木にはすでに、春に萌えだす芽が秋のうちから用意されている。冬萌は、冬枯の中に、草や木の芽が萌え出ること。

針塚の社のそびら冬芽立つ　桃原美佐子
冬芽立つ帚目美しき玉陵　仲宗根ユキ子
散りばめた気骨を集め冬木の芽　大城あつこ
老いるとは生きのびること冬木の芽　広長　敏子
冬萌の赤秀のかたへ阿吽獅子　上間　紘三
冬萌やすべる杼の音響き合ふ　島袋　直子
冬萌や戦ふ山羊の血の額　筒井　慶夏

蘇鉄《そてつ》の実《み》

秋から冬にかけて株の頂上に実がなり、中には赤色の種子がたくさん入っている。戦時中はよく食べた。何度も水に晒して干すなど充分なアク抜きが必要で、そのままだと食中毒になる。

蘇鉄の実ぎっしり熟れし島の闇　新　桐子
波音の攻め来る城址蘇鉄の実　石田　慶子
水涸れし島よ蘇鉄の実の朱く　伊舎堂根自子
蘇鉄の実基地爆音にはじけたり　稲田　和子
崖墓に夕日とどむる蘇鉄の実　上原　千代
蘇鉄の実真赤に辺戸の岬守る　兼城　巨石
蘇鉄の実要塞跡にホテル立つ　許田　耕一
蘇鉄実に礎の兵の名を撫づる　佐々木経子
蘇鉄の実熟れ居り崖は海へ反り　島袋　京三
蘇鉄の実朱きをめでて飽食す　知念　広径

地に落ちて土燃ゆるなり蘇鉄の実　中　賀信
蘇鉄の実微かに擦れ合ふ背負籠　西銘順二郎
島んちゅの最後の砦蘇鉄の実　原　恵
手に粘る斎場御嶽のそてつの実　原田しずえ
山越えて来る潮騒や蘇鉄の実　山口きけい
米軍の攻めし入り江や蘇鉄の実　山本　初枝

ももたまなの実《み》・火出樹《くゎでーし》の実《み》

マレー半島原産、シクンシ科の半落葉高木。沖縄本島以南の海岸に自生する。四センチくらいの長さの実をつけ、十二月頃紅葉し、落葉のころ実がたくさん落ちてくる。こうもりの好物。こばていしの実。

ももたまな熟れて芝生の句会かな　伊是名雅光
登校児ももたまなの実蹴りとばす　瀬底　月城

赤木《あかぎ》の実《み》

幹が赤味を帯びていることから「赤木」と呼ばれる常緑高木。南西諸島と小笠原に生育。公園、街路樹にも好んで植栽される木で、十一月頃から直径八ミリくらいの実をぶどうの房のようにたくさんつける。

赤木の実採ってくれろと裸の子　呉屋　菜々
赤木の実風湧く城の隠し径　島袋　直子
実の垂るる王朝を経し大赤木　瀬底　月城
朝敏の遺恨の歌や赤木の実　屋嘉部奈江
赤木の実日の斑にゆらぐ石香炉　山田　静水
閉ざされし弁財天や赤木の実　与儀　啓子

冬苺《ふゆいちご》

バラ科の常緑小木。蔓性、果実は丸く冬、紅く熟す。寒苺。本来は野生の苺の種類だが、温室栽培の苺を詠むことも多い。

冬苺ふゝめば母と居るような　高橋　照葉
懸案に手間ひまかけた冬いちご　東郷　恵子

胸中のマグマだまりや冬苺　宮里　晄
山伏の寄進の道や冬いちご　与那嶺末子

水仙《すいせん》

冬から春にかけて、花茎の先に白い六弁の中央に黄色い花冠のある花を開く。清楚で芳香をもつ。

水仙の開いてからの眠りかな　秋谷　菊野
水仙の光の中に消えし人　石井　五堂
水仙の香りにのせて墨をする　大島　知子
シーボルト寄りし岬は野水仙　河村さよ子
水仙は横を向く花夜の読書　重国　淑乃
水仙の首のあたりが未成年　寺田　良治
水仙や基地とならずに六十戸　西平　守伸
脳梗塞闇に水仙やわらかし　藤田　守啓
水仙や海に臨みし城の跡　真喜志康陽
水仙花注射上手のナースくる　三浦加代子

シクラメン

赤・白・赤紫など美しい花が咲く。温室のものはクリスマスやお歳暮用の花として促成栽培され十一月頃から正月にかけて売り出される。

シクラメン徒党組んでも四面楚歌　秋谷　菊野
背のホック外すとあふれるシクラメン　伊波とをる
シクラメン私が私である時間　大川　園子

葉牡丹《はぼたん》

キャベツの仲間。紅、紫、白、淡黄色などを帯びた葉を観賞する。葉を牡丹の花に見立てたもの。

戦跡の地に葉牡丹の渦真白　高橋　照葉
白い葉牡丹チェホフの国まで晴れて　四方万里子

木百香《もくびゃくこう》《もくびやくかう》・石菊《いしぎく》

東アジアの亜熱帯から熱帯地域に分布するキク科の低木。銀白色の葉を観賞するシルバーリーフの一種。十一月頃、黄の小花が咲く。沖縄ではイシヂクと呼ばれ海岸に自生。

木百香喪の口紅はうすく引く　山城美智子

石菊や香煙たゆたふ屋敷神　北村　伸治

石菊や亀甲墓の甲白し　当眞　針魚

カトレア

もっとも有名な洋ランの代名詞のような花。大輪で美しい。温室で栽培する。

カトレアのいろ濃きままに嫁御寮　浦　廸子

千両《せんりょう》《せんりやう》

冬、緑の葉に赤い実が美しい。最近、黄色の実のものもある。庭植え、鉢植え、切り花にされる。

千両の紅鮮やかに一周忌　大島　知子

かたまって倖ごっこ実千両　早乙女文子

千両や小野小町の恋の歌碑　石川　宏子

枯菊《かれぎく》

冬になって寒さや風雪にあって枯れた菊。

くすぶりてをりし枯菊燃え上がる　古賀　弘子

枯芭蕉《かればしょう》《かればせう》

風雨に傷めつけられた芭蕉は、冬になると太い偽茎とぼろぼろの葉で蒼然となる。

基地畑の風に抗ふ枯芭蕉　中村　阪子

枯蓮《かれはす》・枯蓮田《かれはすだ》

蓮田や蓮池の蓮も枯れて、茎も葉も折れ曲がって水中に没するのもある。蓮田では蓮根掘りが始まる。

枯蓮のうごく時きてみなうごく　西東　三鬼
枯れ蓮ついに足抜け出来ぬまま　中村　冬美
鋭角に挫折のささる枯蓮田　山本　セツ

冬菜《ふゆな》

冬収穫する菜の総称。野沢菜・小松菜・水菜などがある。

冬菜洗ふ水神さまの余り水　いぶすき幸
冬菜洗う痒いところはないですか　そら　紅緒
朝まだき運ぶ冬菜を地にひろげ　桃原美佐子

白菜《はくさい》

中国から渡来。アブラナ科の野菜。冷涼な気候を好む。鍋料理の煮物や漬物にする。

白菜を漬くる日の来て寒波来て　岩崎　芳子

葱《ねぎ》

葉鞘の白い部分を食べる根深葱と緑葉を食べる葉葱とがある。前者は深谷葱、下仁田葱、後者は九条葱が有名。

夢の中で真白き葱を抜いており　安谷屋之里恵
揚げ豆腐真っ二つに切って葱散らす　親泊　仲眞
夢の世に葱を作りて寂しさよ　永田　耕衣

大根《だいこん》

一年中収穫できるが旬は冬。葉も根も食べられる。煮物、おろし、漬物などにして食べる。

流星を待つ一畝の大根と　秋谷　菊野
干大根いまはかけがへなきいろに　飯島　晴子

大根の尺を顕に地割れ畑　稲田　和子
強情をまあるくまるく大根煮る　大城あつこ
大根買う尻のかたちで決めている　おぎ　洋子
壁抜けができそうな日だ大根煮る　岸本マチ子
八重岳の土のつきたる大根売る　桑江　良栄
大根の首みよがしに地割畑　たみなと光
大根の穴ほっこりと日を容るる　當間　シズ
寂しさに大根おろしが付いてくる　樋口　博徳
大根を逆さに入れるマイバッグ　又吉　涼女
すずしろと呼ばれますます辛くなる　田邊香代子

島人参《しまにんじん》

沖縄の島人参は黄色く細長く甘い。煮物や炒め物にする。

なんとなく島ニンジンをかじって寝る　親泊　仲眞
日の匂ふ島人参の曳き売り女　砂川　紀子

赤蕪《あかかぶ》

表皮が赤い蕪。漬物にすることが多いが、煮ものにしても美味しい。

輪切りしてデザイン遊び紅蕪　岡田　初音

セロリ

朝鮮から加藤清正が持ち帰ったといわれるが、現在出回っているのはアメリカ産の品種。芳香・甘味がある。サラダやスープにする。

自由というさびしい時間セロリ嚙む　池田　なお
セロリかんで二十世紀をゆかせおり　八木三日女

甘蔗《きび》・砂糖黍《さとうきび》《さたうきび》・甘蔗《きび》の花《はな》・甘蔗《きび》の穂《ほ》・花甘蔗《はなきび》・砂糖黍《さとうきび》《さたうきび》の花《はな》《はな》

イネ科の大形多年草。沖縄に伝えられた年代は不明であるが、十五世紀の『李朝実録』に栽培の記述がある。十一月頃に芒に似た穂を出して開く花は、まるで雲海のような美しさである。

きび束の等間隔のリズムあり　池田　俊男
意のままにならぬ子とゐて束ね甘蔗　石堂　和霞
キビ畑《ばたけ》雲海の穂先青を刺す　親泊　仲眞
ザッザッザ平和の音ですきびが揺れ　駒走　松恵
街路樹をゆすって甘蔗の一番車　照屋よし子
荷捌きの罵声に甘蔗の積まれゆく　根志場　寛
神酒撒いて甘蔗運搬車送り出す　山本　初枝
サトウキビしなやかに立ちレクイエム　上原カツ子
砂糖きび折って啜って碧い海　香坂　恵依
潮引いてさとうきび揺れ私もゆれる　中村　冬美

いくさに焼かる砂糖黍の国還らず　樋口　素秋
銀色の揺るる夕畑さとうきび　山里　賀徳
甘蔗の花記憶の実家基地の中　安座間勝子
戦跡の四方に波打つ甘蔗の花　東　末乃
晴るる日の海鳴り青き甘蔗の花　石井　五堂
甘蔗の花跳ねて反り身の打花鼓《たーふぁーくー》　糸嶺　春子
幾柱つゞく墓標や甘蔗の花　浦　廸子
全面に朝日ひろげて甘蔗の花　宇良　為男
ふところの風は雨音甘蔗の花　北川万由己
甘蔗の花走者になびき戦跡地　金城百合子
戦跡の道幾曲り甘蔗の花　佐々木経子
かぶさるほど沖縄背負いきびの花　新里　光枝
青空や産毛ほどなる甘蔗尾花　砂川　孝子
甘蔗の花仇討つごと切り落す　平良　雅景
残照の色に揺れゐる甘蔗の花　高良　園子
島中に勝鬨挙げて甘蔗の花　辻　泰子
地卵を買ふ店先や甘蔗の花　中村　阪子
キビ尾花切りしままなる小百姓　西平　幸栄

甘蔗の穂の何処へも行けぬ空白し　安谷屋之里恵
きびの穂の水晶のごと陽に立てり　新　桐子
慰霊碑も基地も甘蔗穂の景の中　石田　慶子
甘蔗の穂に晒す一人の頬熱き　伊是名白蜂
甘蔗の穂の紫炎ゆる冬落暉　井手青燈子
海までのなだるる甘蔗の穂波かな　海勢頭幸枝
甘蔗の穂のうねり寄せくる岬まで　知花　初枝
甘蔗の穂に添ひて曲りし村の道　陳　宝来
甘蔗の穂に風のやはらぐミサの鐘　仲里　信子
甘蔗穂波大海原と響き合い　宮城　陽子
甘蔗の穂の白く一日の暮れにけり　安田久太郎
花甘蔗や海を眼下に一里塚　池原　ユキ
花甘蔗の波にのまるる迷ひ径　稲田　和子
花甘蔗のほのむらさきに揺るるかな　稲嶺　法子
花甘蔗や石村句碑に日の温み　伊野波清子
御嶽みち細まりてくる花甘蔗　上原　千代
花甘蔗や象の檻てふ接収地　古波蔵里子
花甘蔗の深波を渡るでんさ節　仲間　蔵六
花甘蔗の風走りくる火伏獅子　西村　容山
花甘蔗の雨こまやかに昼過ぎぬ　前田貴美子
花甘蔗や紫だちて島明ける　山城美智子
砂糖黍の花は賑わうほどさびし　玉木　節花

甘藷《いも》の花《はな》

サツマイモは中国から野国総管が沖縄に持ち帰り、儀間真常によって広まった。花はピンクでアサガオに似る。

甘藷の花腰たくましき島乙女　板良敷朝珍
黙認の耕地のせまし甘藷の花　大城伊佐男
甘藷の花野末に残る陣地壕　桑江　良栄
甘藷の花海よりさきに顔昏るる　新城　太石
土帝君愚直に生きて甘藷の花　平良　龍泉
甘藷の花フェンス越えれば基地の中　富村安佐子
沖けぶる日や段畑に甘藷の花　西村　容山
甘藷の花地割り証しの畑ならぶ　山城　青尚
下船して百歩をゆかず甘藷の花　山田　静水

甘藷の花夕づく小屋に山羊の声　与那城恵子

島に生き島に逝く人芋の花　与那嶺末子

藍《あい》《あゐ》の花《はな》《はな》

キツネノマゴ科に属する琉球藍は沖縄の代表的な染料。ふじ色の可憐な花をつける。

藍花やともしび淡き伊豆味村　伊野波弘子

藍の花摘む指先の夜も匂ふ　松永　麗

藍咲くや藍を使ひし姉の逝き　山城光恵

藍の花民話の里へ径つづく　山城青尚

コーヒーの実《み》

沖縄はコーヒー栽培の北限地。沖縄本島北部では、ブラジル移民のコーヒーの苗を受け継ぐ形で農園が拓かれている。

蚊喰鳥ゐてコーヒーの実の甘し　久田幽明

冬草《ふゆくさ》

冬になっても枯れ残っている草。また、青々としている常緑の草も含めて冬草。

冬草の深きに神の石一つ　大浅田　均

枯草《かれくさ》

冬になって枯れてしまった草花の総称。枯草にも風情がある。

枯草の大孤独居士ここに居る　永田耕衣

枯尾花《かれおばな》《かれをばな》・枯芒《かれすすき》

秋の野を美しくそよいだ芒も冬になると枯れて侘しい姿になる。

戦中の日の道遠し枯尾花　上原千代

潮騒は鳳作の呼吸枯尾花　田代　俊泉
みはるかす空を掃きたり枯尾花　比嘉　正詔
枯尾花昔軍馬の育成地　宮川三保子
くんだ城はここよと招く枯すすき　赤田　雨条
湯あがりの鏡の中の枯芒　尼崎　澪

枯蔓《かれづる》

蔓植物、藤、葛、山葡萄、木通、烏瓜などの枯れたもの。

枯づるを引けば顔出す石ぼとけ　古賀　三秋

枯芝《かれしば》

冬枯の芝生。日当りがよく好天気の時は枯芝の上で憩う人もいる。

枯芝で彼らは実にほがらかな　藤後　左右

石蕗《つわ》《つは》の花《はな》《はな》

葉や茎の形は蕗に似ていて、花は菊に似る。黄色の花を咲かせる。葉は常緑で光沢がある。

花石蕗や骨を納めし壕の闇　新　桐子
花織の浅黄紺地や石蕗の花　新垣　春子
裏門より入る城跡石蕗明り　稲嶺　法子
石蕗咲くや戦没囚の碑の裏に　上江洲萬三郎
石蕗咲きぬ父を入院させし朝　大島　知子
縁側に昭和のミシン石蕗咲けり　おぎ　洋子
花石蕗や骨置く場所も接収地　翁長　求
石蕗の花わが歳月の庭を掃く　神元　翠峰
石蕗の花宇宙《そら》への道はどこでしょう　川津　園子
石蕗咲いて海まっさおに流れ出す　岸本マチ子
やんばる路クイナ鳴く森石蕗の花　岸本　幸秀
山上の丸太の段や石蕗の花　北川万由己
嫁姑自然体こそ石蕗の花　金城　悦子

石積みや陽をこぼしたる石蕗の花　金城幸子
彫り深き校訓の碑や石蕗の花　金城百合子
群青の海輝けり石蕗の花　桑江光子
王陵へ石径つづく石蕗明り　桑江良栄
おだやかなひと日暮れけり石蕗の花　古賀弘子
塹壕の岩の風化や石蕗あかり　謝名堂シゲ子
石蕗点るアーニーパイルの碑は黙す　平良龍泉
石蕗の花毬がころんと日に染まる　高橋照葉
乱世よと眼光するどく石蕗の花　田代俊泉
石蕗の花飢餓の記憶が点滅す　玉城幸子
石蕗咲いて母系にひとり女医生るる　照屋よし子
きのふとは違ふ風くる石蕗の花　中村阪子
脇役のばあちゃんでよし石蕗のはな　西部節子
石蕗ゆれて誤算のまゝに生きてをり　原恵
黒潮へせり出す岬石蕗の花　比嘉悦子
石蕗の花城《ぐすく》のまはりさまよひぬ　福岡悟
石蕗咲くや石垣多き島の道　真喜志康陽
林道は花石蕗のフーガ鳴りやまず　宮城陽子

石蕗の辺に投げ出したるスニーカー　目良奈々月
石蕗咲くや陶師の軒の魔除け貝　与儀啓子
石蕗の花なだれてダムの水豊か　与座次稲子

冬菫《ふゆすみれ》

菫は春の花だが、日当りの良い場所では冬の半ばから咲き始めることがある。

祈りとは冬の菫の濃い紫　安谷屋之里恵
冬菫峠に深く隠れ耶蘇　上原千代
せろふあんのやうな日差しや冬すみれ　荏原やえ子
冬菫古井の端の日だまりに　金城冴子
冬すみれ一途な母の如くいる　藤後むつ子
自決碑の傍の岩根冬すみれ　宮城安秀

竜《りゅう》の玉《たま》

竜の髯の実。ユリ科の多年草で日陰に自生。葉は一年中青く秋には小さな碧色の実を結ぶが、冬になっても青い。

走り根の石積み抱く竜の玉　上運天洋子

竜の玉門中墓の鎮もれる　北村　伸治

竜の玉卑弥呼が落した首飾　高橋　照葉

新年

時候

新年《しんねん》・年新《としあら》た・新玉《あらたま》・年明《としあ》くる・来《く》る年《とし》

年の始め、新しい年を迎え、気分も一新する。何もかもが改まった感じがするのである。

鉄瓶のしゅんしゅんと沸く年あらた　金城　悦子
年新たはらから揃ひ里談義　桃原美佐子
掛軸に墨書の禅語　年新た　西平　幸栄
かしわ手の全山鳴動年あらた　軒原比砂夫
煩悩の垢落し座す新玉に　久場　千恵
あらたまの汽笛にゆるる港の灯　古波蔵里子
船《ふな》汽《お》笛《と》の遠くに聞きて年明くる　小渡　有明
ほころびもほころびのまま年明ける　新里クーパー
乾坤《けんこん》の真さらに晴れて年明くる　平良　聰
梵鐘の余韻の静寂年明くる　たみなと光
年明けに力士ドシッと大地踏む　兵庫喜多美
来る年の暦の写真熱帯魚　新垣　茂
今年こそ恐れず怯《ひる》まず捉われず　比嘉　幸女

初春《はつはる》・今朝《けさ》の春《はる》・明《あけ》の春《はる》・新春《しんしゅん》

今朝の春は、元来は旧暦の立春の朝のこと。旧暦一月は春にあたるので新春であり、初春。旧暦では、正月は立春を基準にしていたから、新暦になった今でもこう言い習わしている。

初春を赤い自転車走り去る　須﨑美穂子
初春やモンローウォークの象となる　中田みち子
イマジンは地球の鼓動今朝の春　後藤　蕉村
銅鑼の音に明くる首里城今朝の春　たみなと光
筆太の絵馬のあふるる明の春　桃原美佐子
万物の輝き見ゆる明けの春　広長　敏子

新春の風背に受けて駅伝走　小渡　有明

新春の海ひたすらに真青なり　喜友名みどり

新春の七転び八起きウッチリクブサー　金城　幸子

新春や世紀を跨ぎ一つ老ゆ　平良　雅景

※ウッチリクブサー＝達磨のような小さい張子の起き上がりこぼし。

一月《いちがつ》《いちぐわつ》・正月《しょうがつ》《しやうぐわつ》

一年の始めの月。沖縄では正月はショウグヮチという。

睦月は新暦の一月とは異なり、あくまでも旧暦の一月の別称である。

一月やふんばつてゐし火伏獅子　石川　宏子

一月のなんでもない日酒飲んで　田中　不鳴

一月の木の中にある謀りごと　羽村美和子

子等はしゃぎ島若返るお正月　泉水　英計

正月も常のはだしや琉球女　篠原　鳳作

床の間にぺたんと正月来て座り　藤後むつ子

去年今年《こぞことし》

去りゆく年を思い、新しく迎えた年の感慨を込めていう言葉。

織りかけの機そのままに去年今年　池北　久子

ジョーカーが行ったり来たり去年今年　池田　なお

美ら海の神を祀りて去年今年　石井　五堂

語りかけ母を看とりて去年今年　上間　芳子

松明に平和を託す去年今年　垣花　和

酒倉の一石甕や去年今年　キャサリン

顔かたち父に似て来る去年今年　古賀　三秋

琉球のオバアは九条去年今年　後藤　蕉村

ブランドの嘘がキラキラ去年今年　小森　清次

去年今年ハローワークのとびら押す　須﨑美穂子

少しずつ世間に遅れ去年今年　高橋　照葉

机より発ちし戦争去年今年　土屋　休丘

今こそはヌチドゥタカラ去年今年　丹生　幸美

時もまた永遠の旅人去年今年　長谷川　櫂

去年今年世相表す「命」の字　前原　啓子

一つずつ鱗落として去年今年　宮里　晄

元日《がんじつ》《ぐわんじつ》・元旦《がんたん》《ぐわんたん》・大旦《おおあした》《おほあした》・元朝《がんちょう》《ぐわんてう》・歳旦《さいたん》

一月一日。元旦、大旦、元朝、歳旦はその朝のこと。おめでたい気分をこめていう。

「福」の軸潮引き寄すお元日　遠藤　石村

珍客の幼名なのるお元日　大浜　基子

元日の月の真下に村灯り　親泊　仲眞

お元日ネズミに手を振る招き猫　川津　園子

元日や命の残量計りたし　後藤　光義

元日はかぎやで風で明けにけり　平良　雅景

元日や鶴羽搏けば天開く　徳沢　愛子

地獄極楽煮しめる匂い明日元日　姫野　年男

元日や海より明くる摩文仁丘　与儀　啓子

元旦に地球の期限想ひをり　田代　俊泉

元旦やくるりくるりと万華鏡　東郷　恵子

大旦昔ながらの角火鉢　石垣　美智

開城の銅鑼たか鳴れり大旦　指宿　幸子

首里杜に鐘の音ひびく大旦　上運天洋子

元朝や波に横たふ祝女の島　桑江　良太

元朝の凧駆け上がる峡の空　宮城　邦子

歳旦や千年の計夢見をり　福岡　悟

三《さん》が日《にち》

一月一日から三日までを三が日という。とくに新年の行事が多い。

往き交ふは旅人ばかり三ヶ日　大浜　基子

二日《ふつか》

一月二日。掃初、書初、初湯、初荷など、あらゆることを二日に行うものとされている。

人っこひとり逢はぬ二日を投函す　岩崎　芳子

漂々と雑沓のなか二日はや　岸本マチ子

二日はや常のごとくに出漁す　古賀　三秋

エプロンのポケット繕ふ二日かな　中野　順子

三日《みっか》

一月三日。官公庁はこの日まで休み。

三日はやマンタの如き軍用機　浜　常子

人日《じんじつ》

一月七日。七草粥を食べ、邪気・災害を祓って正月を祝う。

人日やはんだま添へて夕餉かな　天久　敏子

人日や久高の見ゆる丘に座す　古波蔵里子

人日のスカートほどくリサイクル　そら　紅緒

松の内《まつのうち》

正月の門松、松飾を立てておく期間のこと。関東では元日から七日まで、関西では十五日までが多い。

松の内歯でも磨いてやるとする　秋野　信

松の内家風煮つめて子に托す　甲斐加代子

松過《まつすぎ》

松の内が明け、正月飾を取り去った七日過ぎ、または十五日過ぎのこと。

松過ぎて元の居場所を見失い　池宮　照子

小正月《こしょうがつ》《こしやうぐわつ》・女正月《おんなしょうがつ》《をんなしやうぐわつ》・女正月《めしょうがつ》《めしやうぐわつ》

小正月は一月十五日、または十四日から十六日までをいう。農事にまつわる行事が多い。女正月は一月十五日だが、二十日の地方もある。年始に忙しかった女性が骨休めをする。

果実酒を孫より受くる小正月　島袋　浩子
女正月皆大きめのイヤリング　稲田　和子
鉢物を日向にならべ女正月　稲嶺　法子
女正月足の裏干す三姉妹　上原カツ子
女正月千手観音に箸一つ　浦　廸子
たてがみの色染め変える女正月　玉城　幸子
藍の散る骨董皿や女正月　辻　泰子
女正月夢のかけらも小出しして　宮里　晄
一段と紅濃くし合ふ女正月　和田あきを

二十日正月《はつかしょうがつ》《はつかしやうぐわつ》

一月二十日。関西では骨《ほね》正月。新年のお祝いに用いた魚の骨を料理に入れたり、団子を作ったりする。

駒舞ひの二十日正月脂粉の気　瀬底　月城
新築の二十日正月獅子の舞　山里　賀徳
二十日正月湯上り後のひとり酒　湧川　新一

旧正月《きゅうしょうがつ》《きうしやうぐわつ》・旧正《きゅうしょう》《きうしやう》

旧暦の正月。糸満は漁業が盛ん。満艦飾の大漁旗が美しい。その関係でまだ旧正を守っている。

旧正月いづこも匂ふ豚肉《しし》料理　石垣　美智
甲烏賊の紅つややかに旧正月　上原　千代
大漁旗ウミンチュ群れ飲む旧正月　親泊　仲眞
旧正月ニライカナイの波の音　慶佐次興和
港町は普段着のまま旧正月　宮里　晄
旧正月福木露地より三味の音　山田　静水
どんぶりの神酒火の神へ旧正月　与儀　啓子
旧正や沖縄《おきなわ》口《ぐち》の肉売女　安次嶺一彦
旧正や明治をんなは帯太し　新　桐子
旧正の画布に溢るる大漁旗　石井　五堂
旧正の女いきいき花市場　石田　慶子
旧正の島へ日帰り切符かな　稲田　和子

旧正や移民の祖父にコーヒーを　稲嶺　法子
旧正や飾りもなくて二人酒　大湾　朝明
猪焼いて旧正の島けぶらする　小熊　一人
旧正の潮風温し大漁旗　神元　翠峰
旧正や真砂しく庭潮鳴りす　久田　幽明
旧正や紬の島の主婦の舞　知念　弘子
旧正のからりと揚がる真鯛かな　陳　宝来
旧正や船の溜り場大漁旗　西平　幸栄
旧正やまづ祝女《のろ》が舞ひ海人の舞ふ　西銘順二郎
旧正の香煙淡く流れけり　真喜志康陽

天文

初日《はつひ》・初日《はつひ》の出《で》・初日影《はつひかげ》

元旦の日の出のこと。年が改まって、最初の朝の光は清澄である。初日の光のことを初日影という。

とめどなく初日ゴクゴク清水飲む　新垣　正宏
大初日伊是名伊平屋をうち沈め　有銘　白州
みどり児の眼のくるくると初日受く　池原　ユキ
為朝岩てらし初日の昇りけり　上間　芳子
大初日平和の礎包みをり　垣花　和
初日さす部屋の奥なる聴診器　片山　知之
大初日黒潮うねり鎮もりて　神元　翠峰
百年の初日いただく床柱　日下　静代

初日拝む姿穏やか母老いぬ　具志堅忠昭
ゆるやかに初日さし来る泊り船　桑江　正子
復帰碑に凭りて初日を拝みけり　島村　小寒
雲割れて今し初日の久高島　瀬底　月城
初日いまニライカナイを昇り出づ　平良　雅景
茜さすニライの海や大初日　平良　龍泉
彩雲や海より生るる大初日　津嘉山敏子
鶏のとさか屹立初日さす　當間　シズ
瑞雲の抱きしめてゐる初日かな　渡真利春佳
大初日海七彩の神の島　仲宗根葉月
ないまぜて初日編み込む祝いづな　眞栄城寸賀
島晴れの初日の輝りに守礼門　矢野　野暮
大初日甘蔗野に神の日矢はしる　山城美智子
石鹸のすべすべすべる初日の出　秋野　信
首里城の丹の色増せり初日の出　新垣　富子
初日の出荒ぶる鬼を睨みをり　川津　園子
ニライより大海ひき連れ初日の出　金城　悦子
うぶすなの遺伝子あおく初日の出　小橋　啓生

三庫裡に海の青さの初日の出　下地　慧
初日の出阿吽の獅子の巻毛燃ゆ　城間　捨石
初日の出自我の顔だし振りかえる　新里クーパー
出逢ひからさよならまでの初日の出　福岡　悟
くれなゐの波粛々と初日の出　宮城　章
白砂を蟹が駆け出す初日の出　山口きけい
わだつみの沖線上に初日の出　与儀　啓子
上げ潮の波打ち寄する初日影　桃原美佐子

初明《はつあか》り

元日の明け方の光。さわやかでほのぼのした感じを抱く。

神やどる縄文杉の初あかり　岩崎　芳子
初明りふるさとはキビの儀仗兵　上江洲萬三郎
この先に何があろうと初明り　上地　安智
初明り島に明和の津波石　上原　千代
海《うな》境《さか》を昇る極みや初明り　平良　聰
くろつぐの葉の艶やかに初明り　知花　初枝

望洋のその端丸む初明り　仲間　蔵六
丸窓の波のうねりや初明り　根志場　寛
もう少し生きてみようか初あかり　松井　青堂
鶏鳴の高きをしづめ初明り　宮城　安秀
夢捨てぬ限り青春初明り　山田　廣徳

初茜《はつあかね》

初日が昇りはじめる直前の東の空は美しく茜色に輝く。心身が浄められる気がする。

海に織る金糸銀糸や初茜　井上　綾子
双手ひたす珊瑚の海の初茜　指宿　幸子
生命に引火はじまる初茜　嘉陽　伸
蒼空につなぐ紅型初茜　丹生　幸美
初茜闇より黒き平和の碑　西平　守伸
白鷺の舞ふ湿原の初茜　富里　敬子
海上の道駆けぬける初茜　宮里　晄

初空《はつぞら》・初御空《はつみそら》

元日の大空のこと。新年を迎えた清々しさがある。

初空やいっぱいに夢こぼす　川津　園子
初御空鴉も漢も皆美しと　秋谷　菊野
初御空一生の夢の一日かな　石川　宏子
初御空機首真東に一番機　上江洲萬三郎
初御空レッサーパンダと倖とわたし　海蔵由喜子
寿ぎの三味の音高し初御空　大湾　盛雲
初御空金扇に舞ふ首里御庭　島袋　直子
津梁の鐘の響きや初御空　謝名堂シゲ子
正殿の龍の目碧き初御空　砂川　紀子
嗚呼と言うガマの唇初御空　西平　守伸
少しだけ飛べる気がして初御空　宮城　陽子

初晴《はつばれ》

元日の晴天のこと。五穀豊穣の前兆として喜ばれる。

初晴や製糖工場煙り立つ　真栄田　繁

初風《はつかぜ》・初東風《はつごち》

元日に吹く風のことを初風といい、新年になって初めて吹く東風《ひがしかぜ》を初東風《はつごち》という。

初東風や女羅師の声高く　金城百合子
初東風や遺跡の道の幾曲り　桑江　良太
初東風や野鳥の声も艶帯びる　立津　和代

初凪《はつなぎ》

元日の海が、風もなくおだやかに凪ぎわたること。

初凪や何をついばむ急降下　稲嶺　法子
初凪の鯨大きく鰭を打つ　上原　千代
初凪や声生き生きと舫い舟　古賀　三秋
初凪や白砂明かりの久高島　當間　シズ

初凪の水際に深き足の跡　仲里　信子

お降《さが》り

元日、または三が日の間に降る雨や雪のことをいう。めでたいときに降る雨や雪の敬称である。

お降りやガジュマル茂る島の井戸　石井　五堂
お降りや鈴なりの願こぼれゆく　大城あつこ
お降りとなるや城の太柱　仲里　信子
御降りの細きが温し御嶽径　中本　清
お降りの通り過ぎたる芭蕉林　前田貴美子

初霞《はつがすみ》

正月の野山に霞のたなびくことをいう。

トンネルの壁つたいくる初霞　早乙女文子
初霞日矢さす海を見はるかす　与座次稲子

淑気《しゅくき》・淑気満《しゅくきみ》つ

新年の天地に満ちるめでたい前兆、厳かな気配をいう。

護摩を焚く御堂に満つる淑気かな　新垣　富子
聖水に指先浸す淑気かな　海勢頭幸枝
弁ケ岳松百態の淑気かな　城間　宏文
靖国の鋼鉄色の淑気かな　西平　守伸
就航の汽笛淑気を響かせて　羽村美和子
七福神勢揃ひせる淑気かな　広長　敏子
茜さす龍樋の水の淑気かな　宮城　安秀
百丁の三線奏で淑気満つ　上運天洋子
淑気満つ金武大川の水煙　宜野　敏子
淑気満つ祖父母の御座す一番座　金城　順子
かつて王国守礼之門や淑気満つ　古賀　三秋
淑気満つからくれなゐの能衣裳　古波蔵里子
紅型の色濃き袂淑気満つ　島袋　直子
淑気満つ千万無量ひびきけり　福岡　悟

地理

初景色《はつげしき》

元日の吉兆満ちた清々しい風景のこと。普段見慣れた風景も改まって違って見える。

畳みくる波に力や初景色　石川　宏子
板干瀬の波せめぎ合ふ初景色　古波蔵里子
那覇の江の白波立ちし初景色　島袋　直子
目つぶればいくさ場となる初景色　平良　雅景
鳶職の揃ひの詣で初景色　たみなと光
海境に島一つ置く初景色　渡真利春佳
大橋の踏まふ那覇の江初景色　中村　阪子

ニライカナイ

神々の国・東方の海の彼方、あるいは異境。沖縄や奄美など信仰の最も基本的な概念。そこから来訪神（未来神）がやって来て繁栄と健康をもたらすとされている。

生活

門松《かどまつ》・松飾《まつかざり》・竹飾《たけかざり》

新年を祝って家の門に松を飾る。竹と一緒に飾るところもある。松は千年、竹は万年を契るという。

竹飾切つ先明日をめざしをり　赤嶺めぐみ

注連飾《しめかざり》・注連縄《しめなわ》《しめなは》・飾《かざり》《かざり》

飾は、新年の注連飾りなど、お飾り類のこと。神棚、床の間、門、戸口などに注連縄を飾って、神の占用する区域を示し、魔除けとする。

注連飾る船首つらねて船溜り　島袋　常星

青藁の混ざりて匂ふ注連飾　根志場　寛

注連飾る三百歳の大榕樹　前原　啓子

注連飾る神棲む島を訪ねけり　安田　昌弘

井戸神に正月飾る番所跡　仲里　信子

鏡餅《かがみもち》

正月に大小二個の餅を重ねて神仏に供える。円形で平たい鏡の形のように作った餅。

わが闇のいづくに据ゑむ鏡餅　飯島　晴子

火の神に供ふ小さき鏡餅　山城　光恵

三線の箱に家紋や餅飾　瀬底　月城

島橘のせ火の神の重ね餅　山田　静水

雑煮《ぞうに》《ざふに》

関西は丸餅で味噌仕立て、関東は切り餅ですまし汁が多い。これに野菜や肉、魚などを入れるので雑煮。

遠き日の母偲ばるる雑煮かな　小渡　有明

向き合いて四十年の雑煮かな　与那嶺和子

年賀《ねんが》・礼者《れいじゃ》

新年には友人・親戚を訪ねてお祝いの挨拶をする。女性は多忙な三が日を過ぎて挨拶にまわることが多かった。

香薫いて女礼者を迎えけり　大湾　朝明

御慶《ぎょけい》

お年始には親戚や知人に挨拶に回り、お祝いの言葉を述べる。そのときに交わす言葉を御慶、賀詞という。

御慶かな珊瑚垣よりチャーン鳴く　大城百合子

活海老の髭ふれ合うて御慶かな　たみなと光

誰彼と酒よ御慶よ神の庭　前田貴美子

お年玉《としだま》

新年のお祝いの贈物。主に子どもに贈る金品。

嬰の名も太書きにしてお年玉　中村　阪子

年賀状《ねんがじょう》《ねんがじやう》・賀状《がじょう》《がじやう》

新年を祝う気持ちを書いた書状。年賀はがき。なお、年賀を祝い合う挨拶は松の内までに済ませる。

九条を守るとひと言年賀状　須﨑美穂子

かにかくに義理のかたまる年賀状　福岡　悟

武骨なる字なれど好きな賀状かな　江島　藤代

古賀状燃やし南の新天地　親泊　仲眞

飼い犬も末席連ねる賀状くる　具志堅忠昭

遠き日のまろき字面の賀状かな　照屋よし子

賀状より跳び出てきそう小猿ども　中野　順子

宝船《たからぶね》

正月に初夢を見るために枕の下に縁起物を敷く。多くは、米俵を積んだ帆掛け船の絵に七福神を描いた。

片言で兄に微笑む宝船　山本　初枝

書初《かきぞめ》・吉書《きっしょ》・初硯《はつすずり》

書初は新年に初めて筆で絵や書をかくこと。その絵や書が吉書。多くは二日に行う。

筆勢のみなぎる吉書夢一字　渡真利春佳
墨の香に身をまかせおり初硯　大島　知子
初硯水差す海の匂ひけり　中村　阪子
希望という文字掠れおり初硯　比嘉　幸女

読初《よみぞめ》

新年になって初めて書物を読むこと。

読初の机にあつき琉歌集　西銘順二郎

初仕事《はつしごと》

新年になって初めてする仕事。

顕微鏡覗いて医師の初仕事　鎌田美正子
仕立師の鋏の光る初仕事　島袋　由子
藍壺の藍かきまぜて初仕事　松永　麗

初市《はついち》・初糶《はつせり》

新年に初めて開く市場。めでたい新年なので買い手が祝儀の値を付けたりする。

初市にどっかと坐る島豆腐　平良　雅景
初糶や牛なだめ引く老夫かな　金城百合子
初糶の牛の鳴き声野におよぶ　古波蔵里子
初糶の四肢ふんばれる孕牛　島袋　直子

初セリや手話で商うえびす顔　新里クーパー

初糶の手締めに真鯛反り返る　たみなと光

初荷《はつに》

新年、卸問屋などの商売初めに届ける商品。船やトラックに旗を立て美しく飾って出発する。

ひび割れの初荷原木島に着く　根志場　寛

新年会《しんねんかい／しんねんくわい》

新年を祝うために集まって宴会を開くこと。

よそいきの言葉溢るる新年会　赤嶺めぐみ

虹色の魚の話新年会　そら　紅緒

春着《はるぎ》

正月に着るために新しく作った晴着。あるいは新しく買った衣服。

紅型の春着の舞ひし御前風《ぐじんふう》　伊舎堂根自子

春着の子珊瑚の路地を鈴鳴らし　當間　シズ

年酒《ねんしゅ》・年酒《としざけ》

新年の祝いの酒。年始の客に、おせち料理でもてなして、酒をすすめる。

旅人へ年酒酌めよと草の宴　當間　シズ

がじゅまるの下で年酒を酌み交す　前田貴美子

御座楽の余韻に受くる年の酒　古波蔵里子

福茶《ふくちゃ》・福沸《ふくわかし》

福茶は元日に若水を沸かし、昆布・黒豆・山椒・梅干しなどを入れたお茶。縁起を祝って飲む。福沸は、元旦に若水を汲んで沸かすこと。

辺戸よりの井水で沸かす福茶かな　中村　阪子

天水をためて孤島の福沸し　浦　廸子

福沸し父の体も回復す　金城　杏

初国旗《はっこっき》《はつこくき》

元日、門前に国旗を掲揚すること。

気骨反骨老骨散骨初国旗　遠山　陽子

初暦《はつごよみ》・新暦《しんごよみ》

新しい暦を開いて使い始めるのは新年になってから。

甘蔗出しの結の日印す初暦　大城　幸子

亡き友の忌日を記す初暦　大湾　朝明

初暦隅々までも輝きぬ　早乙女文子

初暦未来どっさりいただきぬ　座安　栄

初暦わが生き方でわれ生きん　平良　雅景

初暦筋書き一つ加えたき　玉城　幸子

父母の忌を印して掛くる初暦　仲里　信子

初暦夫の還暦祝《とすぃびー》太文字で　宮城　陽子

配達の米に附き来る新暦　上間　芳子

初湯《はつゆ》・初風呂《はつぶろ》

新年、初めての入浴。

水平線引き寄せて入る初湯かな　井上　綾子

柔らかき右脳となりし初湯かな　和田あきを

払暁の静寂ひとりの初湯舟　大湾美智子

初風呂に湯の花入れて旅心地　広長　敏子

初写真《はつしゃしん》

新年になって初めて写真を写すこと。

初写真割り込んで来る次の干支　安里　昌大

初写真撮《うつ》してあげるからおいで　古賀　三秋

百歳の座して笑ふや初写真　福村　成子

中央に母を置きたる初写真　森　幸子

初便《はつだより》

新年になって初めての便り。

鳥友の「アホウドリ通信」初便り　島村　小寒

初電話《はつでんわ》

新年、初めて電話で話すこと。

海隔つ子より携帯初電話　島袋　浩子

初電話何をか言はんすねかじり　福岡　悟

初笑《はつわらい》《はつわらひ》

新年になって初めて笑うこと。めでたいこととされている。笑初め。

モナリザに負けぬほほえみ初笑　三石　成美

初鏡《はつかがみ》・初化粧《はつげしょう》《はつげしやう》

初鏡は新年に女性が初めて鏡に向かって化粧をすること。また、その鏡。

花織に緋の衿重ね初鏡　池原　ユキ

初鏡卑弥呼のごとく髪梳けり　上原　千代

きのうの顔うかつに写す初鏡　児島　愛子

来し方のくもり拭ひて初鏡　小松　澄子

予後良しと頬に紅さす初鏡　高良　園子

自らを叱咤激励初鏡　比嘉　幸女

初鏡両の笑窪は母ゆずり　脇本　公子

妻にまだ笑窪残るや初化粧　古賀　三秋

初日記《はつにっき》

新年初めて日記をつけること。新しい日記は、新年からつけ始めることが多い。

記するとは嬉しきものよ初日記　江島　藤代

書き出しに平和と記す初日記　仲宗根葉月

縫初《ぬいぞめ》《ぬひぞめ》・縫始《ぬいはじめ》《ぬひはじめ》・初針《はつはり》

新年、初めて針をもって裁縫をすること。

絹糸を指に弾きて縫始　上原　千代

初針の糸長々と朱を放つ　宮城　佐和

釦ひとつ付けて漢の針はじめ　山田　静水

染始《そめはじめ》

新年になって初めて糸や織物を染めること。

福木煮る湯気金色に染始　筒井　慶夏

初釜《はつがま》・初茶湯《はつちゃのゆ》

正月最初に行う茶会。初点前。

初釜や信楽焼の碗の反り　上原　千代

初釜や崩れぬ灰の化粧炭　眞栄城寸賀

揉み手して捌く袱紗や初茶の湯　中村　阪子

機始《はたはじめ》

新年に初めて機織りを始めること。

花織の綾目正しく機始　呉屋　菜々

花織の娘の唄揃ふ機始め　中村　阪子

鍛冶始《かじはじめ》《かぢはじめ》

鍛冶屋の仕事始め。火の神へ一年間の仕事の安全を祈る。

入魂の一打一打や鍛冶始　渡真利春佳

歌留多《かるた》

正月遊びの一つ。歌留多は歌ガルタ、いろはカルタを指すが、トランプ、花札なども含む。家族や友人を囲んで楽しみ遊ぶ。

幼子に負けを装うやかるたとり　具志堅忠昭

歌かるた好きな一首を目で押へ　渡真利春佳

福笑《ふくわらい》《ふくわらひ》

正月の遊び。目隠しをして、顔の輪郭だけを描いた紙の上に、眉・目・鼻・口をかたどった紙を置き、出来上がりの可笑しさを楽しむ。

ピカソよりぴかそ風です福笑い　そら　紅緒

独楽《こま》

正月に男の子がよく遊んだ玩具。手で回したり、紐を使ったり遊び方の種類も多い。

園児らと競う六十路のあばれ独楽　金城百合子

喧嘩独楽孫に爺《じいや》のしたり顔　津嘉山敏子

いかのぼり・凧《たこ》・凧揚《たこあ》げ

子どもの遊びで、正月に凧をあげて遊ぶ。

船よりの男の指笛いかのぼり　浦　廸子

潮風を孕み引き合う親子凧　金城　冴子

奴凧地球を斜めに見ておりぬ　中田みち子

凧揚がるふる里の空子らのもの　新垣　恵子

破魔矢《はまや》

元来は弓矢で的を射る正月の競技に用いた。現代では家や子どもの厄除けお守りとして神社で買う。破魔弓。

毀れゆく地球の広野に破魔矢射る　中田みち子

破魔矢受く息子の肩の亡夫《つま》に似て　吉木　良枝

初弾《はつびき》・弾初《ひきぞめ》

新年、初めて楽器を演奏すること。

初弾きの三線の音や遠汽笛　花城三重子

弾き初めて声嗄るるまで御前風　伊良波長哲

舞初《まいぞめ》《まひぞめ》・初舞《はつまい》《はつまひ》・舞始《まいはじめ》《まひはじめ》

新年になって初めて舞を舞うこと。

舞初や魚百態の珊瑚礁　上江洲萬三郎

舞初めの足袋紅くして女舞　宮里　晄

初舞や一千人のかぎやで風　當間タケ子

藍傘に俤《おもかげ》うつし舞始　大浜　のぶ

厳かに祓い清めて舞始め　小渡メリ子

こねり手の揃ふ千余の舞始　渡真利春佳

赤足袋のすり足揃ふ舞始　西村　容山

鶴亀《つるかめ》

鶴と亀。どちらも寿命が長く、めでたいとされ、正月の縁起物。能「鶴亀」も新年に演じられる。

夫にとゞけ謡う鶴亀里しずか　広長　敏子

初闘牛《はつとうぎゅう》《はつとうぎう》

新年になって初めて開催する闘牛大会。

初闘牛勝って連打の島太鼓　たみなと光

牛よりも勢子の踏ん張る初闘牛　渡真利春佳

矢声掛け角の発止と初闘牛　与儀　啓子

初闘牛力あふれて地を蹴りぬ　与那城豊子

勝牛の角に賞積む闘牛始め　兼城　巨石

勝牛の角を飾りて年の花　屋嘉部奈江

初旅《はつたび》・旅始《たびはじめ》

新年になってから初めての旅行。

初旅や海豚の芸の潮かぶり　上江洲萬三郎

初旅や塩屋湾の水明り　新垣　鉄男

黄泉までの悔い残さじと旅初め　松本　達子

初夢《はつゆめ》

正月二日に見る夢をいう。「一富士二鷹三茄子」といい、富士の夢が一番めでたい。宝船の絵や、凶夢をみないために獏の絵を枕の下に敷いて寝る。

初夢のなかをどんなに走つたやら　飯島　晴子
ばら色のシーツ広げていざ初夢　池宮　照子
初夢や牛放牧の嘉手納基地　垣花　和
初夢をそっとまるめて獏にやる　川津　園子
初夢の空を漂う去年の酒　小森　清次
初夢は海で拾った龍の目ん玉　忍　正志

寝正月《ねしょうがつ　ねしやうぐわつ》

新年の休みにどこにも行かず寝て過ごすこと。

隣室に酒と馳走の寝正月　片山　知之

志はなきがよろしい寝正月　新谷ひろし

行事

初日拝《はつひおが》《はつひをが》む

元日の朝日、初日の出を拝むこと。

初日拝む姿穏やか母老いぬ　具志堅忠昭

若水《わかみず》《わかみづ》・初水《はつみず》《はつみづ》・若井《わかい》《わかゐ》

元日の朝、初めて汲む水。一年の邪気を祓うという。

若水や一灯ともす村産井　新垣　富子

若水の汲めども残る星の影　石垣　美智

若水や犬の伝奇の古井汲む　兼城　巨石

水道を出て若水になりすます　小森　清次

若《わか》御《う》水《びぃ》戦死の弟と来し産井　瀬底　月城

若水や腹の底まで己なり　田中　不鳴

ポンプ井戸こげば若水溢れ来る　仲里　信子

若水を汲む父と子の声弾み　中村　阪子

若水に一願こめる厨妻　西村　容山

若水を孫らに教えつるべ井戸　野口　久馬

若水を汲む祝女の祝詞かな　宝来　英華

若水や手燭で下りる珊瑚岩　前田喜美子

若水を汲みに浄土が浜沿ひに　三浦加代子

島に汲む若水やはらかくあたたかく　矢野　野暮

若水の闇にたゆたふ榕樹かな　山城久良光

若水を足して地酒にまろく酔ふ　山城　青尚

これよりは藍の里なり若清水　赤嶺めぐみ

初水に島井戸の前濡れどほし　石井　五堂

やはらかき闇に溢るる若井かな　与那城恵子

屠蘇《とそ》

一年の邪気を祓い、延命長寿を願って正月に飲む薬酒。

屠蘇過ぎて懸け軸の鶴飛ばむとす　鈴木　清美
屠蘇に酔ふ明治生まれを真ん中に　谷本　栄子
屠蘇を酌む家族正座の一時なる　野口　久馬
屠蘇を酌む朱色まぶしきこの旦　広長　敏子

恵方《えほう》《ゑはう》・恵方道《えほうみち》《ゑはうみち》

その年の十干によって決まる吉方を恵方といい、歳徳神《としとくじん》が来臨するめでたい方角。年初に、恵方にあたる社寺に詣でる、その道が恵方道。

恵方とて先づくぐりたり守礼門　指宿　幸子
恵方なる夜目にも光るにはたづみ　城間　睦人
母の居の絣の里やわが恵方　山本　初枝
鷺一羽首立てている恵方かな　与那嶺和子
恵方道パラボラアンテナの向くところ　上江洲萬三郎
走り根の末広がりや恵方道　たみなと光
心に翼人それぞれの恵方道　脇本　公子

初詣《はつもうで》《はつまうで》・初《はつ》みくじ

新年に神社仏閣に詣でること。社寺ではおみくじも売られる。

一族の賽銭をあげ初詣　石井　五堂
太平洋もろ手に招き初詣　上江洲萬三郎
天災の起きぬようにと初詣　上間　芳子
初詣絵馬の願いの文字躍る　大湾　盛雲
仄かなる懐紙の匂ひ初詣　駒走　松恵
ぬくもりの賽銭放る初詣　新里クーパー
初詣綺羅星を見て戻りけり　陳　宝来
白い杖ひしめくなかの初詣　西平　幸栄
無事多幸神鈴にこめ初詣　広長　敏子
余すなく読む大吉の初みくじ　江島　藤代

山寺に海光およぶ初御籤　桑江　良太
まづ妻の顔見てひらく初みくじ　古賀　三秋
初みくじ気根に固く結ばるる　砂川　紀子

春芝居《はるしばい》《はるしばゐ》

初芝居ともいい、新春早々に行われる。見物人も着飾ってにぎやか。

春芝居けもののしぐさで子別れす　宮里　晄

出初式《でぞめしき》

新年に消防士が出揃って種々の消防演習を行う。新しい装備の消防自動車、火消しの梯子乗りなども披露される。

出初め式七色ワルツ放水す　松本　達子

若菜摘《わかなつみ》

野に出て七草粥の若菜を摘むこと。古くは正月子《ね》の日、後には正月六日の行事となった。

不揃ひでいいではないか若菜摘　古賀　三秋

七草粥《ななくさがゆ》・七日粥《なぬかがゆ》・若菜粥《わかながゆ》

一月七日に春の七草を入れた粥を食べると万病を防ぐという。

子等去りて静けき今朝の七日粥　山田　廣徳
果てしなき旅の途中の若菜粥　安谷屋之里恵
息災を祈ってすする若菜粥　宮平　義子
はんだまの紫美しき若草粥　天久　敏子

成人《せいじん》の日《ひ》・新成人《しんせいじん》

成年（満二十歳）に達した男女、新成人を祝い励ます国民の祝日。現在は一月の第二月曜日。

成人の日の矢を放つ胸豊か　高橋　照葉

ネクタイは母の手借りて新成人　新垣　恵子

左義長《さぎちょう》《さぎちやう》・どんど・どんど焼《やき》・飾焚《かざりた》く

小正月に行う火祭。正月の門松・お飾り・吉書などを集めて焼く。この火で焼いた餅を食べれば病を除くという。

竹爆ぜしどんどに乳房縮みたり　岩崎　芳子

どんど火の煙まねきぬ凝る肩に　上間　芳子

笙の音の社越えゆくどんど祭　与那嶺和子

どんど焼き神の炎に清められ　岸本百合子

飾焚くうしろの闇に忠魂碑　矢崎たかし

初御願《はちうぐわん》・初祈願《はつきがん》《はつきぐわん》・初拝《はつおが》《はつをが》み

年の初めに、集落祭祀として御嶽で五穀豊穣を祈願し、家庭祭祀として火の神や仏壇に今年一年の家族の幸せを祈る。

斎場御嶽太陽《てぃーだ》穴《あな》詠みて初御願　東江　万沙

初御願婆に潮騒遠ざかる　伊是名白蜂

初御願膝元に波寄せ返し　大城　幸子

長老の祝詞肯《うべな》う初御願　大湾　朝明

火の神を妻が浄めて初御願　川上　雄善

竈神妻ねんごろに初御願　北村　伸治

大アカギ石に立《たち》膝《ひざ》初御願　慶佐次興和

初御願酒器に魔除けの草結ぶ　瀬底　月城

吉兆の刻を選びし初御願　平良　聰

初御願塩盛る嫁の爪紅し　平良　晨精

初御願島人集ふ神の庭　桃原美佐子

走り根のあはひに座せり初御願　當間　シズ

舞衣榕樹に吊るし初御願　渡久山ヤス子

火の神の花米ふくれ初御願　中村　阪子

海の陽の香炉を溢れ初御願　西村　容山

天女橋わたる媼の初御願　西銘順二郎

初御願祈りの長き漁夫の妻　真栄田　繁

沖縄口とちりて申す初御願　真玉橋良子

産井戸に浄め塩盛る初御願　宮城　春子

初御願女が先に立ちあがる　山城　青尚

初御願村の産井《うぶかー》に祝女の杖　与座次稲子

火の神の香のかをりや初御願　吉田　碧哉

親と子の少しはなれて初祈願　古賀　三秋

泡盛にまみれし香炉初拝み　稲田　和子

村衆の酒杯を交はす初御拝《はつうびー》　幸喜　正吉

神体は千年貝や初拝み　古波蔵里子

初拝み声大きくし神に願　堀川　恭宏

初起《はつおこ》し・初興《はつおこ》し・初原《はちばる》・鍬始《くわはじめ》《くははじめ》・船起《ふなおこ》し・初漁《はつりょう》《はつれふ》

初起しは、農業・漁業をふくむ仕事始めの儀式全般にいう。旧暦一月二日か三日が多い。初原《はちばる》は沖縄の旧正月の農事始めの儀礼。鍬入れの所作をするが、今では殆ど行われていない。船起しは、旧暦一月二日に各地で行われる年頭の漁業祭り。漁師は船に若松や若木を立てて船魂を祀り、航海安全と豊漁を祈る。

神様へ捧ぐ一献初起し　伊野波清子

長老の少し遅れて初起し　上原　義夫

牛飼ひのにぎる手綱や初起こし　仲宗根葉月

初起し三味に始まる島の唄　比嘉　朝進

海人の派手なネクタイ初起し　前田貴美子

鍬錆びて基地へ通ひの初起し　宮城　阿峰

初起し海を彩る大漁旗　諸見里安勝

五指で足る髪とゝのえて初起し　矢野　野暮

初起し牛に裏声かけられて　山城　青尚

初興し固き船板踏み鳴らす　大山　春明

サバニ出す漁夫の荒声初興し　兼城　巨石

したたかに生きる戦略鍬始　畦　呂人

鍬始戦の弾を掘りにけり　新垣　勤子

蒲葵笠の紐きつく締め鍬始　大城　幸子

開拓の赤土匂ふ鍬始　仲宗根葉月

神酒供ふ波の静まり舟起し　知花　初枝

初漁や声いきいきと船だまり　古賀　三秋

初漁のエンジン小刻み海の町　照屋　健

初漁や女神《かみ》と寝て来し久高蜑　平本　魯秋

砂浜に印す足あと漁始　屋嘉部奈江

定置網ひく底力漁始　与那城恵子

十三祝《じゅうさんいわ》《じふさんいはひ》い

十二年ごとの、生まれ年の干支が巡ってくる年をトゥシビー（年日）と称し、厄払いの意味で健康祈願が行われる。数え年十三歳は人生最初のトゥシビーとして旧正月の後の最初の干支の日に祝われる。

十三祝ひ口紅薄くかしこまる　瀬底　月城

うから来て十三祝のピアノ弾く　吉田　碧哉

年日祝《とぅしびーいわ》《いはひ》い・生年祝《せいねんいわ》《せいねんいはひ》い

十三歳から九十七歳まで、十二年ごとに巡ってくる誕生年と同じ干支の年をトゥシビー（年日）と称して祝う。通常、旧正月後の最初の干支の日に行われる。

歳日祝の翁寿ぐ島言葉　金城百合子

年日祝ひ赤絵の壺の地酒酌み　平良　龍泉

髭剃りて年日祝は白く座す　矢野　野暮

年日祝ひ酒にかがよふ扇舞　山城　青尚

露の世に宴たけなわの生年祝《としいわい》　西表　信

火《ひ》《ひ》の神迎《かみむかえ》《かみむかへ》

旧暦十二月二十四日の御願解き（ウグヮンブトゥチ）の後、昇天した火の神は一月四日、五日に下天するとされる。沖縄固有の火の神信仰に、中国の竈神信仰が影響を及ぼしたといわれる。

竈神迎ふ鬢まだ黒き妻　北村　伸治

火の神を迎へ母の目穏やかに　瀬底　月城

十六日《じゅうるくにちー》・十六日祭《じゅうるくにちー》

旧暦一月十六日は後生《ぐそー》の正月と言われ、宮古・八重山ではご馳走を重箱に詰め、墓に詣でる。那覇では、この一年で亡くなった人のいる家を訪れ、仏壇に手を合わせる。

三《み》重《い》城《ぐすく》郷里へ遥拝《たんかー》十六日　金城　幸子
新霊に十六日の径急ぐ　山城　青尚
亀甲墓深き亀裂や十六日祭　安次嶺一彦
十六日祭手作り料理並べをり　石垣　美智
貼紙や宮古《しま》の女は十六日祭《じゅうろくにちー》　親泊　仲眞
香煙を攫ふ磯風十六日祭　北村　伸治
十六日祭野遊びめきし人出かな　立津　和代
十六日祭オランダ墓に島御香　知花　初枝
十六日祭若人もゐて子らもゐて　辻　泰子
葉の器十六日祭の魚のせて　友利　敏子
十六日祭ニライの霊に香をたく　平敷　星玄
十六日祭系図に女の名のなくて　三浦加代子
日向ぼこしつつ墓参や十六日祭《じゅうるくにっ》　山里　賀徳
目を閉じて十六日祭の墓の前　山城　光恵

じゅり馬《うま》・女郎馬《じゅりうま》・じゅり馬祭《うままつり》

旧暦一月二十日の二十日正月に、かつて遊郭のあった那覇・辻町ではジュリ（遊女）たちが華やかな衣装で通りを練り歩き、豊作と商売繁盛を祈願した。現在保存会によって続けられている。

大雨のなかじゆり馬を見に急ぐ　伊舎堂根自子
ジュリ馬や獅子舞ふ辻に風立てり　伊是名白蜂
じゆり馬の手綱ゆいゆい揺すり舞ふ　上原　千代
ジュリ馬の獅子も泡盛たまはれり　久田　幽明
じゅり馬の百のかんざし輝けり　竹田　政子
じゆり馬の爆竹曇天震はせり　名嘉眞葉子
舞囃子揃ふじゆり馬辻廻り　西原　洋子
じゅり馬や紅型の袖鼻先に　比嘉　朝進
じゅり馬の声透く方へ流れけり　山城　青尚
囃す時じゆり馬首を棒立ちに　与儀　啓子
おのが闇のんで女郎馬《じゅりうま》艶めいて　金城　悦子
女郎馬の紅き手綱の房踊る　西村　容山
御《う》座《ざ》楽《がく》を春天にあげ馬舞者《うまめーさー》　志多伯得寿

動物

初鶏《はつどり》

元日の明け方に鳴く一番鶏の声。新年早々の鳴き声はいつもの鶏の声と違って聞こえる。

初鶏の胸隆りゅうと揃ひたる　　古賀　三秋

初鶏や天明いまだ地に下りず　　平良　雅景

初鴉《はつがらす》・初烏《はつがらす》

元日の早朝に鳴く鴉の姿。またはその声。

潮枯れの雑木へ消ゆる初鴉　　石川　宏子

にんげんの声も交りし初鴉　　田村　葉

大いなる琉球松や初鴉　　与那城恵子

植物

楪《ゆずりは》《ゆづりは》

新しい葉が出ると、古い葉はあとを譲るように落ちるので、代々繁栄する願いをこめて新年の飾り物にする。

ゆずり葉の緑の深きめでたさや　徳永みどり

ほんだわ《は》ら

褐色の海藻。一メートル位になり、海に浮いて流れる。新年の飾り物に用いる。

ほんだわら寄するニライの海ひかり　石川　宏子

福寿草《ふくじゅそう》《ふくじゆさう》

旧暦の正月頃咲くので別名を元日草という。寒さに負けず清々しく咲く。花は黄金色。新年の床飾りにする。

福寿草咲いて定まる身のほとり　新垣　恵子

黄のいろは幸せの色福寿草　古賀　三秋

太陽の落してゆきし福寿草　高橋　照葉

戦中派にやがて晩年福寿草　千葉あい子

間をおいて言の葉返る福寿草　照屋よし子

福寿草遠来の友歓待す　福岡　悟

芹《せり》《せり》・薺《なずな》《なづな》・御形《ごぎょう》《ごぎやう》・繁縷《はこべら》・仏《ほとけ》の座《ざ》・菘《すずな》・蘿蔔《すずしろ》

いずれも春の七草。仏の座は田平子のこと。すずなは蕪の別称。すずしろは大根の別称。

左心房透きとおるまでせりなずな　大城あつこ

せりなずなごぎょうはこべら母縮む　坪内　稔典

あとがきも然ることながら仏の座　福岡　悟

仏の座ふっとにんげん消えてゆく　宮里　晄

すずなすずしろたましひを軽く打ち　四方万里子

無季

天文

空《そら》

還らざる者らあつまり夕空焚く　穴井　太
広場一面火を焚き牙むく空を殺す　金子　兜太
日の丸はためいては青空がみえない　野沢えつ子
澄みし空机上に少し本重ね　堀川　恭宏
蒼天や夢のすみかの貝殻館　横山　白虹

太陽《たいよう》《たいやう》・ティーダ・ティダ・陽《ひ》・朝日《あさひ》・夕日《ゆうひ》《ゆふひ》・落日《らくじつ》

太陽の雄叫び遥か磁気嵐　大湾　朝明
太陽に襁褓かかげて我が家とす　篠原　鳳作
定位置に炎える太陽クブラバリ　西大舛志暁
捨て缶のくぼみにやさし太陽雨《ていーだあみ》　おぎ　洋子
陽は昇る陽はまた昇る砂時計　徳永　義子
少年兵消えて夕日に誤字残る　前田　弘
山の端に真っ赤な夕日がずんずん沈む　牧　陽子
落日のもっともしみる木の階段　穴井　太
なんという落日ぼおんぼおんと時計　岸本マチ子
落日にこたえる落日いろのじゅうたんなし　阪口　涯子

地球《ちきゅう》《ちきう》

五里霧中という所に地球かな　川名つぎお
青い地球どこかで水が洩れている　中村　冬美
甲羅干し《ほし》地球の自転怪しまず　原　恵
この地球が平和であれと礎建つ　新城伊佐子

星《ほし》・北極星《ほっきょくせい》《ほくきょくせい》

無季

満天の星に旅ゆくマストあり　篠原　鳳作
わが船の行く道示せ北極星　玉井　吉秋
金星も過客となりて天を漕ぐ　となきはるみ

昼《ひる》

階段を濡らして昼が来てゐたり　攝津　幸彦

夜《よる》

たかが夜の淋しさ支え懸垂する　岸本マチ子

闇《やみ》・暗《くら》がり

煩悩を闇に還して日たためり　根路銘雅子

しんしんと
しんしんと青い鎌ふるなまけ者
しんしんとまたしんしんとしんしんと　穴井　太

雲《くも》

夕空の雲のお化けへはないちもんめ　牧　陽子
きりぎしや湧きたつものを雲と呼ぶ　穴井　太
八度目の未年くる羊雲　岸本マチ子
南からいったんもめんのような雲　徳永　義子

靄《もや》

神在す久高は遥かもやがかり　のとみな子

雨《あめ》

栃木にいろいろ雨のたましいもいたり　真玉橋良子
雨ふるふるさとははだしであるく　阿部　完市

雨音は太古の母の鼓動かな　西里　恵子

風《かぜ》

ゲルニカを見て乾風の街に出づ　秋山　和子
風をみるきれいな合図ぶらさげて　阿部　完市
風の渦パトカーが追いねむくなる　高田　律子
風はまた風になりたく海渡る　たまきまき

時《とき》

時の渋《しぶ》人の渋《しぶ》みなぬりこめて　徳永みどり

年《とし》

何者かの振りばかりして去年も過ぎ　諸見里安勝

月日《つきひ》・曜日《ようび》《えうび》・今日《きょう》《けふ》・昨日《きのう》《きのふ》・明日《あす》

流れ藻の鹹《から》き月日よ信天翁《あほうどり》　土屋　休丘
終点の標識かつぐ日を重ね　小山亜未男
昨日の魚雷はと振り向くはるか　藤後　左右
幾千代も散るは美し明日は三越　攝津　幸彦
一寸先見えぬ明日への子守唄　比嘉　幸女

時代《じだい》・昭和《しょうわ》《せうわ》

近代をゆく朔《ひ》太郎《と》のペン非時《ときじく》へ　伊東宇宙卵
幾年の時代を語る石だたみ　吉富　芳香
笹舟とぼく昭和から帰還せず　川名つぎお
訪沖の悲願かなわず昭和果つ　玉井　吉秋
今日のみの昭和しるせりカルテ数枚　八木三日女
特攻の兵の血書や昭和の日　矢崎たかし
遺されて叔母の昭和の炎上す　渡辺　砂門

時空《じくう》

音もなく指間をこぼれる我が時空　新垣　米子

世紀《せいき》

世紀を越える洗い直した翼を持ち　藤後むつ子

地理

山河《さんが》

分け入つても分け入つても青い山　種田山頭火

後ろにも髪脱け落つる山河かな　永田　耕衣

森《もり》

満開の森の陰部の鰓呼吸　八木三日女

草原《そうげん》《さうげん》・草原《くさはら》・野原《のはら》

夜明け五時ふと草原のキリンであった　岸本マチ子

長者原泣きながら原という緑野　阪口　涯子

田《た》

父祖の田乾き裸馬ともなれず黄色くなる　植田　郁一

甘蔗畑《きびばたけ》

さとうきび畑自分探しをしています　梅原　公子

黍畠乱す爆音今日もまた　沢田　稲花

父の声ふいに聞こえし甘蔗の畑　照屋よし子

南《みんなみ》の大地おおえりキビ畑　比嘉　正詔

爆音で不眠不作のきび畑　光岡さなえ

波《なみ》・大波《おおなみ》《おほなみ》・小波《こなみ》

わたしは波あなたの後ろを駈けゆく波　藤後むつ子

生きづくり激浪その他すべては散り　阪口　涯子

海《うみ》

ばると海という海がみたくておよぐ　阿部　完市
いななくもの飼っているわが胸の深海　岸本マチ子
海辺にてあしたのことも解りますの　阪口　涯子
幾日《いくか》はも青うなばらの円心に　篠原　鳳作
語り部の息継ぐ間の海の音　末吉　發
海に向きしずくとなりぬ一人の灯　高田　律子
未帰還の兵発光す夜の海　田中千恵子
海を見た二足歩行で森を出て　徳永　義子
鳳作の海の排卵らしきが体中に　原　満三寿

島《しま》

果樹園がシヤツ一枚の俺の孤島　金子　兜太

洞窟《がま》

沖縄戦で米軍上陸後、逃げ場を失った多くの人がガマに避難した。

ガマ深し闇に百の眼百の耳　渡邉　宜

塩田《えんでん》

塩田に百日筋目つけ通し　沢木　欣一

珊瑚礁《さんごしょう》・珊瑚《さんご》

荒れ果てし珊瑚礁義兄のみ魂とも　尼崎　澪
ことごとく珊瑚砲火に亡びたり　沢木　欣一
喰いちぎる珊瑚ジワジワ鬼ヒトデ　比嘉　幸女

河《かわ》《かは》

河口といえ純潔すてた河口といえ　岸本マチ子

日本《にっぽん》・日本《にほん》・日本《にほん》の地名《ちめい》・沖縄《おきなわ》《おきなは》

うつばりのにっぽんちゃちゃちゃちゃ隻手うつ　鈴木　純一

琉球の海碧ければ濃ゆき眉　穴井　太

麻姑山を想ひ大野の森に佇つ　井上　綾子

店頭に豚顔皮《ちらがー》掲げ那覇市場　尼崎　澪

幻の鉄の艦隊伊江島沖　金子　嵩

旅人に斎場《せーば》の御香《うこう》みな湿る　横山　白虹

先祖の土地に指一本ふれられない沖縄は　青倉　人士

窓開けて沖縄の風引き寄せる　如月　風子

軒下に沖縄が立っている　田中いすず

どどどどど／沖縄どどど／どどどどど　田中千恵子

残さばや子等に基地なき沖縄を　玉井　吉秋

沖縄は神々の住む琉球に　山口　浩三

本土《ほんど》

かがり火呼応闇の本土を髄までかぐ　浦崎　楚郷

世界《せかい》・世界《せかい》の地名《ちめい》

静寂は終る世界の帰郷者へ　伊東宇宙卵

セレベスに女捨てきし畳かな　火渡　周平

人間

人間《にんげん》・人《ひと》

ひめゆりの壕へと人の流れ止まず　玉木　節花

私《わたし》・僕《ぼく》・俺《おれ》・我《われ》

魔がさして私を紛失してしまふ　新井　富江
五歳のぼくはまだ駅にいるだろうか　川名つぎお
コンペートーやがて僕はいなくなる　小湊こぎく
粉屋が哭《な》く山を駈けおりてきた俺に　金子　兜太
有耶無耶の関ふりむけば汝と我　安井　浩司

男女《だんじょ》《だんぢよ》・女《おんな》《をんな》・男《おとこ》《をとこ》

秘めてこそ島の女のあらがま　岡　恵子
似た女いつもテレビで死んでいる　小山亞未男
チヨコレートと女の街がしぼんでゆく　藤後　左右
闇より暗く一羽の男　川わたる　穴井　太
男が入る崖透明に波紋たつ　川島　一夫
ふつつかな男ですけどしめさば　羽村美和子

骨《ほね》

骨の鮭鴉もダケカンバも骨だ　金子　兜太
沖縄を洗っても洗っても骨の色　粥川　青猿
背骨にも暗黒があり久部良割　四方万里子

脳《のう》《なう》

蛇口より脳髄零す挫折かな　藤田守啓

髭《ひげ》

分別に青髭いつも疲れている　小山亞未男

髪《かみ》

黄泉に来てまだ髪梳くは寂しけれ　中村苑子

顔《かお》《かほ》

天《ティンヴ》の蛇《マヴ》ある泣き顔見つけたよ　夜基津吐虫

目《め》

錆びた眼で地にうずくまり海青く　親泊仲眞

耳《みみ》

耳凝らす人間《ひと》の隙間を抜けてきて　小山亞未男

耳鳴りを消す黒糖のフシギサヨ　牧陽子

唇《くちびる》

暗闇の下山くちびるをぶ厚くし　金子兜太

舌《した》

騙すには短い舌がそよいでいる　小山亞未男

咽喉《のど》・咽喉《いんこう》

午前三時渇く咽喉ナハブランカ　阪口　涯子

背中《せなか》・背《せ》

その背中語りつづける無言劇　牧　陽子

錐もみのごと背にふぶく貢納布　原　恵

乳房《ちぶさ》

乳房萎え夜機の音のけもの偏　原　恵

天上へ行けば逢いたき乳房あり　宮川三保子

手《て》

あたためてあげるね小さき掌が頬に　石塚　奇山

にぎりしめにぎりしめし掌に何もなき　篠原　鳳作

足《あし》

座禅仏無欲の足裏上を向く　宇久田　進

はげしく抱かれあしうらのあおい木なり　岸本マチ子

血《ち》・血管《けっかん》《けつくわん》・動脈《どうみゃく》《どうみやく》・静脈《じょうみゃく》《じやうみやく》

体内にきみが血流る正座に耐ふ　鈴木しづ子

遠出してさめた動脈目ざめさす　新里クーパー

裸《はだか》

いつも断崖おんおん裸身みがくなり　岸本マチ子

誕生日《たんじょうび》《たんじやうび》

無音にて過ぎゆくものに誕生日　岸本マチ子

赤子《あかご》

赤ん坊の蹠《アウラ》まつかに泣きじやくる　篠原　鳳作

子供《こども》

鉄塔を登れり子供のままでいる　仲間　健

少年《しょうねん》《せうねん》

少年来る無心に充分に刺すために　阿部　完市

少 年 け む る 真 昼 の 赤 瓦　粥川　青猿

幼年《ようねん》《えうねん》

幼年やひとにつかまり虚空《そら》をまとう　伊東宇宙卵

少女《しょうじょ》《せうぢよ》

少女老ゆ永き戦の長々し水尾　徳永　義子

肉親《にくしん》・親《おや》・親子《おやこ》・孫《まご》

孫抱けば地球がまあるくあたたかい　伊地　秩雄

三代目駆けっこだけは親ゆずり　比嘉　幸女

父《ちち》・母《はは》

亡き父のそら似の声が一度きり　新里クーパー

父を嗅ぐ書斎に犀を幻想し　寺山　修司

父といる遠き夕日の地平線　西里　恵子

父の死や布団の下にはした銭　細谷　源二

長寿の母うんこのようにわれを産みぬ　金子　兜太

消壺は母さんのように座っている　藤後むつ子

母の欲る綿菓子のまた大きこと　友利　昭子

兄弟《きょうだい/きやうだい》

はらからよぐずぐずせずに浮いてこい　伊波とをる

夫婦《ふうふ》・夫《おっと/をっと》・妻《つま》

浸水の汚泥を流す夫がいる　東郷　恵子

妻病みてそわそわとわが命あり　金子　兜太

妻死なば汽罐車のごと吾哭かん　細谷　源二

嫁《よめ》

耳切坊主の歌意聞き質すやまと嫁　赤田　雨条

※耳切坊主（みみちりぼうじ）＝首里・那覇方面の子守唄。黒金座主という妖術使いの亡霊を引きあいに出し、早く寝ないと耳を切られると威して寝かせた。

友《とも》

手をあげて此世の友は来りけり　三橋　敏雄

愛《あい》

熱気球愛の怖さのありどころ　浦　廸子

音立ててうどん食うこの妻を見捨ず　細谷　源二

情事《じょうじ/じやうじ》

暗室より水の音する母の情事　寺山　修司

生《い》きる

生きていて生きたいというあつい舌　穴井　太

生かされて点と線とのど真ン中　菊池シュン

「コウチャン」とのみ刻まれて生きた証　渡邉　宜

人生《じんせい》・生死《せいし》

閉ざされた生の彷徨身をちぢめ　新垣　米子

いずれくる孤独死レモンの味でしょう　鈴木ふさえ

送る万歳死ぬる万歳夜も円舞曲《ワルツ》　攝津　幸彦

命《いのち》

頬杖をいくたびつかば命絶えむ　尼崎　澪

出産《しゅっさん》・身《み》ごもる

白粥の香もちかづけず身ごもりし　篠原　鳳作

老年《ろうねん》《らうねん》・老婆《ろうば》《らうば》・晩年《ばんねん》・老《お》い

ダイオキシン気にせず老婆が狼煙　川島　一夫

正視され　しかも赤シャツで老いてやる　伊丹三樹彦

なんせんすなんせんす老ゆは不条理　栗田　正義

独り居の土鍋の余熱老いるとは　高村　剛

病《やまい》《やまひ》

弟子貧しければ草城病みにけり　伊丹三樹彦

死《し》・死者《ししゃ》・後《のち》の世《よ》

死の種を知識に混ぜて老いて行く　新垣　登

友の死へ雨の裸灯でありたい俺　吉浜　青湖

死者も立ち渚の方へ歩むなり　川島　一夫

鶴亀の貝細工売る死者の前　沢木　欣一

岩床に靴すりへらす「死者の谷」　横山　白虹

此ノ夜もヨモツヒラサカ越エラレズ　仲間　健

墓《はか》

腰紐の結び目固き墓守たち　植田　郁一

墓　の　う　ら　に　廻　る　尾崎　放哉

華麗な墓原女陰あらわに村眠り　金子　兜太

墓洗う父さんの目はガラス球　高遠　朱音

戦さ凌いだ亀甲墓も朽ちて鉄柵の中　富山　嘉泰

夢《ゆめ》

焦土以来ずっと走っている夢　川名つぎお

精神《せいしん》

精神はぽつぺんは言うぞぽつぺん　阿部　完市

魂《たましい》《たましひ》

魂魄はスカイツリーにゐるらしい　柿本　多映

たましいがころんと箱に小石でいる　徳永　義子

涙《なみだ》

涙せでなきじやくる子は誰の性《さが》　篠原　鳳作

自決地の返り血あびぬ涙《なだ》そうそう　深谷　風山

別離《べつり》

幕あいに別離が昏く笑いかけ　小山亜未男

人名《じんめい》

吉良常と名づけし鶏は孤独らし　穴井　太

囚わるも不屈の華をカメジロー　友利　恵勇

無季

生活

農繁期《のうはんき》

穂の波に光のしじま農繁期　新垣　米子

鍬《くわ》《くは》

鍬を持つ手つき母からゆずりうけ　宮内　洋子

紙《かみ》

静かなうしろ紙の木紙の木の林　阿部　完市

ストライキ・スト

ストの日の傘のしずくを持ち歩く　高田　律子

国家《こっか》《こくか》・国《くに》・祖国《そこく》

迂闊にも祖国と呼びし狼煙跡　末吉　發

国旗《こっき》《こくき》・弔旗《ちょうき》《てうき》

一軒の農家に弔旗牛鳴けり　赤田　雨条

明日も喋ろう　弔旗が風に鳴るように　小山亜未男

言葉《ことば》

鋭い言葉がポルトガルからこの海へ　阪口　涯子

ことば散る蒸発の海の明るさに　森田　緑郎

ふいに私語壁の高女の百合バッジ　粥川　青猿

靴《くつ》

鋲靴をはきさまよえば蒼い九州山脈　阪口　涯子

傘《かさ》・レインコート

太古よりあゝ背後よりレエン・コオト　攝津　幸彦

パン

アンパンのアンほろにがく太宰買う　粟田　正義

パンちぎるようにテレビが語るテロ　瀬戸優理子

酒《さけ》・日本酒《にほんしゅ》・ワイン・酌《く》む

天に星地にかがり火や酒を酌む　比嘉　正詔

ひと文字をこんがり焼きてひとり酌む　荏原やえ子

沸騰《ふっとう》

「華氏九一一」沸点焦げしあたりかな　安西　篤

階段《かいだん》

階段を濡らして昼が来てゐたり　攝津　幸彦

柱《はしら》

いつせいに柱の燃ゆる都かな　三橋　敏雄

窓《まど》

窓あけてラッパみたいにさみしくて　のとみな子

獅子《しーさー》

魔除《しーさー》の日暮れ目つぶる那覇の海　穴井　太

蠟燭《ろうそく》《らふそく》

ローソクもつてみんなはなれてゆきむほん　阿部　完市

洗面器《せんめんき》

洗面器のなかから明るいちょんまげ　のとみな子

バケツ

どうしても過去にならないバケツかな　川名つぎお

郵便《ゆうびん》《いうびん》・手紙《てがみ》

空き瓶に手紙体温ほどの海　藤田　守啓

鉛筆《えんぴつ》

肥後守ちびた鉛筆まだ削る　東郷　恵子

玩具《がんぐ》《ぐわんぐ》・折紙《おりがみ》《をりがみ》・面《めん》

天心に鶴折る時の響きあり　攝津　幸彦

忠霊塔背中合せの千羽鶴　吉富　芳香

さみしい夜は狐の面をつけて寝る　岸本マチ子

万華鏡《まんげきょう》《まんげきやう》

刻々と空を彩る万華鏡　新垣　米子

時計《とけい》

砂時計が計っている青い孤独　安谷屋之里恵

地図《ちず》《ちづ》

福島がフクシマに世界地図縮む　粟田　正義

旅《たび》・一人旅《ひとりたび》

無神の旅あかつき岬をマッチで燃し　金子　兜太

しんしんと肺碧きまで海のたび　篠原　鳳作

九重橋渡りきっても一人旅　宮内　洋子

車《くるま》・バス

バス一台春の手前を右折せり　宮城　正勝

自転車《じてんしゃ》

鍵をもつ翼の折れし自転車の　田川ひろ子

列車《れっしゃ》

藁の村へ灯を消しに行く終列車　穴井　太

船《ふね》

沈没船のマストが背伸びして見送る　藤後　左右

駅《えき》・踏切《ふみきり》

黙禱のうしろ踏切鳴り出しぬ　長内　道子

橋《はし》

遠い日の放埒わたる橋がある　小山亞未男

もののけが夜の橋脚に寄りそって　牧　陽子

交差点《こうさてん》《かうさてん》

狙撃されそう交差点の放牧　川名つぎお

都市《とし》・ふるさと

木にのぼりふるさと見れば水びたし　穴井　太

新幹線ふるさと誇ればカンツォーネ　徳沢愛子

学校《がっこう》《がくかう》・幼稚園《ようちえん》《えうちゑん》

空がない校庭普天間第二小学校　新井　孚

老人《ろうじん》《らうじん》ホーム

肺魚いて特養老人ホームかな　西大舛志暁

広場《ひろば》

広場に裂けた木　塩のまわりに塩軋み　赤尾兜子

雁木《がんぎ》

沖縄では日除け、もしくは雨よけ。

基地重し雁木連なる名護の街　西平守伸

首里城《しゅりじょう》《しゆりじやう》

首里城の夜は炎となる円柱　尼崎　澪

基地《きち》

基地沖縄金網の外側ばかり歩く　青倉　人士

幾万のこだま渦巻く基地の空　石田　定雄

基地ありて「悲」と「怒」四〇の走馬灯　岩本　甚一

基地さみし尾翼にかかる雲なくて　高田　律子

基地いらない腕にこめたる四十年　橋　杏子

メイストームの未だ只中基地の島　山本　恵子

水《みず》《みづ》

水滴のジオラマふたつ融合す　西里　恵子

文化

本《ほん》

大アマゾン抱え新刊書店出る　岸本マチ子

絵本《えほん》《ゑほん》

他国見る絵本の空にぶら下り　阿部完市

音楽《おんがく》

ジャズ清く白い茶房を渡りゆく　阪口涯子

楽器《がっき》《がくき》

三線《さんしん》や泣きを笑いに海の「民」　鈴木強

三線と踊りが通る基地退け退け　川口ますみ

戦後まだ蛇皮線《さんしん》闇に鳴りつづけ　伊達みえ子

音楽会《おんがくかい》《おんがくくわい》

シャガールへ跳んでオペラ座天井桟敷　宮里晄

踊《おど》《をど》り

羽ばたいて悲しいときの鬼踊り　岸本マチ子

木偶《でく》

でくは皆首を吊るされ目を伏せる　井崎外枝子

色《いろ》・青《あお》《あを》・赤《あか》・白《しろ》・黒《くろ》

琉球処分空真っ青に九条の碑　大井　恒行

咲き初めし天上の青涼やかに　大島　知子

イルミネーション青い倦怠渦巻いて　羽村美和子

少年ありピカソの青のなかに病む　三橋　敏雄

群青の空海狭間《はざま》に島の寝ぬ　譜久山當則

クレヨンの赤の滲みし戦争画　高良　和夫

赤い花《ケンバンメラ》と答えて花の名を知らず　藤後　左右

赤い地図なお鮮血の絹を裂く　八木三日女

赤く蒼く黄色く黒く戦死せり　渡邊　白泉

皇国の闇梳く遺品白い櫛　粥川　青猿

白い人影はるばる田をゆく消えぬために　金子　兜太

スポーツ

彎曲し火傷し爆心地のマラソン　金子　兜太

遊《あそ》び

酒止めようかどの本能と遊ぼうか　金子　兜太

祈《いの》り

祈るべき天とおもえど天の病む　石牟礼道子

紙銭《しせん》焚《た》く

重ねても紙銭焚く火の緋のうつろ　新　桐子

紙銭《うちかび》というあの世の銭の青火せり　岸本マチ子

絵馬《えま》《ゑま》

にもつは絵馬風の品川すぎている　阿部　完市

神《かみ》

真っ直ぐに神くるカンピラーの滝　香坂恵依

綾織の絶妙始祖鳥うない神　原恵

キリスト

からすはキリスト青の彼方に煙る　阪口涯子

戦争《せんそう》《せんさう》・砲撃《ほうげき》《はうげき》・戦禍《せんか》《せんくわ》・テロ

戦どこかに深夜水のむ嬰児立つ　赤尾兜子

足でジャンケン戦争のうらおもて　新井富江

戦争の日つきが残っている簾　川名つぎお

戦争を知らない樹々が茂り出す　辻本冷湖

戦争がはじまる朝の黙す妻　橋口等

児らに伝う飢えと寒さと戦争を　比嘉幸女

戦争を風化さすなよモロッコ豆　吉富芳香

戦争が廊下の奥に立ってゐた　渡邊白泉

砲撃てり見えざるものを木々を撃つ　三橋敏雄

ガマの闇沖縄戦の消えざりし　山口つよし

古仏より噴き出す千手　遠くでテロ　伊丹三樹彦

戦場《せんじょう》《せんぢやう》

あごを戦場に乗せた　小湊こぎく

やがてランプに戦場のふかい闇がくるぞ　富沢赤黄男

出征《しゅっせい》

戛々とゆき戛々と征くばかり　富沢赤黄男

戦傷《せんしょう》《せんしやう》・銃創《じゅうそう》《じゆうさう》

父子うなづく銃創を秘め針葉樹林　安西篤

戦死《せんし》・英霊《えいれい》

魚群探知機をふとよぎる英霊たち　土屋　休丘

銃後《じゅうご》

銃後といふ不思議な町を丘で見た　渡邊　白泉

敬礼《けいれい》

敬礼がこんな難しいものとは知らなんだ　藤後　左右

兵隊《へいたい》・兵舎《へいしゃ》・憲兵《けんぺい》

糞つたれめと思つて兵舎へ帰つた　藤後　左右

憲兵の前ですべつてころんぢやつた　渡邊　白泉

空襲《くうしゅう》《くうしふ》・空爆《くうばく》

空爆の跡が頭寒の路地裏に　川名つぎお

軍艦《ぐんかん》

軍船よ浮ぶ豚舎よどうにかなろう　藤後　左右

戦闘機《せんとうき》・ミサイル

コーラ飲む口より飛び出す戦闘機　粟田　正義

朱花すすりなく戦闘機みな斜めに着く　阪口　涯子

ぼろぼろの特攻機もあり碧き野甫《のほ》　山里　昭彦

あまたミサイル空の階段見失う　穴井　太

不発弾植えたわけではありません　親泊　仲眞

戦車《せんしゃ》

夜明け前都心をどこに戦車音　川名つぎお

軍刀《ぐんとう／ぐんたう》

スラバヤを出しな軍刀にけつまずいた　藤後　左右

原子爆弾《げんしばくだん》・被爆《ひばく》

犬一猫二われら三人被爆せず　金子　兜太

正義《せいぎ》

つかまって見る遠国の遠い正義　小山亞未男

平和《へいわ》

真実の平和が欲しい揺れる島　水落　蘭女

敗戦《はいせん》・戦後《せんご》

敗戦は白い少女のシャツだった　鳥巣　徳子

死ぬまで戦後よじれて残る縄の灰　穴井　太

あとずさりするあとずさり戦後以後　小川双々子

動植物

牛《うし》

アフリカのこぶ牛などもみてしまいぬ　阪口　涯子

闘牛《とうぎゅう》《とう　ぎう》

農村の娯楽であったが、現在は専用の闘牛場で定期的に行われている。牛に付き添う人（勢子）が牛の角を突き合わせ、勝負をさせる。先に闘志を失った方が負け。沖縄本島で盛ん。

闘牛や勝ち負けこえて涼しい眼　親泊　仲眞

カバ

ゆううつを四角に切ればカバ笑う　嘉陽　伸

豚《ぶた》

海征かば食慾のない豚ともなり　藤後　左右

猫《ねこ》

悪そうな猫が店番古物店　瀬戸優理子

ねこはみな日光浴が大好きさ　牧　陽子

ジュゴン

海兵隊名護の海からジュゴンの日　後藤　蕉村

脱皮《だっぴ》

朝の野菜バリバリ嚙んで脱皮する　岸本マチ子

卵《たまご》

さみしさを卵のかたちで抱いている　井崎外枝子

鳥《とり》・鴉《からす》・雀《すずめ》

すさまじく亡びゆくべしとりけもの　岸本マチ子

束の間の平安鴉があるいている　小山亜未男

土地を売った　うつろのなかに　とんでいる雀　吉岡禅寺洞

闘鶏《とうけい》

鶏合せ。雄鶏は相手を蹴倒そうと争う習性がある。これを遊戯として鶏同士を闘わせ勝負をさせる。

闘鶏を横抱きにして男来る　前田貴美子

負け鶏の古武士の面輪たか鳴けり　いぶすき幸

魚《うお》《うを》

あおい魚の尾のたたきたる頁あり　伊東宇宙卯

砂をたどるみどりの魚に会いたくて　阪口涯子

鯉《こい》《こひ》

谷に鯉もみ合う夜の歓喜かな　金子兜太

鯛《たい》《たひ》

鯛あまたいる海の上　盛装して　桂信子

うろこ

うろこ一枚落してどうと狂うなり　岸本マチ子

巻貝《まきがい》《まきがひ》

巻貝のうずき優しく持ちあるく　小山亜未男

プランクトン

ぷらんくとんくらんぷとんでもよいような　のとみな子

アボカド

あぼがぼというアボカドだよお母さん　そら　紅緒

椰子《やし》の木《き》

椰子の木と言えども一本の記憶　森須　蘭

木《き》・切株《きりかぶ》・流木《りゅうぼく》《りうぼく》

木にのぼりあざやかあざやかアフリカなど　阿部　完市

切株があり愚直の斧があり　佐藤　鬼房

切株はじいんじいんと　ひびくなり　富沢赤黄男

流木を焚きて遊離の夜を嵌める　新井　節子

一位《いちい》《いちゐ》

たとえば一位の木のいちいとは風に揺られる　阿部　完市

いちいの木に永訣無音の母や来る　伊東宇宙卯

こばていし

シクンシ科の落葉高木。ももたまな。

こばていし広がり広がり遺族老ゆ　末吉　發

バクチの木《き》

バクチの木無風の夜にそよぎいる　尼崎　澪

ガジュマル・榕樹《ようじゅ》

ガジュマルの覆いつくせぬいくさの傷　長内　道子

ガジュマルの大きな気根や四十年　落合　敏子

ガジュマルと鉄条網と不在かな　川名つぎお

ガジュマルとともによじれて白髪なり　谷川　彰啓

ガジュマルの気根に溜まる島哀歌　羽村美和子

まほら成す庭百年の榕樹影　末吉　發

榕樹の気根にんげんになりたいか　玉木　節花

マングローブ・タコノキ

マングローブの根伸びれば夜が歪みだす　羽村美和子

子等登るタコの木の根に迷彩服　金子　嵩

豆《まめ》

人淋し転がるたびに豆拾ひ　筒井　慶夏

主要参考文献

『広辞苑』第六版　岩波書店、二〇〇八
『日本大百科全書』小学館、一九九四
『世界大百科事典』小学館、二〇〇七
『日本大歳時記』講談社、一九八一
『ふるさと大歳時記』角川書店、一九九一
『角川俳句大歳時記』角川書店、二〇〇六
『合本俳句歳時記』角川学芸出版、二〇〇八
『現代俳句歳時記』チクマ秀版社、一九九六
『現代俳句歳時記』現代俳句協会、一九九九
『現代俳句歳時記』学習研究社、二〇〇四
小熊一人編著『沖縄俳句歳時記』那覇出版社、一九八五
比嘉朝進著『沖縄の歳時記』佐久田出版社、一九八五
瀬底月城著『沖縄・奄美　南島俳句歳時記』新報出版、一九九五

『沖縄大百科事典』沖縄タイムス社、一九八三
『沖縄コンパクト事典』琉球新報社、二〇〇三
池澤夏樹編『オキナワなんでも事典』新潮文庫、二〇〇三
沖縄生物教育研究会著『沖縄四季の花木』沖縄タイムス社、一九八八
片野田逸朗著・大野照好監修『琉球弧・野山の花』南方新社、一九九九
復本一郎監修『俳句の鳥・虫図鑑』成美堂出版、二〇〇五
平良一男・新里隆一・仲村康和・松田正則著『沖縄花めぐり』沖縄都市環境研究会、二〇〇九
屋比久壮実著『沖縄の野山を楽しむ植物の本』アクアコーラル企画、二〇一〇
安里肇栄著『おきなわ野山の花さんぽ』ボーダーインク、二〇一三
『鑑賞　女性俳句の世界』①～⑤、角川学芸出版、二〇〇八

那覇の気象データ平年値（年・月ごとの値）

要素	気圧		降水量	気温			蒸気圧	相対湿度	風向・風速		日照時間	全天日射量
	(hPa)		(mm)	(℃)			(hPa)	(%)	(m/s)		(時間)	(MJ/㎡)
	現地平均	海面平均	合計	平均	日最高	日最低	平均	平均	平均	最多風向	合計	平均
統計期間	1981～2010	1981～2010	1981～2010	1981～2010	1981～2010	1981～2010	1981～2010	1981～2010	1981～2010	1990～2010	1981～2010	1981～2010
資料年数	30	30	30	30	30	30	30	30	30	21	30	30
1月	1014.5	1020.5	107	17	19.5	14.6	13.3	67	5.4	北北東	94.2	8.7
2月	1013.4	1019.4	119.7	17.1	19.8	14.8	14	70	5.3	北	87.1	10
3月	1011.3	1017.2	161.4	18.9	21.7	16.5	16.4	73	5.2	北	108.3	12.2
4月	1008.7	1014.6	165.7	21.4	24.1	19	19.7	76	5.1	東南東	123.8	14.9
5月	1005.4	1011.2	231.6	24	26.7	21.8	23.7	79	5	東	145.8	16.6
6月	1003	1008.7	247.2	26.8	29.4	24.8	29.2	83	5.4	南南西	163.6	17.9
7月	1002.9	1008.6	141.4	28.9	31.8	26.8	30.8	78	5.3	南東	238.8	20.8
8月	1001.2	1006.9	240.5	28.7	31.5	26.6	30.5	78	5.2	南東	215	19
9月	1003.8	1009.5	260.5	27.6	30.4	25.5	28.1	76	5.4	東南東	188.9	17
10月	1008.3	1014.1	152.9	25.2	27.9	23.1	23.1	71	5.4	北北東	169.6	14
11月	1012.1	1018	110.2	22.1	24.6	19.9	18.6	69	5.5	北北東	123	10.7
12月	1014.5	1020.5	102.8	18.7	21.2	16.3	14.4	66	5.2	北北東	115.6	9.1
年	1008.3	1014.1	2040.8	23.1	25.7	20.8	21.8	74	5.3	北北東	1774	14.3

出典：気象庁ホームページ（www.data.jma.go.jp）

那覇と東京の平均気温（1981年～2010年の平均）

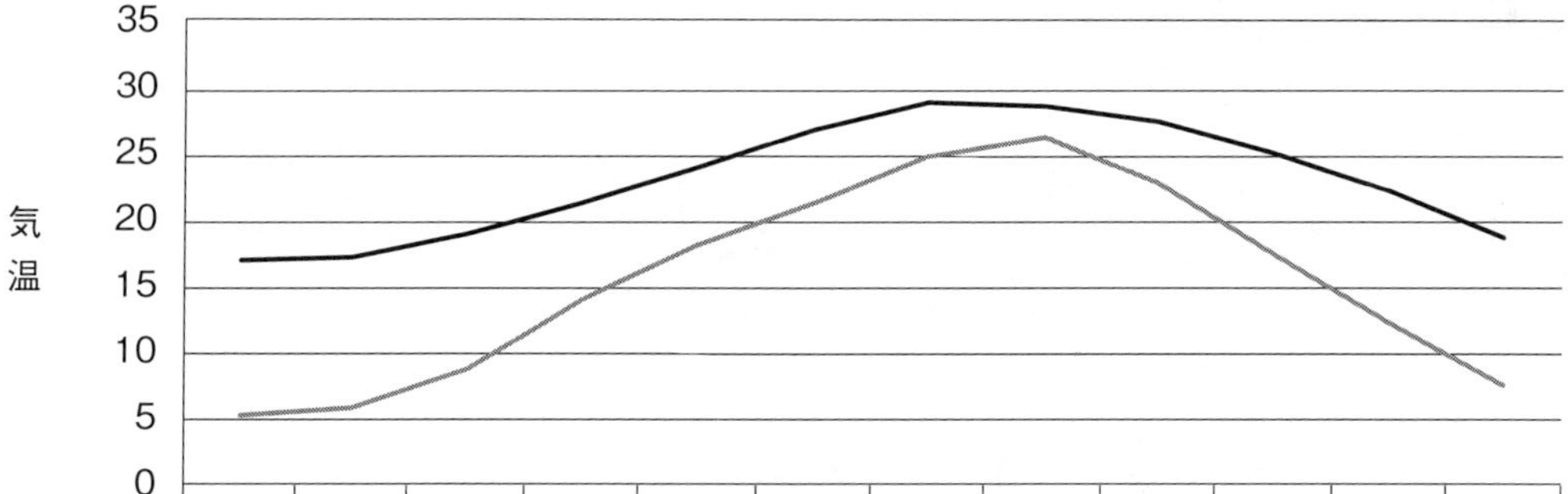

	1月	2月	3月	4月	5月	6月	7月	8月	9月	10月	11月	12月
── 那覇	17	17.1	18.9	21.4	24	26.8	28.9	28.7	27.6	25.2	22.1	18.7
── 東京	5.2	5.7	8.7	13.9	18.2	21.4	25	26.4	22.8	17.5	12.1	7.6

気象庁ホームページ「過去の気象データ」を加工して作成

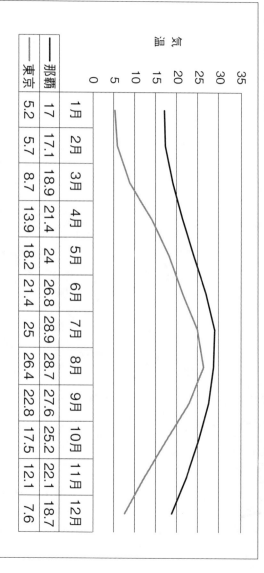

伊平屋村
伊平屋島
野甫島
伊是名村
伊是名島
国頭村
伊江村
伊江島
今帰仁村
大宜味村
古宇利島
屋我地島
本部町
水納島
瀬底島
東村
名護市
恩納村
宜野座村
金武町
読谷村
伊計島
うるま市
宮城島
嘉手納町
沖縄市
平安座島
浜比嘉島
北谷町
宜野湾市
北中城村
浦添市
中城村
津堅島
那覇市
西原町
与那原町
大東諸島
南風原町
南城市
豊見城市
北大東村
久高島
北大東島
八重瀬町
南大東島
糸満市
南大東村

宮古諸島
宮古島市
池間島
大神島
伊良部島
宮古島
多良間村
下地島
水納島
来間島
多良間島
八重山諸島
石垣市
与那国町
鳩間島
与那国島
竹富町
小浜島
竹富島
石垣島
西表島
新城島
黒島
粟国村
波照間島
粟国島
久米島町
渡名喜村
久米島
奥武島
渡名喜島
座間味島
座間味村
阿嘉島
慶留間島
渡嘉敷村
渡嘉敷島
慶良間諸島

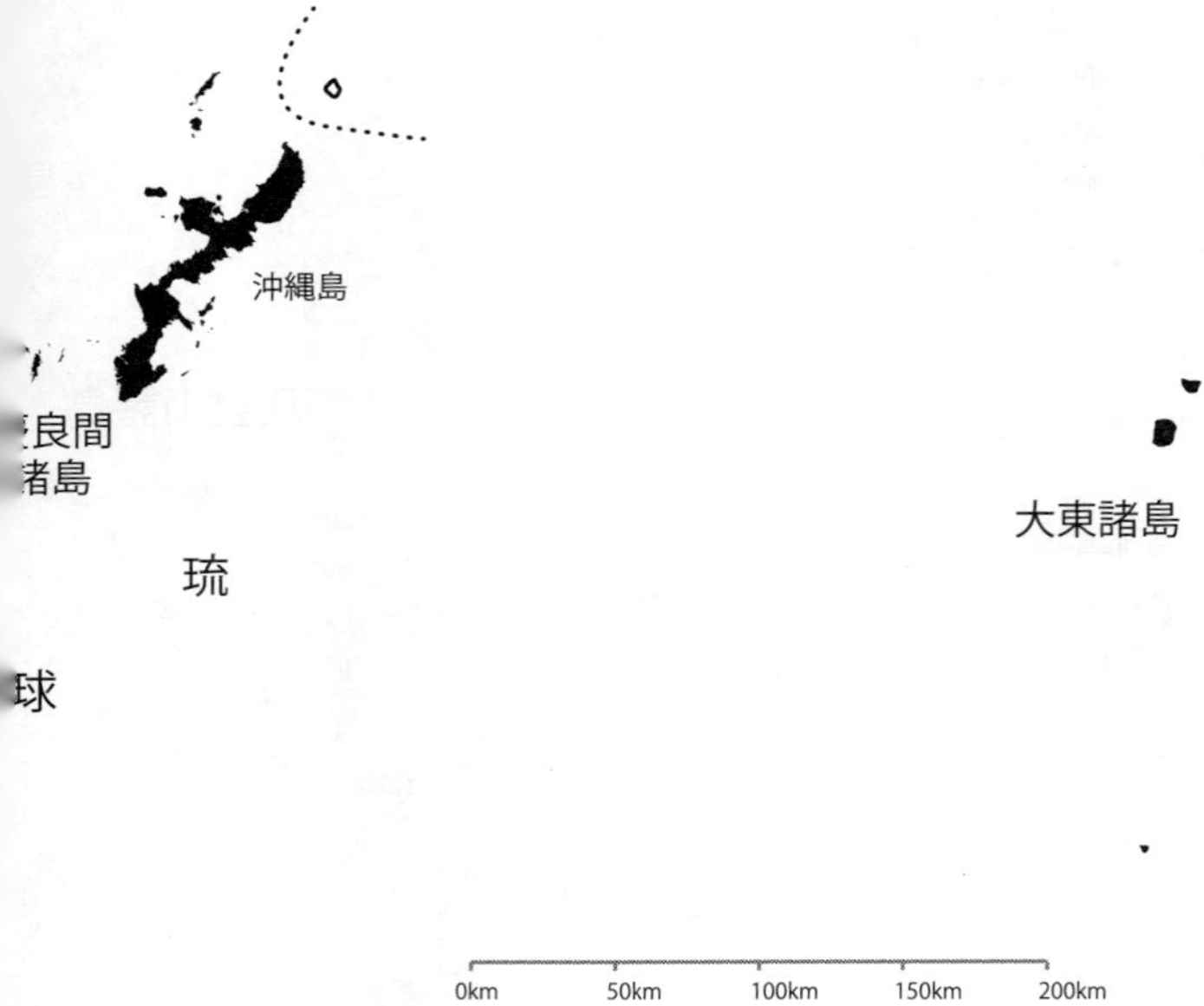

呉我山	ごがやま	東平安名岬	ひがしへんなざき
座喜味城	ざきみぐすく	辺戸岬	へどみさき
塩屋湾	しおやわん	辺野喜	べのき
多良間	たらま	真玉橋	まだんばし
知念城	ちねんぐすく	摩文仁	まぶに
天蛇鼻	てぃんだばな	万座毛	まんざもう
渡名喜	となき	屋我地島	やがじじま
今帰仁	なきじん	与那	よな
西平安名岬	にしへんなざき	与那国島	よなぐにじま
野原岳	のばるだけ	与那原	よなばる
馬天港	ばてんこう	与那覇湾	よなはわん

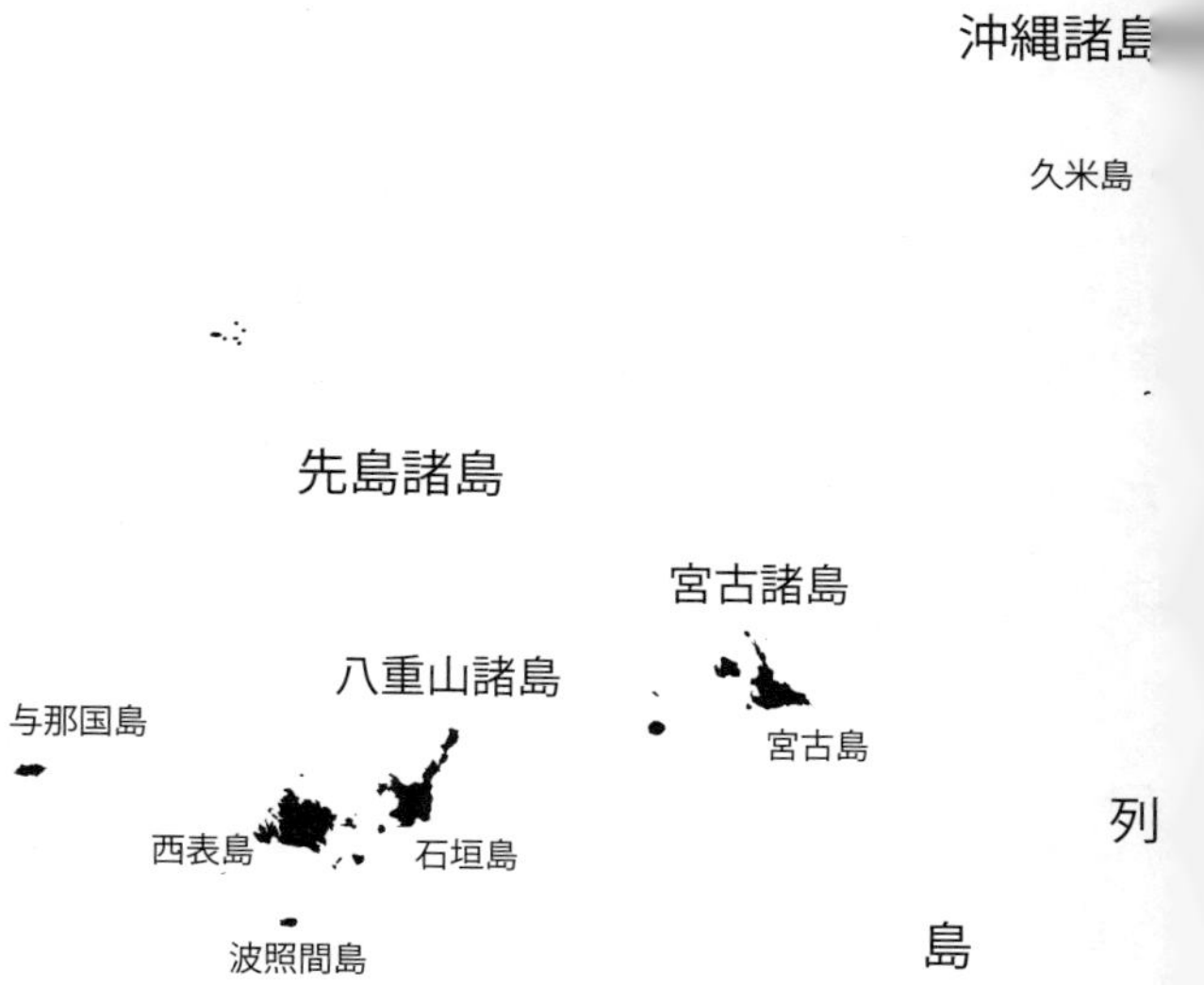

読みにくい地名

泡瀬	あわせ	勝連城	かつれんぐすく
伊江島	いえじま	嘉手志川	かでしがー
糸数城	いとかずぐすく	嘉手納	かでな
伊野波	いのは	喜瀬武原	きせんばる
伊平屋島	いへやじま	宜名真	ぎなま
御殿山	うどぅんやま	喜屋武岬	きゃんみさき
宇流麻	うるま	金武	きん
大神島	おおがみじま	国頭	くにがみ
大宜味	おおぎみ	久部良	くぶら
於茂登	おもと	久茂地川	くもじがわ
恩納岳	おんなだけ	慶良間諸島	けらましょとう

編集委員：安谷屋之里恵　池田　なお
池宮　照子　親泊　仲眞
嘉陽　伸　岸本マチ子
真喜志康陽　宮里　晄

協　力：大井　恒行　今泉　康弘

沖縄県現代俳句協会事務局
〒900-0016　沖縄県那覇市前島2-22-11
電話　098-863-8690

沖縄歳時記

平成29年5月15日　初版発行

*

著　者　沖縄県現代俳句協会
発行者　大山基利
発行所　株式会社文學の森

〒169-0075
東京都新宿区高田馬場２－１－２　田島ビル８Ｆ
電話　03-5292-9188　　Fax　03-5292-9199
ホームページ　http://www.bungak.com

印刷・製本　中央精版印刷株式会社

ISBN978-4-86438-346-2　C0092